我的奮鬥

Jeg hadde for lengst bestemt meg for at jeg ikke
skulle fortsette å utdanne meg, det var bare tull det vi lærte,
det alt handlet om, i bunn og grunn,
var å leve, og leve som man ville, det vil si, nyte sitt liv.

——在黑暗中跳舞

4

Min Kamp

Karl
Ove
Knausgård

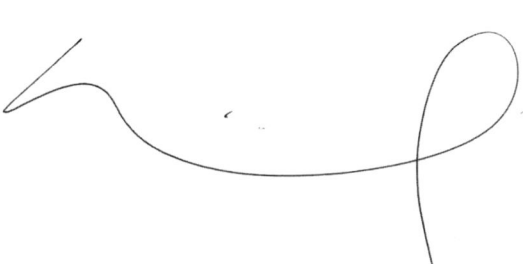

挪威最重要的當代作家——
卡爾・奧韋・克瑙斯高

郭騰堅／譯

啟蒙年代紀

童偉格（小說家）

用寫作來丈量自己的生命，並且，將每一次的丈量，都當作是對一部尚未寫出之真正作品的準備。《追憶似水年華》的作者普魯斯特（Marcel Proust），應該是上述創作論的最重要界定人，以及實踐者之一。普魯斯特且也以《追憶似水年華》的書寫來驗證，關於寫作的準備，同時也就是寫作者個人，對更真實之生命形式的嘗試觸及。那一整部積體龐然的長篇小說，字字句句，皆指涉另一部未來的理想小說，卻也令更加龐然的、已經散佚的過去，重新歸結在「我」的四周，使其「就是在時間之中」（這是《追憶似水年華》的最末句），「占有一個無限延伸的位置」；於是也使我，得以格外清醒地，指認重新尋回的萬有——面對自所尋獲的萬有，普魯斯特說：「這便是我的生命，這便是我自己。」

挪威小說家克瑙斯高（Karl Ove Knausgard），顯然深知普魯斯特的思考與實踐。事實上，在《我的奮鬥》開篇未久，小說裡的「我」即曾表明，自己並不僅是通讀過整部《追憶似水年華》，「而是幾乎吸收了它」。於是，《我的奮鬥》這整部篇幅亦堪稱巨大的長篇小說，就最基礎而重要的意義而言，也許，正是對普魯斯特已經歸結之創作論的再次臨摹，並再度開放討論。克瑙斯高臨摹的，首先，是寫作者在記憶中，對從前，只有「我」察知之事物的獨自重尋。他開放討論的，則基本上是這樣一種「躲進斗室」（這是《我的奮鬥》裡，「我」最嚮往的事）裡、一生懸命的封閉寫作狀態，放在傳媒更無遠弗屆、通訊更即時滲透的我們這個現當代，其實踐的可能性，或者不可能性。

於是，我們應該很容易可以理解，為何《我的奮鬥》，會以童年之「我」的一次孤單目擊，來開啟整部小說浩浩蕩蕩的獨語文體。在克瑙斯高的書寫中，這種追憶往事的獨語，修辭總是十分具象，彷彿真的，每當寫作時的「我」，在重新回想昔日獨自的見證時，總是又再更多地，「我看到了一些以前沒看到的東西」。這種時移事不往（反而更加清晰）的獨語，造就了一種更愈繁縟的孤絕狀態，也使得在最理想的情況下，《我的奮鬥》這部小說，確實可能再現這樣一種執著的「奮鬥」歷程：讀這部小說，我們就像是直接看著某個「我」，正在不懈地搬動逝往的磚瓦，憑此，搭建一間包容如今寫作之「我」的暗房。

這種彷彿可以無窮無盡的獨語，原則上，穩定遵循上述的「我看到了一些以前沒看到的東西」，所延異而成的再現邏輯。於是，在具備綱領意義的小說第一部，《父親的葬禮》裡，當昔日的父親，在「我」面前罕見地自在歡笑時，「我」環顧周遭，父親的親友，內心不無憂傷地想：「他們一直以來都生活在我們周圍嗎？」在父親暴斃後，「我」且也動員後見之明，想將父親這名施予「我」創傷之人，這位酗酒過度的教師，以及這個「可能被人看到的場合，他都盡量避免（出現）」的隱形人，框定在某個褪去傷痛的、永遠可見的、「無限延伸的位置」上。

這種再現邏輯，就是克瑙斯高的普魯斯特式臨摹：在《我的奮鬥》裡，總是今日之「我」，將時程裡更多「我」的獨見，擲回時間之初的許多場景，而追視出他者的更逼真現形。

寫作在此，總不免是這樣的一種自我意義化工程——用李克爾（Paul Ricoeur）的名言來說，總是因為「未能全盤地作為我們生命的作者，我們學著成為自身故事的敘說者」。寫作的時間，與現實人生時間（或簡稱為「生命」）的矛盾關連，也可能導因於此。有趣的是，克瑙斯高顯然也深知上述的現代主義論式，於是，他藉《我的奮鬥》第二部，來討論這種事關寫作的精神性尋索，具體的更愈不合時宜景況。於是終究，除了現實中的愛戀之外，題為《戀愛中的男人》的小說第二部，更多是在描述一位中年文學創作者，對猶然不滅之文學志業的苦戀。

這個苦戀一般的「我」，既相信「寫作唯一的意義就在於寫作」，又無法戒斷毒品般的公眾關注。他一心想專事寫作，但直到半生過盡，仍將大多數時間，都耗費在為生活而奔波。眼見平庸日常，即將一日一日恆定為餘生狀態，雖說「我」，仍在文學道路上繼續「奮鬥」，但誠摯說來，「我愈來愈不相信文學了」。無論是虛構的，或紀實的文學作品，它們尋索的真實都顯得如此不實，形同編造；與「我」所親歷的現實，又存在著如此令人無法漠視的距離。

「我」仍然主張，「藝術需要你單獨與之相處」，然而，大約正是從此生的半途開始，「我」為自己，發展出具體有別於高蹈的現代主義作者群的，有關「單獨與之（藝術）對視」時的自我認知——「我」這麼告誡寫作時的自己：「閉上你的嘴巴，低下你的頭」，「你只是個自以為是的平庸的小廢物」；若能不忘記這一點，「你至少還能幹出點什麼」。

這個「你」：時間下游的那位新「我」；《我的奮鬥》裡，那個重啟與重看人生裡，一切個人歧途的真正言說主體。屬於這部小說的一個深刻悖論因此是——其實，在搭建寫作暗房的同時，「我」也在藉由寫作，解構「我」所精神求索的暗房，憑此，如實再現對「我」而言，庸常生活的必然性。彷彿克瑙斯高亦是在說：「這才是我的生命，這才是我自己。」

也因這個再度開放的討論，克瑙斯高在小說裡重新調度的，昔日各個生命階段的繁縟孤絕，才有了某種戲劇行動的連續性。這是說：每個生命階段，都被作者想像為是一座孤島；而「我」的真實性，則被作者，想像為是對自我孤島的不斷背離。《我的奮鬥》所獨語的，也許，正是這樣一則浩浩蕩蕩的自我啟蒙敘事。於是，不僅小說的第三部，頗適切地命名為《童年島嶼》，其實，第四部本質上，也是一座青春島嶼。相似於第三部的生命斷代史形構，第四部《在黑暗中跳舞》，更集中呈現了童年過後、年方十八九歲的「我」離鄉，前赴挪威北境教書時，所度過的躊躇一年。

種種極端對立的境遇，匯聚在這個徬徨的青春主體身上。例如：「我」同時既是理應成熟的、職責在於啟蒙學生的教師，也是初初踏進成人世界的、仍在實習體制（潛）規則的一名學徒。又例如：北境漁村自有的日常條理，不時使「我」，自覺像個不知如何生活的野蠻人；漁村小小街區以外，山海夾擊的廣袤荒涼，又總使「我」察知一直以來，「我」這名中產階級之子所以為的「自然」，原來，還只是太過孱弱的文明產物。

於是，「我」這名自願離鄉之人，既像是坐困在自擇的目的地裡，也像是從未出於自由意志，選定過自己的世間之途——「我」這名教師之子，終究還是成了出沒課室的教師。真正遙遙牽繫這個青春主體，使其進退失據的，毋寧仍是對寫作的想望。正是這種早熟的渴慕，使「我」疲老一般，自覺無法勝任接踵而來的世故；也是這種天真的想望，使「我」以為能勝任所謂「教育工作」，同時（或者從此開始），自立且自由地創作。

也於是，一方面，一如小說的第三部，本書也可以被視作是一部獨立的作品；另一方面，小說的前兩部，仍是本書的必要索引，使我們得以並置時程的兩端，理解縈繞在《我的奮鬥》書寫裡的兩大命題（父親，以及「我」的文學志業），在時間之初的減熵樣態。因為彼時，離父親在他的酸臭家屋裡，躺成死屍之日尚久；距「我」接受自己，「只是個小廢物」之時則更遠；幾乎可以說，「我」從來就不曾目擊過、或體驗過，什麼是深刻入骨的絕望。青春因此不受後見之明管束。在永夜般的北境，這個還未成為特定某種成年人的「我」，只是受心中志業所牽繫，在荒原上兀自獨舞。

此即《在黑暗中跳舞》。幾乎可以說——在不遠的將來，後見之明將告訴我們，那樣的稚拙（如果不說是無知）注定使人悲傷，那般的熱烈，也僅是因為當場的寂寥；然而，後見之明仍不能使我們否認，卻正是這般寂寥的「我」，才能將沒收視野的黑暗，誤譯為獨「我」一人的能見，且將漫長出亡的北極星光，看待成是迢遠抵達的、向「我」深許的希望。

我的兩只行李箱緩慢地滑進入境大廳的輸送帶。它們已經相當陳舊，是六〇年代末期的產品；當我們即將搬家、就在載運家當的車輛抵達前一天，我在媽媽留在牛棚裡的物品中找到了它們。我馬上就收下了——這兩只行李箱很適合我，我喜歡其中那不怎麼現代、不那麼流線型的風格。

我站在牆邊，將菸捻熄在菸灰柱，從輸送帶上拉下行李箱，走到戶外的街道上。

時間是六點五十五分。

我又點燃一根香菸。我並不著急什麼。我沒有在趕時間。我沒有要見任何人。

天幕多雲，空氣則相當澄澈而刺骨。就算我後方的機場已經離大海不遠，這片景觀中仍然挾帶某種山岳的色彩。我所能見到的少數幾棵樹，顯得低矮而多節。緊鄰著這片景觀的山頂被白雪所覆蓋。

我正前方停著一輛即將滿載的機場巴士。

我是否要上車呢？

直到我在一個月後收到第一筆薪水以前，爸爸不情願地借給我、作為這趟行程旅費的款項應該夠用。但我不知道青年旅館位於何處。推著兩只行李箱、揹著後背包、在一座陌生的城市裡到處遊走，對我的新生活來說不會是個好的開始。

不，還是叫計程車最保險。

我走到鄰近的一處路邊攤，吃掉兩根裝在沾滿馬鈴薯泥托盤上的熱狗——除了這個舉動以外，我整晚都窩在青年旅館，躺在床上，枕頭塞在背後，用我的隨身聽聽起音樂，同時寫信給希爾妲、艾瑞克與拉許。我也開始寫一封信給琳恩（整個夏天與我在一起的女孩），才寫了一頁，我就將信推到一邊去，脫下衣服，將燈關上。其實這一點差別也沒有——夏夜閃閃發亮，繡著橘色圖案與花紋的窗簾就像一只眼睛，在房間裡灼燒著。

一般來說，不管我身處在哪，我很容易入睡；但今晚，我整夜未能入眠。再過四天，我就要開始上班了。短短的四天後，我即將踏入挪威北部海岸一座小鎮、某一所學校的教室裡，我從來沒有到過那個地方，對那裡一無所知，甚至連照片都沒看過。

我！

一個十八歲，來自克里斯蒂安桑，剛剛才從高中畢業，最近才搬出父母舊家的男孩，除了幾個在一家包裝工廠度過的幾個夜晚與週末、為一家地方報社跑新聞，以及在某家精神科醫院幾乎做滿一個月的暑期工作以外，他毫無工作經驗可言。此刻，他卻將成為霍爾峽灣學校的班導師。

不，我睡不著。

那些學生會怎麼看待我？

當我在第一堂課走進教室、學生坐在座位上的時候，我該對他們說什麼呢？

還有其他老師，他們究竟會怎麼看待我？

走廊上的一道門被拉開，音樂與話聲隨即飄出。有人哼著歌，走在走廊上。我隨即聽到一個聲音用英語喊著：「喂，把門關上。」所有聲音隨即再度被遮蔽起來。我轉過身來。躺臥在夜間的光線中很詭異，想必讓我難以入睡。而一旦難以入睡的想法扎了根，要想睡著便完全不可能了。

我從床上爬起，套上一件襯衫，在窗邊那張椅子上坐定，開始閱讀恩林格．耶爾維克所寫的《死逃》。

基本上，所有我喜歡的書都講述相同的故事。英格瓦．恩比約爾森的《白色黑鬼》、拉斯．薩比．克里斯藤森的《披頭四》和《鉛塊》、烏爾夫．隆德爾的《傑克》、傑克．凱魯亞克的《在路上》、休伯．塞爾比的《最後退出布魯克林》、M．阿葛耶夫的《古柯鹼與小說》、芬恩．埃訥斯的《巨無霸》、阿格訥．米克勒的《月之套索》、顏斯．比約博尼那三本關於獸姦歷史的書籍、克拉斯．厄斯特格倫的《紳士們》、埃克索．顏森的《伊卡洛斯》、J.D. 沙林傑的《麥田捕手》。那些書籍講述在社會中找不到屬於自己定位，想要從人生中得到除了規律、除了家庭以外更多其他東西的年輕男性——簡言之，就是那些憎惡體面中產階級、一心追尋自由的年輕男性。他們周遊列國，喝得爛醉如泥，他們閱讀，並且對真愛或偉大的故事心懷夢想。

他們所想要的一切，我也想要。

他們所夢想的一切，我也夢想過。

當我閱讀這些書籍時，那股總是使我胸口疼痛的劇烈渴望就會消退；但當我一放下這些書籍，便會以十倍的強度捲土重來。我就讀高中期間，情況始終如此。我憎恨所有形式的權威；我反對那井然有序、有著中產階級價值觀與物質化的人性觀，我自己還成長於其中的可憎社會；我蔑視自己在高中所學到的東西，就連那些與文學有關的東西也不例外；我唯一需要知道的東西、所有真實的知識、唯一真正不可或缺的內容，就存在於我所閱讀的書籍與我所聆聽的音樂中。我不在乎金錢或象徵地位的物品；我知道，人生的價值存在於其他地方。我沒興趣學習，沒興趣在一所大學般的普通機構受教育。我想要周遊歐洲、睡在海灘上、住在廉價的旅館裡、在路上認識的朋友們家裡留宿。我可以從事不同的瑣碎工作，只為圖個溫飽，包括在旅館洗盤子、在貨船上裝卸物品、採收柳橙……我在那年春天還買了一本書，內容包括不同歐洲國家境內各式各樣工作的目錄。但是，這一切必須要能被歸結到一部小說裡。我想要待在西班牙小鎮寫作，來到潘普洛納，在牛群前奔跑，然後繼續南下到希臘，在一座島嶼上寫作，並且在一、兩年以後，揹著裝有我一部小說的背包，返回挪威。

這就是我的計畫。因此我高中畢業以後，並沒有像我同學當中的許多人那樣去服兵役，也沒有像其他人那樣到大學註冊，而是前往克里斯蒂安桑的就業服務中心，索取一份挪威北部所有教職缺額的清單。

「卡爾．奧韋，我聽說你想要當**老師**？」那一年的夏末，我遇到的人們總是這樣說。

「不是的。」我每次都這麼回答。「我要當作家，但在這之前，我總得養活自己。我要在那裡工作一年，存上一點錢，然後在歐洲各地旅行。」

這已經不再是我心懷的某個理念，而是某個我身處的現實。我會在明天來到特隆姆瑟的港口，搭乘前往芬斯內斯的快艇，再搭乘往南的公車，來到這個名叫霍爾峽灣的小鎮，如果一切順利，學校的工友會在那裡迎接我。

不，我睡不著。

我翻出自己提袋裡還剩下半瓶的威士忌，從浴室取來一只玻璃杯，給自己斟上一杯酒，拉開窗簾，顫慄著喝下第一口，同時望向窗外那座亮得出奇的住宅區。

當我在次日早上十點鐘醒來時，不安感已消失無蹤。我將行李收拾妥當，用接待櫃檯的電話叫了一輛計程車，帶著行李箱站在戶外，等待的同時吞雲吐霧起來。我將到某處去，而且不再回家——這在我人生當中可是頭一遭。我已經無「家」可歸了。媽媽已經將我們的房子賣掉，搬到挪威西部的福爾迪。再婚後的爸爸則和妻子長期住在挪威北部。英格威則住在卑爾根。而我呢，正動身前往我所擁有過的第一間公寓。我會在那裡工作、掙來自己的薪水。我有生以來第一次能夠對自己生活的大小事情做主。

真是該死的，這感覺棒呆了！

計程車開了過來。我將香菸扔到地面上一腳踏熄。那名司機——身材圓胖、留著白頭髮、脖子上掛著一條金鍊子的年長男子——打開後車廂。我將行李箱放進去。

「請到碼頭去。」我坐進後座。

「碼頭很大的。」他轉身面向我。

「我要到芬斯內斯，搭快艇過去。」

「那就包在我身上，沒有問題。」

他開始往下方開。

「你要去那邊的高中嘛？」他說。

「不是的，我要到霍爾峽灣去。」我說。

「這樣子喔？所以，你是要去打魚咯？不對啊，你看起來並不像要去捕魚啊！」

「其實，我是要到那裡當老師。」

「看得出來。看得出來。是啊，很多挪威南部人都這樣做。可是，你是不是太年輕了一點啊？你總得滿十八歲吧，這一點總沒錯吧？」

他笑了起來，透過鏡面望著我。

我也稍微陪笑一下。

「今年夏天，我從高中畢業了。就我的推算，這樣總比啥都沒有要好。」

「是啊，也許是這樣沒錯。」他說。「但是，想想看在那裡成長的孩子們。他們分配到的老師，總是才剛從高中畢業。每年都是新老師。這樣一來，他們九年級畢業後就出海打魚，也就不奇怪囉！」

「的確。」我說。「但這並不完全是我的錯。」

「哪有，哪有，哪有什麼錯啊！有誰在講犯錯的嘛？你知道嘛，和讀書相比，捕魚的生活要好得多！

比一直讀書、讀到三十歲要好得多。」

「是，不管怎樣，我不會繼續讀書了。」

「可是你要當老師！」

「是。」我說。

接著是一陣長達好幾分鐘的沉默。隨後他鬆開換檔用的手桿，指了指。

「你要搭乘的快艇，就在那裡。」

他在碼頭前方停車，將行李箱放到地面上，蓋上後車廂。我把錢遞給他。我不知道小費該怎麼給，一路上我的內心為此陷入掙扎。最後我的解決方案是，告訴他，不必找零了。

「感謝你！」他說道。「祝你順利！」

五十克朗就這樣飛了。

當他駛離時，我站在原地，數著自己手邊剩下的錢。情況看來不怎麼妙。不過當我抵達時，我鐵定可以先獲得一點支應。這點他們總理解：在我開始工作**之前**，我不可能賺到錢的吧？

芬斯內斯僅有一條主要街道，那些想必迅速興建起來的混凝土住房、貧脊的地貌與遠處的山脈都使當地像極了阿拉斯加或加拿大某個小鎮——當我在數小時後待在一家咖啡店、面前擺著一杯咖啡、等候公車發車時，我才猛然想到這一點。這裡不存在市中心；這座城市是如此小，以至於一切都必須被視為市中心。與我習慣的那些城鎮相比，這裡的氣氛截然不同——這當然是因為它要小的多，但這也是因為，在任何方面，人們完全沒有努力嘗試著讓這裡更顯美觀或宜人。絕大多數城市總還有著正反兩面；但在這裡，所有東西看起來一模一樣。

我迅速翻閱一下自己不久之前在書店買的兩本書。其中一本是《新水域》，由一個名叫羅伊．雅各布森，我並不熟悉的作家所撰寫；另一本則是《芥末軍團》，作者是摩頓．尤根森（我在幾年前聽過幾個樂團的演奏，而他就曾親自參與其中一、兩組樂團的演出）。將錢花在這些書上，或許並不怎麼明智；不過我總是想要成為作家，閱讀很重要，看出標準何在就更顯得重要。我是否能像他們那樣寫作？當我翻閱著書頁時，這個問題始終在我腦中揮之不去。

走到公車前，在外面抽完最後一根菸的時候到了。我將行李塞進行李廂、付錢給司機，詢問他是否可以在來到霍爾峽灣時通知我一聲。隨後我就往回走，坐在左側倒數第二排的座位上；打從我有記憶以來，這就是我最喜歡的位子。

走道的對面，我的斜前方坐著一名甜美可人的金髮少女。她或許小我一、兩歲，膝蓋上放著一只背包，我猜想，她就在芬斯內斯上高中，現在剛放學正要回家。當我走上車時，她望了我一眼；此刻，就在公車發動、震顫著駛離車站時，她轉過身來，再度望了我一眼——並沒有很久，不過就是驚鴻一瞥，連一眨眼都不算，但這已經足以讓我勃起。

我戴上耳機，將一塊卡帶塞進隨身聽。聽著史密斯樂團的《吾后亡矣》。為了避免自己顯得突兀，接下來的數公里路程中，我專心望著自己這一側窗外的景色，抑制所有朝她方向窺探的衝動。

市中心過後，旋即出現一片顯然經過細部規畫的住宅區，延伸了一公里左右，約半數乘客就在此地下車。隨後我們駛上一條筆直、漫長、荒蕪的路段。芬斯內斯的天幕顯得蒼白而黏糊，下方的城鎮浸泡在那冷漠的光線裡，然而這一帶的天空變得深沉、綻放出濃烈的藍，而盤踞在西南方山岳（那低矮但陡峭的絕壁掩蓋了必定位於其後方的海景）上方的太陽使那呈現斑斕紅色，某些位置幾乎變成紫色，於道路兩旁綿密生長的石楠灼燒起來。此地見到的樹木，大多數是歪斜的松木與矮樺樹。靠我這一側的景觀是覆著蒼綠植被的平緩山峰，幾乎像蛇形丘一樣，迎接往上騰起的溪谷。另一側的高度雖然沒那麼高，卻相當陡峭狂野，具有典型的高山特徵。

這裡杳無人跡，更看不到任何屋舍。

但我到這裡來可不是要認識什麼新朋友的，我來是為了能夠安靜、心平氣和地寫作。

這個念頭在我體內注入一股閃電般的喜悅。

我已經在路上，已經在路上。

幾個小時以後，仍然被音樂環繞的我望見前方遠處的一塊路牌。地名的長度告訴我，上面一定寫著「霍爾峽灣」。路牌所指引的道路直接導入山壁裡。你很難稱它是一條隧道，反而更像一個洞口。岩壁彷彿剛剛才被炸藥爆破出來，洞內毫無一絲光線。水勢從洞穴的頂部滂沱落下，司機不得不啟動雨刷。當我們開出另一端的洞口時，我喘息起來。一片狹長的峽灣出現在兩道綿長、光禿、極其陡峭、裂開的山脊之間；峽灣遠處則是一片廣袤的藍色水域。那就是大海。

噢噢噢。

公車行駛的那條路，緊緊貼靠著岩壁。為了將這片景致盡收眼底，我站起身，走到另一邊的座椅旁。我從眼角察知到，當那名金髮女孩看到我站在那裡、鼻尖觸及玻璃窗格時，她轉向我、露出微笑。對面群山的下方坐落著一座小島，島內側布滿了屋舍，外側則是一片荒涼，至少從我所在的位置望去是如此。幾條漁船停放在一座突堤碼頭內緣的港口。那座山繼續延伸了至少一公里，近處的岩壁覆蓋著一層綠色，較遠處的岩壁顯得光禿而灰白，並且直直切入海面。

公車駛過一條酷似洞穴的新隧道。對面則是一道相對柔緩平淺、形狀有點像碗的長峽谷。我將要度過接下來這一年的聚落，就位於此處。

上帝呵。

這真是太美妙囉！

絕大多數的屋舍都位於一條U字形的道路邊，擺蕩著貫穿整個聚落。下方坡道下緣的碼頭旁邊是一棟類似工廠的建築物，那就是漁廠——外面停滿了漁船。U字形道路的盡頭則是一座禮拜堂。這條道路高處的上緣坐落著一排房舍，屋後生長著石楠、灌木叢與矮樺樹，一路延展到峽谷區的盡頭，一座大山便在那裡從兩側巍然聳立。

這就是所有的景緻了。

不對。上、下兩條道路交會的上方，也就是隧道旁邊，坐落著兩棟大型建築物。那一定就是學校。

「霍爾峽灣！」前座的司機說道。我將耳機塞進口袋，走到前方。他跟在我後面步下踏階，打開行李廂。我感謝他載我一程。他回答「不客氣」的同時，臉上毫無笑容可言，然後便躍上車去。那輛公車旋即調轉車頭，重新駛入隧道。

我兩手各提著一只行李箱，揹著海員用旅行袋，呆站在原地，先是望向上方，又望向下方，目光掃過路面，找尋著學校工友的蹤影。同時，我將那清新、充滿海水鹽味的空氣深深吸入肺部。

公車站牌正對面的那棟房屋大門打開了。一名矮小的男子走出來，他只簡單穿了T恤與運動褲。當我看到他走動的方向時，我理解到，這人就是來接應我的。

除了雙耳耳畔的一小落頭髮以外，這男子的頭已經全禿了。他的面容溫和，五官顯著（較年長的人，五官也常會變得如此）。但當他走近時，我驚覺到，他鏡片後方是一雙凸出的小眼睛，這與他其他的特徵相悖。

「是克瑙斯高嘛？」他伸出手的同時，眼神並未望著我。

「正是。」我應著，並且握住對方的手。那是狹小乾枯，猶如動物般的手。「您想必就是柯內琉森囉？」

「正是。」他噘了噘嘴，雙臂直直落下，隨後看向四周。「喏，你覺得怎麼樣？」

「你是說霍爾峽灣嘛？」我說。

「我們這裡的風景很棒吧，啊？」他說。

「棒極了。」我說。

他轉過身，往上方指了指。

「你之後就住那邊。」他說。「我們是鄰居。你知道的，我就住在旁邊。我們上去瞧瞧吧？」

「好的，不過，你是否知道我的東西送過來了沒有？」我說。

他搖搖頭。

「這我就不知道了。」他說。

「那應該星期一會到。」我說，一邊跟著他往上方走。

「如果我的理解正確，我的小兒子會在你教的班上。」他說。「史提格，他讀四年級。」

「你有很多小孩嗎？」我說。

「四個。」他說。「兩個還住在家裡。就如我之前說的，是約翰訥斯和史提格。圖妮和魯賓住在特隆姆瑟。」

我們行走的同時，我望了望這座小鎮。外圍坐落著幾個想必是商店的形影，那裡也停放了幾輛汽車。道路上端一家小店外圍，站著幾個牽著腳踏車的青少年。

峽灣的深處，一條船正朝向陸地行駛。

幾隻海鷗在下方的港口淒聲尖叫。

除此以外，一切無比寧靜。

「這裡究竟住著多少人啊？」我說。

「兩百五十個人左右吧，還要看你要不要列入那些寄宿學校的小孩。」他說。

我們在一棟被染黑、具有七〇年代風格的房屋前停下腳步。一樓的門位於一座門廊的內緣。

「就在這裡。進來吧。門是開的。不過，你馬上會收到鑰匙。」他說。

我打開門，走入門廳，將行李箱放到地上，從他手裡接過鑰匙。屋中散發出的氣味，就是某棟久無人居的房屋的那種氣味。一種微弱且充滿溼氣與霉味、酷似戶外的氣味。

我將那扇半掩的門推開，走進客廳。橘色的寬幅地毯。一張暗褐色書桌，一張暗褐色茶几與一組褐黃相間的小沙發，就連它也是以某種暗色木料製成的。兩扇可見全景的大窗戶，面朝北方。

「挺棒的。」我說。

「這邊是廚房。」他指向那間小客廳其中一端的門，然後他轉過身。「那裡面就是臥室。」

廚房裡的壁紙上繪有某種使人熟悉的七〇年代風格圖案，以黃、棕、白色構成。一扇小桌子擺放在窗戶下。冷凍庫上面則是一只小冰箱。水槽旁邊附有一個薄層材質的小流理臺。地板鋪著灰色的亞麻油地氈。

「然後，最後還有臥室。」他說。當我走進去的時候，他就站在門口。房間地毯的顏色，比客廳地毯的顏色還深。亮色系的壁紙，有一張低矮、相當寬敞的床鋪，與其他家具材質相同，是柚木，或者柚木的仿製品，除此之外裡面就沒有其他家具了。

「太完美了。」我說。

「你有帶床單嗎？」

我搖搖頭。

「床單會跟著搬家貨車送過來。」

「如果你願意，我們可以先借你。」

「那挺好的。」我說。

「那我去拿過來。」他說。「如果你有問題的話，不管是什麼，你都可以下來問。我們這裡沒在怕生的！」

「好的。」我說。「真是太感謝你了。」

我從客廳一扇窗邊目送他走進自己的屋內，就位於我的屋舍下方約二十公尺處。

我的！

靠，我有一間公寓了！

我在屋內來回走動了一下，打開每道抽屜，望了望幾座櫥櫃的內部，直到工友抱著一綑床單回來為止。他離開後，我開始拿出自己攜帶的少量物品。我的衣服、一條毛巾、打字機、幾本書、一疊打字機用紙。我將書桌推到客廳其中一扇窗戶下方，把打字機放到桌面上，取出落地燈，將書本與一期《窗》（我在奧斯陸購買，後來決定訂閱的文學雜誌）擺放在窗臺上。接著我將自己那十五、二十卷錄音帶堆在旁邊，再將我的隨身聽與備用電池擺在書桌上那疊打字機用紙的旁邊。

將寫作區整頓完畢以後，我把衣服塞進臥房的櫥櫃裡，將空空如也的行李箱塞入最上方的架子，然後在房間中央處站了一會兒，不知道該做什麼。

我很想打電話給別人，描述一下這裡的景象，但是公寓裡沒有電話機。我也許該到外面，尋找一下公用電話亭？

而且我也餓了。

那間像是路邊攤的小店，如何？我也許應該走上去瞧瞧？

反正在這裡也沒事做。

我在門廳內那間小浴室的鏡子前方戴上黑色貝雷帽，接著在戶外的臺階上停留幾秒鐘，觀望一下周圍形勢。你可以一眼掃過整座村莊，以及所有住在那裡的人。那一帶沒有什麼良好的藏身之處。當我沿著那條最上端鋪著礫石、下方則鋪著瀝青的道路行走時，我感覺自己能夠被看得一清二楚。

幾個青少年聚集在路邊小吃店外圍。當我來到時，他們的對話戛然而止。我從他們旁邊經過，沒有望著他們，踏上臺階，那裡酷似露臺，站到點餐的窗口前面。在柔和、蹣跚的夏夜陽光映照之下，它閃動著強烈的黃光。窗戶黏滿了油脂。一名年齡與我後方那些青少年約略相仿的男孩走到點餐窗口後方。他的臉頰上長著幾縷黑色毛髮。他有著一雙褐色的眼睛、黑色的頭髮。

「一份漢堡套餐和一罐可樂。」我說。我仔細聆聽，想聽出後方那呢喃般的交談聲是否在說我。不過情況並非如此。我點燃一根香菸，一邊等待，一邊上上下下地踩踏著階梯。那個小夥子把裝有一堆生馬鈴薯條、外觀酷似漁網的廚具放進沸騰的油裡。他將一個漢堡甩進煎鍋裡。此刻，除了那低沉的嘶嘶聲，以及現在我背後那些急切的話聲以外，周圍一片寂靜。峽灣對面的屋舍亮著燈光。那低沉、但在開闊的海面上卻彷彿高高捲起的天幕呈現藍灰色，顯得模糊不清，但絕對稱不上陰暗。

那股寂靜並不滯悶，而是帶來寬闊之感。

但我出於某種原因想到，這種開闊的感受，並非為我們而生。早在人類存在以前，寂靜就已經存在，而且始終如一。在人類消失很久以後，寂靜仍將繼續存在，且將繼續保持相同的樣貌，繼續棲息在這由山岳構成的碗中。山的外面就是大海。

它的終點究竟在哪裡啊？美國嘛？加拿大嘛？是的，一定就是如此。紐芬蘭。

「你點的漢堡好了。」那個小夥子說。他將裝有一個漢堡、幾片沙拉、一瓣番茄與一堆炸薯條的塑膠托盤放在窗外的架上。我付了錢，取來托盤，轉身正要離去。

「你就是那個新老師嘛？」其中一個靠在腳踏車旁邊的男孩問道。

「是的。」我說。

「既然這樣，你會來教我們。」他啐了一口唾液，將棒球帽稍微往上拉。「我們讀九年級。那邊那傢伙，他讀八年級。」

「這樣喔。」我說。

「是的。」他說。「你啊，你是南部人吧？」

「挪威南部人，是的。」我說。

「很好，很好。」他點點頭，彷彿我已經有了聽眾，現在我的談話已經被告知結束——我可以離場了。

「你們叫什麼名字？」我說。

「這你很快就會知道咯。」他說。

這番話逗得他們哈哈大笑。我擠出一抹微笑，裝得若無其事，但我從他們身旁走過時，我覺得自己真蠢。他擺了我一道。

「那你呢，你又叫什麼名字？」他在我背後喊道。

我一邊回過頭來，一邊繼續往前走。

「老唐。」我說。「唐老鴨。」

「他想必也很喜歡開玩笑唷！」他叫喊著。

我將漢堡吃光以後，我就脫掉衣服，躺到床上。時間還不到九點鐘，房間裡很是明亮，就跟某個灰濛濛日子的中午時分沒兩樣，而那覆蓋住一切的寂靜，增強了我所有動作發出的聲音。因此就算我在這個晚上很疲累，還是花了好幾個小時才入睡。

半夜時分，我醒轉過來，驚覺某個位置的一扇門掀開了。又過了一會兒，我聽到樓上傳來腳步聲。半睡半醒之間，我突然驚覺，我身處提貝肯社區的舊家、待在爸爸的工作室裡，就是他在樓上來回踱步。老天爺，我怎麼會落到這裡來？我才剛這麼想，就再度落入黑暗之中。當我再度醒來時，我感到徹底、全然的恐慌。

我在哪裡？

在提貝肯的舊家裡？在特維特的家裡？在英格威租賃的房間裡？在特隆姆瑟的青年旅館裡？

我在床上坐起身子。

我的目光掃視各處，卻沒能真正辨識出什麼東西——我所見的一切都不具任何意義。我全身彷彿正從一面平坦的牆上滑下。

接著我想起來了。

霍爾峽灣，我在霍爾峽灣。

我在霍爾峽灣，在自己的公寓裡。

我再度躺下，並在思緒中重新經歷這一整趟旅程。隨後我想像著那窗外的社區，所有住在那些屋舍裡、而我不認識的人們——而他們也不認識我。某種可能是期盼，但也大可以是驚恐或猶疑的情緒從我內心湧現。我從床上爬起，走近那間擺設極其精簡的浴室裡，沖了個澡，穿上絲質綠襯衫與寬大的黑棉褲，在窗邊站了一會兒，望向下方的店舖——我得到那裡去，買些東西回來當早餐吃，但現在還不到時候。

外面的停車場上，停了好幾輛汽車，車子之間聚集了一小群人。三不五時會有人從打開的店門間走出，手上提著購物袋。

算了，還是把這件事處理掉吧。

我走進門廳，套上大衣，戴上貝雷帽，穿上那雙白色籃球鞋，瞥了一眼自己的鏡影，理了理貝雷帽，點燃一根香菸、走了出去。

此刻的天空就如昨天一樣柔和多雲。山壁直直切入位於另一端的峽灣。我倉促地瞥了那景色一眼，看出了其中所蘊含的殘忍性；它們是無情的，周圍可能發生任何不測，而它們完全不為所動——大自然屹立於此地的同時，卻又彷彿身處他方。

這會兒，有五個人站在下方。其中兩個人顯得年長，鐵定有五十歲；另外三人看來只比我大幾歲。

我認知到，他們老早就看到我了，千真萬確——畢竟，一個身穿黑色長大衣的陌生人可不會每天都沿著這條坡道往下走。

我將那根菸擺在雙唇之間，深深地吸了一大口，濾嘴變得暖熱。

門口的兩側各擺著一根《世道報》的白色廣告用塑膠旗幟。窗戶上貼著一大堆以綠色和紅色紙板製成的告示，手寫著各種啟事和宣傳。

現在我離他們只有十五公尺。

我該打招呼嘛？一聲調皮、使人愉悅的「哈囉」？

停下腳步，交談幾句？告訴他們，我就是新來的老師，對這件事開開玩笑？

其中一人望向我。我微微點頭。

他並未頷首回應。

難道他沒有看見嗎？我這一點頭難道是如此幽微，導致我看起來只是變換了頭部的角度，就像是抽搐了一下而已？

他們的存在就像刀片一樣刺穿我。我在門前一公尺處將那根菸扔到地面上，停下腳步，踏熄火花。

我該就這樣讓它落在地上嘛？就像亂扔垃圾一樣？還是說，我該撿起來嘛？

不要，這樣看起來有點太迂腐了，可不是嘛？

去他的，就讓它落在地上吧。他們這一整票人全是漁夫，他們抽完菸以後，絕對是殺千刀的到處亂扔菸蒂！

我推開門，取來一只紅色購物籃，在不同的貨架之間找尋。一名身材圓胖、年約三十五歲的婦人拿著一盒早餐香腸，對著一個想必就是她女兒的小女孩說了一句什麼。身材高瘦、纖細的她擺出一副鬱悶不樂、倔強的表情。那名婦人的另一邊則是一個十歲左右的小男孩。他的身子湊在櫃檯上，翻找著東西。我將一條全麥麵包、一袋阿里研磨咖啡與一盒格雷伯爵茶包放進籃裡。那個婦人瞥了我一眼，將那盒香腸放進自己的購物籃裡，隨後繼續走向超市的另一端，後面則跟著那個小男孩和小女孩。我慢條斯理地逛著，瞧瞧他們這裡銷售的一切商品，從冷藏區取來一盒乳清乾酪、一瓶鵝肝醬與一條美乃滋醬。然後我取來一盒牛奶、一盒人造奶油，接著走向結帳櫃檯。此刻，那名女子已經在將購買的貨品收進一只袋子裡。她的女兒則讀著門邊布告欄上的內容。

店員朝我點點頭。

「哈囉。」我一邊打招呼，一邊將商品放到輸送帶上。

他的個子矮小，身材結實，一張寬闊的臉、尖挺的鼻子，厚實有力的下頷滿布黑灰鬍渣。

「你該不會就是那個新老師吧？啊？」他一邊將價格輸入收銀機。站在布告欄旁邊的小女孩轉過身來，望著我。

「是的。」我說。「我昨天剛到。」

小男孩抓住她的胳臂，拉扯起來。她將手臂縮了回來，走到門外。那小男孩緊隨其後；就在下一秒鐘，他們的媽媽也跟了過來。

我需要柳橙，還有蘋果。

我忙不迭地衝進那狹小的水果攤位，將幾顆柳橙塞進袋子裡，並抓了一、兩粒蘋果，回到櫃檯前，此時店員剛好將最後一項商品輸入完畢。

「我要買一盒探險牌混合菸草，捲菸紙。還要一份《日報》。」

「我猜想，你是南方人吧？」他說。

我點點頭。

「克里斯蒂安桑。」我說。

一名戴著老頭常戴的扁帽、有點年紀的男子推門走進。

「早安唷，博蒂爾！」他喊道。

「又出來活動了唷！」店員說道，對著我眨眨眼。我虛弱地微笑一下，付了錢，將商品塞進一只提袋，然後走了出去。一個站在外面的人點點頭。我也點頭回禮。隨後，我就算是擺脫他們了。

往上走了一小段路以後，我停下腳步，打量著那座在社區外圍隆起的山。從山腳到山巔，顯現出一片全然的翠綠——這或許正是這一帶景觀最令人驚豔的特質，我本來以為自己會看到貧脊、毫無色澤的地貌，而不是眼前這片到處蜿蜒、延展的蒼綠，只有灰藍的大海能夠壓制住它。

再度走進公寓真是舒服。這是第一間我能夠稱為「屬於我自己」的住房，就算是最微小而繁瑣的雜務，我也樂在其中——比如說掛上夾克，或者將牛奶塞進冰箱裡。當然了，這一年的初夏，我曾在艾格斯精神病院的一間小單房公寓住過一個月；當我從我們已住上五年之久的房屋搬出去時，媽媽就是將我載到那裡。但它並不是真正的公寓，就只是一條長廊上眾多房間的其中一間——過去，那些未婚的護士可就住在這裡，因而被稱為「母雞窩」。我在那裡的工作也是這種屬性，那並不是真正的工作，我不過就是個沒有實際責任的暑假短期代班人員。而在克里斯蒂安桑也是如此。對我來說，在克里斯蒂安桑是不可能感到自由的——連結到許多人身上、各種真實與想像的牽絆實在太多，我在那座城市裡永遠無法為所欲為。

但是，在這裡！就在我望向窗外時，我一邊咬著麵包，一邊這麼想著。彼端山岳的映影就像在萬花筒裡那樣，被下方水面上的細小波紋攪亂。這裡沒人知道我是誰，這裡不存在任何連結，沒有任何既定的模式，我在這裡可以想做什麼就做什麼。這一年之中我可以當個隱形人，專心寫作，祕密地營造某種事物。或者就只是單純地輕鬆度日，順便存一點錢。這沒那麼重要。最重要的是，我在這裡。

我將牛奶倒進玻璃杯，幾大口飲盡，將杯子與餐盤餐刀一併放到流理臺上，把塗抹麵包的佐料收進冰箱，接著走進客廳，將打字機的電源線插入牆上的插座，戴上耳機，音量調到最大，把一張紙放入滾筒，將打字機的圓球固定在中央，在這一頁頂端打上數字「一」。我朝工友的房子望去。大門口的臺階上擺著一雙綠色高筒膠靴。一根紅色刷毛的掃把貼牆而放。房屋前方的平面被混摻的沙子與礫石所覆蓋，上面則擺了幾輛小小的玩具車。這兩棟房屋之間生長著苔蘚、地衣、少量的草，以及寥寥幾株細瘦的樹。我的食指隨著音樂的節拍敲打著桌緣。我寫了一句。「加百列站在那片高地上，望向住宅區，露出不滿的神情。」

我抽了一根香菸，煮上一壺咖啡，俯瞰這座小鎮與峽灣，接著朝上望向另一邊的山岳。我又寫了一句。「戈登從他背後冒了出來。」跟著副歌一起唱，繼續寫作。「他像一匹狼那樣哭嚎起來。」我將椅子向後推，雙腳翹到桌面上，又點燃一根香菸。

這真是愜意，可不是嘛？

我取來海明威的《伊甸園》，翻閱了一下，想要獲取一點語感。兩天前，就在克里斯蒂安桑的火車站，希爾姐送了這本書給我作為臨別的禮物；那時我正要前往奧斯陸，再搭機到特隆姆瑟。拉許、還有已經跟希爾妲在一起的艾瑞克也都在場。此外琳恩也來了。她會跟我到奧斯陸，在那裡跟我道別。

直到此時，我才看到卷首的空頁有一段獻辭。她寫道，我對她有著極其特別的意義。

我噴出一口菸，只是靜靜地坐著，望向窗外，同時想著這件事情。

我對她能有什麼意義？

我察覺到，她看穿了我。但是，我不知道她究竟看出了什麼。與她當朋友，簡直就是被強行照顧一樣。然而在此同時，這種洋溢於理解中的關愛之意，總是讓受到照顧的人們變得渺小。這並不是一個問題，但我感受到了。

我並不值得被這樣對待。我假裝自己值得被這樣對待，而詭異的是她竟然也接受這一點——論及這種事情時，她完全能夠理解、洞悉一切。我認識的人當中，只有希爾妲會閱讀真正有分量的書籍，就我所知，也只有她會親手動筆寫作。我們同班兩年，我馬上就注意到她。對於教室裡的話語，她抱持著一種諷刺，有時還夾雜著反叛的態度，我過去從未見過這種態度的女生。她對其他女生身上那種無意義的作態感到輕蔑；她們總是想要展現自己的魅力，其幼稚的舉止極其做作。但她並未顯得侵略或挖苦，她並非這種人。她相當和善體貼，內心的本質相當溫和，但也蘊含著某種犀利，因而體現出某種不尋常的獨立性，而這愈發頻繁地使我關注她。她顯得很蒼白，雙頰有著蒼白的雀斑，薑黃的髮色，身材單薄，全身散發著弱不禁風的特質，在意義上就是「粗壯」的相反詞，假如她的本性沒有那麼犀利，沒那麼獨立自主，這也許能在她遇見的人心中喚起一種想要照顧她的願望——但實情遠非如此，而且正好相反；希爾妲會真正悉心照料、關注自己親近的人。她經常穿著軍綠色夾克、尋常的藍色牛仔褲，這種衣著象徵對左派的同情；但一論及文化，她可是站在另一邊，她反對物質主義，她守衛的就是靈魂。總而言之：她認為內在重於外在。因此她對索斯塔德與法德貝肯（她稱他是「腐得被啃」）這樣的作家嗤之以鼻，她喜歡的是比約博尼、凱．斯卡根，甚至是安德瑞．巴耶克。

希爾妲曾經是我最親近、最信任的朋友。事實上，她是我最好的朋友。當我還是個小小孩，我在她家裡開始學會走路。我認識了她的雙親，有時還在那裡過夜，我也曾在她家裡晚餐。我和希爾妲唯一會一起做的事情（有時艾瑞克會加入，有時只有她和我），就是聊天。我們會在她家地下室盤腿而坐，兩人之間擺著一瓶葡萄酒，隨著夜晚的黑暗逐漸靠向窗邊，我們聊起我們所讀過的書籍、我們思考的政治問題、那些在生命中迎接我們的事物、我們想要獲得的事物，以及我們能辦到的事物。她展現某種對於生命的嚴肅。在我所認識、與我同年齡的人群中，就只有她保有這種嚴肅，而她想必也在我身上看到了這種性質，但她同時又笑口常開，始終不曾表現出譏諷。很少有比待在她家裡更讓我喜歡的事情——我會跟她以及艾瑞克一塊待在那裡，有時拉許也會加入。然而在此同時，我的生活中又發生與此矛盾的其他事情，以致我總是感到良心不安。當我在迪斯可舞廳鬼混、喝得爛醉、企圖搭訕女生的時候，我會為了希爾妲的緣故、我和她交往時所記得的理念而不安；當我在她家裡作客，聊到自由與美麗，或者一切事物的意義時，對於那些跟我出去混的人們，我總會覺得良心不安——見到他們同樣讓我感到問心有愧，畢竟希爾妲、艾瑞克和我談論的道德雙標與偽善，在我的內心同樣根深蒂固。我的政治傾向屬於極左派，已經近於無政府主義者，我憎惡充滿刻板印象與制式化的一切，而就像她和其他所有在克里斯蒂安桑成長、另類思考的青年男女那樣，我蔑視基督教、所有相信基督教並會見那些蠢笨但自以為有魅力牧師們的白痴。

但我並不蔑視那些信基督教的女生。不。出於某種詭異的原因，我竟為她們傾倒。我該怎麼向希爾妲說明這一點呢？即使我與她完全一樣，根據「真理、抑或真實面只存於表象之下」這種基本但不曾被明說的態度，努力想要看破表像，即使我就像她那樣，努力追尋意義（哪怕現代的意義只能透過承認無意義來追尋），我還是只想要活在那光鮮亮麗、美豔誘人的表面，我就偏想要將那無意義的杯中物一乾而盡——換句話說，我被吸引到城內所有的舞廳與夜店裡，我最想做的莫過於喝得爛醉如泥，到處找尋能夠跟我打炮，或者至少能跟我調情的女生。我該怎麼向希爾妲解釋這一點呢？

我無法解釋，而我也沒有解釋。相反地，我在自己的人生中開啟了一道名為「爛醉與盼望淫亂」的支流，就緊鄰著由認知與親密感構成的生命主線，兩者之間的區隔，意謂著我性格上的變化，某種像庭院之間籬笆那樣細小、幽微的變化。

琳恩則是基督徒。她的言行並不特別引人注目，但她就是基督徒。她就這樣站在火車站前，而且如此貼近我，這或多或少使我沮喪。

她有著黑色鬈髮、輪廓犀利的眉毛、澄澈的藍色雙眼，舉止相當優雅，有著那種罕見、能夠面向他人的自信。她很喜歡素描，也經常畫，她在這方面想必有一定天賦。跟我道別以後，她會開始在一所社區大學就讀藝術學程。我並沒有愛上她，但她很漂亮，我相當喜歡她。某些時候，當我們共飲一瓶白酒時，我內心仍會激盪出一些強烈的情感。問題就出在她設置很清楚的界限。我們在一起的時間維持了幾星期；有那麼兩次，當我倆半裸著，躺在她家床上，或者在我那位於「母雞窩」房間裡床上調情的時候，我懇求過她，請她允許我越界。但是，不行——她不願意將自己毫無保留地獻給我。

「難道我就不能從後面幹妳嘛！」有那麼一次，我絕望地喊，而竟不知道這番話真正的意涵是什麼。琳恩扭動著靈活的身軀，貼到我的身旁，然後狠狠地、不斷地吻我。沒過幾秒鐘，我就感覺到鼠蹊部那陣可憎的抽搐——以及那被精液浸溼的內褲。我謹慎地從她身邊退開。她全身仍充滿著那股激情的渴望，但卻完全沒有察覺到，對我來說，我們之間的氣氛可是瞬息萬變的。

現在她就站在我身邊，雙手插在長褲後的口袋裡，揹著一只小旅行袋。離火車發車時間還有六分鐘。整座月臺持續出現上車的人流。

「我去小店轉一圈。」她注視著我。「你要買點什麼東西嘛？」

我搖搖頭。

「喔，等一下，我想要一瓶可樂。」

她急忙走進諾維森[1]小店裡。希爾妲望著我，面露微笑。拉許的眼神逡巡不定。艾瑞克望向遠處的港區。

「現在你將要獨自去體驗人生了，我要給你一條忠告。」他說道，轉身面向我。

1 Narvesen，挪威的連鎖便利商店，建立於一八九四年。

「什麼忠告？」我說。

「小心行事。請你確保自己永遠不會被當場抓包。如果能做到，你就會平安無事。比方說，如果你想讓某個學生幫你口交，看在上帝的分上，請你在講桌**後面**幹這種事。不要在講桌前面幹。你懂嗎？」

「這樣子，豈不是道德上的雙標嘛？」我說。

他笑了起來。

「在那遙遠的北方，如果你真的得打一個女生，那你就得確保她的瘀傷不會被人看到。」希爾妲說。

「不管你覺得手指有多癢，千萬別打她的臉。」

「所以妳認為我會和兩個女生交往？這裡一個，那裡一個？」

「有何不可？」她說。

「你打其中一個，另一個則不讓你打。」艾瑞克說。「你不會找到比這個更美妙的平衡囉。」

「還有更多的忠告嗎？」我說。

「我在電視上看過一名老演員接受專訪。」拉許說。「他被問到，在他漫長的人生行路中，是否有學到什麼教訓可以向觀眾轉達的。他回答，有啊，他當然有些忠告。這跟浴簾有關。必須懸掛在浴缸的內緣，而不是外緣。如果掛在浴缸的外緣，水會流得滿地都是。」

我們笑了起來。拉許得意地環顧四周。

在他的後方，琳恩兩手空空地走了出來。

「裡面太多人排隊啦，不過，火車上應該有販賣機吧。」她說。

「是的，火車上有。」我說。

「那我們現在上車吧？」

「好的。」我說。「就像佛雷科涅斯[2]常說的，『那就這樣子啦』。我一輩子都不會再回到克里斯蒂安桑！」

他們輪流擁抱了我。打從二年級開始，我就會這樣做——每次我見到他們，我們都會與彼此相擁。

我將袋子甩上背，提起行李箱，跟在琳恩後方上了火車。他們招了招手。接著火車就發動了，他們則大步走向停車場。

這只是兩天以前的事情——這簡直是不可理喻。

我擱下那本書，閱讀了我所寫下的那三個句子，同時又捲了一根菸，喝了一口變溫的咖啡。下方的商店前，車流已變得稀疏。我到廚房取來一顆蘋果，重新坐回書桌前，在一小時之內寫了三頁。這個故事講述一個新落成住宅區裡的三個小男孩，我自己覺得寫得還挺好的。也許再寫三頁，然後就算是完成了。這樣還挺不賴的啊，才剛到這裡第一天就寫完了一個短篇小說。按照這種速度，到聖誕節前，我就可以出一本短篇小說集囉！

當我用水沖掉咖啡壺底部的殘渣時，我看到一輛汽車從超市開上道路，停在工友家外。兩名應該有二十五歲的男子下了車，他們體型都很強壯；其中一人頗高，另一人則比較矮、略顯圓胖。我轉動咖啡壺，放在水柱下方直到裝滿水為止，然後放到電爐上。那兩名男子走上坡。我退到一旁去，避免他們透過窗戶望見我。

他們在門廊停下腳步。

2 Fleksnes，盛行於一九七〇年代的挪威電視劇名稱。

他們是來找我的嘛？

其中一人對另一人說了幾句話。門鈴傳遍了整間公寓，刺破原先的寂靜。

我在大腿上擦乾雙手，走入門廳開門。

個子比較矮的那個人伸出手來。他的臉孔四四方方，有著一張小嘴、歪斜的下巴，雙眼顯得狡猾，留著黑色鬍子與鬍渣，頸子上戴著一條厚重的金鍊。

「雷米。」他說。

我在錯愕中跟他握手。

「卡爾．奧韋．克瑙斯高。」我說。

「法蘭克。」那個高個子說道，並伸出大得出奇的手。他臉孔圓潤的程度，簡直與另一人臉孔方正的程度不相上下──那是一張渾圓、多肉的臉孔，寬厚的雙脣，以及稚嫩、近於粉紅的膚色，單薄稀疏的亮色頭髮。他看起來就像一個大孩子，雙眼和善，宛如一個小孩的眼睛那樣。

「我們可以進來嘛？」名叫雷米的人說道。「我們聽說，你一個人孤零零地待在這裡，因此我們在想，你會希望有人來作客。畢竟，你在這個小鎮還不認識什麼人嘛。」

「好的。」我說。「這真是太棒了。請進來！」

我向後退上一步。**太棒了！請進來！**靠，這個詞是從哪裡冒出來的？難道我已經五十歲了嘛？

他們駐足在客廳裡，環顧四周。雷米數度點頭。

「哈里森去年就住在這裡。」他說。

我望著他。

「是前一個代課老師，我們經常待在這裡。他可真是個好人唷。」他補充。

「超級友善的。」法蘭克說。

「你從來不會聽到他說**不**。」雷米說。

「我們已經覺得超級想念他的咯。」法蘭克說。「我們可以坐下嗎？」

「當然。」我說。「你們要喝點咖啡嘛？外面廚房有。」

「咖啡，好的，謝謝。」

他們把脫下的夾克掛在扶手上，坐到沙發上。他們的身體簡直就像橡木桶。那個叫法蘭克的，他的上臂比我的大腿還要有力。就算我站在廚房裡、背對著他們，我仍然能感受到他們的存在，充斥著整間公寓的每一個角落，我覺得自己像個小女生一樣弱不禁風。

這真是太棒了。**你們要喝點咖啡嘛**？

可是，真該死，我竟沒有杯子！我只帶了一個自用的咖啡杯。

我打開流理臺上方的櫥櫃。當然了，裡面是空的。接著我打開底部的櫃子。一只玻璃杯就放在水槽下方、那條排水管的旁邊。我將杯子沖洗乾淨，把一點咖啡倒進壺子裡，放在電爐上加熱一下，然後提著走進客廳。我環顧四周，想找個能墊在咖啡下方的東西。

只能用《伊甸園》了。

「怎麼樣啊，卡爾．奧韋？」雷米說。「你覺得如何啊？」

一個我先前素未謀面的男子，竟然這樣親暱地直呼我的名字——我覺得很不自在，雙頰發燙了起來。

「喏，我不知道耶。」我說。

「我們今天晚上要參加一個派對，在格利爾峽灣。你要不要跟來啊？」法蘭克說。

「車上還有個座位，而我們也都知道，你沒時間特地跑去公賣局。所以我們也替你準備了杜松子酒。

怎麼樣啊？」

「我不知道耶。」我說。

「怎麼回事啊，難道獨自一人待在空蕩蕩的公寓裡龜縮著，就會比較有趣？」

「讓這小子自己決定啦！」法蘭克說。

「是，是，那當然咯。」

「其實我想要稍微工作一下。」我說。

「工作？做啥工作？」雷米說。不過，他的目光已然轉到那臺打字機上。「你在寫作？」

我再度感到渾身發熱。

「一點點。」我聳了聳肩。

「喔齁，是作家唷。」雷米說。「不錯唷。」

他笑出聲來。

「我這一輩子，可是連一本書都沒有讀過。就連我上學的時候，也是一本書都沒讀過。我總是溜到一邊去。你呢？」他望向法蘭克說道。

「有啊，很多本喔。你知道的，那些雞尾酒調酒書嘛。」

他倆都笑開了。

「那些算數嗎？」雷米望向我。「你這位大作家，雞尾酒調酒書能算是文學嗎？」

我艱難地笑著。

「一本書就是一本書。」我說。

現場一片沉默。

「如果我沒有聽錯，你是從克里斯蒂安桑來的？」法蘭克說。

我點點頭。

「你在那邊有沒有女朋友啊，嗯？」

我稍微遲疑了一下。

「算是有，也算是沒有，」我說。

「算是有，也算是沒有？聽起來很有趣嘛！」雷米說。

「看起來跟你這種人很像。」法蘭克望向雷米說道。

「跟我很像？哪有，我是那種有就是有，沒有就是沒有的人。」

就在他倆都喝上一口咖啡的同時，現場再度陷入沉默。

「你有小孩嘛？」雷米說。

「小孩？」我說。「真是見鬼去啦，我才十八歲啊！」

這句回話總算讓他們有了反應。

「這種事情，歷史上也曾經發生過唷。」雷米說。

「那你們有小孩嗎？」我說。

「法蘭克沒有，不過我有。一個九歲的兒子。他跟他老媽住在一起。」

「就是那一次玩得太嗨，不小心就生了。」法蘭克說。

他們笑了起來，然後望著我。

「好囉，這是他在這裡的第一天，我們就別再折磨他了。」雷米說著，站起身來。法蘭克也跟著起身。

他們取來自己的夾克，走到門廳。

「好好考慮一下今晚的派對，如果你改變心意，我們就在海耶家裡。」雷米說。

「他現在又不知道海耶住在哪裡。」法蘭克說。

「你就選那一條上坡路。然後，左手邊的第四棟屋子就是了。你馬上就能夠看到它。屋外會停著好幾輛車子。」

他伸出手來。

「希望到時候看到你。感謝你招待的咖啡！」

他們離去以後，我關上門，走進臥室裡，在床上躺平。我伸展了四肢，闔上雙眼。

一輛汽車駛上坡，停在門外。

我睜開雙眼。又有人找上門來啦？

不是的，屋內另一處的某扇門打開了。是我的鄰居們回來了（現在先暫且不管他們是誰）。說不定他們才剛到芬斯內斯採購呢。

噢，我多麼想要打電話，跟某個我**認識**的人講講話！

我也很想要睡覺，藉此逃離一切，但我竟然睡不著。我轉而走進浴室，脫光衣服，又沖了一次澡。這是一種自欺欺人，讓自己以為某件全新的事物已經開展。當然了，這一招不若睡覺那麼管用，但總比什麼都沒有要好。我頂著溼淋淋的頭髮，身上的襯衫還黏附在喉嚨間，坐好後繼續寫作。讓那兩個十歲小孩在森林裡到處走動。他們很怕狐狸，兩人手上各自拿著一把玩具槍，要是狐狸出現了，就用來嚇跑牠們。突然間，一聲槍響傳來。他們往下奔向槍聲的地點，來到森林裡的一座垃圾山旁。兩名男子趴在那裡，正用槍射擊老鼠。寫到這裡，我的內心彷彿一緊，一道弧線般的力量與喜悅貫穿，突然間，我彷彿怎樣寫都不夠快，文本總是稍微落後於敘事，那是一種壯闊、閃亮生輝的感覺。

那些用槍射擊老鼠的人離開了。兩個小男孩將兩張椅子、一張桌子拖進森林裡，坐在那裡，閱讀著自己找到的色情書刊，其中一個叫做加百列的小男孩，將自己的小雞雞塞進一只瓶口，感到一陣劇烈的刺痛，當他拉出來時，龜頭上停著一隻甲蟲。戈登大笑起來，笑到癱倒在石楠叢裡。他們忘記了時間；當加百列發現現在幾點鐘的時候，一切都太遲了。當他回到家的時候，他的爸爸氣瘋了，用拳頭揍他的嘴巴，皮破流血，並且將他關在那間裝有熱水器的小房間裡——他在那裡孤獨地度過一整夜。

當我寫完的時候，時間已近七點半。七頁密密麻麻的文字堆成一小疊，放在桌上的打字機旁邊。劇烈的勝利感湧上，使得我內心的某種事物出於渴望，尖聲叫喊著：把我說出來吧。不管對誰說都好！不管對誰說都好！

但我孑然一身。

我關掉打字機的電源，弄了幾個三明治，站在廚房窗邊吃完。天幕逐漸發灰，但仍是藍色調。一條人影迅捷地從下方的路面上閃過。兩輛汽車緊隨著彼此，從隧道往下方開。我得出去走走，不能繼續待在屋內了。

這時，傳來了敲門聲。

我打開門。一名三十歲左右，簡單穿著T恤與長褲的女子站在門外。她的面容相當柔和，鼻子顯得有點大，但不至於咄咄逼人。她褐色的雙眼顯得溫和，暗金髮色，後方綁著一個髮髻。

「哈囉。」她說。「我只是想來打聲招呼。我們是鄰居，我就住在上面。另外我們也是同事。我也是老師。我叫托麗。」

她伸出手來。她的手指纖細，但牢牢地握住我的手。

「我叫卡爾．奧韋。」我說。

「歡迎你唷。」她微笑。

「謝謝。」我說。

「我聽說，你是昨天到的？」

「是的。搭公車過來的。」

「嗯嗯。我們之後會經常見面。不過我還是想說一下，如果你需要什麼東西，可以上來找我。我的意思是，糖、咖啡或者床單，還是你現在還缺的其他什麼東西。比如說，收音機。你有收音機嗎？我們至少還有一臺多的！」

我點點頭。

「我有一臺隨身聽。」我說。「但不管怎麼樣，還是謝謝妳。妳這樣特地下來，真是友善。」

真是友善。

她面露微笑。

「我們到時候見。」她說。

「是的，到時候見。」我回應。

當她離開時，我仍站在門廳裡。這到底是怎麼回事？

每跟人見一次面，我的靈魂就像是被刺了一下。

不行，我得到外面晃晃。

我穿上衣服，在浴室鏡子前面停留數秒鐘，戴好貝雷帽，從外面鎖好門，開始往下方走。到了下面，我的視線掠過山脊、望向大海，見到那條利刃一般犀利、指向天際的地平線。兩朵相當大塊的粉白色雲懸掛在外圍，靜靜不動。峽灣的另一側，一條小漁船正發出嘎嘎聲，朝岸邊駛去。那是鳥嶼峽灣。那座島當然就叫做「鳥嶼」了。很不錯啊，最初來到這裡的人鐵定就是這麼想的。我們該怎麼稱呼這座峽灣？「魚峽灣」？不行，前一座峽灣已經叫這個名字了。那麼「鳥峽灣」如何？很好！這個建議真棒！

我繼續走著，經過漁廠，除了蹲伏在屋脊上的那群海鷗以外，那裡一片荒蕪。我在彎道上繞行，進入鎮上的較高處。那座山就在最後一棟房屋後方直接聳立著。這個就是大自然；我所指涉的並非那低矮、如波浪般捲動的挪威南部自然環境，而是狂野、剽悍、遭狂風吹蝕的極區自然景觀。你一跨出家門，它就挺立在你面前。

也許，這裡最多就只有一百棟房屋？

在這遙遠的角落，還有山下，乃至於海濱。

我感覺自己正站在世界的邊緣，無法走得更遠。要是再踏一步，就會跌出這個世界。

不過，上帝啊，住在這裡可真是太棒了。

我經過各棟房屋時，不時見到窗戶後方的一舉一動。電視螢幕的聲光。一切彷彿全沉浸在下方波浪拍擊陸地的噪聲裡，或者與之交纏在一起——畢竟這轟鳴的噪聲是如此沉穩、持續不斷，簡直成了空氣的某種特質，彷彿雜音不僅能夠變冷或變熱，甚而也能變得忽高忽低。

我面前的那棟房子，顯然就是那個他們喚作海耶的女生的家。無論如何，屋外的私人車道上停了好幾輛汽車，露臺上的一扇門敞開著，音樂從屋內流洩而出，而我也瞥見那幾扇七〇年代風格大型窗戶後方的人影：想必有一整票人圍著桌子而坐。我感覺很難克制走上前敲門的欲望；他們實在不能對我有任何期待，我畢竟還不認識任何人，我表現得有些羞怯是很自然的，因此坐在那裡只顧著喝酒，什麼話都不說，應該沒有問題——直到開始醉了，將包括那顆狹小、封閉的心在內的一切悉數溶解。

我雖然這麼想著，卻沒有停下腳步，甚至沒有放慢腳步。要是他們看到我呆站原地，猶豫不決，然後再繼續走回家，這下子他們對我就會略有所知。

我或許渴望著，我內心的世界能夠暈厥過去，但這並非我所需要的，而且我還要寫作——我一邊走著，一邊這麼想著。接著我就已經過了那片區域。接下來，一切就都太遲了。

當我站在自己家的大門外時，我看了看時間。

繞行整個社區一圈，花了十五分鐘。

我就要在這十五分鐘的範圍內，度過接下來這一年的人生。

一陣戰慄湧上。我走進門廳將大衣脫掉。即使我知道不會出什麼事情，我還是鎖上大門，並且確保一整夜都有好好鎖著。

隔天，我並沒有外出晃晃，而是待在室內寫作，一邊望向那些不定時在下方街道上出現，而後又消失無蹤的人跡。我在公寓裡來回踱步，愈發頻繁地想著星期二開學，開始講課時該說些什麼。我斟酌著各式不同的開場白，同時我也努力尋思，該用哪種策略和學生打交道。我首先必須查清楚，他們目前的程度如何。也許先讓他們接受各項科目的隨堂考試？之後再制定計畫。或者說，嗯，不對，考試也未免太過分、太威權了，比學校還要像學校。

也許給他們一些習題，讓他們當成作業帶回家？

不行。每一節課需要消化掉的時間太多了，讓他們在學校裡解習題應該最為理想。我明天就可以按照計畫，讓他們先有所準備。

我躺到臥室床上，讀完我買的那兩本書後，我開始讀在奧斯陸買的那本文學雜誌，但實際上沒能真正理解文章。我認得所有的單字，然而它們所形塑的意象似乎總是超出我的所知，它們彷彿講述著一片未知的世界，雜誌裡的語言彷彿與舊事物格格不入。但某個物體從這些頁面上升騰而起，力道還強於其他的一切；那是關於《尤利西斯》一書（異國情調使之獨一無二）的描述。我看到自己面前浮現一座巨塔，彷彿因溼氣而閃閃發光，被迷霧與雲層所遮蔽的太陽散發出的一抹微光所圍繞。這本書，被視為現代主義最重要的巨作。而在我的想像中，現代主義是低矮而迅捷的轎車，戴著皮革帽套、身著皮夾克的飛行員，在金光閃閃、實則陰暗都會區摩天大樓旁邊飄動的齊柏林飛船，電腦與電子音樂。包括赫爾曼．布洛赫、羅伯特．穆齊爾、阿諾德．勛伯格在內的名字。我理解到，存在於往昔、過氣已久文化的斷簡殘篇（例如布洛赫的《維吉爾之死》與喬伊斯的《尤利西斯》），在我的心中上升到這一層世界之中。

當我在前一天外出購物時，我可沒想到今天是星期日。因此，當門鈴再度突然響起時，我正在吃著塗有美乃滋與鵝肝醬的三明治。我用手背將嘴巴擦乾，快步走到門廳。

門外站著兩個小女生。我立刻辨識出其中一人。她就是在我到這裡時跟我搭同一輛公車，坐在我斜前方的那個女生。

她露出微笑。

「哈囉，你還認得我嘛？」她說。

「那當然啦，妳就是公車上的那個女生。」我說。

她笑了。

「你就是霍爾峽灣的新老師！當我看到你的時候，我想那應該就是你。不過我當時不確定。但是我在昨天的派對上聽到了這個消息。」

她伸出手來。

「我叫伊蓮娜。」她說。

「卡爾・奧韋。」我微笑著說。

「這位是希爾妲。」她說，朝另外那個女生點點頭。我也跟她握握手。

「我們是表姊妹。」伊蓮娜說。「我今天來拜訪她。不過嘛，這其實只是一個來拜訪你的藉口而已。」

她笑了起來。

「沒有啦，我只是在開玩笑。」

「妳們想進來坐坐嘛？」我說。

她們四目相對。

「好啊。」伊蓮娜說。

她身穿藍色牛仔褲、藍色牛仔夾克，配著鑲著蕾絲邊的白色襯衣。她的體型圓胖，襯衣下方的雙峰相當豐滿，雙臀很寬闊，留著半長的金髮，膚色蒼白，鼻子上有少許雀斑。她一雙藍色的大眼睛帶點挑逗意味。在門廳裡，我站在她的身旁。由於那裡沒有設計衣鉤，她面帶疑惑地將夾克遞給我。當我嗅聞到她身上那同樣濃重的香水氣味時，我又勃起了。

「妳也可以把妳的夾克給我。」我對希爾妲說。她面帶一抹羞怯、害臊的微笑將夾克遞給我。她完全不若自己的表妹那麼性感。我將衣物掛在書桌前的椅背上，將手伸進褲袋，使勃起不至於那麼明顯。這兩個女生略顯猶疑地走進客廳。

「我的家當還沒有運過來。」我說。「不過很快就會運過來。」

「的確，這裡有點陰森。」伊蓮娜說著，露出微笑。

她們坐到沙發上，兩人的雙膝都緊緊併攏著。我在她們對面的椅子上就座，翹起了二郎腿，想藉此掩飾那並未消褪、勃起而鼓脹的褲襠。畢竟她的位置離我只有一公尺遠。

「你幾歲啊？」她說。

「十八。」我說。「那妳呢？」

「十六。」伊蓮娜說。

「十七。」希爾妲說。

「所以，你才剛剛從高中畢業？」伊蓮娜說。

我點點頭。

「我現在讀高二。」伊蓮娜說。「我在芬斯內斯讀高中。是的，那是一所寄宿學校，我就住在學校那邊。如果你願意，你以後可以過來找我。以後，你鐵定會到芬斯內斯來看看的。」

「那太好了，我很樂意。」我說。

我們的目光交會。

她露出微笑。我回她一個微笑。

「不過，我其實來自赫爾灣。從這個社區再往前走就會到了。就在山的另一邊。循著這個方向再開幾公里。你有駕照嘛？」

「沒有。」我說。

「真可惜。」她說。

接下來是一陣沉默。我起身取來菸灰缸和菸草盒，捲了一根香菸。

「我可以跟你要一根嘛？」她說。「我的放在夾克裡了。」

我將盒子拋給她。

「公車昨天開到這裡來的時候，我實在忍不住笑出來。」她開始捲菸，一邊說著。「你看起來一副就要爬到窗外的樣子。」

她們笑了起來。她舔了舔貼條處，用拇指與食指將紙捲起來，把香菸塞進雙脣間，點燃了菸。

「這裡的景色真是美得要死。」我說。「我本來還不知道這裡的景色是這樣。霍爾峽灣對我來說不過就只是個地名，是的，我之前連聽都沒聽過。」

「那你怎麼會選擇到這裡來？」

我聳聳肩。

「就業服務中心給了我一份名單，我就選了這裡。」

樓上的地板傳來走動的聲音。

大家都抬頭望向天花板。

「你跟托麗打過招呼沒有啊？」伊蓮娜說。

「有啊，剛剛才跟她打過招呼。你認識她嘛？」

「那還用說嘛。在這裡，大家都認識她。我是指，在霍爾峽灣和赫爾灣。」

「還有在鳥嶼也是。」希爾妲說。

接下來是一片沉默。

「妳們要喝點咖啡嘛？」我從椅子上半站起身來。

伊蓮娜搖搖頭。

「不了，我想我們該離開了。妳說呢？」

「是啊，我也是這麼想。」她的表姊說道。

我們起身。我取下掛在椅子上的夾克。當我將夾克遞給她時，我刻意靠近她，而這其實並非必要。

關上門時，我內心全是她長褲所緊貼著的美臀、大腿、小腿、那雙小得出奇的腳、頸部、她那雙豐滿的乳房、她短小的鼻子、她那雙既單純而又大膽的藍眼睛。這次來訪只花了十分鐘，或者十五分鐘。

我走進廚房煮咖啡。此時，敲門聲再度響起。

這回她獨自一人站在門外。

「下個週末，赫爾灣有一場派對。」她說。「其實這就是我來找你的原因，就是為了要告訴你這件事。你有興趣嗎？是在這裡多認識別人的好方法唷。」

「我當然想啊。」我說。「如果我能去的話，我會去。」

「**能**？」她說。「你只需要坐進一輛車內，所有人都會到那裡去，我們到時見！」

她眨了眨眼睛，隨後轉身走下坡。希爾妲則站在那邊，用鞋尖頂著路磚石。

隔天早上八點剛過，我便走出公寓——這是我在一天多以來第一次出門。太陽盤踞在東面的山頂，光線直射大門。當我帶上門時，撲面而來的空氣相當柔和，充滿了夏季氣息。但我才走了幾公尺遠，景觀被山的陰影遮蓋時，空氣就變得比較冷涼；而相當詭異的是，我此時見到的形影（空氣中瀰漫著細小的塵粒；不過還包括溪水、湍流、大瀑布與山澗）竟令我振奮不已。學校就坐落在正前方一座小型高地的最上方。就算我一點都不害怕走到那裡去，當我愈發接近校園時，我仍如此緊張，不安就像一道道小小的閃電，將我內心劈開。

那棟建築就像其他所有學校一樣，其中一邊是一座單層樓廂房，與一條隧道般的通道相連，旁邊是更大、更高且更新穎的建築物，囊括木工教室、體操教室及一座小游泳池。學校的操場則位於這兩座建築物之間，操場一路延伸到校園後方，那裡甚至建了一座寬廣的十一人制足球場。一座建築物雄踞在較高處的草坪上，我猜想應該就是社區活動中心。

兩輛汽車停放在入口前方。一輛大型的白色吉普車，一輛黑色雪鐵龍轎車。那一排窗戶在日光映照下晶亮生光。大門敞開著。我踏上長廊。門板上的玻璃窗格篩落一束束修長的日光；在日光的照耀下，本來偏黃、鋪著亞麻油地氈的地板幾乎成了白色。我繞過一道轉角，右手邊出現三道門，左手邊則出現兩道門，長廊的末端與一處偌大的空間銜接。一名男子在那裡猛然止步，望著我瞧。他留著鬍鬚，頭髮光禿。他想必三十歲了，或者三十五歲。

「哈囉！」他說。

「哈囉。」我說。

「你就是……卡爾．奧韋？」

「是的，我就是。」我在他面前停下腳步。

「我叫斯圖爾。」他說。

我們握了握手。

「我想你的確是卡爾．奧韋。」他微笑著說。「你看起來的確不像尼斯．耶里克。」

「尼斯．耶里克？」我說。

「是啊，今天有兩個老師從挪威南部過來。就是你和尼斯．耶里克。其他那些沒受過訓練的老師都是本地人，所以我認識他們。」

「你是當地人嘛？」

「那當然囉！」

他直視我好幾秒鐘。我很不自在。這是在搞啥，這是一種測試嘛？但我又不願意成為最先低頭的那一方，因此並未將自己的眼神別開。

「你非常年輕。」最後他說著，將目光別開，望向我們所靠著的門上。「不過，我們都知道這一點。一切都會很順利的。來吧，你得跟大家打聲招呼。」

他伸出手指向門。我打開門走了進去。那就是教職員休息室。一間小廚房、一組沙發椅、一個塞滿紙張與影印機的小房間，還有一個長方形的書房，長邊牆面周圍設置了幾個辦公座位。

「哈囉！」我說。

桌邊一共坐了六個人。所有人的目光都望向我。

他們點點頭，咕噥了一句「哈囉」作為答覆。一名留著紅鬍子、身材矮小但十分精壯有活力的男子，從小廚房裡走出。

「卡爾．奧韋？」他說著，露出燦爛的微笑。我點點頭。他跟我打完招呼以後，旋即轉向其他人。「這位就是卡爾．奧韋．克瑙斯高，專程從克里斯蒂安桑過來，加入我們行列的年輕人！」接著他逐一向我介紹那些坐在桌旁的人們；但下一秒鐘，我就忘記了他們的名字。每個人的手上或面前的桌上都擺著一只咖啡杯，除了一名略有年紀的女士之外，所有人都很年輕，看上去都是二十來歲。

「請坐，卡爾．奧韋。你要喝咖啡嘛？」

「好的，謝謝。」我一邊說，一邊擠進沙發一端。

校長名叫理查，年近四十，接下來數小時，他說明了學校的各種機能與職稱。他帶著代課老師們到處參觀。我們收到了鑰匙，分配到專屬的辦公室座位，隨後逐一檢視課表與不同的常規。這是一所很少學生的小學校，因此在許多堂課中，各班會合併一同上課。托麗將擔任一年級和二年級的班導。海耶將擔任三、四年級的班導。我會是五、六、七年級的班導。斯圖爾則負責八、九年級。我不知道，為什麼偏偏是我分配到這項勤務。那個同樣來自挪威南部的代課老師尼斯．耶里克，一方面比我大得多（他二十四歲）——另一方面，他其實還打算在這一年過後進入師範學校就讀。這更令我感到些許的不自在。他可是認真的，他將自己的未來押在這個行業上——而我完全沒有意圖這樣做，我這輩子最不想從事的就是教職。其他代課老師都來自這一帶，他們對當地相當了解，本來應該要比我更幹練、能夠擔起班導的職責才對。校長想必是根據我的申請函決定的——這讓我很不安，原因在於，我其實遞上了厚厚一落的申請函。

校長向我們展示教學大綱放在哪裡，也稍微示範了如何使用對我們有用處的教具。一點鐘，說明會結束後，我走到社區下方另一端的郵局，申請了一個郵箱，寄了幾封信，買了一些食材，然後回家煮晚飯，隨後躺到床上聽了一小時的音樂，將自己的教學想法寫了一些制式的範本——但看起來有點蠢，有點像是胡亂寫出的東西，我將那張紙揉成一團，直接扔掉。

畢竟，一切都在我的掌控之中。

當天晚上，我再度走到校區內。解開那棟偌大建築的正門鎖，穿越各條走廊，是一種挺奇怪的感覺。一切是如此荒蕪而寂靜，浸漬在從各扇窗戶滲入的灰鬱夜光之中。所有的櫃子與書架都空空如也。各間教室似乎顯得有點猶疑不決。

教職員室的一個小儲藏室裡，裝有一臺電話，我走進裡面，打電話給媽媽。她今天也是第一天到新學校上班，她還忙著整理新租的住所（一座福爾迪市中心外圍的排屋），收納行李物品。我稍微描述了一下這裡的情況，也提到我對隔天的授課感到緊張。她說，她知道，我會表現得非常好。即使這個肯定句本身並沒有多少價值（不管怎樣，她畢竟是我的媽媽），我還是覺得有幫助。

掛斷電話以後，我便走到影印室，將自己剛寫好的短篇小說印了十份。我想要寄給我將在次日所認識的人們。然後，我又在校內的所有空間裡轉了一圈。我在體操教室打開庫房門，通往裝有所有設備與器材的小房間，將一顆球扔到地板上，對其中一端的手球球門射了幾次門。隨後我關上燈，來到游泳池，池裡的水顏色偏深，水面一片沉靜。我上樓去，來到木工課教室，接著再走進實驗室，我從窗口能夠望見山下的社區，所有閃著不同色彩、彷彿正在脈動的小屋。我還能望見大海，那片一望無際的海洋——以及在最遠端、從海平面上騰起的天幕，被煙霧狀的廣袤雲朵所覆蓋。

學生們明天早晨會來到這裡，那時就得開始認真了。

我在離去時關上燈，鎖上門——當我往下方走動的同時，那一大串鑰匙就在我手中噹啷啷地響著。

當我在隔天早上醒過來時，我是如此緊張，幾乎就要嘔吐。我只喝得下一杯咖啡。我在第一節課開始前半小時就來到學校，在我的位置上坐定，翻閱了幾本會用到的書籍。其他幾個老師則在影印室、各間教室、小廚房和沙發座椅之間來回走動，他們之間的氣氛愉悅輕鬆。我望向窗外，看到學生已然蜂擁而入。我的胸口被驚恐所緊纏，心臟激烈地搏動，彷彿被壓縮了。我望著面前那頁書上的字母，居然完全讀不進去。過了一會兒，我起身走進小廚房，給自己弄杯咖啡。當我轉過身時，我和尼斯．耶里克的目光交會。他坐在沙發上，身體向後靠，雙腿岔開，看上去很是悠閒。

「你的第一節課應該再半個小時就開始吧，是嘛？」我說。

他點點頭。他的臉上掠過一抹淡淡的紅暈。他就像我往昔最要好的朋友耶爾，頂著一頭狂野、旋風般滾動的黑髮。他有著一對淺藍色的眼睛。

「我緊張得要死。」我在他的正對面就座。

「你在緊張什麼呢？」他說。「你應該知道，每個班也才不過五、六個學生啊？」

「知道啊。可是，我還是很緊張。」我說。

他露出微笑。

「我們來交換吧？反正他們又分辨不出我們。這下子我就成了卡爾・奧韋。而你則是尼斯・耶里克。」

「這對我來說太棒了。但是，當我們之後準備換回來的時候，該怎麼做呢？」我說。

「換回來？憑什麼要我們換回來？」

「的確不必，你說得有道理。」我說，再度朝窗口瞥了一眼。學生成群站在外面。其中幾個學生來回跑動。人群當中也站著幾個學生的媽媽。她們的子女衣著相當整齊。

不過，這再自然不過了。對某些人來說，這是第一次上學。這可是他們在學校的第一天。

「那我是從哪裡來的？」我說。

「霍克松。」他說。「那我呢？」

「克里斯蒂安桑。」

「很好的地方！」他說。

我搖搖頭。

「噢不，這一點你可就弄錯囉。」我說。

他以略顯狡猾的眼神望著我。

「**現在**，的確是這樣。不過，你就再等幾年吧。」

「再過幾年又會怎樣？」我說。

這時上課鈴聲響起。

「再過幾年，你就會將自己的家鄉視為天堂。」他說。

我心想，真該死，關於這一點，你又懂什麼呢？不過我什麼話也沒說，只是站起身來，一手拿著咖啡杯，一手拿著那疊書，走向門口。

「加油囉！」他在我背後說道。

七年級有五個學生，分別是四個女生，一個男生。除了他們以外，我還負責三個五、六年級的學生。也就是說，總共八個學生。

當我站到講桌前將手中的物品放下時，所有人都坐在座位上，注視著我。我雙手的手掌溼滑，心跳劇烈，當我屏住氣息時，心臟震顫著。

「哈囉。」我說。「我叫卡爾．奧韋．克瑙斯高，來自克里斯蒂安桑。接下來這一年，我就是你們的班導師。我想，我們先來點個名吧。我這邊有你們的名字，但我還不知道誰是誰。」

在我講話的同時，他們稍微瞄了瞄彼此。兩個女生輕輕地咯咯笑著。我立刻察覺到，他們雖然注意著我，但那並不危險，那關注帶有一種相當的稚氣。他們都還是孩子。

我取來標註他們名字的文件，看了看名單，一邊望著他們。我認出那位出現在商店裡的女孩。但是最為光鮮動人的，是個留著微紅色頭髮、戴著黑框眼鏡的女生。我感覺到她的狐疑。其他人對我並沒有什麼太特別的觀感。

「安德莉雅？」

「有。」曾在商店裡出現的那個女生說道。當她發話時，她的雙目低垂著，但話音剛落，她就抬起頭，正視著我。

我對她微笑一下，彷彿在說，沒事，不用擔心。

「薇薇安？」

她身旁的女生咯咯笑了起來。

「就是我啦！」她說。

「希德格恩？」

「有。」那個戴著黑框眼鏡的女生說道。

「凱恩·羅亞德？」

那是七年級唯一的男生。他身穿牛仔褲與牛仔夾克，手上正撥弄著一枝筆。

「這裡。」他說。

「麗芙？」我說。

一名長髮、戴著眼鏡的圓臉女孩眼神一亮。

「有，就是我啦。」她說。

接著是就讀六年級的男生與女生，以及五年級的那個女生。

我擱下手上那份文件，坐到講桌上。

「我也會教你們挪威語、數學、基督教，還有自然科學。你們說說看，你們在學校的表現都很棒吧？」

「其實並不怎麼棒。」紅頭髮戴眼鏡的女生說。「教我們的老師總是沒有受過訓練，總是從南方來的，而且還都只待一年。」

我露出微笑。然而她並沒有微笑。

「那麼，你們喜歡哪些科目呢？」

他們彼此互望了一下。看來沒人想要回答。

「凱恩．羅亞德，你說說看？」

他變得坐立難安。一抹紅暈在他的雙頰浮現。

「不知道耶。」他說。「也許是木工課吧。或者體操課。反正不是挪威語就對了！」

「那妳呢？」我向曾出現在商店裡的女生點點頭，然後低頭看看文件。「安德莉雅？」

她的身子微微向前傾，正在一張紙上畫畫，桌面下的腿是翹著的。

「我沒有什麼特別喜歡的科目。」她說。

「妳對所有科目都感到討厭，還是都很喜歡呢？」

她抬頭正視我，雙眸浮現出一小抹光芒。

「討厭！」她說。

「你們其他人，也都是這麼想的嘛？」我說。

「是的！」他們說。

「那好吧。」我說。「但是重點來了，不管你們是喜歡還是不喜歡，在學校的一整天，我們必須待在這裡。所以，我們應該好好利用這樣的機會。你們不覺得嘛？」

沒有人答腔。

「我對你們還一**無所知**，我打算利用這第一節課，稍微多認識你們一下，試著了解我們應該加強哪些東西。」

我站起身來，喝了一口咖啡，用手擦乾嘴角。在大廳最遠端的一個角落，有人開始唱起歌來。一道高亢而澄澈的聲音，那一定就是海耶。接著則是幾個小孩的稚嫩聲音。

那是一年級的學生。

「所以，我打算給你們一份小小的作業。」我繼續說。「你們要寫一篇自我介紹，篇幅是一頁。」

「噢，不要，我們要寫作業喔！」凱恩．羅亞德說。

「什麼是介紹啊？」薇薇安問。

我望著她。她下頷的曲線相當不明顯，她的臉看來像是四邊形，不過她的臉孔並未變得剛硬，仍然顯出某種柔和稚嫩的特質。她經常微笑，每當她笑起來，那雙藍色的眼睛幾乎消失不見。我現在就已察覺到這一點。

「介紹就是寫一點關於自己的事情。」我說。「想像一下，妳要向某個妳不認識的人描述妳是誰。這種情況下，妳會想要先說什麼？」

她將一邊膝蓋頂住另一邊，換了個坐姿，看起來就像一頭牛犢。

「也許就寫我十三歲？還有，我在霍爾峽灣學校讀七年級？」

「可以，這樣聽來挺好的。」我說。「或許妳也可以寫一下，妳是個女生。」

她咯咯笑了起來。

「是啊，這他總得知道。」她說。

「那麼，好吧。你們就寫一點跟自己有關的東西，篇幅一頁。如果你們願意，可以多寫一點。」我說。

「你會朗讀出來嘛？」希德格恩說。

「不會。」我說。

「我們要寫在什麼上面啊？」凱恩．羅亞德說。

我拍了一下額頭。

「噢對，你們都還沒拿到作業簿！」

他們笑了一下。他們都還是孩子，覺得這種事情很有趣。我急忙衝進辦公室，取來一疊作業本，接著發給他們。他們很快就在座位上振筆疾書起來。我則站在窗邊，望著峽灣另一端的山頂——它們彷彿像天幕騰起，在輕捷而閃亮的天幕映襯之下，顯得如此淒冷、陰暗。

課間休息的鐘聲響起。當我收攏自己的文件時，我體內出現一股如氣泡般升騰，近於雀躍的感覺。一切都相當順利，沒什麼好怕的。經歷了十二年毫不間斷的學校教育以後，下一個階段來臨了——那就是打開門，一腳踏入教師辦公室，內心充滿獨特的喜悅。我已經跨越了界限，現在的我站在另一端，已然成年，能為我自己的班負起責任。

我將物品放在座位上，倒了咖啡，一屁股坐進沙發上，同時打量著其他的老師。我心想，我來到後臺了——但這種一開始還如此美好的感覺，居然颼一聲變了調。因為這可不是我所要的——該死的，我是個**老師**，還有比這個更無聊的嗎？後臺，那意謂著搖滾、女人、酒精、巡迴演出、如潮的佳評。

但是，那也並非我的目標。這只是路上的其中一步。

我喝了一口咖啡，望向那扇被推開的門。

是尼斯．耶里克。

「怎麼樣啊？」他說。

「嗯，是的，挺好的。」我說。「就是這樣，沒啥好害怕的。」

名叫海耶的女生出現在他背後。

「他們真是**太棒了**，這些可愛的小朋友們！」

「卡爾．奧韋？」小廚房裡傳來話聲。我望向那裡。斯圖爾站在那裡，手上拿著一杯咖啡。他望著我。

「你踢足球，對不對？」

「是的。」我說。「不過，我踢得並不怎麼好。兩個賽季以前，我曾經在五級聯賽踢過。」

「我們這裡有個球隊，我就是教練。我們在踢七級聯賽，所以我覺得這對你來說應該不很難。你有興趣加入嗎？」他說。

「那當然囉。」我說。

「托爾．恩那已經加入了。可不是嘛，托爾．恩那？」他朝那個滿是辦公桌的房間投去一瞥。

「現在你又在說我的壞話囉？」那裡傳來話聲。下一秒鐘，他就從門邊探出頭來。

「托爾．恩那曾經在四級聯盟的青年代表隊踢過球，不過很遺憾的是，他並沒有其他天賦。」斯圖爾說。

「不管怎樣，我可還沒開始掉頭髮。」托爾．恩那說著，走了進來。「所以我不必像某些人那樣，得藉由留鬍子來保住自己的男子氣概。」

托爾．恩那來自芬斯內斯。他的膚色蒼白，有著雀斑與蔓生的鮮紅色頭髮，雙唇總是掛著一抹獰笑。他的動作既緩慢又冗長，簡直像是在示範著什麼東西。他似乎藉著這些動作說明，有個凡事按照自己的步調、完全不理會他人的傢伙出現了。

「你是踢什麼位置的啊？」他說。

「中場。」我說。「你呢？」

「在中場贏得球權的人。」他說著，並且眨眨眼。

「啊哈，一條中場小獵犬。」我說。「我嘛，當我持球的時候，我常被稱為『駝鹿』。這應該很能說明問題了……」

他笑了起來。

「為什麼叫『駝鹿』呢？」海耶說。

「跑步的風格。」我說。「拖沓、不規則的步伐，沒有變速。」

「足球場上還有其他更多動物嘛？」她說。

「有啊，當然啦。可不是嘛？」我說，望向托爾．恩那。

「有啊，有的前鋒壯得像牛一樣。他們會將球踢進球門內。」

「然後還有老虎，守門員會像老虎一樣跑出來。再不然，球場上也總還有個領班。」我說。

「那是什麼？」

「一個知道其他人站在哪裡，能夠在正確的時間點上漂亮傳球的人。」

「真是超級幼稚的。」海耶說。

「還有運水的人。」托爾．恩那說。

「通常頭上還有一對雷達。然後，當然還有那匹孤狼。」

「你們都忘記裁判啦。」尼斯．耶里克說。「裁判就是一頭母牛唷。」

「而你們竟然會自願參加這種東西？」海耶說。

「我可沒有。」尼斯．耶里克說。

「但是你們兩個有。」她說道，並且望向我。

上課鈴聲響起。我起身，取來下一節課的書籍。斯圖爾將手搭在我的肩膀上。

「你現在會教我的班，沒錯吧？」他說。

我點點頭。

「英語課。」

「注意那個叫斯蒂安的男生。他想必會稍微測試你。如果你能夠不動聲色，一切都能相安無事。好嗎？」

我聳聳肩。

「我是這麼希望的。」我說。

「如果你能確保他有個臺階下，他就不會是什麼大麻煩。」

「好喔。」我說。

英語是我最不在行的科目，而我又只比最年長的學生大兩歲。當我走向另外那棟校舍時（也就是八、九年級學生的教室），我的胃緊張地糾結成一團。

我將那堆書放在講桌上。學生們就像剛從一座離心機裡甩出來那樣，散坐在板凳上。所有人都假裝我不存在。

「哈囉，同學們！」我用英語說。「我叫卡爾・奧韋・克瑙斯高。接下來的這一年，我是你們的英文老師。你們都好嗎？」

沒人答腔。這個班有四名男生和五名女生。其中一、兩個人望著我。其他人則胡亂塗寫著，還有一人在打毛線。我認出路邊攤的那個男生。他戴著一頂繪有拖拉機圖案的棒球帽，翹著椅子，雙唇泛著一抹輕蔑的微笑望著我。這人想必就是斯蒂安。

「好吧，現在，請你們用英語自我介紹一下。」我說。

「講挪威語。」斯蒂安用挪威語說。他背後的男生高聲大笑起來——那男生異常高瘦，比一百九十四公分的我還高。幾個女孩咯咯笑了起來。

「如果你要學一種語言，那你得說出來才行。」我用英語說。

一個深髮色、蒼白膚色，有著工整五官、略顯嬰兒肥的藍眼睛女生舉起手來。

「是的？」我說。

「你的英語會不會太糟了一點啊？我是說，虧你還是個老師？」

我感覺自己的雙頰發熱。我向前跨了幾步，露出燦爛的微笑，藉此化解困局。

「嗯。」我用英語說。「我得承認，我的英語並不那麼完美。但是那並不是最重要的。最重要的是要能懂。妳聽得懂我說的？」

「算是啦。」她說。

「很好。那麼，妳叫什麼名字？」

她翻了個白眼。

「卡蜜拉。」她說。

「請使用完整句。」

「老天爺！我的名字是卡蜜拉。這樣行了吧？」

「Ja[3]。」我說。

3 挪威語的「是」。

「你的意思是yes？」她說。

「Yes。」我說著，臉部微微泛紅。

「那麼，妳叫什麼名字？」我望著坐在卡蜜拉後面的女生。

她抬起頭望著我。

噢，噢。

她真是美翻了！

當她微笑時，那雙溫和的藍眼睛就瞇成一條縫。她有著一張頗大的嘴巴，以及高聳的顴骨。

「我叫做麗芙。」她說，露出一抹微笑。

「卡蜜拉，麗芙。那你呢？」我向斯蒂安點點頭。

「我叫做斯蒂安。」他用挪威語說。

「嗯。」我用英語說。「這用英文怎麼說？」

「斯蒂安！」他說。

大家都笑了。

當下課鈴聲響起，我可以離開時，我完全沒勁了。必須抵擋的情節太多。必須忽略的事情太多。必須強行壓抑的情緒太多。那個名叫卡蜜拉的女生打著大呵欠，伸著懶腰，雙臂高舉過頭，同時直視著我。她穿著T恤，那雙渾圓、碩大的乳房，被白衣完美無缺地形塑出來。我勃起了，要想排拒根本不可能，不管我如何努力去想其他事情都沒用。要是我能坐在講桌的後方，那該多麼開心啊！尤有甚者，名叫麗芙的女生既漂亮又有魅力——她害羞卻又外向，她身上略顯狂野的特徵，或許在於那美妙的暗金髮色與那好幾條叮噹作響的手鐲；然而，這種狂野，同樣來自拘謹的肢體語言和閃亮目光之間構成的反差。導致當我跟她共處一室時，要不想著她可是極其困難的。再來就是斯蒂安了——他總在玩弄著一把小摺刀，同時利用每一個機會測試我；當我要他們做些什麼事情，他總是拒絕。每次他說了什麼話，他那位名叫伊瓦爾的朋友就會發出一陣空洞、略顯愚蠢的笑聲——每次笑完，他還會迅速掃視一下四周。不過他的目光是坦誠的，他有時也會望向我。我是可以搞定他的，而有那麼一、兩次，我的話也能將他逗笑。

我跌坐在教職員室裡的沙發上。名叫薇比克的女老師停下腳步，向我微笑一下。十九歲的她有著寬厚的身材，一張友善的圓臉，充滿喜悅的藍眼睛，頂著一頭燙過的閃亮鬈髮。

「怎麼樣啊？」她說。

「很好。那妳呢？」我說。

「還行囉。」她說。「不過我可以想像，這裡對我來說並不像對你來說那麼新鮮。當我還是個孩子的時候，我就上這所學校了。」

我一時答不出話來。她再度微笑一下，繼續走進辦公室。坐在我旁邊的則是二十歲出頭、一樣來自這一帶的珍妮。她身材同樣粗壯，上臂想必是我上臂的雙倍寬。她有著長而直、幾乎像是羅馬人的鼻子，平坦的雙頰，經常往下拉的單薄雙脣與嘴角，彷彿她眼前看到的淨是一堆她完全不想觸摸的東西。她的雙眼散發出不悅，是的，她全身散發出不悅。但我曾看到她笑過一、兩次；那時她可真是容光煥發，活像變了個人，她一旦開始笑就停不下來。看到她努力想尋回克制，可是相當有趣。

除了所有年輕的代課老師以外，校內還有另一位名叫伊娃，比較年長的女教師。她執教家政課和縫紉課。她應該稍微超出五十五歲，但看起來更老一些。她的個頭矮小而削瘦，有著一張尖銳的臉孔、稀疏的淺髮色和淒厲的聲音。此時的她坐在我正對面，手上是一球針線。她對我抱持狐疑的態度。我從她那看似在打量我，卻又似乎沒在打量我的神態察覺到這一點。也的確有道理啊，我在這裡到底要幹麼？我為什麼要選擇這份工作？

當我結束英語課走進來時，她抬頭望向我。我心想，她完全理解當時牢牢掐住我的那些感受。

這當然是不可能的，但我仍然這樣想。

午餐後的休息時段，我走到社區另一端的郵局。日光映照下，山壁顯得青綠。大海則是一片深藍。光線，或者說我在空氣中感知到的那一抹涼意頗不尋常，它彷彿置於暖熱陽光的**下方**，而這頗符合八月的特徵。每當學校在長假過後開學時，總會引出充滿興奮與期待的各種氛圍，說不定美妙的事情就要在今年發生了？

最後一排屋舍尾端，坡道上的綠意中，已經透現出一縷枯黃。當然了，北挪威很早就會入秋。我向一輛駛過的汽車點點頭。駕駛像個媽媽，她對我點頭回禮。我踏上短小的礫石路面，走下位於一棟尋常住宅樓房的一樓郵局。門廊上立著郵筒，室內則是辦公室與洽公櫃檯，牆上張貼著郵務相關的海報，還有明信片與各類信封的展示區。

櫃檯後方的那名女子，想必已經五十來歲了。她戴著眼鏡，頂著燙髮後略顯稀疏的薑黃頭髮，頸上掛著一條單薄的金鍊。一名推著助行器的男子，站在窗下那張小桌子旁邊，正用一枚硬幣刮著一張刮刮樂。

「哈囉。」我對負責郵務的女士說道，將信封放到櫃檯上。「我只是想要寄這些信。」

「那就交給我們吧。另外，有一封你的信唷。」她說。

「這樣喔？那還不錯嘛！」我說。

就在她量測信件的重量、取來郵票時，我打開自己郵筒的鎖。那封信是琳恩寫來的。她寫道，此刻她坐在自己的房間裡，正在想著我。她說，她非常喜歡我，我們在一起時真是樂趣無窮，但她實際上不曾真正愛上我，因此當我們現在分居兩地時，她認為，最完善也最為誠實的作為，就是分手。她希望我在人生旅途中一切順利，也鼓勵我認真寫作（就像她嚴肅對待素描那樣），而她也希望我不會生她的氣。但現在，我們的新生活已經開始了，我們是如此遠離彼此，她將在明天前往社區大學，我現在已經到達自己未來工作的地點，而只要這種感覺繼續下去，只要她不感覺到她愛我，除了分手以外的一切，都是對她自己的背叛。但她希望我知道：我真是一個好人，她並不是因此才提分手。感情是人們無法駕馭的，事情就只能是這樣。

我將那封信塞進夾克口袋。

其實我也並沒有真正愛上過琳恩，她所說的關於我的一切，我也可以用同樣的話形容她。但當我讀著她寫下的文字時，我竟仍然感到難過，甚至有點氣憤。我就是希望**她**愛**我**！而就算我不想再跟她在一起，覺得分手真好，主動跟她一刀兩斷的應該是我才對。現在她可占了上風，主動向我說不，此刻的她，想必還活在這種信念中：我還深愛著她、被她這封信徹底擊垮。

是的，是的。

下方的漁廠相當熱鬧。幾艘漁船停在碼頭邊，兩輛在定點間往返的貨車開上混凝土的路面，駛進想必很昏暗的入口。身穿高筒雨靴的男人們到處走動，穿著沒扣釦子的白色大衣、頭戴白色毛線帽的女人們群聚在一起，在大廳的側邊抽起菸來。大批淒聲尖叫的海鷗一掃而過上方的空域。我到商店裡轉了一圈，買了幾顆法式小圓麵包，一塊硬乾酪、一公升牛奶與一盒人工奶油。我跟店員打了招呼。他問我一切是否都順利。我說，很好啊，一切都很好。

下一節課，我不需要授課，因此在吃掉兩顆法式小圓麵包、將食物塞進教職員室的小冰箱以後，我就坐到自己的辦公桌前，預先規畫未來幾天的課程。有一名教育學家每星期會到學校一次，我們這些代課老師可以向她諮詢，詢問教學時的問題與困境。下一個星期，我們也要到芬斯內斯，與當地的其他所有代課老師一起上課。像這樣的代課老師所在多有；來自這裡的代課老師，在讀完師範學院之後，極少再搬回故里。官方已經採取所有可想得到的措施，這當然是個大問題。現在爸爸所住的省分，提供可觀的減稅優惠政策，這就是他和烏妮搬到那裡住的原因。他們都在一所高中工作，兩人的孩子快要出生了，也就是說，當前只有爸爸在上班。我最近一次見到他們是在幾個星期以前，在那棟挪威南部的新落成透天住房（他們一結束在北部的工作任期，就可以直接入住）。當時她的肚子已經很大了。

那時，我興起了前往此地的念頭。我們坐在露臺上。爸爸打著赤膊，皮膚像榛果一樣成了褐色，一手拿著啤酒瓶，一手拿著香菸。我戴著墨鏡，十字架造型的耳墜在我的耳畔晃動。他的目光到處飄、到處轉，就是不曾看著我。就連他詢問我秋天打算做些什麼時也是如此——他的聲音疲憊而厭倦，已經因為我到場後他所灌下的所有啤酒而有點含糊不清。因此我的回答也挺冷漠（即使我感到心如刀割）；我只是聳聳肩說道，不管怎樣，我可不打算繼續讀書或服兵役。我要到某個地方工作。到醫院工作，或者別的什麼工作。

他的身體向前傾，將香菸摁熄在我倆之間那張桌上的大菸灰缸裡。花粉讓空氣顯得厚重，熊蜂和大黃蜂到處嗡嗡飛舞。他說，那你就不能當老師嘛？他沉重地跌坐回椅子上，與我最近一次見到他的時候相較，他也許暴增了二十公斤。「你知道嘛，你在北挪威馬上就可以找到工作。只要你高中畢業，他們就會張開雙臂迎接你。」我說，也許吧，我得稍微想想看。「你就這麼做吧。要是你還想多喝一瓶啤酒，你知道箱子放在哪裡。」他說。我回應：「是啊，有何不可吶。」隨後我走進客廳，屋外光照強烈，室內顯得一片漆黑，我繼續走進廚房。烏妮就坐在那裡讀報，她身穿卡其色短褲與厚實的灰色襯衣，對我微微一笑。我說，我要再弄點啤酒。她說：「請便吧，反正現在是暑假哪。」我說：「是的，這邊有沒有開瓶器啊？」她說：「有的，桌上就有一只。你肚子餓嘛？」我說並不特別餓，天氣實在太熱啦。接著她問：「不過你應該會留下來過夜，嗯？」我說：「是的。」她說，這樣的話，我們可以晚一點再開動。我往後仰頭，從酒瓶裡灌了一大口酒。她說：「我本來應該要在庭院裡幹點活的，可是，天氣實在是太熱了。」我說，是的。「而且，這肚子也愈來愈礙事了。」我說，是的，的確。「你不打算去下面那個小湖泊泡個澡嘛？那邊今天聽起來很多人，挺熱鬧。」我搖搖頭。她露出微笑，我也微微一笑，隨後我再到戶外去找爸爸。「所以你還是從那邊弄了一瓶酒呵？」爸爸說。「是啊。」我一邊說，一邊坐定。如果一切跟過去幾年一樣，此刻的他本來應該會在庭院裡幹活。如果他沒有在庭院裡幹活，他會對自己周邊的一舉一動極其警醒，哪怕只是一輛汽車停下、一名男子從搖下的車窗側探出頭。然而這一切全都消失無蹤了。他的目光中只剩下冷漠與厭倦。不過，其實還不僅止於此——當我注視著他、他的目光觸及我的時候，我感覺到**他**仍然活在我從小到大體驗的那種冷硬與陰狠之中，而我仍然感到懼怕。

他身子微微地往前挪動，把空酒瓶放在地上，取來一瓶新的啤酒，用鑰匙圈上的開瓶器開酒瓶。他每次總會取來三、四瓶啤酒，就如他所說的，這麼一來，他可就不需要每十五分鐘就跑一次廚房。他將瓶口抵向嘴邊，深飲了好幾口。是的，是的，能晒太陽可真是舒服唷，他說。不管怎樣，他已經晒成褐色囉！我說：「是啊。我也是啊。」他說：「噢不，你喔！」並且哼了一聲。「你可知道嘛，我們樓上有一間日光浴室。在黑暗中，我們需要它。」我說：「知道啊，當我來這邊拜訪的時候，我就看到了。」他說：「是啊，我想也是。」他又灌了一大口酒，將空空如也的瓶子放到前一只瓶子旁邊，捲了一根菸點燃，然後又開了一瓶酒。他問：「你打算幾時吃飯啊？」我說：「都可以啊。你們來決定吧。」他說：「是啊，天氣熱成這樣，我可不覺得肚子餓。」他一邊取來擱在桌面上的報紙。我將胳臂搭在欄杆上，眺望遠處。露臺下方的草坪簡直像被火燒過一樣，不再是綠色，更偏向於棕色與黃色。那條灰色的道路一片荒蕪，盡頭是一片滿布塵埃的礫石場，外圍佇立著幾棵樹，更遠處則能瞥見幾堵屋牆與屋頂。無論是在鄉里間還是在城裡，他們完全不認識任何人。一架螺旋槳小飛機軋軋響著，從湛藍的高空駛過。我聽見烏妮那沉重的腳步聲從室內地板上傳來。爸爸說，E18高速公路再次有車輛正面相撞咯。自小客車撞上大貨車。「這樣喔？」我說。他說：「幾乎所有這類的車禍，都是隱而不宣的自殺行為。他們會直接開去撞大貨車，或者去撞一面牆。這麼一來，他們就不必感到恥辱了。」「你真的這麼覺得？」我說。他說，那當然啦，而且這樣也很有效啊，只要向旁邊一滑，沒過幾秒鐘，他們就死透咯。他將那份報紙舉到我面前。他說，這種情況下生存的機會可不大，啊？照片上顯示一輛被撞得縮成一團的汽車。「的確。」我說，一邊站起身來，走下樓，進入廁所裡。我坐到馬桶上。我有點醉了。接著我再度起身，用冰冷的水稍微沖了一下臉。為了避免讓任何人注意到這種小細節，我還是沖了馬桶的水。當我再度走到露臺上時，他已經擱下手中那份報紙，將手肘頂在欄杆上，我心想，他在往年夏天開車時總是習慣這樣坐著，將手肘伸出車窗外。我想著，他究竟幾歲了？我計算著，他在五月滿四十三歲。然後我又想到他的生日，我們總是買給他同一款綠色的男人牌鬍後水，而我總是納悶著，明明就留著鬍鬚的他，到底要用那個來幹麼。我微微一笑。他搖晃不穩地起身，頃刻間停下腳步，保持身子平衡。然後他走進客廳，將短褲的後面拉高。

在那之後，他所播下的那顆種籽——在北挪威從事教職——逐步成長茁壯。事實上，這只有優點。第一點：我想要住在很遙遠的地方，遠離我認識的一切人事物，獲致完整而全面的自由。第二點：我想要藉由真正的工作，賺到屬於自己的錢。第三點：我想保有寫作的可能性。

我心想，現在我總算坐在這裡了。隨後，我重新望著眼前翻開的那一頁書。通向教職員休息室小走廊的盡頭是兩間廁所，托麗在那裡。她微笑著，但什麼話也沒說，隨後只是趨身湊向前，從自己的抽屜裡取出一只小文件夾。

「當老師真是酷！」我說。

「我先忙……」她說著，匆匆對我微笑一下，然後再度走出去。尼斯．耶里克在操場上走動，我班上的學生成群地圍在他的周邊。

五年前，我的年齡就跟現在的他們一樣。再過個五年，我就會變得跟他現在的年齡一樣大。而到那時候，我便寫出了第一本小說。我將會住在某個大都市，寫作，喝酒，享受生活。擁有一個貌美、身材苗條、優雅、有著傲人巨乳與深色雙眸的女朋友。

我走進教師休息室，拿起電熱水壺，輕輕地搖了搖，裡面是空的，我打開水龍頭加水，再把水倒進咖啡壺裡，放進一張濾紙，量取五茶匙的粉開始煮咖啡。那場面可謂壯觀——一切伴隨著陣陣嘖嘖聲與咳嗽般的聲響，逐步在壺內騰起的黑色液體，還有如小紅眼般閃動的燈號。

「到目前為止，一切都好嘛？」我聽到一個令人不安的聲音，轉過身便看到理查。他睜大眼睛，用專注的目光凝視我，露出燦爛的微笑。怎麼搞的，難道他竟能無聲無息地在自己的學校裡走動？

「是的，我想可以這麼說。一切都令人興奮。」我說。

「的確是這樣。教師是一項美好、特別的職業。而且責任相當重大。」他說。

他為什麼講這種話？難道他覺得，我就是需要聽這些話——這責任相當重大？如果他真的這麼覺得，這又是為什麼？難道我全身散發出不負責任的氣息嗎？

「嗯。我爸爸其實就是老師。他在離這裡更北一點的地方教書。」我說。

「喔唷，是這樣喔！難不成他是北方人？」

「不是的，是政府的減稅措施吸引他到北部去。」

理查笑了起來。

「你要來一杯嘛？很快就煮好了。」我說。

「你只管放在電熱壺上就好。我之後再喝。」

他消失時，就像他出現時一樣悄然無聲。「放在電熱壺上就好」和「你只管」——我不知道哪一句話才是最糟的。不管怎麼說，這充滿了羞辱的意味。他總不能只因為我十八歲，就像對待小學生那樣對待我吧？我跟他一樣，可都是這裡的職員啊。

隨後課間休息的鈴聲響起，老師們逐一走進休息室。其中幾個人靜默不語，其他幾人則和大家分享一些簡短的評語。我將電熱壺放到桌上，拿著裝滿咖啡的杯子站在窗邊。學生已經在戶外跑來跑去。我努力將他們的名字與面孔搭配在一起，但我竟只記得凱恩・羅亞德，也就是讀七年級的那個男孩子，這或許是因為我從他身上感到某種同情——我從他的肢體語言中隱約察覺某種不情願，而這種不情願，有時會被他雙眸中某種饒富興味、甚至於急切的光芒所抵銷。而我當然也記得麗芙，那個九年級的美少女。她身穿藍色牛仔褲、類似禦寒外套的卡其色夾克、陳舊的灰色慢跑鞋，雙手插在褲子後面的口袋裡，靠著屋牆而站——此時一陣風將她的一縷頭髮吹落到臉上，她伸手撥開髮絲。再來就是斯蒂安了，他雙腿岔開、雙手插在褲袋裡，跟那個身材高瘦的好朋友聊天。

我再度將目光投向教職員休息室。尼斯・耶里克向我微微一笑。

「你住在哪裡？」他說。

「就在這裡下方的一小段路，一棟地下公寓。」我說。

「就在我家樓下。」托麗說。

「那麼，你又住在哪裡呢？」我說。

「我住在上方的那條路。也是一棟地下公寓。」

「是的，他就住在我家樓下。」斯圖爾說。

「所以原來是這樣安排的。」我說。「那些擁有教師資格的人分配到自己的公寓，可以看風景，要什麼有什麼，而代課老師就得住在樓下？」

「這一點，你馬上就可以學到囉。」斯圖爾說道。「所有的特權，必須要努力才能取得。我在師範學院折騰了三年。我得多獲得一點權益吶。」

他笑了起來。

「我們也要替你們搬運行李箱嗎？」我說。

「不，你們還分配不到那麼多的責任。不過我們希望你們每個星期六的早上過來，打掃我們的住處。」他說道，對我眨眨眼。

「我聽說這週末在赫爾灣有一場派對。有沒有人想去看看，嗯？」我問。

「天啊，你這麼快就適應這裡的生活啦。」尼斯．耶里克說。

「這是誰說的？」海耶說。

「我就只是聽說而已。」我說。「我還在想，我究竟該不該去。只不過，一個人去實在是沒什麼意思。」

「在我們這裡，你從來不會獨自出席派對。這裡可是北挪威。」斯圖爾說。

「你會去嘛？」我說。

他搖搖頭。

「我還要照顧自己的家庭，不過，如果你有意願的話，我可以給你幾條忠告。」

他笑了起來。

「我打算去看看。」珍妮說。

「我也會去。」薇比克說。

「那你咧？」我望向尼斯．耶里克。

他聳聳肩。

「或許吧。是禮拜五還是禮拜六？」

「我想是禮拜五。」我說。

「這個主意也許不錯。」他說。

上課鈴聲響起。

「我們之後再聊這件事吧。」他說道，站起身來。

「好喔。」我說。我把杯子放到流理臺上，取來書本，走進教室，在講桌旁坐定，等候著學生大駕光臨。

當我下課後回到住處時，我那幾只搬家紙箱已經放在門廊上。我所擁有的一切就在那裡了，也沒有多少東西：一只裝有唱片的紙箱、一只裝有低劣音響設備的紙箱、裝著家用器皿的紙箱。還有一個紙箱，裝著我從舊家胡亂搜刮過來、各種不太一樣的物品，以及媽媽的幾本書。當我將所有東西搬進客廳時，我仍感覺自己彷彿收到一份挺別緻的禮物。我接上音響的電源線，翻了一下堆放在牆邊的唱片，選擇播放伊諾與拜恩的《我在鬼魂叢林的生活》（我最愛的唱片之一）——轟鳴的音樂響徹房間之際，我開始將其他物品擺放到定位，那些是當我們搬家時，我從家裡所帶出來的一切——自從我還小、我們還住在提貝肯社區時就圍繞在我周邊的物品，包括湯鍋、餐盤、咖啡杯、玻璃杯。褐色餐盤、綠色玻璃杯、一只附有把手的大燉鍋（整片下緣以及一部分側邊幾乎發黑）。高中時期，我房間裡始終擺放著那張約翰·藍儂的照片——如今，我則將它懸掛在打字機後方的牆面上。自從我十一歲起，那張利物浦足球俱樂部一九七九年到一九八〇年賽季的海報，始終掛在我房間的牆上——而現在，它則掛在沙發後面的牆壁上。這或許是他們最棒的隊伍，海報裡有肯尼·達格利什，還有雷伊·克萊門斯、亞倫·韓森、埃姆林·休斯、格雷姆·索內斯和約翰·托沙克。隨著年齡漸長，我不再傾心於保羅·麥卡尼的海報，我捲起來，收進臥室櫃子。所有東西歸位後，我再次翻閱這些唱片，同時心想，我可以採取某個不曾見識過這一切的人的視角，我可以設想這個人會怎樣看待這項收藏，或者更真確地說，這個他者將會如何看待我，也就是這一整份收藏品的擁有者。這超過一百五十張的黑膠唱片，絕大多數是我近兩年內所購入的，當時我替地方報社撰寫樂評，所有錢幾乎都拿來購買新唱片，通常還是購入我喜歡的樂團的全套曲目。這些唱片之中，每一張都構成一個小小的世界。全都表述了某種既定的態度、立場與氛圍。然而它們可都不是孤島，彼此間存在著聯繫，還向外延伸著——例如布萊恩·伊諾發跡於羅西音樂、出過個人獨奏專輯、為U2樂團創作過，與楊·哈賽爾、大衛·伯恩、大衛·鮑伊、羅伯特·佛利普合作過。羅伯特·佛利普曾經為鮑伊的《駭人惡獸》演奏過。鮑伊曾為非法利益合唱團的盧·里德，還有丑角合唱團的伊吉·帕普創作過。大衛·伯恩則曾是臉部特寫的一員，在他們最棒的唱片，也就是《光中》獲得吉他手艾德靈·畢羅相助。畢羅又曾是鮑伊好多張唱片中的吉他手——很長一段時間，他可是鮑伊開演唱會時唯一想要合作的吉他手。然而這些分支與連結可不僅存在於唱片之間，也直接深入我的生命之中。我所做過的一切，幾乎都能與音樂私密相連——沒有一張唱片能夠與這些回憶脫鉤。當我播放音樂時，近五年發生過的事情就像蒸氣從杯子裡騰起——音樂體現的形態並非思緒與論點，而是各式的氛圍、我生命的機遇與場域。某些氛圍很普遍，其他幾種則顯得特定。假如我的記憶成堆地疊放在我人生的拖車上，音樂就是那條綑綁住一切，將我過往時光固定住的繩索。

然而，這並不是音樂最重要的原因。音樂的本質才是最重要的。例如，當我播放《光中》（自從八年級以來，我就會定時播放這專輯，並且樂此不疲），第三首歌的〈大弧線〉同時帶來美妙的震盪、複雜的背景伴奏，灌注滿點的能量，樂手與人聲先後加入，此時要想不跟著動起來根本是不可能的，不可能的，它已在我體內每一處根深蒂固。作為全世界最缺乏韻律感的十八歲青年，本來還坐在原地的我，突然像條蛇那樣前後扭動起身子，此時的節奏必定變得更加高亢，我全速向上扭動著，而當我站起身來時，是的，要是我一人獨處，我就會開始跳舞。隨後，當一切開始進入尾聲時，艾德靈．畢羅的吉他聲，就像一架飛越整座舞動小村莊的戰鬥機那般閃現。噢，上帝呵，噢，我舞動著，喜悅在我全身上下湧流著，我只希望這一切能夠繼續下去，讓這獨奏繼續演奏、再接再厲，讓這架飛機永遠別著陸，太陽永遠別下山，生命永遠不要結束。

又或者是回聲與兔人樂團的《此處便是天堂》，與臉部特寫完全對立——這張專輯的重點在於氣氛與聲響，而非韻律與脈動。嚎哭聲騰起，深刻且淒厲，一切渴望、美麗與陰鬱，始終在音樂之中不斷開闔——對，這才**是**音樂。就算我對這個唱著歌的男子知之甚詳，就算我大量閱讀過他本人的訪談（其他我所擁有的唱片，我幾乎也讀過相關的文章），這些知識仍然被音樂輾壓，音樂完全不想知道這些東西，畢竟音樂裡不存在任何意涵，不存在任何意義，不存在任何人物，就只有聲音——所有聲音都獨樹一幟，它們自身彷彿別具特色，經過淘選與冶煉，不具備軀體或個性，是的，某種不具備人形的人格，每一張唱片均留有大量來自另一個世界的印記；你每播放一次，你們就會再次相遇。當我全副身心被音樂給填滿時，我從來沒能夠弄清楚究竟是什麼填滿了我的身心——我就只是知道，這始終是我所想要的。

除此之外，音樂也使我成為一號人物。我因而成了檯面上的人物之一、成了人們必須仰望的對象——當然不若那些音樂創作者那般受人矚目，但在那些聆聽、品味音樂的群體中，我絕對屬於佼佼者。在這遙遠的北方荒野，想必不會有人覺察到這一點；在克里斯蒂安桑時亦是如此，幾乎沒人察覺到這點；但是我知道，在某些地方，這種特質會被發掘、受到讚賞。我將要一舉踏入其中。

我花了一點時間將那些唱片分類，根據一種可以凸顯單張專輯，且能使人們感到驚奇、浮想聯翩的方式，完成了陳列。隨後我走到下方的超市，買了幾瓶啤酒與一盒冷凍食品（卡波納拉義大利麵）。此外我還買了一棵大頭菜、一株白花椰菜、幾粒柳橙與蘋果、幾顆李子與一串葡萄，我將在隔天上三、四年級的自然科學課程時用到這些食品，目的在於具體地表現所有東西。當我在昨天掃視他們的教學大綱時，我想出了這項策略。

我一回到家就將冷凍餐盒放進烤箱，隨後坐到桌旁，將仍裝在包裝裡的食物直接吃掉，一邊喝啤酒，一邊閱讀《日報》。吃飽以後，我心滿意足地躺在床上，伸展身子，休息一小時。教師、學生、校舍內部結構的影像，在我的意識中閃爍許久；而後，我才終於掙脫它們。半小時後，門鈴響起——我再度被召回現實之中。我已經不知道等著我的究竟是什麼；畢竟各式各樣的人都來按了我家的門鈴，因此我在濃重的睡意與緊張中快步踏過地板，走向大門。

門外站著班上的三名女孩子。安德莉雅正是其中一人，她大方地笑了笑，問她們是否可以進來。一旁的薇薇安咯咯直笑，臉上泛起紅暈。麗芙則隔著她那副厚重的大鏡片，毫不害臊地注視著我。

「當然囉。妳們請進！」我說。

她們的舉止，就像我前一批訪客那樣——當她們走進客廳時，目光環顧著四周。她們始終緊貼彼此，互相推擠，咯咯笑著，屬於少女的雙頰彷彿興奮而燃燒著。

「請坐！」我朝那張沙發點點頭。

她們坐了下來。

「嗯哼。」我說。「妳們怎麼會來呢？」

「我們就只是想要看看你過得怎麼樣。這裡的一切都超級無聊的。」安德莉雅說。

她算是某種領袖嗎？這一點在學校裡看不出來。

「這裡完全沒有可做的事情。」薇薇安說。

「完全沒事可做。」麗芙說。

「這聽起來不怎麼樣嘛。只不過，這裡可能也沒有什麼好玩的事情。」我說。

「的確，這就是個不毛之地。」安德莉雅說。

「妳是說我家裡嘛？」我說。

她的臉脹得通紅。

「不是，笨蛋，我是說這座小鎮！」她說。

「我打算一讀完九年級，就從這裡搬出去。」薇薇安說。

「我也是。」麗芙說。

「每次我做什麼，妳就總想要做什麼。」薇薇安說。

「是嗎？這樣有什麼問題嗎？」麗芙說。

「是嗎？這樣有什麼問題嗎？」薇薇安模仿著，將對方的神韻表現得唯妙唯肖——這包括麗芙面部那些微小的抽動、眼鏡下方一連皺動兩下的鼻翼。

「噢！」麗芙說。

「妳打算在十六歲的時候搬走——但妳不能壟斷這個權利。」我說著，望著薇薇安。她則微笑著，別過臉去。

「你講話好**奇怪**唷，卡爾．奧韋。」安德莉雅說。「**壟斷**是什麼意思？」

突然被人直呼名字使我感到驚訝，這導致我（由於她在講話，我望著她）渾身發熱，目光隨之飄忽不定。

「意思是，只有某個人能做某件事。」我再度望著她。

「是喔，是這樣喔喔喔。」她說話的方式，彷彿她已經無聊得要死，即將摔倒在地。其他兩個女生笑了起來。我露出微笑。

「我覺得，妳們還有很多東西得學。我到這裡來，真是算妳們走運。」我說。

「我才沒有要學的。我需要懂的東西，我全都懂了。」安德莉雅說。

「除了開車以外。」薇薇安說。

「我**會**開車！」安德莉雅說。

「是啊，但是妳不**能**開車。這是我的意思。」

現場陷入一片沉默。我微笑著，望著她們，或許還展現出了些許的優越感——安德莉雅瞇起雙眼說道：「總之，我們已經十三歲了。如果你還以為我們只是小鬼頭，那你就錯啦。」

我笑了起來。

「我憑什麼這麼以為呢？妳們明明就還在讀七年級啊，我知道妳們的年齡。我甚至還記得那是什麼樣的感覺。」

「什麼東西？」

「開始讀初中的感覺。今天是妳們初中生活的第一天嘛。」

「我們還真的沒有察覺到這一點。」薇薇安說。「嗯，這也許會比六年級更無聊。」

門鈴響徹整間公寓。那三個女孩子面面相覷。我起身前去開門。

是尼斯．耶里克。

「哈囉，你好啊。」他說。「你能請一個老同事喝杯咖啡嗎？」

「所以，你並不打算來杯啤酒囉？」

他揚起眉毛，揶揄地望著我；或者說，他的神情中也夾雜著些許狐疑。

「不必囉，謝謝。我等一下打算開車出去晃晃，所以還是注意安全比較好。」

「請進吧。」我說。

他在客廳正中央停下腳步。三個女生瞄著他。

「所以，妳們每天晚上就是在這裡度過的啊？」他說。

「她們還沒到過你家裡喔？」我說。

他搖搖頭。

「不過，今天下午有幾個四年級的學生到我家。我那時候還在煎魚排哪。」

「我們就只是太無聊了。」麗芙說。

另外兩個女生惱火地瞪著她。隨後，她們站起身來。

「好囉。」安德莉雅說。「我們得告辭了。」

「妳們多保重唷。別忘了改天再過來看看！」我說。

「哈！」門砰一聲關上以前，薇薇安在門廳裡說了這麼一句。

尼斯．耶里克露出微笑。我們隨即看到她們走向下方的超市。

「可憐的女生唷。」我說。「當她們的休閒娛樂只剩下拜訪自己的老師時，她們一定很絕望。」

「她們或許覺得，你非常有趣？」尼斯．耶里克說。

「但是，她們就不覺得你很有趣？」我說。

「我喔，才不呢。」他嘆了一口氣。「不過你聽著啊，我打算開車出去看看。你想不想跟來啊？」

「要去哪？」

他聳聳肩。

「也許開到峽灣的對面，你說呢？或者開到赫爾灣瞧瞧？」

「赫爾灣的話或許可以。」我說。「畢竟，我們從這裡就能看到對面啦。」

尼斯．耶里克實際上是個真心熱愛戶外的人。他說他為了天然的美景選擇到這裡工作。他帶著帳篷和睡袋，打算在週末時光深入探索大自然。說不定我有意願一起來看看？

「不過，不是每個週末喔。」他微笑，望了我一眼。我們搭乘他那輛黃色轎車，沿著峽灣的道路蜿蜒地向前行進。

「我不是那麼熱愛大自然的人。」我說。「不過，還是謝謝你。」

他點點頭。

「我想也是。」他說。「不過，究竟是什麼，讓你這麼一個總穿著黑衣、久經世故的都市男搬來這裡呢？」

「我要寫作。」

「寫作？要寫什麼啊？表格？申請書？提醒你自己哪些東西不能忘記的小便箋？信件？提供給兒童廣播電臺的打油詩？讀者投書？」

「我在寫一部短篇小說集。」我說。

「短篇小說！」他說。「文學界的F1！」

「所以你們是這麼說的啊？」我說。

「沒有啦。」他笑了起來。「其實不是這樣的。我想，人們用這番話形容**詩**。那些喜歡耍噱頭的詩人嘛，你知道的。其中一個詩人講過類似的話。」

我對此一無所知；不過，我並沒有答腔。

「但你總可以一起來山區健行吧，這你難道辦不到嘛？至少一、兩個週末吧？這一帶有一座超棒的自然保護區，離這裡只有一小時路程。」

「我不這麼覺得。如果真要寫出點什麼東西，我就得努力工作。」

「拜託，小朋友，大自然耶！上帝神聖的造物！所有斑斕璀璨的色彩！所有的植物！你得寫寫這些東西才對！」

我充滿輕蔑地笑了。

「我不相信大自然。」我說。「那是陳腔濫調。」

「要不然你都寫些什麼？」

我聳聳肩。

「我才剛開始寫。不過如果你有意願，可以讀讀看。」

「很樂意！」

「那我明天就帶過來。」

我們在晚間八點左右回來。當時的天色就像中午時分明亮。海面上方的天幕竟是如此壯闊，我站在門廊上眺望空際數分鐘之久，隨後才走進室內。天幕空空蕩蕩，沒有任何東西，但我仍覺得它是如此的良善、友好，對生活在下方的人們懷抱著善意。這也許是因為山岳是如此冷酷、貧脊的緣故？

我吃著宵夜，點燃一根香菸，喝著茶，同時閱讀班上學生們的作業。

偶教作薇薇安，偶十三歲。偶住在一個名叫霍爾峽灣的社區。偶很喜歡這裡的生活。偶有一個姊姊，她教作麗芙。我的父親是漁夫，我的母親是家庭主婦。偶最要好的朋友教作安德莉雅。偶們會一起從事大多數活動。學校有夠無聊。有史候我們會在漁廠工作。我們也幫忙割鱈魚的舌頭。要是偶有錢了，偶要買一臺音響。

所以薇薇安和麗芙是姊妹！

出於某種原因，這讓我感到高興。她的文字當中，也夾雜著某種使我感動的笨拙。或者，這應該是她某種坦誠的表現？

我並沒有太過糾正她的拼字，這樣會過度打擊她的信心。我只是在文章底下用紅筆加了一句評語。

薇薇安，很好！但是請寫成「我」，而不是「偶」。還有「叫做」，而不是「教作」！

我翻開下一本作業簿。

我的名字是安德莉雅。我是個十三歲的女孩，住在挪威北部某個島上最偏遠的地方。我有一個十歲的弟弟，還有一個五歲的妹妹。爸爸在外海捕魚；媽媽則在家裡帶卡蜜拉。我喜歡聽音樂、看電影。我覺得最好看的是《挑戰》。其他時候，我會和我的朋友們薇薇安、希德格恩、麗芙在下方的社區活動。這裡有夠無聊，不過等我們夠大、可以參加派對以後，應該就會比較好！

我覺得安德莉雅和薇薇安簡直就是從同一個模子裡鑄造出來的，到目前為止我見過她們兩次，而我幾乎無法區分她們。但我從她們的答案中理解到，她倆之間頗有一些落差。或者說，其中一人就只是比另一人更習慣書面表達？

我在安德莉雅的作業簿上寫了一段類似的評語，並且讀完最後三篇小作文——文章的水準介於最初兩篇之間。我寫了評語，將整疊作業簿塞進提袋，播放起洛依·寇爾的〈我的背包〉。音樂使我下臂的汗毛豎起之際，我眺望著遠處的社區。我開始緩慢地隨著樂聲扭動身子，最初只是手臂揮舞一下或者踏出一步，但我隨即關上了燈，使任何人都無法從下方望見我的動作，接著閉上雙眼，高聲喜悅地歡唱，跳起舞來。

那天夜裡，我在睡夢中射了。一陣浪潮般的幸福感浸漬我的全身，將我撐起、推向那意謂著清醒的表層——我完全不想清醒，而我最終也沒有真正醒過來。就在我的思緒即將抵達終點，那種關於「這麼舒服的我到底是誰」的陰暗感知，即將變得確切而澄澈之際，我再度沉入陰鬱與狂暴之中。我就此待在那片陰暗、沉重的場域內，直到鬧鐘響起。我在滿布光線的房間裡睜開眼睛，內褲沾滿溼黏的精液。

起初我很感到良心不安。我到底夢見了什麼，只有上帝才知道。當我隨後認知到自己身處何處，而我又做了什麼事情時，那股不安再度攫住我的胃。我下了床，走進浴室，告訴自己根本沒有什麼好緊張的，這個班級人數很少，學生又都是孩子。然而沒有用。那種感覺就彷彿我即將登臺演出，卻連一句臺詞都沒拿到。我努力想抓住前晚身處的美好氛圍之中，坐在桌前改學生的作文是如此美妙，而我也很享受當老師帶給我的感覺，只要見到他們、規畫該做些什麼來支持他們。但當我站在地板上，被蒸氣團團圍住，擦乾身體的時候，一切就被戳破了——我不是什麼老師，我甚至連成年人都不算，我只是個荒謬的青少年——對於一切，我完全一無所知。

「**見鬼去啦！**」我叫喊起來。我用毛巾擦乾鏡面上的蒸氣，並在玻璃重新被溼氣籠罩以前的短短幾秒鐘審視我的臉孔。

我其實帥翻了。

我總是會有新的發現。

就在我離開浴室以前，我將頸部的長髮剪短，現在留著一叢遮住整個頭顱，綿密約莫三公分長的頭髮，愈往兩側鬢角與後頸延伸的髮絲則被漸次剪短。左耳掛著一只十字架。

我露出微笑。

潔白的牙齒相當整齊。我很喜歡注視自己眼中的那道光芒，直到這個情境極其困窘的一面——一個攬鏡自照，幾乎是對著自己眨眼的人——讓我的胃部再度揪緊為止。

見鬼去吧。

我套上那件繪有《藍海龜之夢》徽標的T恤、黑色Levi's牛仔褲、白色中筒襪，站在鏡子前好一陣子，一下試穿那件單薄的軍用夾克，一下又穿上藍色的牛仔夾克，最後還是選了前者。我試戴那頂貝雷帽，但與衣著不搭配。兩分鐘以後，我拎著一只裝滿各式書籍與學校用品、印有阿里咖啡徽標的白色提袋，朝上方的學校走去。

三、四年級的學生被整併成一個班，所有課程都得一起上，總計十二名學生，五個女生和七個男生。班上其實看起來有更多人，這跟他們總是到處晃來晃去、跑跳叫喊、始終無法真正安靜坐著有關。當他們總算坐到椅子上時，他們的雙腿還在踢來蹬去、雙臂揮來揮去，他們的注意力就像緊張的犬隻，到處逡巡。

他們先前沒有上過我的課，僅僅聽聞過我，從遠處看過我。因此當我走進教室，就在他們眼前時，所有人的目光都望向我。

我對他們微笑，將袋子放到講桌上。

「你在裡面裝了什麼？」其中一人說。「你在袋子裡面裝了什麼？」

我望著他。蒼白略呈絨毛般的皮膚、褐色的雙眼，非常粗短的頭髮。

「你叫什麼名字？」我說。

「雷達爾。」他說。

「我叫做卡爾．奧韋。」我說。「另外，有件事情是你們現在就可以學起來的，在你們發言以前，請先舉手。」

雷達爾舉起手來。

這傢伙還真皮。

「請說？」我說。

「卡爾·奧韋，你在袋子裡面裝了什麼？」

「這是祕密。」我說。「不過，等一下上課的時候，你們就會看到了。首先我得知道你們叫什麼名字。」

坐在雷達爾後方的男生體型消瘦，髮色淡淺，與同齡的小孩相比，他淡藍的雙眼顯得很冷酷。他舉起手來。

「你叫什麼名字？」我說。

「史提格。」他說。「你很嚴格嘛，啊？」

「嚴格？不會，不會！」我說。

「媽媽說，你實在還太年輕，簡直不能當老師！」他說，一邊環顧四周。

他們全都笑開了。

「不管怎樣，我總比你們老！所以我相信，一切都會很順利的。」我說。

「你的耳朵上怎麼會有十字架？你是基督徒嘛？」雷達爾說。

「我剛剛才說了什麼？你的手呢？」

「唉唷！」他笑了，然後舉起手來。

「不是，我不是基督徒。」我說。「我是無神論者。」

「那是啥啊？」雷達爾說。

「你的手呢？跑到哪裡去啦？」

「喔唷！」

「如果一個人不相信上帝，他就是個無神論者。但是，你們得告訴我，你們叫什麼名字。我們從那邊開始。」我說。

他們逐一報上自己的名字。

薇比克

肯尼

蘇珊娜

史提格

雷達爾

羅薇莎

梅蘭妮

史蒂夫

恩德瑞

史騰．英耶爾

海勒娜

尤爾

我立刻就能辨識出幾個特定的人。現在起，我將會記住他們。那個無比優雅，臉部輪廓到身形衣著的一切都像極洋娃娃的小女生。那個圓臉的男孩。那個看起來很生氣的瘦子。那個有著熱情雙眼的大頭仔男生。那個愛炫耀的小夥子。那個綁著幾條小馬尾，予人某種清醒、理智印象的金髮小女孩。其他人的形象則太模糊，留下的印象不夠深刻，我難以確實認清楚他們。

「所以，你們是三年級和四年級的學生囉？」我說。「你們住的社區叫什麼名字？」

「霍爾峽灣，那還用說嘛！」雷達爾說。

我什麼話也沒說，只是望著他們。隨後兩、三個人立刻明白我想表示什麼，舉起手來。我點了那個像極了洋娃娃的嬌小孩子回答。

「羅薇莎？」我說。

「霍爾峽灣。」她說。

「霍爾峽灣所在的郡，叫什麼名字？」

「特隆姆瑟。」

「在哪個國家？」

現在所有人都舉手了。我點了那個小胖子回答。

「挪威。」他說。

「世界上的哪個洲呢？」

「歐洲。」他說。

「很好！」我說道。他露出微笑。

「但是這個星球叫什麼名字？有人知道嘛？是的，雷達爾？」

「地球？」

「是的，算是這樣沒錯。不過它還有另外一個名字。一個行星專用的名字。」

我面向黑板，寫下一整列名稱。**霍爾峽灣**、**特隆姆瑟**、**挪威**、**歐洲**、**Tellus**（**地球**）。我再度轉向他們。

「那麼，Tellus在哪裡？」

「在宇宙。」史提格說。

「是的。」我說。「它位於一個星系裡的太陽系裡面。這個星系是……」

我在黑板上寫下「**銀河系**」。

「你們聽過沒有？」

「聽過啊。」好幾個人喊道。

「我們認為銀河系很龐大。但是跟整個太空剩餘的部分相比，它真是有夠小的。」

我望著他們。

「你們覺得，宇宙的外面還有什麼？」

他們面露不解之色，望著我。

「關於這個，你們以前都沒想過嗎？恩德瑞？」

恩德瑞搖搖頭。

「外面有什麼東西嘛？」

「嗯，關於這個，沒有人確切知道。」我說。「但總不可能什麼東西都沒有吧，嗯？那邊總有著什麼東西吧？」

「課本裡面寫什麼？」雷達爾說。

「課本什麼都沒寫，沒有人知道。」我說。

「沒有人？」

「沒有人。」

「既然這樣，我們為什麼還要學習？」他說。

我露出微笑。

「你們會學到一些跟你們住的地方有關的東西。那就是宇宙。是的，如果我們比較廣義來看。外太空。你們每天晚上都會仰望它。嗯，不對。你們還太小，那時候都已經上床睡覺了。」

「哪有，我們一點都不小！」

「我只是在開玩笑啦。」我說。「但是，你們會在天黑的時候看到星星，月亮，以及行星。你們會學到一些關於這個的東西。」

我轉過身去，在黑板上寫下「**宇宙**」。

「好了。」我說。「有沒有人能夠舉出我們的太陽系中某個星球的名稱？」

「地球！」雷達爾說。

幾個人笑了起來。

「還有嘛？」

「冥王星！」

「火星！」

「很好。」我說。當他們不再提出建議時，我在黑板上畫出整個太陽系。

太陽

水星

金星
地球
火星
木星
土星
天王星
海王星
冥王星

「看黑板，它們彷彿緊貼在彼此旁邊。但這些行星之間的距離是很遙遠的。比方說，到木星就要花上好多年。我打算向你們說明一下，這距離到底有多遠。把你們的夾克穿上，我們到足球場待一下。」

「我們現在要到外面去？課才上到一半耶？」

「是的。動作請快一些。把你們的夾克穿上，我們到外面去。」

他們從座位上竄起，跑到那一排衣鉤旁。我站在門邊等著，手上拎著那只袋子。

當我們來到場上的時候，他們就在我的身旁輕輕推擠著。我覺得自己活像個牧羊人，與這些桀敖不馴的小動物之間有著無以名狀的巨大差異。

「我們可以從這邊開始。」我從袋子裡取出一顆足球，放到地上。「這個是太陽。可以理解嗎？」

他們略顯狐疑地望著我。

「來吧。我們繼續走！」

我們走了大約二十公尺，隨後我停下腳步，將那顆李子放下。

「這顆是水星，距離太陽最近的行星。你們看到那邊的太陽沒有？」

那顆足球在砂礫上投射出一小片陰影，大家望向它，點點頭。

隨後我又放了一顆李子、兩顆蘋果、兩顆柳橙、那顆大頭菜還有白花椰菜。最終，我將那粒葡萄放在社區活動中心的門邊——它代表著冥王星。

「你們是否已經理解，行星之間的距離實在非常遠？」我說。「那邊是超級小的太陽。那顆李子則是水星，我們從這裡根本看不見它們。而這個。」我一邊望著他們（他們則以空洞的目光望向足球場）：「只不過是太空中很小、很小的一部分而已！這不是很奇妙嘛？我們所居住的地球，離其他行星居然有幾十億公里？」

幾個人努力思考著，甚而發出呻吟聲。其他人則低頭望著社區，或者望向遠處的峽灣。

「不過，我們現在還是進教室吧。」我說。「來吧，我們用跑的！」

我在教師休息室裡取來我短篇小說的一份影本，將各頁裝訂起來，遞給坐在沙發上閱讀《特隆姆人民報》的尼斯．耶里克。

「這就是我先前提到的短篇小說。」我說。

「真是有趣唷！」他說。

「你大概什麼時候會讀？今天晚上？」

「你顯然很著急唷？」他微笑，望著我。「其實，我打算今天下午到芬斯內斯看看。對了，你難道不能跟來瞧瞧嗎？」

「可以啊。好主意。」

「這樣的話，我明天就可以讀小說。然後，我們可以好好研討一下。」

研討。這意謂著大學與知識、學生時期、妹子以及派對。

「那就太棒了。」我一邊說，一邊走去倒一杯咖啡。

「你究竟跟他們在外面做什麼？」尼斯・耶里克在我背後說道。

「沒特別做什麼。只是讓他們瞧瞧，宇宙長什麼樣子。」我說。

當我來到下一節課班級的教室時，三名女生緊貼著彼此，湊在窗邊，低聲興奮地討論某些事。我進入教室，似乎完全不影響她們聊天的興致。

「妳們不能這樣站在那裡聊天！已經開始上課了！妳們以為妳們是誰？妳們是學生，得守規矩，按照老師說的話做！」我說。

她們急急忙忙向我走過來。當她們看到我臉上掛著微笑時，她們竟繼續聊天。

「拜託！幫幫忙！過來坐好。」我說。

她們以略顯慵懶的步態走到座位上（同一天的晚些時候，我會覺得這種慵懶真是可愛——原因在於她們的動作變得如此凝練，平時笨手笨腳的模樣瞬間消失不見，轉變成某種使人驚訝的女性尊貴之感）。

「我已經閱讀完你們的答案囉。」我一邊開始發作業簿。「寫得相當好。不過，有些東西是我們可以馬上來檢討一下的。這一點適用於所有人。」

他們翻閱一下作業簿，瞧瞧我寫了什麼。

「我們沒有成績啊？」希德格恩說。

「這麼一份小小的作業，就不用成績了，這最主要是讓我了解你們。」我說。

安德莉雅和薇薇安比較了她們收到的評語。

「你寫的東西幾乎一模一樣！」薇薇安說。「你有那麼遲鈍嘛？」

「遲鈍？」我露出微笑。「沒有啊，等到時機成熟了，你們的成績就會不同了。這種情況下，恐怕沒什麼好期待的。」

我背後的門被推開。我轉過身。是理查。他走到一旁，坐在最貼近牆壁的一張凳子上，同時向我打手勢，要我繼續講課。

現在是怎樣？他要**監控**我嘛？

「我們首先得處理的，是你們的方言用法。你們不**能**用方言寫作。這是**絕對**禁止的。你們得寫『我』，而不是『偶』。要寫成『還有』，而不是『還油』。『叫做』，而不是『教作』。」

「可是我們明明就這麼**說**啊！」薇薇安說道，輕輕地扭動上半身，偷偷瞄了理查一眼。他雙手抱胸而坐，面不改色。「我們明明就**說**『偶』，為什麼要寫成『我』？嗯？」

「而且哈里森去年說過，我們可以這樣寫。」希德格恩說。

「他說我們總得寫點什麼，這個比寫對重要。」麗芙說。

「你們去年還是小學生。」我說。「現在，你們已經是初中學生了。按照正規的說法，你們的語言使用必須合乎標準。全國所有人也都是這樣的。你們聊天時想怎麼說就怎麼說，但寫作的時候，你們只能寫書面挪威語或新挪威語[4]。這個甚至沒有討論的必要。如果你們不希望自己的作文上出現一大堆紅字，成

4 為挪威兩種受官方認可的書面語言之一，奠基於挪威民間口語用法，與丹麥語差異較大。

績是『不及格』、『勉予通過』，你們就得這麼做不可。」

「哦！」安德莉雅說道。她先是望著我，然後望向理查。其他人則咯咯輕笑。我要他們將課本拿出來。當所有人都翻到同一頁時，我要希德格恩開始朗讀。坐在牆邊的理查起身，簡短地向我點點頭，從門邊消失。

休息時段，我走到他的辦公室前，敲了敲門。他坐在書桌前工作，抬頭望著我。

「哈囉，卡爾．奧韋。」他說。

「哈囉。我只是想問問，為什麼你會到我的課堂上？」我說。

他投來充滿審視意味與疑問的一瞥，但隨即微笑，咬咬自己的下脣。我注意到這正是他的習慣。他那長滿鬍鬚的下頷向前挺，頗像一頭山羊。

「我只是想要看看，你在實際教學時的情況。往後，我有時還是會這麼做。你們當中的許多人不具備教師資格。關於你們究竟怎麼上課，我得要去理解。你是知道的，教學並不是一件輕鬆的事。」他說。

「我承諾，假如我遇上了問題，我會反映的。」我說。「你可以信任我。」

他笑了。

「這我知道。我當然信任你。現在，好好享受你的休息時間吧！」

他低下頭，讀著自己面前那些文件。這完全就是威懾的技巧。在幾秒鐘以內，我拒絕對此臣服，但同時我又沒有其他選擇，我已經沒有什麼要補充的，而他所說的又無任何不合理之處。最後我轉身離開，走進教師休息室。

下課後，我前往郵局，發現郵筒裡有三封信。其中一封是開始在斯塔萬格一所大學就讀的「男低音」寫來的；一封來自拉許，他與女朋友一同搬到克里斯蒂安桑；一封來自到特倫汗科技大學就讀的艾瑞克。男低音描述了他正要搬家以前發生的事情。他跟著一個女孩（或許應該說，是個女人——她二十五歲了）回家，當他們打炮的時候，她的某種症狀突然發作了。他嚇得要死。他寫道，她像是遭到了大量的電擊，全身上下抽動、搖晃，他認為這是癲癇症，因此將身子抽離，站起身來。

卡爾．奧韋，我可是嚇壞了！我不知道是否應該打電話叫救護車，或者我應該怎麼做。想想看，要是她死掉該怎麼辦！我其實真的這麼想過。但當時她抬起頭來，再度將我按下來，問我到底在搞什麼。「你得繼續！」她尖叫道。你理解嗎？她就只是性高潮罷了！成熟的女人都會這樣！

我邊走邊讀他寫的信，同時笑個不停，但也感到像是被刺了一下。我從沒跟女孩上床過，從沒性交過，換句話說，我就只是個處男——這兩年來，我編造了一大堆的性經驗，而男低音和與他一起混的幾個人無疑相信我的說詞，我感到很可恥。然而還不僅止於此——我像個瘋子渴望與某個女生相幹，其實對象是誰都沒有關係，就是要像男低音還有我其他幾個朋友那樣經常享受性愛。我每次聽聞他們的冒險，等量的倦怠與性慾，以及等量的力量與無力彷彿就在我心中騰起——我真正和人打炮以前的空窗期拖得愈久，我愈是害怕。我能夠與別人談論幾乎所有問題，使自己的心情變得輕鬆，但我可永遠不能講述這種事情，跟誰說都不行，任何情境下都不行，我每次只要一想起這點（而我其實還滿常想這個的——每小時可以想好幾次），我全身就會被一股沉重的絕望陰暗填滿。有時它完全飄忽不定，就像一朵從太陽旁邊飄過的雲，而那苦悶有時還會變得較為持久——但無論這種絕望是怎麼襲來的，我就是無法迴避，我為此深深感到質疑及苦痛。我行嗎？我**行**嗎？如果我克服萬難，狀態良好，成功與一名女生獨自待在房間裡裸裎相見，我屆時是否能與她做愛？我做得到嗎？

圍繞著這一切的雙面人遊戲與偽裝，並沒有使我比較好過。

「你知道保險套的尖端是什麼東西嘛？」那年春季，某一節下課休息，特隆德望著我說道。我們一夥人當時站在操場上尬聊著。

他獨獨望著我。

為什麼會這樣？難道他懷疑我那些交往過女生的話是謊言，懷疑我所有性行為的說詞是謊言？

我臉紅了。

我該說什麼呢？說「不知」，然後被揭穿嘛？還是說「知道」，接著聽到這個必然的問題：「那是啥？」

「不知道，那是啥？」我說。

「你的雞雞難道**這麼**小唷？」他說。

他們笑了。

我也笑了。我感到無比輕鬆。

但是艾斯潘不正是望著我嘛？他彷彿無所不知，眼神還半帶著某種勝利？

兩天後的夜晚，他開車載我回家。我們剛在吉斯勒家裡作客。

「卡爾．奧韋，你究竟跟幾個人幹過？」當我們開上克拉格博恩，道路兩旁遍布著陳舊且破敗屋舍之際，他說。

「你為啥要問這個？」我說。

「我就只是想知道。」他瞄了我一眼，隨後再度望著我們面前的道路。他的雙脣邊掛著一抹模稜兩可的微笑。

我皺皺眉頭，假裝正在專心思考。

「嗯哼。」我說。「六個。喔不對，等等，是**五**個。」

「是哪幾個人？」

「這是在調查還是怎樣？」

「不是啊，但你總能夠回答這個問題吧？」

「西希麗。你知道的，她來自愛蘭達爾，我跟她在一起過。」我說。

那家舊商店在車外一掃而過——多年來，我在那裡偷竊了大量的甜食。如今店已歇業許久。艾斯潘打著方向燈。

「還有呢？」他說。

「還有瑪麗安娜。」我說。

「你**幹過**瑪麗安娜？」他說。「這我可不知道！你過去為什麼從沒提過？」

我聳聳肩。

「保有一點私生活並不過分。」

「你聽著！在我認識的所有人當中，我對你的所知最少！但那樣也才兩個。」

那名大腹便便，嘴巴總是張開，身材高壯的男子站在籬笆旁邊，當我們駛過時，他張大眼瞪著我們。

「這一家人很奇怪。」我說。

「現在你別想要蒙混過去。」艾斯潘說。「你還剩下三個。之後如果你還聽得下去，我再講我的。」

「好吧，夏天曾經在我隔壁的冰淇淋店工作過的一個冰島女生。我那時候在愛蘭達爾的街上賣錄音帶。某天夜裡，我跟著她回家。」

「冰島女生！」艾斯潘說。「聽起來很美味。」

「是啊，是很美味啊。然後另外兩次，是在城裡的一夜情。我甚至不知道她們叫什麼名字。」

我們開下最後一條坡道。面向溪流的一排闊葉木就像一堵牆那樣緊密，景觀在坡道的最底部豁然開朗，我的目光掠過田野，望向那座小小的足球場。三個小小的人影，正對著守在球門口的第四個人射門。

「那你的人呢？」我說。

「我們現在來不及講這個囉。」他說。「我們現在到了。」

「快點說。」我說。

他哈哈大笑，將車停下。

「明天見！」他說。

「你這個混帳。」我說，甩上車門，向上朝著屋舍走去。就在我聽見他的車輛在嘎吱嘎吱聲中往下坡開，隨後消失無蹤時，我心想，我的回答太具體了。要是我當初只說這不關他的事，可能會比較好。換作他本人，他也會這麼回答。

為什麼他能做到這樣，而我不能？

無論如何，他並不像我，對女生抱有同樣崇高的想法——這一點是確定的。這並不意謂他不會像我那樣，對她們如痴如醉。完全不是這樣。但他或許並不認為她們**比他好**，不認為她們是如此崇高，導致我們不能用平常的方式跟她們交談，或者跟她們做尋常的事情。在他的眼裡，如果他本人的地位不比她們高，他們起碼是對等的。他最不缺的就是自信了。這使得他看起來很冷漠；當她們察覺到這特質的時候，她們會想要征服他。我將她們視為某種完全高不可攀的生物，是的，就像某種天使，我熱愛她們身上的一切，從手腕皮膚下方的血管到雙耳的渦形，我若是見到T恤下的一雙乳峰，或躲藏在夏季洋裝的裸裎大腿，我內心的一切彷彿全部溶解，一切似乎開始旋轉，騰起的強烈慾望就像光，就像空氣一樣輕，慾望中存在著以下的遐想：一切都是可能的——這不只適用於此地，還適用於所有地方，這不只適用於現在，而且適用於未來的分分秒秒。就在這一切於我心中騰起之際，我的認知像龍捲風一樣從下緣颳起。風暴既陰暗又沉重，意謂著無奈、屈就、失志，這個世界將我牢牢地包圍住。那是笨拙、沉默、充滿恐懼的雙眼。那是暖熱的雙頰，巨大的不安。

不過，這當中還存在其他原因。某種我不理解，無法做到的事情。其中存在著祕密，存在著黑暗，存在著見不得人的行為，以及一種笑聲——嘲笑著一切的笑聲。嗯，我能預感到它，但我對它一無所知。完全一無所知。

我將男低音的信塞進口袋，快步循著坡道往上走，尼斯．耶里克再過半小時就會來接我，而我得先吃點東西。

一、兩個小時以後，我們在芬斯內斯的主街上行駛著。當我從奧斯陸和特隆姆瑟來到該地時，我將這裡視為偏僻的不毛之地。此刻，也就是短短的五天後，當我從霍爾峽灣來到該地時，芬斯內斯看起來竟像是某個龐大、一望無際、簡直酷似大都會的聚落，充斥著無盡的契機。尼斯．耶里克將車停在超市的停車場上，我們隨後走動起來，尋找菸酒公賣局。我為了派對買了一瓶庫斯肯瓦爾伏特加，以及打算在自己家裡喝掉的四瓶白酒和半瓶威士忌。尼斯．耶里克買了三瓶紅酒，我並不驚訝——他是愛喝紅酒的那類人，不喜歡啤酒或者蒸餾酒。我們將一瓶瓶酒放進後車廂之後，我帶著他走進一家兼賣音響的家電量販店。我總是認為，我手邊那部音響太低劣了。此刻我有了正職，我打算處理這個問題。

這家店只有小型立體音響，並非最優質的款式。然而我心想，往後我仍然可以再買一組真正完整的音響設備。我張望著，想瞧瞧是否有店員在場。

一名男子站在櫃檯後方，他背對著我們，正在用一把小裁紙刀打開一只偌大的紙箱。我往那裡走去。

「我需要一點幫助。」我說。

他幾乎沒有轉過頭來。

「稍等一下。」他說。

我再度站回置有小型立體音響的牆前，向翻動著一箱黑膠的尼斯．耶里克招招手。

「你想要買哪一張啊？」我說。

「我沒有要買東西。那些小型立體音響，簡直就是狗屎蛋。」他說。

「這我同意。但是看樣子他們只有這種東西。而我只有住這裡的時候，才會使用它。」我說。

他望著我。

「你視金錢如糞土啊，嗯？還是說，克瑙斯高家族是航運鉅子？對於這點，你可是啥都沒提過！」

「你可以分期付款啊。看。這一臺要三千四百九十九克朗。每個月付幾百克朗就成了。」

櫃檯邊的男店員挺起身子，找尋我的蹤影，他身材削瘦，不過有點肚子，戴著金屬框眼鏡，梳著遮禿用的髮型。

我指著那臺日立。

「我要這一臺。應該可以分期付款，對嗎？」我說。

「除非你有工作。」他說。

「我在霍爾峽灣擔任教師。」我說。

「那可以啊，你只需要填寫幾份表格。請跟我到那邊的櫃檯……」他說。

就在我站著填表的時候，他走到倉庫取來音響。

「這樣做真的聰明嘛？」尼斯．耶里克說。「分期付款，弄到最後幾乎是原價的雙倍啊。往後還要繼續付這筆錢，感覺滿不爽的。我們的薪水沒有**那麼**高啊。」

我望著他。

「你是我老媽喔，嗯？」我說。

「是是，這是你自己該去煩惱的事情。」他一邊說，一邊走回唱片前。

「沒錯。」我說。

同時，店員從倉庫裡走出，懷裡抱著一個大紙箱。他交給我後，開始查閱文件與身分證件。一切都完成以後，我將它搬到車上的後座。

下一站，也就是我們行程的最後一站，即為那家超市。我們推著推車到處晃來晃去，取來在我們住的小鎮裡找不到的商品。我先拿取兩盒香菸。當尼斯．耶里克站在義大利麵的貨架前時，我則在店內最深處、水果秤重檯的旁邊，將香菸盒各自塞進夾克兩側口袋裡，然後繼續將商品放進購物車。我在超市購物時，我總是會偷香菸，這種事幹得滴水不露，我從來沒被抓包過。對我來說，偷竊近似自由，與罔顧一切、做我想做（而非應該做）的事情相似。這是一種叛逆、不守規矩的行為；同時，偷竊似乎又將我的個性彰顯成為我想成為的人。我偷竊。我就是一個小偷。

一切總是相當順利。但每次將推車推向結帳員所在，如小島一般的櫃檯時，我依舊緊張。不過她的眼神中沒有任何警覺，也沒有任何男店員謹慎地從某處接近我，因此我用冒著汗的雙手將商品放到輸送帶上，付了帳，在打包區將一切東西收好後迅速走出去（但也沒有迅速到引人注意），在店外停下腳步，點燃一根香菸，等著尼斯．耶里克。約莫一分鐘後，他雙手拎著兩只塞滿的沉甸甸塑膠提袋，站在我的身邊。

最初幾公里的路途中，車內的我們沉默著。當我購買音響時，他在店裡對我說教——我為此仍感到不爽。我相當厭惡人們插手管我的事情，不管是我的媽媽、我哥哥、我的老師還是我最要好的朋友，那都一樣，使我不能忍受。沒人有權利告訴我，我該怎麼做。

他開車時，時不時會瞄向我。車外的景觀逐漸變得平緩。低矮的樹木、石楠、苔蘚、小溪、低淺且完全發黑的水體，還有遠方的高聳尖頂山脈。他剛在芬斯內斯的外圍加過油，車上仍然瀰漫著汽油味，我感到不舒服。

他再度望向我。

「你能放點音樂嘛？置物小櫃裡有幾卷錄音帶。」

我打開它，將那堆錄音帶放到膝蓋上。

山姆．庫克。奧蒂斯．雷丁。詹姆士．布朗。王子。馬文．蓋伊。UB40。史摩基．羅賓森。史蒂維．旺德。特倫斯．川特．達爾比。

「你喜歡聽靈魂樂喔？」我說。

「靈魂樂和放克。」他說。

我只聽過王子的《遊行》，便播放這張專輯。隨後我向後貼靠回椅背上，抬頭望向山岳，山腳被一片翠綠如絨毛地毯的灌木叢與小樹所覆蓋，較高處則生長著同樣鮮綠的石楠與苔蘚。

「你到底為什麼要偷香菸呢？」尼斯．耶里克說。「我這樣問，並不是跟我有關係。對我來說，你想做什麼都沒差。我只是好奇而已。」

「你看到了？」我說。

他點點頭。

「你明明就**有**錢嘛。」他說。「你明明就不是窮到沒錢才偷走的。」

「的確不是。」我說。

「想像一下，要是你被逮到了，那又會是什麼樣子？我的意思是，虧你還是老師吶。」

「我有被逮到嘛？」

「沒有。」

「沒有。所以這完全就只是假設。」我說。

「我們不必討論這個。」他說。

「我們當然可以討論這個啊。」我說。「請你繼續說啊。」

他笑了起來。

隨之而來的是一陣漫長但並不困窘的沉默。筆直的道路，美麗的山岳，好聽的音樂。尼斯・耶里克則是個夥伴，但我壓根兒就不在乎他。

然而，此時我的態度有了變化。感覺就像我沿著某個方向走了好一段距離，現在開始往回走——因為有些事情沒有解釋清楚。尼斯・耶里克並沒有對我怎樣，他完全無意傷害我，他就只是好奇，也許還有點無禮，而我在這遙遠的北方一個熟人都沒有，這也許不是我所遇到最糟糕的事情吧。

我跟著〈有時四月會下雪〉的旋律哼唱起來。

「你有沒有聽過王子最新的唱片，《性感的愛》？」我說。

他搖搖頭。

「不過如果他在明年到挪威或瑞典來，我會去看他的演出。現在他的演唱會一定很棒。我跟幾個去聽『時代之旅』巡迴的人談過。顯然是他們所見過最棒的演唱會。」

「我想是的。」我說。「不過我的意思是，最近這一張專輯也很棒。沒有像《時代之旅》那麼讚，但是……對了，專輯新推出的時候，我在《祖國之友》寫過樂評。當時我差點犯下全世界最愚蠢的錯誤。」

我望著他。

「我在某份英國音樂報刊上讀到他是個文盲，還差點寫了下來。我真的差一點就要根據『王子不識字』這句話開展整篇文章——幸好我覺得有點怪怪的，所以就沒有寫。後來我猛然想到，他或許是不會讀樂譜。但我還是不確定。而你手邊所有的不可靠資訊真的是很麻煩，你可能以為是這樣，結果卻完全不是這麼一回事。如果我們說了這種事情，會有點尷尬。但若是有人寫出來，第二天還真的刊在報紙上，那真是糟透了。」

「我覺得這就是報紙的寓意唷。」尼斯·耶里克以詼諧的口吻說著，雙眼繼續盯著路面。

「我們的確可以這麼說。」我說。

通往霍爾峽灣的道路位於前方遠處。一條細小的灰色線段，導入山裡的黑洞中。

「是說，我週二收到一封我女朋友的長信。」我說。

「喔，是這樣喔？」他說。

「是的，女朋友。嗯，女朋友。我們今年夏天還在一起。她以前叫做琳恩……」

「**以前**？所以她現在已經死囉？」

「對我來說，是的。這就是我的用意。她提分手了。她寫道，我是一個多麼棒的人，叭哩叭啦的，但是她從來沒愛上過我，現在我搬到這裡來，就很適合提分手了。」

「所以你現在單身囉。」尼斯．耶里克說。

「是的。這就是我想要說的。」

一輛猶如糞金龜的黑色小轎車從隧道裡駛出，形體隨之迅速變大，車速極快。那輛車通過時，駕駛打了一下招呼。尼斯．耶里克也打了一下招呼，隨後減速，開上通往小鎮的最後一小段路。

「這樣其實不是很詭異嘛？大家都知道我們是誰，而我們卻一個人都不認識。」我說。

「是啊，我們還真的來到了一個恐怖的地方。」他說。

他轉動一只排檔桿，打開車頭燈，接著將另一只排檔桿往上推，打開雨刷。雨滴拍擊著鋼板、擋風玻璃和車頂。山壁反射引擎的轟鳴聲。我們像被一層殼包圍，並在我們離開隧道時脫落。寬闊湛藍的峽灣呈現在我們面前。

「那你單身嗎？」我說。

「噢，是的，其實我單身很久囉，我好多年沒交過女朋友囉。」他說。

難道他是同性戀？

噢不，可別跟我說他是同性戀！

其實他有點不尋常。還有那紅通通的雙頰……

「這裡能夠挑的實在不多，只不過競爭也沒那麼激烈。所以沒什麼區別，我是這麼想的。」他說。

他笑了起來。

「能夠挑的實在不多」。這話是什麼意思？這裡沒有多少其他男同性戀？

我感到一陣涼意，望向那無光澤的藍色海面。

「托麗是個乾淨清爽，有精神的好女孩。」他說。

托麗！

雷達失策！

我再度望著他。即使他的目光盯住路面，他仍然留意我的一舉一動。

「只不過她已經老了。」我說。

「老，才不呢！」他說。「如果讓我來猜，我會猜二十八。或者三十歲。可能吧。但是首先，這一點都不老！其次，她很性感。是的，**超級**性感！」

「這一點，我絕對沒有感受到。」我說。

「卡爾．奧韋，我可不是十八歲，我二十四歲了。這種情況下，二十八歲一點都不老。或者說，不可企及。」

他輕笑了一下。

「實際上，她或許**對我**來說不可企及，那是另外一回事了。」

我們在那條彷彿被擠壓在岩壁下緣的窄路上緩慢前行。那些本地的駕駛在這一帶的車速，就像在其他地方一樣快。但尼斯．耶里克可不會開快車，他比較謹慎、理智，我已經理解到這一點。

「那你呢？」他說。「你有沒有看上誰啊？」

我露出一抹微笑。

「我搭公車到這裡時，我其實看上了一個。她在芬斯內斯讀高中。住在赫爾灣。」

「啊哈！」

「我們就看著辦吧。至於其他人，我就不知道了。」

「薇比克是個很豐滿的女孩。」他說。

「你的意思是，她很胖？」

「不是啦，你知道的……她很甜美，她的確很甜美。也許有點渾圓，但那會怎樣嘛？至於海耶啊，她喔……是的，不太好對付，我是這麼認為的。但是很漂亮。你不這麼覺得嘛？」

「你是來者不拒型的，還是怎樣？」我說。

「女人就是女人。這是我的座右銘。」

小鎮隨即出現在我們的下方。他在我家的屋外停車，將幾只袋子提進屋內，我則將裝有音響的大紙箱搬進屋內。他跟我說過再見，就將車開到高處的住所。我將音響設備組裝起來，播放Associates樂團的專輯《慍怒》——我伸展四肢，平躺在沙發上，聆聽這張全然陷入歇斯底里的唱片。過了一會，我開始寫信——有很多信要寫，因此我寫得很簡短。我現在寫的信並不是最重要的，重點是我在寫完信後，塞入每只信封的短篇小說。

隔天的某節下課時間，斯圖爾來找我。

「我可以稍微跟你談一下嘛？」他搔著頭。

「那當然。」我說。

「其實我只是想給你一個小建議。這跟三、四年級的學生有關。我聽說，你昨天向他們介紹了全宇宙……」他說。

「是啊，然後呢？」我說。

「你知道嘛，他們還十分年幼，所以換個方向開始，也許並不失為一個好主意。比方說，製作一張關於這所學校的地圖。然後製作這個社區的地圖。接著製作這座島嶼的地圖。你理解嗎？從他們所熟悉的地方起步，繼續延伸，推展到挪威，歐洲，以及世界。**在那之後**，你或許就可以講解宇宙了。當然了，如果你到那時候仍然在這所學校的話！」

他笑了起來，對我眨眨眼睛，想讓這樣的談話更有親和力，顯得不那麼威權。但這不是什麼建議，這是糾正。當我迎視他的目光時，我怒火中燒。

「我會好好想想的。」我說道，然後轉身離開。

我在暴跳如雷的同時，卻又覺得羞赧——因為我理解到，他是對的。他們都還那麼幼小，他們想必什麼都不理解，而我在自己十歲時覺得有趣的那些東西，在他們眼裡就未必有趣了。

我不想在教師休息室跟任何人交談，所以我走到自己的位置坐了下來，假裝正在閱讀，直到上課鈴聲響起，我可以到教室和學生會合為止。

當我站在講桌前、等著他們晃進教室時，我心想著，這真是詭異。我竟覺得在教室裡，與學生相處更有屬於家的自在感，而不是在教師休息室和教師們相處——這真是詭異。

但是，他們跑到哪裡去了？

我走到窗邊。這兩棟校舍之間的區域間，連一條人影都沒有。他們也許在足球場上？

我看了看時鐘。自從上課鈴響後，已經過了五分鐘。我心想，一定是出了什麼事情。我走到長廊後朝大門口走去。斯圖爾從另一個方向快步走來。他打開大門走了出去。我緊跟在後，看到他跑了起來。

他們正在打架。兩個男生的雙臂交纏在一起，其中一人將另一人摔到地上，對方馬上就站起身來。學生們圍成一圈在旁邊觀看。他們完全沉默無語。這座小鎮就在他們所站的位置之外，再過去就是山岳與大海。

我也跟著開始跑了起來，最主要只是做做樣子——我理解斯圖爾會處理這件事，我對此很是感激。打架的人是斯蒂安和凱恩．羅亞德。斯蒂安更為強壯，他將凱恩．羅亞德摔到坡上，但對方拒絕認輸，兩人再次打了起來。

當斯圖爾到場時，兩人都停手。他一把拉住斯蒂安的夾克領口，將他推到一邊痛罵一頓。斯蒂安像條狗那樣垂頭喪氣。換作在我的面前，他絕對不會有這種表現——這一點無庸置疑。

我在他們旁邊停下腳步。

凱恩．羅亞德低著頭。他長褲的雙膝與大腿部分都髒兮兮的，雙眼盈滿淚水。

「你在搞什麼東西？」我說。「你打架啦？」

「喔，閉嘴。」他說。

我將手搭在他的肩膀上。他一把將我甩開。

「走吧，我們現在進去吧。」我說。我朝班上其他人投去一瞥。

「你們那邊！」我說。「你們在那裡幹麼！你們又沒有參與打架。」

凱恩．羅亞德迅速地瞄了我一眼。他本來似乎預期自己會受到處分；但現在他理解到，不會有什麼處分。

「走吧。」我說。「我們走吧。凱恩．羅亞德，你得到廁所去，稍微把自己弄乾淨。你看起來糟透了。」

斯圖爾班上的學生已經來到大門前。

「有流血嗎？」他說。

「沒有。只是髒汙和鼻涕而已。」我說。

我們談了一下發生的事情。當凱恩・羅亞德走進來時，我說，他想打多少架都沒有關係，但是不准在學校打架。我說，到了週末，你想從起床就一路打架打到晚上睡覺，就連下午也不斷地打架，都沒有關係——但是不要在學校裡打架。我問，你覺得你辦得到嘛？他搖搖頭。他說，是那個該死的斯蒂安先動手的。我說，好。當你回家的時候，你再找他算帳去。但是不要在這裡打架。要是再出事情，我就得處分你，你懂不懂？而這樣很不值得。只要等上幾個小時，你想怎樣，就可以怎樣。但是，現在，我們得開始上課了，你們總得學點什麼東西才行。我說，你們都需要學點東西。尤其是你，你什麼都不會！

四名女生向我面露很不悅的表情。

「什麼都不會！」我重複道。「好啦，把書本拿出來。」

「該死的，你自己又懂多少？」希德格恩說。

薇薇安與安德莉雅笑了起來。

我伸出食指。

「不准罵髒話！我不想在這裡聽到這些東西。」

「可是挪威北部所有人都在罵髒話啊。」薇薇安說。

「髒話和打架的規定是一樣的。」我說。「你們在家裡想罵多少髒話，就罵多少髒話。但是不准在這裡罵。我是認真的。好啦。你們可以繼續寫上次的習題。從第十三頁開始。如果有需要，我會協助你們。下一節課，我們就先來講解你們覺得困難的題目。可以嗎？」

我走到窗邊，雙臂抱胸，湊到窗檯上。我聽見從大廳另一端傳來尼斯・耶里克的聲音；他正在教四年級學生英文。我想到了斯蒂安，看到他恬不知恥的微笑浮現在我面前，再看到班上那些女生，還有她們望著他的那種眼神。我察覺到，她們很仰慕他。也許，她們甚至還會夢到他？

她們鐵定夢到了他。

我走到講桌旁邊，向外頭海耶的方向投去一瞥。她已將她的學生帶到小圖書館的角落，他們圍繞著她，坐在枕頭上，聆聽她高聲朗讀。

她察覺到我的目光，望向我微笑。我也以微笑回應她，在講桌前坐定，稍微翻閱一下課本，看看我下一節課能夠講解哪些內容。

當我再度抬頭時，我與安德莉雅的目光交會。她的雙頰猛然變得通紅。我露出微笑。她舉起手來，隨後又低下頭去。我站起身來，走到她的身旁。

「妳需要什麼幫助？」我說。

「這一段。」她指著。「這邊，我有寫錯嘛？」

我湊向前，打量著她所寫的內容。她靜靜地坐著。當我的手指在紙面上滑動時，她的目光緊盯著我的手指。她身上散發出一股很像是蘋果香的微弱氣味。我心想，那想必就是她使用的洗髮精。一陣輕微的悸動在我胸口擴散。她的鼻息。飄落到臉頰邊的髮絲。那雙從髮絲間張望的眼睛。一切竟是如此貼近。

「沒有，沒有寫錯，看起來挺好的。」我說。

「是嘛！」她抬頭望著我。當我們的目光交會時，我就站挺身子。

「是的。」我說。「妳就繼續寫吧！」

這一節課結束以後，當我走進教師休息室時，裡面空無一人。直到我坐下時，我才發現了托麗——她站在小廚房裡，塗抹著一片三明治。

「妳有一小時的空檔囉？」我說。

她點點頭，咬了一口三明治，在咀嚼與吞嚥的同時伸出一根手指。

「是的，不過，天哪，我可一直都閒不下來！我一直在準備接下來這幾節課。」她說。

「是的。」我說，一邊取來擱在桌上的報紙。翻閱報紙時，我仍能隱約感受到她在那邊的動作。先是被塞到嘴邊，然後又被放下的三明治；同時，她似乎到處走動著。

她彎下腰來，打開冰箱。我抬起頭。她穿著黑色伸縮褲。我注視著她衣料下突顯出的大腿，她的臀部。相當寬厚，但又不至於過寬——一點都不，那起伏與曲線散發出濃厚、徹底的女性氣息。

我的陰莖開始充血，便翹起腿來，同時並未將目光移開。要是能在那裡幹她，可就太美妙了——感受到那雙大腿、那美臀緊貼著我的身體。噢，上帝。進入她的體內。噢，上帝呵。她的雙乳被我的雙手握住。想像一下，那赤裸的肌膚！想像一下，大腿那平滑的內側！

我吞了一口口水，抬頭望著天花板。這永遠行不通的。就算我真的排除萬難，和她或者某個條件與她相似的人打炮，這還是行不通的。我知道這一點。

她站挺身子，拿著一盒牛奶。她打開包裝，將牛奶倒進一只玻璃杯內，同時迅即地望了我一眼。當我們的目光交會時，她露出微笑。

她已經察覺到一切。

我的雙頰發紅，也對她微笑一下，同時焦急地尋找著話題，想將專注力從我雙頰的顏色與我剛剛看到、想到的事物之上引開。

她微微向後仰著頭，將牛奶一飲而盡，用手背將那道鬍鬚狀的乳漬擦乾，再度望向我。

「卡爾．奧韋，你要來杯咖啡嗎？你看起來挺需要咖啡的。」

她這是什麼意思？我看起來怎麼會像是需要咖啡的樣子？

「不必了，謝謝。」我說。

但是，「不」會引起注意的！

「嗯，我是說，好的。」我迅速地補上一句。「好的，謝謝！」

「你要加牛奶嗎？」

我搖搖頭。她倒了兩杯咖啡端過來，將杯子遞給我，坐在我旁邊，輕輕地嘆了一口氣。

「妳在嘆氣？」我說。

「有嗎？」她說。「這只是因為今天已經工作好幾個小時了。我昨夜睡得不太好。」

我朝著邊緣滿布著淺褐色小泡泡、深不可測的黑色表面吹氣，輕輕地啜了一小口。

「我有發出什麼噪音嗎？」我說。「我的意思是，音樂開太大聲，還是之類的？」

她搖搖頭。

「我能聽到你發出的動靜，不過那都沒關係。」她說。

「確定？」

「當然，那是一定的。」

「是的，如果音量太大，請妳告訴我一聲。」

「你有聽到我發出什麼噪音嗎？」她說。

「沒有，可真是平靜得很。只有妳走動的聲音。」

「那只是因為喬治現在在外海捕魚。」她說。「當我一個人獨處的時候，這裡可就安靜得多。」

「他要在那邊待很久嗎？」

「沒有，他們其實這個星期六就會回來。」

她微笑。我覺得她的雙脣是如此柔軟、豔紅，靈活地貼著那潔白堅硬的齒緣。

「是的。」我說，一邊抬起頭來——最遠的那扇門被推開，托爾．恩那走了進來，接著是海耶和尼斯．耶里克。

「你們可真是整齊劃一啊。」我說。

「是的，我們遵從講課的時間。」尼斯．耶里克說。「我們知道，對學生的未來而言，每一分鐘都很重要。所以我們不能——我重複一遍：我們**不能**在鈴聲響起前三分鐘下課。那是非常不負責任的。是的，我甚至會說：這是**不可饒恕**的。」

「是的。作為代課教師，你肩負的責任可真是不輕。」我說道。「為什麼你不像我一樣，來當班導呢？你知道的，這樣你就可以更有效地管控你的時間了。」

「我的目標是，即便沒有校長的資格，最終也能成為校長。」尼斯．耶里克說。「這種事情並不普遍，也沒有那麼簡單，不過這就是我的目標。」

他絞了絞雙手，扭曲的臉部擠出一副酷似貪婪的表情。「現在我要用幾片乾麵包搭一些乾酪。一定很好吃！」

薇比克、珍妮和斯圖爾通過門口，走了進來。我站起身，心想我該讓位給那些準備吃東西的人。我靠到窗邊，仍拿著咖啡杯，眺望窗外。

天空呈灰色，不過沒有下雨的跡象。我班上的那些女生站在正對面的牆邊交談著。如果八、九年級學生想待在室內，她們可以待在室內，而她們幾乎總是想要待在室內，至少女生們是這樣。小一到小六的孩子，通常會在另一端的足球場邊玩耍。

到目前為止，我還沒擔任過課間休息的巡察。

我轉身面向那些同事。

「現在究竟是誰擔任課間休息的巡察？」我說。

「我大膽的猜測，就是你囉。」靠著門框而站的斯圖爾說，他伸出一條胳臂指著我。

我過去查看牆面的班表。唉唷，還真的是我。

「天啊，我完全忘記這件事了。」我接著走到長廊上，一把抓來夾克披上，一邊匆忙地走到戶外。

一條矮小、渾圓的身影從遮雨棚內閃現，直直朝我走來。就是那個名叫尤爾的小男孩。我假裝沒看到他，走到對面——整群小孩正在一座球門前來回跑動，一顆沉重、灰色的球在他們之間滾動著。

他們一看到我出現，便停止玩耍。

「你要來一起玩嘛？」他們說。

「可以啊。玩一下總是不成問題。」我說。

「那你要對付所有人。」

「好啊。」我說。

他們把球交給守門員。守門員一腳將球開進人群之中。他們的人數雖多，他們的腿卻很短，所以我能夠輕易地抄到球及持球。有時我會推倒他們當中的某一人。他們會尖叫，要求開自由球。我尖聲喊著，他們真是膽小鬼。他們擺好架勢，使盡全力重新開始追逐我。有那麼一、兩次，我讓他們抄到球，就只是不讓他們失去勇氣罷了。但弄到最後，我直衝向球門、掠過守門員後射門，然後高聲呼喊我贏啦，比賽結束囉。他們叫喊著不行，這樣不行，我們得徹底打敗你才行！幾個最小的孩子拉扯著我的褲腿。我掙脫他們，同時還得多跑上幾步，才能避免被他們逮到。看到他們重新沉浸在比賽之中，我便從那裡離開，看看在另一端活動的學生們。

尤爾獨自一人靠牆而站，他的毛線帽壓得很低，陰沉地覆蓋住整個前額。

「你不一起來踢足球嗎？」我說。

他朝我走上幾步，導致我必須停下腳步。

「我不喜歡足球。」他抱怨道。

「那你總還是可以加入啊。」我說。

「不要。」他說。「難道我不能跟你一塊走嗎？」

「我？我就只是在這裡走來走去啊。」我說。

他握住我的手，面露微笑，抬頭望著我。

「好，如果這是你所想要的，那好吧。」

他難道不理解，像這樣抓住老師的手、跟著老師，同班同學會怎麼看待他？

他顯然並不理解。

我拖著這個胖胖的小男孩走到操場的另一端。這會兒，那些八、九年級的學生已經加入我班上的那些學生。

「昨天我讀課本，進度超前唷。」他再度抬頭望向我。

「這樣唷？」我說。「那真是太棒囉。你讀懂了嗎？」

「我覺得是，至少有讀懂一點點。」他說。

「假如你不喜歡足球，你喜歡做什麼呢？」

「我喜歡畫畫，我覺得這超有趣的。」他說。

「都沒有喜歡的戶外活動嘛？」

「我滿喜歡騎騎腳踏車的。跟恩德瑞一起騎。」

「你們是最要好的朋友嗎？」

「有時候算是。」

我低下頭望著他。他的神情中立且淡漠。

這麼說來，他是個沒有朋友的小可憐蟲。

我們的目光交會，他的臉孔變得柔和，最終露出微笑。我將手搭在他的肩膀上，彎著腰走在他的前面。

「我們要不要一塊踢足球啊？我跟你，兩人一隊。」我說。

「可我就不會踢啊。」他說。

「少來咯。」我說。「你當然會踢。只不過就是到處跑來跑去，一腳把球踢飛而已。我會幫你的。來吧，我們得動作快，這樣才來得及。上課鈴很快就要響了。」

「好吧。」他說道。我們小跑步奔向球門。

我在他們面前停下腳步，高高地舉起手來。

「我又來囉。」我說。「我跟尤爾一隊。所以，我跟尤爾對你們所有人。可以嗎？」

「可是尤爾明明就沒救咯！」雷達爾喊道。

「你們通通都一樣沒救啦。」我說。「現在，來吧！」

他還真的**是**沒救了。如果我把球傳給他，他連踢球都辦不到。不過他現在總能跌跌撞撞地跑著，唇邊掛著一抹微笑。幸好上課鈴聲在幾分鐘後響起。

「尤爾，你把球拿去放到教師休息室。可以嗎？」

「是！」他將那顆球挾在腋下，開始小跑步奔去。我很快也跟了過去。我想在麗芙（讀九年級的女生）進教室以前，瞄她一眼。

我剛好趕上。當我來到時，她正走在卡蜜拉的身旁。當她拐進走廊上時，她迅疾、鬼鬼祟祟地朝我投來一瞥。我注視著她那纖瘦、緊實、造型完美無缺的臀部。某種深淵在我的內心裂開。

最後一小時的課程結束以後，我坐在教師休息室內，等著同事逐一回家。我渴望獨自一人待在那裡——這和待在自己公寓裡可是不一樣的，此外，我也想要打幾通電話。

最後，戶外的停車場上只剩下理查的車。他還窩在自己的辦公室裡，但隨時都有可能進來這裡。所以我翻閱著一本辭典，等著他也收拾行李回家。

近幾個小時以來，雲層愈來愈陰暗。當我坐在休息室裡時，最初的幾滴雨點已經開始拍擊著玻璃窗。我轉過身，見到最初幾滴雨點噴到柏油路面上，而沒有留下任何痕跡，一切彷彿不曾發生過，幾秒鐘以後，雨水才使地面的顏色變深與溼潤——此時天幕的閘門已經打開，滂沱大雨轟然而下。大雨一直下著，一條接一條的雨絲劃過空中，力道還是如此猛烈，導致我能看到它們在撞擊地面後再度甩向空中。雨水開始從雨水管中落下，沿著對面的屋牆噴濺在地面。窗戶與天花板傳來一陣猛烈、打鼓般的聲音。

「我們就稱這個是壞天氣！」理查說。他站在門邊對我微笑。身穿綠色厚夾克的他，腰帶上繫著一把刀。

「是啊，還不怎麼溫和唷。」我說。

「你在加班嗎？」他走了進來。

「不算是吧。但我本來確實考慮過要加班一下。」我說。

「在這邊的第一週，你過得怎麼樣啊？」

「我覺得一切都挺好的。」我說。「可不是嘛？」

他點點頭。

「下個星期五，你會跟英格麗見面。你知道的，我們的教育學專家。見面前先將你的問題與想法寫下來，這不失為一個好主意。利用這個機會，多獲取一些有用的建議。」

「我會的。」我說。

他咬了咬下嘴唇，這再度使他酷似一隻雄山羊。

「很好，很好。那麼，週末愉快。」他說道。

「週末愉快。」我說。

半分鐘後，我看到他在戶外奔向汽車，用公事包遮住頭。

他掏出了鑰匙，拉開車門，坐進車內。

汽車車燈被點亮。一陣寒意貫穿我的脊背。紅色車後燈投映在黝黑而發亮的瀝青路面上，黃色的車前燈則將兩條隧道般的光柱掃向屋牆。屋牆被照亮的同時，似乎還分散了光柱。

啪搭啪搭的雨滴。在地面流淌著的水，構成一道道寬大的V字形。如瀑布般從雨水管落下的水流。

噢，這就是世界，而我活在這個世界上。

我又想要做什麼呢？我想要用輪番重拳猛擊窗戶，在房間裡跑來跑去，高聲咆哮，將我周邊的桌椅一陣亂扔，此刻的我充滿了生氣與活力。

就如我們所知，這就是世界末日！我在教師休息室裡以最大的聲量引吭高歌。

就如我們所知，這就是世界末日！

我感覺超棒！
我感覺超棒！

理查的車子沿著路面開下，消失無蹤後，我在學校周圍繞了一圈，查看是否仍然有人在校。比方說，學校的工友——說不定他躡手躡腳地走動著，修理一些什麼東西。但是到處都空蕩蕩的。我確認過這個事實以後，便走進那座小小的電話隔間，撥打媽媽的號碼。

她並未接聽。

她或許在值晚班。而她如果沒有外食，她或許會在回家的途中買菜。

我打電話給英格威。他立刻就接聽了。

「哈囉。」他說。

「嗨，我是卡爾．奧韋。」我說。

「你現在在北挪威了吧，啊？」

「當然囉，沒錯啊。你過得怎麼樣啊？」

「嗯，都挺好的。我剛剛才從圖書館回來。我要在家裡先休息一下，再到外面待一會。」

「你要上哪去？」

「我想要去巢穴夜店。」

「你可真是走運。」

「是你自己選擇到北挪威的。你本來大可以搬到卑爾根。」

「是啊，的確。」

「你過得怎麼樣啊？你有沒有地方住，還是其他之類的？」

「有啊，我分配到一間很棒的公寓。學校這週二開始上課。其實真的挺酷的。我今晚也要到外面逛逛。不過，我可沒有要到巢穴去。我要到鄰鎮的社區中心。」

「北方有沒有漂亮的女孩啊？」

「有啊……我在公車上就認識了一個女生。也許有機會。否則，大家遲早都會搬出舊家。看這副樣子，她們要嘛是寄宿學校的學生，要嘛就成了家庭主婦喔。」

「既然這樣，就得從寄宿的學生下手囉？」

「哈，哈。」

接著是一陣沉默。

「嗯哼，你收到我的短篇小說了嘛？」我說。

「有啊。」

「你讀過了嗎？」

「有啊，不過我讀得很草率。我就只是瞄過一眼而已。我本來想要寫幾句評論給你。這也許在電話中不太方便提。」

「不過，你喜歡嗎？這個也許不那麼難說出來吧？」

「是，我覺得挺好的。寫得很棒，很鮮活。不過就如我剛才所說的，我們之後再談論這個。好嗎？」

「好的。」

又是一陣沉默。

「爸爸呢？」我說。「他有沒有跟你聯繫？」

「完全沒有。他有聯繫你嘛？」

「沒有，完全沒有。我正打算現在打給他。」

「如果你要打給他，就代我問候他一下。這樣省得我幾週後還要打給他。」

「我會的。幾週內再寫信給你。」

「保持聯繫。」

「好的。」我說完，掛斷了電話，走進教師休息室，坐到沙發上，雙腿翹到茶几上。與英格威的某些談話使我鬱悶，但我不知道為什麼。或許是他要跟自己所有的朋友們到卑爾根這個大都會、到巢穴去，我則要在某個像地獄一樣遙遠的鄉間參加派對——而且我在此地還不認識任何人。

或者就是那句「挺好的」。

「是，我覺得挺好的。」他就是這麼說的。

挺好的。

我讀過海明威的一部短篇小說，講述一個跟著爸爸（擔任醫師）前往一個印第安村落的小男孩，村裡有戶人家要生小孩了。如果我的記憶正確，情況並不順利，故事中甚至可能有人死掉了，不過那都沒有關係，他們在那裡停留一段時間就回家去了。故事到此結束。簡短扼要。我知道，我的短篇小說就跟它一樣好。它描繪另外一種環境，但原因其實就在於：海明威乃是在另一個時代寫作。我是在我們所處的當代寫作，所以故事就變成這樣。

但是英格威究竟又懂得什麼呢？他又讀過多少本書呢？比如說，他讀過海明威嗎？

我起身，再度走進電話隔間，從褲子口袋取出紙條，撥打爸爸的電話號碼。沖淡掉這件事，也好。

「喂，哈囉？」他說。他的聲音很僵硬。既然這樣，這段通話就應該要簡短。

「嗨，我是卡爾．奧韋。」我說。

「喔唷，嘿，你好。」他說。

「是，我現在已經在這邊安頓下來了。」我說。「而我也已經開始上班了。」

「太好了。」他說。「你在那邊適應嗎？」

「那當然。」

「太好囉。」

「你們過得怎麼樣？」

「嗯，這邊就跟往常一樣，你知道的。烏妮在家裡，我才剛剛下班回到家。現在我們這邊要開動啦。但是你打電話過來，還是挺好的。」

「代我向烏妮打聲招呼！」

「我會的。你就多保重。」

「再會。」

我從學校離開，踏上往家裡的下坡路時，最猛烈的雨勢已經停歇，但雨仍然下個不停。當我開門時，頭髮已經全淋溼了。我在浴室用毛巾擦乾頭髮，掛起夾克，將鞋子放在火爐前面，啟動火爐，我煎了幾片馬鈴薯、少量洋蔥，以及一根被我切成數片的早餐香腸，坐到客廳的桌子前，邊吃邊讀昨天的報紙。然後我躺到床上，不消幾分鐘就沉沉睡去——雨點拍打玻璃窗的劈啪聲聽來極其舒適，就像一道被褥那樣舒服。

門鈴將我喚醒。當我爬下床準備應門的時候，雨勢已經停了——而且覆蓋地表景觀的，是一片湛藍的天幕。

是尼斯．耶里克。

他身旁的雙臂就像是一組支架。他彎曲著膝蓋，雙脣格格地打顫，雙眼睜得像牛鈴一樣大。

「喔，這裡是派對嘛？」他用老人般、充滿氣喘的聲音說。

「當然啦。」我說。「就是這裡。進來吧！」

他站在原地。

「這裡有沒有……有沒有……真正年輕的妹子啊？」他說。

「是要多年輕？」

「十三歲？」

「當然有啦！但是你現在快點進來！我已經要冷死了。」

我轉過身走到冰箱前，取出那瓶白酒並且打開。

「你要喝一點白酒嗎？」我向他喊道。

「我的酒必須要像女孩的鮮血一樣紅！」他在門廳喊道。

「那可真是太慘烈了。」我說。他走進廚房，手裡拿著一瓶紅酒，將它擱到流理檯上。我將開瓶器塞給他。

他身穿藍色的Poco Loco襯衫與紅色棉褲，打著黑色皮質領帶。

無論如何，他可不畏懼自己在別人心中留下的印象——我微笑，如是想著。這想必是他人格特質很重要的一環，他並不特別在乎別人對他的意見。

「你今晚穿得可真是光鮮亮麗。」我說。

「關鍵在於把握良機。我聽說過，要在這一帶釣到妹子，你就得穿成這副樣子。」他說。

「就像這樣？紅色搭藍色？」

「就是這樣！」

他將酒瓶夾在雙膝之間，啵一聲拔出軟木塞。

「這聲音真好聽！」他說。

「我只是要先速速沖個澡，可以嗎？」我說。

他點點頭。

「那當然啦。我先放點音樂來聽聽，可以嗎？」

「那當然。」

「沒有人可以說，我們是沒禮貌的年輕男子。」他笑著說。

我走進浴室，迅速脫掉衣服，轉開蓮蓬頭，站到水柱下方，匆匆沖洗了腋下與雙腿之間，洗淨腳底，仰著頭，把頭髮沾溼，然後才關水，擦乾身體，擠了一點髮膠，將一條毛巾圍在腰間，走進客廳，從坐在沙發上、雙眼緊閉、聚精會神聆聽著大衛．西爾維安的尼斯．耶里克身旁經過，走進臥室裡。我穿上乾淨的內衣褲和襪子，白襯衫及黑長褲，將襯衫扣好以後，我打好老鷹造型的領結，著裝完畢，再度走回他面前。

「我才剛告訴你，**不要**穿成這副樣子！」他說。「如果你想要讓魚兒上鉤。白襯衫、老鷹造型的領結、黑長褲。」

我努力想要說點什麼充滿機智的話，但竟然做不到。

「哈哈。」我說道，將杯子斟滿葡萄酒，一飲而盡。

那是一種屬於夏夜的氛圍。人滿為患的舞廳。桌面上的冰桶。閃閃發亮的眼睛。晒成古銅色的赤裸胳臂。

我抖了一下。

「你不習慣喝酒嗎？」尼斯・耶里克說。

我輕蔑地望了他一眼，將玻璃杯斟滿酒。

「對了，你聽過克里斯・伊薩克的新歌沒有？」我說。

他搖搖頭。我開始播放。

「超級好聽的。」我說。

我們就這樣靜坐片刻，什麼話都沒說。

我捲了一根香菸並點燃。

「你有空看過我的小說了嗎？」我說。

他點點頭。我起身，稍微將音量調低。

「我在出門前讀完了。我的意思是，卡爾・奧韋，小說寫得相當好。」

「你是認真的嘛？」

「是啊。敘事很鮮活。不過除了這個部分以外，我其實也沒什麼好說的。我畢竟不是什麼作家或文學批評家。」

「有沒有什麼東西，是你覺得比其他部分還要好的？」

他搖搖頭。

「沒有，沒有什麼太特別的地方，沒有。相當流暢，文筆很優美。具有連貫性。」

「很好。」我說。「和其他的段落相較，你覺得故事結局怎麼樣？」

「結局很震撼人心。」

「你理解嗎，這正是我所渴望的，故事中爸爸的那個動作，就來個出其不意。」我說。

「確實出其不意。」

他將飲料倒進自己的玻璃杯裡。葡萄酒已然將他的嘴唇染紅。

「對了，你有沒有讀過《披頭四》？」他說。

「噢靠，當然有啊，是我最喜歡的小說。我閱讀它的時候，我就立志要從事寫作。就是它，還有恩比約爾森的《白色黑鬼》。」我說。

「我也這麼覺得。」

「這樣喔？它們有相似性嗎？」

「是的，它們之間想必有相似性。」

「那你的意思是，太過相似了？」

他稍微噘了噘嘴。

「不會，我不會這麼宣稱。但是我看得出來，你受到它的啟發。」

「血跡的那個段落，你覺得怎麼樣？大概在小說中段的那一幕？也就是轉變成現在式動詞的那個段落？」

「我覺得我沒有注意到那裡。」

「那其實是我最滿意的部分。我描述他看到了血，以及戈登身上的血管、肌肉、筋膜。中間的段落，確實是很震懾人心的。」

尼斯．耶里克點點頭，面露微笑。

接著，現場再度陷入沉默。

「寫作比我本來設想的要容易得多。」我說。「這是我第一篇短篇小說。在這之前，我在報上和其他地方寫過一點別的東西，不過那是兩碼子事。我跑到這裡來的一部分原因就在這裡，我只是想要試試看，也就是說，試著寫一本書。然後我開始寫作，接著……是的，接著就繼續寫。這並不是什麼巫術。」

「的確不是。你打算繼續努力嗎？」他說。

「是的，沒錯。全為了我自己，我就是要繼續寫。我打算在這週末寫新的短篇。對了，你讀過海明威的書嗎？」

「有啊，當然。我們都得讀啊。」

「就有點像他的風格。直截了當。簡潔有力。當頭淋下。」

「是的。」

我再度斟滿酒，一口飲盡。

「你是否想過，假如我們當初申請到另外一所學校去，會是什麼光景？」我說。

「你這是什麼意思？」

「不是啦，我們會到霍爾峽灣，真的是太過偶然了。我們本來大可以到任何一所學校去。那樣我們就會與住在**那邊**的人互動，不是嘛？然後發生在那邊的事情，就有可能跟這裡的事情完全不一樣了。」

「而且更重要的是，本來完全有可能是另外兩個人，坐在這裡聆聽著葡萄酒，喝起克里斯．伊薩克。或者順序完全相反，葡萄酒在聽、克里斯．伊薩克在喝。不對，你有沒有聽過這麼恐怖的話呵。還是應該說，鉤子上酥酥脆脆的[5]？一切都好亂！亂就是一切！不管怎樣，我們已經喝醉咯！」

他笑了出來。

「卡爾・奧韋，乾杯。此刻坐在這裡的就是你，不是別人——謝謝！」

我們舉杯相碰。

「只不過，如果換成是別人，我恐怕會向他講出完全一樣的話？」

此時門鈴響起。

「肯定是托爾・恩那。」我站起身來。

他背對著我。當我開門時，他正在向外張望。逐漸灰暗的八月陽光在山壁間閃動。此時的天幕，與某種空中的強光完全相異，此刻呈深藍色，閃耀著金屬般的光澤。

「嘿，哈囉。」我說。

托爾・恩那緩慢、審慎地轉過身來。他顯然氣定神閒。

「哈囉，哈囉。」他說。「我可以進來嘛？」

「請進。」

他以自從我見到他第一眼就與他的人格連結在一起的謹慎、一絲不苟的態度走進門。針對自己所有的動作，他彷彿要先通盤思考過一、兩次，才會做出這些動作。他始終掛著一抹微笑。

他舉起手，向尼斯・耶里克打招呼。

「你們在這裡聊些什麼啊？」他說。

尼斯・耶里克露出微笑。

5 作者將挪威與瑞典語的諺語「有沒有聽過這麼恐怖的話」其中的字母對調，就成了「鉤子上酥酥脆脆」。

「我們在聊魚。」他說。

「魚和鮑魚。」我說。

「是鹹魚和新鮮的鮑魚，還是新鮮的魚和鹹鮑魚？」他說。

「靠，這兩個有什麼區別？你說給我聽聽？」我說。

「是的，你現在可要聽清楚了，鮮魚和鹹魚可不一樣。魚和鮑魚也不一樣。不過很相近。非常相近。」

「鹹魚？」我問。

「是啊？你現在已經學會囉！」

他笑了出來，稍微將褲管拉到膝蓋處，在尼斯．耶里克身旁坐下。

「所以呢？」他說。「你們已經聊完這週做了哪些事囉？」

「我們剛才正是這麼做。」尼斯．耶里克說。

「看起來真是一群好夥伴。」托爾．恩那說。

「你是指這群老師們？」我說。

「正是。」他說。「除了你們兩位以外，我之前就認識他們當中的所有人了。」

「不過，你想必並不是本地人？」尼斯．耶里克說。

「我外婆住在這裡。我小時候開始，每一年暑假、每年聖誕節，我都在這裡。」

「你應該也是剛從高中畢業，沒錯吧？」我說。「芬斯內斯高中。」

他點點頭。

「你認識伊蓮娜嗎？」我說。「來自赫爾灣的那位。」

「伊蓮娜，認識啊。」他頓時容光煥發。「但沒有很熟。怎麼回事啊？**你**認識她啊？」

「這麼說未免就太誇大了。不過，我搭公車到這裡時知道了她。她看起來挺好的。」我說。

「你今天晚上會見到她喔？這就是你的計畫嘛？」

我聳聳肩。

「反正她今天晚上會出現就是了。」

半小時之後，我們離開我的公寓，循著上坡路而行。白酒使我的醉意帶有喜悅與一絲澄澈，思緒像肥皂泡泡般匯聚在一起，當泡泡因快樂感而爆裂時，這些思緒隨之流出。

我快樂地想著：我們剛才待在我家裡。

我心想：我們是同事，而且正在成為好朋友。

而我才剛寫出一篇棒呆了的短篇小說。

快樂，快樂，快樂。

再來就是光線——篩落到低處人事物之間的光線顯得昏暗，被某種精磨、散落於光照中的黑暗所填滿。幽暗並未擁有光線，也並未迫使光線臣服，僅僅只是削減光芒，或者使之變成微光——光線因而能夠潔淨、澄澈地在天幕中閃閃發亮。

喜悅。

再來就是這股沉靜了。從下方湖面傳來的轟鳴聲。我們踏在礫石路面上的足音。來自四面八方、零散不一的雜音。人們的開門聲或叫喊——一切都被彷彿從地面上騰起、從萬物身上騰起的寂靜所包圍，我不會將它包圍我們的方式稱為「原始」，但我仍感覺這很原始。我憶起年幼時，在索貝爾沃格的夏季清晨醒來時的情景。覆蓋住峽灣，莉赫斯騰山下緣的寂靜。那片尊貴、被霧氣半遮蔽住的岩壁。屬於世界的寂靜。當又醉又開心的我跟隨新認識的朋友們一同走在上坡道時，那一切同樣存於此處，即使那些往昔光景與我們置身其中的光線並非我開心的主因，我的心境仍然產生了變化。

快樂。

十八歲，而且正在前往一場派對。

「她就住在這邊。」托爾．恩那說著，指著那間我幾天前一晚經過的房子。

「這房子可真大。」尼斯．耶里克說。

「是啊，她有同居的伴侶。」托爾．恩那說。「他名叫維達爾，是個漁夫。」

「如果不是漁夫，他又會是什麼呢？」我說著，停下了腳步，正要按下門鈴。

「我們在這裡可以直接走進去啦。」托爾．恩那說道。「我們現在可是在北挪威！」

我拉開門，走了進去。樓上傳來談話聲與音樂。一抹煙霧繚繞在樓梯間。我們寂靜無語地脫掉鞋子，走上樓。通往樓上的門敞開著。正前方就是廚房，左手邊是客廳，右手邊想必就是臥室。

一夥人坐在客廳的最深處。他們大約有十個人，高聲談笑著，擠在一張擺著酒瓶、酒杯、香菸盒與煙灰缸的茶几周圍。所有人的體型都挺強壯，好幾個人留著鬍鬚，他們的年齡或許介於二十歲與四十歲之間。

「瞧瞧，這會兒是老師們來咯。」他們其中一人說。

「這下子，搞不好我們今天晚上要被留校察看囉。」另一人說。

所有人都笑了出來。

「在座的各位，大家好。」托爾．恩那說。

「哈囉，哈囉。」尼斯．耶里克說。

海耶是在座唯一的女性。她站起身，從窗邊的餐桌前取來幾張椅子。

「各位男生們，請坐吧，如果需要玻璃杯，請到廚房裡拿吧。」她說。

我走到廚房裡，兀自待著，一邊抬頭望著屋舍後方的山坡，一邊用柳橙汁和伏特加配了一杯調酒。我在門邊待了片刻，打量著坐在桌邊的那票人，心想他們真像某種魔術師，身邊擺著顏色千奇百怪的混合物（取決於他們拿什麼飲料與伏特加調配——糖水、果汁、雪碧或可樂），他們不間斷地將手邊的菸草捲好，他們的鬍鬚，暗色的雙眼，以及他們那些講不完的故事。每年一次，來自各地的他們雲集於此處。這麼一來，他們才能在志同道合者的陪伴下，活出自己奇特的本性。

但是，實情恰好相反。他們才是秩序；而在這夥漁人之中，身為老師的我則是異數。所以，我在這裡是要幹麼呢？我難道不是應該待在家裡寫作，而非來到這裡，然後被孤立起來嗎？

獨自一人走進廚房，就是個錯誤。托爾．恩那還有尼斯．耶里克都撐過了寒暄與問候，他們一派輕鬆、極為自然地坐在那夥漁夫之間，而我本來大可也這麼做，我只需要躲在同事背後，不著痕跡地混入就成了。

我喝了一口，重新回到客廳。

「瞧瞧，我們的大作家來咯！」有人說道。我立刻認出是誰——那人是雷米，他在我入住的第一天就來探視過我。

「哈囉，雷米。」我伸出手來。

「你是不是有修過教人家怎樣記住名字的課程啊，嗯？」他說道，並且上下搖晃我的手——這種握手方式，打從五〇年代就不曾出現過。

「你可是我遇見的第一個漁夫，我當然記得你的名字囉。」我說。

他笑了起來。我們來這裡之前，我就先喝了酒，對此我很是慶幸。若沒有先喝過，此刻的我想必會啞口無言，呆站在他面前。

「作家？」海耶說。

「是的，這位先生會寫作。這可是我親眼看到的唷！」

「這我還真不知道。**你**腦袋裡面真的有這樣的主意喔？」她說。

我坐了下來，朝她點點頭，同時半賠不是地對她微笑一下，接著從襯衫口袋掏出菸草盒。

接下來一小時，我什麼也沒說，只是捲著香菸抽著、喝了酒、在別人微笑時也微笑、在他人笑開時跟著陪笑。我望著已然相當醉的尼斯．耶里克——他看似**融入了**他們那詼諧的腔調之間，但實際上遠非如此。他不太一樣。他散發出某種挪威東部人特有的明亮氣息，而他一直都是個局外人。這倒不是他被排擠了，他們還真的沒有排擠他。而是他說笑的某種核心、基本的特質透過某種方式，暴露了他的本性。他透過話語說笑打趣，而他們不這麼做；他扮起各式不同的角色、擠眉弄眼、聲量忽高忽低，而他們不這麼做。我驚覺到，他的笑聲聽來挺興奮，近於歇斯底里，而這對他們來說是陌生的。

托爾．恩那就稍微輕鬆一些。他更熟悉他們的腔調，而且認識在場的所有人——但我察覺到，連他也不是他們的一分子。他不是**當中的**一員。他就像夠熟悉研究材料，因而能夠繪聲繪影的民俗學者，他只是非常喜歡這麼做。他**喜歡**這種腔調的事實，或許就是阻礙——而對其他人來說，那不過就是說話的腔調罷了。他們始終不曾思考過：他們究竟喜歡這種說話方式，還是不喜歡呢？

托爾．恩那笑起來時，會拍打自己的大腿。過去，我只看過電影人物這麼做。當他講話時，他也會用雙手上下摩擦大腿。

這種「暖場」（他們就這麼稱呼）派對，沒人會正經討論。沒人會談及政治、女人、音樂或者足球的問題。他們只會說故事。趣談一件接一件出籠，笑聲如波浪席捲桌面，他們就像魔術師，將一切笑料從帽子裡變出，它們都源自這座小鎮與鄰近社區，即使社區如此之小，卻似乎蘊含著極為豐富、各種詭異的奇聞怪談。一個六十來歲、一輩子都在暈船、只要一躍入自己的漁船就開始不舒服的漁夫。有那麼一夥人在享受了一季的豐收之後，於特隆姆瑟的SAS旅館租了一間套房，接下來幾天花天酒地，浪擲千金。他們宣稱，那位有著圓胖、小孩般臉孔的法蘭克燒掉了兩萬克朗——我在片刻之後才理解到，「燒掉」就是字面上的意義，他點火燒了。他們又說，另一個傢伙曾在電梯裡拉屎。同樣過了片刻，我才理解到，這也要按照字面意義解讀，那人真的爛醉到拉屎在褲子裡。聽著閒聊，我感覺這種事不時會發生。根據我的理解，法蘭克尤其容易喝醉，他在自己拉下的糞堆裡醒來也不是什麼新鮮事。他的媽媽（就是校內那位年長的女老師）顯然得承受兒子的重擔，因為他仍然住在家裡。海耶講的就不是這種類型的故事了，但同樣奇怪——例如，她曾經將一位對考試異常焦慮的女性友人帶進森林裡，用球棒揍對方的腦袋，好讓她有合理缺考的事由。那時我望著她，她在唬弄我們嗎？似乎不是。她迎視我的目光，露出燦爛的微笑，隨後瞇了瞇眼睛，稍微皺了皺鼻子，再度睜開雙眼，面露微笑，之後便別開了眼神。這是什麼意思？這跟眨眼是一樣的意思嗎？還是說，這是否意謂著，我不應該盡信自己所聽到的東西？

他們並不只是熟識彼此——他們對彼此簡直瞭若指掌。他們一同長大、一起上學、一同工作、一起開派對。事實上他們每一天都與彼此見面，而他們這輩子也總是天天見面。他們認識彼此的雙親、外公外婆、祖父與祖母；他們當中的好幾人是遠親，或者堂表親。我們或許可以相信，這陷入了一成不變——是的，長遠來看，這種一成不變已經令人生厭，因為再無新鮮事，畢竟一切都發生在住在當地、熟知彼此祕密與弱點的兩百五十人之間。然而情況看來不是如此，甚至完全相反——他們看起來始終很開心，如果他們之間的氣氛真存有任何特別之處，那就是歡愉與無憂了。

當我待在那裡時，我有時會斟酌著將要寫下並寄往南部的信件字句。比方說「所有人都留鬍鬚！我保證，所有人！」或者「你們知道他們聽什麼音樂嗎？邦妮·泰勒！虎克博士！人們在這個世界上聽到他們的歌，已經是多久以前的事啦？我怎麼會來到一個被上帝遺棄的地方哪？」還有「我的朋友：在這裡，『喝到屁滾尿流』的意義，是按照字面解讀的。所以請別再說這個詞囉……」

當我要去廁所時，我已經喝下那瓶烈酒中的三分之一。我撞到坐在我隔壁的男子。他拿著一只玻璃杯，少量飲品灑了出來。

「對不……起。」我說著，重新找回平衡，踏上客廳的地板。

「一個只顧聊天，另一個只顧喝醉！」他在我背後笑出聲來。

他鐵定在指尼斯·耶里克和我。

我稍微一加快速度，保持平衡就不成問題。

可是，廁所又在哪裡呢？

我拉開一扇門。裡面是一間寢室。我心想，那是海耶的寢室。我急急忙忙關上門。如果真有什麼我不喜歡窺探的，想必就是別人的寢室了。

「浴室在那個方向。」有個聲音，從我背後的廚房裡傳出。

我轉過身來。

一名男子正望著我，他有著褐色雙眼、厚實的半長頭髮、垂落到嘴邊的長鬍子。想必就是維達爾，海耶的同居伴侶。他站在那裡的神態顯得那麼理所當然。頗使人驚異。

「感謝你。」我說。

「不用客氣啦。只要你別尿在地板上就行咯。」他說。

「我會盡力的。」我走進浴室裡。當我撒尿時，我用手托住牆壁，並對自己露出一個獰笑。他很像某個七〇年代樂團的貝斯手。煙槍合唱團還是之類的。他可真是魁梧。她跟這麼一個充滿沙文主義氣息的傢伙在一起，是要幹麼？

我沖了水，晃晃悠悠地站到鏡子前面，再度對自己獰笑一下。

當我從浴室裡走出時，其他人已經決定離開。他們說到一輛巴士。

「這麼晚了，巴士還有開喔？」我說。

雷米轉身面向我。

「我們在談我們樂團的巴士。」他說。

「這裡有樂團喔？你是團員？」

「是啊，是啊，當然。我們叫做『自動駕駛』。我們會在這一帶的幾個社區活動中心，替一些舞會表演。」

我跟在他後面，走下樓梯。這真是愈來愈妙了。

「那你演奏什麼樂器啊？」我在樓下的門廳套上大衣，一邊說著。

「我負責打鼓。」他說。

我用手臂搭住他的肩膀。

「我也打鼓。或者說，我**以前**打過鼓。距離現在已經兩年囉。」

「是這樣唷。」他說。

「是啊。」我將手臂縮回來，彎下腰，試圖套上其中一腳的鞋子。我跌跌撞撞，不小心又撞到某人。結果又是維達爾。

「真抱歉。」我說。

「沒事兒。你總沒忘記自己帶過來的飲料吧？」他說。

「噢幹，我又忘記了。」我說。

「是這一瓶吧，嗯？」他舉起一只伏特加酒瓶。

「就是它！太感謝你了！真是太感謝你囉！」我說。

他面露微笑，然而，他的雙眼冷漠且無情。不過，這可不是我的問題。我將酒瓶擱在地上，專心穿鞋，終於穿好時，我跌跌撞撞地奔入那明亮的夏夜，向下走到路上。一整票人正站在那裡等著。巴士停在一百公尺外的車位上。一個小夥子打開車門、坐上駕駛座。我們其他人也鑽上車，穿過那龐大而陳舊的車身。車內擺設了幾張沙發、桌子與雞尾酒櫃，一切都像厚絨布與膠合板所製成的。我們坐了下來。司機發動隨即隆隆作響的引擎，我們之後便將酒瓶取出，巴士正式上路。當我們顛簸著、沿著峽灣行駛時，我一手握著一只玻璃杯，另一手則抓著一根香菸。

這是一場探險。

我扯開嗓門，高聲唱著：「灌香腸的人、灌香腸的人，你把自己弄到哪裡去了？」同時猛力揮動雙臂，試著帶動其他人的遊興。這輛巴士使我聯想到那部老電影（雷夫．尤斯特擔任劇中司機），而雷夫．尤斯特又讓我聯想起《消失的灌香腸人》。

不到一小時以後，巴士開到社區活動中心前方。我跳下車，溜進擠滿了人的會場裡。

當我再度醒過來時，我一時什麼都記不起來。周圍的一切看來空虛。

我竟不知道自己是誰，或者我身處何方。我只知道，我從某個事物中醒過來。

但這房間看來很熟悉。這就是我家的臥室。

我是怎麼來到這裡的？

我坐起身子，感到自己仍然醉態可掬。

現在到底幾點鐘了？

發生了什麼事情？

我用雙手蓋住臉。得弄點什麼喝的才行。現在就要。但我沒力氣走進廚房，因此再度倒回床上。

我參加了那場巴士上的暖場派對，而且引吭高歌。引吭高歌！

不，噢不。

而我還將手搭在他的肩膀上。好像我們就是好麻吉。但是，我們根本就不是。我甚至不算是個真正的男人。我就只是個笨拙，連鞋帶都綁不好的挪威南部人。我的雙臂就像吸管一樣單薄。

不行，我現在**必須**弄點東西來喝。

我坐起身。身體重如鉛塊，完全不願聽我使喚，但我強行將雙腳踏到地板上，專心致志，然後起身。

噢，操。

我是如此渴望回到床鋪，我必須集中精神，避免又龜縮回床上。從這裡到廚房不過寥寥數步的距離，但這已使我筋疲力竭，我必須靠在流理臺邊一會兒，才能將水倒進玻璃杯裡喝掉。我又喝了一杯，接著再來一杯。到臥室的距離感覺竟是如此遙不可及，我在半路上停下，轉而撲倒在沙發上。

我總不會幹下什麼蠢事吧。有嗎？

我總該跳過舞。是的，我完全有可能跳過舞。

那邊不也有個六十來歲的女人嘛？我對她露出微笑，還跟她一起跳舞？我還緊緊地貼靠著她耶？

是的，是這樣沒錯。

噢，操。噢，我操。

幹，真該死。

內心的壓力似乎陡然驟增，但我沒有感受到特定的痛楚——一切都使人痛苦，那種折磨一再升起，簡直無法忍受，隨後我胃部彷彿震動起來。我吞了一口口水，拖著身子站起來，努力隱忍，同時踉蹌地走向臥室，壓力不停升高，竟主宰了我的行動。我掀起馬桶蓋子，膝蓋彎曲，雙臂環抱住馬桶，一道噴泉般的黃綠液體猛力灑進水中，甚至濺到我臉上，但都沒有關係了，一切都無關緊要了，能夠吐乾淨真是舒服，真是再舒服不過了。

我跌坐在浴室的地板上。

噢，上帝呵，這真是太棒囉。

然而，那感覺再度襲來。我的胃就像蛇攪扭著。噢，靠。我再度貼向馬桶，用下臂撐住瓷邊，瞥見一縷緊貼著下臂的腋毛；同時一陣陣痙攣掃過空蕩蕩的胃，接著我張開嘴巴，「歐歐歐歐歐歐——歐歐歐歐——歐歐歐歐歐」呻吟起來，卻什麼都沒吐出來。

但隨後，一抹黃色的膽汁毫無預警噴出，灑落在白色的瓷馬桶上，也懸掛在嘴角，微微晃動著。我將它擦乾，躺在浴室的地板上，這是最後的嘔吐物嗎？現在算是吐完了嗎？

是的。

突然間，一切竟變得像教堂裡那樣寧靜。我在地板上全身蜷縮成一團，恣意地享受著那股在體內沉降的安定之感。

我和伊蓮娜做了些什麼？

我全身上下的毛孔張開了。

伊蓮娜。

我們一同跳著舞。

我曾經緊緊地摟住她，用勃起硬挺的雞雞，使勁摩擦她的下腹。

然後呢？

還有別的嗎？

這一幕景象，彷彿被四面八方的黑暗所環繞。我記得這一點。但在那之前，以及之後發生的事情，我就記不得了。

可是，總沒發生什麼脫序的事情吧？

我彷彿能想像到，已被勒斃的她俯臥在一道溝渠裡，身上的衣服被撕爛。

不，這未免太變態了。

但這幕影像再次出現。被勒斃的伊蓮娜俯臥在溝裡，身上的衣服被撕爛。

這幕影像怎麼會如此的清晰？那飽滿、包覆在藍色牛仔褲之下的誘人美腿。被撕爛的白色襯衣。一只赤裸乳房的一小片。完全空洞無神的雙眼。溝裡的泥濘。稀疏、黃綠相間的草梗從溝內伸出。深夜那近乎瘋癲的光芒。

不，這太變態了。

我又是怎麼回到家的？

當樂團演奏完畢，活動中心外面擠滿了尖叫、笑鬧的人潮時，我不就站在巴士的車邊嘛？

是這樣啊。

而伊蓮娜就在那裡啊！

我們相吻了！

我手裡拿著烈酒，畢竟我直接用酒瓶喝酒。她拉住我的衣領——她是那種會拉住你衣領的女生，隨後她抬頭望著我，然後她說了……？

她說了什麼？

喂，見鬼去吧！

我胃裡的蛇再度毫無預警地扭曲起來，由於胃裡已經什麼也不剩，牠們暴跳如雷，使盡全力扭攪著。我呻吟起來，「**歐歐歐歐歐**」叫著。**歐歐歐歐歐**。我將雙臂貼靠在馬桶的座椅上，臉湊向裡面的水，但啥都沒有吐出來，胃已經完全清空了。

見鬼去吧！我尖叫著。**現在快滾吧**！

此時，滿嘴異常軟黏的膽汁冒了出來，湧上口腔。我將它吐掉，以為一切到此結束——但還沒完呢，我的胃繼續內外擰攪，我輕咳了好幾聲，試圖觸及喉嚨最深處，嘗試催吐——因為如果只有一小坨嘔吐物浮上來，就會吐不乾淨。

歐歐歐啊。**歐歐啊啊**。**歐歐歐啊啊**。

吐出的是一小坨痰。

在那邊。就在那邊，是的。

現在完事了嘛？

是的。

啊。

噢。

我握住水槽的邊緣，勉力起身，用冷水沖洗臉龐，接著跌跌撞撞地走進客廳。感到相對輕鬆、心滿意足的我再度躺到沙發上，得設法弄清楚現在幾點鐘了，我卻沒有餘力，現在我只能坐等身體恢復常態才能開始這一天。我還要寫一部新的短篇小說。

我只記得零星片段——打從我第一次喝酒開始，這類的斷片現象就存在了。那一年夏季，我從初中畢業。我在挪威盃足球賽期間縱情地歡笑，這次經驗奠定了一切的基礎，酒醉讓我自由，能夠為所欲為——同時我變得極度雀躍，覺得周邊的一切真是棒極了。事後，我只記得零星的片段，瑣碎的幾幕情景，強光映射在如一堵牆般厚實的陰暗之上——我自陰暗中冒出，隨後又隱沒在黑暗中。而這很正常。我一如既往。隔年的春季，我和楊．維達爾參加嘉年華會。媽媽將我打扮成鮑伊專輯《阿拉丁精神》的封面人物，全城到處都是戴黑色波浪假髮、穿熱褲和亮片裝束的人們，森巴鼓的咚咚聲無所不在，但空氣淒冷，人們舉止僵硬，我們自始至終都得克服強烈壓抑的內心，而你能在遊行中看出這一點。人們更像是在扭動身體，而不是在跳舞；他們想要掙脫束縛，這才是關鍵，他們**並沒有**感受到解脫，而他們想要感受到解脫，這就是掙脫一切束縛、劍指未來的新時代，一九八〇年代。與挪威有關的一切都無聊透頂，與地中海世界有關的一切充滿自由且生氣蓬勃。二十年來，全國唯一的電視頻道將奧斯陸一小群受過高等教育的學究們看重的議題傳達給挪威人；突然間，他們遭遇全新、截然不同的電視頻道的競爭，這些頻道呈現出相當輕鬆的生活態度，只想要提供娛樂、賣東西——打從那時候起，這兩項因素就合而為一。娛樂和商業成了一體兩面，將其他的一切事物全部帶走。包括音樂、政治、文學、新聞、健康在內的其他一切——是的，一切——也全都變成了娛樂與商業。嘉年華會標誌了這項轉變；一群來自嚴肅的七〇年代、即將進入無憂無慮的九〇年代的人們，轉折在那笨拙的動作中、在遲疑的目光中，以及那些剛剛克服遲疑與笨拙的人身上變得明顯——那輛平板貨車在寒冷、輕輕飄著雪的春夜裡，緩慢地行駛在克里斯蒂安桑的街道上，而這些人就在車上搖晃自己瘦弱的屁股。克里斯蒂安桑的情況是如此，其他所有一定規模，以及任何自敬的挪威城市亦是如此。嘉年華會屬於新事物，他們說，這將會成為傳統。每一年，僵硬、蒼白的男男女女將會盡己所能，在平板貨車改裝的舞臺上，追求無拘無束的人生，將自己打扮成地中海世界的人，縱聲大笑，隨著前任學校交響樂隊鼓手那引人入勝、極具魅惑的鼓聲跳起舞來。

楊．維達爾和我都只是十六歲的小夥子——然而就連我們都認知到，這實在很可悲。當然了，來自地中海世界的各式元素，迅猛地充斥著我們的日常生活，我們可真是求之不得；我們所渴望的，無非是使人興奮不已的美臀與酥胸、音樂與大肆笑鬧。而我們還真的想要化作那些充滿自信、膚色偏深、能夠恣意玩弄女人的男子。我們排拒吝嗇，支持慷慨與揮霍無度，抗拒各種限制，支持自由與開放。然而當我們觀看盛大的遊行時，我們竟為自己這座城市、乃至於自己的國家感到一陣悲愁——你簡直看不出對這項活動的一絲絲自豪，是的，整座城市簡直將自己變成笑柄，而且毫不自覺。但我們是有自覺的——悲愁的我們在衣袋裡各藏了一小瓶蒸餾酒，到處閒晃，我們緩慢、逐漸地愈喝愈醉，咒罵起我們這座城市、咒罵所有住在那裡的白痴。而同時，我們一直注意某些可以交談一下的熟面孔是否出現。也就是說，我們在注意熟悉的女生面孔——或者最糟糕的是，我們在搜索那些我們熟悉、與我們不認識的女生在一起的男生們的面孔。我們的這項專案毫無成就可言——我們從來沒能用這種方式搭訕到任何女生，但我們就是不放棄，我們總是心懷一絲希望，而只要還有一絲絲希望，我們就繼續遊蕩——我們愈來愈醉，愈來愈悲愁。但就在某個不甚明確的一刻，我竟從自己的視域裡消失了。我沒有從楊．維達爾的視域裡消失。他有看到我。當他對我說了一句什麼的時候，他得到了答覆；他因此認定一切都正常，但其實並不正常。我已經消失了。我空空如也，困在自己空洞的靈魂裡，我無法以別的方式描述這種狀態。

當你不知道你自己還存在的時候，你又是誰呢？當你記不得自己曾經存在過的時候，你又是誰呢？次日，在易北街房間內醒過來的我對任何東西都一無所知——我好像剛剛才在城裡**胡作非為**過一陣子。我恐怕什麼亂七八糟的事都幹了——當我喝得爛醉，我內心就不存在絲毫界限，我想要做什麼就做什麼，而一個人又有什麼幹不出來的事情呢？

我打電話到楊．維達爾的家裡。他原本正躺在床上睡覺，他的爸爸叫他過來聽電話。

「發生什麼事啦？」我說。

「啥事也沒有。」他一邊說，一邊賣關子。「嚴格來說，其實啥事都沒發生吧？生活就是這樣才有夠無聊。」

「最近幾個小時的事情，我都記不得了。」我說。「往西爾凱雅路上的某個地方，這是我最後記得的東西。」

「你不記得了？你什麼都記不得了嘛？」

「記不得了。」

「那麼你想必也不記得，你站在平板貨車搭載的舞臺上，當眾對所有人露屁屁囉？」

「不記得了，我有這樣嗎？」

他笑了。

「沒有啦，你當然沒有這樣做。你聽清楚了，放輕鬆點，啥事也沒發生。嗯，或者應該說，還是有出一點事情，在我們走回家的路上，你將停在一整條街道旁、每一輛汽車的後照鏡全往內彎。有人對我們喊了一聲『站住！』我們就拔腿開溜。你就這樣消失了，我再沒看到過你。總之，你真有喝得那麼醉嗎？」

「有啊，那可是蒸餾酒啊。」

「當我爛醉的時候，我直接倒頭就睡。不過，幹，這真是恐怖的一夜。我只是要告訴你，以後我絕對不會再跟你參加嘉年華會啦。」

「你知道我是怎麼想的嘛？」

「怎樣？」

「明年這裡舉辦嘉年華會的時候，我們會再度站在那裡的。我們沒有本錢無視這個活動。畢竟在這座爛得要死、賤人一樣的城市，生活可是無聊得要死。」

「的確。」

我們掛斷電話後，我將臉上那道《阿拉丁精神》的條紋洗掉。

同一年的仲夏節，這種情況再次發生——當時我也和楊．維達爾一起行動。我們搖搖晃晃地走到一塊遍布著岩壁、霍尼斯森林下方的區域，手裡各拎著一袋啤酒。我們到處閒晃，喝酒，在不停灑落的夏雨中打著哆嗦，當時與我們一起混的，是歐文德的所有朋友，以及我們在漢瑪爾灘認識、組織有點鬆散的一夥人。歐文德正是在那晚與女朋友蕾妮分手。她坐在離其他人一小段路的一顆石頭上哭泣著。我走過去安慰她。我坐到她的身邊，用手拂過她的背，同時說道，總還有其他的男生哪，她會克服這次失戀的，她還那麼年輕美麗。她以充滿感激的目光望著我，並且抽噎著。我心想，我們坐在外面，而不是待在某個有床位的室內，真是可惜。而就當我們還在外面的時候，天空下雨了。突然間，她望著自己的夾克，尖叫起來——肩膀部位的衣料被染得通紅，而且就連貼著背的衣料也一片鮮紅。血是從我身上流出來的，我的手上有一處割傷，血如泉湧，而我竟然毫無自覺。「你這個該死的白痴。」她站起身來。「這件夾克可是新買的，你知道我花了多少錢嗎？」我說：「對不起。我實在不是故意的，我只是想要安慰妳一下。」她一邊說著：「下地獄去。」一邊走到其他人的身邊。當晚，歐文德寬恕了她——而我只能獨自坐著，一邊喝著酒，一邊瞪視著鏡子般的灰暗水面，雨滴不間斷地落下，在水面掀起一陣陣頗有情調的小漣漪——直到楊·維達爾走到我的身邊坐了下來，我們才得以繼續那歷久不衰的討論：哪些女生超正、哪些女生不漂亮，而我們又會想要跟哪些妹子上床，我們閒聊著，我們緩慢、但不可避免地愈喝愈醉，一切到了最後悉數溶解，變成某種鬼魅般的世界，我就此滑進這個世界。

鬼魅世界，當我身處其中時，它直接穿透我的身軀，而當我從這個世界醒轉過來時，我能夠憶起的細節寥寥無幾，可能是某一張臉孔、某一具軀體、某一個房間、某個樓梯間、某一座後園，一切蒼白卻又閃亮耀眼，被海一般的黑暗環繞著。

幹，這根本就是恐怖片。某些時候，我能憶起最為光怪陸離的細節，好比小溪底部的一顆石頭或廚房架上的一瓶橄欖油；物品本身倒是繁瑣無奇，然而一旦成了一整夜活動的象徵物——也就是說，這一夜過後僅存的遺跡——它們就顯得極其詭異了。那顆石頭有什麼意涵呢？那只瓶子又隱喻著什麼呢？當這種情況頭一次、乃至於第二次發生時，我並不害怕，我的腦海只是視之為某種中性的事實，記錄下來。但在那之後，情況再度發生時，感覺就非常恐怖了。我竟然變得六神無主起來。不，啥事也沒發生，而且肯定不會發生任何意外的——但我在原則上無法控制自己的行為，依舊是事實。追根究柢地說，如果我是個善良的人，我到了那裡也會是個善良的人——但我的本性**真的**善良嗎？**真的**是這樣嗎？

但同時，我對此也感到驕傲——這可是太酷了，我有時候喝得這麼醉，因此什麼東西都不記得了。

那段期間（也就是我滿十六歲的那年夏天），我其實只想要做三件事。第一，跟某個女生在一起。第二，與某個人上床。第三，喝個爛醉。

或者說，假如從實招來，我只想做兩件事。上床、喝得爛醉如泥。我正忙著一大堆其他的事情，心懷在所有可能領域更進一步的理想，喜歡閱讀、聽音樂、彈吉他、看電影、踢足球、游泳、潛水、到國外旅遊、有錢購買各種玩意與裝備，但實際上的關鍵就只是爽爽地過生活、用思緒所及最理想的方式消磨時光——這一切都挺好的，然而當我真正開始深究事物的本質與核心時，我**真正**想做的就只有這兩件事。

不。當我**真正**探究一切的核心時，其實就只有一件事。

我想要跟人上床。

我就只想做這件事。

慾火在我體內燃燒，永不熄滅。就連我處在睡夢中，一樣會熊熊燃起——只消在夢境中瞄見一只乳房，躺在床上的我就會射精。

每當我醒過來，發現溼溼的內褲黏附在皮膚與毛髮上時，我就會想著，噢不，不會吧。當時替我洗衣服的人是媽媽。一開始我總會先徹底用水沖過再放進洗衣籃；但這點也實在充滿了可疑之處，她鐵定會想著，怎麼所有溼透的內褲都放到這裡。一段時間以後，我不再這樣做，轉而將被精液浸溼的內褲（幾小時以後，它們就會變得酥酥脆脆，活像被鹽粒還是類似的東西覆蓋住）直接放進裝骯髒衣物的籃子裡。這種情況，每週至少發生兩次，通常是三次，她必定已經注意到了——但即便如此，在我闔上洗衣籃蓋子的那一刻，我仍然不去設想她會有多麼驚訝。她始終沒有提起這件事，我也始終沒有提起。那段時期，我和她單獨住在那棟房子裡，很多事情都是這樣，而且也必定是這樣——某些事情被說起、受到檢視。我們會嘗試理解某些事，並忽略其他事情，也不去理解。

我的慾望很強烈，但它們只會在無知的空蕩房間裡作響，在那裡，會發生的事情就是會發生。我當然完全可以向英格威尋求建議。他大我四歲，經驗遠比我豐富。我知道他經歷過這些事。而我先前沒經歷過。所以，我為什麼不向他尋求建議呢？

這真是不可想像。這屬於不可想像的事物。我不知道為什麼會變成這樣，但事實就是如此。此外，良善的建議又有啥幫助呢？這就跟如何攀上聖母峰的建議一樣。是的，你知道的，你要在那邊向右轉，然後一直往上爬，你就會到達目的地囉。

我願意付出一切代價，就只為了跟女孩上床。其實，對象是誰都沒有關係。是跟某個我所愛的人（也就是說，韓妮）上床，或者是跟某個妓女上床，都沒有關係——如果我得先經歷某個魔鬼一般的入會儀式，頭戴巴拉克拉法帽，用山羊血獻祭才能如願，我也會說好啊，我同意。但這種事情是不會有人送上門的，你得出手爭取。我並不知道確切該怎麼做，這就構成了惡性循環，當我不知道如何是好，我就變得遲疑起來，而若真要說有什麼會被他人扣帽子、讓他們完全不願聞問的特質，那就是遲疑了。你得表現出自信、堅定、具有說服力。但是該怎樣辦到呢？老天，該怎麼辦到這一點呢？光天化日之下，穿著整齊的全套服裝站在某個女生面前，幾小時以後就已在黑暗中和她上床——到底該怎麼做呢？這兩種情況之間，存在一道懸崖。當我於光天化日之下看到一個女生站在我面前時，我實際上正面對著一道萬丈深淵。要是我撲上前去，除了我直直墜落以外，想必一無所有吧？畢竟她不會迎向我啊，她看出我很害怕，她會迴避，變得封閉，甚或轉投他人的懷抱。但我心想著，實際上，這兩種情況之間的距離實際上非常短。我只消將她身上的T恤拉起並脫掉、解下她胸罩的肩帶、解開她長褲的釦子拉下——然後她就全身裸裎了。這會花上二十秒，也許三十秒。

再也沒有比這還要虛幻的東西了。知道我只需要三十秒就可以成就自己所想，而我們之間還隔著一道深淵——足以使我喪心病狂。我還滿常盼望，我們仍然生活在石器時代，這樣一來我就可以拾起一根枝條，揍最接近我的女人的腦袋瓜，將她拖回家裡，然後想拿她怎樣就拿她怎樣。但這樣是行不通的，這種事情沒有捷徑，那三十秒不過就是幻覺。你的眼睛望得見她們，但除此之外啥都沒有——噢，再沒比這更蔑視人的了。無論你走到何處，躲藏在襯衣內側的美乳、隱蔽在長褲裡的美腿與雙臀、美女微笑的佳顏，還有那隨風飄逸的秀髮可是無所不在。渾厚的乳房、結實的乳房、圓鼓的乳房、震顫的乳房、雪白的乳房、黝黑的乳房……赤裸的手腕、赤裸的手肘、赤裸的臉頰、赤裸且環顧四周的眼睛。藏在熱褲或夏季短洋裝裡的大腿。一只赤裸的手掌、赤裸的鼻子、赤裸的胸骨上窩。我持續望見出現在我周遭的這一切，妹子們無所不在，堪稱取之不盡、用之不竭，就像一口井——不對，我可是在女人海之中飄流，我每天都能望見數以百計的女人，所有人移動身體、站立、轉身、行走、抬頭、扭頭、眨眼、環顧周遭的方式可都極有特色——就拿她們的眼睛來說罷，表述出全然的獨特，只存在於那特定某一個人身上的一切特性，無論那一瞥是否衝著我而來，都表露了當事人的特性。噢，那閃亮有神的目光！噢，那陰沉的目光！噢，那耀眼、充滿了喜悅的目光！那誘人而沉鬱的目光！或者說，看在仁慈的上帝臉上，那無知又愚昧的目光！畢竟其中也蘊含著某種召喚，而且還是大膽的召喚——那愚昧空洞的目光、那張開的嘴巴，緊隨著豐滿美麗的胴體上。

這一切持續、恆定地存於我的近旁，只需要三十秒鐘，我就能從她們所有人身上攫取我唯一想要的事物——然而對面就是萬丈深淵。

我咒罵著那道深淵。我咒罵起自己。但不管情況再怎樣使人挫折，不管情勢再怎樣陰鬱，一眾女人的身影仍然閃亮生輝。

然後，機遇出現了。

悲慘的仲夏節派對結束的幾週後，我隨著足球隊前往丹麥，參加訓練營。我們將要前往的城市名叫尼克賓，坐落在利姆峽灣內的莫斯島上。我們住在市郊的青年旅館（也許是一所寄宿學校），周圍是邊緣種滿樹蔭繁茂、樹齡頗老闊葉木的大型運動場。每天晚上，我們一些人會偷偷溜出去，其實不能外出，但那裡離市區實在太近，只要我們確實遵守其他的時間，即使我們的行為被發現了，他們也不會多管。我們在小雜貨店購買廉價葡萄酒，坐在公園長凳上喝起來，隨後走進附近的一座迪斯可舞廳。早在第二天晚上，我就遇見了一名丹麥女孩。我們駐留於那座城市的期間，她每晚都來找我。她很甜美，充滿活力與激情。我們坐在某處的長凳上，與彼此調情，在迪斯可舞廳跳舞。某個夜裡，我們在一座公園散步。最後一夜來臨時，我心想，現在是機不可失，失不再來。不會再有另一個機會了——要嘛就是今夜，要嘛就是遺憾一輩子。

所有人在這最後的臨別之夜都到外面廝混了。我們在下方一處海灘上烤肉，領隊們買來了啤酒，我們則在喝光啤酒後叫了計程車，來到一座偌大的森林會館，離我們的住處不遠。她先前說過，她會到場；而她也依約來了。她以她那一貫的真誠方式，跟我打了招呼。她踮起腳尖、給了我一個吻，牽住我的手。我們在一張桌旁就座。我狂灌起葡萄酒，為了我的打算積蓄勇氣。我在吧檯私下向比約恩與猶格訴說，我要試著將她帶進房間裡，與她發生關係。他們微笑說：「祝你好運。」那可真是美妙的一晚，戶外蒼綠闊葉木的頂端，懸掛著沉重灰黑的雲層，而在室內，人們在閃閃發亮的燈座下到處閒晃。他們狂飲著，歡笑著，恣肆縱舞，空氣中瀰漫著汗味、香水味、菸味、酒味。她坐在我們那張桌旁，與哈拉德交談，但始終望向我的位置，在看到我拿著一瓶葡萄酒走來時容光煥發起來。當我坐到她身旁時，我感到胃痛。她湊上前來，我們接吻了。我正要將酒倒在她的玻璃杯裡，她舉手示意，不行，她明天還要工作。她提議，我那時候想不想過來看看？我說，可是我們明天就要離開了。「不行。」她說。「你留在這裡。你永遠別回家去，你就留在這裡，就跟我在一起。你可以在這裡上學啊！或者找一份工作啊！喏，你覺得如何呀？」我說：「好啊，我們就這麼辦吧。」

我們笑了起來。一陣波浪般的悲痛掃向我。我們很快就要到房間裡，她很快就會站在我身旁，緊貼著我，對我說悄悄話，堅信我知道自己正在做些什麼。

「妳想不想到外面走走啊？」我說。

她點點頭。

「那這些酒怎麼辦哪？」她說。

「我們很快就會回來的。」我起身，把手搭在她的肩膀上，算是要把她帶出去。我轉頭迎視著比約恩和猶格的目光。他倆高高地豎起大拇指，露出一抹燦爛的獰笑。然後，我們就置身戶外了。

她抬頭望著我。

「我們要去哪裡？」

「到森林裡去吧？」我說。我牽起她的小手，我們走動起來。我先前已親吻過她的胸部。我在一張凳子上將頭部探進她的襯衣裡，親吻我所有能夠觸及的部位。她則笑了起來，緊緊地抱住我。我跟女生們就是這樣玩的：我欺在她們的身上，愛撫著她們，親吻她們的胸部。也就只有那麼一次，我曾經剝下某人的內褲、將手指插進去——那已是兩年前的事情了。

我全身感到一陣戰慄。

「怎麼啦？」她用手臂摟住我。「你覺得冷嗎？」

「也許有一點吧，現在確實變得比較冷。」我說。

大片厚重、長時間不斷飄近、現在已然籠罩森林上空的雲朵，將樹幹之間已經昏暗的餘暉遮蔽。碎雨雲開始掃過。我們頭頂上的樹冠中，枝條開始擺盪起來。

血液在我的體內奔騰著。

我吞了吞口水。

「妳想來看看我們住的地方嗎？」我說。

「好呀，很樂意。」

一聽到她這麼說，我就勃起了。小雞雞劇烈地頂住長褲。我再度吞了吞口水。

我們房屋上方的光線，在薄暮的映襯之下變成了黃色，在燈座的周圍匯聚成酷似聖像光環的圓圈。

我感到一陣噁心，雙手手掌一直冒汗。但我要完成這件事。

我停下腳步，擁抱了她，我們接吻著。她的舌頭小而滑溜。我的生殖器鼓脹，使我感到疼痛。

「就在那邊。」我耳語道。「妳確定，妳想要跟進來看看嗎？」

她的目光閃過一絲疑惑。不過，她還是說：「好。」

我再度牽起她的手，緊緊握住，迅速地走過最後那兩百公尺。我在空蕩蕩的接待處外再度摟住她，慾望幾乎讓我窒息。穿過走廊，來到我和其他三人同住的房間。我撈起鑰匙，以顫抖的手將之插入鎖孔裡，轉動鑰匙，壓下門把，推開門走進房裡。

「你回家啦，卡爾．奧韋？」猶格說著，笑了起來。

「你帶客人過來喔？」比約恩說。

「真棒喔。」哈拉德說。「麗瑟貝，妳要來一杯啤酒嘛？」

我什麼話也不能說。他們就住在這個房間裡，和我一樣有權利待在那裡。我也不能說出，他們就只是單純想要搞破壞才衝來這裡。我要是說了，我計畫和麗瑟貝做的事情就會曝光了——而就算她或許已經預感到這一點，我還是不能直接講出口。不管怎樣，我不能在他們還在場時這樣講——我要是真講了，她會怎麼想呢？難不成我只是把她當成某種樂趣？

「靠，你們在這裡幹麼？」我說。

猶格微笑。

「**你們**在這裡幹麼？」他說。

我用責難的眼神望著他。他笑到在床上蜷曲成一團。

哈拉德遞給麗瑟貝一瓶啤酒。她接過酒，開心地望著我。

「你的朋友們來了，真是有趣。」她說。

啥？她這話可是說認真的？

她環顧四周。

「這邊有人有香菸嘛？」

「我們可是足球員啊。」哈拉德說。「這裡只有卡爾．奧韋抽菸。」

「這是給妳的。」比約恩敲了敲自己的菸盒，抖出一根不那麼濃烈的王子牌香菸，遞給她。

這樣的機會，往後幾年都不會再出現了，然後就被他們充滿惡意地毀了。

麗瑟貝將手插進我褲子的後口袋，湊了過來，緊貼著我。我的小雞雞再度變得像烤肉叉那樣硬。我嘆了一口氣。

「好了啦，卡爾．奧韋，喝杯啤酒吧，這只是個玩笑嘛。」猶格說。

「是啊，真是一個天大的玩笑。」我說。

他再度笑了起來，在床面上蜷曲成一團。

我們在那裡坐了半小時。麗瑟貝和所有人交談。當我們將啤酒全喝光時，我們就回到迪斯可舞廳。麗瑟貝在凌晨一點左右離開。我們其他人則在那裡待到黎明。隔天，我極其倉促地見了她一面。我們交換了地址。她開始哭了起來，不是大哭，只是幾滴從臉頰上流下的淚水。我將她抱緊。「妳啊。」我說。「過一陣子，我們可以在羅肯見面。我只需坐船就可以到那裡，路途不遠。妳能到那邊見我嘛，妳覺得妳做得到嘛？」她從淚眼中擠出一抹微笑說：「可以。」「我會寫信給妳，這樣我們可以決定細節，嗯？」她說：「好的。」我們親吻了彼此。當我轉過身離開時，她仍然站在原地，凝視著我的背影。

當然了，在羅肯見面的話不過只是隨便說說而已。我這麼說，只是想讓事情輕鬆一點。她對我而言毫無意義。我愛上的人是韓妮，這陣情感持續了一整個冬季，甚至一路延續到春天。一切都圍繞著她打轉，我一心一意只想待在她身邊，這倒不是想跟她上床，甚至也不是希望親吻或者一陣愛撫，不是的，不是這樣的，吸引我的，是當我看到她時，那陣填滿我內心的興奮與光彩。我有時候在想，這興奮與光彩彷彿並不來自這個世界——它彷彿由另一個世界從天而降、進入我們心中。要不然，我們對此又該怎麼解釋呢？她就只是個很平常的女孩，像她這樣的女生鐵定數以千計，但只有她能藉著她真實的本性與特質使我的心靈悸動、使我的靈魂綻放光芒。那年的春天，我跪在她面前的柏油路面上，問她是否願意嫁給我。她牽著她的腳踏車；那時下著雨，天幕一片陰暗，我們往上走，沿著倫德的那幾排租賃公寓而行。當我下跪時，她笑了。她覺得我在搞笑。

「不要笑。」我說。「我是認真的。我完完全全是認真的。我們可以結婚。我們可以搬到某個小島上的房子，就住在那裡，妳跟我一起過。我們**做得到**啊！如果我們下定決心，**沒有人**能阻止我們。」

她再次笑了出來。那是一陣美妙、咯咯的輕笑。

「卡爾・奧韋！」她說。「我們才十六歲啊。」

我站起身來。

「我理解妳並不願意。但是，我是認真的。妳理解嗎？我一心一意就只想著妳。我就只想要跟妳在一起。難道我就該對此置之不管嗎？」

「但是我明明就有男朋友。這你是知道的！」

「是啊。」我說。

我對此真是再清楚不過了。她願意在外面跟著我一起閒晃，只不過就是她能夠受到討好，以及我並不像她所認識的其他所有男生那樣。我有朝一日能夠跟她在一起的希望極其渺茫、黯淡，但就算前途無亮，我還是不放棄，我永遠不會放棄。當我站在往返於丹麥的渡輪甲板上，頭髮被海風拂起，向著低垂的午後斜陽瞇起雙眼，四面八方只見一大片湛藍的海洋時，我內心想著的是韓妮，而不是麗瑟貝。

當我回到克里斯蒂安桑時，我不會直接回家，我會先前往一棟外海群島區的小屋，參加班上的派對。韓妮很有可能出席。夏季，我從索貝爾沃格寫了兩封信給她——我獨自沿著溪邊漫步、用我的隨身聽聽音樂，視域內不見任何人影，一心一意只想著她。我在半夜起床到戶外去，在閃亮的星空下穿越溪谷，走到瀑布邊，並且爬向瀑布旁那塊岩壁的頂點，就只為了坐在星空下一道高聳的基座上，一心一意地想著她。

作為回答，她寄了一張明信片。

但在與麗瑟貝的邂逅之後，我有了自信。哪怕我目睹了那無邊無際的大海，照樣無法貶損我的信心，或者我內心那股劇烈的慾望——這慾望是如此強烈，在每個夜晚驅趕著我，讓我為這個世界上美好的一切熱淚盈眶，但這美好的一切竟對我毫無用途，而我也沒能摁熄這股慾望。

「哈囉。駝鹿。」猶格在我背後說道。「你還要喝最後一罐啤酒嘛？」

我點點頭。他遞給我一罐樂堡啤酒，在我旁邊坐下。

我打開啤酒，一小撮泡沫噴灑在閃亮的蓋子上緣。我咂著嘴，將它吸乾，隨後向後仰頭灌了一大口。

「再沒有比連續四天喝酒更妙的事囉！」我說。

他發出他那逗趣的笑聲，聽來很像吸氣時的聲音，相當容易模仿。而所有人竟然也模仿起他的笑聲。

「麗瑟貝這個妹子哦，嘖嘖。你是怎麼搞定她的？」他說。

「搞定？我這輩子可從來沒搞定過任何一個女生。你問錯人囉。」我說。

「你們調情了一個星期。她跟著你回家。如果這樣不叫『搞定』某個人，那我就不知道咯。」

「可是我並沒有主動啊！主動的人是她！她就這樣過來！然後她用手貼住我的胸口。就像這樣。」

我用手掌貼住他的胸口。

「喂喂喂，住手！」他大呼小叫起來。

我們笑了出來。

「總之，哎，我不知道耶。」他注視著我。「你覺得，我這輩子還能跟某個妹子搞上嘛？如果要你老老實實地說？」

「**這輩子**？**老實**？」

「現在，不要再裝笨咯。你覺得還有人會要我嘛？」

我認識的所有人當中，猶格是唯一會提出這種問題，而且對自己的話感到認真的人。他能夠完全坦誠。再沒有比他更和善的人囉。但恐怕沒多少人會用「帥」形容他。「優雅」也並不妥當。「健壯」，這個詞或許很貼切。體型結實。一個能讓你百分之百信任的人。聰明。一個善良的人。很有幽默感。但是絕非攝影展的模特兒。

「一定會有人要你的。只不過，你的標準太高囉。這是你的問題。你很想要。那好，你想要誰？」我說。

「辛蒂・克勞馥。」

「現在不應該繼續耍笨的人是你。喂喂，說認真的。你最常聊起的人是誰？」

「克莉絲汀。英耶。梅瑟。文琪。特蕾絲。」

我雙手一攤。

「那都是最正最會玩的妹子！你永遠搞不定她們當中任何一個人的！這你很清楚！」

「可是我就是想要她們啊。」他露出自己最為燦爛的微笑。

「我也是這樣啊。」我說。

「喔，這樣喔？」他將頭湊向我。「我還一心以為，你眼裡就只有韓妮喔？」

「那是另外一回事。」我說。

「哪一回事？」

「愛。」

「上帝呵，救救我喔。我想，我還是到裡面去找其他人吧。」他說。

「我跟你去。」我說。

他們圍坐在咖啡廳裡的一張桌旁，正在玩牌，一邊喝可樂。我們逐漸靠近，在他們旁邊坐下。待在那邊的是哈拉德，還有他的黨羽們：恩克舍、赫野爾、托爾・俄林。他們並不喜歡我，除了像現在這樣的場合以外，我不能跟他們一起混。而我目前可以為他們所容忍，但也僅止於此。他們隨時會說出惡毒、刻薄的評論。不過這又有啥關係呢。我才不鳥他們。

至於跟猶格相處，就是另一回事了。我們同班兩年，經常討論政治，簡直到了水火不容的地步——他是不折不扣的進步黨支持者，我則同情社會主義左翼黨。而非常怪異的是，他居然喜歡優質的音樂；在這種鄉下地方，在我認識的人當中，他是唯一至少還有些品味的人。他還很小的時候，爸爸就過世了，他和媽媽與弟弟住在一起，總是得承擔許多責任。三不五時，總會有人想要惹怒他。他們認為他很容易欺負，但他只是哈哈大笑，他們就打退堂鼓。跟著我們一起混的那夥人常會霸凌他，當作是一種消遣；如果他還擊，他們就只管模仿他的笑聲。他此時若是沒有跟著一起笑，他就會變得沉默。

是啊，他可是個和善的小夥子。他和球隊裡的其他一、兩個人一樣，就讀商業高中，其他球員則進了職業學校。我替他寫了幾篇小論文，他則付錢給我。他會確保文章不會太過精湛——要是寫得太好了，會有人起疑。有那麼一次，事情差點敗露。我寫了一首詩，猶格的老師則認為，這實在不像他會寫的東西。但他還是挺了過去。他不得不解讀這首詩，聽來倒也可信，最後他拿到四分。

我有點難過，我可是花了不少功夫，費了一點精神與心思來寫那首詩的。我原本更傾向那首詩可以得到六分。但這是商學高中，你對此又能有什麼期待呢？

假如我待在市區的某一家咖啡廳，而猶格走了進來，我或許會看向別處。他屬於另外一種人，他和咖啡廳格格不入。不過他自己想必也深知這一點吧？但不管怎樣，我始終不曾在這種場合見到他。

「哈囉，卡薩諾瓦[6]，還要再來一罐啤酒嗎？」此刻的他說道。

「有何不可吶。可是，喂喂，你又是誰啊？你是反卡薩諾瓦的嗎？」我說。

6 Giacomo Casanova（1725 - 1798），具傳奇色彩的義大利作家、冒險家。

「我名叫柏宏，有根．柏宏。」他一邊說，一邊笑。

一個半小時以後，我背著那只沉重的海員旅行袋，踏上克里斯蒂安桑的土地。其他人將繼續前往特維特，我則要跟著男低音出席派對。當我過了海關時，他就站在外面等候我。

「哈囉，你好啊。」他說。

「哈囉，你好啊。」我說。

「你這個夏天過得如何啊？」

「馬馬虎虎。你呢？」

「很好。」

「沒有妹子哦？」我說。

「當然有啊，那還用說嗎，搞定一、兩個總是不成問題吧。」

他笑了起來。我們走到公車總站，搭上前往渡輪碼頭的公車。那一年，我倆之間持續著某種競賽——比賽誰跟班上最多女生有一腿。當我們坐在碼頭旁邊，喝著啤酒，等著西芙開船來接我們的時候，我們稍微聊起這件事。即將到來的這一夜，是改變勢力的最後機會；當前態勢對男低音相當有利，他已經上過了七個女生，我的說法則是四個。

有時我想，到了秋季，情況會變成什麼樣子。他將就讀自然組，我會去讀社會組，到目前為止，我們自然而然成為朋友，就只是我們讀同一班。

最初幾節課的其中一堂，我們坐在彼此隔壁。老師發給我們幾張紙，要我們寫下自己的三種特質。他偷偷瞄了我寫的內容。我當時寫了：沉重、遲鈍、嚴肅。

「你腦袋是完全壞了嗎？」他說。「你也得寫上『缺少自知之明』！這是我所見過最惡劣的。殺千刀的，你哪會沉重、遲鈍？而且，幹，你也一點都不嚴肅。是誰教你這些蠢話的？」

「那你又寫了什麼？」我說。

他向我展示他的紙條。

腳踏實地、真誠、好色得要命。

「把那張紙條扔掉。你不能那樣寫！」他說。

我按照他所說的，在新的紙條上寫著：聰明，害羞，但實際上又不害羞。

「這樣就比較好囉。」他說。「拜託，看在上帝分上！沉重！遲鈍！」

那年秋季尾聲，我第一次到他家作客。我簡直不敢相信自己的所見，他具有我所想要的一切特質，我極為敬重他。到了後期，我們愈發頻繁地見面，但這個想法總是存於我的腦海中。現在亦是如此。他的在場灌注著我的內心世界；他所做的一切，我全都跟著參與。他投來的每一道目光——即便只是他百般聊賴地望向大海——都被我注意到，讓我陷入思考。

他為啥會想要跟我打交道？畢竟，我身上可沒有任何能使他喜悅的特質。

當我們在一起時，我總是會提前閃人——只是為了避免讓他發現我實際上多麼無趣。我內心瀰漫著某種狂熱，那是兩種矛盾而不相容的情感，就拿我們翹課、騎著機車到他家裡、待在戶外草坪上聽唱片的那個春日來說吧。那些時光像童話般美好，但同時我不得不中斷，某個聲音告訴我，我不值得，或者無法跟他一樣好。因此我如坐針氈，躺在他家的那片草坪，閉上雙眼，聆聽著我們一同發現的Talk Talk樂團。他們唱著：「這是我的人生」。一切本該是完美的。此時正是春季，此刻的我十六歲，第一次翹課，正伸展著四肢，與我新交的好朋友一同躺在草坪上。但這並不完美，這令人無法忍受。

他想必是以為我擔心翹課會被打小報告——他想必以為我因此起身，想要離開。他又怎麼能知道，真正的原因，乃是在於我們實在過得太悠哉了呢？而我又是如此的喜歡他呢？

現在，我們或許已有五分鐘沒對彼此說話了。

我捲起一根菸，打算用稀鬆平常的事物填補沉默。他倉促地瞥了我一眼。他從自己襯衫口袋掏出那盒不那麼濃烈的王子牌香菸，將菸塞到雙脣之間。

「你有打火機嗎？」他說。

我將黃色的ＢＩＣ打火機遞給他。他點燃香菸，哈出一大團雲層般的煙霧——在他面前飄浮了好幾秒鐘，隨後才被吹散。

「你的爸爸和媽媽到底過得怎麼樣啊。」他說，一邊將打火機遞給我。我接過來點燃我的香菸，一手把空罐子捏扁後，扔進下方泥灘邊的石頭之間。

薄暮籠罩住外海的島嶼，低壓而顯得沉重。灰色海面一片寂靜。那罐子落到下方的石堆上，發出噹啷的聲音。

「嘿，我猜他們應該過得挺好的。」我說。「我爸現在跟他新交的女朋友住在特維特的房子裡。我媽住在挪威西部。再過幾天，她就會回家一趟。」

「現在還是你們兩個住在那邊？」

「是的。」

一艘小艇繞過峽角。駕駛員的金色長髮，在灰暗的背景下閃閃發亮。當我們起身拿起旅行袋時，她向我們招招手，喊了一句什麼——使百來公尺的距離萎縮成簡短、渺小的嗶一聲。

是西芙。

我們將旅行袋搬上小艇，在船上就座。十分鐘以後，我們就在她那棟小屋的下方登岸。

「你們是最晚到的。」她說。「所以，我們現在總算可以開動囉。」

韓妮在場。她身穿白色襯衫、藍色牛仔褲，坐在桌旁。我注意到她的瀏海已然垂落到前額。她略顯害羞地微笑一下。

那想必跟我寄的那幾封信有關。

我們吃著蝦子。我喝了啤酒——我體內騰起的那股醉意，比我過去所經歷過的更沉重、更具震撼，肯定與前幾天的宿醉有關。不僅向上竄入我的腦海與思緒中，還在我身體的最深處生成，緩慢地向外擴散，而我知道，即將湧來的這股大浪，將會持續很久。

而情況也確實如此。我們將那棟大型木屋裡的東西收拾乾淨，跳起舞來——同時，夜幕籠罩住外圍的群島。我們走到屋外，在黑暗中游泳，我試圖在跳水板保持平衡，向前走，頭頂上是漆黑的天幕，下方是陰暗的水域，當我跳出去時，我彷彿永遠不會觸及水面——我向下跌落、跌落、再跌落，冰冷、散發鹹味的水才突然將我圍住，我什麼也沒看到，一切昏暗不明，但那都沒關係，只要划水幾下我就能浮出水面，看到站在高處岸上、宛如陰暗中蒼白小樹木的其他人。

韓妮拿著一條毛巾，在岸上等著，她將毛巾蓋在我肩上。我們在一小片略為高起的岩壁上坐定。幾個女生一絲不掛，直接跳進水裡。

「她們在裸泳。」我說。

「我看到囉。」韓妮說。

「妳難道不想也跟著裸泳一下？」

「我嘛，絕對不要，永不！我永遠不會這麼做。」

隨之是一陣沉默。

她望著我。

「你希望我這樣做嘛？」

「是的。」

「我想也是。」她說著，笑了起來。「不過嘛，你還是自己去游吧！」

「水有夠冷的。它變得好小。」

「它？」她問，對我露出微笑。

「是的。」我說。

「你真是個蠢蛋。」她說。

另一陣死寂。我望向外海的所有小島，在其陰影的映襯下，小島看來比天幕要沉鬱一些。一抹光束覆蓋住地平線。難不成，晨曦已經浮現？

「和妳一起坐在這裡，真是優美。」我說。「我愛妳。」

她倉促地望向我。

「關於這一點嘛，我還真的不是那麼確定。」她說。

「妳怎麼能不確定？除了妳以外，別的一切我完全不去想。當我待在挪威西部的時候，喔，但那其實很美妙的，就算妳那時候不在，從某種意義上來說，我內心裡一樣都是妳的形影。我感到好沉醉。」

「你喝滿多酒的。你難道就不能先緩一緩，別喝那麼多？看在我的分上？」她說。

「我的意思是說，因為妳而沉醉。」

「這我理解啊！但是，我這些話是很嚴肅的。你不需要喝那麼多酒。」
「感受到身為基督徒的喜樂？因耶穌而沉醉？」
「不，不要再耍笨了。其實，我**是**真的有點擔心你。這不會怎樣吧？」
「是不會怎樣啊。」
我們沉默無語地坐著。跳水板上有兩個小夥子在扭打著。我猜想，其中一人應該就是男低音。他倆都跌入水中。站在岸上的那些人高聲鼓譟，鼓起掌來。
一座遠方的燈塔閃動著光柱。音樂聲從木屋那敞開的門內流洩而出。
「關於我是誰，你實際上一無所知。」她說。
「哪有，我再清楚不過了。」
「不，你看到的是別的某個東西。你所見到的不是我。」
「那妳可就大錯特錯囉，關於這一點，妳其實弄錯囉。」我說。
我們凝視彼此許久。隨後，她露出微笑。
「不，我們現在還是進去找其他人吧？」她說。
我嘆了一口氣，站起身來。
「反正我就進去看看，還有沒有更多喝的。」我說。
我向她伸出手，將她拉起來。
「你剛剛才承諾過的。」她說。
「我啥都沒承諾過。但是，妳聽著。」
「是？」

「走到木屋也就那一小段路，難道我不能牽著妳的手？」

「可以啊。」

我穿上西裝外套與長褲，我和男低音隨著頭腦簡單樂團的〈你可別忘了我〉，一同跳起舞來。韓妮則坐在桌邊。當她沒有望著我們的時候，她就和安妮塔聊天。

我站到她的身邊，將伏特加與果汁倒進一只玻璃杯裡。

「你只穿外套的時候，還真是有夠性感。」她說。

「妳也這麼覺得嗎？」我一邊望向安妮塔。

「才不呢，我當然不覺得。你們兩個，還不快快接吻嗎？」她說。

「這輩子看來是想都別想了。」我說。

「那也許在天堂呢？」她說。

「可是我又不信上帝。」我說。

韓妮笑了起來。我走到靠在那疊唱片收藏前的男低音旁。

「你找到什麼沒有？」

「不算是吧。」他說。「我在找史汀的歌。但是我恐怕很快就得閃人了。我明天要到英格蘭去。我可不想錯過那班船。」

「你總可以在船上睡覺啊。」我說。「你又不需要現在就上床就寢。」

他笑了起來。

「為什麼不呢？當我退出這場遊戲的時候，一切就悉聽尊便啦。」

「你贏了。我一點機會都沒有。」

他取出內層的護套斜放，讓那張唱片滑出來。他的拇指扣住邊緣，其他指頭伸向中央處的標籤，把唱片放到唱盤上。

「與韓妮進展得如何？」他說。

「一點進展也沒有。」我說。

「你們在你們專屬的那片岩壁上，玩得好像挺快樂的哦？」

「除了這個以外，啥都沒有。」我說。

然後，「如果你愛某人，就放他們自由」的樂聲開始從揚聲器飄出。很快地，屋內所有人都開始跳起舞來。

我們在閣樓上過夜。我一路睡到上午。在我醒過來以後，我還盡可能地繼續拖延時間——我不願意一切就這樣結束，我要待在那裡，置身我所感受到的喜悅之中。不過，西芙接著就要將最後一群人送到對岸去。我跳了下去，在開到彼岸的船程中沉默地坐在船首，在公車上找到一個專屬於我、最深處的座位，額頭貼靠在車窗邊，望著那如波浪般翻滾的挪威南部地貌逐漸轉換成都會區的景致。我們在巴士總站停靠，接著轉乘開到我家的巴士。此刻，爸爸和烏妮就住在那裡。

那三年當中，我幾乎每天都搭乘那班公車——這感覺竟像是過了一輩子。我認得每一條彎道，是的，我幾乎認得沿路上每一棵樹。就算我從來沒跟沿途上下車的人們交談過，由於我和他們當中的許多人已變得如此面熟，我們會簡單打個招呼。

在外面玩得可真是嗨。我也許從沒過得這麼爽。

同時，這只是一場班級派對。

然後還有韓妮。

我們面對面，躺在各自的睡袋裡，對著彼此低語了至少一小時的悄悄話才入睡。當她發笑的時候，她也嘗試低聲呢喃。我當時想著，現在我可以死掉了，一切都無所謂了。

「我想要親妳一下，跟妳說聲晚安。可以嗎？」當我們準備就寢時，我說。

「親臉頰！」她說。

我雙手手肘撐地，身子往前挪動了幾公分，她將臉頰半對著我。我緩慢地低下頭，在最後一刻改變路線，相當堅實而直接地親吻了她的嘴。

「你這個壞蛋！」她笑著。

「晚安。」我說。

「晚安。」她說。

這件事情就是這樣。

那一整個晚上，乃至於一整夜，一點意義都沒有——真的有可能是這樣嘛？

她必定對我有某種感覺。

她總該有所感覺。

她已經多次說過，她並沒有愛上我。她說，她挺喜歡我，甚至非常喜歡我，但除此之外什麼感覺也沒有。

現在她即將轉學，開始在沃格斯比讀高中。而她就住在那裡。

這麼一來，至少我就不必每天都得看到她，飽受折磨囉！

公車打起方向燈，轉進到謝維克。一架飛機同時轟鳴著，在我們頭頂上的低空駛過，在下一秒鐘著陸。機身沿著降落跑道衝刺的速度，使我們看起來彷彿靜止了。閃動的燈光。引擎的轟鳴聲。我們活在未來。

我可以偶爾在城裡和她見面，我們可以一起吃晚餐，看電影，我還可以在某個週六上午帶著她到游泳池去。她將會逐漸發覺到，她愛上我了。她會和對方提分手，然後帶著容光煥發的眼神告訴我這件事情，現在我倆之間已經不存在任何阻礙囉。

不過，在那之後呢？

當我們在一起之後呢？

晚上輪流到彼此的家裡作客、接吻、吃披薩？跟著她的朋友們去看電影嗎？

這些是不夠看的。

我想要**占有**她。不僅僅是高中生活的一部分、高中時期交的女朋友，她的意義遠不只如此。我想要搬去跟她一起住。我想要全天跟她在一起、與她分享一切。我不想待在我們周邊持續出現各種噪音與雜務的市區；不過也許可以到外海群島或森林裡，那都沒有關係，只要是某個能讓我們毫無保留、與彼此共處的地方就好。

或者到奧斯陸去——一座沒有人認識我們的大城市。

我會在那裡進修；這麼一來，我就可以在下課回家的途中採購，在我們自己的公寓裡為她煮晚餐。

然後我們可以生兒育女。

公車在那座小巧的轉運站前停下。一名戴棒球帽、手裡拎著一只小提袋的男子上了車，付了錢，吹著口哨，往座位後方走來。他在我前面坐下。

我兩手一攤。整臺公車明明就空蕩蕩的！而他非得坐在那裡不可！

他散發出鬍後水的甜味，後頸滿布輕薄、蜘蛛網般的髮絲，耳垂厚實且發紅。一個來自伯克蘭的農夫。

小孩？

我才不想要小孩，我才不想進入那種朝九晚五的生活，得設法避免這個陷阱才對，但是一旦牽扯到韓妮，情況就不一樣了，事情的本質就變了。

不，去他的，我們當然不會結婚，我們當然不會住在外海的群島，我們當然不會生小孩！

我嘛了嘛嘴。這絕對是我所想過最為瘋癲的想法。

猶格家的屋子就座落在降落跑道的對面，那條道路的彼端。窗邊的燈亮著。我稍微將身子湊上前，想瞧瞧是否能夠瞥見他的身影。不過，如果我對他的認識是正確的，他想必正躺在水床上，聽著彼得．蓋伯瑞的音樂。

隔天早上，從正下方所傳來，吸塵器到處轉動的轟鳴聲吵醒了我。吸塵的轟鳴戛然而止，其他聲音隨之而來：瓶子輕觸的叮噹聲、洗碗機的嗡嗡聲、用水桶取水的聲音。我抵達時，他們剛剛開過派對。在我溜到自己樓上的房間以前，我所看到的最後形影，是他那張扭曲的臉孔、她搭在他肩膀上的手。這是我頭一次看到他喝醉，頭一遭看到他哭泣。過了一會兒，大門拉開了，門外的礫石路面傳來沙沙的腳步聲。接著，他們的聲音直接從我窗戶的下方傳來。

那裡放著一張凳子及一張桌子。夏季時光，爸爸常會以他的招牌動作坐在那裡：翹起二郎腿、背微向前傾，手上通常拿著一份報紙，指間常夾著一根燃燒的香菸。

他們正笑著。她的笑聲顯得清脆。他的笑聲比較陰沉。

我從床上爬起來，踮著腳尖走到窗邊。

天空顯得有點迷濛，看起來有點虛弱。不過陽光依舊閃亮著，庭院裡的空氣時而停滯、時而輕輕地吹拂。

我打開窗戶。

他們還真的坐在那張凳子上，身子倚靠著屋牆，在陽光映照下閉上雙眼。他倆都向後扭頭，往上方望著我。

「喔唷，烤肋[7]已經睡醒啦？」爸爸說。

「你這睡鼠，早安啊。」烏妮說。

「早安。」我說，將窗框上的搭鉤固定起來。他倆的聲音以某種方式擁抱著我，彷彿我們三人現在是一伙的，而我不喜歡這種感覺。這不符合事實。他們兩個才是一伙的，而我就是我。

但我更不喜歡扮演桀驁不馴的青少年。我最不想要的，就是讓他們找到責罵我的理由。

我在廚房裡吃掉幾片三明治，相當仔細地將餐桌收拾乾淨，用刷子將小碟子上、餐桌的麵包碎屑掃進垃圾袋裡，從我的房間取來隨身聽，將鞋帶綁好，然後走到戶外，來到他們面前。

「我出去一下。」我說。

「去吧。」爸爸說。「你是去找朋友嘛？」

他完全不知道我任何一個朋友的名字，就連我已經認識三年的楊・維達爾也不例外，他已經認知到

7 Kaklove，父親對作者名字（Karl-Ove）的謔稱。

這一點。可他現在坐在烏妮身邊，需要表現出良善、體貼的慈父形象。

「是的，我想是的。」我說。

「明天，我要開始把我的東西搬進來。如果你那時會在這裡，那就太好了。我也許需要有人幫忙搬東西。」

「當然囉。」我說。「好喔，那就先這樣吧。」

我壓根兒就不是要去找什麼朋友——楊．維達爾今年夏天在城裡的一家烘焙屋上班。男低音正在前往英格蘭的路上。派爾想必正在拼花地板工廠工作。至於猶格，我不得而知；但對我來說，事先沒有計畫就騎腳踏車到那裡始終很不自然。獨處倒是很適合我。我戴上耳機，按下播放鍵，往下走，浸漬在音樂之中。周圍的地貌與景觀全然靜止下來，天空中、溪流對岸蛇形丘上方的零星幾片雲朵停在原處。我踏上通往內陸的道路，就連路也毫無任何變化——除了一公里外高處的那座農場以外，這一側數十公里的範圍內幾乎沒有任何一棟屋舍。舉目但見森林與溪水。

松針的綠在陽光映照下閃閃發亮，陰影下的松針則幾乎呈黑色；但夏季讓所有的樹木都顯得輕盈，它們並不像冬季那樣內向地蹲踞著，不是的——植物任由自己浸淫在暖熱的空氣中，就如其他所有生物朝陽光伸展。

我拐進那條老舊的林間道路。就位於我們家屋子上方一、兩百公尺處，但我也只經過兩、三次——而且還是在冬季乘著滑雪板溜過。畢竟那條路的兩側毫無任何動態可言，沒有人跡，住在上方社區的小孩通常也不會選這條路；畢竟遠處的下方才有聚落與人跡，那裡才有動態，才會發生新鮮事。

我心想，假如我當初是在這裡長大的，我鐵定會對這裡的每一株灌木叢、每一座石丘瞭若指掌——就如我對提貝肯社區的自然環境如數家珍。但我在這裡只住了三年，沒有任何景物真正進入我的深層記憶，它們並不真的具有意義。

我關掉音樂，把耳機掛在脖子上。空氣中充滿了群鳥的鳴叫聲，以至於我幾乎可以感覺到：我能夠**看見**它。有時候，道路旁邊的灌木叢裡會傳來一陣窸窸窣窣的聲音，我心想應該也是鳥兒。不過我什麼也沒看到。

那條路輕微地向上延伸，路徑始終籠罩在立於兩側、高大樹木的陰影之下。山頂有一座小湖泊，我在一小段距離外的草地上躺下，仰面凝視著天幕，聽著音樂。我播放的是《光中》，我想著韓妮。

我得再寫一封信給她。這封信必須寫得非常好，好到她到了最後除了我以外，什麼都不會想起。

當爸爸在隔天下午要搬家時，他並不怎麼需要幫助。他自己搬了所有紙箱，塞進那輛租來的白色大型貨車內，然後駛入市區，總計來回三趟。直到開始組裝家具時，他才真正需要幫手。當一切都擺放到定位以後，他將所有門全甩上，匆促地瞥了我一眼。

「我們保持聯繫。」他說。

隨後，他用手搭住我的肩膀。

他過去可從來沒有這麼做過。

我的雙眼閃動著淚光，低下頭。他將手縮了回去，跳上駕駛座，發動引擎，緩慢地開下坡。

他喜歡我嗎？

這真有可能嗎？

我用T恤的袖口揉搓了雙眼。

我心想，反正就是這樣啦。現在，我再也不要跟他住在一起。

那隻貓咪高舉著尾巴，從森林裡奔來。牠在門前停步，睜著那雙黃色的眼睛瞪著我。

「你想要進去嘛，梅菲斯特？」我說。「或許你肚子也餓了？」

牠並未回應。但當我要開門時，牠用頭推推我的雙腿，直接溜到飼料小碗旁邊，立在那邊抬頭望著我。

我開了一罐新的飼料，倒了許多在碗中，然後走進客廳。烏妮的微弱香水氣味，仍然殘留在空氣中。

我打開那扇通往露臺的門，站在戶外的臺階上。即使陽光不再直射那片空地上，戶外仍顯得暖熱。

派爾牽著腳踏車，循著路面往上走來。

我朝那道斜坡的邊緣走去。

「你工作回來啦？」我喊道。

「我可是去流血流汗哪！」他用喊的回答我。「我可不像某些人，一整天都在睡覺！」

「你今天又累積了多少退休金啊？」

「反正比你一輩子將要領到的都要多啦。」

我看著他咯咯笑。他就屬於那種會咯咯笑的人，這總使他看來更老成。

他舉起手來，向我致意。我也向他致意，隨後，我才走回屋內。

他帶走了掛在客廳牆面上的其中兩幅畫。我猜想，他也帶走了半數的唱片及半數的書籍。他所有的文件，那張書桌、辦公文具等物品。電視機前面的那張沙發。還有那兩張皮革製的手扶椅。廚房裡所有用品的半數。而當然了，還有他所有的衣物。

不過，這屋子看起來還並不怎麼像是被掠奪過的樣子。

門廳旁邊，房間裡的電話響了，我快步趕去接聽。

「哈囉。這是卡爾・奥韋。」我說。

「嘿，這是英格威。你現在如何？」

「爸爸剛剛才帶著他的家當離開。媽媽很快就回家。所以，我現在跟貓獨處。你在哪？」

「我現在還在特隆德的家裡。我打算去探望你們一下。其實我想明天過去，但如果爸爸已經閃人了，我今天晚上也許可以過去。」

「是的，那你可以來吧？這樣挺棒的。」

「我還不確定。艾維德要開車載我。他或許有空。不過，好吧。我們也許今晚見！」

「非常好！」

我掛上電話，走到冰箱前，想瞧瞧是否還有什麼吃的。

一小時後，當媽媽將車子開上坡道時，我已經煎好香腸、洋蔥與馬鈴薯，切好了一點麵包，擺上奶油，並且將餐具擺設妥當。

我走到門邊就位。她駛進車庫裡，下了車，伸展一下身子，關上車庫的鐵門。她看起來很是疲倦，不過當然，她已經開了一整天的車。她穿著白長褲、紅毛衣與拖鞋，看到我時露出微笑。

「啊唷，是你啊！」她說。「你一個人在家啊？」

「是的。」我說。

「你在丹麥玩得開心嘛？」

「當然啦，超開心的。那妳呢，妳在索貝爾沃格過得還好嘛？」

「那當然啦，那邊挺好的。」

我趨身向前，給了她一個擁抱，跟著她走進廚房裡。

「你已經煮好晚餐啦！」她說。

我微笑。

「坐下吧。妳今天開車的路途很遠哪。我只是要去燒點茶水，畢竟我不知道妳確切幾點鐘到家。」

「的確，我本該先打個電話的。」她說。「不過，你現在說說看，丹麥好玩嘛？」

「超棒的。他們的足球場超級讚的。我們踢了幾場比賽。然後，最後一天晚上，我們到外面去找樂子。不過最有趣的還是班上的派對了。我們真的玩得超級嗨的。」

「你在那邊有遇見韓妮嘛？」她說。

「有啊，正是因為這樣，那邊才會這麼有趣。」

她微笑。我也面露微笑。

此時電話響起。我走進房間裡接電話。

「我是爸爸。」

「哈囉。」我說。

「你媽媽現在在那邊嗎？」

「是的。你想要跟她講兩句嘛？」

「不，我有啥好跟她講的？我們想問問，你星期一是否有意願過來我們這裡看看？算是慶祝新居入住的晚宴？」

「謝謝，我很樂意。是幾點鐘？」

「六點。英格威呢，他有沒有跟你聯繫？」

「沒有耶，我想他還在特隆姆島。」

「如果他跟你聯繫，你就跟他說，我們也很歡迎他過來。」

「我會轉達給他的。」

「很好。那就先這樣。再見。」

「再見。」

我掛斷電話。短短幾小時以前，他才將手搭在我的肩膀上——而此刻，他的聲音怎能變得如此冷漠？

我走進廚房。媽媽正站在那裡，將滾燙的水倒進茶壺。

「是爸爸啦。」我說。

「喔？」她說。

「他邀請我到他家吃晚餐。」

「聽來挺好的啊。」

我聳聳肩。

「今年夏天，他有跟妳聯繫嘛？」

「沒有。就只有他的律師跟我聯繫。」她說著，先將茶壺放到桌上，隨後才坐下。

「那律師說了啥？」

「是的，總之……我們在講如何在我們之間劃分這棟房子。我們意見不一致。不過，你不需要多想這件事情。」

「需要？如果我想要去想這件事，我就會去想的。」我說，一邊將鍋鏟插入煎鍋內，把幾片香腸、馬鈴薯、洋蔥弄進餐盤。

「我的意思是，你不需要選擇任何一邊。」她說。

「早在很多年以前，我就已經選邊站啦。」我說。「當我七歲的時候，我就選邊站啦。所以這不是什麼新鮮事了。或者說，這已經不是什麼問題了。」

我又起一根因熱氣而徹底蜷曲的香腸，塞到嘴邊一口咬下。

「不過，如果按照這樣的態勢看來，我們以後手頭能動用的錢會很少。也就是說，你會從你爸那邊收到贍養費。我已經想過，這些錢盡可能都讓你自己使用。但當我必須設法買斷他對這棟房子的權利時，我的經濟條件會變得很拮据。」

「那都沒有關係啊，那不過就只是錢嘛。人生當中重要的東西，並不是金錢哪。」

「這話說得可是千真萬確。」她露出一抹微笑說道。「能夠有這樣的態度，很好。」

艾維德和英格威在十點鐘左右到來。艾維德只是探頭進來說了一聲「哈囉」，隨後便開車離去。英格威則拖著行李箱、揹著旅行袋走到自己樓上的房間。我們住在這裡的三年來，他幾乎不使用這個房間。

「你明天該不會就要離開了吧？」當他下樓時，我說。

「沒有啊，是後天的飛機。或者應該說，飛機來來去去。我一直都在待命呵。」他說。

我們走進客廳。我坐在那張藤椅上。英格威則在媽媽身旁的沙發上就座。兩隻蝙蝠在窗外不穩定地來回飛動著，牠們不時消失在從溪流對岸的蛇形丘湧現的黑暗中，隨後飛向較明亮的天空。英格威從保溫壺裡倒了一點咖啡。

「啊哈，現在開簡報會的時候到囉。」他說。

在我們整段成長歷程之中，我們三個人經常一同坐著交談。我對此已然感到習慣；但自從爸爸不再跟我們同住一個屋簷下，我們可是第一次齊聚一堂，而這是一項巨大的差異。過往他隨時都可以走進來，我們必須突然注意起自己的一言一行——如今不用了，而這改變了一切。

那時候的我們也是無話不聊，但我們從來不談起爸爸——這是一條不曾明說的規矩。

我過去從未思考過這一點。

但我們就是不能聊到他，這是不可想像的。

為什麼？

這或許與忠誠度有關。或許是害怕被他聽到。但是一天當中發生了什麼事情，或者我感到多麼絕望，這都無足輕重——我從來不跟他們提這些東西。當我和英格威獨處時，嗯，我會聊到這些感受；然而當我們三個人聚在一起時，我就不提這些。

那就好比一道水閘門被打開。突然間，一切都在同一條溝渠上流動，流進同一道溪谷內。而這道溪谷很快就被填滿，再也容不下其他事物。

英格威率先聊到他的事情。很快地，我們就逐一檢視一樁接一樁的事件。英格威提到那次B-Max超市剛開門，爸爸塞給他一張購物清單與錢，派他去採買。爸爸嚴格規定，要將零錢帶回。而他也的確將零錢帶回來了，但金額和收據明細不一致，接著他就被爸爸拉進地下室痛揍了一頓。某一次，他的腳踏車爆胎，爸爸又暴打他一頓。我倒是不曾被痛揍，出於某種原因，爸爸對英格威比較凶狠。但我講到自己被他賞耳光的那幾次經驗。還有幾次，他將我鎖在地下室裡。這些往事的主旨都是一致的——某件芝麻綠豆大、雞毛蒜皮般的小事總是會點燃他的怒火。因此，從某層意義上來說，這變得挺搞笑的。不管怎麼說，當我們陳述起這些事情，我們都會笑出聲來。某次在公車上，我忘記將一雙手套帶下車，事後當他發現時，他狠狠地揍了我的臉。我撞翻門廳裡原已不穩的架子，他直直走上來，再狠狠地補上一拳。

這真是荒謬到了極點！我說，我始終對他感到恐懼。英格威說，爸爸仍然駕馭著他，以及他的思緒。

媽媽什麼話也沒說。她只是安坐在那裡聆聽，望向我，望向英格威。有時她彷彿並沒有望著我們。她已經聽過絕大多數這類的事蹟，但當這些事一件接一件被講述時，想必還是很駭人。

「他的內心有一團極其深沉的混亂。」她最後說道。「比我當時所理解的還要嚴重。我看到他很生氣。我沒有看到他動手揍你們。當我在場的時候，他可不曾這麼做過。而你們當時什麼也沒說。但我努力為了他的怒氣做一些補償，也給你們一些別的東西……」

「媽媽，沒事啦。我們還不都挺過來了。那是以前的事情了。現在不一樣了。」我說。

「我們總是經常交談，而他很會玩弄別人，他真的是這樣。他真的深諳此道。但是，他也有自知之明。他向我傳達了這一點。所以我……是的，我也總是從他的觀點來看事情，來看待這些發生過的事情。他說，他跟你們的關係很糟糕，而從中作梗的人是我。從各方面來說，也的確是這樣啊，你們總是會來找我。當他出現的時候，你們就跑掉了。我對此覺得良心不安。」她說。

「已經發生的就發生了，沒事的，但我到現在仍然無法釋懷的一點在於，你們還真的搬來這裡，而我不得不自食其力。當時，妳竟然無法幫助我。我那時十七歲，還在讀高中，一毛錢都沒有。」英格威說。

媽媽沉重地深吸一口氣。

「這我知道。我對他很忠誠。但在那個問題上，我不應該如此。我犯了錯。而且大錯特錯。」她說。

「好了啦，現在，這些都已經過去了。現在，這裡就只有我們啦。」我說。

媽媽點燃一根香菸。我望著英格威。

「那我們明天要幹麼？」

他聳聳肩。

「你想做些什麼？」

「也許去游泳？」

「我們要不要到市區瞧瞧？看看那幾家唱片行，順便喝杯咖啡？」

他轉向媽媽。

「我可以跟妳借車嘛？」

「是的，當然啦，沒問題。」

半小時後，媽媽上床就寢。我知道，她一心只想著我們剛才聊到的事情，而且躺在床上的她將會一直保持清醒，思索著這些事。我不願意她變成這樣，為這些舊事所折磨，她不應該受到這種待遇，但我對此又無能為力。

當我們聽到客廳另一端天花板上的嘎吱聲響時，英格威望向我。

「你想不想跟我到外面去，抽根菸啊？」

我點點頭。

我們安靜地走進門廳，穿上夾克與鞋子，偷偷地溜到離她臥房最遠的那堵三角牆邊。

「你到底打算什麼時候告訴她，你有在抽菸？」我說，望著打火機的火焰在他的臉孔前閃過，以及火焰熄滅時被點燃的燐光。

我聽見他將菸呵出的聲音。

「**你**幾時會告訴她？」

「我現在十六歲。我還不能抽菸。但是天殺的，你都已經二十歲了。」

「是是是，很好。」他說。

我內心感到一絲絲憎恨，走了一小段路，進入庭院裡。最遠端種植馬鈴薯的區域上有著一大叢白色花朵，散發出濃重的氣味。嗯，那花名是什麼？

天幕閃亮。溪流彼岸的那塊林地則陷入一片昏黑。

「你看過媽媽和爸爸擁抱彼此嗎？」英格威說。

我再度轉身面向他。

「沒有。就我所記得的，沒看過。你呢？」我說。

半明半暗之中，他在我面前點點頭。

「一次。那是在霍夫爾。因此當時的我應該有五歲。爸爸罵了媽媽一頓，她哭了起來。她就這樣站在廚房裡哭。他則走進客廳裡。隨後他走了回來，伸出雙手摟住她，安慰著她。也就只有那麼一次。」

我哭了起來。不過四下一片陰暗，而我沒發出任何哭聲，他因而沒有察覺到。

我們前往市區以前，我先去找媽媽。她在庭院裡走動，雙手戴著大型勞動手套，用一把小型園藝剪修裁著花床的邊沿。

「妳可以給我一點點錢嘛？我在丹麥把所有的錢花光了。」我說。

「讓我來找找看。」她走進屋內，取來手提包。我跟在後面。

「五十克朗的紙鈔一張，夠用嘛？」她從皮夾裡抽出一張綠色紙鈔。

「妳有一百克朗嗎？我是打算買一張唱片，或者兩張。」

她點算著銅板。

「九十。就只有這麼多了，很抱歉。」

「這樣應該夠用囉。」我接著朝停在礫石路面上的汽車走去，引擎已經發動，我坐到正在戴上雷朋墨鏡的英格威身旁。

「等到我有錢了，我就要買這種的。」我指指他的墨鏡。

他開車上路。

「等你弄到自己的第一筆學貸以後，再去買吧。」他說。

「那還要等上**兩年**啊。」

「那麼，你總得開始工作。到波恩鑲木地板工廠疊木條，還是隨便什麼都行。」

「我有想過開始撰寫一些唱片樂評、採訪樂團，之類的。」

「你啊，嗯哼。」他說。「聽來是個好主意。那你要在哪裡寫？」

「《新南國》。」

我們沿著闊葉木下方的狹窄道路行駛，開過那排漆成白色的舊房子，溪流始終位於我們下方，晶亮生光。當我們開到瀑布邊，我看到岩壁上的幾條人影時，我轉身面向他。

「不管怎樣，我們之後要不要去游泳啊？這兩件事情，我們都來得及啊。」我說。

「應該行吧，那就去漢瑪爾灘，怎麼樣？」他說。

「好的。」

「那邊買得到冰淇淋嘛？」

「當然買得到。他們甚至很有可能賣霜淇淋。」

我將英格威帶到那家名叫「交易所」、位於城市舊股票交易中心建築內的唱片行。這當中不乏見機行事的意圖——畢竟我對這家店裡的東西瞭若指掌，知道哪些才是關鍵。

他拿起一張唱片，在我面前晃晃。

「這一張你有嗎？」

「沒有啊？那是什麼？」

「教堂樂團。《模糊的十字軍》。這一張，你非**得**有不可。」

「好啊，那我就買它。」

我還有餘裕，買得起一張優惠價格的唱片，我購入臉部特寫的《77》。英格威則打算等收到自己的學貸再買唱片。

我們在圖書館外的咖啡館就座，抽著菸，喝起咖啡。我暗自希望會有我認識的人路過——一方面是想讓英格威看看，我在這裡還是有朋友的；另一方面，我想讓我認識的人看見我和英格威一同行動。

但是今天剛好沒有熟人在市區。

「媽媽去年聖誕節的那幾張唱片，是在哪一家店裡買的啊？你記得嗎？」英格威說。

聖誕節時，英格威從媽媽手上收到代名詞合唱團的第一張唱片，我則收到變色龍樂團的《橋的劇本》。我以前從沒聽說過變色龍樂團，不過他們真是棒極了。我們真不懂，她怎麼能夠找到它們。在這座城市裡，除了我和英格威以外，沒有其他人更精通這個領域啦。「嗯。」她說，她走進一家唱片行，先是**描述**了英格威，然後描述我，隨後店員就取來那兩張唱片。

我問她，那是哪一家唱片行。她告訴我答案。聖誕節假期與跨年夜之間的日子裡，我前往那家店。哈拉德·亨佩爾站在櫃檯後面。此時我恍然大悟。他和百合與小白臉樂團一同演奏，那些不被他認定為優質的音樂，就是一文不名的。

「它在皇后街上。」我說。「我們是否應該去那裡看看？」

「去逛個一小圈吧？」他說。

當我們駛過最後一家唱片行時，我指了指那棟下一個街區的房屋。

「《新南國》，我剛才提到的那家報社，就在那裡。」我說。

當我們駛過報社前面時，英格威迅速地瞄了一眼。

「並不大。」他說。

「的確，作為地方報社，它只是第二大。大概就像《愛蘭達爾時代》那樣。」

現在爸爸就住在易北街。我望向街道兩側，想瞧瞧能否望見他的身影，不過我沒看見他。

「怎麼做才算最妥當，你覺得呢？」我說。「寫一封申請函，還是登門拜訪，直接跟他們談呢？」

「直接到那裡去。」

「那好，我就這麼辦。」

「對了，你有沒有聽說頭腦簡單樂團要來演出？在德拉曼體育館？」

「不會吧！」

「就是這樣。離現在還有一段時日，但是門票很早就會開售了。你真得去聽聽才行。」

「我要去。那你呢？」

「太遠也太貴了。不過對你來說，只需要搭一趟火車就到了。」

「我會去聽的。」我說，向後靠在椅背上。過去，這一帶必然經歷過沒有任何道路、任何營建的歲月——在我們行駛的途中，我努力設想著，這會是什麼樣的情景。未經人為開發的海灣與湖泊。廣袤，或許還無法穿越的森林地區。漢瑪爾灘的沙灘，只不過是沿著溪邊與海灣分布的一條狹長沙地罷了。沒有露營用的房車。沒有帳篷、沒有小屋、沒有雜貨店、杳無人跡。沒有超市、加油站，沒有房舍、禮拜堂，啥都沒有。就只有森林、山岳、沙灘與海洋。

這真是無法想像。

「我們還是先別去漢瑪爾灘啦，你不這麼覺得嗎？再說，媽媽想必很快就會煮好飯了。」英格威說。

「那就這樣辦吧。不管怎樣，我想要回家聽教堂樂團的歌。」我說。

當親人離去時，像媽媽這樣的人總是會很難過。我則不曾感到難過，但如果離去的人是英格威，就不一樣了。或者應該說，我沒有變得沮喪，我內心並未騰起劇烈的情感。那更像是某種陰鬱。因此，當媽媽開車將他載到謝維克的時候，我沒有跟去。我反而騎腳踏車到了楊．維達爾的家，隨後一同到溪邊，游泳一個小時。我們在上方的溪水中走動，然後往下方，游過那片平緩、長滿藻類而溼滑的岩石，再進入下緣那勢不可擋的水流區——我們只能隨波逐流，也許划水一、兩下，緩慢地朝溪岸邊移動。

之後，我們伸直了雙臂，躺在石板上，舒服地晒著太陽。我們的慢跑鞋放在旁邊的石丘上。楊．維達爾的慢跑鞋裡還收著他摺疊起來的眼鏡。

那天，梅瑟和格恩就在那裡。她們躺在瀑布中央處那片裸裎的岩石上，兩人身著比基尼。她們在那裡，使我們興奮不已，我們的心臟劇烈且急速搏動著，即便我們動也不動地躺著。我們被影響的模樣顯得很不自然——至少我是這麼感覺的。

梅瑟身著紅色比基尼。

她小我們兩歲，仍然在讀八年級，即將進入九年級。不過那又有什麼區別呢？

我是不能跟她在一起，但我的身體豈會在乎這點？

噢，躺在那裡，就這樣瞪大眼睛望著她，還真是累人。看著她的大腿觸壓向岩壁，張得愈來愈開，看著她雙腿間那一小片區域，那緊緊包覆住她身軀的紅色衣料。喔，對了，還有她的胸部。

當我們站起身時，我指望她們會看見我們；也許她們正在想著我們正在想的事情。但是她們感到如此的無趣，她們是如此的世故，我們——楊．維達爾和卡爾．奧韋——對她們而言根本就不夠看。

我們爬到她們上方的瀑布，開始在溪澗中游泳，被下坡的水流一舉吸入，進入下緣那寬闊的溪面上。

她們連眼睛都不眨一下。

但我們對此習以為常。現在，我們已經以這樣的方式一連度過三個夏季。我內心感到刺痛。楊．維達爾想必也感到心痛。無論如何，他跟我一樣躺臥在山壁上，扭動著身子轉過身來。

我們已經無法再告訴彼此，我們的機會終將到來——因為我們已經不再相信這點。

在丹麥，他們為什麼將我的一切毀掉？

真是該死的賤招。他們從這當中的所獲根本少得可憐，就不過是多笑了那一聲——而他們所毀掉的東西，對我而言就是一切。

我將此事告訴楊．維達爾。

他笑了起來。

「你這是咎由自取。你怎麼能夠愚蠢到將這種事告訴比約恩和猶格？」

「一切都搞定了，真的就是一切！太完美了！然後就……就什麼都沒有了。」我說。

「她很正嘛？」

「是的，她很正。非常正。」

「比韓妮還要正？」

「不對，不對，這就跟梨子和蘋果一樣，這兩個不能相比較。」

「為啥不能比？」

「你不能拿韓妮和某個我一心就只想要幹的丹麥女生比較。這你總該懂吧？」

「那你想要把韓妮怎麼樣？」

「反正不是用這種方式聊起她就是了。」

他露出一抹微笑，閉上雙眼。

隔天下午，我前往爸爸的新家。我穿上白襯衫、黑棉褲，以及那雙白色的籃球鞋。當我只穿襯衫時，我總是覺得全身赤裸，這真是該死——為了使自己感覺不那麼赤裸，我取來西裝外套披在肩上，手指扣住鬆緊帶。畢竟天氣太熱，穿著它已經不合適。

我在隆德橋的橋頭下了公車，穿過那條夏季時分空無一人、仍然陷於昏睡、通往歸他所有的那棟房屋的街道。去年冬季，我以寄宿生的身分住在那裡。

當我到訪時，他正站在房屋的後緣，將燃料撒在烤肉架的木炭上。他打著赤膊，穿著一條藍色泳褲，腳上則套著破舊不堪、沒鞋帶的慢跑鞋。這種裝扮，可不符合他過去的作風。

「嗨。」他說。

「嗨。」我說。

「請坐。」

他朝著靠在屋牆邊的那張凳子點點頭。

廚房的窗戶敞開。玻璃器皿相觸的叮噹聲及汽鍋的爆裂聲，從廚房裡傳出。

「烏妮在裡面忙呢，她很快就來。」他說。

他的雙眼顯得迷濛。

他朝我走上幾步，取來桌上的打火機，對著煤塊點火。一小抹近乎透明，最底部呈藍色的火焰，在烤肉架升起。火看起來幾乎沒有接觸到煤塊，反而更像是在上方的空氣中飄動著。

「那麼，你有沒有跟英格威聯繫上啊？」

「有啊。他在前往卑爾根以前，順道來探望我一下。」我說。

「但總之他不到這裡來。」爸爸說。

「他說他很想要過來，看看你過得怎麼樣，但他實在趕不過來。」

爸爸凝視著那團已經開始變小的火焰。他轉過身，朝我走來，坐到旁邊那張露營椅上，變魔術般取出一只紅酒玻璃杯、一瓶酒。它們想必就放在近旁的地面上。

「我今天已經先小酌了一杯，好好地放輕鬆。現在可是夏天耶，不是嘛。」他說。

「是啊。」我說。

「你老母並不喜歡這樣。」

「這樣喔？」我說。

「噢不。不對，不對。」他說。「這樣並不妥當，這你理解吧。」

「不妥當。」我說。

「是的，是的。」他說著，將杯中物一飲而盡。

「然後古納來這裡刺探情報。」他繼續說道。「在那之後，他就直接去找你的祖父和祖母，描述他的所見。」

「他應該就只是想打聲招呼啊。」我說。

爸爸沒有答話，只是再度往杯子裡倒酒。

「烏妮，妳來不來啊？」他喊道。「我兒子來拜訪我捏？」

「是是，馬上就來。」屋內傳來話聲。

「不對，他就是來刺探情報的。」他重複道。「然後他就厚顏無恥，去拍你祖父母的馬屁咯。」

他握著玻璃杯，睜大眼凝視著前方。

他轉過頭，面向我。

「你要不要來點喝的？一罐汽水，還是別的什麼東西？我想冰箱裡有汽水。你可以進去找烏妮，問她一下。」

我站起身來，對於有機會從那裡脫身感到慶幸。

古納是個很有常識，相當體面的人——各方面來說，他的處事有條不紊，相當幹練。他始終如此，沒有人質疑過。所以爸爸此刻突然開始攻訐他，這又是怎麼回事呢？

經歷了後院的強光，我剛進入廚房時幾乎看不清楚自己的手。當我走進來時，烏妮將洗碗刷放到一邊，走上前來，抱了我一下。

「很高興見到你唷，卡爾．奧韋。」她微笑說道。

我也給她一個微笑。她是個相當溫和的人。我見到她的那幾次，她相當開心，近於興奮莫名。而她也以對待成年人的方式對待我。帶著那麼一點希望與我親近的意味；我喜歡這一點，卻也並不喜歡這一點。

「我也很高興見到妳。爸爸說，冰箱有汽水，還是之類的。」

我打開冰箱取出那瓶可樂。烏妮把一只玻璃杯擦乾，遞給我。

「你的父親是個相當善良的人。不過，這一點你應該是知道的。」她說。

我只是笑而不答。當我確定自己的不答腔不會被對方理解為悍然拒絕時，我才再度走到戶外。

爸爸就像先前那樣坐在原地。

「你媽媽怎麼說？」他再度有點沒來由地說了一句。

「說啥？」我坐下來，扭開瓶蓋。我倒得太滿，導致我必須將杯子放到一邊，任由杯緣的泡沫溢出，灑落石磚上。

而他對此甚至渾然不覺！

「嗯，我是指關於離婚這件事。」他說。

「沒特別多說啥。」我說。

「我想必就是那頭大怪獸咯。」他說。「你們難道沒有聚在一起，大聊特聊這件事情？」

「沒有。真的沒有。我發誓，沒有。」

現場陷入一片死寂。

透過白色圍籬的上緣，可以瞄見在刺眼陽光下，散發出綠光的溪流，對岸房屋的屋頂。到處都是樹木。人們從來不對這些美好、翠綠的生態真正感興趣過，人們只是經過，察知它們的存在，卻不會（例如，像貓狗那樣）在心中留下印象。但實際上，如果我們仔細思考，它們的存在感更加宏偉也更勢不可擋。

烤肉架的火焰完全熄滅了。幾塊煤炭發出橘色微光，其中幾塊已經變成灰白色的小圓墊，另外幾塊仍像之前一樣黝黑。我思考著，自己是否有膽量點菸。我西裝外套內側的口袋裡裝了一包菸。當他們開派對的時候，抽根菸是沒問題。但這可不意謂著現在也沒問題。

爸爸喝著酒。他拍了拍自己太陽穴那濃密的毛髮，往杯中倒入更多酒——他這一輪只斟了半杯，因為酒瓶已然空空如也。他將瓶子擺放到自己面前，研究起標籤，隨後走進屋內。

我心想，我得盡己所能，對他和善些。不管他搞出什麼花招，我會扮演好兒子的角色。

就在我決定好的同一秒鐘，一陣微風從海面拂來。這兩個現象以某種詭異的方式在我內心合而為一，透露著某種清新，在整天的滯塞之後獲得了疏通。

他回來，將杯裡殘留的最後一點酒喝光，再從新取來的瓶中倒酒。

「卡爾．奧韋，我現在過得挺好的。」當他坐下時，他說。「我們在一起過得很快樂。」

「我想應該是的。」我說。

「是的。」他說道，對我的話充耳不聞。

爸爸烤了幾塊牛排，端進客廳裡。烏妮已將白色桌巾鋪好，還擺上簇新閃亮的餐盤與玻璃杯。我不知道，我們為什麼不坐在戶外，我懷疑這跟鄰居們有關係。爸爸從來不喜歡被外人看見；當他吃東西時（這對他來說是私密的），他更是不想被外人看到。

有那麼幾分鐘的光景，他不見蹤影。當他回來時，他穿著那件曾出現在派對上，有著飾邊的白襯衫及黑長褲。

我們還在戶外時，烏妮已經水煮過花椰菜，用烤箱烤好了馬鈴薯。爸爸將紅酒倒進我的玻璃杯。他說我可以搭配正餐喝上一杯酒，但不能再多了。

我誇讚了這一餐。當肉質如此鮮美時，燒烤的口味就真是棒極了。

「那就乾杯吧，為烏妮乾杯！」爸爸說。

我們舉起各自的酒杯，望著彼此。

「也為卡爾・奧韋乾杯。」她說。

「既然這樣的話，我們也大可以為我乾杯咯。」爸爸說，笑了起來。

我第一次感受到溫馨的氛圍。一股暖意在我的內心擴散。爸爸的雙眼突然閃動著一抹光芒。感到興奮的我可就吃得更快了。

「我們倆過得可溫馨囉。」爸爸說，並將手搭在烏妮的肩膀上。她笑了起來。

過去他可從來不會將「溫馨」這種字眼掛在嘴上。

我望著已經空了的玻璃杯，感到猶豫起來。我察覺到自己正在躊躇，便將那只小湯匙插進馬鈴薯裡，藉此遮掩動作，同時故作不經意，伸手去取那只葡萄酒瓶。

爸爸對此渾然不覺。我極其迅速地喝掉這杯酒，接著立刻再斟滿。他捲起一根菸。烏妮也捲起一根菸。兩人向後靠在椅背上。

「我們得再弄一瓶酒過來。」他說，走進廚房。當他回來時，他伸出手臂摟住她。

我走到自己的夾克前，取來口袋裡的香菸，再度坐下，點燃一根菸。

現在，爸爸對此依舊渾然不覺。

他再度起身朝廁所走去，步態不穩。烏妮向我微笑一下。

「今年秋季，我要教一年級某個班的挪威語，也許，我可以向你請益一下？這是我第一次帶班。」她說。

「那當然囉。」我說。

她微笑，直視我的雙眼。我低下頭，又喝了一大口酒。

「因為你想必對文學很感興趣啊，可不是嘛？」

「是啊，的確，這是我的其中一項嗜好。」我說。

「我也是啊。而當我在你這個年齡的時候，我讀過的書可從沒那麼多哪。」她說。

「是這樣喔。」我說。

「我可是在天地之間經歷了一番追尋哪。我想，這是某種事關生命與存在意義的尋覓。那種最劇烈的情感。」

「是的。」我說。

「看樣子，你們聊得非常投機唷。」爸爸在我背後說道。「這樣挺好的。卡爾．奧韋，你得好好地認識一下烏妮才行。她真是一個善良的人。她總是笑口常開。烏妮，可不是嘛？妳很常笑嘛？」

「哪有。」她說道，又笑了起來。

爸爸坐下，又喝起酒來。當他喝酒時，他的目光就像一頭畜牲般空洞無神。

他趨身湊向前。

「卡爾．奧韋，我從來就不是個好爸爸。我知道，你是這麼認為的。」

「沒有啊，我沒有這麼想啊。」

「現在，別再說這些蠢話了。我們不必再假裝了。你覺得我始終不曾是個好爸爸。這一點，你是對的。我犯過很多錯誤。但是你要知道，我始終盡力而為了。我真的盡力咯！」

我低下頭去。他用某種哀懇般的口吻，說出最後幾個字。

「卡爾・奧韋，當你出生的時候，你一條腿有缺陷。這你知道吧？」

「是的，大致上知道。」我說。

「那天，我跑到醫院去。我看到了你的腿有缺陷。因此你身上裹了石膏，你理解嘛，你那時候還那麼小，卻一直裹著石膏。當他們將石膏摘掉的時候，我就替你按摩。我一天按摩許多次，而且一連好幾個月。我們必須這麼做，你才能夠行走。卡爾・奧韋，我那時替你按摩哪。當時我們還住在奧斯陸，你知道的。」

淚水從他的雙頰滾落。我匆匆瞥了烏妮一眼。她望向他，緊緊握住他的手。

「而那時候我們也沒有錢，我們得去採收莓果。你還記得嘛，我不得不去捕魚，這樣經濟才運轉得下去。當你想著這一切到底是怎麼回事的時候，你必須也考慮到這一點才行。我已經盡力而為了，這點你可千萬要相信才行。」他說。

「我倒是不相信這一點。的確出了一堆事情，但並沒有那麼嚴重。」我說。

他迅速地抬起頭來。

「你**得**信！不准你講這種話！」他說。

他隨後望著那根夾在自己手指間的香菸，取來桌上的打火機點火，往後靠。

「不過聽清楚囉，我們現在不管怎樣過得可是挺溫馨的唷。」他說。

「是啊，這一餐可真是配得上一個大男人唷。」我說。

「你知道嗎，烏妮也有一個兒子，他幾乎跟你同年齡。」爸爸說。

「我們現在別說這個啦，卡爾．奧韋現在在這裡，他才是主角。」烏妮說。

「可是，卡爾．奧韋顯然會想要知道這些啊。他們幾乎可以成為親兄弟啊。他們可以變成親兄弟啊。卡爾．奧韋，你不也這麼覺得嗎？」爸爸說。

我點點頭。

「他可是個好孩子哦。我一星期前見過他。」他說。

我盡可能低調、謹慎地將自己的杯子斟滿酒。

此時，客廳的電話響起。爸爸走去接聽，身子幾乎失去平衡。

「哎唷喂！」他說。接著他對著電話的方向說：「是，是，少再囉嗦啦。」

他拾起話筒。

「嗨，雅恩。」他說。

他高聲說著話。如果我想要聽清楚每個字，這倒是沒問題。但我不願意聽清楚他說的每個字。

「最近這段時間以來，他生活的壓力很龐大。」烏妮低聲說。「他需要稍微宣洩一下。」

「可以理解。」我說。

「英格威不能過來，真的是很可惜。」她說。

英格威？

「他還得趕回卑爾根去啊。」我說。

「是的，我的朋友，這點你可以相信唷！」爸爸說道。

「這雅恩是誰？」我說。

「我的一個親戚。今年夏初，我們曾到他們家裡作客。他們人超級好的。你之後一定也能跟他們見到面的。」她說。

「是的。」我說。

爸爸走了回來，發現葡萄酒瓶幾乎全空了。

「我們要不要來點白蘭地啊，嗯?就當作配餐的飲料。」他說。

「你應該不喝白蘭地吧？」烏妮望著我說。

「不行，這小子不能喝蒸餾過的烈酒。」爸爸說。

「我喝過啊，今年夏天，在足球營隊裡喝過。」我說。

爸爸望著我。

「媽媽知道這件事嗎？」他說。

「媽媽？」烏妮說。

「你可以分到一杯，但除了這杯以外，你一滴都別想多喝。」爸爸說，直直地瞪著烏妮。「這樣總行了吧？」

「是的。」她說。

他取來那瓶白蘭地與玻璃杯，倒了酒，在那張很深的白沙發上坐定，一旁是面向道路的窗戶。此時薄暮就像一道面紗，覆蓋對面那排房屋正面。烏妮的一邊手臂放在他身上，一邊放上他的胸口。爸爸露出微笑。

「卡爾．奧韋，你看到我過得多麼愜意了嘛？」他說。

「是的。」我說道。當烈酒觸及舌尖時，我顫慄了一下，雙肩幾乎抖動起來。

「不過你可要搞清楚，她也是有脾氣的。妳總有點脾氣嘛？」他說。

「是吧。」她面露微笑。

「有那麼一次，她把鬧鐘砸向這面牆壁。」他說。

「我喜歡立刻宣洩出心中的不快。」烏妮說。

「這跟你媽媽可不那麼像。」他說。

「你難道非得一直聊起她不可嘛？」烏妮說。

「不，不，不，不是的。別那麼容易生氣嘛。我畢竟是跟她一起把他給帶大的。」他朝我的方向點點頭。「他是我兒子，我們也得要能夠跟彼此交談哪。」

「那行啊，你們就繼續聊吧。我要去睡覺啦。」烏妮說。

她站起身來。

「喂，烏妮……」爸爸說。

她走進另一個房間裡。他起身，緩步跟在後面，完全不看我一眼。

我聽見他們從房間裡傳來低沉而充滿怒意的話聲。我將自己杯中的白蘭地一飲而盡，再斟上更多酒，並極其謹慎地確保自己將酒瓶放在相同的位置。

天啊。

他大吼著。

約莫一分鐘以後，他出來了。

「你剛剛才說過，末班車是幾點鐘？」他說。

「十一點十分。」我說。

「那不就快了嘛？」他說。「你現在最好還是先出發吧。這樣你才不會錯過公車。」

「那好吧。」我站起身，不得不將雙腿岔開一小段距離，避免跌倒。我露出微笑。

「今天真是謝謝您招待。」我說。

「我們保持聯繫。」他說。「即使我們不住在同一個屋簷下了，我們之間的關係也是不會變質的。這很重要。」

「是的。」我說。

「這你理解嘛？」

「是的，我們要保持聯繫。這點很重要。」我說。

「你可千萬別口惠而實不至呵。」他說。

「不會的，不會的。現在你們已經離婚了，這就很重要了。」我說。

「是的，我會打電話過去。以後如果你在市區，可以順道過來看看。可以嗎？」他說。

「是的。」我說。

當我穿鞋的時候，我差點摔倒，不得不扶住牆壁。繼續坐在沙發上喝酒的爸爸，對此照樣渾然不覺。

「那就再會囉，多多保重。」我打開了門。

「再會，你也多保重。」爸爸在屋內說。隨後我便踏入黑暗的戶外，朝公車站走去。

我等了大約十五分鐘，公車才開過來。我坐在一道臺階上，一邊抽菸，一邊凝望著天幕的繁星，同時想著韓妮。

她的面孔浮現在我眼前。

她笑顏逐開，雙眼閃閃發亮。

我能在內心聽見她的笑聲。

她幾乎總是笑個不停。而當她沒在笑的時候，她的話聲又總充斥著笑意。

當某件極其荒謬或詭異的事情發生時，她常會說「**太妙了**」。

我想著她變得嚴肅時的表情。此時的她就彷彿待在我所屬的主場，我感覺自己就像籠罩住她的一大團黑雲，而且還遠不止於此。不過這只適用於她嚴肅的時候。其他情況，她從未如此表現過。

當我跟韓妮在一起的時候，我也幾乎總是笑個沒完。

她那小巧的鼻子！

與其說是個女人，她更像個小女生——就好比更像個小男生，而非男人的我。我總會說，她就像一隻貓。這可是真的，她身上存在某種酷似貓咪的特質，這體現在她的動作上——但這也體現在某種柔軟度上，某種使人想要緊緊抱住、依偎的柔軟。

我抽著菸，仰望著天上的繁星，彷彿聽見她的笑聲。隨後公車那滯悶的轟鳴聲，從一排排房屋之間鑽了出來，我將菸蒂扔到街上，起身數了數口袋裡的硬幣，在上車時遞給駕駛員。

噢，晚間公車上那昏暗的光線，那受到抑制的聲音。屈指可數的幾名乘客，全都龜縮在自己的世界裡。從黑暗的戶外滑過的地貌與景觀。那轟鳴的引擎。當你呆坐在那裡，想著據你所知道最美妙的那些事物、你至親至愛的人，只想留在那裡，彷彿置身於這個世界之外，從一個地方往另一個地方行進——直到此時，你才真正親身參與這個世界，不就是這樣嗎？直到此時，你才真正體驗到了這個世界？

噢，這首歌講述那名愛上妙齡女生的年輕男子。他是否有權使用「愛」這個單詞？他對人生一無所知，他對她一無所知，他甚至毫無自知之明可言。他唯一知道的是，過去，他不曾如此清晰、劇烈地體驗過任何情感。一切都令人心痛，但再沒有比這更美好的了。噢，這首歌講述一名十六歲的少年，他坐在公車上，一心只想著作為真命天女的她，而不知道這些情感將會緩慢地、緩慢地愈來愈滯悶與微弱，亦不知道此刻如此宏大、壯麗的生命，將極其殘忍、無情地變得愈發渺小，直到生命變成一個可堪操作的單位——日子不那麼讓人心痛，卻也已無任何美好之處。

只有一名四十歲的男子，才能夠寫出這些東西。現在的我四十歲，相當於我父親當時的年齡，我待在自己家裡、位於馬爾摩的公寓內，我的家人睡在我周邊的各個房間裡。琳達與萬妮婭睡在我們的臥房裡。海蒂與約翰睡在孩子們專屬的房間裡。他們的外婆英格麗則睡在客廳裡的一張床上。這天是二〇〇九年十一月二十五日。八〇年代與此刻之間的距離，就像當時與五〇年代的間距那樣遙遠。但這段往事裡的幾乎所有人，也都還活在某個地方。韓妮還在某個地方。楊・維達爾還在某處。猶格也還在。我的媽媽，以及我哥哥英格威——我在兩小時前還跟他講電話，我們計畫夏天到科西嘉島旅遊，他會帶著他的子女，琳達和我則會帶上我們的子女——他們也都還在。但是我爸爸死了。我祖母死了。我的祖父死了。

在我爸死後留下的遺物中，包括三本筆記簿與一本日記。三年的時光中，他記錄下自己每天見到的所有人、他撥打過所有電話的對象，他們彼此上床的一切軌跡，以及他是如何頻繁地酗酒。有時他會針對某事簡短描述一句，通常他不會多加敘述。

常出現的一條是「K・O來拜訪」。

這是指我。

有時，他會在我到訪以後寫上「K・O很高興」。

有時他會寫上「聊得很愉快」。

有時則是「氣氛不好不壞」。

有時則是啥都沒寫。

我理解他在一天的進程中逐一記下與他見面交談過的人士，我理解他記錄所有的爭吵及所有的和解，但是我不理解，他為什麼要記錄自己喝了多少酒。他簡直在親手記錄自己毀滅的軌跡與進程。

長假結束以後，我再度回到學校。此時一切就像重新開始——一切看起來就像我一年前剛就讀高中那樣。全新的班級，師生之間彼此並不相識。唯一的差異在於，高一班上有二十六個女生，高二這個班只剩二十四個女生。

我仍坐在相同的位置上。從講桌望去，我坐在左方角落的最後。我的行為舉止也跟以前相同：在課堂上伸展身子、討論老師們所說的話、經常在牽涉到政治或宗教的問題上頂撞其他學生。課間休息時段，班上所有人消失無蹤，加入他們所隸屬的小派系，或者和他們已經認識的朋友們一起混。我則幾乎將自己殘留的精力與心智全用於避免落單、孑然一身待在某處所意謂的羞辱感。

我會到樓上的圖書館閱讀，比如說當年二十歲的作者耶里克·佛斯訥斯·漢森所撰寫的《望鷹塔》。我想，再過四年我就滿二十歲了，那時我的名字是否能登上某本書的封面吶？我躲在教室假裝正在寫作業。我走到學校上方的加油站，買點什麼東西——我最常買的是一份《奧斯陸時報》(因為我畢竟不能和其他人一起讀報)，這也讓我在冗長無盡的午餐時間有充分理由獨自待在食堂裡。又或者，我會假裝正在找人，在樓上、樓下到處往返，穿過一條條長廊，有時走到吉姆勒體育館，或者到商學院，始終在追索著某個虛構、讓我朝四面八方不斷搜尋的人物。但我最常做的還是站在學校的入口外抽菸——原因當然就在於，這個動作給我一個空間，讓我有理由站著，而要是有人有什麼疑問，同時還有其他人——也就是我的「朋友們」——在旁邊吶。

對於被視為沒有朋友的人，這股恐懼可不是毫無依據的。某天，布告欄上出現了紙條。一名剛搬到這座城市，在學校裡還不認識任何人的學生想要交個朋友，假如有人想認識他，隔天中午十二點，可以在旗竿旁邊跟他見面。

時間到了，那根旗桿旁邊擠滿了一群黑壓壓身影的學生。大夥兒都想瞧瞧，是哪一類的人沒有朋友——結果，這個人最後當然沒有現身。

這只是一場玩笑嘛？或者說，當這個沒有朋友的人看到人潮時，他是否感到一陣心寒？

無論這人是誰，我真感到與他內心相同的苦痛。

某一天，我走到《新南國》報社，要求與負責音樂圈時事動態的專員聊聊。他們帶我進入一個房間裡，施泰納．文斯蘭就坐在那裡。他相當年輕，那未經梳理的暗色頭髮在兩側、脖子上被剪得相當短（還挺像頭腦簡單樂團的貝斯手），下頷留有鬍渣，眼神閃閃發亮。我告知了我的姓名，我此行的來意。

「沒有，我們這裡沒有專職的唱片樂評寫手。」他說。「通常是由我自己撰寫這些評論，但我現在可真是忙得要死，如果能讓別人接管，應該滿好的。」

他仔細打量著我。

我已根據報社這個場合，精心打理過穿著。我穿著繡有西洋棋棋盤方格圖案的襯衫（酷似The Edge穿過的那件方格衫），打著鉚釘腰帶，下身是黑色長褲。

「那你又喜歡什麼呢？」

我說了自己的喜好。他點點頭。

「我們來測試一下。喏。」他從唱片中撈出幾張——被他這麼一攪，它們散落在書桌上。「你把這幾張帶回家，寫一點相關的文章。如果文章夠好，你就是我們新任的唱片樂評。」

那一整個週末，我振筆疾書，不斷趕稿。星期一放學後，我走到報社，將六頁手寫的稿紙親自交給他。他站在辦公室裡將文章讀完，速度快得使人不安。隨後他望著我。

「現在我望著的，就是我們新聘的唱片樂評寫手。」他說。

「你喜歡這些嗎？」

「寫得很好。你能給我幾分鐘嗎？」

「當然。」

「我會先給你拍幾張照片，然後小小調整一下。我會向你提出一些問題。你就讀天主教高中，對不對？」

我點點頭。他拿起一部桌上的相機，舉到眼睛高度，然後對準我。

「到那邊坐著。」他朝角落指了指。

當我聽見攝影機的喀擦聲時，我的脊背感到一陣震顫。

「這裡。拿著這幾張唱片，舉高，伸向我。」他說。

他遞給我三張黑膠唱片。我舉起唱片，同時盡可能以嚴肅的眼神望著攝影機。

「你說過你喜歡U2樂團，還有別的嗎？」他說。

「大鄉野合唱團。頭腦簡單樂團。大衛．鮑伊。當然還有伊基。臉部特寫。R.E.M.。《慢性小鎮》，你聽過嗎？棒到掉渣。殺千刀有夠猛的。」

「有啊，的確聽過。」他說。「在這方面，你有沒有什麼傾向或偏好的節目？」

我感到雙頰變得暖熱。

「沒有——耶。」我說。

「關於音樂，有沒有什麼東西讓你熱血沸騰？市區一帶的音樂會？廣播電臺、電視上的音樂節目？你對此有沒有什麼見解？」

「嗯，這個嘛，沒有，只有一個廣播節目有在播像樣的音樂，電視上則是啥都沒有，這還挺糟的。」

「很好！」他說。「你仍然是十六歲？」

「是的。」

「這樣就足夠了。我們明天開始準備。然後，你從下星期起開始上班。這樣可以嘛？」

「很好。」

「你就在……是的，星期四，到這裡來。屆時我們會討論所有細節，還有技術性的問題。」

他和我握了手。

「還有，你聽著。」當我正待離去時，他說。

「是的？」我說。

「你的東西不能手寫。絕對不能這樣搞。如果你沒有打字機，那你得去弄一臺來。」

「是的，好的，太謝謝你了。」

很快地，我就站在戶外的街道上。

這簡直美好到不像是真實的。我成為一家報社的**全職**唱片樂評囉！而我才十六歲！

我點燃一根香菸，開始走動起來。乾枯的瀝青路面，某幾處因廢氣而變得陰暗的窗戶，大量的車輛，都使我想起我置身於一座大都市裡。我成了一名音樂界記者，正式踏上倫敦的街道。直接自編輯部那緊繃的氛圍裡走出。

施泰納．文斯蘭的作風，完全符合我想像中的新聞記者——快得不得了。一切進展得很迅速。畢竟他們必須嚴守時限，他們就是得全速趕稿才行。

而他對音樂也極其敏銳。他恐怕認識哈拉德．亨佩爾。他也許認識奧斯陸的幾個樂團。

現在我可以見到他們囉！

以前，我甚至還沒想到這一點。不過現在我可是音樂界的記者囉。現在，當各個樂團來到城裡時，我就可以跟著他們囉。

沒問題的！

皇后街與易北街交會的十字路口，就位於我前方十五公尺處。由於我現在離爸爸、祖父或祖母的住處不遠，我本應到他們家探望一下才是。

但有一個問題，我身上只剩下七克朗，而學校配發的公車卡在五點之後就不適用了。

不過，我總能借點不夠的錢吧。畢竟我現在已有工作，擁有一切。

我在閃著紅燈的交通號誌旁停下腳步，按下藍色小盒子的按鈕，閉上雙眼，體驗著身為一個站在此地的盲人，究竟是何種感受。

最重要的，也許是拜訪祖父和祖母吧？自從爸爸從家裡搬出去，我再沒去過他們家裡。現在爸爸已經離婚，他們也許有點害怕失去與我的聯繫——他們或許會擔憂，我只跟媽媽相處。

週四和施泰納開完會之後，我可以再去拜訪爸爸。

施泰納！

就在這時，一陣喀喀喀的聲音響起。那是針對盲人的信號聲。我睜開雙眼，穿過馬路，經過那棟猶如穀倉、大賣場所在地的大建築物，踏上隆德橋。上了橋面，海水的氣味總是變得更濃烈，那裡的光線也比較刺眼，這想必是由於面朝遠方、如鏡影一般的海面所導致的。

我望見外海的一、兩片船帆。一艘帆船正在駛向海岸。我停下腳步，握住橋面的欄杆，向外伸展身子。橋墩周邊的海水一片綠色。

爸爸曾經在這裡跌到水中。大致上，這是唯一他會提到，與他童年有關的往事。他也曾說，他被祖父痛揍一頓後，接下來數小時躺臥在階梯下。

我不知道這是不是真的。爸爸亦曾說過，他在斯塔特踢過球，一度是前途無量的足球員，事實證明這是個漫天大謊。另一次，他說披頭四所做的一切就是剽竊，他們盜用了一名沒沒無聞德國作曲家的歌曲，而當十二歲且極其喜愛披頭四的我問起他怎麼知道這回事時，他則說，他年輕時彈奏過鋼琴，某天他彈奏這位德國作曲家的曲子（而他竟想不起作曲家的名字），發現那些旋律就跟披頭四的歌曲如出一轍。他仍將這些曲譜保存在家裡。而我當然相信他囉，這些話可是爸爸說的吶。下一次我們在那邊的時候，我問他：「你難道就不能去拿那些樂譜，用鋼琴彈奏這些歌曲嗎？」「不行，它們全被塞在閣樓上，那太費時間了。」這時候我理解了！他撒謊！爸爸撒謊！

這項認知挽救了披頭四的顏面，因此成為一種解脫，而非負擔。

我繼續往前，抄捷徑朝右上方走，踏上庫爾島路，繼續走上那道平緩的斜坡——我從那裡望見了大海，海水如此空闊、湛藍，向外展延。

但他為什麼說，我們非常窮困呢？

這到底有什麼關係？

我自顧自地搖著頭，經過一座被鐵絲網圍住的庭院，院裡長著三棵結滿暗紅果實的蘋果樹。在旁邊的私人車道上，一輛藍色的休旅車於日照下晶亮生光。

我按下門鈴時，祖母從窗邊探頭向外望。她從窗邊消失。一分鐘後，她就來為我開門。

「哦唷，原來是你在外面喔。」她說。「進來吧！」

我趨身向前擁抱她。她的身子有點僵硬。我心想，現在的我恐怕已經長大了，不太適合這種動作了。我挺直了背。

她身上散發出與往常相同的氣味。當我聞到這股氣味時，整段童年的歷程彷彿就在我的內心深處敞開。我們要去找祖母咯！祖母來囉！祖母在這裡咯！

「你耳朵上掛的是什麼東西？」她說。

哎呀，我居然忘了！

前兩次我來拜訪他們時，我都記得先將耳朵上的十字架掛飾摘掉。但今天竟然忘記了。

「就只是一個十字架嘛。」我說。

「是啊，這可真是全新的時代。」她說。「耳朵上掛著珠飾的小男生！但是現況應該就是這樣啦，這我可以想像。」

「是啊。」我說。

她轉過身去。我跟在她的後方走上樓。祖父就坐在他平日一貫的座位上——廚房裡那張椅子上。

「喔唷，原來是你唷。」他說。

我總是相當喜愛那張時鐘下方的藍色高腳凳。桌面上，那只咖啡壺也一如往常地擺放在網格襯墊上。

「你已經戴起耳墜啦？」他說。

「是啊，現在人們認為這樣很『強悍』哪。」祖母說。她露出一抹微笑，搖搖頭。她走上前來，用手拂過我的頭髮。

「我今天得到了一份工作。」我說。

「真的唷？」祖母說。

我點點頭。

「是在那家名叫《新南國》的報社。擔任樂評寫手。」

「所以，你懂一點音樂咯？」祖父說。

「一點點。」我說。

「時間過得可真快。」隨後，他說。「你已經長大咯。」

「他現在讀高中，是高中生囉！他鐵定已經擁有一切，還有個女朋友咯，你不這麼覺得嘛？」祖母說。

她對我眨眨眼。

「沒有耶，很遺憾，還沒有。」我說。

「時機總會成熟的，像你這麼惹人喜歡的小男生，沒問題的。」她說。

「只要你把那個十字架摘掉，妞兒們就會追著你跑。」祖父說。

「你難道不覺得，她們就是想要這個十字架？」祖母說。

祖父沒有答腔，只是再度將我到來時，放在桌面上的報紙拿起，舉到眼前。他可以一連花上幾小時讀報。他什麼都看，連最微小的廣告都不放過。

「不過你總還沒開始抽菸吧。」她說。

「嗯，我其實抽過菸了。」我說。

她望著我。

「真的？」

「我沒有抽很多菸。但我試過了。」

「你還沒有把菸吸入肺部吧？」

「沒有。」

「你理解嗎，你可別把菸吸進肺部呵。」

她望向祖父。

「哈囉，祖父！你是否還記得，是誰讓**我們**開始抽菸的？」

他沒有答腔。她舔了舔捲菸紙那薄薄的貼條，再捲成圓柱狀。

「是你爸爸啦。」她說。

「爸爸？」

「是啊，我們那時都在小屋裡。他隨身帶著香菸。他就說，我們得嘗嘗看這個。我們就嘗試了。不就是這樣嗎，祖父？」

這一次，祖父依舊沒有回答她——她對著我眨眨眼。

「我其實覺得啊，他已經開始老年癡呆咯。」她說著，將香菸塞進雙脣之間點燃，一抹雲氣般的煙霧，隨即從她嘴裡送出。

的確，她沒把菸吸進肺部。過去我從沒想到過這一點。

她望著我。

「你肚子餓嘛？我們不久前吃過東西，但如果你想要吃點什麼，我可以幫你加熱一下？」

「那就太好了，我肚子其實很餓。」我說。

她將香菸放到菸灰缸邊緣，站起身來，穿著拖鞋，拖著搖晃不穩的腳步走到冰箱前。她穿著垂落到小腿肚約一半高度的藍色紋路洋裝。她小腿上那雙褲襪，使肌膚浮現出某種淺褐的光澤。

「如果東西放在冰箱裡，那我就不要再麻煩妳了。」我說。

「我很樂意處理這個。」她說。

她開始在那裡忙碌起來。我望向祖父。他對政治與足球很感興趣。我也對這些感興趣。

「你覺得誰會勝選啊？」我說。

「嗯？」他放下報紙。

「你覺得誰會勝選？」

「你聽著啊，這種事情可真不好說哪。但現在，我希望維洛克能贏。這個國家承受不了更多的社會主義啦，這一點是確定的。」

「我希望科萬摩會贏。」我說。

他瞥了我一眼。那是嚴肅、苛刻的一瞥。不是的，不是的，他可不是這個意思——下一秒鐘，他臉上就浮出微笑。

「在這一點上，你跟你母親可真像。」他說。

「是啊，我不希望人們的生活被金錢所駕馭。我不希望我們都只會各掃門前雪。」我說。

「如果我們不忙於處理自己的事情，那我們是要忙著做啥？」他說。

「照顧那些受苦難的人們哪。窮人。難民們。」

「但是他們憑什麼到這裡來，受我們供養？你得跟我解釋清楚這一點。」

「你別聽他的。」祖母對我說道，並將一只炒鍋放在電爐上。「他只是想要惹毛你。」

「可是，我們總得幫助那些過得比我們差的人們吧？」我說。

「是啊，不過我們首先得幫助自己。然後我們才能幫助他們。但是他們所想要的，就是住在這裡。他們不是要獲得什麼幫助。我們辛勤勞動，才能在這裡過上好日子，而現在他們就想要直接收割一切。一點努力也不肯付出。既然如此，我們憑什麼要幫助他們？」他說。

祖母再度坐回自己那張椅子上。

「你可知道，當實驗室助理來到迷宮前面的時候[8]，他做了什麼？」她說。

「不知道。」即使我非常清楚，我還是這樣說。

「他在它旁邊繞來繞去！」她說道，而且笑到岔氣。

祖父再度舉起手中的報紙。

廚房裡陷入一片寂靜。炒鍋摩擦著電爐表面，發出嘎吱嘎吱的聲音。祖母再度點燃香菸，交叉著雙臂，自顧自低聲吹起口哨，哼唱起來。

祖父翻閱著報紙。

我已經用光自己所有的話題。我成了樂評寫手——我們花在這個話題上的時間，竟還略少於我的預估。

我敢從夾克口袋裡取來那些香菸嗎？

十字架和香菸——兩者同時出現，恐怕也太超過了。

爸爸的形影浮現在我面前。原因或許就在於，香菸讓我想到了他。有那麼兩次，我當著他的面抽菸，而他不置一詞。

如果這對他來說沒有任何問題，這對他們來說鐵定也沒問題囉？

我掏出菸盒。

祖母望著我。

「你自己有帶菸來？」她說。

我點點頭。我不想用她的打火機。這有些太私密或太過於冒犯了。因此我伸手進口袋裡，取來自己的打火機，點起了菸。

「一兩天前，我到爸爸的家裡探望他。其實他現在已經安頓下來了。」我說。

「是啊，他昨天到這裡來呢。」祖母說。

「就算我們已經不住在同一個屋簷下了，我們還是努力保持同樣良好的聯繫。我似乎覺得，他在今年夏天承受了很多壓力。包括離婚，還有其他之類的。」我說

「你這麼覺得？」祖母呼出一口菸，同時望著我。

「是啊，他們結婚在一起也很久了。突然間就這樣離婚，恐怕並不輕鬆。」我說。

「我可以保證，這絕不輕鬆。」祖母說。

「我也會盡我的能力與你們保持聯繫的，比方說，我放學後很方便過來這邊探望你們。而現在，當我有了工作和其他的一切以後，我有時可以過來這邊吃晚餐。」我說。

祖母對我露出微笑。隨後她轉過身，朝冒出幾縷蒸氣、響著氣泡般咕嘟咕嘟聲的炒鍋瞥了一眼。她

8　挪威語的「實驗室助理」（laborant）外觀與結構酷似「迷宮」（labyrint）一詞。

將鍋子拉到一邊去，取來餐盤和刀叉，擺放在我面前。

我將那根抽到一半的菸摁熄在菸灰缸上。她舉起炒鍋，拎著其中一只提耳，將勺子插進鍋內，撈起三塊牛排、兩顆馬鈴薯與一些洋蔥，盛進餐盤裡。

「我的做法比較簡便，直接將馬鈴薯摻醬料一起加熱。」她說。

「看起來超好吃的。」我說。

當我用餐時，周邊沒人交談。我很快就吃完了。

「非常感謝您招待這一餐！」用完餐的我這麼說道，並將叉子和餐刀放進餐盤。「超級可口的！」

「很好。」祖母起身，將餐盤收走，走到水槽邊稍微沖了一下，打開洗碗機，拉出附有幾乎如魚刺般伸展著、細小塑膠鉤座的小型餐具架，將餐盤放進去，關上封蓋。

牆上的鐘指著五點〇二分。

假如我想要借錢，我可不能擺出經過策畫，甚至精打細算過的姿態。要是那樣，我本來完全可以提前離開，趕上公車，使用學校的公車卡。我必須擺出突然間需要借錢的樣子。

但是，目前還並不真正需要這樣做。

我是否能再多抽一根香菸？

直覺告訴我，這將是個錯誤。這太過分了。

「你啊，報紙上到底是寫了什麼東西，這麼有趣？我今天上午才讀過報紙，老天爺，報上什麼東西都沒有。」祖母說。

「我在閱讀訃聞哪。」祖父說。

「現在連這個都變得這麼有趣啦。」祖母說著，瞥了我一眼，同時笑出聲來。「訃聞！」

我笑了。

「你們見過爸爸的新女友沒有？」我問道。

「烏妮？是啊，有啊，我們當然見過啊。一個很可愛的女孩子。是的。」

「的確。我覺得，她跟爸爸很合適。但這一切對我來說，感覺有點怪怪的，我真得承認這一點。」我說。

「這我可以理解。」祖母說。

「只不過，這其實沒啥大不了的。」我說。

「看在上帝的分上，的確沒啥大不了的。」祖母說。「小事而已。」

她再度輕輕吹起口哨，彎曲著自己的手指打量起來，她的手就像一只小小的耙子。

「那麼，今年水果有沒有豐收呢？」

「有啊，今年的採收情況很好，也許你會想要順便帶幾粒蘋果回去？」她說。

「好啊，也許就來幾粒吧？就是這種口味，使我憶起童年。」

「你這麼覺得唷。我給你一個袋子，你就裝幾粒帶走吧。」她說。

我抬起頭來，仔細研究著掛在遠端牆上的時鐘。

「唉唷喂！」我說。「原來已經這麼晚啦？五點十分啦？」

我起身，翻找著自己口袋裡的錢。我掏出來、點算一下數目，緊緊地抿著嘴唇。

「最後一班回家的公車五點整就開走了，在那之後，學校的公車卡就不能用了。而我現在手上的錢又不夠用。」我說。

我迅疾地瞥了祖母一眼，然後低下頭去。

「只不過，我也許可以搭便車。」我說。

「我去找找看，有沒有什麼零錢可以給你的。這趟路那麼遙遠，你總得搭公車哪。這你總該懂吧。」祖母說。

她站起身來。

「那我就告辭囉。」我對祖父說道。

他放下報紙。

「那你就多保重囉。」他說。

「再會囉。」我說，一邊隨著祖母走進門廳。她從衣帽間的灰白風衣裡掏出皮夾，打開來，望著我。

「坐公車要**花**多少錢？」

「十四克朗。」我說。

她給我兩枚十克朗硬幣。

「這樣一來，你順便還能買點什麼好吃的。」她說。

「喂，我只是在借錢哪，我下次就會還給妳的。」我說。

她咯咯笑了起來。

片刻間，我們就這樣靜靜站在門廳內。我感覺到，她正在等著我離開。

她是否已經忘記那些蘋果了？

那幾秒鐘，我呆站在原地，不知如何是好。她曾經說過，我可以帶幾粒蘋果回去；如果我提醒她，應該也沒那麼奇怪吧？

同時，她又已經給我搭公車的錢。而我也不想再囉嗦了。

她轉過頭去，端詳著自己在鏡中的身影，微微推了推自己的頭髮。

「妳剛才好像說過，妳這邊有幾顆蘋果？如果可以的話，我想帶幾顆回家，這樣媽媽也能分到。她鐵定很想念這口味。」

「哎呀，沒錯沒錯，那些蘋果。」

她走到一邊，打開樓梯旁邊通向地下室的門。

這段時間，我打量著自己在鏡中的形影，拉一下背後的T恤，讓有點鬆垮的領口不至於垂落。我用手指拂過頭髮，讓髮絲能夠更加挺直。微笑。表現出嚴肅。微笑。

「喏，瞧瞧這個。」祖母再度踏上樓梯說道。「這幾個是給你的。」

她遞給我一個袋子。我收下後踏上戶外的階梯，轉身面向祖母。

「您多多保重！」我說。

「你也多保重。」她說。

我轉過身走動起來，門在我的背後掩上。

我在羅亭根站點燃一根香菸，等著公車到站。公車每小時才來一班。不過我很幸運，才過了幾分鐘，下一班車就開來了。

我上了車。就在我等著收到車票與零錢的時候，我望向車上的空間。

那豈不是楊·維達爾嘛？

就是他。

他用手托住下巴，望向窗外。直到我在他的座位旁邊停下，他才發現我。他將那副小小的隨身聽耳機摘下。

「啊哈，是你啊。」他說。

「啊哈，是你啊。」我坐到座位上。「你在聽什麼東西？」

「我其實在聽B. B.金。」

「B. B.金！你的腦袋是已經徹底爛掉了嘛？」我說。

「他是個超級厲害的吉他手，棒到掉渣，不管你是信還是不信。」他說。

「他？」我說。

楊．維達爾點點頭。

「他肥成那副德性，演奏的時候，吉他都變成橫放的了。你沒看到嘛？他看起來就像是在彈奏鋼棒吉他[9]。」我說。

「你以為齊柏林飛船的一切，是從哪裡來的？還不是來自那些老牌的藍調樂手。」

「是啊，這一點我知道啊，但這不意謂著**我們**非得聽他們的吧，嗯？我感覺藍調音樂無聊得要死。是啦，對啦，或許可以啟發其他東西，可是只有藍調音樂？殺千刀的，那就是將同一首歌一而再、再而三地彈奏罷了。」我說。

「如果你能彈得像他一樣，那你什麼東西都可以彈了。」楊．維達爾說。「老是在扯什麼感覺的人就是你。正是因為這樣，吉米．佩奇是比瑞奇．布萊克摩爾、英格威．瑪姆斯汀還優秀的吉他手。現在，關於這一點，我同意你說的。我們不需要再討論這一點了。但是看在上帝的分上，為了你所說的感覺，你聽聽這小子的演奏吧！」

他把耳機遞給我。我塞入耳孔，他按下播放鍵。我聽了兩秒鐘就摘下耳機。

「同一首歌嘛。」

他看起來面有慍色。

「你現在是在不爽嗎，嗯？」

「沒有啊，我哪有不爽？我知道我是對的。」

「哈哈。」我說。

公車在通往E18高速公路的入口前遇上紅燈，停了下來。

「你為啥會在羅亭根上車呢？」楊．維達爾說。「你是去拜訪你的祖父母喔？」

我點點頭。

「不過我先去了《新南國》的辦公室。」

「你在那裡幹麼？」

「我找到工作囉。」

「工作？」

「是的。」

「是什麼樣的工作？去當送報員喔？」

他笑了起來。

「哈哈。不是啦。我要開始當音樂圈的記者。我會撰寫唱片的評論。」

「真的嗎？那太棒了！你真的要開始做這份工作了？」

9 Steel guitar，夏威夷的特色樂器，屬於滑棒吉他的一種。

「是的，我下週開始上班。」

我們陷入一陣沉默。楊．維達爾抬高雙膝，頂住前排座位的椅背。

「那你呢？你剛才到哪去了？」我說。

「到一個朋友家裡。我們練了一下琴。」

「那你的吉他放在哪裡？」

他轉過頭，望向後方。

「放在最後面一排。」

「他彈得很好嘛？」

「反正彈得比你好就是了。」

「是唷，這話說得可真是重。」我說。

我們相視而笑。隨後他便望向窗外。我向後方一瞥，想看看是否有我認識、但一時沒被我看見的人坐在後排，我只看到一個先前沒見過，或許讀七年級的小夥子，以及一名年約五十、膝蓋上擺著一家鞋店的白色購物袋的婦人。她正在嚼口香糖；而這就是個錯誤。她戴的眼鏡、她留著的髮型都與口香糖格格不入。

「你還記得，你幫我代班的那次嗎？」楊．維達爾說。

「我當然記得。」我說。

他曾經當過送報員，分到一片面積很大，很難搞的區域。之後他要放假了，而我得接管他負責的區域一星期。他並沒有到外地旅遊，就只是在我工作時四處閒晃。下班後，我們一起去游泳，或者騎腳踏車到某個熟人家裡。但才過了三天，許多人就來抱怨與投訴，導致他不得不接手。當時他說：「**該死的**，我正在放假捏。」不過，這件事最後看來也沒啥大不了的。

「我到現在還是沒弄懂，你怎麼能把這一切搞得亂七八糟？」他現在說道。

我聳聳肩。

「我其實真的已經盡力囉。」

「不可置信。」他說。

他親自帶我考察那個街區兩次，有零星幾件事情必須留意，有些人希望在門邊收到報紙，其他人則設有寫著他們姓名的郵筒。他多次重申過這些微小的差異，但當我獨自站在那裡時，我竟沒能回想起來。因此我索性隨機應變，依據直覺行事。

「可是，那才只是去年的事！」我說。「我最先還覺得，那好像是好幾年以前的事了。」

「那是個美好的夏天。」他說。

「是啊，的確是。」我說。

我們通過提米訥路口以後，進入了那片森林。陽光照射在山丘樹木頂端，但我們在這裡完全感受不到陽光。我們經過的這個公車站，讓我想到了比利・艾鐸。我們有時會在一陣波折後出席某些使人厭倦不已的派對，那時的情形正是如此。而當我們準備在冰寒中回家時，我哼唱的也正是這張唱片的曲調。《反叛者的怒吼》。

「我覺得，從這裡到我家之間，每一個該死的公車站，我都有留下一些回憶。」我說。

他點點頭。

頂谷峽灣在我們的右手邊敞開。接近陸地的水色幾近於一片閃亮的湛藍。微風吹拂下，較遠處的海水充斥著白色泡沫。幾家人坐在沙灘上，幾個小孩則在他們面前蹚著水，走來走去。

秋季很快就要到來了。

「職業學校有沒有漂亮的妹子啊？」我說。

「就我所看到的，沒有。天主教高中呢？」

「我班上其實有個超漂亮的女生。但是首先，她是個基督徒。」

「這種事情過去並不妨礙你啊？」

「是這樣沒錯，可是她是那種完美類型的人。她是五旬節教會之類的成員。是的，你知道的，穿著羽絨服、Bik Bok衛生衣、Poco Loco 毛線衣那種。」

「那其次呢？」

「她並不喜歡我。」

「你是在講韓妮嘛？」

我搖搖頭。

「我只跟她講過一、兩次電話。」

我懷疑楊．維達爾對於韓妮的事情已經有點厭倦。因此即使我非常想要聊這個話題，我還是沒有繼續講下去。最後這十分鐘內，我們反而一語不發。我們對公車平穩的轆轆行駛聲已如此熟悉，如搖籃般晃動著我們，使我們平靜。我們彷彿一輩子都在搭乘這輛公車。上上下下、來回行駛、日復一日。公車、公車、公車。我們很懂公車。說到公車，我們就是專家。對於漫無目標地騎著自行車遊蕩，到處散布與閒晃，我們同樣是專家；至於我們生活所在的中心就更不必多說了——這可是我們最在行的。這意謂著收到某個地方正在進行什麼活動，或者可能要舉行活動的情報。某個男生家裡有《德州電鋸殺人狂》的錄影帶？很好，那我們就騎腳踏車到他家去——那是一間破敗不堪、外面堆滿了各式垃圾與廢棄物的房屋。

當我們到達時，一名極度陌生，看起來既猥瑣又遲鈍的二十歲男子就兀自**呆站**在農莊庭院的中央處。他完全不像是在幹活，只是呆站在那裡。我們騎車抵達時，他轉身面向我們。

那棟房子就位於一片該死的田野。

「我聽說，你手上有《德州電鋸殺人狂》？」楊．維達爾說道。

「是這樣沒錯，不過，有人借走了。」他說。

「這樣子啊。」楊．維達爾說，一邊望向我。「既然如此，我們恐怕得再騎車回家囉？」

一個獨自窩在家裡，還邀請幾個同班同學過來的八年級學生？是的，我們就一路走到那裡，敲了敲門，而他們讓我們進來。他們正坐著看電視。現場沒有飲料、沒有女生、他們的腦袋空空，就是不折不扣的白痴；但是我們仍然窩在那裡——去別的地方並沒有比較好，不，如果我們真要老實說，去別的地方、做別的事沒有比較好。

而大多數時候，我們就是這樣過的。

噢！有人新買了一把吉他嗎？

是的，我們就只需要跨上腳踏車，騎到那邊一探究竟。

是的，我們很擅長探聽消息。但我們最為精通，簡直可以稱王的領域——想必就是搭乘公車，窩在房間鬼混。

我們在這方面所向無敵。

我們所做的一切，最終都沒能獲致什麼結果。不——我們並不擅長那些能有成果的事情。我們沒有什麼特別的談話，我們不能這樣宣稱。我們的話題本已屈指可數，言談的節奏又如此緩慢，導致我們自己都認為已經停滯了。即使我們最是想要成為優秀的吉他手，我們當中卻沒人達到這種水準。而當講到女生的時候，有那麼一、兩次，你也的確能壓在某個女生身上，撕開她的襯衣，俯身親吻她的乳頭，而她對此沒有抗議。那真是偉大的一刻。在我們這片充斥著枯黃的草、布滿灰色泥濘的邊溝與塵埃漫天鄉間道路的世界裡，這樣的時刻洋溢著喜樂，閃閃發亮。我料想，情況對他來說也是如此。

這是怎麼一回事？我們為什麼要這樣過下去？我們在等待著什麼嘛？如果是，我們又怎能如此有耐心？畢竟什麼事情都沒發生過啊！什麼事也沒發生過。相同的事情始終在重複！該死的，而且是日復一日！無論是下大雨還是颳大風，地上是積雪還是剩下泥濘，是晴天還是刮著風暴，都無關緊要，我們做著完全一樣的事情。我們探聽到某個消息，跑到那邊去，再回到家，坐在他的房間裡，聽聞某件事，搭乘公車，騎著腳踏車，長途跋涉或待在房間裡。夏季便去游泳。這就是全部了。

這是怎麼一回事？

我們是朋友，但也僅止於此。

等待就是人生。

楊．維達爾揹著吉他，在索斯雷塔下車。車上只剩我一個乘客，我繼續坐到波恩，然後也下了車，揹著背包，提著祖母給我的那袋蘋果，緩步走向我家。

媽媽以晚餐迎接我。

「嗨。」她在我進來的時候說道。「我也是剛剛才到家呢。」

「瞧瞧這個。」我舉起袋子。「祖母家的蘋果。」

「你路過那邊喔？」

「是啊。他們要我問候妳。」

「謝謝。」她說。

我打開鐵製煎鍋的鍋蓋。魚排搭配番茄醬，鐵定是鱈魚排。

「我在他們家吃過東西了。」我說。

「挺好的。」她說。「不過我肚子餓了。」

她將貓咪放到地板上，起身取來一只餐盤。

「卡爾・奧韋，你去拜訪《新南國》，結果怎麼樣啊？」她說。

「噢，對喲！我完全忘記這回事了。」

我露出微笑。

「我得到這份工作了！他只瞄過那些評論一眼，然後一切就搞定了。」

「你為此花了那麼多的時間哪。」她說著，將幾片鱈魚排放到餐盤上，掀開鍋蓋，用湯匙撈起一顆馬鈴薯。當她把湯匙往下貼近餐盤時，馬鈴薯緩慢地前後晃動著。她轉動湯匙時，馬鈴薯滑落下來。

「他們要稍微宣傳一下，明天就會刊出。」我說。

「刊出」是貨真價實的報業行話。

「卡爾・奧韋，這可真是太棒囉。」

「是啊，不過我其實還抽到了一小張鬼牌。」

她將餐盤放到桌上，從盒子裡取出餐具，坐了下來。我在她的正對面就座。

「鬼牌？」她問，一邊開始用餐。

「他說我得弄一臺打字機。在那邊，手寫稿絕對是禁忌。那是絕對行不通的。所以我得買一臺。」

「一臺新的打字機其實很貴的。」

「拜託喔，我們總得有錢買**這個**吧。這可是一種投資。做這種事情，我還能賺點錢。這一點妳總理解吧？」

她一邊咀嚼，一邊點頭。

「你也許可以在那裡借用打字機？」她說。

我嘆了一口氣。

「第一天上班？然後就這樣到那邊去，要求借用打字機？」

「嗯，這也許並不是個好主意。」她說。

那隻貓咪偷偷溜到我的腿邊。我彎下腰來，在牠的胸口搔癢。牠閉上雙眼，開始發出滿意的嗚嗚聲。牠被我抱上我的膝蓋，伸展著身子，腳掌搭在我的膝蓋上。

「這樣的話，一臺要花多少錢？」媽媽說。

「不曉得。」

「當我下個月領到薪水的時候，應該行得通。但是很不幸，我現在真的沒錢可用了。」

「但是那時就太遲了，這妳不理解嘛？」

她點點頭。

「我知道妳想要說什麼，如果沒有錢，那就是沒有錢。」我說。

「很不幸地，就是這樣，可是你知道嘛，你也大可去問你爸爸。」她說。

我沒作聲。這當然是真的。他手上還有一點錢。但他是否願意把錢給我？

如果他不願意，以下尷尬的情況就會出現：他會感覺到我在要求他某件事，而當他說「不」，或者感覺到自己被迫說「不」的時候，就變成我將他拖進這個困境中。到了那時候就太遲了，在他已經說「不」

之後，他總不能突然間說出「好」。

「我會問問他的。」我搔著貓咪的耳後。牠閉著雙眼，相當舒服地將身子扭向另一邊。

「對了，你有一封信，我放在門廳的五斗櫃上。」媽媽說。

「一封信？」

我將貓咪放到地板上。牠剛剛過得正舒服，我可不喜歡放下牠；但下一秒鐘，我靈魂裡的那塊疙瘩就消失不見了。畢竟我可不常收到信。

信封上寫著我的名字，是個女生的筆跡。

郵戳印記很模糊，幾乎看不清了。

不過那是航空信，貼著丹麥郵票。

「我到我樓上的房間去。」我說。「妳可以一個人吃飯嘛？」

「是的，沒問題！」媽媽從廚房裡回答。

我走到樓上的房間裡，在書桌前坐定，撕開信封，開始閱讀。

尼克賓（莫斯島）

一九八五年八月二十日

嗨，卡爾．奧韋：

我希望你一切都好，由於你並沒有遵守你的承諾寫信過來，我並不知道你過得怎麼樣。為什麼？你真的應該瞧瞧，我一醒來時衝到郵筒前的樣子。嗯，如果你提不起勁寫信，我可不會生氣，因為我實在是太愛你了，所以我不會生氣。但我得說，如果我再也聽不到你的音訊，我會覺得很難過。你要到丹麥來嗎？如果是，你什麼時候過來？自從你離開了以後，這裡變得好無聊。我白天都跟朋友們窩在一起。晚上，我就到舞廳去。但現在這很快就要結束了，我在九月十四日要搬到以色列。我對此真的非常期待。我只是非常想要在出發以前，跟你見上一面。

你或許會認為，我這麼嚴肅看待我們共處的那一小段片刻，實在是很荒謬。這恐怕是因為，你是唯一曾跟我在一起，而我又瘋狂愛上了的男生。所以請不要讓我失望，趕快寫信過來。

愛你的女孩，

麗瑟貝

我放下那封信。一種近於殘忍的悲痛感，猛然攫住我的胸口。我**本來**可以跟她上床的。她願意啊！她寫信過來，告訴我她愛我，她很顯然會答應的。

我相當堅信，她知道我們正走向何處，以及我腦中的想法。

該死的猶格！

那群**該死的**爛糞堆！

一股衝動促使我拿起那只信封，朝裡面窺探。

裡面放著一張照片。

我取出來。那是麗瑟貝。她並未微笑，歪著頭，雙眼直直望向相機的鏡頭。她身穿繡有紅色Nike大型徽標的黃色汗衫，頭髮從前額一端垂落，遮住了一只眼睛，一條細細的辮子則垂落在另一邊的耳畔。

她的頸子赤裸著。她長長的頸子顯得很優雅。

她的雙脣也顯得很優雅、豐盈。與她那細小的臉孔相較，她的雙脣不成比例地豐滿。

噢，她看起來相當不滿。

但是我記得將她抱緊的感覺。當她將手伸進我襯衫底下，把手貼上我的胸膛時，她笑了出來。我坐起身，屏住呼吸。

「你這樣顯得很不自然！」她當時說道。「放輕鬆點，我就喜歡你本來的樣子。你真是棒極了。」

而她是丹麥人。

我將那封信和照片塞回信封裡，夾進日記簿，放進五斗櫃抽屜，走下樓去。

當我下樓時，媽媽正站著洗碗。

「你哦。」她說。「我想起一件事情。爸爸曾經有過一臺打字機。鐵定還放在這裡。我滿確定他沒有將它帶走。你可以去穀倉裡找找看，翻翻看那邊的櫃子。」

「他曾經**有過**打字機？」

「當然。有那麼幾年，他就用來寫信。」

她用冷水沖洗一只玻璃杯，將杯子底部朝上，放在流理臺的凹槽。

「我們在一起的最初那幾年，他也寫過詩。」

「**爸爸**？」

「當然囉。他對詩很感興趣。他最喜歡歐布斯特費德。我記得，他也挺喜歡威爾恆・柯拉格。那些浪漫主義詩人。」

「**爸爸**？」我重複道。

媽媽露出微笑。

「只不過它們恐怕寫得不怎麼好。」

「這個我完全可以想像。」我說，接著走到門廊上，穿上鞋子，來到穀倉的後方——這裡其實是建築物的正面（至少根據最初興建的目的使用時，這裡就是正面），因為那扇偌大的穀倉門就位於此處，他們就在裡面的糧倉存放茅草。爸爸曾經使用過樓下，那裡乃是由在七〇年代被重整為公寓的幾個小房間所組成。但我們沒有利用過上層的任何空間。

我走了進去，內心浮現過往多次浮現的念頭——我們擁有這麼一個大房間，可真是奇怪。再者，我們始終沒有好好利用這個空間。

是的，我的意思是：我們只將這裡當作儲藏室使用。

牆上懸掛著老舊的農具、推車車輪、馬具、生鏽的鐮刀、堆肥用耙、鶴嘴鋤。爸爸曾在某幾處用粉筆寫下他對我的暱稱；當我們新搬進這裡，他對一切很滿意時，他就寫下了這些暱稱。那些字仍然在那裡。

烤肋福

勒勒

樂福

克漏福

呱呱呱樂福

我們的搬家紙箱堆放在對面的牆壁旁。我從沒看過箱裡裝些什麼。當爸爸還住在這裡時，這完全無法想像——他多半會坐在陳舊拼花地板正下方的那個房間裡，如果有人到這裡，他絕對會上來察看。這種時候，我就得針對自己為什麼到這裡來——尤其是我為什麼要翻動我們那些舊東西——找到一個**非常**良好的說詞。

那些就我記憶所及，爸爸和媽媽在我小時候穿過的衣服就放在上面——幾條想必是他們那年冬天在倫敦買的喇叭褲（在挪威，就算到了七〇年代，也還找不到那麼寬的喇叭褲）。媽媽的白色風衣，爸爸釣魚時常穿著、附有棕色內襯的橘色大毛皮外套，圍巾、裙子、披巾，太陽眼鏡、腰帶、長靴與鞋類。再來就是一個紙箱，裝著我們過去掛在牆壁上的不同照片。還有幾個裝有出清家用器皿的紙箱。

但是沒有打字機！

我接著打開幾只箱子，迅速檢閱內容物。我翻到一只似乎裝有一些塑膠袋的紙箱，袋內好像裝著報紙。

也許是被我所遺忘的一些系列漫畫冊？

我打開最上面的袋子。

是色情雜誌。

我打開下一只袋子。

也是色情雜誌。

一大堆裝滿色情雜誌的搬家紙箱。

這會是誰的？

我將其中一些散落地板上，開始翻閱。大多數是六〇與七〇年代的雜誌。中央插頁的那些女生皮膚上顯現比基尼的印痕，她們的雙峰與下身是如此潔白。許多人躺在大自然中，有人站在樹木後面，有人躺臥草坪，所有人都呈現出七〇年代那獨特的色調，有著豐滿的乳房與壯觀的乳頭，其中一些乳房甚至還略顯下垂。

我坐在那裡，來回翻閱，同時勃起著。其中幾本來自八〇年代，感覺起來就不再那麼陌生了。那些六〇年代的人物，則通常不會把雙腳打開。

這麼多年來，他就將這種雜誌放在家裡？放在樓下的工作室裡？

更重要的一點，他真的有買下這些東西嘛？

我再度將這些雜誌堆成一疊，站到一邊，稍微思考。我是應該藏起來。首先，應該避免讓媽媽看到。其次，我有興趣再度翻閱。

或者說，我是否真有興趣這樣做？

他曾經翻閱過。**他**曾看過。

那我就不能這樣做了。那可就太噁心了。

我決定放回原位。反正媽媽永遠不會檢視這些紙箱的。

我實在無法將這些事情串聯起來。在我還小的時候，這麼多年以來，是啊，殺千刀的，從我出生一直到去年為止，他就這樣購買色情雜誌，還放在我們家裡。

真是殺千刀的。

我打開最後一只紙箱，看到了打字機。那是一款老牌、手動操作的打字機。我本該思考過這一點的：假如我在發現色情雜誌以前就找到了它，我會很失望，也許並不因此感到滿足，甚至還堅持媽媽或爸爸買一臺給我。但翻閱過他那些色情雜誌以後，這一切都沒關係了。

我將打字機搬下樓，展示給坐在沙發上休息的媽媽看。

「挺好的啊。」她半閉著眼睛說道。

「是的，應該堪用了。妳要睡覺了嘛？」我說。

「只是閉目養神一下。我想小睡半小時，如果我那時還沒醒來，你能不能叫我一下？」

「可以的。」我走回樓上的房間，再將麗瑟貝的信件讀過一遍。

她直截了當地寫道，她愛我。

過去可從沒人這麼做。

這對韓妮來說又是怎麼一回事呢？當我說我愛她的時候？畢竟我可不愛麗瑟貝啊。我非常喜歡她所寫下的內容，但這沒有更多的意涵了。她寫得很好。對於她寫下這些東西，我很開心，但它進不了我的內在心靈，她進不了我的內心。而韓妮就不一樣了。

但是，韓妮是否也如此看待我？

她嘴上是這麼說。

她是否在愚弄我？

她為啥不想要我？不想跟我在一起？

噢。我想要占有她！

我就只想要這樣做！這是我唯一所想要的！

是真的。

但現在她不想要我，我走投無路。既然這樣，反正也沒有差別了。

我下了決心，要讓她親自品嘗一下自己調製的這帖藥。反正也沒有差別嘛。

我走到樓下的話機前，舉起話筒，撥了電話號碼，先保留最後一個數字。窗外，兩隻黑鳥在車道對面的灌木叢不停翻攪著，用嘴刁住紅色小莓果。梅菲斯特則宛如待命般地貼在一旁，打量著鳥兒，貓尾巴像鞭子一般晃動著。

我按下最後一個數字。

「喂，哈囉？」她的爸爸說。

如果是他接聽電話，這就是據我所知最糟糕的情況。因為他女兒跟別人在一起，而不是跟我在一起，而他當然很清楚我想要做什麼。我曾跟韓妮講過一小時以上的電話。當他發現是我打來時，他心裡想必很不是滋味。

「嗨，我是卡爾．奧韋。請問，韓妮在家嘛？」

「你稍等一下，我去看看。」

我聽見他走下樓去，腳步聲逐漸消失。同時，梅菲斯特逐漸靠向那兩隻鳥。牠們仍然肆無忌憚地繼續啄食莓果，頭部輕微抽動。接著我聽見一陣輕巧的腳步聲，我知道那是韓妮，心臟更加劇烈地搏動著。

「嗨！」她說。「你打來啦，這真是太妙了。我剛好正在想你！」

「那妳是在想啥？」我說。

「就只有想到你而已。」

「那妳今晚在做什麼呢？」

「我正在K書，讀法文。哦喲，現在學的比去年又更進階了。還挺難的。你的法文學得怎麼樣啊？」

「就跟去年沒有兩樣。我當時啥都不懂。現在我還是啥都不懂。你還記不記得，我拿到四分[10]的那次考試？」

「是啊，我其實還記得耶。你對此很驕傲。」

「是啊，其他時候我就只能弄到兩分哪，所以當然很開心囉。但我當時所做的，居然是如此簡單。妳知道的，那道習題的文本很長，一堆法文單字。所以我只在答題時使用那些單字，稍微變換一下次序，中間再摻雜一下我自己的話。然後，噗，我就弄到四分了。」

「你真是冰雪聰明！」

「呵呵，可不是嘛？」

「那你今晚要做什麼？」

「沒，其實沒啥特別的事情。我收到一封信，讀了好幾遍。」

「這樣哦？是誰寫的信？」

「我在丹麥認識的一個女生。」

「哦唷！你先前可沒有提過！」

「我是沒提過。發生了很多事情，我在想……是的，妳對這件事情不會感興趣。」

「我當然有興趣！」

「才怪。」

「那麼，她寫了什麼？」

「她寫信來，說她愛我。」

「可是你在那裡才待了一星期！」

10 挪威中學的考試成績制度共分五種等第，以五分為最高分。

「就像我剛才講過的，那個星期發生了很多事情。我們上床了。」

「你們真有這樣做？」她說。

「是的。」我說。

一片死寂。

「卡爾・奧韋，你為什麼要跟我講這個？」

起先我沒有答腔。隨後，我說道：「我已經說過了，妳對這種事情不會感興趣。然後妳說，妳當然感興趣。那我就想，反正還是說了吧。」

「是的。」她說。

「然後呢……是的，發生的時候，我一直在想著我們之間的事情。這也許並不……嗯，反正妳知道的。我的情感，或許並不完全像我說過的那樣。我的意思是指，我對妳的情感。夏天的那幾封信……我覺得，在某種意義上，當時的我被激情給沖昏頭了。妳理解我的意思嘛？而當我遇見麗瑟貝……」我暫停一下，讓這個名字盡可能產生效果。「這彷彿就變成真實的。活生生的，血肉之軀。而不只是想法。然後我收到她的信，這時我意識到我愛上她了。這真是棒極了！而不管怎麼說，我們之間啥事也不曾發生過。現在也不會有什麼進展的。所以，是的，我想說的就只是這樣。」

「是的。你把這些話說出來，很好。知道這些事情也很好。」

「但是，我們總還是朋友吧。」

「我們當然是朋友啊，當然啦，你想要愛上誰就愛上誰。我們又沒有在一起。」她說。

「的確是這樣。」

「但是不管怎麼說，我還是有點難過。在小屋外面，跟你度過的時光，是如此的美好。」

「的確是啊，是很美好。」

「是的。」

「不過，妳現在應該回去讀妳的法文了。」

「是的。你就多多保重吧。謝謝你打電話過來。」

「再會。」

我掛斷電話。

現在一切都毀了。這正是我所想要的。的確毀了。

隔天的第一節下課，我小跑步衝上E18高速公路對面的加油站，購買當天的《新南國》。我從報架上取來一份，翻閱了最後幾頁。

當我看到自己的照片時，臉部一陣發熱。

篇幅相當大，幾乎占據一整頁，照片包辦了三分之二的空間。照片中的我直視讀者，三張黑膠唱片則在我面前散落開來，宛如一把羽毛扇。

我迅速瀏覽過文字。上面寫道，我是個對音樂充滿熱忱的年輕人，我不認同主流社會排除搖滾樂。我個人最喜歡英式獨立音樂，但面對所有類型的音樂，我承諾會保持開放——包括那些流行金曲榜上的音樂。

我當時說的話並不完全是這樣。是的——當我事後回想起來，我完全沒有講過這樣的話。但我的**意思**是這樣。而施泰納·文斯蘭弄懂了這一點。

那張照片超棒的。

我付了錢，將報紙摺起來拿在手上，循著下坡路走回學校。教室裡逐漸聚滿了人。我把報紙放在課桌上，向後坐在椅背上，往牆壁一靠——我端詳這群同學時，我通常就會這樣坐著。

我相當懷疑，是否只在例外情況下，他們才會閱讀《新南國》。平時幾乎沒有人讀它。唯一能讀下去的報紙是《祖國之友》。因此我這樣呆坐著，面前是一份攤開的《新南國》，或許會引起注意。你為什麼要帶《新南國》到學校來？

這樣他們就會以為，我是從家裡將報紙帶來的！我帶了過來，就只是想要展示它！

我將椅背往前彎，把那份報紙摺起來。事情並不是這樣的。我在加油站買了這份報紙，而又找不到地方處理掉，因此才會帶在身上。

但是，真是該死。難道我就不能大剌剌地講出來？

直接講出來？

但是，這樣看起來不就是我在炫耀？

但這明明就不是在炫耀，我真的已經成了唱片樂評寫手。而今天我在學校外面的加油站買了一份報紙，報上刊登了我所進行的一篇專訪啊。

這樣躲躲藏藏的，總也不是個辦法。

「拉許，你聽著。」我說。班上所有男生當中，他最為溫和。他轉過身來。我高舉那份報紙。

「我成了唱片的樂評啦。你想不想看看啊？」

他走上前來。我將那一頁攤開。

「哇靠，不錯喔。」他挺直身子。「看過來！卡爾．奧韋上報紙囉！」他在教室裡叫喊著。

這已經遠遠超過了我事先的期望。下一秒鐘，一整票人就圍繞在他的身旁，所有人爭相一睹我的照片，讀著我的報導。

那天晚上，我翻閱了自己保留的舊音樂雜誌，研究各篇唱片樂評與報導。結論是：原則上，總共有三種樂評。第一種人擅於機敏應答，反應很快，通常也很毒辣，包括薛提爾．羅訥斯、托葛里姆．伊根、芬恩．貝雅克與赫曼．威利斯。第二種人嚴肅而深沉，例如鄂溫德．霍尼斯、楊．雅恩．韓多夫、阿維德．尚克．克努特森與依瓦爾．歐佛達爾。最後是那種幹練、明確的樂評，筆法一針見血，這包括托爾．奧爾森、湯姆．薛克雷薩澤、耶爾．拉克沃格、耶德．約翰遜與威利．B。

感覺上，我好像熟知他們當中的所有人——對於楊．雅恩．韓多夫，我感到一份深沉的同情。我對他寫的東西近於一無所知，但感覺到他對此極為熱忱——他評論中那些陌生的詞彙，就像一片荊棘叢濃密。同時，每兩篇讀者投書，就有一篇在指責他寫的東西——講到他的文章無法被人理解，而他似乎毫不在意，繼續在既定的方向上行進，逐漸深入不可透視的暗夜之中。我也極其敬佩那些用一句有殺傷力的措辭，就讓異議者徹底洩氣的樂評。而我就是要藉著有殺傷力的措辭，對付我的異議者。這樣做行得通——這一點就很重要。許多這樣的樂評都頗為強硬。當某個樂團愈來愈商業化（就像頭腦簡單在搞的那樣，選擇愈來愈大眾的路線），他們絕對不吝於質問這個樂團、逼迫他們給出一個交代。為什麼？你們明明就很好，你們擁有了一切，而你們突然間就要開始重視銷路了？在大型體育館演唱？你們這是在幹什麼？你們是怎麼想的？當這個樂團不願面對他們（通常樂團也不會回應他們，對那些正在突破、開拓疆土的樂團來說，挪威是個頗不受重視的國家），他們就會用其犀利的評語，狠狠痛罵樂團一頓。

我只寫過三篇唱片的評論，也就是施泰納．文斯蘭讀過的那三篇。當時我力求保持客觀；同時，我也表現出強硬，在文末給予某一張唱片充滿譏諷的評語。那是滾石的新唱片，我從來沒有喜歡過——除了那張名叫《女孩大不同》、稱得上不錯的專輯之外，其他的簡直糟透了。現在他們年過四十，已然變得荒謬至極。

我蘊含著這些潛能。我只需要挖掘、表現出來。

戶外陷入黑暗，秋季已經包裹住這個世界，我很喜愛這一點。黑暗，雨聲，當潮溼的草與泥土從某處的路溝邊朝我飄來，或者當某輛汽車的車燈照亮一棟屋舍的正面時，往昔的那些割痕突然裂開，而這一切彷彿全被我走到哪就聽到哪，用隨身聽播放的音樂捕捉、強化。我聆聽著塵世樂團的歌，想著我們在黑暗的提貝肯社區玩耍的情景，一股喜悅從內心騰起——但這種喜悅與輕盈、光彩、無憂無慮無關，這種喜悅乃是立足於某種其他情緒之上。當它面對音樂的憂鬱、美感，以及那片在我周圍死滅的世界時，它酷似哀傷，是那種美麗、屬於愛情的哀愁，那股美感與艱困的情境無助地緊密交纏，一種近於倔強、想要繼續活下去的渴望隨之誕生。在從這一切掙脫，在大城市街道上、在摩天大樓下方、在陌生公寓與俊男美女參加閃亮生輝的派對、迎頭趕上現實生活之後。在遇見了真愛，以及真愛所意謂著的所有波折與輾轉以後，隨之而來的是確認之舉、射精與狂喜。

不要再管她啦，去找個新人吧，別再管她啦。挺身而出，表現出殘忍無情，成為一個引誘者，一個讓所有女性傾心，但最終誰也不歸屬的萬人迷。我將那些音樂雜誌放在書架最下面的文件上，下樓，看到媽媽坐在更衣室裡講電話。門是開的，她對我露出微笑。我停下腳步，花了幾秒鐘，試圖弄清楚她在跟誰講電話。

她其中的一個姊妹。

我在廚房取來一個三明治，靠在流理臺旁邊吃光，隨後喝了一杯牛奶。我再度上樓，開始寫信給韓妮。我寫道，我們最好還是永遠別再見面了。

寫下這些東西的感覺真好——出於某種原因，我竟想要報復她，傷害她，讓她想著我，就像她失去了某個重要的人那樣。

我將那封信塞進信封，放進背包裡。隔天放學，我才有空買郵票，才能寄出去。

我在上公車以前將信投遞出去，覺得此舉真是明智、真誠。當晚我躺在沙發上，讀著從學校圖書館借來，比約博尼所寫的《在雄雞啼叫前》。此時我突然驚覺自己幹了些什麼。

我明明就很愛她啊，我為什麼要說，我永遠不想再見到她了呢？

懊悔在我內心爆發。

我得把信收回來。

我把書放在扶手上，坐起身來。我是否應該再補寫一封信，說明前一封信絕非我的本意？是否該告訴她，不管一切會變得怎樣，我還是想要再見到她？

看起來，完全就是喪心病狂。

我得打電話。

我搶在自己來得及後悔以前走進放有電話的房間，撥打了她的號碼。

她接聽了。

「嗨。」我說。「我只是想為上次打電話的事情，跟妳道個歉。我講出那些話，但那不是我的本意。」

「你又有什麼事情好道歉的呢？」

「有啊，就是有。不過，還有另外一件事情。請不要擔心，我長話短說。我今天寄了一封信給妳。」

「你寄信了？」

「是的。但那封信寫的，絕對不是我的本意。我不知道自己為什麼寫這封信。不管怎樣，那只是滿紙胡言罷了。所以我現在想知道的是，妳能不能幫我一個忙，別去讀那封信了？就直接扔了？」

她笑了起來。

「你現在可是讓我很好奇囉！你還真的相信我能夠忍住不去讀啊？那你到底寫了啥？」

「這我怎麼能說出來！這就是問題啊！」

她再度笑了起來。

「你啊，你還真是可愛。」她說。「但現在不管裡面寫了啥，如果那不是你的本意，你當初幹麼要寫？」

「我不知道。我當時處在一種很奇怪的狀態中。可是，韓妮，難道妳就不能答應我？就直接扔掉，當作完全不存在過？實際上的確不存在過啊，上面寫的，完全不是我的本意啊。」

「我會來看看我是否能夠做點什麼。但決定權在我的手上。現在，就是由我來決定這件事，不是嘛？」

「的確啊，是這樣沒錯啊。我只是請妳多對我好一點而已。」

「那封信難道有什麼不友善的話嘛？是的，我看肯定是有的。」

「現在不管怎樣，妳已經知道了，但如果妳希望我下跪，苦苦哀求妳的話，那我現在就這麼做。我現在就這麼做了。我現在已經下跪了。求求妳大發慈悲，扔掉那封信吧！」

她笑了起來。

「你這小子，站起來吧！」她說。

「妳現在身上穿什麼衣服？」我說。

她遲疑了幾秒鐘才回答。

「其實就是T恤和運動褲。我畢竟不知道你會打過來！你身上穿什麼衣服？」

「我嗎？黑色襯衫、黑色長褲、黑色的襪子。」

「我不懂你為啥會想要問我這個。」她笑了。「你會收到聖誕禮物，是一頂色彩鮮豔的毛線帽——你會覺得戴上它走在街上實在超級彆扭，但由於這是我送給你的，你還是不得不戴上。是的，至少是在你見到我的時候。」

「妳實在邪惡到了極點。」我說。

「是啊，邪惡的可不只是你一個人而已。」她說。

「妳這話是什麼意思？難道只因為不相信上帝，我就是個惡人了？」

「我只是想逗你啦。沒有啦，你其實並不特別邪惡。是說，他們在喊我了，我覺得他們應該是煮好了什麼東西，想讓我品嘗一下。」

「那妳會扔了那封信吧？」

她笑了起來。

「再見！」

「妳！」我說。

但此時的她已經掛上電話。

與施泰納．文斯蘭的會面頗為簡短。他向我說明展示如何輸入評論的文本，報社使用特定格式與材質的紙張，最上方的幾個方格必須以特殊方式填寫。我收到一疊這樣的紙張。隨後他說，我每星期可以到一家與他們簽有合約的唱片行，選出三張新發行的唱片。我可以留著那些唱片，就當作是我的薪資，這樣可以嘛？嗯？我說：「當然可以囉。」他說：「你只管交稿給我。剩下的事情，我來處理就行。」

他眨眨眼，握住我的手。隨後他轉過身，開始撿起幾張散落在書桌上的文件。我則走到街上，全身仍因這場會面興奮莫名。現在才三點半。我循著下坡，想看看爸爸是否在家。我站在大門口，按下門鈴，屋內沒有任何動靜。我往其中一側跨上幾步，透過窗戶朝內望，屋內看來空空如也。就在我正要開始往公車站牌走去時，他那輛淺綠色的歐寶阿斯科納轎車出現了。

他拐向人行道的邊緣，將車停下。

在他下車以前，我就看出他跟之前一樣。緊繃、嚴厲、拘謹。他鬆開安全帶，拿起一只乘客座上的袋子，踩上柏油路面。當他穿過街道時，他並未望著我。

「喔唷，原來你在這裡啊。」他說。

「是的，我想要來探望你一下。」

「你聽著，你總得先打電話過來。」

「是的，但是我正巧就在這裡，所以……」我說。

我聳聳肩膀。

「現在這裡啥事也沒有。」他說。「我覺得，你還是搭公車回家吧。」

「好的，好的。」我說。

「下次，你就先打電話過來。就這麼說定啦？」

「是的，好的。」

他背對著我，將鑰匙插進鎖孔裡。我開始走向公車站。他說得對，反正就是這樣啦。我到這裡來並不是為了我自己的緣故，而是為了他的緣故——時間點不適合，對我來說也不會怎麼樣。完全不會怎麼樣。

他在晚上十點半打電話過來，聲音透著醉意。

「嗨，這是爸爸。所以你還沒上床睡覺啊？」

「還沒哪，我很喜歡熬夜的。」

「你過來的時候，時間點不適合，這點你要理解。但是你來拜訪，這還是挺溫馨的。請你不要介意。這一點你理解嘛？」

「當然囉。」

「不要只是說『當然囉』！我們要互相理解，這個很重要。」

「是的，這當然很重要。」

「你知道的，我現在就在這裡，打電話給大夥兒，聽聽他們過得怎麼樣。我總需要打打屁，放鬆一下。」

「打屁」是一個他最近很常說、源自於挪威東部鄉間的用語。另一個用語則是「廢」。這個詞是烏妮教他的。某一次，他說「我覺得自己有點廢」——當時的我驚訝地注視著他，彷彿這番話出自於他人之口，而非由他所說出。

「我們明天會在這裡吃晚餐，會請幾個同事過來，是的，你在薩納就曾經見過他們。如果你有空過來，應該挺溫馨的？」

「是的，那當然了。幾點鐘？」我說。

「我們在想六點，或者六點半。」

「那很好。」我說。

「是，但我們現在是不是該掛電話啦？還是說，你想掛電話？」

「不想。」我說。

「是，我覺得你想要掛電話。你不想跟你那年邁的老父親講話。」

「我當然想講啊。」

一陣短暫的沉默。他喝了點什麼東西。

「我聽說你去拜訪了祖父和祖母。」他隨後說道。

「是的。」

「你在那邊，有沒有講起我和烏妮的事情？」

「沒有。不管怎樣，沒有特別講到什麼。」

「你現在得把話講清楚。他們說了些什麼，但卻沒有特別講到什麼？」

「他們說，你在前一天到過他們那裡，他們見到了烏妮，覺得她人很好。」

「是的，的確，他們是這麼說的。」

「是的。」

「你有沒有想過，今年你要在哪裡過聖誕節？你想跟我們一起過，還是跟你母親一起過？」

「這我還沒有想到哪。現在還有一段時間啊。」

「的確啊，是還有一陣子，但你得搞清楚啊，這種事情得先計畫。我們在想是否要到南邊度假，還是要在這裡過聖誕節。如果你們要過來，我們就留在這裡。這樣一來，我們得盡早知道才行。」

「我會稍微思考一下。也許跟英格威稍微談談。」

「當然了，你大可以一個人過來。」

「當然，我可以一個人過來。我們難道不能先等一等，觀察一下情況嗎？我目前還完全沒有想法。」

「當然。你當然得想一下。但是我猜，你應該最想跟你媽媽一起過，嗯？」

「並不盡然是這樣。」我說。

「不是，不是，不是。」他說。「好啦，好啦。那我們就明天見啦。」

他掛上電話。我走進廚房，開始燒起茶水。

「妳想要喝茶嗎？」我對媽媽喊道。她正盤腿坐在沙發上。那隻貓則縮在她的膝蓋上。她一邊聆聽著廣播電臺的古典音樂，一邊做著針織活。

窗外的天空幾乎已經完全黑了。

「好的，謝謝。」她說。

五分鐘以後，我帶著各自的茶杯走進來。她將織物擺放在椅子扶手上，將那隻貓移開。牠伸出腳掌，露出爪子，伸展了一下身子。媽媽踏上地板，揉搓雙手幾下。當她靜坐一段時間後，她經常會這樣做。

「我在想，爸爸也許養成了喝酒的習慣。」我說著，並在窗邊那張藤椅上坐定。被我的身體一壓，椅子隨即發出嘎吱嘎吱聲。我對著那杯茶吹吹氣，喝了一小口，瞄了媽媽一眼。梅菲斯特在我面前停下，下一秒鐘，牠就躍上我的膝蓋。

「你剛剛就是在跟他講話嗎？」媽媽說。

「是的。」我說。

「他喝醉了？」

「是的，有一點。另外，當我最近一次在他家裡吃晚餐，他也喝得挺醉的。」

「你對此有什麼看法？」她說。

我聳聳肩。

「我不知道。這感覺也許有點奇怪。我在他們家參加那場派對的時候，那是我頭一次看到他喝醉。而現在，這種情況在短短的時間內又發生了兩次。」

「這或許沒有那麼奇怪。畢竟他的生活變了很多。」媽媽說。

「是啊。」我說。「事情就是這樣哪。但這讓他很厭倦。他會一直碎碎念，說他在我們成長的過程中犯下了某些錯誤，然後變得傷感起來，說他在我剛出生的時候，是如何替我的腿按摩哪。」

媽媽笑了起來。

我凝視著她，也露出微笑——這種情況鮮少發生。

「所以他是這麼說的。他替你按摩，這以前或許發生過。不過他當時的確對你非常溫和，他那時的確是這樣。」

「在那之後就不溫和了嘛？」

「嗯，他當然還是很溫和地對待你啊。卡爾・奧韋，他當然很關心你啊。」

她注視著我。我將梅菲斯特放下，站起身來。

「妳有特別想要聽什麼音樂嗎？」我蹲坐在自己堆於牆邊的那一小疊唱片前方。梅菲斯特緩緩走向廚房；只有當牠感到被冒犯時，牠才會出現這種步態。

「沒有。你想聽什麼，就選什麼吧。」媽媽說。

我關掉廣播，開始播放莎黛的歌曲。這是唯一我覺得她會想聽的唱片。

「妳覺得這音樂如何？」樂聲在房間裡飄盪了數分鐘以後，我說道。

「是的，相當優雅。很好聽。」她將杯子放到沙發旁邊的小茶几上，再度取來針織品。

隔天放學後，我來到賣唱片的交易所，和店員交談。我說我與《新南國》的施泰納・文斯蘭簽署了一份協議，可以領取三張唱片。他點點頭。我花了半小時決定自己究竟要寫些什麼。我得選擇自己略有所知的專輯。最好還是那種已經在其他媒體上受過評論的唱片，這樣我才能有些參照的基準。

我還用同一天早上從媽媽手裡收到的錢自費多買了一張唱片。為了填飽飢餓的肚子，我走到那家名叫「耶賀博」的咖啡廳，買了一塊香草肉桂卷，一邊嚼著食物，一邊走上地土街，一手拿著那塊肉桂卷，一手抓著裝有唱片的袋子。我將紙袋扔到一旁，將雙手抹乾淨。這時一名有點肥胖、衣著整齊的老年男子在我後面叫喊。

「喂喂，站住！我們不會將廢紙扔在城裡的街上！你得撿起來！」他說。

我的心臟劇烈地搏動著，轉過身，盡可能冷漠地瞪著他。我感到害怕，但我抗拒著恐懼感，朝他走上幾步。

「如果這該死的破事對你來說這麼重要，你就自己來撿。」我說。

隨後，雙膝因恐懼發軟，胸口則因興奮而顫動的我轉身背對他，大步離開那裡。

我有點像是在等著他從我背後衝過來，一把揪住我，狠狠搖晃我的身子，也許甚至揍我的肚子。但啥事也沒發生。

我仍然以比平時要快的腳步一連走過好幾個街區，然後才敢轉頭回顧。

那裡完全沒有人。

我表現出了膽量！

以這樣的方式反擊！

現在他可有得想了。去他的，他無權決定我該做什麼！他哪來的這種自由？

難道我不是一個自由人嘛？沒有人有權利告訴我該做什麼、不該做什麼。**沒有人**！

當我經過那間喀里多尼亞旅館時，我的內心沸騰著。現在還不到四點，我有整整兩個小時需要打發，因此我到圖書館去，但選擇走那幾條小路，避免再度撞見那個老頭。我在閱覽廳的空位坐下，看了那幾張唱片一會兒，隨後才到後方的書架前取了一本書。那是比約博尼關於獸姦歷史三部曲的第一部；希爾妲在班上曾對這本書讚譽有加。直到昨天，我才讀了《在雄雞啼叫前》最初的寥寥數頁；直到那時為止，關於比約博尼寫的書，我只在十二歲讀了《大白鯊》，而且是用閱讀傑克．倫敦作品的那種方式來閱讀它。但此刻，當我閱讀這本書的前幾頁時，我認知到，我啥都讀不懂。內容相當深奧。全書開頭襲來的那陣焚風，可真稱得上是一絕。

邪惡難道來自外在嗎？

就像一陣將人們捲走的風那樣？

還是說，來自於內在？

我望著教堂外的那一小片空地，已有幾片鏽紅及黃色的落葉。後方那條街上，有撐著傘的行人。我是否會變得邪惡？被那陣異常的風捲走，開始虐待他人？

或者說，我本來**就是**邪惡的？

現在，這個關於虐待的念頭可真不怎麼虔敬——我一邊這麼想，一邊繼續閱讀。然而我的目光才剛觸及這本書便再度抬起。虐待是極端的行為。對猶太人的滅絕是極端的。但惡行是由普通人所執行的！他們為什麼這樣做？難道他們不知道那樣是錯誤的？是啊，他們當然知道啊。那麼**實際上**，他們**想要**這樣做嘛？他們在自己那劇場般雅致的小城市裡走動，確保所有人按照他們的意思做事，還自以為是該死的大善人，但如果他們得到幹壞事的機會，他們實際上**想要**這樣做嗎？而且是在他們不自知的前提下？他們身上是否就承載著這種特質——看似沒有固定的形狀，但只要機會一出現就會爆發出來的邪惡？

這些人到處晃來晃去，相信上帝與天國——噢，這可真是荒謬。這真是妄想！妄想到了極致！這些人是如此忙於緊盯著其他人，要其他人時時刻刻行善——上帝憑什麼將他們視為天選之人？這些該死的、渺小的人們，上帝又憑什麼要在乎**他們**？

待在圖書館的我差點就要高聲笑出來，但我在最後一刻止住笑意，只發出咯咯的輕笑。我環顧四周，不過沒有人察覺到我。為了要掩飾我剛才東張西望，我再度看向窗口，但微微地歪頭，使這個動作像是刻意的，彷彿我的目光正在搜找著什麼。

那不就是蕾妮塔嗎？

就是她，我真不敢相信。

她走進那家披薩店裡。她身邊的想必就是摩娜吧？

有那麼一秒鐘，陷入瘋狂的我心想，我要跟著她們走進去。裝作不期而遇，問她們我是否能跟她們坐同一桌，以充滿魅力、極其輕鬆的方式閒聊，接著再搭公車和她們一起回家，今天是禮拜五，她們都相當受歡迎，她們鐵定要去參加派對，我們可以帶上幾罐啤酒，我可以跟著蕾妮塔回家，她可以握著我的手，問我要不要跟著進去。我說，好啊。我們才剛一進門，我就將她的T恤與長褲剝掉，把她壓到床上，暢快淋漓地上她。

哈哈。

你啊，好好上吧。

即使我遐想著這些畫面，我的雙膝還是感到無力。的確，我可以剝掉她的衣服，這是可以想像的——

如果我在某一天特別好運，的確能做到，但也就僅止於此了。接著一切戛然而止，隨之而來的是虛無。

蕾妮塔比我小**兩**歲。她的胴體，足以引得所有人口水直流。我簡直就想住在她的體內。

某一次在公車上，她們就曾經調戲過我。不對，她只是在一旁聽著，這事與她無關。但是摩娜在煩我。而她比我小三歲！

「卡爾．奧韋，你好可愛唷。」她說。「可是你從來不說話。你為什麼都不說話？你的臉頰怎麼啦？你的臉頰紅通通的呀！你想不想跟我們一起玩呀？我們要到蕾妮塔家裡去。這樣不錯吧，嗯？還是說，難道你是男同志？難道就是因為這樣，你才這麼安靜？」

她就是個恬不知恥的小屁孩——她的嘴巴很大，她的自信心甚至更強。

我讀八年級的那一整年裡，我愛上了她的姊姊，因此對此沒有多少招架力。我比她們大得多，因此無法回嘴——我要是真的回嘴，她會將我拖進無法脫身的麻煩之中。同時，蕾妮塔還在場，而無論如何，她只小我兩歲，而不是三歲，她當時讀九年級，她……對，或者也不對，她聽見了這一切，也看到我如何以僵硬的眼神凝視著車窗外，雙頰紅通通的，我彷彿還以為能夠裝作對她們不聞不問，擺脫這種處境。

真是沒希望了。我難道就不能幹她們嗎？嗯，不要摩娜，這不行，但如果是蕾妮塔呢？

噢不。**這**我還真做不到。

我低下頭繼續閱讀。過了好幾秒鐘，比約博尼書上的內容，才真正取代我腦海裡其他念頭。而這真是幸運。

爸爸和烏妮在家裡安排的晚餐，還來了另外六個客人。他們在客廳大桌子上鋪好白色桌巾，擺放燭臺、餐巾和銀餐具。爸爸說：「你就給自己倒一杯紅酒，配著喝。」而我也這麼做了。我沒有說太多話，大多時候只是安靜坐著，觀察著這一切，看著他們之間的氣氛如何熱絡起來，談笑風生。當我喝完一杯酒時，我拿起酒瓶。爸爸迅疾地瞄了我一眼，搖了一下頭。我將瓶子放回去。其中一個客人提到，他們家裡有個剛出生六個月的小嬰孩，而現在家裡的人就在討論到底要不要安排她受洗：他們當中沒有人是基督徒，但他們兩人都極為重視傳統。他問道，這樣的儀式是否足夠？

心臟在我的胸口強烈跳動著。

「我當初只是為了錢的緣故，才接受堅信禮。」我說。「我滿十六歲的那一天，就退出挪威教會了。」所有人都望著我。絕大多數人臉上都掛著一抹含有善意的微笑。

「你退出了教會？」爸爸說。「還這麼隱密？是誰准許你這樣做的？」

「只要年滿十六歲就可以，而我已經十六歲了。」

「你或許可以這樣做，但這並不代表這樣做是對的。」爸爸說。

「可是你自己不也退出教會了嘛！」烏妮說著，笑了出來。「既然這樣，你總不能說你兒子不能這樣做吧？」

他並不喜歡這番話。

他用一抹微笑掩蓋自己的不悅，但我太了解他了，他一點都不喜歡這番話。我感受到他的冷酷。她對此還一無所知。她只是繼續談笑著。

他的不悅緩慢地消失了，他喝著酒，態度逐漸含糊起來，其他情況下很重要的事情已經不再那麼重要；我只能喝一杯葡萄酒，同樣也不再重要了。我試著碰碰運氣，結果還真的成功了——我拿起酒瓶，他對此渾然不覺，我給自己倒酒，隨後我面前就擺著滿滿的一杯酒。

爸爸徹底放鬆下來。他很有魅力。是的，在那個房間裡，他非常的搶眼。人們會注意到他，眾人的目光都投向他。然而，他們看著他的目光絕對稱不上友善。他們並未以友善的眼神望著他——他顯得太超過了，他的聲音太吵，在不合宜的時間點上插嘴，沒來由地哈哈笑，講一堆蠢話，不聽別人說話。他變得充滿憎恨，消失很長一段時間，若無其事地回來。他當著眾人的面深吻了烏妮。其他人藉著目光與神態稍微迴避他，不願意參與他為他們所帶來的這些景象，這對他們的品味來說太不合時宜了，我看得出來，他的行為很失態。我心想，這群該死的白痴其實一無所知，什麼都不理解，他們是如此渺小，卻毫無自知之明，而這就是最糟糕的——他們以為自己真是棒得要死，其實他們再渺小不過了。

那年秋季，某些行為開始變成例行公事。爸爸每逢週末必定喝酒——這樣一來，無論我是在週六或週日的上午、下午或晚上過來，其實都無關緊要。但在一個新的星期開始時，他就不喝酒了——他也許會在一週當中的某個晚上喝到失控，打電話給包括我在內、他認識的所有人，講起各式亂七八糟的廢話。但除了這種情況，他平日的飲酒量至少少了許多。我努力每週拜訪他一次（最理想是一週兩次）。當他不喝酒時，他就跟過往一樣嚴厲、無趣，稍微詢問學校的事情，也許會問到英格威過得怎樣，隨後我們一語不發，坐著看電視，直到我起身表示自己得離開為止。我察覺到，他並不希望我待在那裡；但我繼續打電話給他，問我是否可以在這個時間點、那個時間點探望他。他說：「好啊，我那時候在家，可以啊。」當他喝醉時，一切就變得紊亂不堪、徹底失序；這時他就想聊到他和烏妮過得多麼美滿。對於他和媽媽共同的生活，以及和他與烏妮共同生活之間的比較，他可會鉅細靡遺、一五一十地聊著。然後他會哭泣；或者烏妮會不小心失言，導致他在盛怒或氣急敗壞之下離開房間。她只消提到某個男人的名字，就足以讓他起身離開。同樣的道理對她也適用——他只消提到某個女人的名字，就足以讓她起身離開。

我在那裡作客的每一晚，他至少會聊到我的童年一次（同時會與他自己長大的歷程混為一談）。他提到祖父動手揍他，而即使他對我來說或許不是多麼稱職的父親，他還是會流著淚說，他已經盡力而為囉——當他說出自己「已經盡力而為」，他總是淚眼婆娑。他經常重複提起他按摩過我的腿，以及他們當時有多麼窮困，幾乎身無分文——他也很常提起這一點。

我並不常和媽媽描述這一切。當我跟她共處時，我過著另一種生活，真正屬於我的生活。我和她談起我腦海中浮動流轉的一切思緒（不包括那些跟女生們有關的念頭，我在學校遭到排擠的悲慘經驗，以及爸爸講的那些話）。我會與她談起其他的一切，而她會聆聽。她有時會露出真誠而驚訝的神情，彷彿她過去從沒有想過我所提起的事情。但她當然想到過——只不過她的同理心實在太強烈，這才導致她忘記了自己，以及她曾有過的想法。有時我們彷彿志同道合，或者至少處於對等的地位。形勢也有可能驟然生變，我們之間的距離變得很明顯。就拿我閱讀比約博尼著作的那幾週來說吧——當時我一連好幾個晚上講述著一切事物是如何的無意義，直到她突然大笑不止，笑到直流眼淚（就像外公那樣），她說事情完全不是這樣，你看清楚周圍的樣子吧！那一整個星期，我還真覺得自己受了羞辱！不過她說得對，而奇怪之處在於，從某一層意義上來說，我們與彼此互換位子。通常我會說，重點在於好好享受人生，我絕對不會掉進那個稱為「義務」的陷阱，收納進朝九晚五的枯燥作息。而她總會說，人生就是一場折磨，一切就是這麼簡單。我贊同比約博尼那黑暗的觀點，以及我們一旦開始循著這些軌道思考，就會撞上那堵無意義的高牆，對於世間一切苦難，我是再清楚不過了；但同時，它們與我的人生，以及我為自己人生所做的閃亮、充滿活力的規畫毫不相關。只是這兩者還是互為表裡的——畢竟那獨立於中產階級之外、不受世俗羈絆的生活，富有對無意義的洞察，或許正是這種生活，激勵了縱情享樂、不要工作、徹底蔑視各種義務的想法呢？我高中那幾年寫的日記，正充斥著這類的論述。上帝是否存在？我在某一頁最上方如是寫道。三頁以後，我結論道：不，祂想必不存在。我的無政府主義思緒，並不像那些「去他的一切」的龐克們那麼極端——我的思考更講求結構，我所想的是，不能有人的地位高於其他人，要廢除民族國家，用比較鬆散但更貼近當地社區脈動的群體取代它。不要再有跨國公司，拒絕資本主義，更重要的是不能有宗教。我支持自由，亦即能夠自由行動的自由人。既然如此，有誰能夠照顧生病的人？媽媽會這麼說。這個……嘛，我們總可以透過地方社區，處理這些事情吧？隨後她可能會說：「那要由誰來付錢給他們，要用哪一種貨幣？你總得保留某些跨國機構吧？還是說，你希望廢除貨幣制度？」這種情況我會說：「為什麼不呢？自然經濟有什麼錯誤嗎？」「可是，我們到底為什麼要有這種系統？這種體系，難道可以生產出你所有的唱片嗎？」如此一來，我便滑進了一座沼澤，我的兩個世界就在那裡正面碰撞；那個包含所有有趣、良善事物的世界，以及充滿原則的世界。換句話說，那牽扯到我想要的東西，以及我相信的理念。去他的，我可不是該死的有機素食主義者！說到底，那才不是重點呢。然而，如果我一貫地遵循這些基本原則，我將會落到那種處境。

有那麼一、兩次，她在愛蘭達爾時期的女性友人前來拜訪我們；她在奧斯陸的幾位老同學來訪過幾次；另外幾次，來訪的則是她在克里斯蒂安桑工作單位上認識的朋友。在她們面前，我成為一個成熟的兒子。我坐下來，與她們促膝長談，讓她們驚訝敬佩不已。當我離開時，她們會對媽媽說，他好成熟。而要帶給她們這樣的觀感，居然是如此容易。

大部分的休閒時間，我會撰寫每週要繳交的三篇唱片樂評，但由於我不會拿到現金，某些夜晚我會到拼花地板工廠上班。那幾個月，我固定去探望祖父與祖母——他們知道爸爸的現況，而對我來說，向他們表現出自己並未因此受影響是很重要的。我仍然是那個卡爾．奧韋；同時，從各個層面來說，我在他們眼中又代表了爸爸。如果我的日子過得很好，某種程度上也改善了他人對爸爸生活的觀感。

我在學校也結交了幾個新朋友。男低音愈來愈常跟一個名叫艾斯潘．奧爾森的二年級學生往來。極為自負的他來自霍尼斯，他自大得簡直讓人無法忍受，而且認識所有值得認識的人。我相當清楚他是誰，他是那種頗受眾人注目、察覺的人，他會在學生會選舉時毫不猶疑地登上講臺，面向座無虛席的用餐大廳。他擔任高中「依敦」社團的會長時，表現又是何等的自信。某一節下課，我恰巧站在他的身旁。他說：「我看過你為《新南國》撰寫的唱片評論。」我說，是的。他說：「一年級時我看過你一次，那時候實在忍不住笑出來。你在回聲與兔人樂團紋章的旁邊釘著保羅．楊的紋章！你怎麼**能**這樣做呵？殺千刀的保羅．楊？」我說，保羅．楊被低估了。他輕蔑地高聲大笑，又說：「但是R. E. M挺棒的啊。你也聽過Green on Red樂團嘛？」「聽過啊，當然聽過啦。」他有沒有聽說過巫毒牆搖滾樂團啊？「你在開玩笑嘛？史坦．里奇威才是王道！」

幾週後，他在自己家裡舉辦一場暖身派對，並且邀請了我——我完全沒預想到這一點。我心想，他為什麼邀請我？我根本沒有什麼用處，我沒有他需要的特質。不過我還是答應出席。他說，他會買啤酒，我不必煩惱帶酒去的問題，我到場時再付酒錢就行。我在週六傍晚搭乘公車，在那個常讓我想起《反叛者的怒吼》的老舊公車站下了車，踏上通往霍尼斯（也就是他住的社區）的上坡道。前一年我們曾在購物中心歷經一場災難般的公演——它就離他家不遠。

他家是一棟透天住宅。一名想必就是他爸爸的男子前來開門。

「艾斯潘在家嘛？」我說。

「是的。」他往側面踏上一步。「他在樓上，你請進吧。」

一名想必就是他媽媽的女子站在門廳的較深處。她的身子微微向前傾，正準備要穿上鞋子。

「我們之前應該還沒跟你打過招呼？」他爸爸說。

「的確還沒。」我握住他的手。「我是卡爾．奧韋。」

「你就是卡爾・奧韋啊？」他說。

他的媽媽對我微笑一下，也跟我握手。

「正如你所看到的，我們正準備出門。你們今晚就好好地玩吧！」她說。

他們消失在我的背後。我略顯遲疑地走上樓，這是一間陌生的房子。

「艾斯潘？」我高聲說。

「我在這裡！」他的聲音從一扇門後方傳來。我打開那扇門。

他躺在浴缸裡，雙臂貼靠著浴缸的邊緣，露出極為燦爛的微笑。我一看到他全身赤裸地躺著，不得不全神貫注望著他的雙眼，將目光聚焦在那裡。他的小雞雞可就在水面漂動著——即使我始終感到想要盯著他小雞雞的衝動，我仍絕對不能低頭望著它。不要盯著他的小雞雞。不要盯著他的小雞雞。我聚焦自己的目光，直視他的雙眼。當我站在那裡時，我立刻想起，我可從沒像現在這樣，死死地盯著別人的雙眼看。

「所以你還是找到這裡來囉？」他獰笑著說。他完全放鬆躺在浴缸裡，彷彿自己擁有全世界。

「是的，這並不難找。」我說。

「你看起來有點怪怪的。有什麼問題嘛？」他笑著。

「沒有啊。」我說。

他再次笑了起來。

「你盯著我的眼神有夠奇怪。」

「沒有。」我說，笨拙地凝視著他的雙眼。

「你從來沒看過小雞雞，是這樣嘛？」

「其他人什麼時候來？」我勇敢地問道。

「當然是八點啦，這我也跟你說過。但是，你就偏偏想要七點鐘到。真該死。」

「你跟我說七點。」

「八點。」

「七點。」

「你這頭蠢驢，給我聽著啊。行行好，把毛巾扔過來給我。」

我取來毛巾扔給他。在他來得及起身以前，我就已經轉身離開。我的額頭汗珠密布。

「在你洗完以前，我可以待在樓下等嘛？」

「可以啊，當然啦，只要你別到處亂坐就行！」他從浴室裡說。

是的，我知道他只是在講廢話，不過我還是沒有坐下，只是四處走動，有點謹慎地到處瞧瞧。

他明明**說過**是七點鐘，這總沒錯吧？

一面牆上掛著他孩童及青少年時期的幾張照片。照片中還有另一個男生，想必就是他的哥哥。

他身著白色T恤和藍色牛仔褲，腳上沒套襪子，下了樓，逕自走到音響前，開始播放唱片。當第一組和弦在房間裡迴盪時，他向我投來簡短、略顯狡猾的一瞥。

「你知道這是誰的歌嘛？」他說。

「當然。」我說。

「那是誰的歌？」他說。

「暴力妖姬。」

他點點頭，站起身來。

「他們難道不是棒到**掉渣**嘛？」他說。

「的確啊。」

「想來杯啤酒嘛？」

「好的，那就太好了。」

我並不認識其他的出席者，但我當然知道天主教高中的哪些學生會出現。身材高瘦，金髮，三角形臉孔，一張大嘴巴（而且口語能力同樣滔滔不絕）的特隆德，他相當擅長演說，就我所知，他從來不會沒話說；身材矮小，髮色偏深，暗色狡猾雙眼，不多話的吉斯勒，個性則完全相反，他說話極有重點，一點都不矯揉造作。再來，就是托爾與恩林格這對孿生兄弟（我花了好幾個月才學會辨識他們）。他們對音樂很沉迷，總是充滿喜悅與急切之情，經常不約而同地開口說話，並用滿溢熱忱的眼神打量著周圍的人們。他們說，去年冬天，他們曾在前往U2樂團演唱會的路上、開往德拉曼的火車上看到我。我獨自一人去聽演唱會，獨自觀看U2的演出，這種事相當詭異——但他們完全不提這個。男低音之前就認識他們所有人，他跟他們算是同一掛的，但他跟艾斯潘之間有些齟齬，他們只能勉為其難地容忍彼此——然而我始終沒能真正發現，到底是什麼導致他們不合。

男低音今晚不會出現。由於我不認識其他人，而且過去僅跟艾斯潘交談過幾次，我在那裡沉默地呆坐許久。

艾斯潘還頗知道一大堆花招，我理解到，他想要打開我的話匣子。但此舉唯一的效果就是我意識到自己的沉默寡言，無語就像一道低壓，籠罩住我的思緒。

但是我喝著酒。我喝得愈多，我就感到愈輕鬆。當我終於喝醉時，我來到了**那個境界**，與他們共處一室，喋喋不休地講話，拉開嗓門，跟著歌聲一起高唱，並且呻吟著，噢，真是棒呆了！幹，這首歌真是太威了！這個樂團真是太不可思議咯！

我就是想要處在這種境界，我正是想過這樣的生活，喝得爛醉，引吭高歌，跌跌撞撞地倒在公車站前，踉蹌衝進迪斯可舞廳或酒吧，喝著酒，高聲縱情談笑。

次日，我在早上十點鐘左右醒過來。我幾乎不記得在艾斯潘家外面坐上公車後發生了什麼事——除了那零星的記憶以外。謝天謝地的是，那些片段夠長，也夠具體，如果不能記得時序，至少使我無論如何能夠在空間上回憶。

可是，我又是怎麼回到家的？

我該不會是搭了計程車吧！那要花掉兩百五十克朗——如果我真坐了計程車，那我可真把自己手上的錢全花光了。

不會的，沒這回事，我曾坐在夜間公車上，我看到學校（坐落於特維特）下方那座小型障礙滑雪場的燈光。

酒精仍然存在於我體內，我感到同等的不適與舒適。當我在其他場合喝得爛醉時，我挺熟悉這種感覺。我走到樓下的廚房，早餐還擺在餐桌上。媽媽則坐在客廳的桌子前，準備授課內容。

「你昨天玩得開心嘛？」她說。

「是的。」我開始燒起茶水，從冰箱裡找出幾塊漢堡肉煎熟，取來昨天的舊報紙。我整整在那裡待了兩小時，邊吃邊讀報，並且望向窗外幾乎已完全染為黃色與鏽紅的景觀。我心想，與當下喝醉時相比，宿醉就沒那樣有趣了，但兩者還是相去不遠。那種逐漸恢復，身體緩慢找回精力，而那精力極其可觀的感受，總能創造出近於凱旋般、令人沉醉的時刻。

天幕緻密灰暗，籠罩著黃色闊葉木與綠色針葉樹。灰暗的色調，上方寥寥數公尺處的視域驟然被阻斷，增加了那些色彩的濃烈度，黃色、綠色與黑色彷彿一甩而出，同時又被灰暗的天空所截阻——這必定就是這些色彩盛怒地燃燒著的原因。那些色澤具有一躍而起，消失在遠方無垠處的力量，但竟受到阻攔——因此只能留在原處，任由其力量徹底燃盡。

電話響了起來。

是艾斯潘。

他以前從來沒打過電話給我。我感到很高興。

「你昨天有沒有順利回到家啊？」他說。

「有啊，但是可別問我是怎麼回家的。」

他笑了。

「我不會問的，幹，我們都醉了。」

「的確，我們可以平靜地這麼說。你又是怎麼回家的？」

「計程車。幹，我還真出不起這種錢，但這樣很值得。」

「是的。」

「你現在在鄉下幹麼？」

「沒特別幹麼。等一下要寫一篇樂評，所以我得待在家裡。」

「這樣喔？是哪一張唱片？」

「Tuxedomoon 樂團的歌。」

「喔齁，是他們啊。不過就只是某種歐洲前衛風格的狗屎蛋，嗯？」

「其實滿好聽的。很有氣氛。」

「很有氣氛？」他哼了一聲。「不，我操，你現在就該狠狠狗幹他們一頓。我們禮拜一見。」

接近四點鐘時，天色逐漸昏暗。我坐到客廳裡那張桌子前，撰寫評論，一直寫到八點鐘。隨後我到媽媽身旁的沙發邊坐定，看了一、兩小時的電視。我本來不會看電視的，我們正在追的那部英國連續劇，其中一個角色是男同性戀——每次這個事實一被提起，或者透過某種方式浮現，我就會臉紅。這倒不是因為我是男同志，更不是我不敢告訴她這一點——真正的原因在於，她或許以為我可能是男同性戀。這相當諷刺——如果每當有人說出「娘炮」一詞時我就臉紅，不管怎樣，她就會以為我是男同志——而這個想法只會讓我的臉變得更紅。

在我人生中最黑暗的時刻裡，我竟以為，我其實就是娘炮。

有的時候，在我即將入睡以前，我不知道自己究竟是男是女。我不知道啊！我的意識像是失心瘋一般到處亂竄，想要弄清楚這一點，但我思緒的牆面實在太滑，我不知道——我大可以既是男生，也是女生，直到我的意識總算找到穩固的基礎，我才能睜大雙眼，頂著胸口那深不可測的恐懼承認：我不是女生，我是男生。

而當這種變化在我內心發生，當這種遲疑湧現時，又有誰知道那裡可能還藏著什麼？我心裡可能隱藏著什麼？

這種驚恐是如此強烈，我作夢時，甚至會看守著我自己——夢中，我內心的某個事物就定位，監控著我所夢到的東西：我所渴望的究竟是個男孩，還是女孩。但我夢想的總是女孩，而且不曾夢過男孩——

無論是我睡覺還是清醒時，情況都是如此。

我幾乎可以斬釘截鐵地斷定，我不是娘炮。這種遲疑極其微小，在我意識所掌控的廣闊地景中，懷疑就像一隻嗡嗡亂飛的小蒼蠅——但單是它的存在就夠棘手了。因此當人們在校園講起同性戀時，我面對的試煉就變得很嚴峻。要是我在那種時候臉紅，將是一場極其可怖的災難，我連想都不敢去想。應付的招數就在於做點什麼，不管啥事都好，哪怕只是揉揉眼睛、搔搔頭髮都行。只要這動作能讓他人不再注意我發紅的雙頰，或者成為能夠說明的理由，那就行了。

大家在足球場上最常講的字眼之一是「娘炮」——「你是娘炮逆？」或者「你這個該死的娘炮」。不過這當中並不存在威脅。所有人總是以「娘炮」稱呼彼此，沒有人能夠想像，有人其實就是娘炮。

而我當然也不是娘炮。

節目播放完畢時，媽媽沏上一壺茶，拿著兩只茶杯走進客廳，我們就坐著聊各種大事小情。我們通常會聊聊家人。她今天與所有的手足談過話了，依序是雪蓉、芮恩和謝爾坦。她逐一談及他們說了些什麼。她們的工作、丈夫的工作，以及他們的子女所擁有的一切。我們大部分時間都在討論謝爾坦。他寫的四首詩被一份文學雜誌錄取了，將於春季臨時出版這些詩篇。而他一直在考慮搬到卑爾根，開始攻讀哲學。但是外婆生病了，外公不可能獨立處理所有事情，雪蓉住的地方又太遠，她只有週末時才能來幫忙。除了工作以外，她還有自己的家庭與農莊要管理。

「但是他現在還是自己在家讀起哲學來了。」媽媽說。「這也許還不算是最糟的。謝爾坦已經不是二十歲的小伙子了，大學生活不一定會像他所想像的那麼輕鬆。」

「的確。」我說。「可是，妳自己也當過一年的大學生。而妳那時候也不是二十來歲的小伙子了。」

「我想也是。」她笑了起來。「可是我有家庭啊，我有你們。假如你理解我的意思，大學生並不是我的身分。謝爾坦對於大學生有著很不合理的期望。」

「妳讀過他新寫的詩篇了嘛？」

「讀過，他寄給我了。」

「妳讀得懂嘛？」

「我總讀得懂一點。」

「今年夏天，他讓我看了一首詩。我什麼都**不懂**。我覺得，他在寫某個行走於天邊的人。那是什麼意思？」

她露出微笑，望著我。

「不知道，那可能會是什麼意思？」她說。

「我不知道。」我說。「可能跟什麼哲學有關？」

「是，他讀的哲學畢竟跟生活有關係。對於這個，大家都略有所知。」

「他為什麼就不能照實寫，按照實際情況來寫？」

「有些人會這麼做，但有些東西是很難按照字面的意思來描寫的。」她說。

「比方說？」

她嘆了一口氣，輕輕地拍拍貓咪的頭。牠立刻抬起頭，雙目緊閉，顯得很是沉醉。

「我念書的時候，讀過一個名叫羅斯崔普的丹麥哲學家所寫的書。他研究海德格，也就是那個對謝爾坦來說如此重要的哲學家。」

「是啊，我可沒有忘記這個名字。」我笑了起來。

「他使用海德格描寫過的一個概念。」媽媽繼續說著。「**關懷**。在醫療科學當中，這是最關鍵的概念。醫療就是關懷他人。可是，關懷究竟是什麼？我們又該以何種方式給予關懷？關鍵在於身為一個人，與另外一個人共處。可是，身為一個人又意味著什麼？」

「這想必取決於妳問誰吧？」我說。

「是啊，的確是這樣。」她點點頭。「可是，我們大家總有某種共同點吧？這是一個哲學問題。而對我的工作來說，這也很重要。」

「這我能理解。」我說。「但我不懂，他為什麼要那麼天馬行空？」

「你確定你非得理解這個不可嘛？」

「如果我不理解它，那我為什麼要讀它？」

「當你下次見到謝爾坦的時候，你也許可以問問他這件事。」

「關於他的詩是什麼意思？」

「是啊，有何不可？」

「不要，我才不要跟謝爾坦講話。他總是很生氣。或者說，他也許沒在生氣，可是他很陰沉。或者說，特立獨行。」

「是啊，他就是這樣。但如果你以為他是什麼危險的人，他其實不是這樣的。」

「不是，我沒有這個意思。」我說。

一陣沉默。

我試著尋找其他話題，原因在於現在已經不早了，我們之間的停頓，會讓媽媽想到她得上床就寢，而我還不希望她去睡覺。我希望繼續跟她聊天。但同時，我還得將樂評寫完。我在這裡無所事事的時間愈長，我愈是得熬夜加班。

「噢不，你可知道，現在時候又不早了。」她說。

「是啊。」我說。

「你要熬夜工作嘛？」

我點點頭。

「但是，別搞得太晚。」

「這種事情得花一點時間。」我說。

「的確是這樣沒錯。」她站起身來。「那就晚安囉。」

「晚安。」

當她穿越客廳時，那隻貓咪就站在沙發旁邊，伸展著身子。牠抬頭瞪視著我。

「唉，你呵，不行。」我搖搖頭。「你得搞清楚，我得加班吶。」

我要評論的唱片就擺在唱盤上。我一次又一次修改版本，將那些寫壞了的草稿揉成一團，扔到地上，廢紙愈堆愈高。直到半夜兩點鐘剛過，我才感到滿意。我從打字機上扯下紙張，把椅子推回原位，將自己撰寫的稿件讀過最後一輪。

Tuxedomoon 樂團

《聖戰》（Cramboy 黑膠唱片）

評論人：卡爾・奧韋・克瑙斯高

Tuxedomoon樂團最初來自舊金山，現駐於布魯塞爾。該樂團將在冬季來到挪威演出，預計於十二月一日於奧斯陸的挪威國家歌劇院登臺。

勃蘭・雷寧格是Tuxedomoon的代表人物，他已經離開該樂團，轉而致力於更有前途的個人演藝生涯。《聖戰》則是他們在雷寧格單飛後發行的第一張黑膠唱片。它沒能達到《渴望》的精湛水準，但這並不意謂著它是一張糟糕的唱片。

Tuxedomoon成員均受過古典樂教育，搖滾樂則伴隨著他們長大。這樣的結果難以一概而論，但他們的關鍵詞在於未來主義、現代主義與先鋒搖滾樂。

這個樂團注重深度探索，他們探究全新的音樂途徑。《聖戰》是相當美妙，很有氣氛的唱片，但我認為有時太過枯澀難懂。這張唱片囊括了模糊、混合過往與未來的氛圍，鍵盤合聲和音響樂器混雜在一起。其中一首歌的歌詞，就是一名中世紀詩人詩作的譯文。根據我的見解，〈聖約翰〉是整張唱片最強勢的曲調之一，管風琴序曲引人入勝，副歌同樣使人神往。

這張唱片的主打歌是〈聖約翰〉、〈在婦女之聲〉。我還想要推薦的其他歌曲則是〈早安無趣〉，還有以樂器為主的〈華爾滋〉。

上床就寢以前，我給媽媽留了一張紙條：時間已經不早了，請不要叫我起床。她通常會早我一小時起床，吃早餐，喝咖啡，抽一根香菸，收聽廣播。然後她會叫我起床。時間作息能夠搭配的日子裡，我會跟她一起到學校去。她的學校離我的學校只有一公里。半小時的車程中，我們通常不會說些什麼。我心想，這跟我與爸爸之間的那種沉默相較，簡直天差地遠。那種沉默就像我體內正在發燒一樣；跟媽媽相處時的沉默則是如此輕鬆。

那天早上，我比平常晚了半小時起床，導致我趕不上公車。我發現自己又夢遺了。我脫掉那溼溼黏黏的內褲，一絲不掛地走進更衣間，驚恐地發現衣櫃居然沒有任何乾淨的內褲了。

她為啥沒有洗衣服？殺千刀的，她明明就有一整個週末可以洗衣服！

我走進浴室，中央處地板上的晒衣架掛滿了衣服，但全是溼的。我理解到，她昨晚洗了衣服，卻忘記晾乾，直到今天早上才急匆匆地晾起來。

上帝啊，她可真是漫不經心！

這意謂著，我面臨的抉擇是從洗衣籃裡取來骯髒的內衣褲，或者從晒衣架上拿幾件溼的來穿。我佇立原地許久，猶豫不決。戶外還滿冷的。穿著溼內褲在戶外走上一公里，到公車站去，並不特別好玩。

另一方面，你又不知道自己在這一天會多麼貼近他人。這倒不是說，我覺得我身上會散發出怪味，但我如果害怕自己散發出異味，會導致我的舉止顯得僵硬不自然。

就拿班上那個可能突然變得非常會與人調情的梅瑟來說吧。想像一下，假如她淺藍色的雙眸決定聚焦在我身上，也許從我的身旁經過，她說不定會迅疾地伸出她那美麗的巧手，撫摸我的肩膀，甚或貼在我的胸口上呢？

不成，我得穿溼的內衣褲。

我沖過澡，吃了早餐，同時認知到如果我不加快動作，將趕不上下一班公車。既然如此，我還是搭晚一點的公車就好。

窗外一片湛藍的天幕，太陽低垂著。溪岸邊，樹下的陰影中浮動著迷濛的霜煙，逐漸籠罩如鏡般沉靜的水面。

公車在學校停下時，第三節課已經快結束了。此時進教室已經毫無意義，我繼續坐公車進入市區，帶著我那三份樂評踏進《新南國》。施泰納坐在自己的辦公室裡。

「你逃學嘛？」他說。

我點點頭。

「你可真是差勁唷。」他笑著。「你有帶點什麼東西給我嗎？」

我從背包裡拿出文件。

「放在那裡就行了。」他指了指桌面。

「你不先讀一下嗎？」

通常，他會在我離開前瀏覽過文章。

「不用了，我信任你。你到目前為止都幹得相當好，所以我憑什麼不認為你今天也會好好幹呢？你多保重！」

「好吧，那再見啦。」我走了出去，聽了他的話，我的內心閃閃發亮。為了慶祝一番，我買下兩張唱片，到耶賀博咖啡廳，吃了一塊香草肉桂卷，喝掉一瓶可樂，同時仔細檢查唱片的包裝。時候已經不早，此刻再到學校去挺蠢的，因此我在街上到處遊蕩了一會兒，搭乘一班提早發車的公車回家。我在下方路口處的郵筒前止步，除了報紙以外，裡面還有三封信。兩只附有透明塑膠膜的信封，裝著媽媽的帳單。還有一個是寄給我的航空信封！

我認得信封正面的筆跡，從郵戳能看出是從以色列寄來的。我等到在書桌前坐定，才將信拆開。我還取來一組專輯，起身播放起一張唱片，然後再度坐下，開始讀信。

特拉維夫
一九八五年十月九日

嗨，卡爾．奧韋：

我在一個月前抵達了特拉維夫。這真是令人興奮，不過也挺艱難的。我這輩子從來沒有像這個月一樣，這麼努力打掃過。現在的氣溫是三十度，我躺在露臺上，寫著這封信。我已經到地中海轉了兩圈，從幾個以色列男生那邊學會丟飛盤、衝浪。但如果你是金髮女孩，那就不能信任這裡的男生。他們會認為你是來度假的，他們會心想，啊哈，我可以輕鬆搞定她。但是我忘不了你。而我也不理解我自己。不過我相信，這是因為你就是我這輩子最愛的人。所以，卡爾．奧韋：即使許多其他女生鐵定湧進了你的生活中，請不要忘記我，請你明年到丹麥來。另外如果你能夠行行好、趕快回覆我這封信，那就太感謝你了。

你忠實的粉絲，
麗瑟貝

我站起身來，走到一旁打開窗戶，下臂貼向窗框，將身子往外靠。空氣淒冷刺骨。來自日光的暖熱投射在我身上，幾乎完全無感。

她玩真的。她是認真的。

我站挺身子，拿著那封信走到戶外窗戶下方的長凳旁邊，再讀了一遍。我把信放到我的身旁，點燃一根菸。

我夏天可以到丹麥去。我不需要回來。

我不需要回來。

我過去從未有過這個念頭。它改變了一切。

置身於溪流上方的森林裡，樹冠上頂著屬於秋季的深藍天幕，面對著淒冷的強光——我感到未來就在我的眼前。這並不是指涉我被賦予的期待，也就是所有人都做的事情——首先到挪威北部服兵役，接著到卑爾根或奧斯陸讀大學，在那裡住上六年，放長假時才回家，然後找一份工作，結婚生子，給自己的父母增添兒孫。

但是出發遠行，而且就此消失。不再回來。連那句「過幾年」都不用了——就是**現在**。在夏季到來時對媽媽說：「我現在走了，我以後不會再回來了。」她不能禁止我這樣做。她不能禁止我。我已經自由了。我是我自己的主宰。未來就像一扇門，已經開啟。

丹麥的山毛櫸。那一棟棟的小石屋。麗瑟貝。

沒有人知道我是誰；我僅僅是個來者，而且很快就要再度揚帆遠行。我不需要回來！從來沒有人需要知道我做了什麼。我只能消失無蹤，去到遠方。

我**其實**可以這樣做。

房屋下方的彎道傳來車聲。我認出媽媽那輛大眾Golf的引擎聲。我摁熄香菸，將菸蒂埋到一小撮草梗底下，站起身來。同時那輛車已在屋前的礫石路面停下。

她下了車，打開後車廂，提起兩只裝滿食材的購物袋。

「妳收到錢啦？」我說。

「是啊，今天是發薪日。」她說。

「那妳為今天晚餐買了什麼？」

「煎魚餅。」

「太棒啦，我可是餓壞了。」

關於聖誕節的說詞，不過就是爸爸在虛張聲勢罷了——實際上他根本不希望我們去他家探望。他沒有再進一步詢問我和英格威的想法，而是為自己和烏妮預訂了前往馬德拉群島的行程。

我和媽媽要到索貝爾沃格拜訪外公和外婆。這是第一個爸爸不在場的聖誕節，我對此很是欣喜；自從他們離婚，我們三個人見過幾次面，氣氛都極為輕鬆、開放。

這個學期的最後一天，我一路跋涉到祖父與祖母家，祝他們聖誕節快樂。媽媽和我將在隔天飛到卑爾根，與英格威會合，然後一同搭船前往索貝爾沃格。

祖母一如往常地打開門。

「哦唷，是你啊。」她微笑著。

「是啊。我就在這附近，來祝你們聖誕節快樂。」我說著，跟在她後面走上樓，沒有先擁抱她。祖父坐在自己慣用的那張椅子上。當他看到我的時候，有那麼一秒鐘的光景，他的眼神隨之一亮。不管怎樣，我是這麼覺得的。

「飯還沒有煮好吶，不過如果你肚子餓了，我可以幫你烤幾個小圓法國麵包。」祖母說。

「好的，謝謝，那挺可口的。」我就座，從襯衫口袋取出香菸，點燃其中一根。

「你應該還沒開始把菸吸往肺部吧，嗯？」祖母說。

「沒有。」我說。

「那樣就好。你知道嗎，那樣是有害的。」

「是的。」我說。

她將小小的網格柵放到電爐上加熱，放上兩個小圓法國麵包，取來奶油、白乳酪與羊奶起司。

「爸爸今天早上到馬德拉去了。」我說。

「是的，這我們聽說過了。」祖母說。

「他們鐵定會玩得很開心。你們也去過那邊一次，不是嘛？」我說。

「我們？沒去過啊，我們沒去過馬德拉群島。」祖母說。

「他說的或許是拉斯帕爾馬斯？我們去過那裡。」祖父說。

「是的，我們去過拉斯帕爾馬斯。」祖母說。

「這我記得。」我說。「我們各自收到一件從那裡寄來的T恤，淺藍色的，印著深藍色的『拉斯帕爾馬斯』字樣，我印象中，上面還印著幾棵椰子樹的圖案。」

「你對這件事記得這麼清楚啊？」祖母說。

「是的。」我說。

我就是記得。那段期間的某些事情，在意識中晶亮生光。其他事情就沒那麼清楚。某次我覺得，祖母曾經描述過，一名陌生男子就站在下方的門廳，應該是闖進來的。隨後我向她提起這件事。但她疑惑地望著我，搖搖頭。「沒有啊，這裡的門廳沒出現過什麼人。」所以我們可以捫心自問：我是從哪裡聽到這些的？我還自認記得其他某些事情；而當我提起時，也被以類似的方式立刻遭到反駁。我表示自己聽過這件事：一位老長輩，或者這位老長輩的叔叔前往美國，他沒在母國與妻子完成法定離婚手續便再婚了。換言之，他成了重婚者。那年秋季的某個週日，我、祖父、祖母、爸爸和烏妮一同在餐室晚餐，當時我提起這件事，但沒人聽聞過。祖母搖頭時，她看起來簡直在發怒。我也記得，那段故事中，有某個以刀砍殺有關的情節。但如果這些都沒發生過，僅僅是我自以為曾有過，這段故事怎麼會憑空浮現呢？難不成有人託夢給我？初中時，我讀過無數本小說——這些事，該不會曾是其中一本的情節，我再將之套用到家族中某些形象沒那麼鮮明的人物身上，藉此將自己牽入整段敘事的核心？

我可不知道。

但這樣並不有趣——這讓我看起來很不可信，像個騙子、捕風捉影的人，簡單來說，讓我變得像爸爸那樣。這很諷刺——如果我真的曾下定決心要做點什麼，就是永不說謊，而這正是因為他的緣故。是的，是的，如果我不希望其他人（最常是媽媽，但也適用於爸爸）知道某件事，我會說些善意的謊言。但我可是為了他們的緣故，而非為了我自己所隱瞞實情。因此不管怎麼說，我的行為並不至於缺德。

「現在要放假啦。雖然假期很短，但還是挺舒服的。」我說。

「是啊，我也這麼覺得。」祖母說。

「古納和其他人，他們聖誕節會到這裡來嗎？」我說。

「不會，他們會待在自己家裡。不過我想，我們過一陣子會到他們那邊去看看。」

「是的。」我說。

「就是這樣。現在烤好囉。」祖母說著，將幾塊法式小圓麵包裝到餐盤上，擺放到我的面前，然後她自己才坐定。

她忘了餐刀和起司切片刀。

我站起身，準備去拿。

「怎麼回事呵？少了什麼東西嘛？」她說。

「餐刀和起司切片刀。」我說。

「你坐著。讓我來拿就好。」

她從餐具櫃裡取來，放在我身旁。

「就是這樣。」她再說了一遍。「**現在**，你已經擁有你需要的一切囉！」

她微笑。我也給她一個微笑。

法國麵包的外皮是如此酥脆，我的嘴邊幾乎都是碎屑。我吃得很快——這不僅是我自己的習慣，也是因為他們沒有跟我一起吃，就只是坐在那裡，沉默不語。因此我的每一個小動作——哪怕只是將麵包碎屑從桌面上撥開——都變得彷彿在強調什麼似的。

「媽媽也很期待放假。」我將人造奶油塗抹在另一塊小圓麵包上。

「是的，這我能夠理解。」祖母說。

「自從今年夏天以來，她就沒去過索貝爾沃格，而他們真的老了。外婆的情況尤其明顯。她病得很重。」

「是的。」祖母點點頭。「是的，她病得很重。」

「她已經不再能夠自己走路了。」我說。

「啥，不會吧？哎呀，怎麼這麼嚴重啊。」祖母說。

「不過她有一臺助步車。」我邊說邊吞下一口食物，用手將幾粒碎屑拍掉。「所以她可以在室內活動。不過她已經不再外出了。」

我過去從沒思考過這一點。她已經不再到戶外走動。她總是待在室內，窩在那些狹小的房間裡。

「她得的是帕金森氏症，是嗎？」祖父說。

我點點頭。

「但是不管怎麼說，媽媽的工作很順利，感覺起來，那已經不再**真的是**新工作了。」我說。

祖母突然站起來，拉開窗簾，往外望去。

「我好像聽到有人。」她說。

「只是妳自己的幻覺啦。我們又沒有在等什麼客人。」祖父說。

她再度坐下，迅速地用手撥弄了自己的頭髮，望著我。

「哎呀。」她說道，再度起身。「我們可不能把聖誕禮物給忘咯！」

她消失片刻。我望向祖父。他正瞄著那一頁攤在他面前桌上，摺疊起來的彩券開獎預測傳單。

「瞧瞧這個。」祖母的話聲從門廳傳來。她拿著兩只信封走了進來。「嗯，這裡面是沒多少錢，不過也許還是不無小補。一個給你，一個給英格威。你有力氣扛回去到索貝爾沃格鶫？」

她露出微笑。

「那是當然的囉，太感謝您了！」我說。

「不用客氣啦。」祖母說。

我站起身來。

「祝您們聖誕節快樂。」我說。

「也祝你聖誕節快樂。」祖父說。

祖母跟著我下樓。當我穿上黑夾克，將黑圍巾繫在頸間的同時，她站在一旁，凝視著眼前的空無。

「我打算用聖誕禮物直接買公車票，這樣可以嘛？」我望著她。

「不成，不成，不准你這樣做。」她說。「這用意是要能讓你們買點好東西吶。你身上沒有帶錢嘛？」

「沒有耶，很遺憾。」

「我應該在什麼地方還有點零錢，我去找找看。」她從自己那件懸掛在衣帽間的風衣口袋裡掏出小皮夾，遞給我兩枚十克朗的硬幣。

「聖誕快樂。」我說。

「聖誕快樂。」她微笑著說，然後掩上門。

我一離開從屋內可望見的視域，便打開那只寫著我名字的信封。裡面放著一百克朗。太完美了。這樣我就可以在回家前順便買兩張唱片。

在唱片行裡，我猛然想起，我其實可以買四張唱片。畢竟英格威不也收到了一張一百克朗的紙鈔？就是說啊。

回到家後，我可以用自己的錢還給他。反正紙鈔上又沒有寫名字。

我們在晚上來到索貝爾沃格。下著雨。氣溫是攝氏一、兩度。當我們提著行李，走向那間燈火通明的房屋時，戶外的黑暗猶如一堵高牆般密不透風。周邊的景觀彷彿被溼氣所浸漬，水氣在各處流淌、飄灑。

媽媽在上端設有一扇窗戶、刻有條紋的棕色木門前停下腳步，放下提包，將門打開。外公那懸掛在門廳裡的牛棚連身工作服，散發出有點刺鼻的氣味朝我撲來，再加上看到那扇門及最內側的那道白牆，我的一整段童年歷程就在一秒鐘以內來到。

他們本該在農場上，或者至少在門被推開時迎接我們，但現在一點動靜也沒有。我們放下行李箱，脫掉夾克，聽見我們自己的鼻息及我們衣服發出的窸窣聲。

「嗯哼。我們就進去吧？」媽媽說。

外公坐在沙發上。但他隨即起身，露出微笑，前來迎接我們。

「挪威的子民正在成長茁壯囉！」他說著，望向我和英格威。

我們微笑著。

外婆坐在角落那張椅子上，注視著我們。她的全身都在顫抖搖晃。現在病魔已經完全駕馭了她。下頷、手臂、雙足、雙腿——一切都在顫抖。

媽媽在她身旁的一張板凳上就座，握住她的雙手。外婆試著說些什麼，但她發出的，只剩下一聲嘶啞的耳語。

「我們先上樓去放行李箱。」英格威說。「我們應該就是睡在樓上吧？」

「一切都看你們方便。」外公說。

我們踏上嘎吱嘎吱作響的樓梯。英格威走進謝爾坦待過的房間裡。我則使用先前作為育嬰室的房間。我打開天花板下緣的吊燈，將提袋放在老舊嬰兒床的旁邊，拉開窗簾，嘗試望清窗外的黑暗。窗外是一片伸手不見五指的漆黑；但我仍然能夠想像座落在那裡的景觀，從那裡拂過的風勢似乎掀起黑暗的面紗。窗檽上滿布著死掉的小蒼蠅。天花板的角落掛滿了蜘蛛網。這裡很冷，整個空間散發出陳舊的氣味，散發屬於往昔的氣味。

我熄了燈，走下樓去。

媽媽站在房間中央處。外公則坐著看電視。

「我們來弄點宵夜吧？」媽媽說。

「那是再好不過了。」我說。

家裡負責烹飪的人，是外公。當他的媽媽過世時，他學會了烹飪；當時的他才十二歲，因此得負責處理這些事情。在他身處的世代中，具備這種知識與技能的男性為數不多，能夠勝任廚務，他感到很驕傲。但對於刷洗煎鍋、汽鍋、湯瓢和其他廚具，他就沒那麼仔細了。那遮蓋整個平底煎鍋、厚厚一層黃色油脂似乎經歷過無數次融解與硬化。櫥櫃裡的湯鍋要嘛邊緣布滿水煮魚之後留下的泡沫狀細紋，要嘛就是底部遍布煮爛了的馬鈴薯碎片。不過，這裡倒也沒有那麼骯髒。一名看護每星期會到這裡兩次，但這裡還是顯得破敗。

我和媽媽弄了一點炒蛋，燒了一壺茶，將肉片與起司拿進來。英格威將餐具擺妥。一切準備就緒，我便去找謝爾坦（幾年前，他在這棟舊屋的旁邊為自己蓋了一間房子）。當我走過那三公尺的距離，到他家的門口按下門鈴時，輕巧而細小的雨滴黏附在我的臉上。我接著打開門，踏入門廳，在樓梯間喊道：我們要吃飯啦。

「是是，我這就過來！」他從樓上喊道。

當我回來時，媽媽就站在外婆身邊，站在中央處，牽著她的胳臂，緩慢地將她帶到餐桌旁。外公和英格威已經就座。外公正忙不迭地講述著鮭魚養殖的無限可能。要是他現在還年輕，他一定會在這個行業上大力投資。他的一個鄰居就這麼做了；這人在正下方的峽灣區擁有一座小小的鮭魚養殖場。聽起來他好像贏得了最大獎，藉此賺了一大堆錢。

我坐了下來，將茶倒進杯子裡。謝爾坦來到門廳，重重地甩上門，逕自走到自己的椅子前就坐。

「你在讀政治學嘛？」他對英格威說。

「哈囉，謝爾坦。」英格威說。這是一句相當謹慎、幽微的糾正。當謝爾坦對此不予回應時，英格威點點頭。

「或者說，是比較政治學。我們在卑爾根是這麼稱的，不過其實內容都一樣。」

謝爾坦點點頭。

「你呢，在讀高中嘛？」他對我說。

「是的。」我說。

我站起身，替外婆拉出椅子。她緩慢地坐下。媽媽將椅子往桌緣推了一下，然後在她的正對面就座。謝爾坦則開始講話。他並未望著我們。他用雙手將麵包和肉片放進餐盤裡，用佐料塗抹了麵包，咬了一口。他在茶水裡加了一點牛奶，將杯子舉到嘴邊。他滔滔不絕地高談闊論，這些動作似乎與他及他所說的話完全分離。偶爾，他是能夠糾正自己，他可以輕聲笑一笑，甚至能迅疾地抬頭瞄你一眼，但除了這些細節以外，他似乎已經消失不見，任由他體內的聲音繼續發話。

他聊到海德格，用一段長達十分鐘的獨白講述這位偉大的德國哲學家，以及自己苦讀哲學家著作的進程，隨後戛然而止，陷入沉默。媽媽捕捉到他話語中的某一條思路，詢問他來龍去脈是否就是如此，她的理解是否正確？他望著她，歪著頭微笑一下，然後繼續自己的獨白。過去，這張餐桌的談話總是由外公主導；現在的他一語不發，吃著東西，低頭望著餐盤。不過他三不五時會以愉悅的神情環顧四周，彷彿想到了什麼，正要開口，但還是將話吞了回去，再度低頭。

「並不是在場的所有人都聽說過海德格。」在一陣意想不到的停頓中，英格威說道。「除了這麼一個古怪的德國哲學家以外，總該還有別的東西是我們可以談的吧？」

「是啊，的確有別的話題啊。」謝爾坦說。「我們可以聊天氣。但是我們又該說啥呢？天氣一直都是那樣，沒啥好多說的。天氣使存在變得可見。正如我們所處的神智狀態、我們在每一個片刻的感受，使我們自己變得清晰可辨。一個沒有天氣的世界、一個沒有情緒的自我，都是不可想像的。但是，這兩者都被常人（das Man）自動化了。常人談論著天氣，彷彿它並無任何奇特之處，總之他看不出有什麼奇特之處，就連約翰訥斯也是這樣——」謝爾坦說著，並且朝外公點點頭：「他每天花上一小時收聽氣象播報，而且持之以恆，鉅細靡遺地接收所有資訊，但他自己卻看不到天氣，他只看到雨水或陽光、濃霧或雪泥，卻看不到天氣本身，無法將它視為某種獨一無二、向我們展示自身的事物——就像其他在這些，嗯，也許充滿恩典的時刻中向我們展現自身的一切事物那樣。是的，海德格接近上帝、接近神聖的存在，卻又從來不融入祂，他始終不會走完這段進程，但他就在那裡，緊隨著，這或許就是這種思維的先決條件。席瑟爾，妳對此有什麼看法？」

「是唷，你說的話真的好有宗教意涵。」她說。

當謝爾坦講到天氣時，英格威翻了個白眼。他又起一片鮭魚肉放進餐盤裡。

「所以今年也是吃羊肋排和豬五花囉？」他說。

外公望著他。

「當然是囉。我們已經將羊肋排放在閣樓晒乾了。謝爾坦昨天去買了豬五花。」

「我帶了烈酒過來。」英格威說。「少了它可不行。」

媽媽將一杯牛奶舉向外婆的嘴邊。她喝著牛奶，一小滴白色的牛乳從她一邊嘴角流下。

戶外的景觀，宛如一只被黑暗所盈滿的澡盆。次日早晨，隨著陽光逐漸傾瀉，將黑暗稀釋殆盡，這只澡盆的底部遂緩慢地浮現。見證這一切，而不想到這當中蘊含了動態，簡直是不可能的事情。莉赫斯騰山那結實、垂直、寬廣的岩壁不就隨著光線逐步接近嗎？整夜都隱藏在漆黑深谷裡的峽灣正在向上騰起，可不是這樣嗎？位於牧場彼端，也就是鄰家空地籬笆附近的高大樺樹——豈不是往前移動了約莫一公尺嘛？

那些樺樹——宛如五、六個站夜班的騎士，牢牢地看守著這棟屋子，此刻則必須用力拉緊韁繩，方能讓自己胯下那不安的馬匹安靜站好。

上午，再度起了濃霧。一切全成了灰色，就連生長在遠端湖邊、田壟上在冬季時節仍顯翠綠的冷杉也成了灰色，一切都浸漬在溼氣中。空中的飄雪，匯聚在枝條下緣，隨著細小、幾乎無法被聽見的撲通聲落到地面的水滴。曾經是泥沼的草坪上布滿了露水，如何隨著人們的踩踏顫抖——往下陷的鞋子，騰起的泥漿。

十一點鐘左右，我和英格威走向謝爾坦的車前，他同意借車。我們要到沃爾根，採購聖誕大餐所需的最後一點備料：德國泡菜、紫甘藍、多買幾罐啤酒、堅果和水果，以及幾罐汽水（為了消解每次吃了羊肋排的口渴）。如果店裡還有賣報紙，我們也可以買上幾份——我可以讀報，打發傍晚前的空閒時間。童年時期的聖誕節仍深深烙印在我的內心，使我感到由衷的喜悅。

隨著雨刷來回在擋風玻璃上刷動，我們開出農莊的庭院，通過柵門，向下開到學校旁邊的道路，向右拐，駛上那狹長的道路，通向兩公里外的沃爾根。當我們都還小的時候，我感覺這段路真是永無止境。這段路程，幾乎每一公尺都保有自己特殊的席位，最令人興奮的路段當屬那座跨越溪流的橋梁。在那裡，我可以將身子探出欄杆，待上好幾個小時，只是望向遠方。

這段路只需三分鐘車程，最多四分鐘。假如我過往沒有對這裡的景觀培養出一種情感，我不會注意到什麼特別之處。那些樹木不過就是普通的樹木。農場就只是尋常的農場。那座橋就跟一般的橋沒啥兩樣。

「謝爾坦真是不可思議。」英格威說。「他完全不管其他人的觀感。還是他真的以為，大家都像他那樣，對那些東西感興趣？」

「這我就不知道了。不管怎樣，他扯到的那些東西，我啥都聽不懂。你聽得懂嘛？」

「一點點，但那聽來也沒有什麼特別之處。只要稍微讀點書就能弄懂。」英格威說。

他彎進去內側，停好車。我們走向Konsum超市。一名身著長版雨衣的女子從店門內走出，她前面是一個還很小的孩子。她訝異地望著我們。

「噢，嘿，英格威！你在這裡啊！」她說。

她是誰？

他們擁抱彼此。

「這是我的弟弟，卡爾．奧韋。」英格威說。

「我是英耶芮德。」她伸出手來。

我面露微笑。那孩子緊緊湊在她的身旁。

「你的外公外婆就住在這邊。」她說。「我現在想起來了。能在這邊看到你，真是太妙囉！」

我從那裡走上幾步，望著整個沃爾根。水面一片寧靜。幾條船繫泊在中央處的浮標邊。浮標在一片灰暗中閃動著紅光。當我們還小的時候，往來於卑爾根的船就停靠在這裡。我們曾在某個夜裡搭船，睡在一張堅硬的長凳上，空氣中瀰漫著汽油、咖啡、大海的味道，那是一場貨真價實的探險。那艘船名叫

「**指揮官號**」。如今，它們被快艇所取代。此地不再設立船的站點了。

「你來不來？」英格威在我的背後說。我轉過身。那個女人和小孩正走向停在遠處的一輛汽車。

「那是誰？」我說。

「一個我在卑爾根認識的人，她和赫耶爾在一起。」他說。

我們回來時，屋內瀰漫著綠肥皂的氣味。媽媽已經刷洗過地板。她正在擦洗窗櫺。外婆睡在旁邊的椅子上。媽媽在水桶上方將抹布扭乾，挺起背，望向我們。

「你們可以去煮一點稀飯嘛？」她說。

「好的，我來。」英格威說。

「我們是不是該把聖誕樹整頓一下啦？」我說。

「如果你現在想要搬進來，可以的。」她說。

「那它在哪裡？」

「這我其實不知道，你去問謝爾坦。」她說。

我穿著一雙明顯過小的木鞋，拖曳著腳步，走向另一棟房子。我按了門鈴，打開門，喊著「哈囉」。沒人回應。

我謹慎地走上樓去。

他深陷在休息用的手扶椅上，望向遠處的峽灣。他戴著偌大的全罩式耳機，腳正隨著音樂打起節拍。很顯然，他並沒有發現我。要是我突然竄入他眼前，他鐵定會嚇到。但我又沒有別的辦法，叫喊是無濟於事的，音樂的聲量如此高亢，從我所站的位置就能聽見音樂。

我走了出去。

外公走在那條由穀倉延伸出來的小徑上。一隻貓緊跟在他的腳踝旁，快步移動著。

「他告訴你了嗎？」當我走進來的時候，媽媽說。

「他正在忙。」我說。「忙著聽音樂。」

英格威嘆了一口氣。

「我上去找他。」他說。

五分鐘以後，他將一株碩大、仍然顯得繁盛的聖誕樹拖到門廊上。我們用螺絲釘固定在半生鏽的金屬基座上，媽媽取來一只箱子，我們將裡面的聖誕裝飾品懸掛在樹上。當我們吃完東西，我在農莊上轉了一圈，走到那老舊破敗的水貂棚邊，向下走到漆黑的小湖旁，經過本來放有蜂窩的位置。一小段距離之外，就是以前那棟舊屋擋土牆的殘餘部分。我在那裡抽菸。四下一片死寂，舉目所見，望不著一條人影。我將菸蒂扔進潮溼的草叢裡，朝屋子走去。我的鞋子因溼氣而晶亮生光。媽媽在樓下的浴室裡，協助外婆洗澡。英格威聽著外公講話。坐在沙發上的他身子向前傾，下臂貼靠在膝蓋上，幾乎一如往常地高談闊論著。

我在另一張椅子上坐下。

外公講述起他和自己的父親於一九二〇年代一起去釣魚的情景；當時人們能夠一拋出釣線就釣到魚，而這也的確發生過一次。那段重新被體驗的光陰在他的眼中閃閃發亮。他講述某天晚上駛進特倫汗的最後一小段航程中，站在船首的船長；外公邊說邊笑，那船長活像一條聞到氣味的狗——他嗅聞到女人的氣味。他花了很長時間，將自己打理得整潔又帥氣；此刻的他站在船頭，吹著風，他們逐漸駛向那座閃亮生輝的都市。隨後他講述自己在某處道路施工地點擔任爆破工頭的經歷；當晚，他們在棚屋裡玩撲克牌，他贏個不停，但他可不能將贏來的錢花掉——他想給外婆買一只結婚戒指，又不希望這筆錢來自賭博。因此他用所有贏來的錢下注，靠回座位上，親眼見到其他人的前額開始冒汗。當他描述這幕景象時，他大笑起來，甚至流下眼淚。我和英格威也跟著笑起來，外公的笑聲是如此具有傳染力，你根本無力招架。他笑到前仰後合，無力講話，同時眼淚順著雙頰蜿蜒而下。但他用來娛樂我們的，可不僅只是這些陳年舊事；他一止住了笑聲、回過神來，就開始描述他那次到美國，拜訪自己的兄弟馬格努斯。他如何在馬格努斯家裡安裝的、所有不計其數的電視頻道之間頻頻轉臺，這簡直就是奇蹟，完全不可置信——此時我露出微笑，他明明就不懂英語，當他每天晚上坐在電視機前寸步不離時，他連一個單詞都聽不懂。

英格威望著我，站起身來。

「你要不要跟我去外面呼吸新鮮空氣？」他說。

「好啊，你們就去吧。」外公說道，再度靠坐回沙發裡。

戶外下著雨。我們走到謝爾坦家門口那道遮雨棚的下方，各自點起菸。

「你跟韓妮進展得怎麼樣啊？我怎麼覺得，你上次談到她已經是很久以前的事了。」他說。

「啥進展也沒有。我們有時會講電話。但那一點用都沒有。她不想跟我在一起。」

「的確是，也許，你還是早點忘記她吧。」

「這正是我在努力的。」

他的腳踝踩進那潮溼的礫石中。隨後他止住這個動作，望向穀倉。穀倉顯得破敗，油漆已經脫落，銜接牛棚的橋樓雜草蔓生，但即使如此破舊，這棟建築仍然屹立原地、閃閃發亮——畢竟由綠色牧草地、灰色峽灣與鉛塊一樣沉重的灰暗天空所構成的景觀彷彿正在凸顯它，使它變得醒目。

或許，這就只是因為穀倉在我小時候是如此的重要，成了我眼中最為重要的建築物之一。

「對啦，我認識了一個女生。」英格威說。

「這樣喔？」我說。

他點點頭。

「是在卑爾根認識的，嗯？」

他搖搖頭，劇烈地吸了一大口菸，雙頰凹陷下去。

「其實我們是在愛蘭達爾認識的。今年夏天。在那之後，我還沒有遇見過她。但是我們有寫信給彼此。我們會在跨年夜見面。」

「你談戀愛囉？」我說。

他注視著我。一個如此直接的問題，可能導致兩種不同的反應。他可並不總是喜歡談論這種事。但他明明就戀愛了。當他談到她時，他瞪視的目光竟如此詭異與內向。而不管怎樣，假如他像我這樣，他鐵定會只想一直講起她，完全無視其他話題。現在的他就是這樣。

「對，簡單說就是這樣。」他說。「就是這麼簡單！言簡意賅！對。就一個字！」

「她長什麼樣子啊？她幾歲啦？她住在哪裡啊？」

「我們難道就不能先談談她叫什麼名字嗎？這樣更實際啊。」

「那好吧。」

「她叫克莉絲汀。」

「喔齁？」

「她小我兩歲，住在特隆姆島。她有著藍色的雙眼，金色的鬈髮，個子挺矮的……你和她念過同一所學校。她大你兩屆。」

「克莉絲汀？我一點印象也沒有。」

「當你見到她的時候，你就會認出她了。」

「那你就得跟她在一起。」

「這就是我的計畫。」

他注視著我。

「你難道就不能跟我一起去那場派對？就在風屋？我的意思是說，如果你沒有要趕去其他派對。」

「沒有，我沒啥別的特別計畫，所以我應該可以跟去。」我說。

「不管怎樣，我會從家裡開車過去。你就跟吧！」

我點點頭，隨即將眼神別開，目的就是別讓他看出我有多麼高興。

當我們再度走回屋內，外公的下巴垂在胸前，雙臂抱胸，正在睡覺。

時間來到五點鐘。電視開始播出「銀色男孩」的演出，換過衣服、整頓完畢的我走出房間，下樓。白襯衫、黑西裝、黑鞋。整棟屋子瀰漫著羊肋排的氣味。外婆穿著她那件最好看的禮服，頭髮也梳理過了。外公穿著藍色西裝。謝爾坦穿著具有七〇年代風格的灰西裝。桌上鋪著白色桌巾，最上等的瓷餐具都擺了出來，餐盤旁邊擺著綠色餐巾紙。四瓶啤酒，均已拿出來放到室溫。正中央擺著一瓶阿夸維特蒸餾酒。唯一還缺的，就是由外公下廚調理，準備由英格威端出來的大餐。

「只有五顆馬鈴薯，連一人一顆都不夠分！」英格威說。

「我就不用馬鈴薯了，這樣你們大家都分得到。」媽媽說。

「喂，拜託啊，聖誕晚餐，本來就應該要有馬鈴薯……」英格威說。

我協助他將大托盤端進來。熱騰騰的羊肋排，烏黑成四方形的豬五花，某幾塊上還留有刷子的細毛。蕪菁泥、德國泡菜、紫甘藍、五顆馬鈴薯。

羊肋排超級可口——外公加了鹽，抽乾水分，相當完美地烹煮。今年這頓大餐唯一的敗筆就是馬鈴薯。這時明明不該吝嗇，馬鈴薯更不該被省掉！但我克服了這種失望之感，其他人看來對此也沒有多想。外婆縮成一團坐在桌邊，身子搖晃著，但她的神智是清楚的，她的雙眼澄澈，而我察覺到，她因我們而開心。只需要這樣——只要我們都在，對她來說就已經足夠，而且一直都是如此。外公咬動著肉片，油膩的下巴閃閃發亮。謝爾坦幾乎沒碰餐點，他聊著海德格與尼采，聊著一個名叫荷爾德林的詩人，聊到一個名叫雅恩．魯斯特的人（他將自己的詩作寄給此人，還收到挺友善的評語）。他那滔滔不絕的雄辯中還冒出了更多新的名字——他說出這些名字時的口吻是如此親密，似乎認定所有人都跟他有著同樣的觀感。

吃完正餐，我和英格威將餐盤與大托盤端出去。媽媽在米布丁上撒著鮮奶油。謝爾坦則與雙親待在一起，一語不發。

「我建議，我們來設置一個不聊海德格的區域。」英格威說。

媽媽笑了出來。

「可是海德格也挺有趣的啊。」她說。

「在聖誕夜，也許並不有趣。」我說。

「的確，你們說得有道理。」她說。

「我們能不能晚一點再上甜點？我吃得超級撐。」英格威說。

「我也超飽的。今年的羊肋排超讚的。」我說。

「是啊，的確是這樣。或許鹽放得有點多？」媽媽說。

「不會，不會，這種鹹度正是恰到好處。完美無缺。」英格威說。

「那我們先開始拆聖誕禮物吧，嗯？」我說。

「來吧。」英格威說。

「那就由你來發？」

「當然啦。」

我收到英格威送的一張迷你專輯（平流層公爵樂團）、媽媽送的一件毛線衣與汪德魯普撰寫的比約博尼傳記、謝爾坦送的一只手電筒、外公外婆送的一大片鮭魚排與兩百五十克朗的支票。我為媽媽買了一塊韋瓦第音樂的卡帶（這樣她開車時就可以聽）、為英格威買了一張威爾森・皮博（教堂合唱團裡的吉他手）的個人專輯、給謝爾坦買了一本楊恩・夏爾斯塔德的小說。英格威用沉穩的聲音朗讀包裝上的手寫文字，以穩健的手勢發送禮物。我則將包裝紙揉成一團扔進壁爐，三不五時咂咂嘴，品嘗著外公取來的干邑酒。英格威將殷格麗（雪蓉和馬格涅最年幼的小女兒，她比自己的兄姊要小好幾歲）送的一個聖誕禮物遞給他。當他拆開禮物時，他整個人瞬間僵住了。

他突然起身，走向壁爐。

「你收到了什麼東西？」媽媽說。「你聽著，別扔掉！」

外公打開蓋子。媽媽衝上前去。

「你不能將它燒掉，這一點你總該懂吧。」她說道，從他手裡搶下那件聖誕禮物。

外公看起來既好鬥又困惑。

「讓我瞧瞧。」我說。「那是什麼東西？」

「那是她手的石膏像啦。」媽媽說。

一隻小手在石膏模板上留下的鑄印。他為什麼會想要燒了它？

謝爾坦笑了起來。

「約翰納斯很迷信唷。那個啊，就是死亡囉。」他說。

「是啦，就是這樣沒錯啦，我完全不想看到它。」外公說。

「我們放到這裡就好。」媽媽說著，將石膏像塞到一旁。「這是她在幼稚園做的，寄過來給你。你總不能扔掉，這你理解的。」

外公一語不發。

外婆的脣邊是否露出一抹微笑？

英格威給謝爾坦的禮物是一瓶葡萄酒。

「送得可真好。」謝爾坦說。他坐在房間最遠端的角落，拿著一只裝甘邑酒的玻璃杯。現在他的眼神變得比較柔和友善。

「對啦，我們明天也許可以借用你的音響，播放我們的唱片。」我說。

「那當然囉。」他說。

他坐得離聖誕樹很近。聖誕樹並未直立，而是往他的方向微傾。當我注視著他，我突然從眼角察覺到樹開始移動。他轉向那棵樹，驚恐地睜大雙眼。下一秒鐘，那棵樹就砸到他身上。

外公笑了起來。我、英格威和媽媽也都笑出聲來。罵聲不斷的謝爾坦從椅子上驚跳起來。我和英格威將聖誕樹扶起，重新用螺絲釘固定好，將樹放在更靠近牆壁的位置。

「居然連聖誕樹都不肯放過我。」謝爾坦說。他拂過自己的頭髮，才再度坐下。

「乾杯啊。聖誕快樂！」英格威說。

聖誕節與跨年夜之間的那幾天，我們先乘快艇到了卑爾根，再搭機飛到謝維克。當我們回到家時，那隻貓亟需愛撫——當晚我們吃宵夜、牠可以躺臥在我的膝蓋上時，牠差點沒用腳爪將我的褲管撕碎。待在家裡真是舒服。而英格威也在家，這真是太棒了。

次日，他要去拜訪祖父和祖母。自從今年夏季以來，他就沒再見到他們。我陪他一起去。

祖母在階梯上看見我們時，她登時容光煥發起來。我們上樓時，她說祖父還待在辦公室。英格威毫不猶豫，在祖父常坐的位子上就座。與我獨自去拜訪時相比，有他在場，與祖母的交流就不再那麼像是例行公事。英格威更擅於使用全家人互動、交流時說話的腔調，他談笑風生，能夠將祖母逗笑——就算我練習一百年，我還是無法以他慣用的方式跟她開玩笑。

突然間，她一時興起，望向英格威，問他有沒有用那些錢買點什麼好東西。

「什麼錢啊？」他說。

我面紅耳赤。

「當然是你從我們這裡收到的錢啊。」祖母說。

「我沒有收到什麼錢啊。」英格威說。

「我忘記了。」我說。「真對不起。」

祖母注視著我。她簡直不敢相信自己所聽見的。

「你沒有把錢給他？」她說。

「我覺得很難過。我完全把這件事情給忘了。」

「你花掉了？」

「是的。我的意思是說，我只是借用，想說之後用我自己在家裡的錢還給他，然後就完全忘記了。」

祖母起身，走了出去。

英格威面帶疑惑地望著我。

「我們各自收到一百克朗。然後我就只是忘記交給你了。你之後會收到錢的。」

祖母走了回來，手上拿著一張一百克朗的紙鈔，遞給英格威。

「好啦。」她說。「我們現在別再想這件事情了。」

那個跨年夜，英格威真的和克莉絲汀在一起了。我親眼目睹一切。當他們一開始見面時，她歪著頭、仰望著他，面露微笑。他說了一句什麼，看起來害臊到了極點。那時，我在內心偷笑。他正在談戀愛。他們在那之後沒再多說什麼，然而有時會互望彼此。

突然間，他們就在長桌旁邊面對彼此坐下。英格威和特隆德交談。她則和自己的一個朋友聊天。他們稍微瞄了一下彼此。

繼續聊天。

接著英格威起身，消失了一小段時間，隨後他回來再度坐回桌邊，繼續與特隆德交談。他取來一枝筆和一小張紙片，寫了一句什麼。

然後他將紙條塞給她！

她望著他，低頭看著紙條，讀起他所寫的內容。她再度望向他，在空中用食指和拇指比出刮擦般的手勢。他把筆遞給她。

她寫了一句什麼，將紙條傳回去。他讀著紙條，起身走到她的身旁，兩人突然促膝長談，彷彿房間裡只有他們兩人。當我再度望向他們時，他們正在接吻。他辦到了！

那一夜之後，對他而言唯一重要的就是克莉絲汀。元旦過後的次日，他就前往卑爾根。他離開後的家裡顯得空虛，但我只花了一、兩天就習慣了，生活一如過往持續著，三不五時會往不同的方向脫軌，大家的人生都充滿不可預期的事件——某些事帶領你到一扇緊閉的門或空蕩蕩的房間，而其他事件的後果，或許要到多年以後才會完全顯現。

艾斯潘和我開始一同在一家社區廣播電臺工作。我們每星期會直播一次，播放我們最喜歡樂團的歌曲，討論樂團。我告訴所有我認識的人，你們一定要聽聽這個節目。許多人有時的確會聽節目。我還滿常在公車上、在學校裡針對我們講過的某一點，或者我們播放過的某張唱片收到他人的評論。「挪威一臺」是個很小的電臺，平日晚上的聽眾不多，《新南國》亦稱不上是報業的龍頭，但兩者的組合帶給我一種感覺。我正在朝某個地方前進。

在社區廣播電臺工作，意謂著我放學後得待在市區——先回家，再調頭返回市區，簡直毫無意義。那段期間，我便習慣去拜訪祖父和祖母。論及吃飯，與到爸爸家裡相較，他們比較令我心安，我還能省去在爸爸家門口敲門、不知道他要不要接待我、不曉得這樣對他來說是否太過分的不適感。

某晚，我先在他們家裡吃過晚餐，再到市區的電臺與艾斯潘會面，與他一起主持節目。之後，我便搭上公車，回家路上全程聽著音樂，就連最後一公里路程也不例外，我是如此深沉地浸漬在自己的世界裡，導致我完全沒有察覺到自己踏過那一片潔白的大地，直到我摘下耳機、打開家門為止。我將踝靴的鞋帶解開，掛好夾克，走進廚房，打算吃點東西。

媽媽坐在樓上看電視。當她聽見我的聲音時，她關掉電視機，走下樓來。

「妳聽過節目了？」我說。

「是的。」她說。

「我們爆笑的時候，聽起來會不會很窘？還是說，這一點關係都沒有？」

「不會啊，哪會窘啊，這挺有趣的。不過你聽著，當你不在家的時候，祖母打電話過來。」

「這樣喔？」

「是的。很遺憾的，這段通話並不愉快。她說……是的，她說不准你以後再到他們家去。她說你總是不先吃過東西就到他們家去，她表示你很沒教養、總是來討錢。」

「啥？」我說。

「是的。」媽媽說。「她說，應該要照看你的是我，而不是他們。那是我的責任。反正，他們現在不希望你再到他們家去。」

我竟哭了起來。哭泣的力道如此迅猛，我無力招架。我別過臉去，整張面孔扭曲成一副笨拙的怪相，我用雙手遮住臉龐。即使我不願意抽噎，我還是不住地抽泣。

我從櫥櫃裡取來一只湯鍋，裝滿水。

「這件事跟你無關。」媽媽說。「你得理解。這件事跟我有關。他們就是衝著我來的。」

我將湯鍋放在電爐上，淚水讓我看不清楚眼前的景象，我再度用手遮住臉，低下頭，發出一道響亮的啜泣聲。

我知道，她是錯的，這件事情就是在針對我。我去過那裡。對於那一陣陣沉默，以及我所導致的一切麻煩，我再清楚不過。而從各種層面來說，我理解他們。

但我什麼話也沒說。臉上那一陣陣抽搐般的顫抖鬆弛下來。我幾次深呼吸，用襯衫的袖口擦乾眼睛。我坐了下來。而媽媽仍然站著。

「我實在很生氣。我以前從來沒有這麼生氣過。你是他們的孫子。你現在並不好過，他們有**義務**支持你。在**所有**情況下。」

「我才沒有不好過。我過得很好。」

「你幾乎沒有可以求助的對象，而那極少數能讓你求助的對象不應該一把將你推開。」

「我過得很好。妳不要在乎這件事情。沒了他們，我一樣過得很好。」

「我相信你會過得很好。」媽媽說。「但是拋棄自己的孫子！你自己想像一下！你爸爸會出問題，也就不足為奇。」

「所以妳並不覺得，是他在背後指使這一切？」我說。

她望著我。我從沒看她這麼震怒過。她的雙眼閃動著怒火。

「不，你知道嘛，我其實並不這麼認為。除非他在最近這半年以來**完全**改變了。」

「他已經變了。他已經完全變成了另一個人。」我說。

她坐了下來。

「還有一件事情。是妳之前還不知道的。英格威和我各自先收到一百克朗，算是聖誕禮物。我本該將屬於英格威的錢給他，結果我反而自己花光了。然後我完全忘了這麼一回事。在聖誕節和跨年夜之間的那幾天，這件事情就敗露了。」

「喂，卡爾·奧韋。」媽媽嘆了一口氣。「就算你**拿走了**那些錢，那也不構成一把將你推開的理由。要不要處罰你，根本就不關他們的事。」

「但這妳應該懂的，他們當然會很生氣。再者，祖母說的話是真的。我每次都到那裡去吃東西，還拿了坐公車的錢。」

「你並沒有犯錯。你千萬也別有這種想法。」她說。

但我當然會想這些事。那一夜的前幾個小時，躺在床上的我難以入睡。冰寒彷彿牢牢扣住戶外的景觀，使房屋的牆板與下方遠處溪上的冰面嘎吱嘎吱作響。在黑暗中，我得以更陰冷、更清晰地看透事情的本質。他們如果不想見到我，嗯，那他們就不必再見到我。我並不是為了自己的緣故才到他們家去，遠離那裡對我並無損失。我再也不必探望他們囉——這個決定蘊含著一絲甜蜜感。就算他們快要死掉了，我也不會去拜訪他們。就算他們已經死掉、即將入土為安，是的，就算到了那一步，我還是得遠離他們。我可不會像爸爸那樣——在我成長歷程中的幾段期間，他數度杯葛他們，一或兩個月裡完全不聯繫他們，然後又若無其事地重新聯繫他們。不行，我得保持一致。我這輩子絕不再到他們家裡，永遠不會再跟他們講話。

這是他們所想要的，那麼就讓他們求仁得仁罷。我不需要祖父和祖母；而他們需要我。如果他們不理解這一點，嘿，就隨便他們去囉。

某天下午，我獨自搭火車前往德拉曼——頭腦簡單樂團將在那裡演出，而且是在U2樂團前一年演唱會的同一個會場。我超愛他們的新唱片，足以名垂青史的音效，歌曲旋律是如此壯闊。這整個秋季，我一而再、再而三地播放它。它可能有點商業化，那些歌曲或許不若《黃金美夢》那麼強烈，但我還是很愛那張唱片。然而當我離開那裡時，我有點失望。當一名歌迷衝上舞臺，將已顯得沒精神的吉姆・柯爾頭上的紅色貝雷帽扯下時，我對他尤其失望。他蹲坐在舞臺的邊緣說，如果他要不回那頂帽子，他們就不再演奏了。實際上，他**中斷了**這場演唱會。我不敢相信自己的耳朵。那件事之後，後續的歌曲再怎麼棒都沒有用囉，對我來說，頭腦簡單樂團已經玩完了。

我搭火車回家，在半夜時分抵達克里斯蒂安桑。那時已經沒有公車可搭。計程車費又很貴，所以我事先和烏妮說好，讓我在她的公寓留宿。她已將一把鑰匙交給我，我只需進來就行了。下火車的半小時以後，我將鑰匙插進鎖孔、緩緩開門，盡可能安靜地走進去。這棟房屋是在五〇或六〇年代所建成，公寓由兩個房間、廚房、浴室所構成，從客廳窗邊可以眺望市容。我來過這裡兩、三次，通常是與爸爸、烏妮共進晚餐，而我滿喜歡這裡的，這是一間令人愉悅的公寓。牆面上的圖畫相當精美，就算我實在並不特別喜歡這種以陶瓷杯、平織地毯為基調的左派社會主義風格，這倒是挺適合她的。這就是我的感覺，房間裡充滿和諧。

她已在沙發上鋪好床單與被子。我在書架上找到《最後的維京人》，尤翰・博耶爾寫的書，讀了幾頁才熄燈入睡。早上，她在廚房裡翻箱倒櫃喚醒了我。我穿上衣服。她在客廳裡將桌上的擺設安置妥當，拿著裝有培根、雞蛋、茶水和烤法式小圓麵包的托盤進來。

我們就待在那裡，聊了整個上午。最主要聊到我的事，但也聊起她，以及她和兒子菲列克（他難以接受爸爸進入她的生活中）的關係、她的教職，還有遇見爸爸之前在克里斯蒂安桑的生活。我聊起韓妮、我打算在高中畢業後開始寫作。由於我先前不曾想過這一點，我還沒明確跟其他人提過這個念頭。但現在，這番話直接從我嘴裡冒出。我要寫作，我想成為作家。

當我離開那裡時，時間已經太晚，到學校已經不具意義，因此我大可直接搭公車回家。太陽冷冽，低垂天際，地上結著霜。我感到開心，但並非無所顧忌。我和烏妮聊天、坦誠以對——這感覺像是一種背叛。至於背叛了什麼，我其實並不真確地知道。

一、兩個月以後，也就是四月初某個週末，媽媽出遠門到奧斯陸拜訪一名女性友人。我獨自一人在家。

放學回到家時，我在廚房找到一張紙條。

親愛的卡爾．奧韋

你多多保重——同時，也請你對貓咪好一點。

來自媽媽的問候。

晚餐我煎了幾顆蛋、幾塊漢堡肉。隨後我喝掉一杯咖啡，抽了一根菸，拿著一本歷史書在客廳坐定，開始閱讀。窗外的地貌與景觀，尚未真正脫離冬春之間的詭異過渡期——地面赤裸潮溼，天幕一片灰，樹冠光禿，沒有任何東西看起來符合自身的真實樣貌，一切都蓄勢待發。同時，這片幽微的薄暮之中，或許已經產生變化——林間的空氣，不正是緩慢地變得暖熱嘛？過去漫長的幾個月來，僅有零星一、兩隻烏鴉或喜鵲那嘶啞的嘎嘎叫聲打破沉默——可是現在，群鳥的巧囀豈不是此起彼落嗎？春天豈不是已經像個想要給朋友們一個驚喜的人那樣，悄悄溜了進來，春日豈不是已經來了嗎？從現在起的任何一天，所有的植物豈不都已經綻放著綠葉萌芽，伴隨著無處不在的昆蟲嘛？

而這正是我當時的感覺，春天已然重回大地。或許也正是如此，我感到躁動不安。閱讀了一小時以後，我在屋內來回走動，幫那隻逕自直衝到飼料小碗的貓咪打開門。我想起了韓妮。在我來得及後悔以前，我走到話機旁，撥打了她的號碼。

當她聽到是我，她很是高興。

「星期五的晚上，你居然窩在家裡？」她說。「這可真不像是你。你現在在幹麼？」

這其實非常符合我的作風，只不過我經常誇大自己的夜生活，而且極其誇大。她聽了便以為我是這樣的人。

「我在K書，準備應付考試。我現在一個人在家。媽媽明天才回來。而且，是啊，嗯……我覺得有點無聊。我在想妳。妳在幹麼？」

「沒特別幹麼。我也覺得有點無聊。」

「就是說啊。」我說。

「我可以過去看你。」她說。

「妳要到這裡來？」

「是啊！我現在有駕照啦，你知道嗎。這樣我們就可以一邊喝茶，一邊徹夜促膝長談囉？」

「這聽來棒呆了。但是，妳能這樣做嗎？」

「我憑什麼不能這樣做？」

「這我就不知道了，不過，妳就過來吧。我們到時候見！」

一個半小時以後，她便駕著向姊姊借的那輛老舊綠色福斯金龜車，出現在彎道上。我套上鞋子，到外面迎接她。當她開上坡道時，她那坐在方向盤前的身影顯得極其違和——開車意謂著一系列的動作與抓握，那些行為與她略顯笨拙、女孩特有的魅力格格不入。她完全做了她所能做、且該做的事情，這並不是問題所在；但除此之外，仍有其他某種額外的元素，將一波沸騰的快感注入我的血液中。她停在車庫的門外，走下車。她身穿黑色彈力褲。我曾表示過，穿著這條彈力褲的她顯得無比性感。她微笑，給了我一個擁抱。我們走進屋內。我燒了一壺茶，播放一張唱片，我們聊了一下天。她稍微聊到她目前就學的近況，我也聊了一下我在學校過得如何。我們還稍微聊了幾個共同朋友的趣聞。

然而，我們並沒能真正聊得很熱絡。

我們互望著彼此，微笑著。

「當我今天一早醒過來，我絕對沒有想到，夜幕降臨的時候，妳居然會坐在這裡。」

「我也沒有想到。」她說。

一架飛機掠過我們家土地後方的那座山脊——感覺整棟房子都在震動。

「它飛得好低。」我說。

「是啊。」她說著，並且站起身來。「我去外面一下下。」

我點燃一根菸，向後靠在沙發上，閉上雙眼。

當她回來時，她站在那扇通向庭院的門旁邊，朝外張望。我走到她身旁，接著站到她的後方，小心地用雙手摟住她的腹部。她的雙手貼在我的雙手上。

「外面超美的。」她說。

黑暗的小溪在下方閃閃發亮，漫過那座足球場，我們所能見到的僅剩那兩座手工製作的球門。溪流對岸的屋舍裡閃動著光線。窗格流下幾粒小水滴。

「是啊，的確很美。」我一邊說，一邊走回客廳裡。她跟別人在一起了，她有宗教信仰。我就只是個好朋友。

她在藤椅上就座，撥開垂落前額的髮絲，將裝有溫熱茶水的杯子舉到脣邊。雙脣或許就是她全身上下最美的地方（如果不考慮她那雙有時我認為是黃色，實際上是灰綠色的眼睛——她的外貌散發出某種酷似貓咪的特質）；那道弧線相當柔和，最上緣似乎還有些皺褶，似乎不願意向整張臉上其他如此直接、簡潔的線條屈服。

「看看時候也不早咯。」她說。

「妳現在總還沒有必要急著走吧？」我說。

「其實是沒必要。我明天沒有特別要忙些什麼。你明天有事要忙嘛？」她說。

「沒有。」

「那麼，你的媽咪什麼時候回家哪？」

「媽咪」——會講出這種話的，也就只有韓妮。童年的某種元素彷彿還留存在她的身上。某種尚未真正被磨蝕殆盡的元素。

我露出微笑。

「我的媽咪？妳這番話，讓我覺得自己像個十歲小孩。」

「好啦，我是說你的母親啦！」她說。

「她要到晚上才會回來。怎麼了嘛？」

「我在想，我也許可以在這裡過夜。我不喜歡天黑的時候開車。」

「妳可以這麼做嘛？」

「可以做什麼？」

「睡在這裡？」

「我憑什麼不能睡在這裡？」

「開門見山地說，妳有個男朋友。」

「早就沒有了。」

「啥？這可是真的？妳先前為什麼都沒告訴我？」

「我的朋友，我可不會把一切都告訴你。」她邊說邊笑。

「可是，我把關於我的一切都告訴妳了啊？」

「是啊，真的耶。但是我們吹了——這件事情跟你一點關係也沒有。」

「當然有關係！這件事情跟我的關係可大了！」我說。

她搖搖頭。

「沒有關係？」我說。

「沒有。」她說。

此舉等同於對我說「不」——除了這種解讀方式以外，再沒有別的解釋了。而同時，我老早以前就放棄她了。她不再占據我所有的思緒。好幾個月以前，我對她可是朝思暮想。

當她更換坐姿、抬起腿時，椅子發出嘎吱嘎吱的聲響。

我挺喜歡她的。而我也喜歡她待在這裡，待在這棟古老的房子裡。我應該不需要更多東西了吧？我們至少在那裡坐了一個小時，直到戶外一片漆黑為止，此時能從窗玻璃望見的，只有客廳裡擺設的鏡影而已。

「時候真的不早囉。妳想要睡哪裡？」我說。

「我不知道耶，在你的房間裡？」她說。

她露出微笑。

「我並不喜歡獨自睡在一間陌生的屋子裡。尤其不是這裡。窗外簡直就是一整片森林哪！」她說。

「妳可以睡在我房間裡。我去弄一張床墊過來。」

我從英格威的房間取來床墊，擺在我床位旁邊的地上。我另外拿了被子、枕頭、床單與羽絨被套。

當她在樓下的浴室刷牙時，我還在鋪設床位。

她身穿T恤與內褲走進來。

我喉頭感到一陣哽咽。

她的胸型在那件T恤下清楚地展現。我不知道應該將視線往哪裡擺。

「好囉，我已經弄好了。你不去刷個牙嘛？」

「當然會啊。」我將視線聚焦在她的雙眼。「我現在就去。」

我回來時，她坐在書桌旁邊，打量著幾張書桌上的照片；那是英格威寄給我的幾張黑白照片，頗富戲劇性。我在幾張照片裡的姿勢，顯得很是果決、剛毅。

「瞧瞧，你可真是帥氣唷。」她舉起其中一張照片。

我哼了一聲。

「我們可以睡了吧？」我說。

當她起身時，我全身上下一陣顫慄。

那雙裸裎的大腿。

那小巧的赤足。

T恤單薄布料之下堅挺、完美的胸部。

她躺到地上的床墊。我躺到床上。她將被子拉到下巴處，向我微笑一下。我回她一個微笑。我們略作交談。她撐起身子，將床墊推得更近一些，就位於我的正下方。

我想著，我真該爬下床去找她。躺到她的身旁，愛撫著她的雙乳，愛撫著她的玉腿，好好地把玩著她的美臀。

不過，她是基督徒。她完全就是個處女。她不知道自己是誰，或者她表現出來的形象。她可以問各種奇奇怪怪的問題，她的這一面正是我所喜愛的——但她的這一面，也使我只能乖乖地躺在原地。

「晚安。」我說。

「晚安。」她說。

我們靜靜躺著，呼吸著。

「你睡著了嗎？」過了一會兒，她說。

「沒。」我說。

「你就不能幫我按摩一下背部嘛？按摩很舒服的。」

「可以啊。」我說。

她將被子拉下，同時拉起T恤，露出她的背。我吞了一口口水，用手掌來回揉搓著她的背，一再地來回揉搓。

「噢，好舒服。」她說。

我不知道自己到底按摩了多久，也許有一、兩分鐘。但隨後，我只得停下來，否則我一定會陷入瘋狂。

「現在，妳可以睡著了嗎？」我邊說邊將手移開。

「是的。」她將T恤往下拉。「再跟你說一次晚安。」

「晚安。」我說。

隔天大清早，她就離開了。我一整天都窩在沙發看書。那天晚上，我跟媽媽一起吃了披薩、看電視。她面前擺放著一杯咖啡，貓坐在她的膝蓋上。我差不多憑著一己之力解決掉了整盤披薩，我雙腿翹在茶几上，拿著一杯可樂，看著《亞伯與赫伯》——這真是毫無任何意義，對媽媽來說肯定也是如此，但當我們已經陷入其中時，我們總還需要那麼一丁點精力，才能擺脫這一切。

韓妮的身影填滿了我的內心。我一整天都在想她。自從我試著不再去想她的形影以來，已經過了一段可觀的時間，如今，那段先前閃閃發亮且耀眼如遊樂園，但已經生鏽的陳年舊事，又重回我的心頭。

要是我昨天夜裡躺到她的身邊，又會怎麼樣呢？

突然間，這一切浸漬在一片全新的光澤之中。突然間，我認知到真正已經發生的事情。

老天爺。

這其實就是她一直所想要的東西。

噢，這真是再明顯不過咯。

老天爺。老天爺。

還是說……真的是這樣嘛？這該不會只是我自己的胡思亂想？

我半站起身，我必須打電話給她，隨即又跌坐回沙發上。

「發生什麼事啦？」媽媽說。

「沒事。」我說。「我剛剛只是想起一件事情。」

爸爸已經不再邀請我們晚餐。每到週末，除了他在少數幾個清醒的午後會接待的親戚之外，他就只是獨自窩在家裡、猛灌著酒。我曾跟他提過，祖母打電話過來；是啊，這他知道啊，他說。他們說的可沒錯啊，你媽媽真應該更妥善地照顧你哪。「你要知道哪，我可是支付了一大筆贍養費。」是啊。是啊，這我知道。但是我不准再到那裡去，他想必對我受到的打擊一無所知——或者說，他正是想要刻意無視。當他舉行自己四十二歲的慶生會時，我告訴他，我會順路去探望一下。而祖父和祖母在那裡。當我還在門廳時，我便感受到她身上散發的氣味——可是那時已經太遲啦，我不能就這樣拔腿開溜，我轉而走進客廳，而祖父的兄弟阿爾夫和他的妻子希爾薇就在這裡——在場的還有祖父、祖母、古納、杜芙及他們家的小孩。當我打招呼、在桌旁坐定時，我都沒有望著祖母，只管低頭望著桌面，吃了一小塊蛋糕，喝掉一杯咖啡。這一群人鳥獸散——有人坐到沙發上，有人將盤子端走，人們有一搭沒一搭地聊著。而當然了，現場可沒有供應酒類。我起身去上廁所，當我回來時，祖母站在廚房裡。

「卡爾・奧韋，我們不是這個意思。」她說。「**這**不是我們的本意。」

「喔，喔。」我邊說邊強行通過。

所以這算什麼啊，突然間，她完全沒說過她講過的那些話囉？

所以，她也不曾打過電話囉？

我猛然一驚：在場的所有人其實都知道發生了什麼事。他們也許正是在談論這件事。討論我及我的行為。討論如何以最恰當的方式來應對。

而每星期好幾次喝到爛醉、不省人事的爸爸，居然還能裝得若無其事，在家宴請他們——假裝一切都好得很，輕鬆又寫意。

噢，幹，英格威為什麼不在這裡？

憑什麼要我獨自處理這一切呢？

接下來幾週，我繼續排拒祖父與祖母。但某天下午，當我在爸爸家裡作客時，他覺得我應該跟著過去看看。他說，我就別再那麼幼稚啦，我已經快要成年了，我當然應該去探望他們。

我也這麼做了。一切就如往常一樣。

爸爸很拘束。祖父很拘束。祖母撐起這一切。她淘氣地眨著眼睛，煮東西給我們吃，還在餐後設法將爸爸帶到庭院。爸爸顯然被劃分為兩種截然不同的個性，喝酒時是一回事，不喝酒時又是另一回事——我已經很習慣，甚至於熟知情況了，這對我而言毫無影響，反正現實就是這樣，我才不會為此悶悶不樂，甚而埋怨呢。

從他搬出去後的這一整年，爸爸持續在酒醉後說著傷感的胡言亂語，一切爭吵與和解，所有充滿醋意與嫉妒的肥皂劇，他一手造成的混亂與失序，談論著分離將要轉變成為離婚的那一天——他總算自由，可以為所欲為了。離婚的事情完結，他就準備要跟烏妮結婚了。他說：「我跟烏妮在一起超棒的，早上在她身邊醒過來，我超級快樂的，我打算餘生都這樣過，我們要結婚啦，卡爾．奧韋，你還是早點做好準備吧。要不是那條該死的爛法律，我們早在一年前就已經結婚咯。這對我來說很重要。」

我那時候說，挺好的啊（當時的我說不定喝得很醉，只顧蠢笨地獰笑著，也許甚至淚眼矇矓呢。以前也發生過這種事，我就跟他一樣多愁善感）。我們呆坐在各自的椅子上，雙眼閃動著光芒。

當那一天到來時，他信守了自己說過的話。當時是七月，我、英格威、克莉絲汀搭公車在早上到了爸爸家裡。他們正緊張地在屋內來回踱步。他穿著極其時尚的白襯衫。她則身穿質感略顯粗糙的白色禮服。他們還沒有完全準備就緒。烏妮問我們，等待的過程是否要喝點什麼。我望向爸爸。他拿著一瓶啤酒。他說，你們就自己從冰箱拿點什麼喝的吧。我說：「我可以去拿。」我走進廚房，帶著三瓶啤酒回來。爸爸望著我說：「你們也許可以先別喝這玩意兒。現在還很早，今天會是漫長的一天。」「你自己手裡不就也拿著一瓶酒！」烏妮說。爸爸嘰了嘰嘴。「是啊，對啊，我想好吧。」

他們花了更久的時間才準備好。我們走到戶外，等著計程車開來載我們到市政廳以前，我已經灌下兩瓶比爾森啤酒。天空多雲而陰冷。我微微感受到酒力，酒精如一層薄膜，覆蓋住我的思緒，宛如一道半透著喜悅的天幕。英格威和克莉絲汀摟著彼此。我對他們微笑一下，點燃一根香菸，望向那條溪流。在低壓的籠罩之下，就連溪流也顯得沉重不已。我還沒來得及哈出第一口菸，計程車就開來了。沒人預料到車子太小了，其中一人得用走的。爸爸說他可以走，反正路途不算遠。「不成，今天結婚的人是你耶，這可不行。」烏妮說。

「我們可以用走的，不是嘛，英格威？」克莉絲汀說。

「沒錯。」他說。

我們就這麼辦了。我和爸爸、烏妮坐車抵達市政廳；證婚人就在那裡等著。他們去年夏季到我們家赴宴過，我依稀記得他們，一名身材矮小的禿頭男子，以及一名頭髮濃密、身材魁梧、活力充沛的婦人。我和他們握握手。他們面露微笑。我們得站在一個房間裡等候。爸爸不耐煩地看著時間。很快就輪到他們了。又過了好一會兒，英格威和克莉絲汀才現身。

他們跑步穿過長廊，雙頰泛紅，簡直像是在探險。爸爸面無表情地望著他們。我們走了進去，他們站在婚禮公證人的面前（兩邊各站了一名證婚人），說出自己「願意」，互換了戒指，之後，爸爸就算是再婚了。他們給自己取了一個對他倆來說都相當新奇的名字；或者更精確地說，那是兩個各自寫出時優雅尊貴，擺在一起時就荒謬矯飾的名字。

我們前往海景樓餐廳（午餐地點）的途中，爸爸說，其中一個名字源於蘇格蘭，跟我們的親族有些淵源，因為很久以前，我們的家族其實就來自蘇格蘭。烏妮則說她家族有人用過這個名字。這我倒是可以採信，但爸爸說的絕對就是廢話無疑——我太清楚不過了。

英格威也正想著同樣的事——爸爸大放厥詞的時候，我們的目光交會。

餐廳裝潢與擺設頗具海洋風，我們被分配到最內側的一張桌子，點了鮮蝦和啤酒。爸爸和烏妮微笑乾杯。這畢竟是屬於他們的日子。

我在那裡灌下五瓶啤酒。爸爸察覺到了——他告誡我，別喝得那麼迅猛，但他的口吻並無任何不友善。我說我會喝慢一點的，但一切都在我的掌控之中吶。英格威得了流感，所以他比較謹慎。另外克莉絲汀也在場。他一直轉向她，總是坐在那邊，不停輕笑，閒聊不同的話題。

或許是拜酒精之賜，我時而亢奮（我有時能夠表達自己，毫無困難地面對所有人，這種傑出的應對方式，有時會在我的內心綻放——但並不常見），時而完全被隔絕在外。這種時候，桌邊所有人（甚至包括英格威在內）完全就是陌生人，是的，而且他們看來對我也完全不感興趣。

克莉絲汀顯然察覺到了。她經常從與英格威共處的兩人世界裡抽離，說點什麼，讓我也能一起聊天。他們在一起以來，她總是這麼做，就像某種意義上的大姊姊，某個我無話不談的對象，善體人意的人。然而，她也大我沒幾歲，所以這種大姊姊的氣息可能突然消失無蹤，正面相對的我們突然像是同齡的人，是的，彼此幾乎對等。

隨著時間推移，我們從海景樓轉移到爸爸的家裡。證婚人並沒有跟過來，但他們稍晚會回來，一同出席皇后街上護航艦餐廳的晚宴。我在爸爸的家裡繼續喝酒，開始變得醉態可掬，真是妙不可言又有點詭異——畢竟外面可是光線亮眼的大白天，所有走過街道的人都忙著自己手邊的各式雜務。坐在那裡的我愈發昏醉，就我所見，還沒有人注意到，因為除了稍微多話一點以外，我還沒表現出任何其他喝醉的跡象。酒精始終讓我強烈感受到自由與快樂，如一陣波浪將我捲起，在浪間的一切如此美好，而我唯一真正恐懼的就是回到原點，為了永不退回原點，我就得拚命喝，不停喝。當時間差不多時，爸爸打電話叫車。隨後我顫顫巍巍地走下樓梯，進入那輛將我們載到五百公尺外護航艦餐廳的計程車，這次車內塞得下所有人了。抵達餐廳，我們被帶位到那偌大廳室的窗戶旁邊（此刻除了我們以外，空無一人）。上午十點鐘起，我就不停喝酒，現在已經六點鐘了，當我正要抽出椅子坐下時，我差點撞上玻璃窗。我幾乎已不再能夠將其他人理解為「人」了，我聽不見他們說了些什麼，他們只剩下一張張模糊的臉孔，他們的交談只剩下一陣低沉的嗡嗡聲，我彷彿身陷一座森林，被一坨有點類似人形的樹木與灌木叢包圍——而不是出席我父親的婚禮，坐在一家克里斯蒂安桑的餐廳裡。

服務生走了過來。我們事先訂了餐，他此刻想要了解我們要喝些什麼。爸爸點了兩瓶紅酒。我點燃一根香菸，用昏聵無神的目光望著他。

「怎麼樣呵，卡爾．奧韋，你還行嘛？」他說。

「我好得很吶。」我說。「爸爸，今天這個大日子，真是恭喜你啦。我實在不得不說，你娶到超級棒的太太唷。我超級喜歡烏妮的唷。」

「很好。」他說。

烏妮對我微笑一下。

「可是，我該怎樣稱呼她哪？她總該算是某種繼母吧？」我說。

「你就稱她『烏妮』，這不就好了嘛。」爸爸說。

「你怎麼稱呼席瑟爾的？」烏妮說。

爸爸向她使了個眼色。

「媽。」我說。

「那你總可以稱呼我『媽』囉？」

「那就這麼辦囉。」我說。「媽。」

「講這是什麼**蠢話**來著！」爸爸犀利地說。

「娘，這葡萄酒好喝不？」我望著她說。

「當然咯。」她說。

爸爸狠狠地瞪著我。

「卡爾．奧韋，別再鬧了。」他說。

「是的。」我說。

「你們的蜜月旅行，打算去哪裡玩啊？」英格威說。「你們先前可沒有提過這個。」

「不，之後這段時間不會安排蜜月旅行。不過，我們今晚在這邊的旅館訂了一個房間。」烏妮說。

服務生走了過來，向爸爸展示那只酒瓶。

爸爸不感興趣地點點頭。

服務生在他的玻璃杯裡倒了一點酒。

爸爸啜飲了一小口，咂了咂嘴。

「真是極品。」他說。

「太好啦。」服務生說著，並將所有人的杯子都倒滿酒。

噢！在體驗過那發酸、冰冷、苦澀的啤酒味之後，我是多麼歡迎這暖熱、濃郁的口感呵！

我一連喝了四大口。英格威一手撐住下頜，望向窗外。從他另一條手臂的角度來推斷，他另一手顯然放在克莉絲汀的大腿上。兩名證婚人分別坐在爸爸與烏妮的兩側，一語不發。

「我們預定六點半上菜。」爸爸說。

他望著烏妮。

「也許，我們先去看看那個房間吧？」

烏妮微笑，點點頭。

「我們很快就回來。」爸爸說道，站起身來。「你們就先在這裡坐著，好好放鬆一下。」

他們相吻著，隨後兩人手挽著手離開了。

我望著英格威。他極其倉促地迎視我的目光，然後再度別開眼神。爸爸的那兩名同事仍呆坐在那裡，保持沉默。一般而言，我會感覺自己對他們有一份責任，會問他們一些毫無意義的問題，希望能讓他們自在一些（就算我並不在乎）；但現在，我可提不起精力這麼做。如果他們想要呆坐在那裡乾瞪眼，那就請便吧。

我倒滿了一整杯葡萄酒，一大口喝掉半杯，之後我走出去尿尿。我來到一條長廊上，一路走到盡頭卻找不到廁所。我循原路走回，下樓。這回進入某個類似地下室的空間，到處一片潔白，光照強烈，牆邊還擺著幾只袋子。我再度往上走。是這裡嗎？又一條鋪著寬幅地毯的長廊，在我面前延展著。不。我從接待櫃檯走出來。「廁所？」我說。「你說什麼？」櫃檯職員說。「不好意思，你知道廁所在哪裡嘛？」我說。他看都不看我一眼，指了指正對面的一扇門。我往那裡走去，踩著碎步避免跌倒，打開門，用手托住牆壁。真該死，終於到了。我走進一個小隔間，鎖上門。接著我後悔了，解開門鎖，廁所明明就是空的，不是嗎？的確，一個人都沒有。我快步衝向洗手臺，拉下拉鍊，掏出小雞雞，直接尿在水槽裡。只需一眨眼的工夫，黃色的尿液便完全覆蓋白色的水槽表面——而後才被吸入排水孔。之後，我再度走進小隔間，鎖門，坐在馬桶上，雙手撐住頭，闔上雙眼。下一秒鐘，我就不省人事了。

某一刻，我彷彿聽到有人在喊我的名字。我聽到「卡爾．奧韋、卡爾．奧韋」——我心想，我彷彿置身於山間，有人被派出來在濃霧之中找尋我。「卡爾．奧韋，卡爾．奧韋，」——然後我再度不省人事。

伴隨著一陣抽搐，我再次醒過來。我的頭撞到小隔間的牆壁。周圍一片死寂。

發生什麼事情啦？我在哪裡啊？

噢不，這可是在婚禮上哪！我睡著了嘛？救命喔，我剛剛居然睡著了！

我快步走出小隔間，用冷水沖了沖臉，經過接待櫃檯，進入用餐室。

他們仍然坐在那裡，注視著我。

「老天啊，卡爾．奧韋，你躲到哪裡去了？」爸爸說。

「我覺得，我剛剛鐵定是在打盹。」我一邊坐下。「你們吃過東西沒有？」

「吃過啦。」烏妮說。「我們剛剛用過餐。你要不要吃點什麼啊？我們在等甜點端上來。」

「給我甜點就可以囉，我沒那麼餓。」我說。

「等一下還有咖啡和白蘭地。會讓你恢復正常的，你就等著看吧。」爸爸說。

我將玻璃杯中的葡萄酒飲盡，又斟了一杯，頭有點痛，倒也沒什麼大礙，那一陣陣襲來的疼痛就像透過一扇半開的門溢出，而我感覺葡萄酒真是甘美——酒液彷彿能掩上那扇門。

我們離開宴會時，時間還不到九點半。我的確醉了，但這醉意並不若我來時那麼強烈，反而睡意比醉意更明顯，而葡萄酒和白蘭地還沒能補上。倒是爸爸突然醉得一發不可收拾——他貼在烏妮身上，站著等計程車，完全不想多走五百公尺的距離，而他可是費盡千辛萬苦才顫巍巍地晃進車內，坐到黑色皮墊上。

我們回到家時，爸爸從冰箱裡取來啤酒。烏妮將鹹花生倒在一只碗內。英格威開始不甚舒服，他正發著燒，躺到沙發上。克莉絲汀坐到我身旁的扶手椅上。

烏妮取來一塊羊毛毯子，蓋在英格威的身上。爸爸站在一小段距離之外，惡狠狠地瞪著他們。

「妳憑啥幫他蓋毯子呵？難道他還沒長大，不能自己蓋被子？當**我**不舒服的時候，妳可從來沒替我蓋過被子！」他說。

「有啊，我鐵定有替你蓋過被子啊。」烏妮說。

「沒有，妳從來沒這麼做過！」爸爸簡直是用吼的。

「請你冷靜一下嘛。」烏妮說。

「呸，講這是什麼屁話來著。」爸爸邊說邊走進廚房，坐到一張椅子上，背對著我們。

烏妮輕笑了一下。隨後她走到他身旁，好言撫慰他。我一口灌下了半瓶啤酒，氣泡開始讓我打起嗝來——此時我猛然想起克莉絲汀也在場，這才一邊用手擋住嘴巴，一邊吞了一兩次口水。

「對不起。」我說。

她笑了。

「就這個晚上的所有事情來說，這個絕對不算最糟糕的唷！」她的聲音低到只有桌邊的人才能聽到。

隨後，她低聲笑了。

英格威擠出一抹微笑。我走了出去，到冰箱前取新的啤酒。當我從這對新婚夫婦面前經過時，爸爸起身走進客廳裡。

「我要打電話給祖母。他們連一束花都不寄過來！」他說。

我打開冰箱，取出一瓶啤酒；突然間，我就這樣又回到客廳裡，彎下腰，取來桌上的開瓶器。

英格威與克莉絲汀略顯陰沉地呆坐著，目光空洞地望著前方。爸爸大聲講著話。

「我今天結婚啦，你們懂不懂啊？這可是我人生中的大日子呵！」他說。

我將瓶蓋扔到桌上，喝了一口，然後坐下。

「但是，你們總可以寄一束花過來吧！稍微做點什麼，表示一下你們還在乎，這不過分吧！」

一陣停頓。

「媽！是啊，拜託，媽！」他吼道。

我轉過身去。

他正在哭泣，淚水蜿蜒地從雙頰流下。當他說話時，他的面孔極度扭曲，成了一副痛苦的怪相。

「我今天結婚了啊！而你們不願意過來看看！你們甚至連一朵花都不願意寄過來！這還是你們親生兒子的婚禮喔！」

隨後他將聽筒一摔，目光空洞地瞪視著正前方，同時淚如泉湧。

最後他起身走到廚房。

我打了一個嗝，望著烏妮。她站起來在後面追著。廚房傳來抽噎、哭聲與高亢的話聲。

「你覺得。」過了一會兒，我望著英格威說道。「我們要不要利用現在這個時機，到市區去晃晃？」

他半站起身來。

「我生病了，現在發高燒啊。我想，最好還是回家吧。我們叫一輛計程車吧？」

「你不先問爸爸一下？」我說。

「先問爸爸啥？」爸爸說。此刻的他就站在客廳與廚房之間的入口。

「我們在想，現在可能得告辭了。」英格威說。

「不不，你們再待一下啊。」爸爸說。「你們的爸爸又不是每天都在結婚啊。拜託，行行好，這裡還有一點啤酒。我們就在這邊待著，好好地相處呵。」

「是啊，但是我發燒啦，我想，我得回家了。」英格威說。

「喔那你呢，卡爾．奧韋？」他用遲鈍、近於全然空洞的目光望著我。

「我們要分攤計程車的車資。如果他們要走了，那我也得走囉。」我說。

「好吧。」爸爸說著，站起身來。「那我就去睡啦。晚安，今天謝謝各位。」

他的腳步聲很快就從樓梯上傳來。烏妮來到我們面前。

「有時候就是會弄成這個樣子。」她說。「你們可知道嘛，這情緒可是很激烈的。不過，你們現在就離開吧，我們很快會再見面的。謝謝你們願意過來！」

我起身。她給了我一個擁抱；隨後，她也抱了抱英格威和克莉絲汀。

當我來到戶外時，我不得不坐在人行道上。我累得要死，根本無法站好，等待計程車開來。

隔天，我在家裡的床上醒過來時，剛發生的一切竟猶如夢境般不真實——我對任何事情都感到不確定，我過去可從沒醉成這樣，但原因不僅如此。爸爸醉成這副德行。我知道在清醒的人眼中，喝醉的人是什麼樣子——我感到焦慮，畢竟所有人都看到我在我爸的婚禮上醉成這副樣子。他也喝得爛醉，但這毫無幫助。原因在於，他是在接近尾聲（只剩下我們在他家裡，所有情緒如噴泉般湧出）才表現出這種醉態的。

我徹底讓他們丟臉。

我丟盡他們的臉。

就算我心懷善意，那又有什麼幫助？

我在愛蘭達爾度過那年夏季的最後數週。社區廣播電臺的編輯名叫盧尼，他以類似代理商的身分經營一些生意，將錄音帶賣給這一帶的加油站。某天晚上，我抱怨自己找不到暑期臨時工讀。他建議我可以到街頭銷售錄音帶。我可以用某個統包價格從他手上買錄音帶（對此他賺到的利潤有限，但他不太在意），然後，我可以自訂價格售出。每年夏季，挪威南部的這幾座城市可謂遊人如織，他們的錢多得流油。如果我們銷售那些還在暢銷金曲榜上的作品，肯定能大賺一筆。

「好主意。」我說。「我哥哥今年夏天住在愛蘭達爾，我也許可以到那裡試試看？」

「太完美囉！」

某天上午，我將一袋衣服、一張露營椅、一張露營桌、一張音效卡，還有裝滿整個紙箱的錄音帶塞進媽媽的車內（那整個夏天，英格威總是在使用那輛車），在副駕座坐定，戴上那副簇新的雷朋太陽眼鏡，往後靠著座椅。英格威發動引擎，開始駛下坡道。

正如整個七月，此刻豔陽高照。靠近河流這一側的車並不多。我搖下車窗，手肘靠在窗條上，自顧自地唱起鮑伊的歌曲；同時，我們颼颼地駛過那片雲杉林，閃亮的溪流時而浮現，時而隱遁。孩子們在沙灘邊際游泳，大呼小叫的笑鬧聲此起彼落。

我們聊了一下祖父與祖母的事情。前一天，我們才去探望他們。與索貝爾沃格社區（在那裡的最後兩年，時光彷彿驟然增速，使一切迅疾崩壞）相比，他們現在住的地方，時間彷彿完全陷入靜止。

我們開過伯克蘭小巧的市中心，隨後開到麗樂桑德，拐上E18高速公路。我在孩童時期經歷過無數次這段路上來回的車程，我對此再熟悉不過了。

我播放起一卷幻覺皮衣合唱團的錄音帶——我覺得妙不可言，這可是他們最商業化的專輯。

「我在倫敦的時候，有個女生來搭訕我，我跟你提過這件事沒有？」英格威說。

「沒有。」我說。

「她當時說，你看起來超像幻覺皮衣的那個歌手。然後，她還要別人替我們兩個合照。」

他望著我，笑了出來。

「我還以為，你比較像輕軌劇團裡演出的奧登自動櫃員機？」我說。

「是啊，不過你顯然比較不客氣噢。」他說。

我們開過漢姆生住過的北嶼莊園。我湊向前，試著讓視線越過英格威，朝那座我國三時班上的校外教學參觀過一次的莊園望去。當時漢姆生的兒子為我們導覽，我們得以參觀他寫作的小木屋，看了幾件他親手雕刻的家具。

現在那裡不見一條人影，一切顯得荒涼。

「你記不記得，爸爸曾經講過，他某次看過漢姆生搭公車去格里姆斯塔德？」

「我不記得了。」英格威說。「他有這麼講過？」

「有啊。一個拄著拐杖、留著白色鬍子的老年人。」

英格威搖搖頭。

「想像一下，這麼多年，他撒了那麼多的謊。那些被我們信以為真、而不知道是謊話的東西，想必還有一大堆。」

「是啊。」我說。「現在他搬走了，我還真不怎麼覺得難過。」

「是的。」英格威說。「我也不覺得難過。」

爸爸和烏妮已經在北挪威找到工作，他們會在那裡的同一所高中上班。最近幾週，他們已經將一切家當打包搬走，才剛寄往北部。再過一、兩天，他們就會親自北上。

「現在婚禮結束了，克莉絲汀是否有好一點了？我猜想，她對這件事情一定很感到震驚吧？」我說。

「是啊，這件事情並不尋常。」他說。

我們開入格里姆斯塔德，駛過奧登購物中心及挪威大酒店（漢姆生住過這裡，從事寫作）的舊建築，開上懸崖，轉入那條筆直的長路。

「可是那個旅館的房間，又是怎麼回事？他們說在我們用餐的旅館預訂了一個房間，他們甚至還去看了。可是，之後又怎麼樣了呢？」我說。

英格威聳聳肩。

「說不定我們離開的時候，他們就又回到那裡。」

「情況看起來並不像是那樣。」

「是不像，可是他們做的事情，有些是沒經過規畫的。比方他們親口說過，他們不會去度蜜月。但是隔天，他們就搭船去了丹麥，住在斯卡恩的旅館。」

「這倒是真的。」我說。

我們開過庫克園區；媽媽在這裡工作過，我在那裡上過一年的幼稚園。我伸長脖子，那裡先前有一座懸崖，我們曾經爬上懸崖上方的一棵樹。如果我沒記錯，我每天都這麼做。但那並不是什麼斷崖，只是岩壁上的一小塊裂縫；而那棵樹想必已經被人鋸斷了。我們接著駛入那道下坡，愛蘭達爾就位於我們下方——更遠端則是特隆姆島，彷彿正因濃鬱的鄉愁而閃動，被滿溢的日光所淹沒。

「喏？」英格威說。「你打算現在就把位子給喬出來，還是怎樣？」

「這可能會有點複雜。」我說。

也就是說，我們事先並沒有預訂攤位。按照盧尼的說詞，我只需要詢問一家商店，是否允許我在他們的店外，也許跟他們借用一下電源，然後希望他們別要求抽成。他的建議是：如果店家開始猶豫，就塞幾張百元鈔票。

英格威停好車。我們走進人行道。我隨機挑選了一家時裝店，詢問是否允許我在店門外的街道擺攤賣卡帶，以及是否方便借個插頭。這也是有可能為他們吸引一些客人。

沒有問題。

處理完這件事，我們開車來到他租的公寓。他在聖誕節前夕修畢了比較政治學課程，而後在當年春季取得預備教育學位，現在正在愛蘭達爾的中央大酒店上班，為他和克莉絲汀當年秋季的中國之旅籌足旅費。

公寓位於市區外的長灘旁。我會在那裡住上三週，睡在地上的一塊充氣床墊上。

我們上次這麼長時間相處，已經是我倆童年時期的事情了。

次日，他開車將我和我的東西載到市中心。站在清晨那寂靜的街道上，面向那湛藍、沉重、靜謐的海面，拉開那只七〇年代的老舊黃色露營桌，將創世紀樂團、法爾可、舞韻樂隊、瑪丹娜的卡帶與近幾個月最熱賣的其他產品放在桌上，從店裡拉出那條電源線，插上收音機，坐到椅子上，戴上墨鏡，按下播放鈕——這真是太美妙了。

愛蘭達爾之王，就是我囉。

我旁邊是冰淇淋小店舖。我才將手邊的一切整頓完，一個女生就過來打開小店的門。她將店外的人行道打掃乾淨，將幾只箱子搬進店裡，拿著一條抹布走出來，擦乾淨外側的窗戶，接著再走進店裡，消失不見了。

她超正的，紅褐色的頭髮、雀斑、貨真價實的曲線。當我半小時後再度看見她，她身穿一件白色的圍裙。

太讚了！

不過她沒有望向我，一次都沒有。

我會想辦法搞定的。

人們逐漸湧來，他們在這條狹窄的街道上來回走動，數度從我的桌子前經過。我仔細緊盯著周圍的情勢，也相當擅於辨識各人的面孔與身形。幾個人停下腳步，望著我的商品；一旦有人挑選了某卷錄音帶，我便飛跳起來，從一只我擺在桌旁的盒裡取來一卷錄音帶，將錢塞進口袋，「謝謝光臨」——我在一份清單上打勾，然後再度坐下。

這算是什麼工作唷！

十一點鐘左右，生意開始真正興隆起來。到一點鐘以前，我賣掉了一大堆錄音帶，接著生意再度變得滯悶而單調，直到下午四點前數分鐘收攤為止。那時，英格威來載我。

我在他家裡將該歸盧尼的錢分到一邊，收進一只塑膠袋。晚上我們出去吃飯，我就用剩下的錢。我一連點了好幾瓶冰桶裡的白葡萄酒，跳著舞，與每個來到英格威桌前的人講話。白酒是我在當年夏天最重大的發現，我簡直是當成水在喝，那種沉醉感使我輕鬆，充滿喜悅。

隔天，當那個女生來到冰淇淋店時，她對我微笑一下。那當然是相當幽微的一抹微笑，但是錯不了的。

我在十一點鐘左右敲了敲她的玻璃窗，問她是否能給我一杯水。

她倒了一杯，將水杯遞給我。

「我們是鄰居啊。妳叫什麼名字？」我說。

「希格麗德。」她說。

她的口音聽來不太尋常。「r」音發得相當僵硬。她將字尾的「d」也念了出來。

「妳是哪裡人啊？」

「冰島。」她露出最燦爛的微笑。

隨後互動就卡住了。她始終不曾與我攀談，而是對那抹幽微的笑、簡短的頷首感到滿足：新的一天開始了。

一、兩天後的晚上，我在迪斯可舞廳裡突然看見她。當時的我爛醉如泥，除了自己面前的那張臉孔以外，別的事物都看不清楚。次日早上，我在她的床上醒過來時，我記不清自己怎麼會落到這裡來，我不知道自己究竟做了什麼才會在她的床上，除了存於我記憶中、少量來自那間公寓的影像之外，一切都陷入暗黑——她只穿著內衣褲，我欺在她身上，我們調情，我深吻了她那壯觀的乳房，手伸進她的雙腿之間。她說，不行，絕對不行。我撐起身子，脫掉自己的內褲，就這樣全身赤條條地挺立在她的面前，此舉顯然沒能像我所預想的使她印象深刻——她就只是衝著我笑，再說了一次「不行」。恥辱感使我清醒過來。我現在留意到她已不再躺在那裡，但直到下一秒鐘，我才納悶她在何處。我坐起身子，朝著空蕩蕩的房間喊著「哈囉」。

沒有任何回應。她也許在廁所裡？

我爬下床。

救命喔，我全身**仍然**一絲不掛唷！

房間中央的桌上，擺著一張紙條。

嗨，愛蘭達爾的國王！

我已經出門賣冰淇淋去了。

我們也許改天見。

（出門的時候，請把門關好。）S.

老天，她為什麼要在「也許」畫線？

我穿上衣服，將紙條塞進褲子後口袋，按照她的要求關上門，走下那道半明半暗、散發霉味的狹窄樓梯。對於我現在身處何處，我一點概念都沒有。就我所知，我目前離市區相當遠。

我來到戶外時，陽光直接扎上我的雙眼。

眼前是一條街，對面則是一棟房子的屋牆。

市區是在哪個方向呢？

我順著這條街直走，在某個街角轉彎，隨後突然看出自己在哪裡。在高處，就在那座射擊場的旁邊！

我向下走到市區，避免經過那家冰淇淋小店，到那家名叫「花粉」的商店買了一罐可樂、一袋麵包球，坐著休息了一下。海水的氣味使我心情愉悅。

我在那裡待了好一陣子，望著所有進進出出的小艇，望著群聚的海鷗，望著對面沿著長堤行駛的車輛，一整片深藍、沉靜的天幕覆蓋住這一切——隨後我往上走到旅館找英格威。他正在協助幾名房客。我坐到沙發上，打量著他，看著他如何耐心地微笑著、禮貌地點點頭，用英語說了幾句什麼。他那件由旅館配發的西裝，可不怎麼乾淨。

客人離開以後，他朝我走來。

「你跑到哪裡去了？」

「我跟著那個冰店的女生回家。」我能聽出講出這句話的感覺，簡直是棒呆了。

「進展得怎麼樣啊？你們現在是一對囉？」

「完全不是。我醒過來的時候，她已經不在家裡了。不過她寫了一張紙條，還在『**也許**』底下畫線。我們**也許**改天見。你覺得她這樣是什麼意思？」

他聳了聳肩，突然對此失去了興趣。

「對了，克莉絲汀今晚會到我這邊過夜。」

「那我要睡哪？」

「你睡浴室。」

「你是說認真的？」

「是啊。這你總行吧？」

「行啊，我是想到你們會不會覺得怪哪。」

「沒事，這樣行得通。我已經事先提醒過她了。另外，我昨晚在她家裡過夜。」

最後倒也沒什麼問題。但躺在那狹窄浴室裡的床墊上，聽到英格威和克莉絲汀在外面咯咯輕笑，甚而笑出聲來，低聲交談，還是有點詭異。次日清晨，當我下樓，走在大街時，我感到緊繃。為了搶先她一步取得優勢，我大清早就出門。她翩然到來，露出那小巧的微笑，接著走進小店裡。我坐在自己的座位上，賣掉大量錄音帶，最終我走向她，請她給我一杯水喝。

她給了我一杯水。

「上次真是謝謝妳啦。」我說。

「不用客氣。」她說。

「今天晚上，我打算到外面找找樂子。妳想不想跟來啊？」

她搖搖頭。

「那明天晚上怎麼樣？」

她再一次搖頭。

「你不是我的菜啦。」她微笑說道。「不過，我們或許還是會見面。」

「那是啥時候呢？」

她只是聳聳肩，臉上掛著微笑。

我走回攤位上。日子就這樣一天天過去。她在小店裡忙著自己的事情；我則忙著自己的工作。有那麼幾次，我倆的目光交會，這種時候，我們會對彼此微笑。

但也就僅止於此。

我在書局買了簽字筆與紙箱，在桌旁那棵樹上立起一塊看板，寫著「遠版錄音帶」、價格、暢銷金曲榜上的幾個名字。沒過幾分鐘，一名大約四十幾歲的男子停下腳步，說不是「遠版」，是「原版」才對。

我明明就是寫作的專家，我的拼字也是無懈可擊的，因此我就說不對，你才拼錯了，就該像我這樣拼才對，就只有一個字母i。我固執己見；他固執己見。最後他只是搖搖頭走開。

我迅速地賺著錢。人們像是發了瘋一樣地前來購買我的錄音帶，一次就買下四、五卷。當夜幕降臨，我和英格威外出用餐喝酒時，我的出手就顯得闊綽。我像是畢生不曾喝過酒地猛灌著酒；要是我身無分文了，大不了明天賣掉更多卷卡帶就行。盧尼每星期會開著那輛紅色轎車過來一次，替我補足庫存。有些時候，我以前認識的熟人會路過這裡。就拿達格．羅薩爾來說吧——他這個暑假在某家銀行打工，他就跟以前沒兩樣。耶爾．普雷斯巴克摩在讀職業學校，騎著一輛光鮮又簇新的機車到處亂晃，就連他也沒怎麼變。至於約翰，班上那個凶猛的壞蛋——根據他自己的說法，他就只是無所事事，到處遊手好閒。

某一天，英格威和我前往特隆姆島的外緣，也就是爸爸過往總會帶我們去的那座海水浴場。他將車子停在射擊練習場上。我們往下方走，穿越一片緻密、多刺的灌木叢，我享受著石楠、松針與海水那無比美妙的氣味，以及隨之閃現的海景。大海宛如一片厚實、灰暗的山脊，已經俯臥在該處數千萬年之久。空中散布著各式各樣的昆蟲。我每踏出一步，就得重重地踩踏地面；這一帶有許多小青蛇，至少在我成長的時候是如此。

有一次，我和爸爸就曾在離我現在位置幾百公尺遠的地方遇上一條小青蛇。當時是春天。牠在日光下延展身子，躺在一道石階上。當時的我想必已經有十歲。爸爸完全失去了理智，開始朝牠扔石頭。當石頭命中時，我看見它們彷彿沉入蛇的身體裡面。那條試圖自救的蛇、那些一再砸入牠體內的石塊，直到牠一動也不動，身上還積了一大堆石頭為止。但當我們就要繼續往前走時，我的老天爺，牠居然再度開始爬動。爸爸走近牠，繼續朝牠扔石塊，他要我也來幫忙，我差一點就要嘔吐了，那條蛇已經一動也不動，而爸爸仍敢於走上前去，用他手上那顆大石頭將蛇頭砸得稀爛。

我轉過身。英格威緊隨在後。我們繼續循著冗長的裸露岩壁往下方走，在水畔找到一處僻靜的場所。我走到下面，望著那座現在已經沒那麼大的巨型壺穴。我探頭，躍入那持續發出轟鳴聲的水中，游到約一百公尺外的長條小島上，接著再游回來。我們仰面朝天躺著，任由陽光曝乾我們的身子，吃著消化餅與柳橙，一邊抽菸一邊喝咖啡。英格威提議，我之後可以跟到克莉絲汀家裡看看，這樣一來，他就不必開車再載我回市區。我說這樣做好嗎？他說當然啦，她們極其好客。此外全家人都去度假囉，此刻就只有她在家裡。

幾個小時之後，他將車子停在克莉絲汀的家門外。我們一同看錄影帶，吃披薩。近半年來，英格威經常到那裡去，他還挺喜歡她的雙親、她的弟妹們，而他們也很喜歡他。我理解到，在他們家裡，他就像他們的兒子一樣。

她的妹妹名叫西希麗，小我一歲。我凝視著她的照片，覺得她真是甜美到了極致。她的弟弟比她們要小得多，還在上小學。

我就在那裡過夜，睡在西希麗的床上。我們決定，隔天晚上，我們就一起出去外面找樂子，克莉絲汀會帶上幾個女性友人，但我們三個得先到餐廳吃飯。

晚餐時，我喝下兩瓶白酒。隨後，當我們待在迪斯可舞廳裡時，我又喝掉三瓶白酒。哎呀，那突然間站在我面前的人是誰啊？不就是冰淇淋小店的那個女生嘛？

我和她、克莉絲汀及英格威叫了一輛計程車，前往特隆姆島。我坐在前座。當我們還站著等待計程車時，我們的身體緊緊交纏在一起、愛撫著彼此。仍為此激盪不已的我將雙手伸向後座的她。她握住我的雙手撫摸著。我注意到，她的雙手很粗糙。

「哦哦，卡爾．奧韋。」後座的英格威說。

他們三人都笑了。

我氣急敗壞地將手抽回來。

「你到底喝了多少？」英格威說。

「五瓶葡萄酒。」我說。

「**五瓶**？」英格威說。「你是在說笑嘛？」

「不是。」我說。

「你現在的行為如此奇怪，也就不足為奇囉。換作是我喝這麼多，我應該會直接倒在路邊，頭昏目眩唷。」

「那是肯定的。」我說。

計程車停了下來，我付了車資，我們走進屋內。

同樣的事情重複了一遍；只不過這回的差異是，現在的她**全身**裸裎著。但是，不要，她不要。雪白、豐滿、貌美的她躺在那裡，不停說：不要，不要，不要，不要。

當我隔天早晨醒過來時，她已經不見蹤影。

仍然感到醉意的我走上樓，進到廚房，英格威和克莉絲汀正在吃早餐。

「她剛剛搭公車出門了。」克莉絲汀說。「她要我向你打聲招呼，也對昨天的事情謝謝你。」

此時戶外烏雲密布，這倒是不太尋常。我決定休息一天，躺在沙發上看書，直到英格威開車到城裡上晚班。隔天，她並未出現在小店裡。一名二十來歲的女生在櫃檯後的小窗口坐檯。我問她，希格麗德到哪裡去了。她說已經離職了，昨天是她最後一天上班。她是否知道她在哪裡？不，這個她就不知道了。

我後來又到克莉絲汀家裡作客了一、兩次。最後一晚，她全家人才收假歸來。我跟他們打了招呼。他們相當親切，完全符合英格威的描述。我們租了《現代啟示錄》錄影帶來看。克莉絲汀靠在英格威的身上，我則坐在西希麗的身旁。我們有時會互望彼此、露出微笑，很明顯地，我們就是各自家庭裡的弟弟和妹妹。不會讓任何人感到驚訝的是，我們各自的兄姊就要與彼此結婚了——而我們之間的關係就緊隨他們的模式，亦步亦趨。

那裡存在某種張力，我整晚都能感覺到，但這是什麼類型的張力呢？

我們對彼此都有點害羞，這就是原因嘛？

我看到她有時努力爭取主動權。她藉此彷彿想要表示，她和姊姊是平起平坐的，而她們更是兩個完全獨立的不同個體。

而這正是我喜歡看到的。她的意志力，以及那股力量如何引領她前行。

她跳芭蕾舞。克莉絲汀說她跳得相當好。高中畢業以後，她要申請芭蕾舞學院就讀。

她直接跌坐在沙發上的神態；當她微笑時，她的臉龐突然間變得無比坦率、真摯。

但是，不行的。我對此不能繼續多想了。

但我仍然繼續多想。

再過一星期，這份暑期工作就要結束了。英格威去找克莉絲汀時，我便跟著他一起去。我也相當喜歡待在那棟房子，氣氛真是溫馨，他們都是相當善良的人，這些都能反映在屋內的一切擺設上。

我親眼見到他們如何對待英格威，他對這樣的接待感到開心。

我心想：靠，你真是個該死的白痴啊，他總得享有這樣的待遇吧。

然而我也想著西希麗。當她身處同一個房間裡時，我全身上下都能夠感受到她的存在。

而我知道，她對我也有著同樣的感覺。

家長們先行上床睡覺了。緊接著，英格威和克莉絲汀也就寢了。我們在那間偌大的客廳獨處，隔著桌面、面對彼此而坐。我們漫無目的地聊著——原因在於我們所知道的事物（或者更貼切說，那些我所知道及我覺得她知道的事物），是我們無法談論或者以言詞來表達的。

「當他們成為一對的時候，我就在場。那時是在『雨雲小棧』。妳當時真的也應該來瞧瞧。那個場面超級可愛的。」我說。

「是啊，他們超級逗的。」她說。

「是啊。」我說。

我突然間陷入的，該是什麼樣的一種情境哪？跟英格威女朋友的妹妹，在特隆姆島上的一間屋裡獨處？

這其實並無任何奇怪之處。唯一奇怪的，是我的情感。

「好啦。」她打著呵欠說道。「該上床睡覺囉。」

「我打算再熬夜一下下。」我說。

「那我們早餐時間見。」

「好的。晚安啦。」

「晚安。」

隨後她就以自己一貫的自信、優雅步態走下樓，消失無蹤。我很快就要回家囉——真是謝天謝地，如此一來，我就可以將這一切拋諸腦後。

次日夜晚就是最後一夜。我去找英格威。值夜班的他賞給我一大片披薩。我在大廳桌旁吃光。他則繼續工作，有時走來閒聊兩句。他提到，克莉絲汀和西希麗在外面。克莉絲汀很快就會到這裡來，至於西希麗是否會跟來，他就不知道了。不過她的確跟來了。我跟著他們回家去，這可是最後一夜，再過幾個小時，我就要回到家啦。即使我知道跟著西希麗一起到外面遛達完全就是不智之舉，我還是這麼做了——我們並肩而行，沒有什麼想說的話語，就只是散步，聆聽彼此深邃而震顫著的呼吸聲，然後我們緊緊相擁，一再地親吻彼此。

「我們這是在做什麼呵？」我說。「我們可以這樣做嘛？」

「打從我看到你的第一眼起，我就一直想這樣做了。」她說著，用雙手托住我的頭。

「我也是。」我說。

我們相擁彼此良久。

「這真稱得上是末班車唷。」西希麗說。

「是啊。」我說。

「現在你可別後悔哦。或者應該說，可以，你當然有權利後悔。只不過你要是後悔了，請你直截了當說出來。你可以保證嗎？」

「我不會後悔的。我承諾。下個週末，妳在家嘛？」

她點點頭。

「既然這樣，我可以來拜訪妳嘛？」

她再度點頭。我們最後一次相吻，然後我便離開轉過身去。她招招手。我也招了招手。

當我走進旅館，準備取鑰匙時，英格威正站在櫃檯後檢視著某份文件。當我身處這霧氣瀰漫的暮夏夜裡，走在愛蘭達爾那陡峭的上坡路時，我心想，我們現在已經在一起了嘛？若是如此，我和英格威與這對姊妹在一起，豈不是很古怪嘛？前來探視已經成為情侶的兄姊或弟妹，這簡直有點像在耍猴戲，可不是嘛？但是，我為啥要在乎這個？他住在卑爾根，我住在克里斯蒂安桑，而再過不久，他跟克莉絲汀就要去中國了。

這使我感到震驚不已。

現在的她，正在回家的路途上。她同樣感到震驚不已。

隔天早晨，英格威開車載我去搭公車；我那時對此事不置一詞。我坐到車窗旁邊，望向他，他早已駛過對街。

我闔上雙眼，感受到深入骨髓的劇烈疲倦。公車拐進格里姆斯塔德市中心時，我睡著了，直到開過動物園時，我才醒轉過來。我在提米訥街口下車，搭另一條線路的公車，經過最後一小段上坡路到達波恩。公車經過索斯雷塔時，我瞧了瞧窗邊是否閃現楊．維達爾的人影（這是我長期以來養成的習慣）。不過他不在那裡。他的車也不在私人車位上。

我點燃一根香菸，低下頭俯視著瀑布。最後一公里的路途，感覺簡直不可企及——但我最終還是拾回了動機，將提袋揹上肩頭，開始前進。

當我踏上最後一段坡道時，媽媽就站在我們用來燃燒廢紙的桶子旁邊。一縷相當輕薄、近於透明的火焰在桶緣飄動著。她瞥見我，朝我走來。

「嗨。」她面露微笑說道。「你過得怎麼樣？」

「很好。妳過得怎麼樣啊？」

她點點頭。

「我過得挺輕鬆，挺好的。」她說。

「那好。我想我會去沖個澡、換個衣服。」

「去吧。我已經把餐點煮好了。你只需要加熱就行囉。你肚子餓嘛？」媽媽說。

「是的，我有夠餓的。」

晚上，我坐在書桌前閱讀，卻無法專心致志，思緒到處飛散，思緒的每一個落腳處都使我困惑，因為這些想法皆已不再熟悉。我不時望向戶外的庭院，看見那塊地，如何不著痕跡地與小片馬鈴薯田地後方的濃密森林銜接，我感受到風景就緊貼在我們的近旁，等待著，監聽著——這種感覺始終源自於黑暗，並在微風使樹葉顫慄、使枝條晃蕩之際變得更加強烈。一週以前我還從沒見過她，根本就不知道她是誰，現在我們居然在一起了。

那韓妮又過得怎麼樣呢？

小店裡的那個女孩，這又是怎麼一回事呢？

我彷彿正在玩一個拼圖遊戲，各片拼圖全來自不同的組件。所有拼圖都不相容，所有的組件都搭配不起來。

我下樓去，走向坐在客廳裡的媽媽。

「我不在家的時候，妳確定自己真的過得開心吶？」我說。

她將手中的書擱在茶几上。

「是的。」她說。「我確定。」

「所以，妳並不覺得孤獨囉？」我說。

她面露微笑。

「不會，並不會。我還有工作。我們有很多事情得處理。而且忙完以後，上來這裡待著，感覺也挺好的。」

那隻貓想必被我們的談話聲吵醒。牠躡手躡腳，帶著濃烈的睡意爬過地板，直接躍上我的膝頭躺下，頭部重重地貼靠在我的大腿上。

「那你呢，你過得怎麼樣啊？」她說。

我聳聳肩。

「挺有趣的。」我說。「我喜歡在街頭擺攤。從方方面面來說，我就是只活在當下，在大白天賺錢，到了晚上就花掉。」

「這樣喔？」媽媽說。「那你都花去哪了，嗯？」

「不是啦，用錢的方式很多種啊。比方說，我還滿常外食的。那當然要花錢的。有時候也跟英格威喝一點啤酒。只不過，我其實也存了一點錢。我今天帶著滿滿一袋子的錢回家，差不多有三千克朗。」

我並沒有點算過那些錢，其實我本已經完全忘記那些錢了。我起身走進門廳，察看袋子是否還在，打算把錢放到某個比塑膠袋妥善的地方。

然而那只塑膠袋竟不在。

我曾經將它擱在大門內緣的地上，是這樣沒錯吧？

是啊。就在鞋子上面啊。一只印有「貝斯蘭」字樣的白色袋子。它曾放在那裡。裡面可是裝滿皺巴巴的紙鈔。

或許媽媽已經處理掉了？

我再度走進客廳。

「門廳的那只袋子，妳拿走了嗎？」

她抬頭望著我，食指仍然抵著那一頁書。

「門廳的那個塑膠袋？我扔掉了。」

「妳扔了？妳是傻瓜嗎？裡面放了幾千塊啊！」

而那些錢甚至還不是我的，那是盧尼的。是的，屬於他的錢甚至還不止這個金額——最近幾天，我已經花掉少許本該給他的錢。

「你把錢放在那只袋子裡？」她說。「那只被扔在地上的袋子？這我怎麼可能事先知道？」

「妳扔到哪裡去了？」

「在桶子旁邊啦。我們通常在那邊燒廢紙啦。」

「妳已經燒掉了嗎？這可能嗎？妳燒了那些錢嘛？」

我舉起雙手搖晃著，加速衝進門廳，套上鞋子，快步跑上斜坡。

袋子就在那邊。

只不過，那些錢是否還在？

我將袋口撕開，朝裡面望去。

噢，慈悲又良善的上帝呵，感謝祢。錢還在。

我將袋子帶走，把錢倒在我房間的地上，數了數金額，略多於三千兩百克朗。我把紙鈔塞進書桌的抽屜，下樓回到客廳。

「你找到沒？」媽媽說。

我點點頭。我放了一張唱片，凝視書架的藏書片刻，最後取出《牧羊神》，跌坐在沙發上，開始閱讀。

距離再度開學只剩下一星期。我打算利用這段時間寫幾篇樂評。因此我徒步來到市區，拜訪施泰納・文斯蘭。他說很高興看到我來訪，他曾經試圖聯繫過我，打了好幾通電話，但都沒能找到我。

「是這樣的，我快要結束在這裡的職務囉。我在《祖國之友》找到了一份新工作。你當然還是可以繼續在這裡投稿，只是我不能保證會被刊登。這一切本來就是我的主意。」

「真可惜啊。」我說。

「還好吧。」他說。「但是，我還打算給你一個建議。我會負責那邊的青少年版與音樂版。你有沒有考慮過，幫《祖國之友》寫點什麼東西？席格比約恩・聶德蘭負責唱片樂評版，所以我不是要你寫那些東西。這你應該明白。不過你可以考慮在青少年版寫點什麼，或許也可考慮演唱會評論，與樂團訪談。」

「好的，我實在非常樂意。」

「太棒了。那麼，再會囉！」

人盡皆知《新南國》宛如正在下沉的破船，所以這可真是個好消息。《祖國之友》是所有人都會讀的報紙。如果我在報上寫了什麼，大家都會讀到。

我走到「唱片交易所」，買了五張白金唱片，慶祝自己的升遷——是的，我認為自己升遷了。我直接從袋子裡取錢，多個一兩百克朗或少一兩百克朗其實無關緊要，反正我總得以某種方式幫盧尼弄出錢來。

當我回到家時，英格威打電話過來。他很納悶，最後一夜發生了什麼事情？西希麗的行為變得如此奇怪、充滿祕密，而她現在又寫了一封信給我。

我描述了所發生的事情。

「所以，你現在跟西希麗在一起囉？」

「是的，簡單說就是這樣。」

「這樣豈不會有點怪嘛？」

「不會啊。會怎樣嗎？」

「不會嗎……？這樣總不會怎樣吧？」

「很好！」

但我無法使這一切變得合理。兩天後，我收到她的來信。她寫道，她頗感茫然，彷彿就像在夢中，她或許不應該敘述這些想法的，但當她那天晚上離開我的時候，她可是淚如雨下。我在星期五到她家去，我們獨處，得以好好地試探彼此。我們聊起究竟發生了什麼事情。她說，克莉絲汀所描述的一切、她看到的那些照片，都使她對我很好奇。她曾想過，我們也許可以在一起，當她見到我時，她希望我們能夠在一起，但這行不通的，我們就只是手足而已。我說，我也有類似的感覺。她說，英格威那天晚上曾經望著我們，他先是望著她，接著望向我，隨後再度望著她。那種氛圍瀰漫在空氣中。「是的。」我說。這讓我心痛。我們並不認識彼此，我們不確知那是什麼感覺，然而同樣的事情再度發生，我們突然擁抱、親吻彼此，隨後一起躺到床上……

但是我們並沒有發生關係。我覺得她還那麼年輕，我們還不熟識彼此，所以進展不能太快……

不對，其實這不是真正的原因。

實情是，還來不及發生其他事前，我就已經射了。

我感到如此丟臉，只能靜靜躺著，藉此避免被拆穿。

這還不僅止於那一次。往後的幾個星期，每當我們相處時，這種情況都會發生。

第一次在《祖國之友》參加編輯會議時，我提議寫一篇文章，探討備受歡迎的歌手席瑟爾．凱嘉波。「所有報紙對她讚譽有加。她的唱片售出無數張。但這究竟是為什麼呢？」我問道。

「好主意。你就這麼辦吧。」施泰納說。

我將標題定為《為什麼席瑟爾會賣座》。「好好品味一下這個名字。」我如是寫道：「席瑟爾．凱嘉波……」隨後我對那些人們會提起，與基督教、農民社會、國族主義有關的聯想大加揶揄一番。她在封面上可不是身穿頗有民俗風格的服飾嘛？她代表我所厭惡的一切，那些極其虛假、操弄、充滿了陳腐氣息的事物，簡直就是一張該死的世界明信片。有誰承受得了這種只強調美麗的事物？尤有甚者，它的形式居然還如此乏味？

接下來幾天，大量的讀者投書。其中一篇開頭是「卡爾．奧韋．克瑙斯高——好好品味一下這個名字」，隨後渲染大量與一座不毛、貧脊的石丘（knaus）有關的話語——以及生活在一座石丘上的莊園（gård[11]）該是多麼貧乏的一件事。《祖國之友》是很受歡迎的報紙，相當重視、迎合讀者的品味，我所追求的創新、前衛、挑釁般的風格並不為他們所喜。之後數個月，他們刊登了席瑟爾．凱嘉波的正面文章，而且數量多到令人咋舌。

我倒是超愛這一點。我的名字終於從籍籍無名的大眾之中脫穎而出啦——而且還是恰如其分，不多也不少。

就在我的文章刊出後的下一個週末，英格威來拜訪我。我們也一如往常，去探訪祖父與祖母。那一回，古納也在場。我們走進廚房時，他站起身來，直直地瞪著我。

「瞧瞧，世界冠軍來咯。」他說。

我蠢笨地對他笑笑。

「你以為你是誰啊，嗯？」他說。「你的表現就是一個超級大白痴，你懂嗎？不，這你是不懂的。你以為自己是個大人物。」

「你這話是什麼意思？」即使我非常清楚他在講什麼，我還是咕噥道。

「你憑什麼以為你就是對的，其他人全是錯的？你不過就是個十七歲的高中生！你什麼東西都不懂。結果，你仍然要當那個評論別人的人。笨得要死！」

我一語不發，低頭望著地面。英格威也低著頭。

「席瑟爾．凱嘉波是個相當親民、受到大眾喜愛的藝術家。她的風評相當好。所有人都很喜歡她。而你現在居然冒出來，說所有人都是錯的！你喔！不對。」他邊說邊搖頭。「不對，不對。」

我以前從沒看過他發脾氣或者震怒。我感到頗為震驚。

「算了，我可，我現在其實得走了。」他說。「英格威，很高興見到你。你還住在卑爾根嘛？」

「是的，目前為止是這樣。不過我秋天要到中國去。」

「去瞧瞧吧，出去見見世面吧！」古納說。

然後他就走開了。我們轉向祖父與祖母——對於這起小小的事故，坐在廚房桌邊的他們裝得若無其事。

「不管怎麼樣，我贊成你的看法。」我們坐進車內準備回家時，英格威說。「我覺得你寫的東西完全有

11　原作者的姓氏（Knausgård）即由挪威語的「石丘」(knaus）與「莊園」(gård）所構成。

憑有據。」

「是啊，可不是嘛。」我說著，輕笑一聲。這整件事情還真有點使人沉醉。

西希麗和我一連講了好幾個小時的電話。她經常鍛鍊，紀律與意志力極為強烈，而且性格很平易近人，對人生抱持坦誠的態度。但她身上也存在某種封閉或沉默——我雖然不理解，仍然注意到了。週末時，如果不是她來找我，就是我搭便車過去找她。我偏好待在她家，我還依稀記得，畢竟我在她家也被當成孩子對待（或許程度不若英格威那麼明顯）——我們都比較年輕、是其他人的弟弟或妹妹，這個客觀的事實，使得他人不那麼嚴肅地對待我們，我們彷彿就只會模仿，我們似乎不是我們自己，或者自身缺乏力量。

當我們得以獨處時，我們當然**就是**這副德性。秋意愈發濃烈，我們手牽著手，或者緊緊相擁，一起進入秋日的陰暗中。西希麗既可愛又剛強、既坦率又封閉，講著一堆熟人才聽得懂的用語，表現出自己率真的一面。

某天夜晚，我們一同走到我讀過的小學。校舍離她家不遠。我畢業時是十二歲，現在的我十七歲。那五年就像永恆，幾乎沒有任何東西，能將我與過去的我連結在一起；對於我年少時的所為，我幾乎什麼都記不得了。

但當我看到眼前彷彿在暗雨濃霧中飄浮的校舍時，種種記憶頓時在內心迸裂。我放開西希麗的手，走到建築物的旁邊，用手抵住那泛著黑斑的木板條。這所學校真的存在，不僅只是我幻想中的某個場所而已。激動不已的我熱淚盈眶。就在那短短的一瞬間，無比富麗的童年世界彷彿回來了。

然後就是濃霧了。我很喜愛濃霧，喜愛大霧為這個世界帶來的效果。

我憶起我和耶爾如何在濃霧中與安妮・麗瑟貝、希爾薇格到處跑來跑去，這段記憶擁有一種力量，使我一想到便覺得心痛，將我撕成碎片。溼潤的礫石路、溼氣中閃閃發亮的樹木、持續閃動的燈光。

「一想到你曾經在這邊上學，感覺真是奇怪。」她說。「我完全無法想像你是桑德訥斯人。」

「我也沒辦法。」我再度牽起她的手。我們沿著房屋正面朝附屬建築物走去。在我想像的世界裡，它是全新的，閃閃發亮。沿路上，我探頭張望，目光在各處搜尋，試圖將一切事物盡收眼底。

「可是，我們一定曾經同時在這裡上學吧？」當我們循著那條通向足球場的陡坡繼續往下走時，我說。

「是的。你讀六年級的時候，我讀五年級。」她說。

「克莉絲汀當時八年級。英格威則讀高一。」

「而現在我高二。」她說。

「是啊，這個世界可真小。」我說。

我們笑了起來，穿過那座空蕩蕩的操場，踏上那條穿越森林、通往皇港社區的礫石路。才走了幾百公尺，那種回到舊家的熟悉感就消失了。我們來到童年最外圍的邊界處，我只到過這一帶幾次，周圍的景觀有某種夢幻般的特徵，我發現並且得以識別出來。

一切是多麼的詭譎。待在這裡是多麼的詭譎；與西希麗（英格威女朋友的妹妹）一同待在這裡，是多麼的詭譎。進到媽媽的家裡，進入我們在那裡的生活（與我在外的生活差異甚大），也真是非常詭譎。

當時我剛到一家新建的社區廣播電臺工作，規模比較大，全新的設備，場地完善至極，他們問我是否有意願為他們工作，我想在那裡工作。我仍然在踢足球，仍然為報社撰寫文章，外出的頻率愈來愈密集。當我沒跟希爾如、拉許、艾瑞克一起鬼混時，假若楊・維達爾也沒有跟我在一塊，我便與艾斯潘、他的那一票朋友，或者廣播電臺的那夥人喝個爛醉。要將西希麗拉進那個世界裡，是很困難的。對我來說，她有著某種截然不同的意涵。當我在「酒窖」痛飲時，她顯得無比遙遠；當我和她坐在一起時，她又顯得如此貼近。

一個問題在於她是如此的執著，這帶給我某種優勢，而我又偏不想要這種優勢。同時，我遠遠不如她——是的，那幾個星期，乃至於好幾個月以來，我的地位真是低下到了極點，原因在於，我們的親密關係所揭露、緩慢浮現的可怖真相就是，我沒有能力與人打炮。我辦不到。一對裸裎的奶子，或者一只迅疾撫摸大腿內側的手就足以讓我射精——而真正的好戲還遠沒有開始哪。

每一次都是這樣！

噢，我就那樣躺著，躺在如此可愛的她身旁，將鼠蹊部壓向床墊，不讓我那丟人現眼的祕密被看穿。她還很年輕。我是多麼希望她千萬別弄懂這一點。她或許看出來了，但想必無法真正想像：這竟是一種永恆的狀態。

某天晚上，她以順帶一提的口吻說，她媽媽問過她，是否考慮過複合口服避孕藥。

她說出這番話時面帶微笑，但聲音裡蘊含著某種期待。而只想強行避開這個話題，甚或自我欺騙、相信這實際上不曾發生的我，已開始尋找後路。並不是因為這個啦，我也很想在一起啊，不對，還有其他更重大的問題，比方說，我們住在不同的城市裡，而我無法將我**所有的**休假日都奉獻給她。當我考慮到她（可謂相當偉大）的付出與奉獻時，我就是這麼想著。我知道她能夠為我付出一切，從她那充滿渴望的信中（即使是在我們與彼此分開僅數小時之後所寫下的）尤其能看出她的心意。

不行，我得設法從中抽身。

十二月初某個週六上午，她來拜訪我。她會停留到隔天，目的在於她的雙親來這裡接她回家時，要與我媽媽見面。他們很想要拜訪我媽媽，畢竟對這姊妹來說，她可是將來的岳母。某種程度而言，那也將確認我們之間的關係；而這也許正是我所不樂見的。我們到戶外散步，而且走得很遠。結霜的地貌景觀顯得冷硬，屋舍下緣的草坪覆著冰晶，在街燈映照下閃閃發亮。之後，我們與媽媽一起用了晚餐，隨後我們搭公車前往喀里多尼亞旅館。當時的她身穿紅色晚禮服，我們隨著克里斯．蒂伯《紅衣女郎》的樂聲翩翩起舞。我心想，不行，我沒辦法提分手，我不想這樣。

我們搭夜班公車回家。最後一小段路，我倆手牽手並行。天氣很冷，她緊緊依偎著我。我們走進屋內，脫掉大衣。我心想，我現在就這麼辦。我們走上樓去，西希麗走在前面，她打開我房間的門。

「妳要去哪裡？」我說。

她轉過身來，驚訝地望著我。

「準備上床睡覺了啊？」她說。

「妳得去睡那裡。」我指著英格威的房間，就在我房間的隔壁。

「為什麼？」她睜大雙眼望著我。

「已經玩完了。」我說。「我跟妳分了。我很難過，但是我們完蛋了。」

「你在說什麼東西？」

「已經**玩完了**。」我說。「妳得去睡那裡面。」

她按照我說的話做，每一個動作都很緩慢。我脫掉衣服，躺到床上。牆壁很薄，我清楚聽見她的哭聲，我用手指堵住耳朵，沉沉睡去。

隔天情況真是完全無望。

西希麗哭過。我看出媽媽很納悶，但她沒有問，我們也都不願意說。隨著時間過去，她的雙親駕車抵達。媽媽調理了一頓豐盛的早午餐。現在我們倆家人要一起聚餐，好好地享受人生。西希麗的臉上卻有淚痕，她相當沉默。我們的家長交談著，我有時插一句話。他們當然理解到不太對勁，但又不知道怎麼了，也許以為我們只是吵了一架。

但我們從來沒有吵架。我們歡笑過、嬉戲過、交談過、相吻過，一同外出散步（而且還走得滿遠的），一起喝葡萄酒，裸裎相對著。

他們在場的時候，她並沒有哭泣，只是安靜吃著東西，所有動作都極其謹慎。我感覺到，她的雙親也表現出顯著的關懷，彷彿以他們的舉止及為人將她包覆起來。

隨後他們總算駕車離開了。

他們要到愛蘭達爾，離這裡很遙遠，真是謝天謝地。英格威在這兩個家庭之間建立的橋梁，就更是顯得遙遠。

聖誕節連假與跨年夜之間，爸爸打電話過來。從他那鬆鬆垮垮的聲音，我立刻聽出他喝醉了。他無法真正駕馭醉態，他的聲音彷彿就在無形間摻雜了醉意，而且並未因此變得更深刻或更圓渾。

「哈囉。」我說。「聖誕節快樂。你們還在加那利群島嘛？」

「是啊，我們會多待幾天。你知道的，能夠擺脫黑暗真是舒服。」

「是啊。」我說。

「現在我們要生小孩咯。」爸爸說。「烏妮懷孕了。」

「真的啊？」我說。「預產期是什麼時候？」

「夏季剛結束之後。」

「聽來真是棒極了。」

「的確是啊，現在，你可有了一個弟妹。」

「這挺怪的。」

「這哪裡會怪啊。」

「我的意思不是這樣。我只是說，年齡的差異很大。再者我們也不會住在一起。」

「的確啊，當然啦。但不管怎麼樣，這都是你的弟妹。人與人之間最親近的關係其實也就是這樣。」

「嗯。」我說。

媽媽正在廚房裡將餐具擺上桌。咖啡機傳來幾陣軋軋聲，幾縷小小的蒸氣從壺裡騰起。我迅速地摩搓了胳臂幾下。

「你們那邊應該很舒服吧，嗯？你們可以游泳嘛？」我說。

「那是一定要的啦，無庸置疑的。我們從早到晚都躺在游泳池邊。我們覺得，能夠逃避老家的黑暗，真是舒服。」

短暫沉默。

「你母親在嘛？」他說。

「在啊。你想跟她講講話嘛？」

「沒有。我跟她有啥好講的？」

「這我就不知道了。」我說。

「那就別問這種愚蠢的問題。」

「喔。」

「你們聖誕節在索貝爾沃格嘛？」

「是的。我們剛剛才回到家。其實就在半小時以前。」

「所以他們那邊的人可都還活著？」

「當然啦。」

「而你的外婆病了？」

「是啊。」

「你應該知道她得的是一種遺傳疾病？帕金森氏症？」

「是喔？」我說。

「是的。所以你有危險咯。你可能會得這種病。這樣一來，你就知道原因是什麼咯。」

「等到真的發生了，再去擔心吧。」我說。「不過你哦，我們這邊現在要開動了。我得掛電話了。請代我向烏妮問好，並且恭喜她！」

「卡爾．奧韋，等我們回到家的時候，你可以找時間打電話來。你幾乎從來不打電話。」

「會的，我會打電話的。再會。」

「再會。」

我掛斷電話，走進廚房。貓咪躺臥在桌面下的椅墊上，多毛的尾巴從邊緣垂落。媽媽打開烤箱，放入幾塊冷凍的小圓法國麵包。

「我們家裡沒那麼多吃的，不過我在冷凍庫找到一些小圓法國麵包。你想吃幾個？」她說。

我聳聳肩。

「四個好了？」

她再將一塊小圓法國麵包塞進去，關上蓋子。

「剛剛是誰打電話來？」

「爸爸。」

我拉開貓咪旁邊的那張椅子坐上去。

「他現在想必正在享受溫暖的陽光，嗯？」媽媽打開冰箱。

「是的。」我說。

她取來乳清乾酪與硬質乳酪，從流理臺上拿來砧板放到桌上，準備要切乳酪。

「那麼，他說了啥？他們一切都好嗎？」

「沒有，他沒有特別說些什麼。他就只想要講講話。我覺得他有點醉。」

她把乳酪放上切片機，隨後拿起咖啡壺，為自己倒了一杯。

「你想喝嘛？」她說。

「好的，謝謝。」我將杯子遞給她。「不過他說了一件有點奇怪的事。他說帕金森氏症是遺傳的，說我有危險囉。」

「他這麼說喔？」媽媽迎視我的目光。

「是的，他就是這麼說。」

我將硬質乳酪的邊緣切掉，放上餐盤，隨後又改變主意，扔進流理臺下方的垃圾桶裡。

「對於這個，我其實什麼都不知道。」媽媽說。

「妳不用擔心。」我說。「妳總不會以為，我在乎他講的話吧？」

她坐了下來。我打開冰箱取來果汁，查看日期。十二月三十一日。我搖了搖，裡面還剩下一點點。

「所以，他真的這樣講？」媽媽說。

「是的。不過妳就別去想囉。正如我說的，他有點醉。」

「我是否跟你提過，他第一次見到你外公外婆的情景？」她說。

我搖搖頭。我打開櫥櫃，取來一只玻璃杯。

「他印象非常深刻，尤其是對你的外婆。他說，她彷彿是貴族的後代。」

「貴族的後代？」我坐下，將果汁倒進玻璃杯。

「是的。他看出了她的某種特別之處。他所講的尊貴感。你知道的，這跟他來自的嚴厲環境相比之下顯得很不一樣。我們並不符合『貧窮』的字面意思，我們始終能夠做到衣食無缺，只是沒有那麼充裕，事情就是這樣。但他很驚訝。也許是他們用一種他不習慣的方式來對待他。他們認真對待他。他們對待所有人都是這樣。也許，這件事本身沒有那麼奇怪。」

「他那時候幾歲？」

她露出微笑。

「那時我們倆都是十九歲。」她說。

「對了，妳想喝一點果汁嗎？裡面還有幾滴。」

「不必了，你喝掉吧。」

我喝光果汁，將紙盒扔進水槽。這一扔正中目標。突發的聲響使貓咪顫抖了一下。

「他談到了她的雙眼，這我記得。他說那是既強悍又溫和的眼睛。」媽媽說。

「其實也真的是這樣啊。」我說。

「是啊，你父親，他總是很擅長觀察其他人。」

「我現在可不相信這個囉，就憑他現在這種生活方式。」我喝了一口果汁。

發酸的口感使我的雙眼瞇成一條縫。

「我之所以這麼說，也跟這個有點關係。我是要讓你理解，他實際上的能力，高於他現在表現在你們面前的樣子。」

「這我料想得到。」我說。

一縷輕煙從烤箱上的邊緣、電爐最後端的閥門冒出。麵包烤多久了？六分鐘？七分鐘？

「他是個相當有才華的人，有許多想法。比他周遭那些人多得多，至少在我剛認識他的時候。而這恐怕就是個問題，他成長過程中，始終沒有得到合適、正確的迴響。你理解我的意思嗎？」

「是的，那當然。」

「是的。」

「但他如果真的像妳所說的，那麼有才華，當我們還小時，他怎麼能這樣對待我們呢？我可是一直都很怕他。真是有夠該死。」

「我不知道。」她說。「也許他覺得很困惑。也許他受到與內心想法不協調的外在要求所掌控。他在長大的過程中，承受一堆要求和法條。我們在一起的時候，我則提出了其他的要求，這鐵定完全不符合他的本性。是的，大致上想必並不如他的預期。」

「是的，他說過這些事情，有的。」我說。

「他說過？」

「是的。」

「所以你們會談到這些事情？」

我露出微笑。

「我實在不能宣稱我們談過。那更像是他呆坐原地不停抱怨。不過我覺得，麵包現在應該烤好了。」

我走到電爐邊，打開烤箱，盡可能迅速地將灼燙的小圓法國麵包一一取出，放進麵包籃裡，擺上桌面。

「所以妳的判斷就是，太多外來的規則，以及內心的一大團混亂？」我說。

她噘起嘴來。

「你的確可以這麼表述。」她說。

我將一個小圓法國麵包切成兩半遞給她。麵包烤得暖熱，某些灰白色的表面變得黏糊糊的，我塗抹的奶油一接觸到，便立刻融掉。我切下兩條乳清乾酪、抹上麵包，乾酪也隨即融化。

「妳為什麼不直接一走了之啊？」我說。

「離開你的爸爸？」

嘴裡塞滿食物的我點點頭。

「對於這個，我也捫心自問過許多次。」她說。「我不知道。」

有那麼一會兒，我們一語不發吃著東西。同一天早上，我們還在索貝爾沃格——一想到這點，這真是詭異。這似乎是很久以前的事了。那彷彿在另一個世界裡。

「不，我恐怕給不出什麼好的答案。」過了一會兒，她說。「有許多因素。離婚是一種失敗。而我們也與彼此一同度過了成年的人生。當然了，這會建構出許多連結。而我當初也很愛他。」

「我實在無法真正理解。」我說。「但妳說的，我聽到了。」

「人們對你的父親可以有很多評論。但是跟他在一起生活並不無趣。」

「的確。」我說著，接著走到門廳，從掛在那裡的夾克取來菸草盒。

「那麼，謝爾坦呢？」當我回到她身邊時，我說。「他的內心想必也存在著某種混亂。」

「是嘛？」媽媽說。

「是啊，不正是這樣嘛？」我打開盒子，將一串菸草塞入捲菸紙，稍微擰了一下，使它變得輕薄些。

「也許是吧。無論如何，他確實在追尋某些東西。我覺得，他這輩子都在追尋。當他找到某個東西，他就會握住不放。」

「妳想的是共產主義嗎？」

「類似這樣的。」

「不過，妳啊。」我一邊來回捲好菸草。「妳是否在追尋什麼？」

她笑了起來。

「我沒有在追尋啦！我努力活下來。這就是我所做的事情。」

我舔了舔黏貼處，摺起捲菸紙、點火。

隔天，我到外面過起夜生活。我先到高中某個熟人的家裡坐了一會，跟一整票人喝酒，偷了地窖裡的幾瓶啤酒，結果被趕出去。我跑到下方的市區，一切都被積雪覆蓋，我鞋底接觸的地面發出嘎吱嘎吱的踩踏聲。酷寒籠罩著我們，當我們走動時，我們撞擊著這片寒冷，強行穿越其中，而這冷冽還永不止息。在易北街的殼牌加油站，我們團團圍住一名身材矮小、搭訕女生的男子，大肆取笑他，高聲唱著：「**禿嚕禿嚕禿嚕來嚕！**」然後再唱：「**屄督屄督屄來督**。」當他轉過身時，我一腳踹了他的屁股。所有人哈哈大笑。我們付完錢走出來時，他與一個朋友站在外面等著。那名友人比他高壯得多。又有誰能夠預料到會變成這樣？我站在幫浦旁邊時，那小個子指著我說：**就是他**。大塊頭直接站到我的面前，什麼話也沒說，只管狠狠瞪著我。一秒鐘過去了，也許兩秒鐘過去了，隨後他賞了我一記頭錘。我癱倒在地。溫熱的鼻血流出、滴落在混凝土質地面。我心想，到底發生了啥事啊。他用頭頂我嘛？這倒是不痛。

我聽到霍克的聲音從背後傳來。他叫喊著：「我才十六歲啊！我才十六歲啊！」我坐起身來。他們逃跑了。霍克和另外兩個人跑在前面。大塊頭男子在後追趕，他手上揮舞著一把刀。我撐起身子，走向那幾個女生，她們沒有受到任何威脅。瑪麗安娜跑進店裡，取來一大卷衛生紙，我用來將血擦乾淨。沒過多久，霍克和其他人回來了。他們仍然驚懼不已，希望店員報警。那天晚上的能量就此消散，整群人鳥獸散，除了我以外沒有人想要繼續在外面找樂子。我只能叫計程車回家，呆坐在後座，凝視著窗外；同時我鼻腔與腦部的脈搏劇烈地顫動著。

我一打開家門就察覺到，英格威剛剛才到家。到處都是行李。他的夾克攤在板凳上，還有那雙厚實的踝靴。我決定給他一個驚喜。對此的喜悅，使我的胸口彷彿直冒泡泡。我打開門，開了燈，大喊一聲：「**塔——達！**」困惑的他猛然從床上驚起。我爆笑出聲，徹底失控，沒完沒了地笑著。他望著我。「你這是怎麼搞的？你的鼻子怎麼回事？」我笑個沒完，因而無法答話。他說：「卡爾．奧韋，我看你最好還是去洗洗睡啦，我們明天再聊。」

「你是直接從中國回來的喔？」我說著，繼續笑個不停，掩上門，走回自己的房間。持續咯咯笑的我脫掉外衣，鑽到床上。只要我一搖晃頭部，便感覺它好像一只抽屜，裝著許多滾來滾去的東西。即使我的腦袋現在完全靜止不動，還是能持續感受到晃動。隨後我就睡著了。

我被臉上的刺痛所喚醒。我想起先前發生過的事情，在濃烈的驚恐中坐起身來。然後我記得，英格威在這裡。

太好囉。

空氣中飄著微弱的煙味。他們在壁爐生了火。微弱的話聲從樓下傳來，他們鐵定在廚房吃早餐。

我套上T恤和褲子，走下樓去。

他們望向我。英格威面露微笑。

「我只是要稍微盥洗一下。」我溜進浴室。

噢，噢，噢。

我的鼻梁有點被撞歪了，腫脹很明顯，兩側的鼻孔滿是發乾、凝結的血塊。我謹慎地洗乾淨，走回廚房裡。

「昨天到底發生了什麼事情？」英格威說。

「有人用頭撞我。」我坐下，將一塊小圓法國麵包放到餐盤上。「我什麼都沒做。加油站裡有個男子直接衝上來撞我。隨後他手裡拿著一把刀，繼續追殺和我同行的人。光天化日之下施暴。」

媽媽嘆了一口氣，但什麼也沒說。下一秒鐘，這事就結束了，英格威繼續描述他的中國行。他已經描述了好一段時間，全然深陷其中，無法自拔，滔滔不絕。我眼前呈現那些景象。當他們抵達時，克莉絲汀的身旁圍了一大群人；他們睜大雙眼、緊盯著她的金髮。搭乘西伯利亞鐵路的火車真是一場歷險，西藏是如此使人如痴如狂，所有的色彩竟如此具有異國情調。寬廣的黃色河流、覆蓋著樹木的岩壁、異國色彩的大都會、廉價旅館、萬里長城、渡輪與火車，到處都是數不清的人、犬隻及母雞——與此地荒涼、冰封雪鎖的地貌相比，實在迥然不同。

兩天之後的跨年夜，英格威前往「風屋」。我則穿著閃閃發亮的新鞋、租來的無尾禮服，到男低音家做客。韓妮也在。我喝了伏特加還有果汁。我想要與她共舞。我們一起跳舞。我喝了更多酒。即使我上次見到她時已經過了很久，我還是說，我們將會在一起的。這簡直成了一種強迫症。她一笑置之。我很受傷，便跟其他人跳舞，愈喝愈醉。就在午夜十二點整，所有人——包括從這個街區屋舍走出來的人們——聚集在路上。場面登時變得混亂。人們點燃煙火，拖到最後一刻才鬆開手，煙火在聚集的人潮中到處亂飛。人們大呼小叫，刮擦與爆裂聲此起彼落。我注視著韓妮，她就站在那兒，打著哆嗦。她是如此美麗，無論如何，她就是這麼美麗。我心想，我憑什麼就不能當她的男朋友，緊緊抱住她呢。正是此時，一發煙火落在她的前方。

人們呼喊起來，紛紛向後退。

但這是個機會。我衝上前要將煙火一腳踢開時，它爆炸了。那是很奇特的感覺，我的腿感到一陣絕對的暖熱，低頭一望，褲子早已炸成碎片。我正在流血。就連鞋子也被炸出一個大窟窿！我完全不想叫救護車，某人用一塊抹布將血擦乾，替我包紮，我尖聲叫著：我就是葛拉罕上尉，我炸傷了腳，就是要讓韓妮理解，我是多麼愛她。我拖著破破爛爛的褲子、被血浸溼的繃帶，跳動了好一會兒，同時繼續叫喊，我是葛拉罕上尉——我甚而依稀記得自己曾坐在角落哭泣，但我對這一幕已經無法確定。不管怎樣，我在凌晨五點左右到家。為了不讓汽車的引擎聲將媽媽吵醒，我幾乎不記得我曾要求司機載我到下方的郵筒前（我總是在那裡下車），我幾乎不記得睡前曾將褲子和鞋子塞進衣櫃最深處。隔天早上，我拆掉繃帶，丟進塑膠袋，再塞進垃圾桶底，清洗了那道相當深的傷口，用ＯＫ繃貼住傷口，在家裡享用一頓豐盛的早餐。

我們並非獨自生活，但這並不意謂我們真的理解那些與我們一同生活的人。當爸爸搬到北挪威，他的形體與身軀不再站在我的面前，伴隨著他的聲音、脾氣與目光，各方面來說，他就已從我的生活中消失——在這一層意義上，他的力量即已削弱，轉為某種不時衝擊我的不自在感（每次他打電話來、某件事情讓我想起他時）。我內心的某處似乎被封存了，存在於其中的並不是他，而是我對他心懷的所有情緒。

那年聖誕節，他從加那利群島打電話來。往後，我才在他的筆記本讀到之後幾週的事情。他在文字當中的形影相當鮮明，彷彿從生活走入紙上——這或許就是閱讀他的筆記竟如此痛心的原因，他可遠遠不只是我對他心懷的情緒而已，不，遠遠不僅如此——他是一個完整的、活生生的人。

找到那些筆記本的人，是英格威。葬禮後的幾個星期，他租了一輛大型汽車，開回克里斯蒂安桑，取來爸爸存放在車庫的物品，接著他又開到爸爸最後幾年所住的挪威東部小鎮，將他遺留的少量私人物品收拾妥當，把一切載回斯塔萬格、收進閣樓，等到我南下時，再一起檢查所有東西。

當他在一九九八年的秋夜打來時，他說，有那麼一瞬間，他很確信爸爸還活著，而且還在高速公路上開著車，緊跟在他後面。

「我可是開著一輛塞滿他東西的車啊。你能想像嗎，要是他發現這一幕，他會多麼生氣呵？這當然荒謬到了極點，可是我那時候非常**確定**，他就跟在我後面。」他說。

「換成我，我也會有這種反應。每次電話或者門鈴一響，我就以為是他。」

「好啦，不管怎樣，我找到他寫的幾本日記。或者說，其實是筆記本。他每天都寫一點什麼。從一九八六年開始，到一九八七年、一九八八年。你得讀讀吶。」

「他有寫日記？」我說。

「嗯，並不算是，就只是一些比較零散的筆記。」

「上面都寫了些啥？」

「你得親自讀讀。」

當我幾天後南下與英格威會合時，我們幾乎將爸爸留下的一切全扔掉。我帶走了他那雙雨靴（十年以後，我仍然會穿）、一副望遠鏡（當我寫下這些文字的時候，它就擱在我的書桌上）、一套餐具與幾本書。再來就是這些筆記本了。

一月七日，星期三

五點半，老早就起床了。喝得爛醉。

只沖個冷水澡。

遊覽車在六點半從波多黎各啟程。在這裡也偷偷喝下一杯烈酒。

到了機場。買了Freestyle隨身聽。飛機九點半起飛；有點延誤了。

下午四點四十分到了克里斯蒂安桑。到奧斯陸的飛機，下午五點五分。問題有夠多。

在阿爾塔[12]也是一樣——我在這裡見到了哈拉德森。途經拉克塞爾夫（零下三十一度）。

搭計程車回家。屋子有夠冷。喝點自己帶的酒，暖暖身子。今天有夠麻煩。

一月八日，星期四

我努力想要起床去上班。可是我得打電話給哈拉德森選擇放棄。該死的戒斷——整天躺在床上……我嘗試閱讀《新聞週刊》。連看電視都做不到了。明天還要上班？

一月九日，星期五

七點鐘起床。吃不下早餐。

上班。我撐不過最初的那三節課。午餐時間嚴重腹瀉，必須將空檔時間撥給HK。得去找提神飲料——蘭姆酒加可樂。它很有幫助，真是太神奇了。下午和晚上很平靜。在播放新聞之前睡著了。

一月十日，星期六

睡很久。在廚房裡解決掉一瓶雪利酒。在一瓶藍色斯米諾伏特加相伴之下，度過這一晚！

一月十一日，星期日

當我醒來時，就感覺這會是麻煩的一天。還真的是如此！

一月十二日，星期一

週一的凌晨睡得很糟。我躺在床上扭攪著身子，聽到「聲音」。上班去。我開始上英語基礎課程。體態不好的時候，實在有夠沉重。晚間授課壓力就更大了！

一月十三日，星期二

12　Alta，北挪威的市鎮。

又是一夜無眠。身體好像不能接受沒有酒精似的。上班去。

一月二十日，星期二

夜裡又睡得很糟。沒有使用「睡眠藥」的時候，總是會變成這樣。過了一個半小時，就已經太累，沒辦法把工作做好。晚餐吃鱈魚乾——就我所知最好吃的東西。晚餐後我睡了一覺——這個盹可真夠久的——睡到十點。我工作到三點。現在晚上工作已經很尋常咯！

這些紀錄以同樣的風格持續著。每個週末，他都會喝酒，但他也愈發頻繁地在平日喝酒，然後，他會試著戒酒，幾天，甚或幾週不碰酒，然而就是行不通。他睡不著覺、焦躁不安、聽見「聲音」、累得要命——讀到他前往菸酒公賣局或啤酒店鋪、購買使情緒亢奮的飲品、讓自己的靈魂得以寧靜，簡直成了一種解脫。

三月四日（星期三）的行事曆上，只寫著「英格威、卡爾．奧韋和克莉絲汀」。當時是冬季的滑雪假期，我們去拜訪他。爸爸支付我們所有人的旅費。烏妮邀請了她的兒子菲列克，我們抵達時，他們已經在那裡了。從克里斯蒂安桑到卑爾根的旅途中，我和克莉絲汀一起搭飛機。由於西希麗和我先前發生過一些事，我當然有點緊張。不過她對這事不置一詞，相當平常地與我互動。英格威在卑爾根上機。我們一同飛到特隆姆瑟，轉乘小型螺旋槳飛機，完成最後一小段旅程。

下方呈現出一片潔白、荒蕪的景觀，幾乎看不到任何房屋或道路。當我們飛臨機場時，要緩慢降落是不可能的。想都別想——飛機猛然落地，我恰好來得及想到，它就活像一隻攫住獵物的掠食性飛禽。就在輪子觸及跑道的同一刻，我們猛然剎住，被甩向前方座位。

乘客魚貫走出機艙，踏上通往小型航廈樓的停機坪。天氣陰冷而多雲。地貌一片潔白，不時夾雜著黑亮的狹長地帶——那些區域的地勢實在太過陡峭，無法生成積雪。

爸爸站在航廈入境大廳內等候著。他顯得拘謹而緊繃。他詢問我們旅途是否順利，卻沒有聆聽回答。當他插入鑰匙、解開手煞車時，他的雙手顫抖著。駛過那瀰漫著霧氣、荒蕪而壯闊的景觀、進入市區的車程中，他一語不發。我注視著他的手，穩穩當當地擺在排檔桿上；但他一將手從那裡移開，他的手就顫抖起來。

他將車停在房屋外。屋子的方位朝向海邊，位於市中心一小段距離外。從房屋的外觀來看，這裡的住宅區必然建於七〇年代。他們將樓上完全租了下來，客廳外面就有一座偌大的露臺。玻璃窗表面顯得多節、不平；即使這裡距離大海尚有數百公尺，這必然是海水中所挾帶的鹽粒造成的。烏妮在門口迎接了我們，她微笑，擁抱大家。那個想必就是菲列克的男生，坐在客廳的扶手椅上看電視，看到我們走進來，他起身說了一聲「嗨」。

他露出微笑。我們也是。

他個子很高，留著深色頭髮，在房間裡的存在感很強。當他再度坐下時，我走進門廳取來背包。當我經過廚房那扇開啟的門時，我瞄了爸爸一眼。他正站在冰箱前，直接從瓶子裡喝啤酒。

烏妮帶我們去看過了我們的寢室，我把我的東西放在裡面。當我回來時，第一只空瓶已然放在桌上——他正在海灌第二瓶酒。他打了個嗝，把瓶子放在第一只酒瓶旁，抹掉鬍鬚上的泡沫，轉身面向我。

他身上那股緊繃的氣息已經一掃而空。

「你肚子餓不餓啊，卡爾・奧韋？」他說。

「是啊，我是有點餓了，不過不必趕時間。我們可以在你們合適的時間開動。」我說。

「我今天買了紅酒和牛肉，我們可以吃這個。或者吃蝦子。你知道嘛，他們這裡的蝦子可是既大隻又可口。」

「這兩個都很可口。」

他又從冰箱裡取出一瓶啤酒。

「放假時來一瓶啤酒，真夠好喝。」他說。

「是的。」我說。

「你等一下就可以來一瓶，配餐喝。」他說。

「很好。」我說。

英格威和克莉絲汀已經坐在沙發上。他們就像置身於陌生場所的人們，張望四周，謹慎吸納周圍的資訊，同時始終將注意力擺在彼此身上——這不盡然要以目光來表現，但他們仍像彼此相愛、完全活在兩人世界裡的情侶那樣親密。克莉絲汀表現出的喜悅與自然，令人感到不可思議；英格威頗能分享、接納她的喜悅，這對他來說相當好。他只有在與她相處時，他身上才會散發出那種近於孩子氣的光彩。

菲列克坐在茶几對面的扶手椅上，拘謹地回答英格威和克莉絲汀的提問。他小我一歲，和自己的爸爸住在挪威東部鄉間，踢足球，對釣魚有著超乎尋常的愛好，喜歡U2樂團與怪人合唱團。

我在他旁邊的椅子上坐下。沙發上方的牆上，掛著爸爸離婚後拍的照片。其他牆上放著更多我們舊家的照片。角落裡那套家具，是爸爸過去總是放在辦公室裡的。地毯也是從過去來的。我可以看出哪些家具是從烏妮的公寓運來的。

爸爸坐到沙發上，他一手摟住烏妮，另一手拿著一瓶啤酒。我心想，對於英格威和克莉絲汀在這裡，我覺得滿高興的。

爸爸向英格威提出問題。他的回答很簡短，但並不至於不友善。過了一會兒，克莉絲汀試圖讓氣氛變得輕鬆一些，她問了一些這座城市的問題，以及他們任職的學校如何。這時，回答的是烏妮。

爸爸逐漸將注意力轉到菲列克身上。他所用的腔調顯得詼諧而開心。菲列克全身上下都表現出排拒之意，他顯然並不喜歡爸爸，而我頗能夠理解這一點。無法聽出他說話方式有多麼虛妄的人，必定就是白痴——他簡直就是在跟一個小孩子講話，而聽不出他是為了烏妮才這樣做的人，鐵定也是白痴。

菲列克簡短地回答。爸爸木然地直視前方數秒鐘。烏妮對菲列克說了幾句溫和但帶有責難意味的話，他感到渾身不自在，坐立難安。

爸爸紋風不動地坐著，又喝了一會兒的酒。隨後他起身將褲子拉高，走進廚房，開始料理晚餐。我們其他人則跟烏妮坐在客廳，聊著天。當晚餐在八點左右端上桌時，爸爸已經喝醉了；他想要討好所有人，但他的嘗試顯得如此不坦誠，使得他看來笨拙不堪。這尤其讓菲列克感到苦痛。我們已經習慣他了，也沒有什麼好損失的了，而菲列克的母親卻還要屈就這個白痴。

爸爸呆坐良久，一語不發，表情滯悶而不悅。然後他從桌邊起身走進臥室。烏妮跟了過去。我們聽見他們的談話聲。他們若無其事地回來，談論著自己剛度過的假期、他們對旅行社提出的訴狀。我們獲悉，爸爸在度假地點崩潰了，他在房間裡滑倒，不得不搭乘救護車到醫院去。他說，那是心臟衰竭造成的。而不管怎樣，由於當時發生了好幾起事件，他告了這家旅行社。他和導遊吵架，在旅館裡和其他遊客吵架，他們全都衝著他們來，是的，他們簡直在霸凌他，這就是爸爸心臟衰竭的起因。他在醫院躺了兩天。他讓我們看了幾張照片，某幾張實在令人極度不舒服——一系列的照片顯示一對坐在露臺上的夫妻，照片的焦距愈來愈近，那對夫妻站起身來，威脅般地揮著拳頭，朝相機走來。他們是在幹麼？「瞧瞧，這些惹人厭的傢伙。」爸爸說。「一群沒情趣、掃興的傢伙。他們簡直跟古納沒有兩樣。」「現在是怎樣，這跟古納有啥關係？」英格威說。「古納？」爸爸說。「是啊，我正要說這個呢。一整個夏天，他在易北街那棟房子的周圍晃來晃去、不時窺探著。你知道嘛，他想要看管我，讓我不要一直喝酒。我這個兄弟呵，還真是光鮮亮麗喔。他甚至直接對我這麼說。你信不信？他說，我或許可以稍微戒一下酒？他想看管自己的哥哥？我喔，當他比一顆拳頭還要小的時候，我就已經是大男人咯。一個堂堂正正的大男人，在自家後院喝個啤酒，有什麼錯呵？他實在太過分咯。你們瞧瞧他巴結祖母和祖父的樣子，他就只想要那棟房子而已。他一直都想要弄到那棟房子。最後，他也會如願以償的。他把自己身上那些毒素散播到他們身上。」

我什麼話也沒說，迎視英格威的目光。

他怎麼能夠敗壞到這種地步？他們可是兄弟，古納是他的弟弟，古納將自己的生活管理得井然有序，而且還不只如此——他帶大的孩子們也跟他相當親近，他們充滿了信任感，我每次見到他們時都能看出這一點，他們的眼中全無懼色——正好相反，他們多麼喜愛自己的父親。如果他告訴爸爸，說爸爸喝太多酒了，那實在很恰當啊，不然要由誰來說這些話哪？我嘛？哈哈，這真是太好笑囉。至於那棟屋子？古納是兄弟中唯一使用過它的人，而他也總使用著那棟房子，喜歡那裡的生活，而爸爸可做不到這一點。要是爸爸能弄到那棟房子，他一定會立刻賣掉。

我望著他。他仍然呆坐在那裡，目光含糊，嘴角出現他酒醉時慣有略顯蠢笨的抽動。

「也許明天再讓你們看看投影片比較好，現在挺晚的了。」英格威說。

「什麼投影片？」爸爸說。

「中國那些投影片。」英格威說。

「噢，對喔，是啊。」爸爸說。

烏妮伸展一下身子。

「好啦。」她說。「現在，我得去睡覺了。」

「我之後就過去。」爸爸說。「我只是要跟我的兩個兒子講講話——他們可是大老遠特地跑過來，探望自己的老父親呢。」

烏妮用手輕輕拂過他的頭髮，然後走進臥室裡。門才一掩上，菲列克就站起身來。

「那麼，晚安囉。」他說。

「你也要閃人啦？」爸爸說。「你該不會是懷孕啦？」

他笑了出來。我望著菲列克，揚了揚眉毛，向他暗示：有這種看法的，可不僅是他一人。

「我也很累囉。」克莉絲汀說。「要嘛是旅途造成的，要嘛就是海風造成的。不管怎樣，晚安囉！」

她消失以後，在座只剩下我們三人——我們都一語不發。爸爸目光空洞，望著正前方，喝光手上的啤酒，隨後他又取來一瓶新酒。我並沒有喝醉，但竟覺得自己醉了。

「啊哈，現在就剩下我們咯。」爸爸說。

「是啊。」我說。

「就跟很久以前一樣。在提貝肯社區的時候，你們還記得嘛？英格威，還有卡爾・奧韋。坐在廚房裡吃早餐。」

「我們又怎麼能忘記呢？」英格威說。

「的確不會忘。」爸爸說。「可是，我過得也沒那麼輕鬆唷。你們應該知道這一點。」

「很多人的日子過得很艱難。但是，可不是每個人都會發洩在自己的小孩身上。」英格威說。

「的確不是。」爸爸說。

他哭了起來。

「你們在這裡，這讓我很高興。」他說。

「你非得這麼傷感不可嘛？」英格威說。「我們難道不能用一種正常的方式聊聊嘛？」

「現在烏妮的肚子裡有個小寶寶咯。這會是你們的弟妹。好好想想這一點。」

他在淚眼中露出微笑，將淚水擦乾，把那瓶酒喝光，然後捲了一根香菸。

我迎視英格威的目光。沒希望囉——他唯一講的出來的，就只有成堆的廢話。

「我要去睡覺囉。」英格威說。

當他離開時，爸爸什麼話也沒說。我不希望他獨自一人坐著，所以我又多待了一會兒，但他無意回到房間裡，仍然一語不發（他只是呆坐在原地，睜大雙眼凝視著客廳）。最後，我也起身離開，上床睡覺去。

隔天吃完早餐，我和英格威、克莉絲汀、菲列克走到市區，在雪覆蓋、如夜幕般漆黑、風吹拂的街道上遊走片刻。英格威和克莉絲汀走進一家服飾店的同時，我和菲列克坐在一家咖啡廳裡聊天。我們交流了幾個樂團的名字，藉此奠定了某種共通點，接著開始談論在這個被上帝所遺棄的鬼地方到底能夠做什麼。我們總不能一直龜縮在公寓裡啊。他說，有一座游泳池離這裡不遠，我們稍晚或許可以去看看？當我們回到家時，烏妮說這是個好主意。「是啊，這真是個好主意。」待在客廳裡的爸爸說。「我已經好多年沒去過游泳池咯。」「你要跟去嘛！」烏妮問。「是啊，妳有什麼意見嘛？」他說。我察覺到，菲列克並不開心，但我想，這樣應該還是行得通吧。從現在到晚上，還有很長一段時間。由於爸爸已經灌了一、兩瓶比爾森啤酒，就由烏妮開車載我們去。我們拎著東西走進更衣室，坐到板凳上。

爸爸開始脫衣服。

我別過臉去。我可從來沒看過他脫衣服，可從沒在他做出這麼私密的動作時，與他共處一室。摺好長褲，將捲成球狀的襪子放在上面，解開襯衫，同時仍坐在板凳上。

我全身發熱，不知道該將眼神往哪裡擺，該怎麼做才對——他現在脫掉了內褲，幾秒鐘以內，他全身赤裸。

我過去從沒看到他的裸體。當我任由自己的目光略過他的全身時，我內心一陣顫抖。

他望著我，露出一抹微笑。

其他的一切全消失了，在他轉過身去穿上泳褲之前，他留給我的就只剩下那一抹微笑。

我套上泳褲。我們一起走進寬敞的泳池。

當我們回到家時，烏妮為晚餐準備了起司火鍋。爸爸則憑一己之力喝掉整瓶紅酒。之後，英格威和克莉絲汀展示了他們在中國的投影片（烏妮還從學校借了一臺投影機），他們講解著，爸爸則只是呆望著，完全不表現任何興趣。我看出英格威對此很惱火，而我心想，他不用在乎這個，別理會爸爸就行了。

菲列克語帶諷刺，回答爸爸的問話。爸爸動了怒，糾正他。這讓烏妮暴跳如雷，她索性躲回臥室裡。

他順利起身，踉踉蹌蹌地跟在後面。兩人在臥室裡大吼大叫。我們則坐在客廳裡，假裝啥事都沒發生。先是某個物體砸到牆面的聲音，然後是一聲轉為淒厲尖嚎的喊叫，隨後一切歸於平靜。爸爸走了出來，什麼話也沒說。他喝了一點酒，突然抬頭望著我們，露出自己那副蠢笨的微笑，然後望著菲列克，說如果他有意願，他們早上可以一起去釣魚。他說，他的親生兒子們可不怎麼喜歡釣魚。

在爸爸記錄於行事曆上的所有日子當中，我就只對上述這一段情節有著清晰的記憶，這想必是因為，這是我在他的人生之中，第一次，也是唯一一次看到他的裸體。

行事曆寫著：

三月六日，星期五

和K. O.與菲列克在游泳池。再次游泳的感覺真奇怪。回到家吃火鍋，看那些中國投影片。然後聊天。喝太多。發了脾氣。烏妮很難過——把時鐘給毀了。

真是糟透了。

待在北部的最後一個夜晚，當其他人都已上床就寢時，我仍獨自一人坐在客廳裡。我抽著菸，沏了一壺茶，閱讀一下自己找到的一本書，取來他們的相簿，想要再瞧一次他們那些令人不舒服的照片，而我在下方找到了幾份文件，旅行社收到醫院通知，爸爸坦言，他心臟的問題，乃是由過量的藥物使用及酗酒所造成。

我讀著，渾身上下感到冰寒。

藥物？

他究竟使用了什麼藥物？

我翻閱存放在那裡的好幾份文件。其中一些，與當年春季、顯然牽涉到他的訴訟案件有關。起源乃是一起在克里斯蒂安桑客運站，與保全人員之間的爭執，當我閱讀時，我想起他提過這件事，他受到了騷擾，不過我倒是不曉得他鬧上了法院。不管怎麼說，他輸了訴訟，而且一切很快就結束了——他還被判定要支付法庭訴訟費。

他到底在幹麼？

我將相簿擺回原位，刷完牙，走進有床的狹窄房間，脫掉外衣，縮進床上，關燈，頭靠到枕頭上。

但我睡不著。過了一段時間，我爬了起來，坐到沙發最接近電話的那一端，打給韓妮。

我有時會在半夜打給她。要是接電話的人是她爸爸，我就會掛斷；但他從沒接起過，話機就擺在她房間的外面，她總是能夠率先接起電話。這一次亦是如此。

我們聊了一個小時。我稍微描述了這裡的事情；今年夏末，我將會迎來一個弟弟或妹妹，我很納悶到時會怎樣。我聊到了爸爸現在這副樣子，聊到英格威和克莉絲汀的現況。她聆聽著，當我講到有趣的事情，她會笑出來；過了一會兒，我內心的重擔就會減輕，我們會轉而開始談論其他事，即將到來的學位資格考試、我所有的曠課行徑、她的合唱團，還有我們畢業後將要做什麼。

突然間，門被推開。爸爸衝了進來。

「我得掛了。」我說完，就掛斷電話。

「你這是在幹麼，該死的小屁孩！」他說。「你知道現在幾點鐘了嗎？」

「對不起，我已經盡可能小聲了。」

「是誰准許你使用電話的？你講多久了？」

「一個小時。」

「一個小時！你知道這要花掉多少錢嗎？我支付了你來這裡的機票。結果你就用這個來答謝我呵？現在馬上給我滾上床去。」

我低下頭（避免讓他看到我眼中的淚水），半側著身子走回房間裡。心臟猛跳，恐懼感溢滿了全身。

當我舉起其中一隻腳，準備脫掉褲子時，我竟全身發抖。

我等著，直到確定他已經睡著為止。然後我再度溜下床，找到一枝筆與一只信封，用諷刺的口吻寫了幾行字，對於借用了他那尊貴的電話，我實在深感遺憾，不過無論如何，我在此奉上通話費。隨後我將一張一百克朗的鈔票塞進信封，沾了點口水封上，在信封寫上他的姓名，塞到書架上。我離開以後，他鐵定會找到它的。

除了他打電話過來，或者以其他方式出現時，我在自己家時絕少想到爸爸。然而，這不代表一切順利。我愈發明顯地過起了雙面的生活。晚上，我喜歡和媽媽待在家裡，我們可以喝茶聊天、聽音樂、看電視，或者各做各的。不過我也喜歡在外面過夜，甚而喝個爛醉。我沒有駕照，而公車班次很少。媽媽總是說，她可以來載我，沒問題的，就算是三更半夜，我還是可以打給她。我打了電話；她接聽了。一小時以後，我就坐進車內。她沒有出言反對我喝酒，但就算以婉轉的方式來表達，她還是不喜歡醉酒。因此我得在她面前隱藏這一點。我藉由在別人家裡留宿，或者告訴她不必來載我（現場有人持有駕照），來解決這個問題——有時情況還真是如此，此時我就可以搭便車回到家。有時我會搭計程車、夜間巴士。當她信任我，因此不會熬夜在家裡守著。而根據我在家裡的一切行為，她其實大有理由熬夜在家守著。當我和她相處時，我表現出真誠與坦蕩；而當我和希爾妲相處時，我同樣表現出坦蕩與真摯。當我和艾斯潘，或者天主教高中的其他人一同爛醉時，我也表現得十分真摯誠實。我真誠而坦蕩——然而，這些真相之間並不相容。

我也對媽媽隱瞞其他事。比如說，我所有翹課的紀錄。這愈發明顯成為一種常態，我逃學的時間，多於我上學的時間。某一天，她逮到了我——當時我在家裡耍廢，沒去上學。她當天比平常還要早回到家，我們隨即吵了起來。她說，我得去上學，這很重要。我得專注處理重要的事情。她說，孩提時期的我被管得很嚴，簡直是管得太嚴，她現在嘗試著多給我一點自由，而我濫用了這種自由。關鍵在於常規，而我必須發自內心遵從常規。我說，學校才不是我人生中最重要的東西。她則說，或許是這樣吧，但你現在就是在上學，你現在明明就在處理這件事情，你得完成才行。你能答應我嗎？是，我可以保證。我無法兌現自己的諾言，但我可更精於耍詐。我的班導師非常地善體人意，他以為我的生活很艱難。某次校外教學，他就坐在我身旁說：「卡爾．奧韋，我知道你現在的生活很艱難，如果有什麼是我可以幫助你的，或者你想找我談談，你就跟我說一聲。」我微笑，說我會的。那短短的數秒鐘內，我的眼淚幾乎流出來——體貼與關懷的心理乍然湧現，但下一秒鐘就消失無蹤。我經常翹課，並不是我的生活多麼艱困——事實完全相反，我對翹課感到一種痴迷，單純到處閒晃，在咖啡廳和別人見面，順便到廣播電臺瞧瞧，買幾張唱片，甚或就只是窩在家裡看書。我老早以前就下定了決心：我不打算繼續讀書啦，我們學到的就只是一大堆廢話，追根究柢地說，一切的關鍵就在於活著，按照自己的意願活著——也就是說，樂享人生。某些人在工作時最能夠享受人生；其他人則是不工作時才最能樂享人生。好吧，我理解自己總得有一點錢才行，這意謂著就連我也得去工作，但可不是隨時都在工作，而我也不希望工作榨乾我所有的精力，甚而啃噬掉我的靈魂，導致我淪為一個盯住自家的樹籬、暗地關注鄰居動向、想瞧瞧鄰居是否擁有和我一樣精美的身分象徵物的白痴中年人。

我才不想要變成這樣。

但是，錢的確是個問題。

媽媽已經開始加班，才能撐住經濟開銷。除了在護校擔任教職，週末與學校的長假，她也到恩格爾醫院加班。想必是那棟屋子的開銷——她買斷了爸爸的部分，為此借了一大筆錢。我倒是沒有察覺到這些。我既有自己在報社賺來的錢，也有爸爸支付的生活費，一旦全花光了，我還是能從媽媽那邊弄到一點錢，所以我並不缺錢。她批評起我用錢的方式。我可以在週五下午購買三張新的唱片，結果穿著鞋底鬆脫、晃來晃去的鞋子到處走動。我說，可是這只是世俗的東西啊。那只是俗物啊。音樂可是完全不同的。該死的，那可是靈魂的精髓！它才是我們唯一需要的，我的意思是「**千真萬確**」，將它列為優先事項，才是重要的。每個人的取捨都不一樣。大家都想要新夾克、新鞋子、新車、新房子、新的露營房車、購置全新的山區度假小屋、新的船艇。但我才不屑這些東西。我購買書籍和唱片，因為它們道出人生的精華——也就是說，生而為人、活在這個世界上的意義。妳懂嗎？

「是啊，對啊，不管怎麼說，你或許是對的。可是穿著脫落的鞋子到處走動，豈不是很不實際嗎？而且，這樣也實在不怎麼雅觀啊？」

「是啊，可是我又能怎麼辦吶？我沒錢啊。而現在，我認為音樂才是重要的。」

「這個月，我能支配的錢稍微多一些。你可以買一、兩雙鞋子。但是你必須對我保證，你就用這些錢來買鞋子，不能買別的東西。」

「我保證。太感謝妳了。」

隨後我走出她在護校的房間，沿著下坡路來到市區，買了一雙慢跑鞋，一張優惠價格的黑膠唱片。

我的足球隊將在復活節連假期間到瑞士參加訓練營。我當然很想去，但所費不貲。媽媽拒絕了。「我實在很遺憾——我多麼希望不是這樣，但這就是現實，我沒有閒錢處理這個。」

結果在出發前一個星期，她將那些錢放到我面前的桌上。

「我希望現在還來得及。」她說。

我打電話給教練。他說來得及啊。你當然應該來。

出發前最後幾天，我寫完一篇長時間構思，關於王子的文章，他那張《時光的標誌》真是棒到掉渣，而我希望讓所有人都知道。

「太棒囉！」媽媽說。

然後我們就出發了。巴士開過丹麥與德國。由於我們得以暢飲在免稅商店買到的啤酒，氣氛真是嗨翻了。當我們來到旅館時，比約恩、猶格、恩克瑟和我跳下車。巴士則繼續行駛，穿越國界，來到義大利（那是賽程表上一場一級聯賽的地點）。我們寧願站在酒吧，喝著酒。當他們在十點鐘左右回來時，我們嗨到了極點，而經歷過這段行程的他們則累得要死，一整群人寧可直接上床睡覺去。我和比約恩分到同一間位於五樓的客房，比我睡過的其他任何房間都奢華，精美的小家具與鏡子，鋪著地毯。我們拿著啤酒，癱在床上，恣肆伸展著身體。那時還不到十一點，我們要不要下樓，進入市區瞧瞧？旅館在十點以後就應保持安靜，所有人應在十一點鐘就寢，但出乎我們意料的是，他們居然還配置了保全。我們又多等了一會兒，避免在走廊上被人撞見的風險。然後我們就出門了。我們攔下一輛計程車，用英語咕噥著「市區」，在車內坐定，行經各條陌生的街道，街燈柔和的光線流瀉在我們的身上。司機在一座廣場旁停車。我們付了錢下了車，大步踏在街上，很快就來到一座大型建築前。音樂聲從那裡飄出。門外站著幾名保全。我們走了進去。室內設有迪斯可舞廳、幾間酒吧、一座超大型賭場、幾名美女在一道舞臺上跳著脫衣舞，另外幾名衣著清涼，同樣貌美的女子則在觀眾之間走動著。

我和比約恩四目相對。這該是個多麼美妙的地方呵？

我們到處遊走，睜大雙眼張望，喝著酒，在舞臺前佇足片刻，觀看脫衣舞，隨後不勝驚駭地發現：那些在臺上舞動的女生，與衣著清涼、在各桌之間走動的女生們，原來是同一批人。我們的目光才緊盯著臺上的某一名舞女，她就已經下臺，走過我們身旁。我們走進迪斯可舞廳，在幾間不同的酒吧待了一會兒，在附有輪盤賭桌的大廳裡走來走去，這裡所有男人都穿暗色西裝，所有女人都穿著晚禮服，我們來到廳室其中一端，一扇大型雙開門的旁邊，望見門內側的一個房間。裡面站著幾小群人交談著，身穿黑白相間衣服的服務生則端著裝有高腳玻璃酒杯與零食的托盤，到處走動。我們在那裡並未與任何人交談，只管一個勁地喝酒，直到凌晨三點半左右離開那裡，而在六小時後的第一場訓練賽之中，我們簡直在迷霧中游移著。在下一輪訓練前，我們先是補眠了一、兩小時，吃過晚餐，在酒吧喝掉幾瓶啤酒，然後外出，再次攔下一輛計程車，開到那個猶如皇宮的地方，我們猶如陷入夢境在其中遊走著，一直待到次日凌晨。接下來，我們準備到阿爾卑斯山區滑雪，那種感覺也有點像是夢境，天空真是藍得徹底，陽光無比燦爛。不管我們望向何處，眼前湧現的總是潔白的山岳。我們在滑雪纜車待了好幾分鐘，滑雪設備在下緣晃來晃去，之後，周圍突然陷入絕對的寂靜之中。我們彷彿滑進另外一種境界，唯一能聽見的就是隔壁那座纜車的嘎吱嘎吱聲；除此之外，一切處於絕對的寂靜之中。一種狂歡的情感填滿我的內心，那是一股極其厚實，像大海般深厚的寂靜，但凡是喜悅中必然存在痛楚，其中存有一絲痛楚。這片位於高處的寂靜，加諸以那飽滿而豐盈的美感，逼使我正視自己，意識到自己的存在——但這與我的心靈狀態或我的道德無關，跟我的本質無關，它只牽涉到：我就在那裡，這具往上移動的軀體，此時此刻，我就在這裡。我體驗到了這一切，然後我就要死了。

我在回程的巴士睡著了，醒來時，我感到頭疼。我在酒吧喝掉幾瓶啤酒，吃過晚餐，然後又喝了幾瓶，大夥兒在那天晚上都要到外面找樂子，旅館的街區就有一家迪斯可舞廳，我們就在那裡待到凌晨一點。我喝酒跳舞，與所有遇上的人都友善地交談了一兩句。在回旅館的路上，我和比約恩爬上一座屋頂。這可不是隨隨便便的一座屋頂，這可是瑞士的屋頂——一道又一道尖塔伸向天空，我們攀著、爬著，汗流浹背，最後終於站在頂端。我們所在的位置比停車場高出大約三十公尺，停車場上則已聚集起一小群人。我們拖著顫抖的雙腿站起來，朝著夜空吼叫。然後我們再度縮起身子，開始往下爬。當我們離地面還剩幾公尺時，兩名持手電筒的男子衝向我們。光柱在黑暗中來回閃動著。「**警察**。」他們用德語說著，在我們下方停下腳步。其中一人舉起識別證，用光照著它。「瞧瞧，這下子德瑞克可來囉。」我說著，同時咯咯輕笑。我們跳了下來。教練走到我們面前。他會說一點點德語；他向兩名警員說明事情原委。他們用狐疑的目光盯著我們，但還是任由我們跑開。在通往旅館的下坡路上，一名成年代表隊的球員跟著我們走。他說，我們真是勇敢、強悍，我們每晚都到外面喝得爛醉，還爬上那道屋頂，他真的相當敬重我們。他也希冀自己能做出同樣的事情來，但是他不敢。他可不像我們那麼強悍。因此他說，他很仰慕我們。

他正是用了這個字眼：仰慕。

當那名球員消失不見，再度溜回我們背後的那群人當中時，我對比約恩說，我之前還真無法相信這個。「的確耶。」比約恩說。「還挺不賴的。」我說。「想想看，他仰慕我們耶。」比約恩瞄了我一眼。「殺千刀的，幹。」我說。「那時候警察來了，用光照自己的身分識別證。**警察！警察！**」我們都笑了。我隨即想起，他已經知道我們每晚都到外面鬼混、喝酒。這或許意謂著，這件事情已經人盡皆知囉？不過那又怎樣呢，最壞的情況就是我們被禁賽，而我們踢的不過就是五級聯賽，畢業季節又快要來臨了，這其實已經無關痛癢。

當我們回到旅館時，我們的房間裡聚集了一票人。成年代表隊的幾個球員帶著自己的女友出行，幾個人就在那裡，我看著比約恩和愛曼妲（她們當中的一人，她和約蘭在一起）聊天。她說不定已經二十五歲了。他真的煞到她了嘛？而且還是在這裡？

是的，他迷上她了。當人們開始退散時，他也消失不見了。我孤零零地留在房間裡，和衣而睡，但才過了一會兒，我就被比約恩搖醒。

「愛曼妲很快就會到這裡來。」他說。「你難道就不能出去嘛？半小時就好？」

我迷迷糊糊地站起身來。

「是，是。」我走到一旁，將窗戶打開。

「你打算從那邊出去嗎？我們住在五樓啊，你忘記了嘛？」

「我沒忘記啊。」我說。「沒事的。」

窗戶下方的平面上，有著一道幾乎和我的雙腳一樣寬的踏階；它上方兩公尺處則是另一道踏階。我站在那道下方的踏階上，扶住較高處的踏階，雙足踩小碎步側移著。比約恩靠著窗邊，探出身子望著我。

「不要這樣做，回來。」

「你現在就去跟愛曼妲玩，我就站在這裡。半小時以後，我就會進來。」

他凝視我片刻。之後，他將窗戶關上。我望向下方。入口外設置了一座大型噴水池，周圍有一片開放空間，其中一端停放了幾輛汽車。一道厚實而寬闊的牆面，將旅館與外面的道路隔開。四周毫無人跡——但這也不足為奇，現在至少已經三點鐘了。

我緩慢地將身子挪動到我們隔壁房間的窗邊。窗簾全被拉上，從那裡什麼都望不見。我往回走，在窗臺旁邊止步，探頭進去窺探。他們躺在比約恩的床上，正在調情。兩人的身體緊密交纏著，比約恩撫摸她的大腿，一路摸上她的衣裳。我挺起背，往側面踏上幾步，再度朝下方望去。周圍仍然毫無人跡。我已經在這裡站多久了呢？十分鐘？我鬆開原本抓著牆面的手，翻找夾克口袋裡的香菸與打火機，最後成功抖出了一根香菸，塞進雙唇之間，毫無顫抖地點燃。我抽完了香菸。被扔到下方瀝青路面上的菸蒂，宛如一只閃動燐光的小眼睛。我稍微側挪一下身子，敲打玻璃窗。比約恩驚跳起來。愛曼妲坐起身。比約恩來到窗前，愛曼妲則走出房門，比約恩轉過身，看似就要追出去。不過他隨即回過神來，替我打開窗子。

「再五分鐘就好。你難道就不能再多給我五分鐘嘛？」

「這我怎麼可能知道，從我站的位置看過去，不太像是有什麼進展的樣子。」

「你剛剛在看？」

「沒有，沒有。」我說。「我只是在開玩笑。但是我現在得睡覺了。而且你知道嘛，你也應該去睡覺了。明天，你得要面對約蘭，這很麻煩的唷。」

比約恩哼了一聲。

「他太自戀了，根本就不曾想過，她會選擇除了他以外的人。」

「我覺得他人挺好的啊。」我說。

「是啊，我也這麼覺得啊，但是愛曼妲人更好。」比約恩說。

他笑出聲來。我猛然倒在床上，立刻就睡著了，而沒能找到這個深不可測，而且有點使人困窘問題的解答：愛曼妲為啥會想要比約恩？他到底具有什麼法寶，來搞定這件事情？

在琉森的最後一夜，吃完晚餐以後，巴士在旅館外面待命，引擎空轉著。大家要到市區逛逛，目的地則是個祕密。不過實際上，目的地就只是我們已經去過的賭場。就在青年代表隊其他球員到處亂晃、鬼吼鬼叫的時候，我和比約恩擺出一副世故的樣子，坐在脫衣舞演出區旁，酒吧裡的一張桌子前，喝著葡萄酒。

「我今天弄到她的電話號碼了。她說，我們回到家的時候，我得打給她。」比約恩說。

「老天，她為啥要這麼做？她已經跟約蘭分手了嘛？」我說。

比約恩搖搖頭。

「沒有啊，他們還在一起啊。但是，你難道不為了我感到高興嘛？」

「當然高興啊，她很好啊。」

「很好？她棒呆了！她真是有夠讚的。而且她二十四歲！」

我們將葡萄酒飲盡，到處走動，察看周圍的形勢。逐漸地，比約恩從我的視域裡消失，我一個人到處亂逛著。我在那扇通往大廳的門邊靈光一閃，走進大廳，用英語詢問一名矮小、戴著眼鏡的禿頭男子：「這裡是怎麼回事啊？」他用英語回答：「這裡在開會。」「是誰在開會？」我問。「生物學家。」他說。「好喔，真是有趣！」我說。他隨即走開了。我環顧四周，幾張小桌旁站了一些人，但人數不若本週稍早那麼眾多。某張桌上擺著一張綠白相間的小卡片。我走上前看，那是一副名牌。我將它別在西裝的翻領上，走進會議廳——椅子呈寬闊、微微向上的半圓形，圍繞在講者的座椅周圍。一名男子正在下方滔滔不絕說著。他背後的螢幕顯示幾張靜物照。會場略多於一半的座位有坐人。我往下方經過幾排座位，走進其中一排，人們就像在電影院裡那樣站起身來。我接著坐定，翹起二郎腿，注視著演講者。「喏。」我低聲對自己說。「你怎麼說？這真是太有趣了！」過了二十分鐘，我差不多已將所有的聽眾與這名講者（他那透過麥克風傳遞的粗濁聲音瀰漫著整個演講廳，始終不間斷地潛伏在整個會場周圍，令人一想到就感覺苦痛）看了個仔細；這時我起身，走回舞廳。絕大多數的青年代表隊球員正在觀賞脫衣舞。我也走進那裡。猶格一看到我就奔上前來。

「你可以借我錢嘛？」

「你需要多少？我是有一點點，但是沒那麼多錢。」

「一千，你有沒有？」

「你要一千克朗幹麼？」

「我其實需要兩千。他們那邊一瓶香檳就要這麼多錢。」

「花兩千買一瓶香檳？你腦袋壞掉了嗎？」

「如果你幫那邊的一個妞兒買一瓶昂貴的飲料，你就可以跟她聊。如果你買一瓶香檳，你就可以跟她走。」

「而你居然打算這樣做？」

「是啊，幹，我就只是想要弄到錢啊！你到底有沒有？」

他環顧四周。

「拜託啦。你人最好了啦。我需要兩千克朗。我從來沒跟人打炮過。我都已經十八歲了，還沒跟女人幹過。你們都已經跟人幹過了。可是我還沒有。要花兩千克朗。拜託啦，拜託啦，拜託嘛！」

他跪在我的面前，高舉十指緊緊交扣著的雙手。

最糟糕的是，他居然完全是認真的。

「我想要幹女人。這就是我唯一想要做的。我在這裡有機會。我才不管她們是婊子呢。她們全都漂亮到掉渣啊。拜託啦。你們現在就大發慈悲一下嘛。哈拉德！恩克瑟！比約恩！卡爾．奧韋！」

「我沒有那麼多錢。」我說。「如果只是要聊一下天，我或許有……」

「我不是在開玩笑！」猶格說。此時的他已經站起身來。「這就是我的機會。在克里斯蒂安桑，哪裡會有這種地方啊。」

「歹勢喔，猶格。我是很想幫你，但是不行。」比約恩說。

「我也是。」哈拉德說。

「幹，幹，幹。」猶格說。

「你得老派一點才行吶，跟某人搭訕哪。這裡到處都是妹子啊。」比約恩說。

「你說的倒是挺容易。」猶格說。

「現在，就別再鬧了。你就跟過來，我們來瞧瞧會如何。」比約恩說道，拉住猶格，拖著他走。

那一夜，我感受到某一股我未曾體驗過的狂喜。一條淒冷的綠色河流，彷彿貫穿我身上所有的血管。我擁有掌握一切的權力。當我們還待在吧檯區時，我注意到舞池裡的一個女生。她有著閃亮的金髮，或許比我小個一兩歲，而且很美麗，是的，她的臉真是美得出奇。當她第二次迎視我的目光時，我不再猶豫，轉而一個箭步踏過那兩格向下通往舞池的踏階。就在同一刻，她伴舞的音樂轉變為另外一首歌曲，她與三個女生一同走向其中一側，消失無蹤。我跟了過去。我在她面前停下腳步，說我剛剛在舞池看到她，她真是棒極了。我用英語說：「妳看起來好極了。」她微笑，歪著頭，說了聲謝謝。我問她是不是美國人。是的，她是。不過她也許就住在城裡？不是，她住在緬因。她們都來自緬因。我從哪裡來的？我說，我來自一個遙遠北方的蠻荒小國。事實上，我們是學會使用刀叉吃東西的第一代人。我轉過身去，向還在上方吧檯區、從那裡觀察這一切的隊友們點點頭。我用英語說：「我跟他們是一夥的。我們是足球員，在這裡參加一個訓練營。妳想一起跳舞嘛？」

她點點頭。

她願意！

我們走進舞池。我伸出雙臂摟住她。她的身軀緊貼著我的身體——這種感覺，在我的腦海中觸發一道電擊式的風暴。我們搖晃不穩，一圈接一圈地舞動；我時而緊緊擁抱她，時而放開她，深沉地注視著她的雙眸。我耳語道：「妳叫什麼名字？」她低聲回答。我說：「梅洛蒂？」她微笑著說：「不是啦，是梅蘭妮！」

這首歌曲播放完畢時，我為了共舞一事向她道了謝，然後向上方走，與其他人會合。他們還窩在吧檯旁。

「你是怎麼搞成這件事的？」比約恩說。

「我就只是直接問啊。我本來都不知道，事情原來這麼簡單。真是不可思議。」

「你得再回去找她。你不能就只是呆站在這裡！」

「我知道啊。我只是要再多弄一點喝的。可是，真該死，這是最後一夜囉。」

凌晨三點鐘，巴士將會開到賭場外。現在已經兩點半了。我得把握時間才行。但我仍然拖延著，我仍能感受到她，那是某種鬼魅般的快感，她的酥胸——哦她的酥胸，緊貼著我的身軀，那輕巧而悸動的觸壓，這一切已然深存於我的內心，而要是我再度到下面去，事情可能不會那麼順利，這美好的感覺恐怕會消失無蹤。我一連灌下兩杯葡萄酒，再度走向那群女生。她看到我時，眼神隨之一亮。她想要跳舞。我們共舞著。之後，我們站在角落交談。其他人開始湧向出口。我說，我現在得走了。她想要跟來。我牽起她的手，我們在離那輛引擎空轉的巴士不遠處停下腳步。「妳住在哪裡？」我問道。她說出一家旅館的名字。「不是，我不是說這裡，我是指在緬因，我想要寫信給妳。可以嘛？」「好啊。」她說。隨後她說了一個地址。我手邊沒有可以寫字的材料。她有沒有帶紙筆啊？沒有。巴士上傳來叫喊聲：「你動作快一點啦，我們要走了。」我說：「我要把地址背下來。請妳再說一遍。」她說出了地址。我複誦了兩遍。「妳之後會收到信。」我說。她點點頭，望著我。我微微彎下腰，親吻了她。我伸出雙臂，緊緊地擁抱了她。我說：「現在我得走了。」她微笑著說：「回到你那蠻荒的國家以後，多多保重唷。」我在車門前停下腳步，朝她揮了揮手，然後才鑽上車。

巴士的所有人鼓起掌來。我向兩旁各鞠了個躬，然後坐到比約恩旁邊。當巴士駛過時，沉醉、喜悅而又困惑的我向她招招手。

「沒有在第一天晚上遇見她，真該死。」我說。

「你弄到她的地址了嘛？」

「當然。我背下來了。她住在……」

我忘了。我居然沒能記住。

「你居然沒寫下來？」比約恩說。

「沒有。我絕對信任我自己的記性。」

「白痴。」他說。

我們在房間裡宣洩最後一波。比約恩不小心砸爛了一座燈。拿著一只酒瓶的他轉過身，結果擊中燈的玻璃保護罩，裂成碎片。另一個我不知道是誰的傢伙只想搞破壞，砸爛了另一盞燈。這時我把掛在牆上，使我一整個星期心煩意亂的那幅大型畫作拉下來，扔出窗外。砰一聲，它砸落在五層樓下的瀝青路面上。我們下方的好幾個房間裡亮起了燈。「幹，這是在幹麼，這樣有什麼好玩？」比約恩說。「沒問題的啦，我們只要把掛在走廊上的畫弄進來，掛在這裡，他們永遠不會發現。」我說。「那底下的那幅畫呢？」「那個就讓我來處理。」我說著，接著搭電梯下樓，經過空蕩蕩的接待櫃檯，走到小廣場上，將我所能找到的碎片全收集起來，扔進噴水池裡——還把碎片全塞在內緣，除非站在噴水池旁邊，探頭往裡面望，否則不會有人發現的。當我穿過長廊往回走的時候，我還扯下其中一幅掛在走廊上的畫。這想必讓人們驚醒過來。當我回到房間時，除了仰面朝天而躺，張開嘴巴，雙眼緊閉的比約恩以外，已經沒人了。我躺到床上，熄了燈。

隔天早上，我們只需收拾行囊，吃過早餐，準備上路。當我們將行李塞進巴士裡時，旅館經理走出來——他要弄清楚是誰住在五〇四號房。那就是我和比約恩囉。我們走向他。那小個頭的男子氣瘋了，直接在我們面前跳起來。「像你們這種人沒資格住在旅館！」他用英語暴吼著。「把錢賠來！」場面極其不愉快。我們說，我們非常難過，我們絕對不是故意的，我們會賠錢的。我甚至還以為我們向他鞠了躬呢。其他人則圍站在旁邊，不停咯咯輕笑。教練楊恩走上前來。他說他會負責。那名男子所遭受到的一切麻煩與不便，會收到一筆體面的賠款。他多次表達了歉意，小夥子們畢竟還年輕嘛，啥事都有可能發生。我們再度鞠躬，然後便走上車。「像你們這種人沒資格住旅館！」他再度暴吼。楊恩取出皮夾，遞給他一整疊大鈔。巴士的引擎發動。他跳上車，我們緩慢地開上道路。旅館經理仍然站在原地，以滿懷仇恨的目光瞪著我們。

一回到老家，我迅速地滑進我的故我之中——或者倒不如說，它滲入了我的體內與心中。學校大部分時間都用來準備高中畢業考。我淪為所有人的陰影，或者跟在大夥兒後面，於課間休息時段到處遊走，上課時則將作業簿胡亂塗滿。這趟瑞士之旅成了某種凱旋之行，而我也希望，即將到來的畢業季能夠如此順利。在家時，我一夜間寫完了社會科學的專題小論文——篇幅達到二十頁，針對俄羅斯革命與發生在尼加拉瓜的革命（我密切追蹤這件事好幾年，頗感興趣）進行比較。之後我寫信給一家瑞士的旅館，詢問是否能夠提供其中一位訪客的住址。我手上持有一只我想要歸還的錢包，主人是名叫梅蘭妮的美國女孩；我並不知道她的姓氏，但她曾在復活節期間下榻於這家旅館。

四月底，我在家裡舉辦了一場派對。我和希爾妲共同擔任畢業期刊的編輯。我一直認為，畢業期刊編輯總能成為畢委會的理事（因此，我其實本該也是畢委會的成員）。但出於某個原因，我倆竟被排除在外——這是否由於我和希爾妲並未真正融入那一帶人們所理想的樣貌，還是我們沒有大大方方、順理成章地占有本該屬於我們的席位，我就不得而知了。但不管怎樣，某個週六晚上，我將畢委會所有理事、我們組織的畢業生遊行車隊的成員全邀到家裡。媽媽當晚會在女性友人家過夜，她下午將駕車啟程。因此我告訴所有人，絕對不能在六點鐘以前出現。但是三點鐘左右，一輛畢業生遊街慶祝用的車就已經駛上坡。車內坐著克里斯欽和兩個妹子。他說他想要放啤酒。「但我明明就說六點鐘。」我說。「是啊，不過我們現在反正已經在這裡啦，我要把這些放在哪裡？」他說。

十分鐘以後，一堆裝在板條箱裡的啤酒就擺在廚房裡，高度直達天花板。當然了，我們家的天花板本來就比較低矮。當他懷裡抱著第一個裝滿啤酒的板條箱走進來時，他根本懶得和我媽打招呼。她並不喜歡這種景象。「這是什麼意思？」當他們離開以後，她說。「你們要把這些全都灌下去？你該不會打算在家裡喝到爛醉？我不同意。」「妳冷靜一點嘛。我們要辦高中畢業派對。大家都十八歲了。我們會喝掉一些酒。但我會對一切負責的。我保證。一切都會很好的。」「你確定嘛。」她望著我。「這裡的啤酒至少夠一百個人喝。到底有多少個板條箱啊？」「嗯，放心嘛。高中畢業派對本來就會喝掉一大堆啤酒。不過這個是一定要的啦。」「是這樣嗎？」她說。「不完全是這樣啦，不過不管怎麼說，這句話至少對了一半。我知道妳不喜歡，我對於事情變成這樣也很抱歉，但一切都會很好的，我能夠保證。」我說。「是啊，無論如何，現在要做什麼都已經太遲了。」她說。「但要是我早點知道這件事，我絕對不會准許的。你得向我保證，你自己不會喝那麼多酒。你已經承擔起責任，要確保一切都很好。」「是啦，是的。」我說。

我們在啤酒木箱堆成的塔旁邊吃晚餐。媽媽開車進城。我放上唱片，拿了一瓶啤酒，躺在沙發上，等待著其他人前來。

幾個小時以後，戶外那片空地上停滿了畢業生的遊街車輛。高聲吼叫、穿著畢業慶典紅色連身裝的男女到處亂竄，所有人都拿著啤酒瓶。好幾輛車上傳出震耳欲聾的音樂聲。屋內的音響聲量是如此的高亢，聲音變得極其扭曲。現場來的人數，想必是我當初邀請的三或四倍。

深夜一點鐘左右，一切彷彿亂到了極點。克里斯欽尖叫著，用力在浴室的門上踢出一個大洞。特隆德坐在客廳裡，隨著音樂的節奏揮動著兩把大刀子，他用刀刃刺向桌緣；每刺一下，桌沿就又多出一道新的疤痕。人們吐在通往客廳的門檻上，吐在各輛汽車之間的礫石上，吐在英格威房裡的床上。幾個人站在紫丁香花叢的後方相幹。另外幾個人隨著音樂的起伏跳上跳下，聲嘶力竭地吼叫著。人們爬到汽車引擎蓋上、爬到車頂上，一個人赤裸著站在車頂上，從頭部掙脫身上那件毛衣。就算我已經決定對這一切置之不理，就算我已經成功地喝醉，一種驚懼感始終存在我的內心，不定時硬擠入我的意識中，我那時就會想：不，噢，不。但我每次只要一滑進我周遭的所有事件之一，那種恐懼就再度往下沉淪。

到了三點鐘左右，派對的氣氛開始散去。有些人仍然在跳舞，或在彼此身上亂塗亂抹。幾個人睡著了，他們或躺在桌面上，或龜縮在某個角落，或藏在一株灌木下。我則坐在電視機前的沙發上，跟一個女生親熱起來。我們彼此幾乎一語不發。她坐在那裡，我坐到她的身旁，開始親熱起來。她顯得陰暗，她身上的一切都顯得陰暗，就連衣服也很晦暗；她是在場唯一沒穿畢業生紅色連身裝的人。她身著黑毛衣、黑裙子、黑色褲襪。我耳語著：「妳想不想跟我到隔壁房間看看啊。」她點點頭。我已經喝了一堆酒，滿心以為一切都會有所不同，因為我現在已經啥都不管，對一切事物不再緊張——我取來鑰匙圈，打開我房間的門，伸手摟住她。她甩掉斜揹在胸前的小提包，躺在床上，我腦海閃過一個念頭——她可是躺在**我的**床上。我脫掉她的毛衣，親吻那雙暗色的乳頭，將自己的臉在她的雙乳間充分地摩搓好長一段時間。我心想，現在好事要發生囉，現在這裡有個女生任我擺布，我們現在即將要相幹囉。當我稍微抬起身子，將她的褲襪脫掉時，我的雙腿顫抖著。她任由我將她的褲襪脫掉。我甩開自己的長褲，現在好戲即將上演。她全身裸裎，皮膚在黑暗中散發出白色的光，我將手伸進她的雙腿間，感受到鬈曲但仍柔滑的毛髮。我全身赤裸著，稍微扭扭身子。她說，你幹麼壓得那麼用力。我稍微撐起身子。隨後我的小雞雞感受到她的毛髮。我稍微用力地插著。她說，再往下面一點。我再試了一次。就是那裡，柔軟而溼潤——然後不，不，幹，不，噢不。

幾陣綿長、劇烈的抽動貫穿了我的全身——同時她只是睜大了雙眼，凝視著我。

不，不，不。

我甚至沒能進入她的體內。也許就一、兩公分吧。然後就完事了。我癱倒在她的身上，親吻她的喉部。她一肘將我推開，半坐起來。我靠向她，抱住她的雙乳。但她只管起身，穿上內褲與褲襪離開了。

早上，幾個人站在那扇半開的門外討論——這些聲音將我吵醒。我認得艾斯潘和特隆德的聲音，還有一個昨晚到過這裡的女生。「沒有。」她說。「那個不是我。」「就是妳，我看到啦，就是妳。妳跟著他進去。」「沒有。」她說。「但是我們都看到了。」「嗯，我只是跟著他進去，他準備要睡覺了，但是我**馬上**就出來了。」她說。「啥事也沒發生。」「哈哈哈！」艾斯潘說。「你們當然就在裡面打炮啦。」「沒有。」她說。「那妳現在要到哪去？妳可不是正要進去嘛？如果你們那時沒有做，妳幹麼要進去找他？妳認識他，就是這樣，可不是嗎？」「不對，我只是要拿我忘記的東西。」「啥東西？」「我的手提包。」

我起身迅速套上長褲與T恤，拾起她的手提包，走到房間外，面對他們。

「這個。」我將手提包遞給她。「妳忘了這個。」

「謝謝你。」她說，完全不看我一眼就逕自下樓。

「幹，天殺的，這裡看來亂透了。」艾斯潘說。

「我一點都不驚訝。」我說。

「我會幫你打掃的。」

「非常好。」

「我也會跟特隆德和吉斯勒講一聲。」

他仔細打量著我。

「你跟比蒂做了，對不對？」

「她原來就叫這名字啊。是啊，我們做了。」

「她否認。」

「這我聽到囉。」

「她為啥要否認？」

「這我哪會知道啊？」我說。

我們四目相對。

「不囉。我得下樓去，親眼見證這場噩夢。」我說。

那扇門已經沒救了，必須汰換。桌上那些凹痕也抹不掉了。但其他的一切，難道就不能清洗掉嘛？整個上午，我們到處打掃，又擦又洗。艾斯潘、吉斯勒和特隆德在一點鐘左右回家去。我繼續獨自清掃，心頭的恐慌愈來愈強烈，畢竟不管我多麼努力打掃擦洗，還是無法清除派對留下的一切痕跡。

媽媽在五點左右到家。為了不讓她嚇壞，我走到屋外迎接她——這件事必須由我來描述，而不是被她發現。

「哈囉。」我說。

「哈囉。」她說。「這裡怎麼樣啊？」

「很遺憾地，並不怎麼好。」我說。

「這樣啊？」她說。「發生了什麼事情？」

「情況有點脫序了。有人把浴室的門踢出洞來。還有一些其他的小事情。妳可以自己看看。但對於這一切，我感到非常難過。」

她望著我。

「我早有預感結局會是這個樣子。我們得進去看看。」

檢查完畢以後，她在廚房的桌旁坐定，用雙手拂過自己的臉頰，抬頭望著我。

「簡直糟透了。」她說。

「是的。」我說。

「我們該怎麼處理這扇門？我們沒錢買一扇新的。」

「我們有這麼缺錢啊？」

「是的，不幸正是如此。是誰踢壞的？」

「是個叫做克里斯欽的傢伙。一個白痴。」

「那想必就是由他來付錢囉？」

「我會去告訴他。」

「很好，請這麼做。」

她站起身來，嘆了一口氣。

「我們總得吃點什麼。我想，冷凍庫裡還有幾塊鱈魚排。我們吃掉吧？」她說。

「這樣挺好的。」

她將風衣掛好，我則取來魚排的紙盒，她開始擦洗幾塊馬鈴薯，我將大塊的魚排切成小片。

「我們以前就認真談過了。」她說。

「是的。」我說。

「你的選擇，是你自己做的。如果這些是糟糕的選擇，你得自己去承擔後果。」

「我知道。」我說，一邊將少量麵粉、鹽與胡椒倒在餐盤裡，與溼潤的小片魚肉混雜在一起，把平底煎鍋放到電爐上。那一小撮奶油隨著溫度升起，在黑色的表面上滑動，當下方陶土般的底層開始融化時，我猛然驚覺，這塊奶油看起來還滿像一棟房子。它緩緩地伸挺，表現出最後一抹尊嚴，隨後滑向毀滅。

「一整年的辛勞就此毀於一夜。」她說。「或者比這還要糟。」

「這棟房子是一八八〇年蓋的。」我說。「妳太誇張囉。」

對此她充耳不聞。

「你已經十八歲了。我再也無法對你的事情作主，也管不了你了。我只能守在一旁，並且希望如果你需要幫助，你會來找我。」

「是的。」我說。

「我本來大可以嘗試阻止你，但我又憑什麼這樣做呢？你已經成年了，得為自己的行為負責，我信任你。你有想做什麼就做什麼的自由。但是，你也得信任我才行。也就是說，將我視為一個成年人來對待。而我們所共有的就只是這個：這棟房子。對它，我們要共同負責任。」

她抓取一小塊肥皂，在水柱下搓洗著雙手，用一條廚房的桌巾將雙手擦乾。

「妳在用肥皂洗手？」我說。

她擠出一抹不帶喜悅的微笑。

「卡爾．奧韋，這件事情很嚴重。我為你感到擔憂。」

「明明就沒理由擔憂啊，發生的事情，嗯……這就只是一場畢業派對，再沒有別的事情了。」

她不予回答。我將小片的魚肉倒入煎鍋裡，切開一顆洋蔥後也放入煎鍋，倒入幾個番茄罐頭，撒上鹽與胡椒，拿著週六的報紙坐到桌旁，翻到刊著我那篇好幾個月以前寄出，關於「王子」的文章——總算刊出了。我向她展示這篇文章。

「現在，妳讀過這篇沒有？」我說。

星期一，我去找克里斯欽，說那扇門全毀了。他說：「喔。」我說：「是你踢壞的。」「是啊，是這樣沒錯。」「你得向我們付全額賠償金。」他說：「絕不。」我問，這話是什麼意思？「我說的就是我要表達的啊，這明明就是你辦的派對。」「但那是你踢壞的。」「是啊。」「所以，總之你不願意付錢就是了？」「絕不。」他說完，掉頭離開。

那天放學回到家，我發現郵筒裡放著一封國外寄來的信。我立刻拆開，走上樓去，一邊讀信。是位於琉森的「歐洲大酒店」旅館經理寄來的。他寫道，很遺憾，客房始終是以客人的姓氏預約的，因此他無法提供梅蘭妮的住址給我，但我可以嘗試聯繫兩家相關的旅行社——他也附上了各自的地址，分別位於費城與盧加諾。

我將信塞入信封，走進自己的房間。我打算跟她當個一年的筆友，然後給她一個驚喜，突然到那裡拜訪她（我的未來生活將要在美國開展。這是一種多麼使人悸動的契機）——現在，這個計畫也算是毀了。

那年春季剩餘的時光裡，我一再地喝醉。當我在畢業生遊行轎車裡醒來，在某人家裡的沙發上醒來，或者在公園長凳上醒來後，第一件事就是弄點喝的，然後繼續爛醉。用啤酒迎接一天的開始，午後拖著爛醉如泥的身軀到處遊走——比這個還要低的下限也不多了。這該是什麼樣的人生呵。到這裡喝個爛醉、到那裡再喝得爛醉，只要一有機會就睡，或許吃點東西果腹，繼續這樣過下去。真是棒呆了。我超喜歡爛醉。我愈來愈發揮自己的本性，愈來愈敢做出我實際上的想望。已經沒有任何界限可言。我回家就只是洗個澡、換衣服，還真有那麼一次，當我待在客廳裡，帶著一包六罐裝的嘉士伯啤酒，痛飲的同時，等待畢業生遊行的轎車開來接我時，媽媽突然暴跳如雷。她已經一忍再忍，但我窩在客廳、獨自痛飲，踩到了她的底線——她絕對不容忍。我得選擇——要嘛不再喝酒，要嘛找別的住處。這倒是很容易。我起身，提起那一手啤酒，說了一聲「再見」，出門往下走到那條道路上，坐在斜坡上，點燃一根香菸，拉開一罐啤酒，同時等著轎車開來。她不想要我住在家裡？那好啊，我就不住在家裡。

「你為什麼坐在這裡？」當轎車停在我面前時，艾斯潘說。

「被攆出來啦。」我說。「其實一點都沒差。」

我進入車內。開入市區的途中，我們喝了自己手邊的酒類。我們在一家便利商店買了好幾箱啤酒，繼續開到沃格斯比，準備在當晚於該地集合。一片湖邊的草地，以及一片向上傾斜延展的老闊葉林，我們就坐在那裡喝酒——我完全隱遁到自己的世界裡，腦海中不存在任何思緒，只管到處遊走著。真是棒極了，就跟過往的任何時刻一樣棒。在其他情況下羈絆我，使我到處掙扎、猶如爛泥般可厭的所有人際關係已經毫無意義了，我自由了，一切就像玻璃那樣冷酷、澄澈。我問起耶爾・荷耶，一個身材瘦弱，戴眼鏡，個性外向，操著曼達爾方言腔的男生。大家都知道他吸食大麻；現在，我也想要這麼做。我已經想很久了。大麻將招致恥辱——你將會遭受隔閡，成為毒蟲，不再是個可信任的人。無論如何，克里斯蒂安桑的情況就是如此。這可能是將我引向藥蟲人生的第一步——真是無比誘人，而且使我的存在充滿意義與宿命。成為藥蟲，就只為了毒品活下去，拋棄其他所有的一切——在我看來，沒有比這個還要更恐怖的了。藥蟲拋棄了自己體內的人性，他們就是某種魔鬼，這真是恐怖，真可怕，罪惡莫此為甚，這就是地獄。我恥笑那些在海洛因與大麻之間劃上等號的人們，這就只是宣傳的花招而已，對我來說，吸食大麻是一項獲致自由的行動，但即便這一點都不危險，還是與危險的事物被劃分在一起；它是毒品。從方方面面來說，抽大麻會使我成為了毒蟲——這個念頭又該是如何的龐雜，使人感到心悸。

我想要偷東西、喝得爛醉、抽大麻，試試看其他毒品——古柯鹼、安非他命、麥司卡林，徹底失序，過著偉大搖滾樂手們奉行的生活。徹底、竭盡全力、毫不保留地蔑視一切。噢，這真是太銷魂囉！然而在此同時，其他一切所有特質——想成為勤奮的好學生、認真的乖兒子、一個良善的人——可都還存於我的身上。假如我能將它炸成碎片，不知該有多好唷！

這是第一次的嘗試。我其實可以抽大麻的念頭，就像我其實可以成為毒蟲的想法那樣，使我內心狂喜和興奮而炸裂——我只要真的去**做**，直接踏出這一步就行。我一邊想，一邊走上闊葉木下方的斜坡，那裡正是耶爾．荷耶出沒的區域。我問他，他手邊有沒有什麼可以抽的東西，我說我從沒試過，他得向我展示一下。而他也欣然從命。我們抽完後，我再度緩慢地走下坡、混進人群。或許是我實在喝得太醉了，起先我沒感到什麼特別之處。耶爾．荷耶提過這點，初次嘗試並不總是會見效。如果喝得太醉，也並不總是能感受到藥效。但當我坐到那輛空蕩蕩、畢業生遊行轎車的後座時，不可思議的事情發生了。我稍微動了動肩膀，感覺關節彷彿被抹了油，是的，我全身上下彷彿充滿了油。某個部位的一個微小動作，足以讓快感擴散到全身。因此我就坐在那邊，搖搖一根手指，抬起一邊肩膀，然後又扭扭屁股，一波又一波的舒適感漫及我全身。

艾斯潘探頭進來。

「你這是在幹麼？你有病喔？」

我睜開雙眼，撐起身子，動作是如此劇烈，使我體驗到某種震驚的快感——在我全身擴散蔓延。

「我過得很爽，簡直是爽到飛天了。但我想要一個人待著。我一會兒就過來。」

結果我反而在那裡睡著了，接下來幾天，我竭盡所能地猛吸大麻，毫不間斷地狂喝酒。五月十七日前的最後幾夜，我是如此的亢奮、陶醉，連自己待過哪裡都不知道。那天早上，我在遊行慶祝的轎車裡醒來。我們的車停在某座廣場的旁邊，車窗外擠滿了人潮。我依稀記得我們去過特莉絲；某一刻，我們跑到禮拜堂下方，來到一條停在浮動碼頭旁的快艇上，待在一名彷彿已經石化、對外界毫無反應的男子身旁。之後艾斯潘還跑過來，將我和舒恩拖回那裡去。「那個男人死掉了。」他說。但當我們在快艇外停下腳步時，那裡連個人影都沒有。艾斯潘嚇得魂飛天外、跑來跑去——之後，我什麼都不記得了。這漫長的一夜中，這一幕占用了多少分鐘啊？也許有十分鐘吧？

我們曾經撞見過一個流浪漢。他就坐在公園裡的一張長凳上。我們站到他旁邊，交談了一下。他說，他在二戰期間跟「席德蘭的拉爾森」[13]一同出航過。之後，我就稱他「席德蘭賤人」！我一有機會就這樣稱呼他，而且狂笑到岔氣。又過了一段時間，我在他背後走動，撒起尿來，我直接尿在他身上，尿在他的背上。隨後我們就離開那裡，繼續胡鬧了一整夜，一會兒到這裡廝混，一會兒到那邊瞧瞧，而且總是有人帶著一罐啤酒或一瓶烈酒。我狂笑、舞動、痛飲、與我身邊的任何人調情、胡亂撫摸。我會走到班上某個女生的面前，說我總是在想著她，我的目光總是關注著她，這真是大謊話，但這種颼颼掠過的快感導致我撒了謊——所有的可能隨之開啟。一切都是可能的。

當我於五月十七日在巴士上醒過來，看到周圍滿是盛裝打扮的人們時，我竟感到害怕。不過那也沒什麼恐怖的，我只需要再灌上一、兩瓶酒，恐懼便隨即消散，我們就可以出發，販賣畢業生編輯的報刊、籌到更多啤酒的錢。十二點時，經歷一連數天的爛醉如泥之後，我的自由已然來到某種極限，我在街道上橫衝直撞、大吼大叫、與素不相識的人攀談、跟某人開玩笑、騷擾其他人，開心的同時卻又累得要死，正是此時——我在隊伍中到處肆虐，人們在人行道上爭相推擠著，所有人盛裝出席，到處可見禮服、民族特色服飾和挪威國旗——我突然聽見有人在喊我。

是祖父和祖母。

我在他們面前停下腳步，露出燦爛的獰笑。古納的兒子也在場，如果我成了他這輩子第一個親眼見到的醉鬼，我也不會驚訝。他們用陰冷的目光瞪著我。不過那也沒啥大不了的，我縱聲大笑，繼續一路鬼混，再兩天就是畢業考試了，我可不希望這一切結束呢。學期結束的派對在「歡樂中心」場館舉行。無論我再怎麼努力抗拒，現場的氣氛依舊愈來愈低迷。到了深夜時分，我與兩個不願認知到一切終將結束的傢伙叫了計程車，開到男低音的家門口。他不在家，屋裡空蕩蕩的；他家樓上正好有一扇微開的窗口，我們架了一道梯子爬上去。進入屋內，我們在客廳地上坐定，用穿孔的可樂罐狂吸起大麻。男低音早晨回到家時，他當然氣瘋了——不過對我們而言，最壞的情況也不過就是在那裡睡上幾小時，因為所有人都體認到，現在一切真的已經完結了。當我醒轉過來時，我仍然相當醉；但我這一回再也挺不住了，當我還坐在回家的公車上時，我就已開始沉落，在內心愈陷愈深、愈陷愈深，真恐怖，一切真是恐怖。媽媽對於將我攆走一事完全不置一詞。我們幾乎沒有交談。我逕自躺到浴缸裡，拉出的屎在水面漂著，活像浮冰。我累到了極點，早早就上床睡覺。隔天要進行挪威語的畢業考，但我竟然睡不著。我的雙手顫抖著，然而顫抖的可不只是我的雙手；每當我望著電燈的電線時，它就像一條蛇那樣到處扭動交纏。地板傾斜，牆壁變得陡峭。我汗流不止，猛甩著頭，腦海裡滿布著毫不相關的影像。這真是恐怖，猶如陷入地獄的一夜，不過早晨隨之到來，我從床上爬起，穿好衣服，搭公車到學校。我無法專心。每二十分鐘，我就得招手呼喚監考員，他跟著我到廁所，我用冷水猛潑自己的臉孔。

在我那幾天所幹下，而且會再度從我心頭浮現的所有事之中，與祖父、祖母相遇，無疑是最糟糕的。但他們總不可能知道，我喝了這麼多酒吧？我不只喝了酒，甚而還吸了大麻——這一點，他們總不會知道吧？不，他們不會知道的。在日記簿中，關於當年的六月初，我寫道：身為高中應屆畢業生的幾個月，是我一生中最快樂的時光。我正是使用了這些字眼：我一生中最快樂的時光。

我為什麼這麼寫呢？

嗯，是啊，我當時真是高興。我歡笑著，自由自在，還跟所有人都成了朋友。

13 Shetlands-Larsen，本名為雷夫・安德瑞・拉爾森（Leif Andreas Larsen, 1906 - 1990），二戰期間負責執行挪威本土與蘇格蘭的席德蘭群島之間載運難民航運的挪威海軍軍官，以優秀的領導力著稱。

六月底，我從家裡搬了出來。媽媽開車載我到附屬於醫院的公寓。我在那裡上了一個月的班，並跟琳恩在一起。晚間與週末，我喝起葡萄酒；只要我弄得到大麻，我就吸大麻。艾斯潘對此悍然拒絕，他說這種狗屎蛋，當然完全不能碰。但他倒是非常喜歡提到五月十七日夜裡的故事——也就是他看到一名男子死亡。某天下午他打電話來說，報紙上有則新聞——一名男子被發現陳屍在港灣區。「就是他囉！」他說。我不知道他究竟是認真的，抑或只是盡可能地開玩笑。他說，他的記憶如夢境一般模糊，依稀記得自己曾將死者拉起來。我說：「你當初為什麼要這麼做？」他說：「我醉了嘛。」「除了你以外，沒有其他任何人看到死人。你在瞎掰。」「哪有。」他說。「就是那個跟我們待在船上的那個男的，你記得他嘛？」「是啊。」「你看到的是他？」「是啊。他死掉啦。」「好啦，艾斯潘，現在別再鬧了。要是他已經死掉了，你為什麼還要將他扛上來，接著跑去找我們呢？」「我不知道。」

那一整個月竟充斥著這類的事件——我無法真正確定它們是否曾發生過，而這與我感覺一切都有可能、不再有任何界線，以及我對那段長時間毫無記憶的事實，都導致我開始迷失。我就好像人間蒸發一般。我喜歡這一點，同時卻也不怎麼喜歡。根據醫院的規範，我最主要的職務是打理餐點、在用餐時間後收拾乾淨，並協助一些雜務；這調和了我的情緒，但仍無法消除它。我每天晚上還是到外面，與遇見的人們喝得爛醉。當時還是夏季，總會在戶外遇見幾個認識的人。某天晚上，我們被拒於那家「酒窖」的門外。我和比約恩便爬上酒吧後方街區的屋頂，穿過屋脊、一路跑過去，從屋頂露出的一處開口鑽進去，下到「酒窖」裡。但沒有一條人影（這場冒險鐵定花了我們一小時以上）。我們向上走了幾層樓，鑽進一間公寓裡——有人醒過來，大聲叫喊著，我們就說我們走錯路了。然後我們一路笑鬧，奔跑著穿越特莉絲區。比約恩的爸爸就住在那一帶，我們可以留宿。隔天早上我打電話給醫院，表示我生病了。他們想必不相信，但又能拿我怎麼樣呢？

當天晚上，我和保羅（廣播電臺的一名技師）喝酒。某一次，他開車載我到奧斯陸的帝國音樂廳；回程路上，我們在夜半時分開至泰勒馬克，車外氣溫是零下二十度之際，他的車子打滑了，就這樣以一百公里的時速從路面滑出，撞上一座燈柱，劃破空氣，掉進邊溝裡。我當時心想，現在我們死定了。這個想法並未讓我感到絲毫不安。不過我們可沒死掉。那輛車徹底爛了，但是我們毫髮無傷。這成了一段我們可以講述的精采故事，甚至還包括在那之後的事情——我們敲了一棟舊房子的門、放在舊屋門廊上的槍枝、那種處在某個有別於我們的世界（而且更加邪惡）的感覺，以及我們只穿著慢跑鞋和西裝外套，站在戶外等著搭便車時，那堪稱不可置信的酷寒。當我、保羅和他的女朋友待在酒窖裡時，我們就聊這件事。她很正，也許有二十三、二十四歲，我總是偷偷地注視著她。當她建議我們叫一輛計程車，到她家裡抽一點大麻菸時，我當然說「好」。我們抽著菸；而當我抽菸時，我有時會變得極其好色。我坐在沙發上待在她身邊時，那可真是慾火焚身、一觸即發。我伸手摸向她。她輕笑著、扭著身子躲開，說她愛的人是保羅。接著她將手放在我的雙腿間，笑得更加開心了，她說，你可真是長大成人囉。在酒窖裡的多數時間當中，她沉默著。保羅就只是待在那裡，對我們露出微笑。他信任她；在這一點上，他是對的。

隔天上班時，他們對此什麼話也沒說；即使我非常努力地迎合他們，我還是察覺到，他們並不希望我待在那裡。我的聘僱效期僅有一個月。倒數的最後幾天當中，我來到那棟過去屬於我們，但如今屬於他人的屋子。媽媽已經將房屋賣掉了。我們將所有家當塞進一只只紙箱。隨後一輛大型貨車開來，載走了所有行囊。

還剩一件事得處理——也就是那隻貓。

我們該怎麼處置那隻貓咪呢？

梅菲斯特？

媽媽的新住處並不允許她養貓。即將搬到北挪威的我，也無法將牠帶走。

我們得對牠實施安樂死。

牠在我們的腿邊磨蹭著，媽媽在貓籠裡放進一只裝有鵝肝醬的罐子，牠溜進籠子裡。她關上門，把籠子放到乘客座上，駕車來到下方市區的獸醫診所。

那時我正在瀑布旁邊的岩石上，整個下午，我都在游泳。當我回到家時，媽媽的車已停在車庫內。她本人則在廚房裡喝咖啡。我進門時，她站起身，低著頭，迅速從我身旁經過，一句話也沒說。

「所以，梅菲斯特現在已經死了？」我說。

媽媽沒有答腔，她只是匆匆瞄了我一眼，走了出去。她淚水盈眶。

這是我第一次看到媽媽哭泣。

八天以後，我在霍爾峽灣的住處廁所，將腸道的排泄物狠狠地拉乾淨，然後身子縮成一團，窩在沙發上。我睡得很淺，他方的汽車引擎轟鳴足以使我睜眼。不過我不需要履行任何義務；這裡沒有任何義務，我可以在週六乃至於週日整天呼呼大睡。我覺得，週一離我還遠得很呢。我倒在沙發上，感覺睡眠再度悄然湊上我的身體。

此時，門鈴響起。

我前去應門——身體感覺竟如此輕巧，我訝異不已。

斯圖爾站在門外。

「足球隊現在要練球啦。」他說。「十五分鐘後開始。你忘記了嗎？還是說，經過昨天這樣一鬧，你不舒服囉？」

「我是覺得有點虛弱，但是我可沒有不舒服。」我面帶微笑地說。

我用手拂過自己的頭髮。

「我沒帶足球鞋過來。我本來想要買的，但是又忘了。所以這樣恐怕行不通。」

斯圖爾本來一手藏在背後，此時他伸出手來，晃動著兩雙足球鞋。

「四十五號？」他說。「還是四十六號？」

「四十五。」我取來那雙球鞋。

「那我們上方球場見？」

「好的，沒問題。」

我已經有一、兩個月沒踢足球了。再度於球場上奔跑，感覺真是奇怪，尤其是在那裡——這座球場的位置頗為奇特，座落於閃耀、翠綠的青山與正前方的大海之間，彷彿是偷偷被挾帶進來的，完全悖離我對足球場的所有想像與定見。與我踢球的一整票人又都是漁夫——這並未讓情況變得較好。其中的一、兩個人倒是真的很厲害，尤其是一個名叫亞芬恩的傢伙，他酷似我們常在七〇年代、國家電視臺直播英超賽事中看到的那些英格蘭中場球員，半禿的頭上是紅色頭髮，個子相對較矮小，小腹微凸，體型壯碩。他的動作或許並非最快的，但只要他一持球，賽局就會有所突破——他要嘛傳球、來一腳長傳，要嘛就是低著頭自幹、盤球甩過對手，他彷彿什麼東西都沒看見，只管不斷地碰運氣。他對我抄截過好幾次，就像衝撞上一棵樹。他們的前鋒——一個身材高瘦、動作快得見鬼的小夥子——也很厲害。雨果是他們的守門員，表現得中規中矩。其他人就像我一樣，技術或許略差。唯一的例外是尼斯・耶里克（他過去幾乎沒踢過足球，暖身時會以一種自從五〇年代初期就沒再有過的方式彎曲膝蓋）。

練習結束後，我們走進游泳池的更衣室，沖澡，泡起三溫暖。除了我和尼斯．耶里克以外，其他人的皮膚都是粉白色的。許多人的雙肩與背上長著雀斑，體毛頗為濃密。當他們一絲不掛地到處走動、踢蹬、互相欺負的時候，我心想，他們看起來簡直屬於另一個種族。經過這年的夏季，我的皮膚仍呈現久晒太陽後的古銅色，泳褲邊緣處的皮膚，留下一道白色的醒目細紋。我的雙臂、胸膛或背上都沒有長出任何毛，只有幾縷幾乎肉眼不可見的細毛。我的背就像柱子般挺直，而不像他們的那樣寬闊。至於上臂就更別說了。我的上臂像樹枝一樣單薄，他們的手臂則像樹幹。而我的胸口就像一片棋盤般扁平，完全不像其他人如橡木桶般挺突的胸膛。這倒不是在說，他們身體完美無缺，他們的身體可遠稱不上完美，好幾個人的啤酒肚與一堆腰肉鬆垮垮的，也沒有人的胸口（像那些常重訓的人）練出兩塊勻稱、有弧度的結實胸肌，更沒人練出六塊肌，這一切對他們來說都極其遙遠。我已然理解到，他們尊敬的是力量。如此一來，哪怕他們的啤酒肚在腰帶上緣晃動、衣領上頂著一只甚或兩只雙下巴，都無關緊要。

我們坐在三溫暖的三個座架上。有人拉開一瓶啤酒。守門員雨果將一只酒瓶舉起，問我想不想喝。

「我今晚其實打算工作，不過我總可以喝一瓶。」我說。

「很好。」他將那瓶酒遞給我。

瓶口還冒著蒸氣，綠色玻璃瓶顯得冷涼。

「昨天晚上玩得真是開心。」他說。

「是啊，真的是很開心。」我說。

「跟著你走的就是伊蓮娜，沒錯吧？」

我露出微笑，沒有立刻答腔。

「你們的一舉一動，我們都看到了！殺千刀的，見鬼去吧，這個卡爾．奧韋才到北挪威一個星期，就已經把妹子帶走了！」

「專程到這裡搶我們的女人！你這個該死的南方佬，還不快點滾回老家去！」另一人這麼說。

他們都笑了起來。我也笑了起來。

「不過這位皮諾丘，他就只是喜歡跳舞。」雨果說道，望了望尼斯．耶里克。皮諾丘！他原來這麼像**他**！

「是這樣沒錯啊。」尼斯．耶里克說。「我很喜歡跳舞啊。是啊，當我還年輕的時候，我曾經在霍爾騰的舞蹈學校待過很長一段時間喔！」

他們瞄了他一眼，略顯遲疑地微笑一下。而我還是得笑。這時斯圖爾走了進來，他朝一個傢伙揮了揮毛巾，示意對方讓位。他的身材苗條，並不像其他人那麼壯碩，然而他身上還是有肌肉的，並不瘦弱。他蓄著鬍鬚，頂著光頭，舉止頗有自信與威嚴。我本來還有點擔心，作為老師的他，與其他人可能顯得格格不入，但見到他與他們相處的最初幾秒鐘，我就理解到，我算是多慮了。

他扭扭身子，抬頭望向我。

「我們週二晚上有比賽。你會來嘛？」

我點點頭。

「那你去踢中場。」

「中場？」我說。

「是的。」他說。「這就是我所說的。」

他眨眨眼，再度轉過身去。我將剩下的啤酒飲盡，打了個嗝，起身走到外面的淋浴間。尼斯．耶里克跟在後面，站到我身旁。

他那雄偉的陰莖晃動著，拍擊著大腿內側。

我想著，一個雙頰如此紅潤，喜歡在森林裡健行的人，怎麼會有如此的巨屌呢？他擁有巨屌，又要拿來幹啥呢？

「你有用什麼特別的方式鍛鍊嘛？」我說。

「鍛鍊？沒有啊，你是在指什麼？」

「你熱身時的動作，看起來有點像在鍛鍊。」我說。

他笑了出來，在淋浴間裡做了幾下屈膝的動作。

「你指的應該是這個，嗯？」他說。

「正是。」我說。「我只是希望讓你知道，當你在教我班上學生體育課的時候，別教他們這個動作。這會將他們的自信心摧殘殆盡。」

兩、三個人走了進來，扭開蓮蓬頭。不消幾秒鐘的光景，淋浴間內的空氣再度因蒸氣而顯得滯悶。

「你們等一下來我家裡坐坐吧？我們就幾個人窩在一塊，來喝一杯。」雨果說。

「我實在很想要去，但是我實在沒辦法。」我說。

「我也沒辦法，一連兩個晚上，會吃不消啃。」尼斯．耶里克說。

「真是一群軟蛋！」他說。

我的心為之一緊。我並不想要成為軟蛋；如果真有必要，我甚至可以將他灌醉，但我不能跟著過去，我還得寫作。

我在路口向尼斯．耶里克說了聲再見，往下方走回家裡。我把提袋扔到門廳地上，站到鏡子前，用手指拂過頭髮，好讓髮絲能夠挺立起來。我嗅聞了一下空氣。那是什麼氣味？香水？有人曾經到過這裡？

客廳茶几上有一張摺疊起來的紙。我十分確定，那可不是我放的。

我將那張紙展開。是伊蓮娜寫的：

嗨，卡爾．奧韋！

是的，偶和希爾妲現在到這裡來，給你一個意想不到的拜訪。當你在跟足球隊練球的俗厚，偶們就坐在這裡，過得超級開心的。偶們看了一下你所有的唱片。天呀，你的收藏品可真是豐富。是的，是的，偶看的出來：自從偶們上次來過這裡，你弄來更多東西了。這樣對你比較好。

你看起來真是個好男生，而偶也希望，偶能夠多多認識你。偶很想念你。偶才剛要離開，就已經渴望再見到你。不過這得等下一次咯，因為偶們現在得走咯。

抱抱＆親親
伊蓮娜

她們就這樣走了進來，坐在屋內？

是的，她們鐵定這麼做了。

然後，她們就這樣閃人囉？

我打開門，往外面走了幾步，想找尋她們的蹤影，想瞧瞧我們是否會剛好遇上彼此。

沒有，沒有任何蹤影。

只有大海的鼓噪聲、廣袤的灰色天幕，以及從遠端路面上逐漸消失的一兩條人影。

我進屋，用水煮了一整包義大利麵，將所有冰箱裡已經擺了一段時間的馬鈴薯用平底鍋煎烤。很快地，我就坐在客廳裡，面前是冒著煙的義大利麵、一盤煎成棕色的馬鈴薯片。我灑上大量番茄醬，大快朵頤起來。真好吃。我隨後煮了咖啡，將齊柏林飛船樂團的第一張黑膠唱片放上唱盤，轉到接近最大聲，在客廳來回走動，雙拳緊握、不停點著頭。殺千刀的，現在我就要讓她們瞧瞧。體內腎上腺素飆升、相當氣忿的我坐了下來，開始噹啷敲擊著打字機。

我寫的那部短篇小說，源自於我當年夏天的一個夢境。我被困在一張有點溼滑，但相當厚實強韌的網子，不住地拍擊著；它在一片漆黑中，朝四面八方延展，就像一塊巨型肌腱。事實顯示，那張網子就是我自己的大腦。總而言之，我反轉了這段關係——這些思緒不再存於我的腦海，反而是我陷在這些思緒裡。這個夢境實在極為駭人，但當我真正開始動筆寫作時，它竟然變得什麼都不是。所以我將那張紙揉成一團扔掉，將唱片翻面，重新開始寫。這一篇的起點也始於夢境，而我所處的定點也朝四面八方的黑暗延展。但與第一篇夢境中黑暗的差別在於：此處的黑暗因烈焰而顯得濃重。我所經之處，烈焰一處接一處地在我身邊引燃。我的右手邊是高聳的山，正前方就是廣袤的海，這就是全部，啥事也沒發生，就是這些元素，而我將它們寫下來。

噢不，我操，就連這個都寫不出什麼東西來，它啥都不是！

黑暗中的烈焰、高聳的山峰、廣袤的臺地，這明明就棒極了！

一旦我落筆，它們就變得什麼都不是了。

我坐到沙發椅上，轉而開始寫起日記。**我得努力將內在的氛圍呈現在外**，我如是寫道。**但是該怎麼做到呢？描寫人們做的事情倒是比較容易，但我覺得，這樣是不夠的。可是從另一方面來看，這就是海**

明威所做的事情。我抬起頭，望著峽灣對面的群山。**但是不管怎麼樣，我滿適應這裡的。本來這又有誰能相信呢？而且我還搭訕了某個女生。她超正的。我覺得我很有機會。努力搖滾、燃燒罷！**

傍晚時分，樓上的大門打開了。隨之從地板上傳來的腳步聲比托麗的更沉重、更堅決。我記得她提過，她的丈夫今天會回家。某種截然不同的生活型態，填滿了樓上的所有空間。他們縱聲大笑，音樂聲大作；當我上床就寢時，他們就在我的頭頂上開始炒飯。

噢，他們幹得可真是久唷。

她尖叫著。他喘息著，某種持續、富有韻律的撞擊聲不停傳來，也許是撞擊牆壁的床板。

我用枕頭將頭蓋住，努力想著其他的東西。

但是我辦不到。我又怎麼能想著其他東西呢，我知道她是誰、她長得是什麼樣子。

樓上陷入沉寂。我睡著了。

然後，真該死，他們又開始炒飯了。

我走出臥室，躺到沙發上，感覺一道陰影籠罩在我頭頂。當我想到自己也許能和伊蓮娜發生關係時，我感到各種期待——而這些盼望竟像一座老舊的豎井那樣塌陷，逕自在我的內心瓦解。

我竟不能。

我已經十八歲了。我是老師。我有自己的公寓，以及（考量到我的年齡）相當龐大而可觀的唱片收藏，還都是最精華的優質唱片。我長得還挺帥。某些時候，人們看到我的風衣、我那條黑色牛仔褲、我那雙白色籃球鞋及那頂黑貝雷帽，還會以為我是某個樂團樂手。但是當我無法做出自己真心想做的唯一一件事情時，這又有啥意義呢？

他們打完第二輪炮後，終於陷入了沉寂。我就像一個小小孩，直接在沙發上沉沉睡去，徹底遠離這一切。

隔日的一整天，我都在寫作，我握緊雙拳，在齊柏林飛船的相伴下開始工作，不間斷地打字長達四小時之久。我回到第一部短篇小說的風格，這次，我讓那兩個小男孩打破他們社區裡，一棟給建築工人休息用棚屋的一扇玻璃窗，偷光屋內的色情雜誌。除了我實在想不出來該怎麼收尾之外，這個故事真是好極了。他總不能再度回到家，面對自己那暴跳如雷的爸爸啊，總得安排別的什麼情節啊，可是該寫什麼呢？

晚上，我朝上方走去，來到學校裡。獨自待在這裡，我仍感到一絲絲的良心不安，感覺自己在偷偷摸摸地窺探什麼，但是我心想，我並沒有在窺探什麼。我將那一大串鑰匙圈擱在教師休息室的桌上，發出一陣噹啷聲響。我走進那座小小的電話隔間，撥打媽媽的電話號碼。

她馬上就接聽了。

「妳過得怎麼樣啊？」我說。

「啊唷，我過得還挺不錯的。」她說。「其實，我正打算今天晚上寫封信給你。」

「妳收到那部短篇小說沒有？」

「收到了。太感謝你咯。」

「那妳覺得怎麼樣？」

「寫得相當好。我真感到驚喜。我想著，喔唷，這個就是**文學**啊！」

「真的嘛？」

「真的啊。你描述了一段故事，兩個人物的描繪相當入神，在一切進程中，筆觸都相當鮮活。我閱讀的時候，彷彿親歷其境。」

「那麼，有沒有什麼段落是妳覺得寫得特別成功的？」

「嗯，沒有耶，我其實沒想到這個。我覺得一切都很好。」

「那妳覺得結局怎麼樣？」

「你是說，寫到那個爸爸的那一段？」

「是的。」

「我在想，這應該就是故事本身的核心。」

「是啊，是這樣沒錯。」

一陣沉默。

「謝爾坦呢？他有沒有跟妳聯絡過啊？其實，我也有將稿子寄給他一份。」

「沒有啊，我通常在星期天打給他。所以，我稍晚會跟他聊。」

「請妳代我問候他一下。」

「我會的。那麼，你在那邊又都過得怎麼樣呢？」

「很好啊。我今天跟足球隊去練球。明天，這種奴役般的工作又要開始囉。」

「所以你覺得，這很困難嘛？」

我哼了一聲。

「不會啊，其實相當容易啊。說老實話，我不理解為什麼人們非得花三年時間去讀師範學院。不過如果是教到人數比較多的大班，或許就是另外一回事了。在這裡，每班也不過五、六個學生。」

「你真的完全確定嘛？」

「確定什麼？」

「確定這個真有這麼容易？」

我面露微笑。

「妳喔，就是喜歡懷疑嘛。」我說。「也不完全是的，當然也有很多部分是很困難的。」

「那你有沒有認識什麼人啊？」

「有啊，我認識了幾個老師。特別是其中一個，名叫尼斯・耶里克的。不過在這邊，人們真的是超級好客的。他們會一直到你家裡來按門鈴。」

「喔唷，真的？」

「是啊，真的是各種類型的人都會這樣做。連我的學生也會！」

「這麼聽來，你過得挺好的嘛。」

「是啊。我的確是這麼說的。」

我們又聊了半小時。然後我坐了下來，觀看電視上的體育賽事。斯塔特又輸球了；現在，他們真的已經前途無亮，如果再不力圖振作，將會被降級。

兩天以後，理查在我上課時走進教室，對我比了個手勢。

「有找你的電話，我可以先代管這個班。」他說。

電話？

我快步走進教師休息室，拿起擺在話機旁邊的聽筒。

「哈囉？」我說。

「嗨，我是伊蓮娜。」

「嗨！」

「你在工作嘛？」

「是的。」

「你有收到我的信嘛？」

「有啊。我不得不說，我實在很驚訝！」

「我們就是要讓你覺得驚訝！可是，你喔，你希望我專程來拜訪你，還是怎樣？週五有幾個人會到那邊來，我可以跟著他們過去。」

「好啊，如果能夠這樣，那就太酷啦。」

「那我就一起過去。我們到時候見。」

「好的，那就再見囉。」我掛斷電話。

我理解到，理查可不僅是「代管」這個班而已，他現在站在講臺上，在白板上畫著圖說明。他對我露出微笑，但在他目光的深處透著一抹冷酷，可不是嗎？

課間休息時，他將我拉到一旁。

「有件小事，卡爾．奧韋，在我們上課的時間，我們不會接聽私人的電話。」

「我沒辦法阻止她打電話來啊。」我說。「你當時不能替我留個言嘛？如果是這樣，我就可以在休息的時候打回去啊？」

他注視著我。

「她說她有很重要的事情。是很重要的事情嗎？」

「是。」我說。

他眨了眨眼，然後走回自己的辦公室。

真是該死。

我來到下方的郵局，打開郵箱，有三封信。一封來自催債公司，威脅我如果再不付錢，他們就要採取法律措施。我在跨年夜租用無尾禮服，衣服算是毀了，而由於我沒錢賠償，我索性將它扔掉，希望他們過了一陣子就能完全忘了這事。我現在還是沒有錢，這事只能順其自然。如果我不付錢，他們會怎麼樣呢？把我扔進監獄裡？我明明就沒有錢啊！

其他兩封信，分別是希爾妲與媽媽寫的。直到我回到家，我才將她們的信拆開。讀信是相當隆重的時刻；當我讀信的時候，周圍的一切必須是完美的。杯子裡的咖啡。從音響裡傳出的音樂。手指間抓著一根捲好的香菸。桌上還得擺上一根菸。

我開始閱讀媽媽的信。

親愛的卡爾．奧韋

你想必正在等待好幾封指導教授的證詞吧。以下是謝爾坦的評語：他對你的敘事感到如痴如狂——「這才叫文學，真是有才華」——我還記得這句話。現在的他已經將你視為平起平坐的夥伴，並且還（託我之手）將自己最新的創作寄給你。當前他嘗試著寫散文。因此他全心全意支持你繼續寫作的事業，但也提到，你恐怕缺乏可討論的對象。他想了解的是，你所住的區域，是否設有那種他過去經常修習的寫作課程／學校。他甚至還提到：你應該與（出版社的）編輯取得聯繫，進行磋商。（我對這一點比較猶疑——考量到你的個人成長，我覺得此舉現在還太早——不過這就是他的意見，我在此轉達給你。）

由於你關注了生活中明亮的一面，你似乎已經成功度過了從「家裡安適的小窩」到「外在的險惡大千世界」之間的轉折。這種轉折也並不總是無痛的。不過，家裡或許並不那麼平靜喔？你當前所處的地方，風暴或許比較平緩，而且還能從音樂之中得到助力。

關於這邊的其他資訊，目前我一心所想著的，就只有我那所精神科護理師學校。我昨天才去考察了一間老舊的屋舍；那是一所廢棄的校舍，房間寬闊、美觀、使人心生崇敬之意，散發出古老智慧與賢明的氣息。我完全可以想像在那邊指導我那所精神科護校的學生們！

在索貝爾沃格，一切一如往常地脆弱——無助、貧困及無法被馴服的生命意志，想要自食其力、不可磨滅的渴望，不計一切代價地支持下去。待在那裡是挺好的；畢竟與自己親近的人相伴，還是挺好的。但那裡的情況相當耗費精力，也確實消磨著我的勇氣。我無法理解，究竟是什麼支撐著他們。光要打理日常生活事務，就已經夠困難了——比方說起床、穿衣服、煮飯、諸如此類的事情——而他們的日常生活依舊洋溢著生命力與意志。你外公相信，自己能夠活到一百歲。他對此很高興！外婆飽受神經疾患所苦，精神上也很脆弱，她親歷著正在發生的事情，也許她最主要還是浸淫在過去的往事中——她將一些往事、正在發生的事混雜在一起。而對外公來說，當下和往事之間的區隔，也並不總是那麼清晰。親眼見證這種衰敗的歷程，真是令人憂鬱；但要是沒有了他們，人生又會變得極其空洞。和博爾麗姑母交談，很能帶來慰藉與鼓勵——她挺聰明、富有智慧，具備廣博的人生歷練，使人心安——而且她很多話。這個禮拜，我打算去拜訪她，這樣我們就可以徹夜暢談各種八卦啦。

我察覺到，你極其嚴肅地看待寫作。你已經找到你願意奉獻的事物——這種感覺一定很舒暢。如果你敢於努力不懈，成長的契機是無止境的。我現在就是這麼覺得。

關於毛線衣，我買了一種也許可以再修改得更合適的圖案。但當下吸引我的，其實並非針織品和鉤針的編織物。我也許會在這裡買一件，或者寄一點錢過去。再看看吧。

祝你一切順利！

來自媽媽的問候。

謝爾坦是否真的說過，我的文章表現出才華？他是否說過，我應該要將稿子寄給出版社？如果他不曾這麼說過，她絕對不會這麼寫的。

但是她的「我自己的個人成長」，又是啥意思？這些文字要麼**很好**、要麼**不好**——不就是這樣嘛？我抽出希爾妲寫的信。正如我所預期的，她賞給我許多最高級的形容詞。她寫，她期待閱讀到我的更多作品。她表達的方式相當真誠，發自內心，這也只有她能做到。

我將信件擱置到一邊，在打字機前坐定。在我打開它電源的那一刻，我想起那則與烽火有關的故事將會發生什麼情節。

那些被燒死的人們！那片無垠臺地上所有的火焰，就是焚屍用的野火！他起先並不理解這一點，隨後他走近一看才發現了。他們將某種扁平的木鏟塞到那具屍體下方，一把**撈起**，扔進烈焰之中。

我寫了一個小時，而後將那張紙從打字機上**撕下**，快步走到上方的學校，以便影印出來。

三天之後，伊蓮娜來到我的家門外。

我請她進來。

氣氛緊張。她努力想讓氣氛歡樂一些。我們一邊喝茶，一邊聊天。什麼事也沒發生。當她準備離去時，她伸出雙臂擁抱我。當她抬頭凝視我的時候，我湊上前，親吻了她。她的身體柔軟而溫暖，充滿了生機。

「我們什麼時候再見哪？」她說。

「不知道耶。」我說。「妳什麼時候比較方便？」

「明天怎麼樣？你明天在家嗎？我可以請人載我。」

「那很好。妳就明天過來吧。」

我站在門口，目送著她走到車邊。我的生殖器因慾望而隱隱作痛著。她轉過身招了招手，隨後坐進車內。我關上門，沉重地跌坐在沙發上。我對她有著無數的情感；但這些情感並不完全一致，我很喜歡她，我想要她，但我真的**夠**喜歡她嘛？她身穿藍色牛仔褲、藍色牛仔夾克，而所有人想必都知道，不能這樣穿吧？至少所有女生都該知道吧？她寫的信充滿一堆方言的用詞，我很難以適應。

我們倆本該一同喝到爛醉，這麼一來，所有的模稜兩可就會消失無蹤。如果我喝得**夠**醉，我或許就可以凝視著她的裸體，而不至於……是的，不至於讓**那件事**發生。

當她在次日晚上來按門鈴時，我正在睡覺。我跌跌撞撞地前去開門。她雙手的拇指插在褲袋裡，對著我微笑。她後面停著一輛引擎還在運轉的汽車。

「你想不想一起到芬斯內斯看看啊？」她說。

「當然啦。」我說。

坐在駕駛（一名年齡與我相仿的年輕男子）旁邊的，就是第一次跟著她過來的那名女性友人；而我現在竟忘了她的名字。駕駛或許是她男友，也可能不是。我在後排就座，坐在伊蓮娜旁邊，隨後我們就上路了。他就像這一帶的所有人一樣，車速極快，音樂放得很大聲，最主要播放清水樂團的歌，他們顯然是當地人的最愛。才行駛到第一個坡道，我手上就被塞了一只酒瓶。一路上，我強烈感受到對她的慾望；她是如此貼近我，當她將雙手托住前座的椅背、頭往前靠跟他們說話時，她離我就更近了。他們問了我幾個問題。我回答了，也反問了他們一些問題。伊蓮娜則與他們隨意漫談著，藉此掩蓋隨後的沉默。她會不時轉向我，說明他們聊了些什麼；每次我們的目光一交會，她的表情總會由微笑轉變為肅穆、凝重的神情。

就這樣過了一小時，駕駛在芬斯內斯的迪斯可舞廳前停車，我們走了進去，找了張桌子坐定，買了酒大家分著喝。我們跳起舞來。她的身體緊貼著我，我感到慾火焚身，竟然不知道該如何是好。這該死的閒聊，是有什麼屁用？我猛灌著酒，藉此填補空洞感，我體內的脈動正在加速，沒過多久，我們就不間斷地跳起舞來。回家的路上，當汽車在那條筆直的道路上以一百二十公里的時速狂飆時，我們在後座調情、愛撫起來。當汽車音響突然放出《挺妳的男人》時，我往後仰頭、高聲爆笑起來。我一定要在我的信裡寫到這件事，這裡的生活可真是無趣，而我現在的生活就是這副樣子。她問我為什麼笑。我說，沒事啊，我就只是太快樂了。

駕駛在通往霍爾峽灣的路口停車。

「從這裡開始，你得用走的。」他說。「我們還要繼續開到赫爾灣。」

「該死的，這樣要走很遠耶？」我說。

「不會啊，最多就一個小時，如果你走得夠快，四十五分鐘就到家咯。」他說。

我最後再吻了伊蓮娜一下，下了車。

他們在車內爆笑起來——我轉過身，他從車窗口探頭出來。

「我們只是在開你玩笑啦。上車，你總該知道我們會把你載回家。」

我們穿越並駛出隧道，沿著峽灣邊前進，大海與山岳寂靜無聲，浸淫在那灰暗且同等沉靜的夜空中。

「妳想在這邊過夜嗎？」當我們接近時，我對她耳語道。

「我當然想啊。」她以耳語回答我。「不過現在不行。我得回家。但是我下週末可以。你那時候在嗎？」

「在啊。」我說。

「那我那時候就過來。」她說。

每週一，我習慣於第一堂課開始前一小時就先到學校，逐一檢視當天該做什麼，上課鈴聲響起時，我就已經坐在講桌前，恭候學生大駕光臨。正式開始上課以前，我通常會跟他們聊聊，問他們最近做了些什麼。

這天，當我看見他們走進教室時，我就注意到，他們一副有所期待的樣子。他們以略顯笨拙、牛犢般的步態走進來，在各自的座位上坐定。安德莉雅望著薇薇安。薇薇安舉起手來。

「你跟赫爾灣的伊蓮娜在一起囉，真的嘛？」她說。

那幾個女生咯咯笑了起來。凱恩．羅亞德朝天翻了個白眼，不過他臉上也浮現微笑。

「我在校外做的事情跟你們沒有關係。」我說。

「可是你經常問我們，我們在週末做什麼事情。」安德莉雅說。

「是啊。」我說。「你們也可以問我，我都做些什麼事情。這個我可以回答。」

「那你都做了啥？」凱恩．羅亞德說。

「上星期六的白天，我整天都待在家。那天晚上，我去了芬斯內斯。週日，我都待在家裡。」

「喔齁！」薇薇安說。「這樣的話，誰跟你一起待在芬斯內斯啊，嗯？」

「這不關你們的事。」我說。「我們開始上課吧？」

「不行！」

我兩手一攤。

「那你們還有什麼要多說的？」

「你跟伊蓮娜在一起了嗎？」安德莉雅說。

我笑而不答，將紙箱放在講桌上，把裡面的課本發放給每一個人。我們現在要上挪威語課程，要讀的書則是亞歷山大．謝爾蘭所寫的《禮物》——那是當時為數不多、適合班級教學的套書之一。我上週一便開始帶他們讀這套書。當我與指導我的教育學專家見面時，我向她提到，他們的閱讀能力很糟糕。她說，那你們可以一同讀一本書。我們就開始這麼做了。

「噢不。」看到那深具七〇年代風格的綠色書封時，他們這麼說。「不要看這個啦！我們啥都看不懂！」

「喂，這個可是用挪威語寫的。你們看不懂挪威語？」我說。

「可是那是很久以前寫的啊！我們其實啥都看不懂。」

「凱恩．羅亞德，你可以開始朗讀。」

噢，聽他朗讀真是一種莫大的痛苦。開門見山地說，他的閱讀能力本來就已經很糟了——但謝爾蘭的行文風格與古老的用語，讓他朗讀得斷斷續續，一切全被縮減為拼字、猶疑不決的發音、結結巴巴與停滯不前。這一切都完全無法構成敘事。我對選了這本書感到很後悔，然而若是就此放棄，又有失顏面。因此我在下課之前繼續折磨他們，而到了下週一，我也打算繼續這樣做。

輪到我擔任課間休息時段的巡察了。我走進教師休息室，準備到前廳取來風衣。同時，學生們從我的背後跑到戶外。

「卡爾·奧韋，你爸爸剛才打電話過來。」海耶說。她朝我走過來，手上拿著一張紙條。「他要你回電。這邊是電話號碼。」

她將紙條遞給我。我呆站在原地，猶豫了一下，學生們待在操場上玩，不能沒人看管。不過在此同時，爸爸自己就是老師——當他在上班時段打來時，必然是有什麼重要的事。

是的，那當然了。孩子肯定已經出生！

我走了進去，撥打號碼。

「哈囉？」他說。

「嗨，這是卡爾·奧韋。他們說，你剛剛打電話來。」

「是啊，你現在可成了哥哥囉。」他說。

「噢，真棒！」我說。「是男孩還是女孩？」

「一個小妞妞。」他說。

他究竟是已經喝醉了，還是就只是太高興了？

「恭喜唷。這真是太棒了。」我說。

「是啊，挺好的。我們剛剛才回到家。現在，我還得多照顧她們一下。」

「烏妮一切都好嘛？」

「是啊，是啊。我們之後再聊。再見咯。」

「那就再次恭喜你囉，再見！」

我掛斷電話，走出房間，對盯住我一舉一動的海耶微笑一下，扣上風衣，快步穿越長廊，踏上操場。我才剛剛來到戶外，雷達爾就從我面前偷偷摸摸地晃出來。他可是非常煩人的，總會充分利用每一個機會與場合，獲得最高度的關注。他在教室裡會回答所有問題，評論一切事物，而他總是什麼都知道。對我和其他的老師，他的態度都過分殷勤了。這小鬼真是令人難以忍受。他使我想起我自己小時候的樣子。我利用每一個機會，努力使他放棄那些會在他往後人生帶來大麻煩的舉止行為，但實在不怎麼有用——每一輪的嚴詞訓斥之後，他就像鋼製彈簧一樣蹦了回來。當我發現他是安德莉亞的手足時，我在課堂上對他的態度稍微好一點，她是我最喜歡的學生，他們的手足之情在某種程度上感動了我，雖然我不太明白為什麼會這樣。

「卡爾．奧韋，卡爾．奧韋。」他邊說邊拉住我的風衣。

「是，怎麼啦？」我說。「還有，不要這樣拉住我的風衣！」

「我可以進教室嗎？」

「你要在教室裡幹麼？」

「我忘記帶我的彈力球了。我就只是要把它拿出來而已。拜託啦！拜託嘛！求求你啦！」

「不行。」我說，一邊走向足球場。

他緊追不捨。

「如果是托麗擔任巡察，我就可以進教室啦。」他說。

「我看起來長得像托麗嘛？」我說。

他笑出聲來。

「不像！」他說。

「現在，閃到一邊去！」我說。「走開吧！」

他跑過操場，然後放慢速度用走的。他在班上另外五個同學面前停下腳步。他們正在屋牆邊玩著跳繩。

一陣疾風掃過球場，吹起路面的沙子與灰塵，我眨了幾下眼睛，試著將沙塵擠出來。

爸爸再度當父親了——感覺真是奇怪。

我轉過身，望向學校的建築物。兩個九年級的女孩走出門，循著下坡路繼續走。兩人穿著貼身的藍色Levi's牛仔褲、白色慢跑鞋，還有頗為寬大的夾克。其中一人有著暗色頭髮，並在頸間綁成一個髮髻。另一人則頂著亮褐色的燙髮，大片的瀏海總是垂落到眼邊，她得一次接一次地甩頭。她的頸部相當美麗——修長、白皙、纖細。而她的臀部又是如此的精美。

不行，我總不能這樣到處亂晃，胡思亂想；這樣搞下去，我要麼會發瘋，要麼就是被送進監獄裡。

我露出微笑，再度轉身，望向那群一如往常正在踢球的孩子們。然後，我又望向那群玩得正開心，跳繩的小朋友們。

噢不，那個小胖子又衝著我來了。

「嗨！」他用那悲喜交加的雙眸望著我。

「嗨，你好啊，你去玩過跳繩沒有？」我說。

「有啊，可是我才跳一下就被淘汰啦。」

「有時候就是會發生這種情況。」我說。

「我今天可以到你家去找你嗎？」他說。

「來找我？為什麼？」

「有人來看你一下，這樣總是挺令人開心的嘛？」他說。

我輕笑一聲。

「是啊，你說得對。只不過啊，我今天真的不太方便。我得工作哪。不過，你改天可以找一個朋友一起過來。」

「好的。」他說。

我從口袋裡掏出手錶，望著時間。

「再兩分鐘就要上課了，如果我們慢慢地走，我們那時剛好就可以走到門口。」我說。

他握住我的手。我們緩步朝門口走去。

當我們走來的時候，站在理查辦公室窗口下方、雙手插在牛仔褲後袋裡的安德莉雅和希德格恩觀察著我們的一舉一動。

「《禮物》真的是無聊到掉渣啦，我們難道就不能讀點別的什麼東西嘛？」安德莉雅說。

「它可是挪威文學史上的經典之作啊。」我說。

「靠，我們才不管這個哪。」希德格恩說道。

我伸出食指，對著她們搖了搖。

她們笑了出來。上課鈴聲隨即響起。

那個星期六，我第一次在主場出賽。我們穿著鑲有白色細條紋的綠球衣、白球褲、綠長襪。我擔任球隊的中場。尼斯．耶里克則在邊線上跳動著，他的短褲下還套著一條長筒內襯褲。

現場來了一些觀眾，絕大多數人站在球場的邊線外觀賽，少數人站在中央處的坡道上。薇薇安和安德莉雅就在那裡；比賽開踢之前，我朝她們招招手。幾分鐘以後，有人叫喊著「卡爾．奧韋，加油」——此刻的我望向她們，面露微笑。叫喊的是薇薇安。安德莉雅則拉了一下她的夾克，要她別再喊了。

我們以一比〇取勝。更衣室裡的氣氛極為亢奮，大家都想到外面慶功，我能理解大多數人打算到芬斯內斯，許多人邀請我一起去——但是我不能跟過去，伊蓮娜要來找我。

踏上下坡路，走回去的路上，我順道拐進教師休息室，給英格威打電話。

「你最近怎麼樣啊？」我說。

「挺好的啊。」他說。

「你先前答應要寫給我的信，現在在哪啊？」

「啊喔，對齁。」他說。「不，最近這段時間以來，我腦海裡需要處理的事情太多啦。」

「比方說？」

「比方說啊，我跟克莉絲汀鬧翻了。」

「你們**玩完了**？」

「是的。」

「為啥？」

「這只有天曉得啊。」

一片沉默。

「不過，你啊。我現在其實正要出門。今天晚上，我要到電影俱樂部看看。我們再聊。嗯？」

「好喔。」我說。

結束通話後，我披上夾克，鎖上門，到了戶外。天幕一片灰色。一道強風從海面上颳來。峽灣中央泛起一道道潔白的浪尖。回到家後，我將一盤已經調理完畢的義大利千層麵塞進烤箱，麵裝在白色塑膠托盤上，我直接吃個精光，隨後灌下一瓶啤酒。我才剛打開第二瓶酒，一輛車就在門外停下來。我心想，這想必是來找我的。我勃起了。門鈴在下一秒鐘響起，我將手插進口袋裡，藉此掩蓋勃起，前去應門。

「嗨。」伊蓮娜說。

那輛車按了一聲喇叭，然後就開走了。

「嗨。」我說。

她向前跨了一步擁抱我。我將手從褲袋裡抽出，也抱住她，同時將下體稍微往後縮，使她不至於察覺到任何異狀。

「能夠看到你，真是太棒了。」她說。「我超級開心的。幾乎每一個小時，我都在倒數計時！」

「我也是啊。」我說道。「進來吧！」

「但不管怎樣，我今夜還是得回家，不過在那之前還要很久，他們會在十一點半來載我。這樣可以嘛？」

「當然行啊。」

我將啤酒放回廚房的流理臺上，打開一瓶白酒，倒了兩杯。如果想要成功達陣，我就得喝酒，而且是比啤酒還要猛的東西，無庸置疑。

「乾杯。」我說著，迎視著她的目光。

「乾杯。」她微笑說道。

我開始播放克里斯．伊薩克的一張唱片。這是我預先思考過的，那低調、陰鬱卻又帶點狂野的氣氛，真是堪稱完美。

她坐到沙發上。我坐到她的身旁，但沒有緊貼著她。此刻的她身穿第一次來到這裡時所穿的同一件白色襯衣。我沒有直視衣料下方那對豐滿的乳房，但我能感知到它們的存在，一如我能夠感知到她的大腿——那躲在藍色牛仔褲之下，緊密結實的玉腿。

噢。

「上次在芬斯內斯玩得真開心。」她說。

「是啊，真的。」我說。「那兩個跟著我們一起去的人，他們是情侶嘛？」

「伊利夫和希爾妲？」

「是啊？」

她笑出聲來。

「他們是遠親啦。他們一直都是很要好的朋友。**非常**親密唷。」她伸出兩根手指，緊密地交纏著。

「妳有兄弟姊妹嘛？」我說。

「沒有吶。」她說。「那你呢？」

「我有，一個兄弟。」

「是哥哥，還是弟弟？不不，讓我猜猜看。哥哥？」

「對。妳怎麼知道的？」

「你不太像是那種當哥哥的人。」

我微笑，再度朝玻璃杯斟酒，隨後一飲而盡。

「喔對了。」我說。「我還有一個妹妹。一個同父異母的妹妹。」

「你竟然把這給忘啦？」

「她才剛出生沒幾天哪。」

「真的嘛？」

「真的啊。她才剛出生沒多久，我還沒見過她呢。我父親後來再婚了。」

一片沉默。

我們微笑著，凝眸相對。

這股沉默正在增長。

機不可失，失不再來。我們沒有多餘的時間可供浪費。事不宜遲啊——然而，我竟然絲毫沒感受到葡萄酒的效力。

「那妳的雙親是做什麼的呢？」我生起自己的悶氣來。絕對沒有比這個更掃興的問題了。

但她很有禮貌地回答。

「我爸爸是漁夫，媽媽是家庭主婦。那你的爸媽呢？」

「我的爸爸是高中教師，我媽媽則在護校當老師。」

「而你現在在這裡當老師！你的家學背景，可真是太深厚囉！」

「我不算是老師啦，再說，我以後也並不打算成為老師。」

「你不喜歡當老師嘛？」

「我當然喜歡啊。但是，我可不想要一輩子都幹這一行。我打算教書一年，先存一點錢。」

「那你這輩子想要幹麼？」

「我想要寫作。我要當作家。」

「真的嘛？真是太令人興奮咧！」

「是啊，是很刺激沒錯。不過這並不保證我一定能成功。」

「的確。」她說。「噢不，不對，你鐵定能成功。」

她深沉地凝視我的雙眼。

「妳要再來一點酒嘛？」我說。

她點點頭。我再多斟了一點酒。她喝了一口。隨後她站起身來，開始在房間裡走動，在書桌前停下腳步。

「所以你正是坐在這裡寫作囉。」她說。

「正是。」我說。

她望向窗外。

我迅速地乾了這一杯，然後起身走向她。我感受到她身上香水的氣味，新鮮、清爽，屬於草原的氣息。

「從這裡望去的景色可真美唷。」她說。

我吞了一口口水，謹慎地伸出雙臂、摟住她。這彷彿正是她一直在等待的——就在下一刻，她微微向後傾著頭，我的臉頰湊向她的臉頰，愛撫了她的腹部，她轉向我。我輕輕地吻了她。

「噢。」她說道，完全轉過身來，伸出雙臂擁抱我。我們深吻良久。我緊緊地摟住她，親吻了她的喉部、她的面頰、她那裸裎的手臂。我的耳畔一陣嗡嗡作響，胸口的搏動極其劇烈。

「來吧，我們到臥室去。」我說著，握住她的手，引著她走向那裡。她躺到床上，我靠在她的身上。我以顫抖的雙手解開她襯衣的鈕釦，她的胸罩可就躲藏在衣料下。我笨拙地嘗試解下她的胸罩，她輕笑一聲，坐起身來，雙臂伸到背後解開釦環，內衣隨即鬆脫，她的雙乳已然裸裎。噢，上帝，那真是一對豐滿、美好的乳房。我深吻那雙乳房，內心劇烈地震顫著，先親了其中一邊乳房，然後再吻了另一邊，那處於舌下的乳頭登時硬挺起來，她說著「噢，噢」，我開始撥弄著她牛仔褲的鈕釦，最終總算解開，一把拉下她的長褲，也將我的褲子剝下，脫掉我的襯衫，然後再度靠回她的身上，感覺到她的肌膚緊貼著我的肌膚，她的嬌軀如此酥軟，簡直是妙不可言。我插入她的體內，我從來沒像現在這麼硬挺過，我向她的體內挺進、扭攪著——然後，噢，見鬼去吧，不是現在！不是現在！

不過，就是這樣。一陣抽動，一灘精液，然後一切玩完了。

我像條死魚般躺著。

「怎麼啦？」她說。「發生啥事啦？」

她用下臂撐起自己的身子。

「沒事啦。」我將身子微微挪開。「我只是覺得口有夠渴。我想，我得去弄點喝的。妳要不要喝點什麼？」

如果我能夠從那裡脫身，不被揭穿，我就可以在廚房裡「打翻一點什麼」——這麼一來，她就不會察覺到我內褲上那一大片溼斑是精液，會以為只是果汁。而這一步也很順利。我站在冰箱旁，打開一盒蘋果汁，將少量果汁倒進玻璃杯裡，又將少量果汁倒在內褲與肚子上。

「**操！**」我吼道。

「怎麼回事啊？」她從房間裡說道。

「沒事啦，只是飲料灑出來啦。妳剛剛說什麼來著，妳要不要喝點什麼？」

「不必了，謝謝。」她說。

當我走到她身旁時，她用被子緊緊罩住身體。我拿著那只玻璃杯，在床沿坐了下來。這次機會溜走了，我錯過了這個良機，現在，我得重回正軌。

「喔，真是可口唷。」我說。「也許我們來抽根菸吧？自從妳來了以後，我就沒抽過菸啦。妳顯然很能讓我分心。」

我微笑，起身，故作不經意地套上襯衫與長褲，走進客廳播放唱片。這回我拿出的是馬丁之家合唱團。克里斯．伊薩克和他那催眠般的樂風，已經沒啥用途了。我坐到沙發上，又斟了更多酒，捲了一根香菸。

過了一會，伊蓮娜走了出來——連她也已經著裝完畢了。

真是該下地獄去了，我該怎樣才能擺脫這種局面？

從此刻的冰點重新扭轉局勢，導回我們剛剛所處的高潮點——這還有可能嘛？

所有的張力都消失了。伊蓮娜坐到沙發的另一端，將略顯凌亂的頭髮攏到一邊，伸手取來玻璃杯。

當她望著我的時候，她的脣邊掛著一抹微笑，眼裡閃過一道光芒。

我的胸口像是被捅了一刀。

難道她正在因為我不夠猛，而恥笑我？

「卡爾．奧韋．克瑙斯高，我想，我恐怕真的是愛上你咯。」她說。

啥？

她在唬弄我嘛？

但看看她的眼神，她並不像是在唬人。那是一雙溫和、充滿喜悅、真誠的眼眸。

她是在想什麼東西來著？難道她或許還以為，我出於純粹的騎士精神才沒有上她，才謝絕了她的投懷送抱？難道她不理解，我就是不能？難道她不理解，我始終做不到？難道她不理解，她眼前所見的這副軀殼之下，躲藏著一個畸形兒、一個異種？

「你是否也有點喜歡上我了呢？」她說。

「我當然喜歡妳！」我說。然而，我給她的那抹微笑可真不怎麼具有說服力。

「妳啊？」我說。「我們去散散步吧？外面的風景仍然挺漂亮的。」

「好的。」她說。「好主意。我們就這麼辦。」

我們一走到戶外，我就感到後悔。這一帶只有一條路徑可走，也就是這條來回於各棟房屋之間的道路。這段距離內，我們完全沒有任何獨處的可能——無論我們在哪，人們總能看見我們。

伊蓮娜牽起我的手，抬頭望著我，露出微笑。我心想，這應該沒那麼恐怖吧。我也回她一個微笑。我們開始緩慢地往下方走去。我和她都沉默不語。她不時會用手輕輕地摟住我，而她的身體離我始終只有數公分——肉慾再度於我心中熊熊騰起。我們周邊的景觀兀自棲息著，海面沉靜無波紋，幾朵雲一動也不動地掛在地平線上、對面隨著黃昏的將臨幾乎發黑的山岳上。我唯一有興致的事就是將她推倒在地，然後幹她。但我竟不能這樣做。在這裡不能，到哪都不能，而在家裡也不能，我剛剛就已經嘗試過了，我沒能達陣，這行不通了。我本來大可高聲吼叫，是的，縱聲尖叫。我想要她，我本能得到她，但我竟不能。

黑暗在地板般平滑的海面上、在牆壁般聳立的山岳之間、在宛如屋頂的天幕下飄動。最初的幾顆亮星，已然躍入天幕。戶外空無一人。

「你在這邊教完書以後，還要回克里斯蒂安桑嘛？」伊蓮娜問。

我搖搖頭。

「打死我，我都不回去，放眼這個世界，我絕對不回到那裡去。」

「那裡有那麼糟嘛？」

「是的，這是妳永難想像的。」

「不過我去過那裡耶。我爸爸在那邊有親戚。」

「噢真的？是在哪一區啊？」

「應該是沃格斯比，我其實有點記不清囉。」

「是的，就是它。」我說。

我們已經來到小鎮其中一端的彎道，禮拜堂就位於此地。她停下腳步，伸出雙臂摟住我。

「現在，我們算是在一起了吧？」她說。「我們是一對吧？」

「是的。」我說。

我們親吻著彼此。

「屬於我自己的作家喔。」她面露微笑。

這一次，她顯然就是在捉弄我；只不過，這也顯示她很喜歡這樣想法。

可是，上帝啊，這到底有完沒完哪？我幾乎無法走路，我離她是如此近，讓我慾火焚身。

我們繼續前進。她稍微聊了自己在芬斯內斯忙些什麼。我稍微談了自己在克里斯蒂安桑做過哪些事情。

當我們接近我所住的房子，看到學校就像一座小小的社會民主黨堡壘挺立在那裡時，我突然想到，我們可以到那邊去，偷偷地溜進游泳池，一起游泳、沖澡、洗三溫暖。但我一遐想起這所有情景，我就認知到自己的不能，屆時我可就不能遮掩住自己的不能囉。這會像爪子一樣戳爛我的心。

我打開門。我們聊了一會兒，又多喝了一點葡萄酒。沉默愈來愈冗長、愈來愈使人困窘，直到離十一點半還差數分鐘時，我總算能夠將她送到門邊，而後與她吻別。

走向轎車的途中，她迅速地轉身回望一次。她的雙眸閃閃發亮。隨後她坐進車內，關上車門。而後她就消失了。

次日，我嘗試寫作。我寫得不怎麼順手——昨天慘敗的陰影，還籠罩著一切。這可不僅限於短短的幾小時，或者我此刻正在著手撰寫的東西而已，這牽涉到我這一整段該死的人生。事態會變成這副德性，有一個原因，而我深知為什麼，但又有點捉摸不定，陷進一坨猶如泥濘的迷霧中，那個原因顯得遙遠，隱藏在我那濃霧般混濁思緒的極深處。

關鍵在於，我始終不曾自慰過。從來沒有打過手槍。從來沒有手淫過。我甚至沒有稍微嘗試。現在的我已經十八歲了，而這竟然完全沒發生過。一次都沒有。我對於這碼事抱著廣泛但含糊的理解，意謂著我既知道，而又不知道該怎麼做。由於我在十二、十三歲時沒有做過，隨著時間流逝，這事愈來愈困難，逐漸轉為某種不可理喻的存在——自慰一事並非完全被屏除，而是完全處在我世界的地平線之外。這使得我經常在睡眠中夢遺，而且什麼事都可以觸發它。我會夢見女人，夢境中甚至不需要肢體觸摸，她們那美好的嬌軀挺立著，我只需要望著她們，就會射精。隨後，如果夢中的我接近她們，我還會再射一次。在暗夜中，我會全身顫抖著，醒過來時，內褲早被精液浸溼了。

就像其他所有人一樣，我長大過程中也看過色情刊物，但我總是與他人一起看，與耶爾、達格·羅薩爾或某個小男孩，一起躲在森林裡看，始終不曾獨自品味。我甚至沒膽將這些雜誌弄回家裡。很少有比翻閱色情雜誌更撩人、更使人振奮的事，但我內心因而升起的慾望，始終不曾讓我手淫，原因就在於，我身旁總有其他人在。當我翻閱時，我最多就只是趴著，下體摩搓著地面。我獨自在家時，看過其中一本郵購產品目錄，我睜大雙眼望著身著內衣或泳裝的模特兒們；當我注視著拂過大腿間輕巧隆起的布料，或者有時在胸罩或比基尼泳裝下方若隱若現的乳頭時，我的喉頭猛然揪緊。但一切止步於此，停在揪緊的喉頭、疾速搏動的心臟——我並沒有自慰。但這始終不是我刻意的選擇，我並沒有對自己宣告過——不，我不曾這樣告訴過自己。一切是如此含糊不清，陰沉而無意識。當我逐漸長大、邁入青春期時，一切都太晚了。我不再躲到森林裡翻看色情雜誌；然而，沒有其他活動能取而代之。我的青春期，連色情片都沒看過，連一份色情雜誌都沒看過。慾望到處擴散，始終無法收攏在某一處，看似龐大，實則羸弱，無法收拾。我內心某處也深知：只要我開始打起手槍，我和女生們的關係，或者當時與伊蓮娜的關係（我現在談的就是這段關係）將會改善。然而我仍然沒有這麼做。就算我知道這一點，我實際上還是沒有真正認知到——打手槍完全是不可想像的，而這就導致了我那天的處境，伊蓮娜身上散發出的氣味仍深陷於床單上，我本該要這麼做，我得這樣做，我想這樣做——但我仍然沒有這樣做。

不行——我將齊柏林飛船樂團的音樂開到最大聲，集中僅剩的專注力，試著藉由撰寫新的短篇小說讓自己逃離。當黑暗降臨時，我也任由那黑幕籠罩住公寓，除了書桌上的一盞小燈以外——閃閃發亮，就像黑暗中的一座島嶼。而我正是這麼想的：我和我的寫作，就宛如黑暗中的一小座光島。然後我就上床睡覺、直到鬧鐘響起，嶄新的星期一再度即將於霍爾峽灣的中小學開展。

當我走進教室時，學生們做的第一件事，就是拿我和伊蓮娜的事情說笑。我會讓他們鬧上一會兒，然後狠狠地瞪著他們，說不行，現在玩笑已經開完了，如果你們以後還想要有那麼一丁點屁用，我們得開始上工了。此時的他們就會掏出課本，開始學習。我會到處走動指導他們。我很喜歡他們從一個不停咯咯直笑、多話的小班變得聚精會神，各就定位。當他們坐好，不聊天，眼睛不偷瞄其他人，完全專注於自己手邊的習題時，他們的年齡彷彿被稀釋了。這倒不是說，我不再將他們視為孩童；相對地，定義他們的已經不再是「孩童」，而是他們的個性，亦即他們身上所保有，而且想必會伴隨他們一輩子的那些特質。

當我在教室裡走動的時候，我並不怎麼常想到伊蓮娜；而當放學後，我獨自在家時，我就會猛然想起她，那宛如我體內響起的口哨聲。隨之而來的是深沉的絕望。這兩者始終相伴相隨。她可是認真的，她希望與我建立關係，而就算我很喜歡她，我並沒有愛上她——別的先不提了，我們之間甚至沒有可以聊的話題。我要上她——但我所想要的也僅止於此。

她是否已經愛上我了呢？

我對此很懷疑。這想必是因為我跟他人不太一樣，不是什麼同班同學，而是個老師，同時又與她年齡相仿，不是那種三十歲、甚至四十歲的老人。再者，我來自南部，不是本地人。

一年以後我就要閃人了。她要留在這裡，度過高中的最後一年。要想在一起，這些條件實在不怎麼好，不是嘛？另外我還要寫作，不能每個週末都被綁住，而我們之間的關係要是變得認真起來，我鐵定每個週末都得被綁著。

這些論點在我的腦海飄動著。我們在星期二踢了一場比賽。開車到足球場要一小時，足球場以礫石構成，塵埃漫天，最後，球員們的身影看起來活像貝都因人。我們以些微的差距落敗，但我利用某次開完角球後的混亂局勢，趁機踢進一球。星期三，我頭一次收到郵寄的《窗》（我新訂閱的雜誌），其中探討文學與其他藝術形式之間的關係，我完全讀不懂；但我房間的書桌上擺著一本文學雜誌，這還是挺了不起的。海耶那天晚上順道來探視我。她在學校加班了一會，回家途中一時興起，想要來瞧瞧我住的地方。我和尼斯·耶里克在星期四去了芬斯內斯，我們去了菸酒公賣局和當地圖書館，我借閱了托馬斯·曼的兩本小說（《騙子菲利克斯·克魯爾的自白》與《浮士德博士》）、買了一瓶伏特加。我在星期五到學校去，打給伊蓮娜。教師休息室空無一人。我不疾不徐，煮上一壺咖啡，看了一會兒電視，來回走動了一下。最後我到電話隔間，把那張寫著電話號碼的紙條放在話機上，撥打，將聽筒貼近耳畔。

接聽的人是她的媽媽。我自我介紹了一下。她喊了一聲：「伊蓮娜，卡爾·奧韋找妳。」我聽見腳步聲與震動。

「嗨！」她說。

「嗨。」我說。

「你過得怎麼樣啊？發生什麼事了嘛？你聽起來好嚴肅唷。」

當她講電話，周邊沒有其他足以擾亂我注意力的事物時，她聲音中蘊含的沙啞就格外清晰，這使她的聲音變得無比性感。

「我不知道……」我說。

太多有關她的事情都帶來了懷疑。事實上，難道我不是她遇見的第一個對象，因此才被認為是最好的對象嘛？看在上帝的分上，我們是在**公車上**相遇的。而她沒有任何抗拒，直接在床上躺平，做好了準備。

「那你現在就說說看啊。」她說。

我這是在幹麼？我要在電話裡提分手嘛？這樣也未免太懦弱了，這種事得當面才行。

「沒事，什麼也沒有。我只是……嗯，我現在或許心情有點不好。不過沒有什麼嚴重的事情，有點憂鬱，就只是這樣而已。」

「為啥呢？發生什麼事情了嘛？你想家嘛？」

「也許有一點吧。可是，我還真不確定。這沒有什麼大不了的。明天就好了。」

「噢，我多麼希望能在你的家裡，好好地撫慰你。」她說。「我想你！」

「我也很想念妳。」我說。

「那我們明天見嗎？」

如果她就跟上次一樣，到了十二點鐘才被人接走，要提分手簡直不可能。因為這件事得馬上做，總不能跟平常一樣，一連相處四小時，也許還先上了床，然後才提分手。而如果我馬上說要分手，在車子開來以前，她又能怎麼辦呢？

「明天沒辦法。」我說。「我已經決定某件事情了。不過，妳覺得星期天怎麼樣？」

「我那時候要再到芬斯內斯啊。」

「那妳就先來這邊嘛！然後妳可以從這裡搭公車過去，這樣行得通啊。」

「也許吧。是的，我是可以這麼做。」

「那太好了！我們到時候見。」

「就這麼說定了。你多多保重喲！」

「伊蓮娜，妳也多保重。」

隔天早上，一票人在超市外面將我攔住。他們問我過得怎麼樣。我說，很好啊。他們問，晚上有沒有興趣一起派對。我問他們地點是在哪裡。「沒有特別要到哪去啊，我們就只是要在恩德瓦的家裡喝上一杯。如果你想過來就來吧，我們這邊有的是酒，你不必自備飲料囉。」

當我離開他們身邊，繼續往家的方向走時，我心想，這裡的風氣還真是開放，哪怕我並不是他們的一分子，我還是到處受邀——我思考著，為什麼會變成這樣。他們對一個來自克里斯蒂安桑的小子有什麼好期待的呢？一個穿著黑色大衣、戴貝雷帽、音樂品味相當前衛、乳臭未乾的小子——為啥要每天晚上追著他跑呢？當我還在老家時，出門可是得事先規畫的，得克服一大堆障礙，你可不能大剌剌地逕自出現在某人家裡，或者在酒吧還是別的什麼地方跟幾個泛泛之交同坐在一張桌前。每個人都有各自的人脈；你要是沒有人脈，一切就會將你排除在外。這裡想必也有這種小圈圈，不過這種小圈圈是敞開的。我住在這裡的寥寥數週當中，這就是最使人驚異的發現，所有人都被接納。你並不見得被喜歡，但你總是能被接納。他們不需要向我招手，問我要不要跟來，但他們還是這樣做了，而且不只零星幾個人——所有人都這樣做。

也許他們就只是被迫這麼做？他們的人數實在太少，承擔不起排擠他人的後果？或者說，這只是另外一種看待人生的方式，更粗獷、也更缺乏保護。如果你在船隻的甲板上度過了一生，如果你日復一日以全身的力氣幹著粗活，如果你一靠岸就猛喝起酒來，那你再也沒有任何理由拘泥於如鐘錶機械一般精細的社交儀節與區別。你寧可張開雙臂說道：「來吧，到我們家裡坐一坐，喝杯烈酒吧，你可曾聽說過，那一次……」

薇薇安、麗芙與安德莉雅各自騎著淑女車，沙沙地滑下坡來。經過我身邊時，她們招了招手，向我喊了聲「哈囉」。風勢像鞭子般抽打著她們的臉龐。她們瞇著眼，頭髮飄動著。當她們騎遠以後，我自顧自地微笑著。她們顯得如此歡愉，她們那非比尋常的凝重感，彷彿由內被那同樣非比尋常的稚嫩喜悅給炸開。

我花了幾個小時寫了一部短篇小說，關於幾個小男孩將一隻貓釘在樹上。晚餐，用烤箱烤了一道現成的餐點。我接著躺到沙發上，讀著《浮士德博士》，直到天色開始昏暗，我得開始準備動身為止。

過去，我並未讀過托馬斯．曼的作品。我挺喜歡高潔、儀式般莊重的文風。書中的開場寫得相當精妙（主角都是小孩子；其中一人——亞德里安——的父親向他們展示一個實驗，讓死滅的物質與組織彷彿仍像是活著），這使人感到某種可怖——先是在意識的最前緣持續鼓動，隨後才彷彿沉入最底部。我憶起自己年幼時，在電視上看過一顆赤裸裸的心臟，於整片血流中搏動著，酷似一頭盲目的小動物。它是鮮活的，不同於亞德里安父親實驗的範疇。但這仍是同一種盲目，同樣受制於某些律法之下，並且根據規範行動，而不依循自己的意志。

我沒能掌握住那些與音樂理論有關的部分；但論及這類小說時，我對此已習以為常，我總是只能迅速瞄過大量的文本，沒能理解內容，就像閱讀某些出現法文對話的書籍。

我沖了澡更衣，將那瓶伏特加塞進袋子裡，循上坡路走到恩德瓦的家。他是個漁夫，大約三十五歲的單身漢，比那些小夥子年長一些，很喜歡喝酒。我在那裡一直待到五點鐘。當我穿越整個社區散步回到家時，我的頭腦就像一條沒有任何車經過的隧道般空虛而荒蕪。當我在次日兩點鐘醒來時，我對昨夜的事情已毫無記憶（除了我站在下方的碼頭邊，望著在水面隨波逐流的海鳥，納悶著牠們是否睡著了，以及我曾在超市的牆邊撒尿之外）。其他的一切都消失了。所有細節、所有獨立的時刻都被風吹散。我海灌了整瓶烈酒，這裡的人就是這樣子——當我醒來時，我還覺得略有醉意。寫作是不可能的。反之，我鑽到床上閱讀；但我也並非真正想要讀出點什麼東西，思緒好像在某種黃色的液體中游動——而當我開始放鬆下來，這種感覺就會消失，在那片黃色液體中游動的彷彿是我。

再過幾分鐘就五點了。此時門鈴響起。昏睡過去的我從床上驚跳起來。是伊蓮娜。

我前去開門。

「哈囉。」她微笑說道。她身旁的地面上，擺著一只手提包。我向後退上兩大步，讓她沒機會擁抱我。

「嗨。」我說。「妳是打算進來，還是怎樣？」

她的眼神變得充滿疑惑。

「卡爾．奧韋，怎麼回事？有什麼問題嗎？」

「是的，其實很有問題，我們得好好談談。」

她睜大雙眼望著我。

「這件事情，我先前沒有提過。」我說。「但我在來這裡以前，交過一個女朋友。我剛到這裡幾天後，收到她寄的一封信。她提分手了。妳理解嘛，我其實還沒有走出來。然後我們之間又開始變得認真起來，這段關係……但我現在還沒有空間處理這段關係，這太快了，妳理解嗎？我非常喜歡妳，但是……」

「所以你是在提分手咯？」她說。「而這段關係都還沒開始耶？」

我點點頭。

「我是這麼認為的。」

「多麼可惜。」她說。「我才剛剛開始如此喜歡你啊。」

「是的，對此我也非常難過。但這是行不通的，我感覺不對。」

「既然這樣，我們也就不要繼續下去了。」她說。「祝你往後的人生一切順利。」

她走到我身旁，伸出雙臂擁抱了我。隨後她拾起手提包，轉過身要離開。

「妳要走啦？」我說。

她回過頭來。

「是啊，我們現在總不能還繼續坐在沙發上吧。這樣又有什麼意義呢？」

「可是公車還要很久才會開來啊。」

「我可以先走一小段路。等到公車開過來，我再上車就行了。」

當我望著她提著手提包下坡，往那條順著峽灣延展的路走去時，我感到後悔。我已經錯過了一個大好機會。同時，對於能夠如此無痛分手，我感到某種解脫。現在這事算是完結了。現在，沒有什麼好多想的了。

白晝變得愈來愈短，而且愈來愈早便天黑了，彷彿加速衝向黑暗。十月中旬降下第一波雪，幾天後雪融了，但十一月中旬的第二波降雪可就是認真的了，大雪日復一日下著，一切很快就被枕頭般厚重的白雪覆蓋（除了陌生而帶有某種威脅、深不可測、表面如此陰鬱而潔淨，又如此貼近我們的大海以外）。這就像一個住進鄰居家裡的凶手，那把刀就在廚房桌上，紋風不動，閃閃發亮。

積雪與黑暗，使整個社區無法辨識。當我第一次來到那裡時，天空高聳，充滿光輝，海洋廣袤無垠，地貌是如此開闊，以至於這座一簇簇屋舍的小村落，彷彿再也無法站穩腳跟，徹底失去本質與原貌。似乎沒有任何事物能留在這裡。降雪與黑暗隨之而來。天幕沉降下來，像蓋子一般籠罩屋頂。海洋消失了，海的陰鬱與天幕的陰鬱融合，再也看不見地平線。就連山岳也消失了，那種立於一片寬闊、廣袤地景之中的體驗也一併消失無蹤。一切只剩下總是閃閃發亮的屋舍，且持續被黑暗包圍，此時這些屋舍與其光線就成了一切圍繞的核心。

道路被崩落的雪塊封鎖。一艘渡輪在此地停靠。人們每天只能兩度搭船進入此地的事實，強化了這種感覺——這裡就是寰宇間最後的場域，這裡的人就是地球上最後的人類。我仍然收到許多信件，也花上不少時間回信，但信中反映的生活不再重要，重要的是我眼前這種生活。早晨起床，進入風雪之中，向上走到學校，進教室上課去。在那裡待上一整天，置身於一片低矮、閃閃發亮、被陰鬱徹底壓制住的碉堡中，回家，採購，吃晚餐。我晚上要麼與比較年輕的漁夫們一起在健身房、在學校看電視、在校區的游泳池游泳——要麼窩在家裡閱讀或寫作，直到已經晚到該上床就寢，透過睡眠，耗掉那死滅而無意義的數小時，直到隔天開始為止。

每逢週末，我必定喝酒。道路仍暢通的那段時間裡，總有人來問我要不要跟著到芬斯內斯，或者數小時路程遠的某處。道路封閉時，人們就只能走上坡，或者走下坡到鄰舍家串門子；總有人窩在某個地方喝酒，他們總是希望有人陪著一起喝。我不會拒絕，我會跟著喝，一個晚上喝掉一整瓶烈酒成了常態，不再是例外，後果則是我幾乎總在到處遊蕩，做出各種我在隔天就忘光光的事情。某一次，我踉蹌著下了樂團專用的巴士，竟開始走向遠離市區的方向，而不是往城裡走。我就這樣走了一百公尺遠，沒人出言制止，當我聽到他們叫喊「到這裡來，你這個豬頭，到這裡來！」的時候，我只穿著襯衫與一件單薄的西裝，全身打著哆嗦，搖搖晃晃地往前走。在另一場派對上，我和一名屋嶼的女代課老師共舞。她名叫安妮，來自挪威東部某處，是個冷豔的金髮美女，而我總被這種類型吸引。我們在一條置有衣櫃的長廊角落佇立許久，愛撫著彼此。我在幾天後打電話給她，邀請她和她的女性友人、托爾・恩那及尼斯・耶里克一同到我家吃晚飯。當我企圖親吻她時，她迴避了。她說，她有別人了，她有男朋友了，派對上的事情，本來永遠不該發生的，我完全不是她的菜，而除了她喝醉以外，她完全無法以其他方式解釋。「也許是因為太暗囉？」我這麼說，試圖稍微開開玩笑，但是她完全不笑。她不是那種人。冷豔又真摯，安妮就是這樣。

其他幾個週末，那些其他小鎮各級學校的人，或者大學生會到這裡來；單是看到這些不同的面孔，就稱得上是一種解脫。我就像條狗，躡手躡腳地跟到其中一人的家門前。她名叫圖妮，是法蘭克的妹妹，她的媽媽正是那個不能容忍我的老師，但我壓根不在乎這一點。喝得爛醉的我整夜都盯著她瞧。

她現在要走了。我決定緊跟在後。

戶外的黑暗中，細沙般的雪不停下著。她低著頭，循著路燈的光線走著，就在我前方五十公尺處。我用圍巾圍住自己的嘴邊，跟在後面。她走進自己雙親家，蹬了蹬腳，甩掉長靴上的雪片，關上門。

我在門外站了幾分鐘。我以為她在看見我時，會覺得非常高興，因為這就是她一整晚所想要的——想跟我上床。

廚房的窗邊一片黑暗。客廳的窗邊一片黑暗。但一道光束從三角牆上那扇修長的窗戶透出。

我打開門，走了進去。我懶得脫掉鞋子，迅速朝客廳瞥了一眼，那裡陰暗而空虛。我穿過門廳，朝最深處那扇開啟的門走去。

她站在浴室裡，正照著鏡子刷牙，嘴裡滿是泡沫。

「哈囉。」我說。

她必定已經聽到我的聲音。當她轉向我的時候，她臉上完全沒有驚駭之色。

「滾。」她說。

我在一張牆邊的椅子上坐下，極其仔細地打量著她。首先是臉部，然後是那雙隱藏在綠色羊毛襯衫之下的乳峰。

她搖搖頭。

「這樣沒搞頭的啦。你永遠沒機會上我。」就像那些邊刷牙邊講話的人，她的聲音近於模糊不清。

「妳真的希望我出去？」我說。

她點點頭。

「是的，謝謝。」她說。我起身走了出去。風勢就像一堵牆般聳立在門外，堅硬、冰冷的小雪粒像胡椒粉般灑落。當我抬頭望著上方廣大無邊的黑暗時，我心想，真是可惜。她是如此秀色可餐。是的，她真是秀色可餐——簡直不可思議！街燈在積雪與黑暗的映襯之下，投射出近乎綠色的光暈，也賦予周遭景物某種神似水底的微光——在這樣的氛圍裡、在雪覆蓋住的路面上前前後後走動了一會後，我總算回到那不再是派對的派對現場——除了一張放滿玻璃杯、酒瓶的桌子、空空如也的香菸盒與煙灰缸之外，房間裡空無一物。我身上所有的時間感，鐵定已經停滯下來，我離開沒有那麼久吧？——之後，就連空間感也停滯下來，因為我記得的下一件事，是我在自己的床上醒了過來。

當我酒醉，處於沉醉與極端自由時，我**做出**各種事情，而且對任何事來者不拒——那幾個月，我逐漸為此付出代價。我上高中時，要麼喝到宿醉，要麼不會——除了宿醉之外，我沒有任何的不適感。如果某件事導致我良心不安，靈魂被咬嚙的感覺只像是一根細針；一頓豐盛的早餐、到城裡待上一會兒，就能夠獲得治癒。但在這裡就不一樣了。我正常的狀態、我喝酒後之間的鴻溝，或許已經太過明顯。作為一個人，要維持這道鴻溝、使其繼續敞開，根本是不可能的。實際上，正常的那個我，開始被拉向酒後的我，這兩面緩慢但確切地縫合在一起，那道縫線帶來純粹的恥辱。

但是，真是該死，我居然**這樣**做！次日，當我躺在黑暗之中時，這聲音在我內心咆哮著。噢不，操，我竟**這樣**說！**這樣**！**這樣**！

被焦慮石化的我躺臥在原地——就像某人一桶接一桶將我本人的糞便倒在我的身上。

瞧瞧，他真是個大白痴。瞧瞧，真是個該死的瘋子唷。

但我站起身來，開始嶄新的一天，而我總是能夠撐過去。

最糟糕的，或許就是「其他人已經**看見**我」的想法。那些夜晚，所有人看到我的表現與行徑——當他們在日常生活中打量著我時，我當時展現出的面向，也就持續存於他們的目光之中。

當他們看到我往返於郵局或超市之間時，我假裝自己是個以最完善方式照顧他們子女的年輕教師；而實際上的我只是個不斷胡扯、每天夜裡流著口水渴望女生的開心白痴，只要有女生願意跟著回家，就甘心剁掉自己的左手與右手——但是沒有人願意上鉤，畢竟這只是個不斷鬼扯、流口水的白痴。

即使是在學校裡，我偶爾也有這種感覺，但並非針對學生們（我在這方面有一種截然不同的掌控），也並非針對托爾．恩那和尼斯．耶里克，畢竟他們當然知道問題到底出在哪裡。

的確，我是能夠控制住場面；但當我在全新一週即將正式開始的前幾分鐘，待在他們面前、坐在講桌後方、對剛過去這個週末的羞辱仍然記憶猶新時，這無助於使我的內心免於焦灼與刺痛。

但他們總算是脫下了大衣，身著厚重的毛線衣，臉頰因戶外的酷寒而變得紅通通，在椅子上不耐煩地蠕動著，一心只想要回家繼續睡覺。不過他們彼此相處時，卻又呈現出不同的面貌，他們會交換眼神，低聲評論，咯咯笑著，嘆著氣，繼續活著。

天花板吊燈的光線頗為刺眼，遠端的那排窗戶將整間教室的映影，反射向那層渾厚、始終籠罩在我們身上的黑暗。凱恩．羅亞德坐在那裡。薇薇安坐在那裡。希德格恩坐在那裡。麗芙坐在那裡。安德莉雅坐在那裡。她身著淺藍色牛仔褲、白色長靴、高圓翻領的羊毛衣。穿著黑色襯衫、黑色牛仔褲的我坐在講桌後方，內心因倦怠而顫抖著。最微小的失控，對我而言都很殘酷——我唯一想要，也需要的，就是安全感。

我將課本翻到準備要上的章節。其他幾班傳來一陣陣的咕噥聲。我自己的學生則睡眼惺忪，毫無熱忱可言。

「喂，你們至少把課本拿出來啊！不要再這麼懶惰啦！」

安德莉雅趨身湊向前，從背包裡取出書本時，她露出微笑。書本用黯淡的褐色紙質書套包著，上面用簽字筆寫滿各個流行樂團與電影明星的名字。凱恩．羅亞德呻吟著。但當我迎視他的目光時，他微笑了。而當然囉，希德格恩已經取出課本。麗芙將身子轉向窗邊。我和她正望著同一個方向。一條人影（假如我們不稱是「鬼影」）正在走上坡；在一陣陣的飄雪中，你無法從那陰影般、掙扎著前行的輪廓裡辨識出體型。

「麗芙！把妳的書本拿出來！」

「是的，是的。我們現在上哪個科目？」

「妳可是說認真的？妳不知道？」

「不知——道。」

「這半年以來，妳每個星期一都在這裡上課。這個時候，我們總是在上同一個科目。它是……」

她的雙眼中泛著些許不安，凝視著我。

「妳記不得了？」我說。

我也記不得了。恐慌就像堵塞馬桶裡的水，在我的內心騰起。

她搖搖頭。

「其他人記得嘛？」

大家都望著我。他們是否理解？

不。

凱恩．羅亞德開口了。

「基督教。」他說。

「是的，基督教！」她說。「那當然啦，我其實知道的。我只是突然間沒能想起來罷了。」

「就憑妳那腦子，當然永遠想不起來。」凱恩．羅亞德說。

她憤怒地瞪了他一眼。

「那你的腦子就永遠不會卡住囉？」我說。

他笑了一下。

「嗯，確實有可能會卡住啊。」他說。

「不管怎樣，我的腦子現在卡住了。」我說。「不過這樣可不好。我們必須達到課程目標。而我們只能藉由努力學習，達成目標。」

「你總是這樣講。」薇薇安說。

「但我是說真的。你們還真的以為，我是為了自己的緣故，站在這裡講起馬丁．路德的事情嘛？我本人已經知道關於他的大多數東西了。而你們還什麼都不會。你們一整票人都很無知。但從另一方面來說，所有十三歲的孩子們想必都是如此。所以這並不是你們的錯。對了，有人知道『無知』是什麼意思嘛？」

現場一片死寂。

「那個跟『忽略』有關嘛？」安德莉雅說。一抹微弱的紅暈從她的雙頰泛起。她注視著自己在課本上畫起小人物圖案的那隻手。

「是的。」我說。「『忽略』等同於對客觀的事實視而不見、完全不在乎。一個『無知者』就是一個對什麼事情都不在乎的人。如果一個人對什麼事情都不在乎，那他對這些事情也就什麼都不知道。」

「那無論怎樣，我可就是個無知者了。」凱恩．羅亞德說。

「不會啊，你並不無知。你懂的東西還滿多的。」

「像啥？」

「你知道很多關於汽車的東西，可不是嗎？至少比我懂的還多！而關於魚類，你懂的也很多。我對這方面一無所知。」

「是說，你究竟為什麼沒有駕照？你明明已經十八歲了。」薇薇安說。

我聳聳肩。

「沒有它，我還是活得很好。」

「可是當你要到什麼地方去的時候，你還得找人載你！」薇薇安說。

「我想要去哪裡就能去哪裡，可不是嘛？」我說。「但是夠了。我們現在得上課。」

我站起身來。

「關於馬丁．路德，你們知道哪些東西？」

「啥都不知道。」希德格恩說。

「啥都不知道？」我說。「完全不知道？」

「不知道。」麗芙說。

「他是挪威人嘛？」我說。

「不是。」希德格恩說。

「那他是從哪裡來的？」

希德格恩聳了聳肩。

「我想是德國吧。」她說。

「他現在活著嘛？」

「他現在當然已經死了嘛！」

「那麼，他是活在什麼時代？當你們的雙親還很小的時候嘛？一九六〇年代？」我說。

「他活在很久以前。」薇薇安說。

「西元一千五百年左右。」希德格恩說。

「那他是幹什麼的？他是修水管的工人嘛？漁夫？司機？」

「都不是。」凱恩．羅亞德說著，輕笑了一下。

「他是牧師。」安德莉雅冷漠地說。這種冷漠顯示，這只不過是她知道的所有事物之一。

「現在妳所知道的可真是**太多**啦。」我說。「馬丁．路德是牧師，生活在西元一千五百年左右的德國。現在你們要找出另外十件與馬丁．路德有關的東西，並且寫下來。這堂課的尾聲，我們會一起來探討。」

「我們是要怎麼找啊？」薇薇安說。

「其實，難道不應該由你來告訴我們嘛？你收了錢，不就是要來做這些事情的嗎？」希德格恩說。

「我收到工資的目的，是為了要教導你們。生活中，並不總是有個老師會站在你們面前，告訴你們應該要會哪些東西。所以你們該怎麼做？你們必須學會如何找資料。難道不是這樣嘛？把課本翻開。把百科全書拿出來。我不管你們具體怎麼做，只要再找出十項知識就行。現在開始吧！」

他們哀聲嘆氣，呻吟著，扮出怪相，站起身來，拿著鉛筆和筆記簿，走向那座小小的圖書館。我在講桌後方坐下，抬頭望著教室牆上的時鐘。還剩下半小時。這堂課度過之後，我還要上五節課。屆時，這個星期一就算是收工了。還剩下星期二、星期三、星期四與星期五。

不管怎樣，我這個週末必須寫作。白天不能到芬斯內斯，晚上不能參加派對，從早上起床、乃至於晚上就寢，我都得坐在打字機前面。

除了那兩篇與夢境有關的故事之外，我已經寫出五個短篇。所有作品的主角都是加百列，故事裡登場的也都是同一批人物。一切情節均在提貝肯社區開展。詭譎之處在於：我竟感受到如此的貼近。在打字機旁邊坐定，就彷彿打開一扇通往那裡的門。一整片景觀在我的內心沸騰著，強行取代我當前身處的這片地貌。屋外的道路就在那裡。那棵碩大的冷杉在那裡，還有流經的小溪。那片被草地覆蓋、向下通往烏比基爾的坡道。石牆、岩壁、船屋、歪斜且殘破不堪的碼頭、小島與所有的海鷗。假如有人來按門鈴（其實也一直有人來按鈴）——四年級生、七年級生、出於某種原因巴著我不放的九年級高個子男生、幾個比較年輕的漁夫或者較年輕的老師——我都會一躍而起，從椅子上驚跳起來。那種時候，不太像是童年景觀闖入了當前的情景；正好相反，我彷彿置身於童年時期，而當下的景觀從外強行闖入。要是我的思緒被打斷，我得花上一個小時，甚至更久的時間，才能重新思索著童年時期的景觀。

這正是我所渴求的。那時候的樹木就是樹木，而不是「樹木」；那些車子就是車子，而不是「車子」；爸爸就是爸爸，而不是「爸爸」。

我朝他們走了幾步，看清楚他們正在做些什麼。除了走回座位上的安德莉雅和希德格恩以外，其他人正圍坐在圖書館的桌邊。

「妳們有沒有找到什麼？」當她們經過時，我說。

「是啊，找好啦。」希德格恩說。「我們已經找好資料了。接下來要做什麼？」

「妳們得先坐下來，等一等。」

一座長長的書架，將圖書館與旁邊的教室隔開。教室裡，三、四年級生彎著腰、坐在課桌前，幾個人舉起手來，托麗則到處走動協助他們。大講堂的另一個角落，一年級生正圍繞著海耶，坐在枕頭上，她高聲朗讀，他們臉上泛著睡意，雙眼彷彿還在夢境中，直視著正前方。她感受到我的目光，抬頭張望的同時繼續朗讀，對我微笑一下。我朝天翻了個白眼，轉向我自己指導的班，迎視安德莉雅的目光。她在座位上望著我。現在她則低下頭去。

「妳們找到了什麼資料呢？」我說。

「你現在就想要聽嘛？」希德格恩說。

「沒有。」我說。「其實不是。我們等到其他人都查好以後再說。」

「那你為啥要問？」安德莉雅說。

「我只是隨口問問。」我說。

凱恩．羅亞德與薇薇安走在那塊寬幅地毯上。當他們坐下時，我走到圖書館的小角落。麗芙仍坐在那裡，正在寫一些東西。

「進行得怎麼樣啊？」我說。

「我找到五項了。」她說。「不對，是六項。」

「挺好的。」我說。「這樣就夠了。我們檢討的時候，妳可以將最後那四項寫下來。」

她神情凝重，將自己的物品收拾好——當某人要她做出某個舉動時，她就會擺出這副神情。但此舉未能掩飾她內心那股沉重的不確定感；不管怎樣，這瞞不過我。至於和她年齡相仿的同儕從她身上看出了什麼，就不好論斷了。

這堂課的最後二十分鐘，我們逐一檢視各點事項。我講解補充。他們則睜大空虛的雙眼望著我。馬丁．路德對他們能有什麼好處，實在並不明顯。但此舉的意義想必不僅止於讓他們坐在這裡，用鉛筆在自己的簿子上寫劃，讓他們坐在自己的座位上，聆聽某人講解著某樣東西。

課間休息的鈴聲響起。他們問，天氣這麼冰寒，能不能讓他們待在室內啊。我說，想都不要想，全都給我到外面去。當他們穿戴夾克與毛線帽時，我就站在一邊等著，隨後我走進教職員休息室，所有人都在裡面忙著各自的事情。我拿著一杯咖啡就座。已經在濾壺裡放了一小時的咖啡，變得極其苦澀。

正在閱讀地方報的尼斯．耶里克瞄了我一眼。

「之後你要不要一起來游泳池啊？」他說。

「可以吧。」我說。「你啊，之後可以順路先到我這邊來。」

托麗在我們正前方打開冰箱，趨身湊向前，拿出一瓶優酪乳。她打開來、舔了一下蓋子，再扔進水槽下方的垃圾桶，從餐具櫃裡取來湯匙開始進食。她望向我們，面露微笑，一小滴粉紅色的優酪乳在她的下唇流動。

「每到了這個時間點，我就覺得肚子餓。」她說。

「妳不必不好意思啊。我們有時也會吃點東西。」我說。

我身旁的尼斯．耶里克將報紙摺起，走進廁所。我喝了一點咖啡，轉身面向剛剛從影印室裡出來、拿著一疊紙張的珍妮。她兩邊的嘴角一如往常地向下彎，雙眼冷漠而內向，人們不會為了這個緣故，就特別想要多聽聽她內心世界的動態。

「珍妮，今天的咖啡是妳煮的嘛？」我說。

她望著我。

「是啊，我今天負責處理廚房的事情。怎麼啦？」

「除了這咖啡是我所喝過口味最糟糕的以外，沒啥事情。」我說。

她露出微笑。

「那你可是只喝最高級的咖啡呵。」她說。「不過如果你想要的話，我可以再去燒一壺。」

「不必了，老天！我只是在開玩笑！這咖啡對我來說已經很好了。」

她溜回自己的辦公桌旁邊。我則起身靠窗而站。街燈的周圍構成了一道圓形的光圈。潔白的小雪片蜂擁落下，轉圈圈般的動作酷似一群飛舞的昆蟲。幾個小孩在下方的雪地上翻滾著。四個小孩在一大團積雪裡、交疊在彼此的身上。看到這一幕時，我的手一陣抽搐。我想將最上層那幾個人拉開的衝動是如此劇烈。躺在最底層，還被雪壓住——就我所能夠想到的，沒有比這個更符合幽閉恐懼症定義的景象了。

我往前移動，再看了一眼。

課間休息時段的巡察，跑到哪裡去啦？

噢，我的腦子究竟幾時才能夠適應這件事啊！我就是巡察啊！

我快步趕向走廊上的掛衣處。

「這節休息時間還剩三分鐘。」斯圖爾說。「你現在出去已經沒有意義啦。今天放學以後，你倒是可以留下來。」

他對自己的小玩笑露出獰笑。我望向他，我沒有露出任何表情，而是戴上毛線帽、套上手套。即使他言之有理，現在出去已經意義不大，我還是有另一個理由——也就是說，我小跑步奔向戶外時所散發的印象，坐在室內窗戶後方那些人旋即能夠見到我的行動力與懊悔。我最不想給人懶散的印象。我最不希望的就是，人們認定我只會開溜。

一個圓胖的小身影從遮雨棚內閃出。我快步往下走向剛剛在雪地上打群架、現在將牛仔褲的雪片拍掉的男孩們。牛仔褲的織料因溼氣幾乎成了黑色。

「卡爾・奧韋。」他在我的正後方說道，拉住我的夾克。

他肯定是追在後面跑。

我轉過身。

「怎麼回事啊，尤爾？」我說。

他的眼神為之一亮。

「我可以對你扔雪球嘛？」

上週，我同意他們可以對我丟雪球。真是個錯誤——他們覺得這真是有趣，當他們砸中我的大腿，我感到刺痛時，他們更是覺得有趣。當我要求他們停手時，他們居然拒絕了。他們獲得某種形式的特赦，本來不可以的行為突然獲准了，而他們也意識到，當他們不再被允許這樣做時，要處罰他們可是很困難的。

「不行，今天不行。此外上課鈴也快要響了。」我說。

四個戴暗藍色毛線帽的男生抬頭瞄著我，他們的帽沿拉得很低，幾乎遮住了前額。

「一切都還好嘛？」我說。

「那是當然的啦。有什麼不好的嘛？」雷達爾說。

「講話不要那麼沒規矩。你得尊重大人。」我說。

「你又不是大人，你連駕照都沒有！」他說。

「的確啊，是這樣沒錯。」我說。「但是不管怎樣，我會背九九乘法表。這已經不是你們會的東西了。而且如果有必要，我也夠強壯，可以每天痛扁你三次。」

「那你會被我爸爸每天暴打三次。」他說。

「卡爾．奧韋，來啦。」尤爾說道，並再度拉扯我的夾克。

「你得搞清楚，我也有個爸爸。」我說。「他比我高大、粗壯得多。他甚至還有駕照。」

我低頭望向尤爾。

「你要去哪裡？」

「我想讓你看一個東西。一個我自己做的東西。」

「是什麼東西？」

「這是祕密。其他人不能知道。」

我將目光別開。那群七年級的女生站在擋雨棚的牆邊。再過去就是最接近我們校區的足球場，一群小孩在那裡的黑暗中彼此追逐起來。

「但是你聽著，現在上課鈴聲要響了。」我對他說。

他握住我的手。他難道不理解，他的同學們對此將會作何解讀？

「很快就好。」他說。

就在他說出這番話時，上課鈴聲響起。

「下一節課間休息，你能來嘛？」他說。

「沒問題。你現在快點跑回去吧。」我說。

足球場上那些小孩，要麼沒有聽見上課鈴聲，要麼置之不理。我穿過通道，踏上足球場，雙手貼在嘴邊高喊起來。他們停下動作，望向我。積雪覆蓋了整座足球場，一路延伸到周邊的地面上。那片陡坡向上延展，成了一座山，積雪則在陡坡的邊沿建構出一小片空地。無垠且黑暗的天幕朝下鋪蓋住暗藍的海。我驚覺到，在一片潔白雪地上的學生們活像小動物，就像某種齧齒類動物，在那精密且滿布通道及隧道的開口外跑來跑去。

我對他們招招手。他們開始向我跑來。

「你們沒有聽到上課鈴聲嘛？」我說。

他們搖搖頭。

「而你們也沒有想過，上課鈴聲很快就要響了？」

他們再度搖頭。

「你們現在動作快。」我說。「你們要遲到了。」

他們從我身邊跑過。當我繞過擋雨棚旁邊的轉角處時，門在最後一個跑進屋內的人背後掩上。我打開教職員休息室的門，將自己的大衣掛好，準備取來這節課的書本。廁所門在我背後開啟。我轉過身。是尼斯．耶里克。

「你就在那裡面一直待到現在？」我說。

「這算是哪門子問題呵？」他說。

「你在裡面待了那麼久。」我說，一邊任由自己的目光掠過書脊。「我只是感到驚訝。我沒有懷疑你的意思。」

我微笑望著他，一邊取來關於「副科[14]」的教師指導手冊。

「聽到你這樣說挺好的。」他說。「懷疑什麼的，根本就是狗屎蛋。其實，是托麗啦。她超性感，簡直不像是真的。當她在那邊彎下腰的時候……我就只能衝進去，試著滅火。」

「滅火？」

「是啊。」他笑著說。「你知道的。男人看著女人。男人會感到性衝動，只能衝到廁所打手槍咯。」

「齁齁，你是說這種情況哦。」我微笑，然後回去處理班上的事務。

下一節課間休息，我剛踏上操場，尤爾就拔腿衝來。

「你也冷靜一點嘛。」我說。「你想要讓我看什麼？」

「我和恩德瑞一起蓋了一個東西。」他說。

「那恩德瑞又在哪裡？」

「我覺得他就在那邊。」

恩德瑞就讀三年級，尤爾則是四年級生。大部分時間裡，他倆都只能和彼此玩耍。

「在那邊。」他指向一座恰巧位於房屋後方、從校區內其他位置無法望見的大雪堆。「我們蓋了一個雪洞穴。超級大的。你想跟進去看看嘛？」

恩德瑞看到我們走過來。他鑽進洞口，消失無蹤。

「挺漂亮的。」我說著，停下腳步。「只不過，對我來說恐怕太小了。但你還是可以鑽進去的。」

他向我露出燦爛的微笑。隨後他趴在地上，蛇行似地鑽進去。我向後退上幾步，望向操場。兩個四年級的男生繞過轉角，朝著我們而來。尤爾從洞穴裡探出頭來。

「卡爾・奧韋，你可以鑽進來的啦，裡面其實超大的。」

「但是我還得去盯住其他人啊，這你是知道的。」我說。

他看到自己的同學們。

「這個是我們的雪洞。」他邊說邊望向我。「是我們蓋的。」

「的確，那是你們蓋的。」我說。

「你們蓋了一個雪洞唷！」雷達爾叫喊起來。

「它是我們的。不許你們進去。」尤爾說。

他們在雪洞的入口處停下腳步。

「我要看看。」史提格說著，試圖從尤爾身旁硬擠過去。

「它是我們的。」尤爾望著我。「它明明就是我們的嘛。卡爾・奧韋？」

「是你們蓋的沒錯。」我說。「但你們不能禁止別人進去裡面看看。要是那樣，你們得一天到晚都站在這裡守著。」

「可是那明明就是我們的！」他說。

「雪洞在學校的區域裡，你不能禁止別人待在裡面。」我說。

雷達爾帶著滿足的表情硬擠進去。很快地，小孩們就將那座雪洞擠滿。他們馬上開始規畫，該如何將它加大。挖一條往遠處延伸的隧道。尤爾試圖發號施令，但他們完全不甩他，他不得不重回自己的位置——整個階層的最底部。我轉身離開。我有些良心不安，短短幾分鐘前還那樣高興的他現在同等地沮喪；但我對此其實無能為力，他得憑一己之力弄懂人際之間的互動。他必須學到，光靠著抱怨、哀號、

14　在瑞典與挪威，意指小學四到六年級的歷史、地理、社會科學與自然科學。

講他人的八卦，終將一事無成。

「妳們現在怎麼又站在這，窩在一起啦。」我對那群靠在遮雨棚牆邊、嚼著口香糖的七年級女生說。

「外面又是颳風、又是下雪的，這種天氣，你總該不會要我們得站在外面？」薇薇安說。

「妳們不需要呆呆站著啊，妳們總可以像其他小孩那樣，到處活動吧？」我說。

「我們才不是什麼**小孩**。」安德莉雅說。「而八年級和九年級生就可以待在裡面，有夠不公平。」

「只有小孩才會喊不公平。」我說。「另外，八年級和九年級生這堂課有兩個小時，所以他們現在坐在室內K書。」

「我們也想要啊。現在這種天氣，不管怎樣，K書總比待在外面好。」安德莉雅說道，抬頭望著我。寒冷的空氣使她的雙頰泛起一道紅光。她的雙眼顯得細小而美麗。

我笑了出來。

「妳們現在突然想要K書啦？這下變得可真是快。」

「你就只會取笑我們。」薇薇安說。「你一點都不尊重我們。」

「我是以妳們應得的方式來對待妳們。」我說，目光投向屋牆上的時鐘，它懸掛在主建築入口與那棟容納游泳池、體操教室的大型廂房之間。再過四分鐘，上課鈴就要響了。

我走到另一邊，想看看四年級生，還沒繞過轉角，恩德瑞和尤爾就狂奔而來。他們在狂風中低垂著頭，雙腿踩踏著雪地。

「那個用雪堆的洞穴怎麼樣啦？」我說。

「毀了！」尤爾說。「雷達爾的頭衝破屋頂。整個該死的洞穴就這樣塌了。」

他眼裡閃動著淚光。

「你不許罵髒話。」我說。

「對不起。」他說。

「這種事情有時總會發生。」我說。「他不是故意的，這我很確定。」

「但那是**我們的**洞穴！那是**我們**蓋的！現在塌掉了。」

「那你就跟他們再蓋一座新的。」我說。「這樣一來他們就不會把它弄壞。」

「我們才不要。」他說。「來啦，恩德瑞。」

他們從我身邊經過。

「如果你們有意願，我可以協助你們蓋一座新的，下一節課間休息的時候。」我說。

「你可以幫忙喔？」

「不管怎樣，我們至少可以先開始蓋。但是，其他人當然也有可能到那裡去。」

「但是**你**那時候在場，這樣他們就不敢破壞。」他說。

當我在幾分鐘後走進教職員室時，我心想，這個建議真是有夠愚蠢。這下子，剩下的課間休息時段，我只能跟著十歲小孩一起挖雪。但是我轉念一想，尤爾為之容光煥發。我走進廁所，鎖上門，拉下褲襠，對準馬桶內側的瓷質開始撒尿，這樣一來，坐在休息室裡的老師們就不會聽見嘩啦啦的聲音。洗手時，我望向鏡中的自己。在那激動澎湃的幾秒鐘裡，我注視著自己那雙澄澈的眼睛，彷彿能清晰地看見內心世界。一種奇特的感覺湧上心頭，就像同時置身於事物的內裡與外在。這種詭異的感受牢牢攫住了我；但當我離開廁所時，那就像掛鉤上的毛巾或洗手臺上的液態肥皂一樣，瞬間被遺忘。這些瑣碎物品，離開當下就不復存在，只能孤零零地待在空虛陰暗的空間裡。直到下一個人推門而入，搓起肥皂，用毛巾擦手，攬鏡自照，這種感覺才會再次被喚醒。

當尼斯．耶里克來按門鈴時，我正坐在客廳吃著晚餐。門廊旁邊的積雪雪片隨風而起，在他周圍的空中飄動著。波浪的噪聲宛如一道隱形的穹頂，籠罩著整個社區。

「我正在吃飯。」我說。「不過我很快就好了。你先進來吧。」

「你該不會準備吃完飯後，直接去游泳吧，」他說。

「我吃的是魚，牠們一直都在游泳。」我說。

「的確啊，此話倒是不假。」他說。

「你想要來一點嘛？鱈魚卵和馬鈴薯。」

他搖搖頭，解開踝靴的鞋帶，走了進來。

「喏。」他說。「你過得怎麼樣啊？」

我聳聳肩，吞下一口食物，喝了一大口水。

「你是指什麼方面？」我說。

「關於一切。比如說，你的寫作？」

「挺順利的。」

「教學呢？」

「很順利。」

「你的性生活？」

「嘿……我該說啥呢？實在稱不上好。那你呢？」

「這個嘛，你自己今天也看到咯。也不過是如此而已。」他說。

「的確是不怎麼樣。」我說著，用餐刀將最後一點散落的鱈魚卵、奶油和幾片柔軟的馬鈴薯刮攏在一起，用叉子撈起塞到嘴邊，感覺雙脣因油脂變得光滑。

「這樣看來，未來也實在不怎麼有前景。」他繼續說。「所有十六歲以上的女生都搬離這裡了。唯一還在這裡的，只剩下那些學生、她們的媽媽。介於這兩者之間的群體，就完全被消滅了。」

「被完全消滅了。」我站起身，將餐具放到餐盤上，一手拿起盤子，另一手拿起玻璃杯，走進廚房。

「你這種說法，倒像是我們在獵捕她們還是之類的。」

「可是本來就是這樣啊！假如她們留在這裡，我們本來可以獵捕她們。但是在她們現在待著的地方，就變成其他人在追著她們跑。」

我將餐盤和玻璃杯放到流理臺上，走進臥室拿泳褲。

「我現在終於理解到，『歡樂獵場』是什麼意思了。」我說。「我始終不理解，這有啥好歡樂的。一輩子待在森林裡，到處跑來跑去？不過，這裡當然只能採用這個詞的引申義囉。」

「我不知道這會有多麼歡樂。」尼斯．耶里克高聲說道，讓臥室裡的我能聽見。「到處奔忙，得到的東西卻少之又少。至少在我的經驗裡，我沒得到什麼。跟某人在一起就比這個好得多。」

我將泳褲和毛巾放在塑膠袋裡，想了一下是否還需要帶什麼。不。這些就夠了。

「你上次有過女朋友，是很久以前的事了嘛？」我說。

「三年。」他說。當他看到我拿著袋子走出時，他便往門邊走去。

「其他的幾個代課老師，你覺得呢？」我問。他彎下腰綁緊鞋帶；當他再度起身時，他的臉變得比較紅潤。

「如果她們之中有人有意願，那我很樂意。」他說。

我們在沉默中循著陡峭的上坡路走著。風勢如此強勁，我們比平時還要費力得多。雪犀利地拍擊著我那毫無屏蔽的皮膚。當我們將身後的學校大門關上時，我感覺就像離開了一艘大船的甲板，進入艙內的空間。尼斯．耶里克打開天花板下緣的吊燈。我們大步上樓，走進更衣室，各自坐在一側，開始換衣服。即使牆壁嘎吱嘎吱響著，通風口傳出一陣陣強風的嚎叫，裡面還是顯得寧靜。也許是缺乏了動靜？所有房間都空蕩蕩的，泳池的水呈現一片虛無、閃亮、寂靜。

氯的氣味很能夠魅惑人心——童年時期所有的氛圍隨之被喚醒了。那時，整個冬季，我們每週一次會到史汀特體育館游泳。當我們從那家小商店走出時，我們手裡那些圓錐狀的紙袋裡裝滿了各式糖果；那些黏呼呼、形狀像是螺帽的軟糖，綠色的是薄荷口味，黑色則是甘草口味。串成像是熱帶地區瀑布的小燈泡。那頂在兩側鑲著挪威國旗的泳帽，還有暗藍色的泳鏡。

我將泳褲腰際的鬆緊帶綁緊，走進那小小的泳池大廳。我赤裸的腳底接觸到冰冷、磨蝕而不平的瓷磚。戶外的街燈映照出紛飛的雪片，背景是一望無際的深沉黑暗。

那黝暗的水面就像鏡面般閃閃發亮，底部則泛起一小抹微弱的藍光。我心想，要打破這樣的沉靜，簡直有點可惜。無論如何，我不打算跳水。不——相反地，我可以循著金屬踏階走下，盡可能不挑起那麼大量的水花。但一切都是徒然，因為尼斯．耶里克來了，他小跑步奔向前，撲通一聲躍入水中。他在深水區游動，一路游到泳池的彼端，喘著氣、劃破水面，甩了甩頭。

「棒呆啦！」他叫喊著。「怎麼回事啊，你怕水嘛？」

「我哪有啊！」我喊回去。

「你就像個老太婆一樣走著耶！」

突然間，我憶起自己某次欺騙達格．羅薩爾的經驗。我比他早幾分鐘進入泳池裡，將泳帽往外翻，使它看來一片潔白，我戴到頭上，拉扯了幾下，泳帽變得皺巴巴，就像老太婆常戴的那種，接著，我刻意用緩慢的動作開始游泳，同時努力高抬起頭。我模仿老太婆游泳的動作是如此逼真，即使當時偌大的泳池裡只有四個人，達格·羅薩爾竟沒能認出我來。他瞥了我一眼，將我識別成另一種類型的人，因此我就等於不存在。他喊起我的名字。當沒人回應他的時候，他就走回更衣室裡。

我緩緩滑進水中，胸口先接觸到水面，接著將頭部浸入，用力划動了一兩下——力道是如此猛烈，以至於我幾乎直接蹭到泳池的彼端。尼斯·耶里克孜孜不倦地沿著泳池的長邊爬動。我盡可能迅速地游了幾圈，隨後躺在泳池的遠處，望向戶外那暴雪紛飛的天氣。

我轉過身，將雙臂撐上池邊，望向在尼斯·耶里克那撲騰著的四肢周圍升起，瀑布般的白色水花。我想到耶爾的爸爸某次說過，當你游動的時候，你就像是躺在棉花上。接著我望向那扇尼斯·耶里克背後，敞開且引向空蕩蕩房間的門。

幹，這再真實不過了。蒸氣浴。

我立起身子，走進更衣室裡，打開蒸氣浴的壁爐。隨後走回泳池，又來回游了大約半小時。接著我們決定上陸。

我們坐在蒸氣浴最頂層的架上。我將水倒在壁爐的石塊上，一陣熱燙的蒸氣直撲向皮膚，進一步擴散到方塊狀的小房間裡。

「這是這份工作最棒的福利。」尼斯·耶里克說著，將溼潤的頭髮向後撥。

「那是唯一的福利。」我說。

「免費的咖啡。還有報紙。還有結業式上的蛋糕。」他說。

「萬歲。」我說。

現場陷入沉默。他往下移動一步。

「你以前做過許多其他工作嘛？」片刻之後，我說，一邊靠牆而站。暖熱使我的頭變得沉重，大腦彷彿正緩慢地被鉛填滿。

「沒有。我只有在醫療體系工作過。喔不對，很久以前我也當過公園管理員，某一、兩年的夏天吧。你呢？」

「園丁的工作，拼木地板工廠，送報紙，瘋人院。還有廣播電臺，不過那是不支薪的，所以恐怕不算數。」

「的確不算。」他慵懶地說道。我打量著他。他已經閉上雙眼，雙手手肘倚在我坐著的踏階上，身子半躺著。他富有迅捷、充滿活力的一面；這種特質彷彿撲向另外某種事物，幾乎帶著老年男子的氣息，極度難以捉摸，原因在於他不會用具體的表情所展現，這更像是他所蘊含著的某種光彩，我對這種特質的注意力始終是負面的——比如說，他聽說過耶穌和瑪莉之鑰，而且挺喜歡這個樂團的，我對此感到驚訝。畢竟，他又憑什麼不曾聽說過這個樂團呢？

現在他撐坐起身子，轉向我。

「你啊？」他說。「我在想一件事情。你知道希爾妲小屋嗎？」

我搖搖頭。

「不知道。希爾妲小屋，那是啥？」

「位於彎道上的那間黃色屋子。本來是希爾妲的。她是依娃的婆婆。她幾年前死了。現在那棟屋子是空的。我跟他們稍微聊了一下，他們非常樂意將屋子租出去。如果那裡沒有住人，屋子衰敗的速度就會加快。所以他們幾乎不想收什麼房租。一個月只要五百。」

「所以呢？」我說。

「我並不需要一個人獨占一整棟屋子。我在想，我們也許可以一起租下來？這可以省下一大筆房租。而如果我們是兩個人，膳食費也會比較便宜。你覺得呢？」

「好——啊。」我說。「有何不可？」

「我們有各自的臥室，而且可以共用其他空間。」

「不過所有人會相信我們是男同志，兩位年輕的男老師對彼此一見傾心。」我說。

他笑了起來。

「聽你說的，我們現在可獨自待在蒸氣浴間裡……」

「所以流言已經傳開囉？」

「沒有啦，你說呢。你已經明確表達了對這裡異性的濃厚興趣。沒人會質疑你的性傾向。但是這回事，你要加入嗎？」

「可以啊。喔，對了，不可以。我得寫作。那我得一個人待著。」

「在客廳旁邊，還有一個房間。你可以用那個房間。這就很完美了。」

「是啊。現在再仔細想想，有何不可哪。」我說。

當我們換完衣服，正在上樓時，我問了一直想問，但因彼此裸裎相見而沒敢提到的事。

「我們今天稍早提到的那個話題，我遇到了一點小問題。」我說。

「哪個話題？」他說。

「跟性有關。」我說。

「把話大聲說出來！」

「這種事沒那麼容易啟齒。是這樣的……對，我有點太快射了。簡單說就是這樣。就這麼簡單。」

「啊哈，這很常見。然後呢？」

「沒有然後，事情就是這樣。我只是想問問，你有沒有什麼竅門。這種情況發生時，感覺真是糟透了。不過你應該理解吧。」

「快是有多快？一分鐘？三分鐘？五分鐘？」

「是，不太一定。」我轉開大玻璃門的鎖。洗過蒸氣浴的皮膚是如此暖熱，冷風吹來也不覺刺骨。寒風在屋舍之間肆虐，我卻幾乎感受不到冷。「不過，也許有三、四分鐘？」

「這樣還不糟，卡爾．奧韋，你理解吧。」他圍好圍巾，確實地拉下帽套遮住雙耳。「四分鐘，算滿久的。」

「你自己在做那件事時，又是什麼情況？」

「我喔？完全相反。我可以躺著，永無止境地磨蹭，卻射不出來。這其實也是個問題。半小時過去，而我還沒有即將射精的跡象——這很常發生。有時候我只得放棄。」

我們踏上那條往下的道路。

「不過當你尻槍的時候呢？也很快就射嘛？」他說。

我的雙頰頓感一陣暖熱，但在一片風雪中，他看不出這一點。而他也並不期待聽到謊言。所以我處在安全地帶。

「差不多。」我說。

「嗯哼。」他說。「我在這方面也遇到一些問題。是的，今天稍早，你也許有注意到。但是，我可以永無止境地磨蹭下去。」

「你覺得跟生理的狀況有關嘛？還是說，這當中有心理因素？假如你願意告訴我，我會非常感激你的。因為我真的寧願遇到相反的問題。」

「我不知道。這想必跟生理有關。無論如何，我的情況始終就是如此。自從第一次以來就是這樣。其他情況，我可就不知道了。但我聽說過，用力夾住龜頭的尖端，或者拉扯陰囊，是有幫助的。在那之後只需要等著抽射就行了。」

「下次我會試試看。」我說，暗自在黑暗中微笑。

「是的，特別是現在，當機會來臨之時。」他說。

「也許今年聖誕節吧？那時這一帶的所有年輕女人就都回家了。」

「你覺得她們回到家，是要來上床的嗎？我並不這麼覺得。我覺得，她們就在她們現在所處的地方與人上床，然後才回家休養生息，積聚新的能量，直到一月再度開始為止。」

「是的，這是最有可能的。」我止步——我們已經來到通向我家的那條路。「如果我們搞定了那棟屋子的事情，我們幾時能夠搬進去？」

「我們得先解除現在這公寓的合約。不過應該在聖誕節過後？如果我們在聖誕假期少放兩天假，我們也許可以搞定。你說呢？」

「聽起來很好。我們再聯繫！」我說。

我舉起手向他致意，隨後開門進屋。我吃下八個三明治，喝掉半公升牛奶，躺到沙發上，讀起楊恩·夏爾斯塔德所寫的《大冒險》第一頁（我新買的一本書）。我先前讀過他的《鏡》、《撒謊的人或超完美謀殺》，也從芬斯內斯圖書館借來《地球沉靜地旋轉》。但這本書可是全新的，才剛剛出版，我取出書後的第一件事，就是嗅聞全新紙張的氣味。接著我稍微來回翻閱。每一個章節都以一個大寫的「O」字母開頭。有幾章被區分為幾個小專欄，其中一個專欄像是筆記，而不管怎麼說，它在另一個像是故事主要情節的專欄邊開展著。另外幾章則以信件為形式。這些篇章分別以粗體字、斜體字、一般字體來呈現。某個叫做「哈札爾」（Hazar）的東西，以及某個名叫「謎」（Enigma）的事物，定時出現在行文之中。至於對「K.」的定義——那一定就是指涉愛情[15]了。

我開始閱讀第一頁。

「她算是挺年輕的。胸骨附近顯得潮溼。他們站在各自的世界裡，彼此間隔一公尺。即使只是背對著她，他仍然感受到張力。他轉過身、偷偷望著她。一陣劇烈的興奮感。他的腿輕輕踢了幾下，作為假動作。她注意到這點，微笑著。寇爾與睫毛膏之間閃閃發亮著。她朝他聳動右肩膀兩下，又是一陣悸動，她抿了抿下脣，低下頭。敲擊樂器的和弦和低音在他敏銳的感官中營造出一種古怪的饑渴。上下顛倒而站，真是違背常態。他在地毯上踏出幾步走向她，又離開她，引誘著，充滿惡戲感。她模仿起他的腳步，採取同樣的步調，鼻根泛著老虎般的皺紋。黑色的鬈髮、纏在額頭上的圍巾、膽大的濃妝。她聽什麼音樂呢？抽筋樂團？分裂河狸樂團？還是ViViVox？葉脈紋路圖案的和服夾克，寬大的棉褲，附著黏合帶的涼鞋。一陣快感襲來。她的四周到處都是信封般方正、燦爛耀眼的人形，有如帶著色彩與花俏的書法體。」

我讀了好幾遍。文風是如此陌生——同時，那簡短而不完全的句子、所有的頭韻與中間的英文單字又如此強硬。還有那些外來的單字。「和服（Kimono）夾克」——這是日文。「老虎般的皺紋」——這有某種涉及印度的元素，某種動物意象。「寇爾」（Kohl[16]）——聽來應該是德文？短短幾行字就突顯出一整片世界。而且還是另一個全然不同的世界——帶有某種前衛的未來性，挺吸引我。但就算我想要這樣寫，我還是無法做到，不可能的。當我閱讀夏爾斯塔德主編的《窗》期刊時，刊物上的名字與書名，我幾乎沒聽聞過，只能認得少數幾個零星的概念。某篇文章的標題是〈燒掉《伊尼亞斯紀[17]》〉；出於某種原因，它在我的思緒中恣意地肆虐、猖狂著，時而在前，忽焉在後，而我始終沒弄懂《伊尼亞斯紀》是什麼。這一切就是後現代主義。夏爾斯塔德就是全挪威最偉大的後現代主義作家，而就算我喜歡——也就是說，我喜歡我所預感到、隱藏在文本後的那一整片天地——我仍然弄不懂它是什麼，或者它的位置。就拿「黏合帶」(Tårem)來說吧——是否與「後宮」(harem)、東方世界有關係？夏爾斯塔德的書中充滿了東方異國色彩，酷似《一千零一夜》的敘事，而敘事中還有其他敘事，我朦朧地感知到，他所做的事情，其中就包括將他筆下的這個世界與其他無數個世界一同扯進我們所在的這個世界。至於這樣有什麼意思，我不得而知，但我直覺上很喜歡，就像我出於直覺不喜歡米蘭．昆德拉那樣。昆德拉也是屬於後現代主義的作家，但他完全缺乏這種其他世界的元素，他筆下永遠只有同一個世界，也就是布拉格、捷克斯洛伐克、已經入侵或即將入侵的蘇聯人，這其實挺好的，但他隨後總是將筆下的人物從劇情中拉出、親自介入、將敘事的焦點從一處轉移到另一處，他筆下的人物則彷彿站在一旁空等，一動也不動地待在窗邊（或是某個別處），直到他將自己的解讀宣洩完畢，他們才能再度開始伸展筋骨。這會兒我們就能看出：他的劇情就僅僅只是「劇情」，那些人物就只是「人物」，某個他編造出來的東西，我們知道他們並不存在，那人

15　挪威語的「愛情」一詞以字母k起始。
16　英文中意指阿拉伯婦女用以塗黑眼圈的粉。
17　Aeneis，為古羅馬詩人維吉爾在公元前十九年左右完成、講述特洛伊戰爭與古羅馬起源的史詩。

們憑啥要閱讀他們的故事呢？昆德拉的對立面則是漢姆生，沒有人像他那樣深深地侵入自己書中主角所處的現實境況之中，而我就偏好這樣，至少在這兩者並陳時，這就是我的偏好——比方說，《飢荒》一書中的具體、現實之感。那裡的世界有著分量、那裡的思想具有自己的品質與內容；而昆德拉書中的那些思想高踞於世界之上，永恆且恣意地操縱著這個由它們發明的世界。我察覺到的另一項差異是，絕大多數的歐洲小說就只有一個劇情，一切好像就只循著一條軌跡邁進，而拉丁美洲的小說則蘊含了一大堆不同的主線與支線——是的，與歐洲小說相較，它們的情節多到近於要爆炸了。我最喜歡的小說之一就是賈西亞·馬奎斯的《百年孤寂》——不過，我覺得《愛在瘟疫蔓延時》也寫得相當精妙。夏爾斯塔德也有這麼一點風格，只不過他表述的方式更傾向於歐洲化；此外，他也夾雜著一點昆德拉的筆法。至少我會這樣總結。

而我自己的寫作，又進展得如何呢？

要像夏爾斯塔德以後現代主義手法寫作，已經完全超出我能駕馭的範圍，我就算想也力有未逮，我不具備這個條件。我只有一個世界，所以我必須撰寫這個世界。不管怎樣，至少我到目前為止得這樣寫。但我努力讓自己的行文挾帶一點馬奎斯的繁茂筆法。還有那富麗、大量的敘事，以及漢姆生親臨當下的筆法。

我繼續閱讀。我已經在書評讀到：小說中的奧斯陸位於南半球某處。這真是個絕妙的好主意；這麼一來，奧斯陸就成了它所不是的一切。但更重要的則是召喚出這個世界的方法。這一段中的繁茂、緻密、蜂擁，還頗有幾分馬奎斯的風格。

我擱下那本書，到書桌前坐定，開始翻閱我自己所寫的那一小落文本。它是如此單薄！單薄到不可思議！文本中只囊括了那些最為不可或缺的事物，森林、道路、房屋，而且撇下其他的一切。但想像一下，假如我想讓其他一切事物迸發出來呢？

我取來一張新的紙張，塞進機器裡，插上電源，注視著我自己在玻璃窗中的映影。同時，打字機已經預備好了。

不同的事物，彷彿在某個地方被聚積起來？不同的事物，彷彿在某處如此貼近彼此？

提貝肯社區家屋外的那條路浮現在我的眼前。

「我走在那條黝黑的道路上，兩邊陳列著綠色冷杉木，在風中搖曳著。一輛汽車駛過。那是一輛BMW。恩林格和哈拉德各自牽著腳踏車，站在人行道上。恩林格的腳踏車是阿帕契牌；哈拉德的則是一輛DBS。他們後方的那條坡道上，是一棟接一棟的房屋。草坪上則是庭院專用的戶外家具、狗屋、烤肉架、三輪車、塑膠製的小型游泳池、園藝工作的水管與一枝忘記帶走的草耙。一架飛機從我們的上空滑過，飛得相當高，我們只能看到機尾後方的那條白線。」

我撕下那張紙，揉成一團扔到地上，將新的一張紙塞進去。我凝視眼前的空間片刻。兩年前，我曾到卑爾根探望媽媽和英格威。那裡的漁市廣場真是人聲鼎沸——大量的店鋪、人潮、魚隻和螃蟹。汽車、船艇、旗幟和風幡，小鳥、海水、山峰、屋舍。這是一個展現密度的好地方！

我再度開始寫作。

「魚隻緊密地排放在冰塊堆成的基座上，在日光映照下閃閃發亮。一群群購買力極強的主婦拎著鼓脹的提袋，在各個攤位之間來回走動。一個年幼的小男孩一手拿著一只氣球，另一手抓住他媽媽拉動的嬰兒車。他突然鬆開手，奔向鱈魚的水缸邊。『媽媽，看！』他喊道。一名穿黑西裝、戴著帽子的老年男子東倒西歪地走過來，手上拄著一根拐杖。一名身穿風衣的胖女人站著，打量著幾條鯖魚。她的脖子上掛著一條閃閃發亮的珠飾。兩名店員的白色圍裙上都沾著魚血。其中一人說了一句什麼；另一人對此哈哈一笑。幾輛汽車在後方那條道路上呼嘯而過。一名留著半長深色頭髮、身著顯露胸部曲線白色襯衫、在Levi's 501藍色牛仔褲襯托下曲線畢露美臀的少女正眺望著港口。當我經過時，我迅速地瞄了她一眼。她微笑望著我。我心想，若是能幹她，那就太棒囉。」

我向後靠在椅背上，取來手錶，再過幾分鐘就九點了。我感到滿足，這是個好的開局，她將會再度見到他（屆時什麼事情都可能會發生）。我關掉打字機，將裝了水的湯鍋放到電爐上，把少量茶葉放進茶壺，突然間認知到，這是我頭一次在沒有音樂的情況下寫作。就在我等待泡茶水煮沸的同時，我再讀了一遍那段文字。應該要多加一些斷句，使它們變得更唐突。應該稍微提到所有不同的氣味及聲音。也許該加入更多細節。還要押頭韻。

我再度啟動打字機，取出那張紙，放入一張新的紙。

「魚隻緊密地排放在冰塊堆成的基座上，在日光映照下閃閃發亮。空氣中瀰漫著鹹味、廢氣與香水味。一群群購買力極強、身形臃腫的主婦拎著鼓脹的提袋，在各個攤位之間來回走動，頗有威嚴地指著她們要買的東西。蝦、螃蟹、龍蝦、鯖魚、黑鱈魚、鱈魚、黑線鱈、鰻魚、歐鰈魚。到處都可聽到咕噥聲與笑聲。幾個孩子大呼小叫起來。一輛公車在對面的站牌前停下，沉重地喘息著。懸掛在碼頭邊的風幡隨風飄揚。『啪！啪！啪！』一名臉色蒼白、身材削瘦的小男孩一手拿著繪有小熊維尼圖案的氣球，另一手則牢牢抓握住媽媽拉動的嬰兒車。」

煮沸的湯鍋所散發的蒸氣從門後飄出。我再度關掉打字機，將水倒在茶葉上，取來茶壺與杯子、紙盒牛奶，以及裝著方糖的碗，帶進客廳，坐下捲了一根菸。當它在我的脣間徐徐燃燒之際，我繼續閱讀《大冒險》。這次我不再注意細節或者思考文章的風格，幾分鐘後，我就完全被吸入情節裡。過了一會兒，門鈴聲傳遍整間公寓——我因而以一種近於殘酷的方式被拉回現實。

是海耶。

「哈囉。」她將圍巾從嘴邊拉下。「你應該還沒睡吧？」

「睡覺，還沒啦！現在頂多才九點半吧？」

「其實十點了。」她說。「我可以進來待一下嘛？」

「當然，發生什麼事了嘛？」

她走進門廳，摘掉那條厚實的圍巾，拉下羽絨夾克的拉鍊。

「沒有，這就是問題所在。維達爾現在在海上，我到處遊蕩，過得很無聊。然後我就想到你應該在家。」

「時機再恰當不過了。」我說。「我甚至還幫妳泡了一點茶。」

我們走進客廳。她在沙發上就座，拿起那本書，端詳著封面。

「這是謝爾斯塔德最新的一本書。妳讀過嘛？」

「我啊？沒讀過。你在跟一個文盲講話。我可以喝一點茶嘛，還是你只是說說罷了？」

我取來一只杯子，放到她面前，坐到茶几對面的椅子上。她盤腿而坐，給自己倒了一杯茶。

她的身材纖瘦、一雙長腿，體型就像個小男孩。她的五官輪廓很清晰，鼻子修長、寬闊的嘴、厚重的鬈髮，神態帶著一絲絲剛硬；但她那雙鮮活、充滿生機的雙眼經常閃現溫柔與熱情。她相當機敏，隨時準備好反脣相譏；她以某種特別、無所畏懼的優越感對待自己周邊的那群漁夫。

我挺喜歡她，但一點都不被她所吸引；而我理解，正是這一點使我們成為朋友。要是我受到她的吸引，我將會癱瘓般呆坐原地，想著我該說些什麼，或者自己的形象如何。當我不被她吸引時，我對此就無須多想，可以放心做自己，侃侃而談。對她來說想必也是如此。而正如我過往與那些我欣賞、但不吸引我的女生談天那樣，這段對話逐步轉向坦誠與私密。

「有沒有什麼新鮮事啊？」她說。

我搖搖頭。

「其實沒有。喔，有的，尼斯・耶里克建議我們可以搬到那棟彎道上的黃色屋子裡。」

「那你覺得怎麼樣？」

「我覺得這是個好主意。所以我們會在聖誕節後搬家。」

「我無法想像，有哪兩個男人會像你們一樣，差異如此的巨大。」她說。

「所以我現在突然變成男人了？」

她望著我，露出微笑。

「你不是嘛？」

「我實在不覺得自己是。」

「要不然你覺得自己是啥？」

「一個小夥子。一個十八歲的人。」

「是，這我理解。你是個男人，但跟你周圍那些男人不一樣。」

「妳這話是什麼意思？」

「你看過你的手臂沒有？幾乎就像我的一樣細。而且你的肩膀實在也稱不上寬闊。」

「這樣又怎樣啦？」我說。「反正我又不是漁夫。」

「你現在生氣啦？」

「哪有。」我說。

「**哪有**。」她模仿我的腔調說道，然後高聲大笑。「不過你說的有道理。你這輩子只需要安靜地坐著寫作就行了。肌肉不需要多麼大塊，就可以做到這一點。」

「的確。」我說。

「卡爾・奧韋，別再鬧了。你真的這麼認真看待自己啊？」

「這跟認真看待自己一點關係都沒有，妳說的是實話。舉例來說，我跟維達爾絕對不一樣。但這想必並不意謂著，妳就得待在這裡，為此沾沾自喜吧？」

「唉唷，唉唷，我想必踩到你的痛處囉！」

「現在別鬧了。」

「唉唷，唉唷！」

「妳希望我把妳轟出去嘛？」

我以一個充滿威脅的手勢舉起杯子。

她再度笑了出來。

我向後靠，取來那包菸草，為自己捲了一根菸。

「我知道妳希望男人就該像男人。」我說。「其實，妳這番話之前已經說過許多遍。他們應該要沉默、剛強。但是，維達爾到底有什麼特質，讓妳這麼感到煩擾？妳通常會抱怨些什麼？他始終不曾說過什麼，他從來不講自己的事，也不講關於你們的事，他全身上下一點都不浪漫。魚與熊掌不可兼得，這妳總該懂吧。一個常說話，另一個很沉默；一個很剛強，另一個多愁善感；一個很不浪漫，另一個則很浪漫。」

她望著我。

「如果被一個強壯的男人粗暴幹著不算是浪漫，什麼才是浪漫？」

我感到雙頰發熱。我伸手取來打火機，點燃香菸。

然後我笑了起來。

「對於這個，我其實啥都不知道。我甚至不能想像那是什麼樣子。」

「難道你不曾粗暴地上過某人？」

她注視著我。我迎視她的目光。

「有啊，有啊，當然有啊。」我一邊將視線轉開。「我想的是另外一邊。妳在這整件事裡的角色。」

我起身走到我收藏的唱片前。

「妳想聽什麼唱片嘛？」我回頭望向她。

「你想聽什麼就聽什麼吧，反正我很快也得離開了。」

我播放起deLillos樂團最新的唱片：《以前下雪時好開心》。

「搬家最大的優點，就是省得再聽到樓上這兩個人。」我指著天花板。

「托麗和喬治？」

我點點頭。

「這裡的隔音有夠糟糕。尤其是臥室。如果我們要沿用妳對這個概念的定義，那可真是太浪漫了。」

「托麗可真是樂壞了。」

「對他來說，聽起來好像也是如此。」

我再度坐下來。

「妳想必並不怎麼喜歡托麗？」我說。

「我實在不能說我喜歡她。」

她的唇邊掠過一抹虛假的微笑，面部神情往上抬，用尖銳、嬌啼般的聲音說。

「她人是那麼的真誠，充滿了善意，別人看到都覺得刺眼。可是同時啊，對於那些想看她搔首弄姿的人，她就演給他們看。」

「搔首弄姿？」我說。

「是啊，你很難想像吧？當她一個人的時候，她可就這樣走動耶？」

她向前挺起胸部，在座位上扭動一下雙臀，以一種賣弄風情的手勢將前額的頭髮撥開。

我露出微笑。

「我從來沒有被這個給吸引到。」我說。「但現在妳這麼說，我覺得這有吸引到尼斯・耶里克。而且相當明顯。她今天在冰箱前將身子向前傾以後，他就急急忙忙進了廁所。」

「你看到了吧。她知道自己在做什麼。但是你呢？」

「托麗？」我用迴避的語氣說。「她大我十二歲啊。」

「是啦，是啦，但是你喜歡她嘛？」

「不管怎樣，我並不討厭她。她人滿和善的，這是實話。」

一片沉默。窗戶反射出燈泡的光線，家具的輪廓與形影在窗上微弱地浮現。這個房間看似彷彿已被水所浸滿。

「這個星期五，你有沒有什麼打算？」海耶說。

「沒有。」我說。「就我所知沒有。」

「我打算請幾個代課老師到我家裡來。烤披薩、喝幾瓶啤酒。你有興趣來嘛？」

「當然。」

她站起身來。

「我該回家囉。你這軟趴趴的作家，今晚就好好睡吧。」

「如果妳再這麼胡鬧，我會用各種綽號稱呼妳。」我說。

「我是個女人，你是知道的。你不能用各種綽號喊我。你就只能稱我『夫人』或者『海耶』。還有啊，你給花澆太多水，把它們給弄死了。」

「這有什麼錯嗎？我以為最重要的是不要枯死。」

「不對，幾乎完全相反。這些花好可憐，落進了一個凶手手裡。而且還是最糟糕的那種，那種不知道自己正在行凶的。」

「是啊，可是它們死掉的時候，我其實很難過的。」我說。

「那魚兒呢？」她說。

「魚兒怎樣了？」

「當魚兒死掉的時候，你會難過嗎？」

「會啊，其實會。當牠們撲騰著，被拉出水面，而我必須殺死牠們的時候——這是就我所知最糟糕的情景之一。」

她笑了起來。

「剛才這番話，我覺得這裡的人從來沒有講過。還真難以想像。這鐵定是我第一次聽到。」

「這是個一輩子都在暈船的漁夫。」我說。「這幾乎是同一碼事。」

「不對，這不能相提並論。」她說。「但是我現在**得**走了。」

我跟了出去，送她到門廳。

「好啦，**夫人**。那就晚安囉。」我說。當她穿上大衣時，我站在一邊，安靜等著。當她著裝完畢時，我露出微笑。她的帽套與圍巾之間唯一能見到的，只剩下高挺的鼻子。她說完「再見」，便消失在黑暗中。

次日的最初兩節課，我指導三、四年級的學生。我在上課鈴響前十分鐘起床，披上外衣，狂奔上坡去。天空仍然一片黑暗而狂野——就像海耶十小時前離開時一樣。

當沒穿鞋子的孩子們躡手躡腳地走在地板上，身著針織毛線衣，摘下毛線帽後的頭髮顯得凌亂不堪，瞇起雙眼時，我看到他們真實的一面——他們是如此的幼小且脆弱。我會被他們當中的幾個人惹怒，簡直是不可理喻。但在一天的進程中，他們的狀態也起起伏伏——一陣陣螺旋般的嘻笑與叫鬧、打架與戲弄、遊戲與將他們捲入其中的沉醉感，使得我不再將他們視為小小的人——我所見到的是在他們身上流淌、穿梭的各種情緒與動作。

尤爾坐到椅子上，立刻就舉起手。

「怎麼啦，尤爾？」我說。

他露出微笑。

「我們第一堂課要幹麼？」

「你就等著看嘛。」我說。

「你會不會跟平常一樣，在第二節課結束的時候朗讀？」

「你到時候就知道了。聽過這句話嗎？」

他點點頭。

「就是這樣。」我說。

隨著學生們持續進教室，大講堂一端的門總是開開關關。門一被推開，我總是自動看向那裡。我班上的學生，就待在門的右側。現在準備給他們上課的是尼斯．耶里克；他站在講桌後，凝視著正前方，等著他們安靜下來。

雷達爾與安德莉雅走進門口。他們是手足，陪伴彼此到學校來，一起遲到。這有什麼能感動人心的呢？

他跑了幾步，想必是記得不能用跑的，隨即猛然停下腳步，先是望著我，隨後才繼續快步走向自己的座位。安德莉雅則站在對面，打量著我們。我迎視她的目光。她迅速將眼神別開，望向七年級生的上課地點。下一秒鐘，她就走進七年級生的區域。

這簡短的過程本該是完全自然的，但並非如此——她的動作流露出不自然的強迫感，彷彿是在勉強自己完成這些舉動。

「哈囉，卡爾．奧韋。」雷達爾開心地說。他刻意叫出我的名字，試圖在我們之間營造一種親密感，使我更難責怪他遲到。這死小鬼真是油條到了極點。

「嗨，雷達爾。」我說。「坐下。你在拖延全班的時間。」

安德莉雅愛上我了。

一定就是這樣。

這說明了她的行為。她的目光、迴避般的動作、臉紅。

一股溫暖的感覺在我內心擴散。我起身走到黑板前。

「有一份職業，是什麼意思？」我說。「職業是什麼？」

可憐的女孩。

「一份工作。」雷達爾說。

「如果你知道答案，就舉手。」我說。

他舉起手。幸好，其他幾個人也舉起手。我指著羅薇莎。

「那是有一份工作。」她說。

「那明明就是我說的。」雷達爾說。

「羅薇莎，妳能舉出幾項職業嘛？」我說。

她點點頭。

「漁夫。」

「很好。」我寫在黑板上。「還有嘛？」

「在漁廠工作？」

「對！你們還知道更多職業嘛？請舉手！」

回答像冰雹一樣不斷落下。公車司機、卡車司機、貨櫃車司機、商店店員、船長、洗碗工、警察、消防員。他們面前明明就站著一個老師，卻對這個職業渾然不覺，這也很經典。對他們來說，這算不上真正的工作。不過就是站著，成天和小鬼們講話罷了。

「那我呢？」我最後說。「我沒有職業嘛？」

「你是老師！老師！老師！」他們尖叫著。

「那如果你們生病了呢？」

「護士！醫生！救護車司機！」

當黑板被寫滿時，我要求他們寫下一個自己想要從事的職業，描述想從事的原因，敘述工作內容，並且畫出一張圖。他們創作時，我便到處察看，跟他們單獨聊個兩句，然後站在窗邊，呈稍息狀望著戶外的黑暗。她愛上我的這個念頭，使心裡隱隱作痛；既閃亮，卻又充滿哀愁。

我走到講桌旁，開始檢視他們寫的內容，討論到剛過全班的半數時，下課鈴聲響起。之後的一小時，我們繼續探討未完成的內容。隨後，我們轉而朗讀課本，他們回答問題。最後二十分鐘，我朗讀《一千零一夜》給他們聽。當我取來那本書開始朗讀時，他們就從椅子上滑下來，在我前方的地氈上圍坐成一個圓圈。他們總會這樣做；這想必是他們一、二年級時養成的習慣，我很喜歡這樣。這讓我感覺我帶來了某種溫馨、安穩。或者更正確地說，他們將這稀鬆平常的情境，轉變為某種安穩溫馨的事物。他們眼神空洞地聆聽著具有東方色彩的故事，彷彿已進入自己的內心世界，彷彿就在感官的沙漠中坐在自己的靈魂之泉旁邊，望著所有駱駝、絲綢、飛毯、鬼魂與強盜、清真寺與市集，一切炙熱的愛情與猝然的死亡，像海市蜃樓般翻滾著，從意識裡那空無的藍天飄過。你很難想像比他們所處的世界還要偏遠的地方——他們身處世界上最遙遠的角落，置身於無盡的黑暗與冰寒，對他們來說沒有差別，而這也反映在他們的內心，一切都有可能，一切都是被允許的。

接下來，我指導五、六、七年級學生的挪威語。

「我們直接開始上課。」我一進來就說。「坐下來，把書本拿出來！」

「你今天很不爽齁？」希德格恩說。

「不要再拖時間了。」我說。「快一點，把課本拿出來。我計畫好了，我們今天來小組練習。也就是說，你們兩兩一組合作。希德格恩和安德莉雅，把妳們的桌子併攏。永恩和麗芙一組。凱恩・羅亞德和薇薇安一組。快一點。你們難道總是得這麼慢嗎？」

他們開始將課桌併攏。除了凱恩・羅亞德以外。他用手肘頂住課桌，雙手托住臉頰。

「凱恩・羅亞德，你也一樣。將你的課桌和薇薇安的併在一起。你們兩個一組。」我說。

他抬頭望著我，然後搖搖頭。他再度直視正前方。

「你沒有選擇，只能這樣做。現在，動作快。」我說。

「我不做。」他說。

我走到他面前。

「你是沒聽到我說的嗎？現在動作快點，挪動桌子。」

「我不要。」他說。「我才不這樣做。」

「為什麼不？」我說。

已經完成手邊動作的其他人睜大眼睛，瞪著我們。

「我不要。」他說。

「你是要我幫你做嘛？」我說。

他搖搖頭。

「你是沒聽到我說的嘛。」他說。「我不做。」

「但是你得這麼做。」我說。

他搖搖頭。

我握住課桌的邊緣，試圖舉起來。他使盡全身的力氣，用下臂壓住桌面。我更加使力地向上舉。他扣住桌子往下壓。現在的他滿臉通紅。心臟在我的胸口劇烈地搏動著。

「你現在照我說的話做！」我說。

「不要！」他說。

我使勁一拉，迫使他鬆開課桌，接著搬到薇薇安的身旁放下。他仍然坐在自己的椅子上。

「我絕對不動。」他說。

我扣住他的手臂。他使勁一抽將我甩開。

「你現在動起來！」我高聲說道。「你是要我背你還是怎樣？你真想要這樣？」

我從餘光注意到，海耶從大廳的另一端望向我們。

他沒有答腔。

我走到他的後方，抓住椅子的基座，正準備整張舉起來。這時他起身走向課桌，想必正要將它搬回原地。

「把桌子放下！」我說。

他滿臉脹得通紅，眼神僵硬而冷漠。當他開始拖動他前方的課桌時，我一把抓住桌子、用力拉向一旁，迫使他鬆開手。

「你這該死的爛馬屌！」他吼道。

我放下那張課桌。怒意劇烈地衝撞著血管。雙眼因激動而泛著淚。我屏住呼吸，試著冷靜下來，但是沒用，我全身上下不住地顫抖。

「你可以回家了。我今天不想在這裡再看到你。」

「啥？」他說。

「出去。」我說。

「但我沒有做什麼事情。」他瞬間忍住淚水，低著頭。

「滾出去，我不想看到你。快點滾！出去。出去。」我說。

他抬起頭，用桀敖不馴的目光瞪了我一眼，緩慢地轉過身，走了出去。

「我們繼續上課。」我盡可能用平靜的口吻說。「翻開練習簿第四十六頁。」

他們按照我所說的話做。凱恩．羅亞德從窗外走過。他看似毫不在乎地甩動著雙臂，目光直視正前方。

我說明他們將要進行的活動，匆促朝窗外一瞥。他正經過操場旁的最後一盞路燈下，垂頭喪氣地走著。但是我採取的措施是正確合理的，罵老師「馬屌」的人本來就應該被處分。

我站到講桌旁邊。那堂課結束前，我陷入絕對的困惑之中；我唯一在乎的就是不讓學生們察覺。

在教職員休息室裡，海耶走上前來，詢問發生了什麼事情。我聳聳肩說我和凱恩．羅亞德吵了一架，他罵我是個「馬屌」。

「所以我叫他回家去，今天不必再回來了。不能允許這種事情。」

「你知道嘛，這裡的風氣不一樣。人們不會那麼嚴肅對待髒話啊。」她說。

「我很認真看待這種事，而且我是班導師。」我說。

「是的，是的。」她說。

我去弄了一杯咖啡，坐到自己的位置上，翻閱著一本書。這時我內心閃過一個念頭，頓時弄懂了一切。

由於他愛上了薇薇安，他不願意坐在她的旁邊。

這突發的認知使我的頭熱了起來。噢，我這個白痴啊！人的愚蠢是否有極限哪？將一個學生趕回家是很嚴厲的，他得解釋，而雙親不會相信這是老師的錯——但事實就是這樣。

我明明就很喜歡凱恩．羅亞德。

而他只是在談戀愛嘛！

但是來不及了，這已經無法補正了。

我重新走進教職員休息室，取來擱在桌面上的報紙，坐下來開始讀報。那條短廊的最遠端，一扇門打開了。是理查。他望著我。

「卡爾．奧韋。」他招手示意我過去。「我可以跟你談一下嘛？」

「當然。」我站起身來。

「我們到我的辦公室去。」他說。

我一語不發地跟在他後面。他掩上門，轉身面向我。

「凱恩．羅亞德的媽媽打電話過來。她說他被趕出教室。發生了什麼事情？」

「他不肯聽我的話。我們起了一點爭執。他說我是『馬屌』。我就說，他可以回家去了。也就是說，這就是我的底線。」

理查注視我一會兒，隨後坐到自己那張寬闊的辦公桌後方。

「把人趕出去是很嚴重的措施。」他說。「這是我們所能夠使用、最為嚴厲的處分。而如果我們要這樣做，必須得是他們做了更嚴重得多的舉動。不過這你也已經知道了。凱恩・羅亞德是個好孩子。到這裡為止，我們的意見應該一致吧？」

「是啊，那當然啦。」我說。「但這不是重點。」

「現在請先等一下。這裡是北挪威。這裡的青少年和南部相比，要更粗野一些。比如說，對於使用粗魯的語言，我們沒有那麼在意。他用這種話稱呼你，當然不好，但情況也沒有到你以為的那麼嚴重。這男孩子，他是有脾氣的。我們應該能容忍這一點吧？」

「我不喜歡被學生稱為『馬屌』。不管是在世界上的哪個地方發生，那都一樣。」

「的確是這樣，沒錯。」他說。「這點我自然理解。但是，總有不同的方式來解決衝突。人嘛，總是得互相哪。把學生趕出去絕對是最後的手段。我感覺，這個情況實際上不該演變到那種地步。是這樣吧？」

我沒有答腔。

「卡爾・奧韋，你當老師的時間也還不久，就算是經驗最老到的教師，也常常會誤判情況。但是下一次，如果你無法獨力解決，你可以來找我，或是帶著那個學生過來找我。」

想都別想。

「如果再發生這種情況，我會注意的。」我說。

「以後還會發生這種事的。現在不管怎樣，你得處理這件事。你得打電話給凱恩・羅亞德的媽媽，說明他為什麼被趕出來。」

「明天給他一張紙條，託他帶回家去，這樣就夠了吧？」我說。

「她剛打電話過來，覺得很擔心。因此我認為你最好跟她談談。」

「好吧。」我說。「那我就這麼做。」

他雙手一攤，指著辦公桌上的話機。

「你可以用這個。」他說。

「但是現在上課鈴響了，我下一節下課再打。」

「我可以接管你這節課的前幾分鐘。你教哪幾個年級？」

「五、六和七年級。」

他點點頭，站到辦公桌旁邊。

難道他打算在我打電話時站在那裡？他打算聽這段對話？難道他就是個徹底的、該死的控制狂嗎？我翻開電話簿找到號碼，迅速向理查投去一瞥。他面不改色，正視我的目光。

真是個該死的混蛋。

我撥打號碼。

「哈囉？」一名女子的聲音傳來。

「哈囉。嗨，這是卡爾．奧韋．克瑙斯高，凱恩．羅亞德的班導師。」

「噢，嗨，您好。」她說。

「凱恩．羅亞德今天和我起了一點爭執。他拒絕按照我的指示，而他稱呼我是……是的，他當著我的面用髒話罵我。所以我就請他回家了。」

「你做得對。」她說。「凱恩．羅亞德有時候真的很難管教。」

「是的，這有時總會發生。不過他是個好孩子。這件事沒有那麼嚴重；這對他不會有其他影響。但是他必須要學到教訓。明天，一切就跟往常一樣了。這樣可以嗎？」

「是的。謝謝你打電話過來。」

「也謝謝妳。妳多保重。」

「你也是，請多保重。」

在我掛上電話的同時，上課鈴聲響起。理查向我點點頭。我一語不發地離開那裡，逕自走到大講堂，我將指導五、六、七年級生的數學。這是我最不擅長的學科，我沒有什麼好發揮的，我既無法讓科目變得有趣，也無法延伸，最主要就是讓他們寫算術習題，我們有時也用黑板講解新的算式。他們太清楚這一點了；與其他科目一開始的教學相較，他們也許更努力、更堅決地拖延時間，分散我的注意力。

「你剛剛打給誰？」他們剛一坐定，薇薇安就說道。

「妳又怎麼知道我打過電話？」我說。

「我們隔著窗戶看到的。」安德莉雅說。「你借用校長的電話。」

「你打電話到凱恩・羅亞德的家裡喔？」希德格恩說。

「他今天還會回來嘛？」薇薇安說。

「你們跟我打電話給誰當然一點關係都沒有。」我說。「事實就是，如果你們再不趕快安靜，我會打給你們的家長。」

「可是他們在上班哪。」薇薇安說。

「薇薇安！」我說。

「是？」她說。

「妳最好守規矩點。好啦，開始上工吧！永恩，你也一樣。」

安德莉雅伸出擱在課桌下方的雙腿，腳掌互觸扭動著，手裡拿著鉛筆，讀著課本上的段落。麗芙環顧四周；當她陷入困境而不願意示弱時，她總會這樣做。接著我望向永恩；他的舌尖抵著嘴角，正以飛速計算著。我隨後迎視麗芙的目光。她舉起手來。

「我不知道該怎麼解。」她說。「那一題。」

她用鉛筆指著一個數字，雙眼在鏡片後方來回閃動。我替她說明。她嘆了一口氣，喃喃抱怨著，這就是她在朋友面前，讓自己的無知看來沒那麼不堪的方法。

「妳聽得懂嗎？」我說。

「懂啦。」她邊說邊揮手示意我走開。

「老師。」薇薇安說著，並咯咯笑了起來。「老師，我不知道怎麼做，老師！」

當我在她面前彎下腰時，她彷彿陷入絕對的空洞之中。她的臉孔變得空虛而無表情，雙眸變得無神。這種情況下，我從她身上感受到的可能性簡直顯得有些駭人。

「妳怎麼會陷在這種問題裡？」我說。「妳已經用完全一樣的方法解出了十五道算術題！」

她聳聳肩。

「再試一次。」我說。「看看其他的算術題。如果妳解不出來，我會過來指導妳。ＯＫ？」

「ＯＫ，老師。」她又咯咯笑著，瞄了其他人一眼。

當我站挺身子時，我直視安德莉雅的雙眼。

她的眼神隱含著某種渴望。我全身感到暖熱。

「一切都好嘛？」我說。

「不完全是這樣。」她說。「我覺得，我恐怕需要一些指導。」

當我站到她身旁時，我的心跳加速了。這真是愚蠢，但她或許愛上我了——突然間，這項認知使我無法表現出平常心。

我彎下腰來。她彷彿縮成一團。她呼吸的節奏改變了，目光緊盯著書本。我感受到她洗髮精的氣味，確實避免任何形式的接觸，指著她寫的第一道算術題。她將頭髮撥開，用手肘頂著桌面。我們所做的一切彷彿帶有某種自覺，所有細節彷彿變得明顯，不再自然無拘，反而更傾向於精心算計。

「妳在那邊出了錯。妳看出來了嘛？」我說。

她的臉部泛紅，低聲說「是的」，然後指著下一道算術題。那這個呢？她再度說了一次「是的」，聲音低且輕柔，而呼吸——她的呼吸——顫慄著。

我挺起身子往前走，望著全班，也望著整間大講堂，但內心卻不無悸動，那簡短的片刻仍存在我心裡——為求能夠自在一點，我收拾起講桌上的書本，用力將整疊書堆整齊，隨後面向所有人。必須以某個宏觀的新時刻，取代、消滅那一刻。我必須重新調整這個班，使之成為能接納所有人的新整體，一個能夠學習各種新事物的班。

「看來頗有一些人受困於同樣的問題。」我說。「我們在黑板上講解。五、六年級生，你們就不必聽這個了。」

講解完畢以後，課程繼續照常進行。在我理解到安德莉雅對我有感覺以前，我便相當謹慎，與他們保持一定的距離。我不曾伸手搭住任何人。原則上，我不曾觸碰過任何人。如果閒聊和玩笑變得太過分，扯到與性有關的話題時，我總是出言制止。其他的老師無須這麼做，這種距離對他們而言已是既成的事實，任何事物均無法打破這個模式。而我則得努力營造。

下午，我打電話給爸爸。他的聲音陰冷。他問我過得怎麼樣。我說很好，我很期待聖誕假期。

「你打算跟你母親過聖誕節，嗯？」他說。

「是的。」我說。

「我們也這麼覺得。菲列克也不會過來。所以我們今年也會往南方去。卡爾‧奧韋，你在這裡可還有個妹妹。你可別忘記這一點。」

他還真以為我會信這種話？假如我說要跟他們慶祝聖誕節，他會找出無數個推託的理由。他不希望我到那裡去。所以他幹麼講得像是我們背棄了他？

「可是，我也許可以在冬季滑雪假期的時候過去？」我說。「這樣合適吧？你們那時應該沒有要往南跑？」

「我們還沒計畫那時的事情啦，等那天到了再說。」

「我可以搭高鐵，還是之類的。」

「是，也許可以。你最近跟英格威有沒有聯繫？」

「沒有，那是一陣子以前的事了。我想，他應該夠忙的了。」

整段對話中，他似乎在想方設法，要逃離這種通話。大約兩分鐘以後，我們就掛電話了。對此我只能感到高興。每次，我總能向自己證實：我才不需要他這個人。

另外，所有人不都也是這樣的嘛？

就在我走下坡，雪片直直地從黑色的海面上颳來之際，我思考著，是否有對我而言不可或缺的人。是否有對我來說必定不可少的人。

如果有，那就是英格威和媽媽了。

但他們想必也不到不可或缺吧？

我努力設想，要是沒有了他們，生活會是什麼樣子。

大概就像現在這樣，還要扣掉通話及每年夏季與聖誕節的交流。

他們並非不可或缺？

但當我的作家生涯真正有所突破時，還必須要讓媽媽見證才行。

我踢開聚積在門檻前的雪堆，走了進去。也許當我生小孩的時候也是如此？

而從現在這樣子看來，要生小孩是不可能的。

我對自己微笑一下，同時脫掉大衣。下一秒鐘，我頓感沮喪。所有與這有關的一切都像一道陰影，籠罩住我的一生。我辦不到。我努力過了，而我搞不定，我就是做不到。

喔，這真是下三濫、該死的臭狗屎蛋。

我癱坐在沙發上、閉上雙眼。這真是不舒服，彷彿有人隨時能夠站在外面，朝內窺探我的行蹤，是的——彷彿有人現在正站在那裡。

星期五晚上，所有代課老師都到了海耶家裡吃披薩、喝啤酒。海耶就是發起一切的核心，她既歡愉又迅疾地講著一個個故事。尼斯．耶里克挺喜歡她，他試圖透過模仿與詼諧，讓她能留下印象。她並未望向我。這有點奇怪。畢竟最近這幾週以來，她很常到我家拜訪，而且不停講述著自己（那剛硬的）心上的一切想法。

食物收拾乾淨以後，她便從冰櫃取出一瓶伏特加。那澄淨冰冷的飲料，將我往上昇華到閃亮喜樂的境界。海耶的協調能力、表情則逐漸失去控制。當她起身要走向廁所時，她踉蹌地往牆邊倒，搖搖晃晃地托住牆面，凝視著門廳，輕笑一下，接著重新穿過那暢通寬敞的客廳。這次看來就比較順利了。除了她那筆直到誇張的路徑，不時向側面跨上一步試著站穩之外，她沒費太大力氣就到了廁所。半小時以後，她癱坐在手扶椅上，不停點著頭。我拂過她的臉頰。她睜開雙眼望著我。我說，她應該跟著到外面走一走，冷涼的空氣會讓她比較舒服。她想要到外面去。我協助她起身，扶著她下樓梯，為她舉起夾克。她獰笑一下，順利將雙臂插入袖套裡，戴上毛線帽，緩慢將圍巾圍上頸間。

戶外一片暗寂。近幾個小時，氣溫驟降。這一整個星期，始終像防水布一般，籠罩在小村落上空的雲層散開了。繁星在我們上方閃閃發光。我挽住她的手臂，我們散起步來。我們走動的時候，她凝視著自己的正前方，目光遲鈍且空洞，而且不時沒來由地笑起來。我們走到下方的禮拜堂，然後再折返，接著繼續走到學校，再折返。西面山岳的上空閃過一道綠色的光波，當綠光消失時，空中只剩下一團夾雜著黃綠色的塵霧。

「看，是極光，妳看到了嘛！」我說。

「你看，是極光。」她咕噥著。

我們再度往下方走到禮拜堂前，鞋子踏在乾枯的雪上，發出喀喀的聲音。那沉默、狂野的山脈就位於峽灣的對面，由於積雪的緣故，山脈看起來比周圍的黑暗要明亮一點。酷寒像一道面具，覆蓋在我的臉上。

「妳覺得舒服些了嘛？」當我們往回走的時候，我說。

「唔唔。」她說。

如果此舉無法讓她的頭腦變得清醒，可就沒救了。

「我們現在該進去了吧？」我在通向屋舍的私人車道上說。她抬頭望著我，露出微笑——一抹我覺得看來窮凶惡極的微笑。她伸出雙臂搭住我的脖子，緊緊地擁抱我，親吻我。

我不願意傷她的心，因此等了幾秒鐘，隨後才伸展身子，從她的懷裡掙脫。

「這樣不行唷。」我說。

「不行。」她說著，笑了起來。

「我們現在就進去跟其他人會和吧，嗯？」我說。

「是。我們現在就進去。」她說。

她所拾回的那份清醒，很快就被小屋內的滯熱沖散——她旋即躲進臥室。她消失的時間是如此長。（沒有女主人招呼的）我們自行收拾桌上的酒杯與酒瓶，然後在門口窺探她的動靜。她和衣而睡，仰躺在一張雙人床上，鼾聲如雷。隨後我們就各自回家去。

那個週末剩餘的時間裡，我忙於寫作。週日下午，希德格恩、薇薇安、安德莉雅和麗芙順道來探視我。她們一如往常，生活過得很無聊。我和她們聊了半小時，避免直視安德莉雅，而我也僅有一次望向她。那一刻，我的目光彷彿成了磁鐵，而她的目光則像鐵片，就在那四分之一秒內，她看向我，雙頰發紅。

不，不，不，小安德莉雅。

但她已經不小了，她的雙臀煥發出成熟女性的風采，雙乳宛如柳橙一般豐滿，她那雙綠色眼睛閃動的，不再只是屬於孩童的喜悅。

我說，她們得離開了，除了為孩童提供娛樂，我還得忙別的事情。她們呻吟著，扮出各種苦相，不過她們還是離開了。安德莉雅最後一個離去。她彎下腰，套上長靴，迅速瞥了我一眼，才走到外面與等著她的其他人會合。她們身上覆滿了雪片；有那麼一瞬間，她們看似靜靜不動。隨後她們再度綻放出生機，高聲歡笑，踏上那條下坡道。我將門掩上鎖好。

總算可以一個人待著了。

我盡可能不讓音響炸裂，將音樂調到最大聲，然後坐下來，努力完成我前一天開始撰寫的短篇小說。故事講述幾個續攤的人們，他們在回家路上看到一輛撞到山壁的汽車。當時是週日凌晨，他們喝得爛醉，在一條死寂的道路上走著。一層緻密、潮溼的霧氣覆蓋著整片景觀。他們走上一條彎道；那輛車就在前方的路口處，車頭撞爛，車窗支離破碎。他們最初還以為，車禍是很久以前發生的，那只是一輛老舊廢車的殘骸，但隨即發現車裡有人，一名困在駕駛座上的男子，駕駛座一路被往後擠壓，這人滿臉鮮血；他們這才意識到事故剛剛發生，也許就在十分鐘、十五分鐘以前。他們對他說，你沒事吧？這人望著他們，緩緩張開嘴巴，但是完全發不出聲音。「我們該怎麼做？」他們互望彼此說道。整個情境散發出某種夢境般的色彩——這一方面是因為景觀是如此沉默，霧氣是如此濃密，另一方面也是他們實在喝得太醉了。加百列說：「我們得打電話叫救護車。」但是該到哪裡打電話呢？最接近他們住宅區的屋舍，有著一公里的距離。他們決定，一人跑過去打電話，其他人則待在廢車殘骸旁邊，負責看守。將這名男子弄出來是不可能的，他被牢牢地困在車內，而且鐵定有嚴重的內傷。

目前我寫到這裡。除了那名男子將死，他們只能站在一旁呆望以外，我不知道現在將要發生什麼。他很可能會說些什麼，一些零散而不連貫、來自某個其他脈絡的隻字片語。這對他們來說不可理喻，卻又如此清晰、明瞭。我甚至還極有興致地評估著這個念頭：這名男子，來自某個發生過另一段故事的他處。比方說，他對自己的父親施暴，將其鎖進某個房間裡，而現在，他將隨著這個祕密一同死滅。或者說，這樣寫就夠了，清晨的廢車殘骸，以及那名死掉的男子。

晶亮生光的瀝青路面、靜止的冷杉木、玻璃碎片、凹陷的金屬、橡膠燒焦的氣味、雨後潮溼的森林、前方霧氣的某個深處還閃動著某道紅光，微弱地映照出橋塔的輪廓——當有人突然敲打我面前的玻璃窗時，深陷於這幕影像中的我，就像個瘋子般驚跳起來。

是海耶。

我的心臟彷彿暴衝起來。就算我看出那是她，就算我理解到，她已在門口站了好一會兒，按過門鈴，而我對鈴聲充耳不聞，我的心臟仍在胸口狂跳。她笑了起來。我微笑，朝門的方向指了指。她點點頭。我走去打開門鎖。

「哈囉。」她說。「我沒有想到你這麼容易被嚇到！」

「我剛剛正在寫作，在想其他的事情。妳要進來嗎？」

她搖搖頭。

「我告訴維達爾，我要到小店裡看看。不過我是在想，我應該來看看你，針對上週五的事跟你道個歉。」

「妳沒有什麼事情需要道歉的。」我說。

「也許吧。」她說。「但是不管怎樣，我還是會這麼做。對不起。」

「謝謝。」我說。

「另外，你可千萬不要多想啊。」她說。「我喝醉酒的時候，總是會變成這副德行。我會完全無法駕馭自己的衝動，一看到人就直接投懷送抱。這沒有任何意義。你應該是懂的，對不對？」

我點點頭。

「我也是這副德行。」我說。

她露出微笑。

「很好！這樣的話，一切就跟往常一樣。我們禮拜一見！」

「禮拜一見。」我說。「再見囉。」

「再會。」她走回那條道路上。

我將門鎖上，察覺到自己很生氣，我至少得花上一小時，才能再度融入文本的情境中，而現在已經八點了。我心想，我或許可以到學校，觀看《體育競技回顧》。我站在書桌旁邊，睜大眼望著自己剛寫下的那幾句。

不行。如果我想要有所突破，就得竭盡全力才行。

我繼續寫作。

然後門鈴再度響起。

我關掉音樂，前去應門。

是三個從事漁業的年輕小夥子。他們都沒有參加足球隊。其中兩人和我幾乎沒有交談過，但我們共同出席過三、四次聚會。第三個人名叫亨寧。他大我一歲、讀過高中，談到某些細節時，他總比其他人來得考究。比如說他的尖頭皮鞋、黑色Levi's牛仔褲。與這一帶其他人慣聽的音樂相比，他在汽車音響播放的音樂，更接近我喜歡的類型。

「我們可以進來坐一下嘛？」他說。

「當然。」我說，退到一旁。他們將肩頭沾滿雪片的夾克掛起，將潮溼而暗黑的鞋子上的積雪踢掉，走進客廳坐了下來。

戶外起風了。下方的水邊，一陣陣波浪猶如暴怒的動物般湧向近岸。天氣變得惡劣時，我總會在這裡聽見的沙沙聲，多了一道更陰沉的基調——那是某種轟鳴，或者微弱的轆轆聲。

他們將各自帶來的「絕對伏特加」擺到桌面上。

「我這邊沒有可以調酒的飲料，真遺憾。」我說。

「我們會把酒放進冰箱，品嘗原味。」亨寧說。「俄國人就是這樣做的。這玩意兒就應該這樣喝。如果還能加一點點胡椒，那口感就太棒了。」

「OK。」我說，接著去拿玻璃杯。當他們為自己倒滿酒，也相當慷慨地為我斟上一杯時，我播放起手上兩張U2樂團的其中一張黑膠（當時還並不怎麼為人所知）。喜歡U2樂團的亨寧相當認真詢問這是什麼歌。我得以說出我掌握的音樂知識。

這音樂一下就喚醒我九年級及高中一年級的氛圍。音樂呈現出一片廣袤、荒蕪、壯美卻又空寂的空間；我當時極其熱愛這音樂，而我發現自己現在依舊喜愛。此外還有環繞在樂聲周邊的一切——當時在我人生中所發生的一切，被濃縮在那不可置信、震顫的凝結物中，只有情感能達到這種境界。在一秒鐘內，我重溫了一整年的光陰。

「噢幹，這實在是太妙囉！」我說。

「乾杯。」寇瑞說。

「乾杯。」姜尼說。

「乾杯。」亨寧說。

「乾杯。」我說著，將杯中物一飲而盡，全身戰慄。我調高音樂的聲量。窗外的黑暗是如此緊貼著我們，而屋內是如此明亮，我們彷彿置身於一條船上。某種類型的船隻。處於遠方的外太空。

而事實也是如此。我們在遙遠的外太空飄浮著。我始終想要達到這種境界，但我直到來到此地，才理解箇中的真諦。黑暗影響了對於這個世界的體驗；北極光這道天幕中閃現的冰焰及隔絕之感，同樣會影響體驗。

我當時竟無法將目光從她的身上移開，這真是該死。不管是什麼情況，我絕對不能撩起她的情感。永遠不再望向她。

或者說，至少在上課時，我絕對不能撩起這種情感。

我明明就不**需要**這樣。這跟我喜歡她的事實一點關係也沒有，我也喜歡他們當中的許多人。從四年級到七年級生都有。唯一的例外是薇薇安的姊姊麗芙，見鬼去，她現在十六歲，只比我小兩歲——我若是望**她**一眼，沒有人能夠非議些什麼。

「你們今天有去打漁嘛，嗯？」我轉向亨寧說道。

他點點頭。

「有沒有什麼收穫？」

他搖搖頭。

「一片黑色的海。」

他們直到五點鐘左右才離開。那時我已幾乎喝下一整瓶伏特加。我當時還算神智清楚，也設定了鬧鐘，但八點十五分響起時，我鐵定徹底被打敗了；當我被夾雜在鬧鈴聲的另一種聲音（也就是門鈴與敲擊大門的聲音）給吵醒時，鬧鐘仍以那煉獄般的方式嗶嗶作響。

我滾下床，用一點冷水沖了臉，打開門。是理查。

「所以你醒啦，嗯？」他說。「現在動作快，你班上的學生正在等你。已經九點十五分了。」

「我生病了。」我說。「我今天要在家休息。」

「胡說八道。」他說。「動作快點。去沖個澡，然後把衣服穿上去。我會站在這裡等。」

我望著他。我的醉意仍然相當濃厚，我的思緒似乎還處在一條由玻璃牆圍起的通道上。就算理查此刻離我只有一公尺遠，在我看來，他彷彿置身遠處。

「你在等啥？」他說。

「我生病了。」我再說一遍。

「你有一次機會。」他說。「你應當把握。」

我迎視他的目光。接著我轉身走進浴室，將蓮蓬頭打開，在水下站了幾秒鐘。我怒急攻心。我是教職員的一分子，我是老師，要是某個老師某天沒來上班，說自己「病了」，理查永遠不會想要殺到對方家裡，把這個病患接出來。想都別想。而他說得對——因為我並沒有生病，這和事情的本質無關。我已經是成年人，不再是個孩子；我是老師，不是學生。如果我說我生病了，那我就得真的是生病了。

我關掉蓮蓬頭，擦乾身體，在腋下塗抹了止汗劑，在臥室穿好衣服，披上大衣，在門廳穿好鞋子，圍上圍巾，然後再度打開門。

「很好。我們走。」他說。

他確實羞辱了我；但我對此無能為力。他有道理，而且手裡握有權力。

我總是很喜歡黑暗。小時候，當我一個人獨處時，我很怕黑；但我在與他人共處時就很喜歡黑暗，以及黑暗對這個世界所意謂的變化。在黑暗中於森林裡、屋舍之間到處跑動，不同於光亮之下的環境——

世界像是被施了魔法。而我們呢，我們這些氣喘吁吁的冒險者則雙眼發亮、心臟狂跳。

在我年齡漸增時，很少有比熬夜更讓我喜歡的事。黑暗與沉默都很誘人，它們許諾著將有大事要發生。而秋天又是我偏好的季節——在黑暗中、在雨中沿著溪岸健行，很少有比這更美妙的經驗。

但這種黑暗可不一樣。這是一種讓萬物死滅的黑暗。它靜止不動；無論是你睡醒，還是沉沉入睡時，它總是不動如山，你愈發難以激勵自己，早上難以從床上爬起。我撐了過去，五分鐘後，重新站到講桌旁邊；但黑暗同樣扼殺了講桌前面的動態。感覺起來，我所做的事情並未得到迴響。無論我有多努力，結果都一樣。我仍然一無所獲。一切都消失無蹤，一切都消融在我們所處、那片廣大而無垠的黑暗中。一切都無關緊要，我說什麼、做什麼都無關痛癢。

同時，我始終被眾人所注視，大家總是知道我是誰，我始終不得安寧——這使我很壓抑。在學校尤其如此——理查總像一隻該死的禿鷹盤旋在我上空，一旦我做了什麼讓他不悅的事情，他就準備要撲向我。

爛醉強化了那些不適。而由於我所做的一切都沒有回報，我愈來愈疲憊。我彷彿正在掏空自己，日漸空虛，很快就會成為一道陰影、一縷鬼魅，變得像我周邊的天空與大海一樣陰沉。

理查親自出面把我接到學校的那次以後，我每星期會喝好幾次酒，但總是能及時起床、到校。直到另一起事件發生，他才再度有理由責怪我。某個週末，我到特隆姆瑟參加派對。獲准休假的猶格想要跟大夥見面。週日晚間，我錯過了開往芬斯內斯的船班，被迫在市區多住一晚，當我終於回到家時，已經是隔天的上午，去學校已經於事無補了。

理查在次日將我叫進他的辦公室裡。他說，他信任我，我對學校很重要，工作必須持續進行，每一天的工作都得進行下去，要是我沒有到學校，會對每一個人造成大問題。這對學生們也會造成問題。這不是別人的責任，這就是我的責任——不准再發生這種事情。

我呆站在那裡。他坐在辦公桌後方，用高亢而嚴厲的聲音訓斥我的同時，學生們可就在窗外來回跑動著——我真是氣瘋了。但他的聲音癱瘓了我的盛怒，除了那條尋常、可厭的老路以外，我沒有別的出路。我的淚水盈眶。

他羞辱了我，但同時他說得對。這是我的責任。我不能像高中時期翹課那樣，就這樣大剌剌地翹班。所有的精力與意志都從我身上流洩而出。

我關上教職員廁所的門，用水沖著臉，之後癱坐在沙發上，連給自己倒一杯咖啡的力氣都沒有。托麗坐在自己的位置上，正在剪裁一些聖誕節的裝飾品。她察覺到我正望著她。

「在告訴孩子們該怎麼做以前，我得親自先試試看。」

「你們讀師範學院的時候，沒有學過這些嘛？」我說。

「沒有耶，他們的重點不在這些事情上。他們更強調教育學，以及其他沒有什麼營養的事物。」她微笑著說。

我坐起身子。

我完全可以不幹了。

是誰說我不能就此放棄的？

是誰這麼說的？

大家都這麼說，但誰說**我**必須聽他們的？

沒有人能夠阻止我辭職！我甚至不需要辭職，我只需要在聖誕節過後繼續待在下方的住所，再也不回到這裡就行了。這是對學校的背棄，但有誰說我不能這樣做的？

前一年指導我現在所教班級的老師，曾醉醺醺地來學校，沒完沒了地翹班——最後，他只是溜了，再也沒有現身過。

噢，我待在那裡的幾個月以來，他們對他的抱怨控訴可從沒少過。

我站起身來。上課鈴聲在下一秒鐘響起。這些規律已在我的體內變得根深蒂固。但辭職的想法在我的內心閃閃發光。我想要自由，而除了此地之外，自由無所不在。

當天的最後一堂課結束以後，我打電話給媽媽。我趕在她即將下班以前聯繫上她。

「嗨，媽媽。」我說。「妳有時間談一下嘛？」

「當然啊，沒有問題。發生什麼特別的事了嘛？」

「沒事，沒事。這裡的一切就跟往常一樣。但生活開始變得很沉重。每天早上，我根本就起不來。而我今天猛然想到，我其實可以辭掉工作。妳理解嘛，我實在非常不適應，而我又沒有受過這個工作的訓練。所以我轉而一想，我可以在聖誕節過後開始進修。修讀預備課程，就是這麼簡單。」

「我理解你很挫折，以及覺得這很沉重。」她說。「但我還是覺得，你在做出決定以前，應該多思考一下這件事。聖誕假期快要到了，你可以放輕鬆，好好休息，如果你只想要躺在沙發上休息，那都沒有問題。所以我認為，當你之後再度北上時，感覺就會不一樣了。」

「但我就偏不想要回去啊！」

「這種事情就是起起伏伏的。不久之前，你還覺得這真是酷斃了。你現在經歷一段低潮，這太正常不過了。我不是說，你不能辭職。你自己決定。但我想要說的就是，你現在並不需要決定這件事情。」

「我不認為妳聽懂我說什麼。情況不會變好的。這就只是一坨該死的爛工作。這又有什麼助益呢？」

「生活有時本來就是一坨爛。」她說。

「妳很常這麼說。但妳的生活一坨爛，不盡然意謂著我的生活必須變得跟妳的一樣吧？」

「我只是想要給你一條忠告。而我相信，事情的本質就是這樣。」

「ＯＫ。」我說。「我比較傾向於不幹了。但是妳說得對，我並不需要現在決定這件事情。」

通常，我會確保自己在教職員辦公室打電話時，沒有旁人在場，或者至少除了尼斯・耶里克以外不要有其他人。但那次的我是如此惱怒而絕望，以至於沒注意到這點。當我打開門到外面時，理查就站在小廚房裡。

「哈囉，是你啊。我只是在這裡洗一下碗。你要回家了嘛？」他說。

「是的。」我說道，並且轉身離開。

難道他聽見了？難道他**也**站在那裡，竊聽了通話？

我實在不敢相信。

不過結業式還是到來了。我們發布了成績、喝光了咖啡、吃光了小甜餅，再過一小時，我就要搭上開往芬斯內斯的公車，展開這段漫長的旅程——先到媽媽在福爾迪的家裡待上幾天，聖誕夜再到索貝爾沃格去。這時，理查擋在我前面，將我攔下來。

「請你務必要知道，這半年以來，你的工作表現相當好。你是教職員陣容中極為寶貴的一員。這當中是有過一些不愉快，但你也妥善處理了。現在請你務必對我保證，聖誕假期過後，你會回來！」

他露出微笑，想讓場面變得沒那麼正式，想讓這番話聽來輕鬆一點。

「你又憑什麼以為我不會回來了？」我說。

「請你理解，你**得**回來。」他說。「在我們這北大荒，日子是很艱困的。但這裡也是舉世無雙的。在這裡，我們需要你。」

這番話完全就是奉承與阿諛，這個事實就像玻璃那般透明——但這並未能阻止那股從我胸中油然而生的驕傲感。因為他說的是對的。我**幹得**很好。

「我當然還會回來。」我說。「聖誕節快樂！我們一九八八年見！」

隔天晚間，當我從卑爾根搭乘快艇抵達拉維克的時候，媽媽就站在碼頭上等著。時間是八點半，天色已一片漆黑。船員們降下登岸梯，轟鳴的螺旋槳拍擊著，掀起陣陣水花。那座小型等候室的燈光在水面上飄忽不定，宛若一道鋪在瀝青路面上的薄膜。我踏上岸，給了媽媽一個擁抱。我們走到車前，周圍不停有車門開開關關、引擎發動起來，而那艘快艇早已再度駛進峽灣。天氣很溫和，附近的地貌並未被雪覆蓋，雨刷規律地將布滿擋風玻璃的小水珠刷掉。車頭燈的光柱宛如兩隻受驚的動物，在我們前面搖曳著。燈光映照出樹木、屋舍、加油站、溪流、山岳、峽灣、一整片森林。我向後靠在椅背上，只是凝視著前方，直到我看到那些樹木，我才意識到，我是多麼想念它們。

媽媽在出發以前已經準備好了一道砂鍋菜。我們吃光了菜，聊了一小時，她隨後才上床就寢。我熬夜寫作，但竟只寫出寥寥幾行字。她租賃的公寓附設了家具，我在那裡感覺自己就像個外人。

次日，我們開車到市區，採買聖誕節前所需的最後一批商品。天空多雲，但雲層單薄而破碎。當我開門走到屋前，數個月以來頭一次看到躲藏在藍天後的太陽時，我的背感到一陣陣顫慄。即使景觀中的所有色澤均已褪成一抹微弱的陰影，在灰濛濛的一切中但見淡黃色的草與淺綠色的樹籬，我還是覺得那些色澤真是鮮麗。這一帶沒有什麼犀利的輪廓，沒有強硬的對比、沒有陡峭的山巔、沒有無盡的大海，只有草坪、樹籬與住房，外圍則是溫和而友善的山脈，一切都受制於溼氣與冬季灰暗的微光。

英格威在當天晚上到家。這天是他二十三歲的生日。我們在晚餐後吃了蛋糕、喝過咖啡，還品嘗了一杯白蘭地。我送他一張唱片。媽媽則送他一本書。媽媽就寢以後，我倆繼續熬夜，又多喝了幾杯白蘭地。我請他讀我最近寫的短篇小說。在他閱讀之際，我來到露臺上，站在細雨之中，眺望這個社區，即使媽媽的一些跡象和她的生活現存於這間公寓，並未能如我預期的，使這個陌生的地點更富有家的感覺（情況正好相反：具有舊家色彩的元素反而變得陌生了），回到家的事實仍讓我感到非常喜悅。在公寓裡看到她的物品，就好比在一座博物館見到它們。但是「家」已不再是個場所；媽媽和英格威，**他們**才是「家」。

我轉過身望向客廳。他仍然在閱讀。

他此刻在讀最後一頁嗎？

看來正是如此。

我強迫自己在原地再站一會兒。

隨後我將那道頗長的手把向上推，拉開玻璃門。我走進屋內，掩上門，在他正對面茶几彼端的沙發上坐定。他已把那些文件疊作一堆，正忙著給自己捲菸，並未望著我。

「喏？」我說。

他面露微笑。

「沒事，這寫得很好。寫得很好。」他說。

「確定？」

「對，是的。大致上就像我讀過的其他幾篇那樣。」

「太棒囉。」我說。「現在我已經寫了六篇。如果我能夠稍微再加速一下，等到我結束學校的教職時，我也許可以寫成十五篇。」

「那你到時候打算怎麼辦？」英格威將那根有點歪斜的捲菸塞到雙脣間點燃。

「當然是寄給一家出版社啊。」我說。「你覺得呢？」

他注視著我。

「你總該不會以為有人想要出版吧？說認真的？你這麼覺得？」

我迎視他的目光，內心突然一陣冰寒。所有血液從我的腦部流光。

他微笑著。

「你是這麼覺得的。」他說。

我的雙眼變得溼潤，不得不轉過身去。

「你還是可以將稿子寄出去，然後瞧瞧他們怎麼說。他們說不定會感興趣的。」他說。

「你明明就說你喜歡的。」我一邊起身。「你不是這個意思嘛？」

「我是這個意思啊。但一切是相對的。我在閱讀的，是我十九歲的弟弟所寫的。寫得很好。只是我並不覺得，有好到足以被出版。」

「OK。」我說完，再度走回露臺上。我看到他重新開始閱讀那本媽媽送給他，弗勒格斯塔的書。我看著他手裡的白蘭地酒杯。他對自己剛才所說的話似乎完全不以為意。對於我正在做的事情，他似乎認為毫無特別之處。

他到底懂什麼東西？而我為啥就偏偏要聽他的？謝爾坦覺得我寫得很好，而他是作家。或者說，難去他的。

道是因為這是我（他那十九歲的姪子）所寫的文本，他才會說寫得很好？

媽媽曾說過，當她閱讀我的文章時，她想過，我是個作家。她說過：「你是作家。」這彷彿使她感到驚訝，她過去對此彷彿一無所知，而這總不會是裝出來的吧。她是真的這麼認為。

但是該死的，我可是她的**兒子**。

你總該不會以為有人想要出版吧？**說認真的**？

操他的，我就是要證明給他看。該死的，我就要向這該死的世界證明我是誰、我是用什麼料做成的。我要將每一個死鬼都打爛。我要讓所有人目瞪口呆。我會這麼做的。我會的。我誓言非得做到不可。我要設法變得如此偉大，再也沒有人能夠企及我的高度。沒有人。沒有人。永遠不。一次都別想。我發毒誓，我一定要成為他們所有人當中最偉大的傢伙。幹，這群該死的白痴。殺千刀的，我會把他們當中每一個死鬼全搗爛。

我**得**變得偉大。我**得**做到。

否則，我還不如去尋短算了。

蒼白的冬陽浮現在被雨水浸淫，變得柔和的地貌中——整個聖誕假期，這幕景象仍持續使我驚異不已。在冬陽消失以前，我彷彿還沒看見它——它登場時力道迅猛。當日光從雲層或霧氣間篩落，或單純從藍天中直接流瀉而下時，灑洩在地景上的浮光掠影是何其富麗。當地表隨即反射光線時，呈現出無邊際、幻化無常的各種色調。

在索貝爾沃格的生活一如往常。外婆的狀態並沒有多麼明顯的惡化，外公的老態沒有更加顯著，謝爾坦雙眼中的熾熱並未比較黯淡。自去年聖誕節起，他已在一所位於福爾迪的大學取得哲學學位；現在被他以親近、熟悉方式直呼其名的是他的講師，不再是海德格或尼采（不管怎樣，他已不那麼常提起這兩個人）。我本來希望，我們能夠稍微聊一下文學，但除了他讓我看過他的幾首詩，而我對詩一竅不通以外，我們從來沒能討論過什麼。他買了一架觀星望遠鏡，就放在客廳地板上，那座高聳的窗戶旁邊。他每天晚上站在那裡窺探宇宙的面貌。他也忙於研讀關於古埃及的書籍，陷在自己那張陳舊的皮質手扶椅內，閱讀著那神祕的文化——那文化離我們已是如此遙遠，在我眼裡，簡直成了某種非人類的存在，彷彿他們其實**曾經是**神明。我對這個領域也是一竅不通。他不在時，我只是稍微翻閱一下他那些書籍，看一下圖片。

聖誕節與跨年夜之間的那幾天，我南下克里斯蒂安桑，準備慶祝跨年夜。包括艾斯潘在內的幾個人，在火災後重新開業的喀里多尼亞旅館訂了一間房，裡面人滿為患，所有人猛抽菸、狂喝酒，沒過多久，兩個裝備齊全、戴著防毒面具的消防員就衝過走廊。我笑了。當我看見他們的時候，我對他們大吼。當時我跟著其他人一塊爬到屋頂上，我在邊緣坐定，搖晃著雙腿，整座城市在我腳下，上方的天幕則被到處噴發的煙火瀰漫。我們談到，我們一整票人夏天要去羅斯基勒參加音樂祭，而我和拉許則逐步規畫在那之後一同搭便車到希臘去。我也來得及拜訪祖父和祖母。那裡的一切，包括他們本人、那棟房子，以及所有的物品與氣味在內，仍一如往常。發生變化的人是我，我的人生正在全速向前衝刺。

我在一月三日搭機飛到特隆姆瑟，航程剛過一半，我們就彷彿進入一條黑暗的隧道內，而我知道這將會永無止境，以後就會是這個樣子，這全天候的黑暗將構成往後好幾個星期的基調。隨後一切將會緩慢地生變，黑夜很快會消失，光照將會填滿一天當中所有時辰。當我坐在擁擠的機位上抽著菸的時候，我心想，這真是同等的瘋狂。

但先登場的是黑暗。一月四日上午，我搭乘的公車抵達時，密不可破的濃厚幽暗，籠罩整個社區。

這裡已沒有天空無雲、繁星閃爍時的開放感，反而像是被鎖在堵死的井底，沉重而黝暗。

我打開公寓的門鎖走了進去，拋下那只海員用行李提袋，打開天花板吊燈。這就像是回到家。

那裡掛著《巴黎野玫瑰》的劇照海報，掛著利物浦足球隊的海報，還有我剛到此地的最初幾天，在芬斯內斯購買的新版風景海報。我打開咖啡機，蹲在我收集的唱片旁邊，匆匆瀏覽。之後我走過去看我買的那些書，就像一座小圖書館。這一切都讓我充滿快樂。

我走進廚房，倒了一杯咖啡，透過窗口望見一小群孩子正在上坡。為了提防他們來找我，我播放起莫札特的《安魂曲》（那是我唯有的兩張古典樂唱片之一），調到接近最大聲。

他們按了門鈴。

安德莉雅、薇薇安、麗芙、斯蒂安和伊瓦爾（九年級的高個子男生）站在門外。

「新年快樂。」我說。「進來吧。」

他們在門廳將外衣掛好。我聽到薇薇安說：**他在放歌劇！**

我微笑了一下。當他們走進來時，我拿著那冒著煙的咖啡杯。斯蒂安只有在一開始時，跟伊瓦爾一同到過這裡一次。他將我收藏的唱片全看過一輪，問我有沒有重金屬唱片。學校裡，在我教到他們班的少數幾堂課中，我盡可能包容他耍的花招，盡可能避免對他的各種挑釁上鉤。我對他沒有任何要求。他依然做他自己。托爾．恩那教那個班的時數比我多出許多，而他可是反抗過了，效果並不怎麼好。某一次，他全身顫動著，像一片山楊樹葉般晃進了教職員室——斯蒂安和伊瓦爾兩人聯手協力將他推倒在地上，伊瓦爾用手掐住他的喉嚨。這起事件以後，他們被禁止到校好幾天。但這所學校實在太小，周圍環境又是如此一目了然，別處的重大事件被放到這裡來，便沒有那麼嚴重了。我們本來應該要能應付斯蒂安和伊瓦爾的。他們外出捕魚，或者與其他幾名年輕男子一同從事其他活動時，他們就像小孩一樣，而且是那種沒人搭理的小屁孩。這種時候，托爾．恩那總不能過來說，他們曾掐住他的喉嚨。如果他想要獲得理解與同情，他就不能這樣做。

這會兒，斯蒂安像個大男人一樣大剌剌地坐到沙發上，雙腿岔開。所有人當中，只有他沒脫掉外套。我注意到，那三個女生相當關注他，彷彿隨時準備緊隨他的一舉一動。假如他發話，她們就會很有同理心地聆聽——我從她們的神情看出了這點。假如他轉向她們當中的某一人，她們就會低下頭去，略顯不自在，在沙發上坐立難安。

「你們有沒有收到很棒的聖誕禮物啊？」我說。

薇薇安只是咯咯笑著。

我在茶几彼端的椅子上就座。

「那你呢，斯蒂安。」我說。「你有沒有收到什麼好東西？」

他咕噥一聲。

「我聖誕節去打魚啦，還頗賺了一點。只要一融雪，我就會去買一臺機車。」他說。

「他三月就滿十六歲了。」安德莉雅說。

她為什麼這麼說？

「這樣你就只比我小三歲囉。」我說。「這樣過不了多久，你就可以來接管我的工作了。這應該就是你想要的，在學校當老師，嗯？」

他再度咕噥，但嘴角冒出一絲微笑。

「不要，你少來了。」他說。「當我九年級畢業以後，我唯一想要打開的書，就是銀行存摺。」

所有人都笑了。

「那你呢，伊瓦爾？」我說。

「打魚。」他說。

才十六歲的他，已經是全鎮最高的人。他的身高是如此驚人，以至於他或許不會去思考其他的事情。看他跟七年級那些女生站在一起，是很折磨人的一幕景象。他受困於所有精巧細小的事物，包括字母、算式範例、對話、球類運動、女生。從大多數層面來看，他就是個孩子。對於那些最拙劣、最粗俗的玩笑，他會哈哈大笑。當人們糾正他的時候，他會滿臉漲得通紅。而只有與將他像條狗一樣耍弄的斯蒂安在一起時，他才會心情很好。他還很小的時候，他父親就去世了。他上來找我的那幾次，他正是想要談這件事。當時是七〇年代，一艘漁船毫無痕跡地沉沒。一連好幾天，全挪威都在談論這件事。但之後也逐漸被淡忘，僅能活在伊瓦爾、他的母親與其他罹難者家屬的心裡。那起事故後，才過了一年，他們就搬到北部的霍爾峽灣（他的媽媽在這裡有親戚）。這就是他的往事、他的命運：當他還小的時候，他爸爸就死了。

「那妳們呢？」我望向那三個女生。

她們聳聳肩。通常，當她們待在這裡時，她們會對我表現出信任。我會逗弄她們，她們則會笑著答話，覺得恬不知恥的表現真是有趣。但此刻的她們很拘謹，不願意在斯蒂安面前暴露自己。他們之間存在著某種其他的遊戲，層級就顯得更高了。

「薇薇安交到男朋友了。」麗芙突然說。

薇薇安盛怒地瞪了她一眼，用力對她的肩膀搥了一拳。

「噢！」麗芙說。

「這樣噢，妳有男朋友囉？」我說。

「是的。」麗芙說道，並揉搓一下自己的肩膀。「她跟史蒂夫在一起了。」

「史蒂夫？那是誰啊？」我說。

「一個去年聖誕節搬到這裡來的男生。」斯蒂安說。「他來自芬斯內斯，今年春天要在這裡打魚。他們說，他完全不耐操。」

「他才不是這樣呢。」薇薇安說。她臉紅了。

「他二十歲。」麗芙說。

「二十？」我說。「這樣想必不行吧？妳明明就十三歲。」

「是啊。」薇薇安說。「怎麼啦？」

「你們這邊的人可真是瘋狂。」我說著，笑了起來。

我站起身。

「不過嘛，你們現在恐怕得離開了。我剛剛才進門。我還得將各種東西拆封，整理一下。開學以前，我得稍微準備一下。你們要了解哪，我教的這個班超級恐怖的。他們啥都不懂。」

「哈哈。」安德莉雅說著，將身子從沙發上撐起。她踏上門廳，她那件白色夾克就掛在那裡。其他人緊隨其後。有那麼幾秒鐘的光景，只能聽到夾克、袖套、毛線帽、連指手套的穿戴聲。他們彼此輕輕地推擠，笑鬧著走入戶外的黑暗中。我將物品拆封，吃了一點東西，然後躺下來閱讀了幾小時才熄燈就寢。

我一度被樓上房間的聲音所喚醒。那是托麗和她家的男人。地板劇烈地搖晃，她嬌啼驚呼著；他則呻吟著。我帶著被子走到沙發旁，那晚，我睡在沙發上。

下一個週末，我和尼斯·耶里克就搬到那棟屋子裡。除了臥室與客廳內緣的那個小房間（也就是我的寫作室）以外，我們平均分配一切。我們每兩天輪流煮晚飯、每兩天輪流洗碗。幾乎每天晚上都會有訪客，要麼是學生，要麼是其他老師，最主要還是托爾．恩那。他幾乎每天都來。不過海耶也很常過來。尼斯．耶里克每個週末總會上山去。他總問我要不要跟去，而我總是回答「不」。我在大自然裡完全無事可做。某些地方也極常舉辦派對。如果我不參加派對，我就在家裡寫作。我現在不再撰寫短篇小說，而是在寫一部標題為《水上水下》的長篇小說。書名乃是取材於一首由英格威和歐文德（一位來自愛蘭達爾的朋友）所撰寫的歌詞。小說主角是個名叫加百列、在克里斯蒂安桑讀高中的年輕男子。故事框架充滿神祕性，由類似報導的簡短文字，以及聚焦於酒醉和女生們的當代社會描述所構成，不時被源自於他童年時期的微小情景打斷。隨著他被困在阿格德爾郡內陸一棟小屋裡的派對，一切達到高潮——當他最終崩潰，被送進精神病院時，上述的循環就此停住（原因在於：引出每一章的客觀、簡短文字，都源自於此）。

為了爭取更多的寫作時間，開學後，我將日夜的作息顛倒。這裡總是一片黑暗，幾時睡覺、幾時醒來，根本無關緊要。早晨與夜晚、白晝與黑夜——實際上，這一切都是相同的。我開始在晚間十一點左右起床，一路寫作到早上八點，沖個澡再走到學校去，下午三點鐘放學後走回家先睡上一覺。

當我寫不出什麼東西時，我亦曾穿上衣服出門，在沉靜的社區到處走動，聆聽拍岸浪潮的嘶嘶聲，任由目光沿著山岳的側面滑動。由於積雪的緣故，山面最初看來還像是在黑暗中飄浮，隨後，便完全被黑暗所吞噬。有時我會走進校舍。那時可能是凌晨三、四點。我從經過的玻璃窗邊望見自己的映影，那張空虛的臉孔、那雙空洞的眼睛。我也曾經留在那裡，坐在教職員休息室的沙發上閱讀，用電視機看電影，或乾脆睡上幾個小時，直到被門掀開的聲音喚醒、理查走進來為止。每天早上，他通常就是最先到校的人。只需要這樣的生活，那股混亂感就會駕馭我——我對什麼事情都控制不了，而僅僅是處在最偏遠的邊界……是啊，我到底處於什麼東西的邊界啊？

我做了我的工作。我在一天將盡之時做了工作，而不是在一天開始的時候，這總該沒差吧？

這股黑暗有其詭譎之處。這狹小、封閉的場所有其詭譎之處。看到同一批面孔日復一日地進進出出——這有其詭譎之處。我所任教的班。我的同事們。超市裡的店員。某些人的媽媽、某些人的爸爸。三不五時出現的年輕漁夫。但始終總是同一掛人、相同的氣氛。積雪、黑暗、學校大講堂裡刺眼的光芒。

一天夜裡，當我正在走往學校的途中，一輛推土機就在我後方行駛。機具正面安裝著一具雪鏟，積雪沿著邊緣噴灑，落在路邊的雪堤上。機器頂部閃動著一盞橘色的燈，前端的一根管子裡冒出濃密黑煙。方向盤後的那名男子在駛過時，並沒有望著我。他在上坡的一小段距離處停下，引擎持續空轉。當我走上坡經過推土機旁邊時，他再度開始行駛。他行駛的速度，就像我步行的速度一樣慢。我抬頭望向他，他這是在幹麼啊，他瞪視著正前方，我內心掃過一股不適感，那晃動、嘈雜、刮擦、閃動的車輛，直接刺入我的靈魂。我加快腳步。他跟著加速。我向右拐；他跟著向右轉。我轉過身去。他先是繼續往前開，但是，真該死，他接著也轉向了。當我來到那條通向學校的坡道時，他再度緊隨著我。我開始跑起來。這真是恐怖，我們周圍是一片死寂與徹底的黑暗，整個社區還處於沉睡之中，戶外只剩下我們兩個——就是我，以及那個喪心病狂，跟蹤著我的剷雪工人。我跑著，但根本不是他的對手；他只是踩了一下油門，隨後跟著我開上學校操場。我解開大門的鎖，心臟劇烈跳著，難不成他也要跟進來嘛？

我從教職員休息室看到他穩定、有條不紊地鏟著操場上的積雪。他大概忙了十五分鐘，隨後才轉向，向下開往社區。

次日下午，我從學校回家，在路上瞄見薇薇安那個二十歲的男朋友。她坐在他的車內。她內心的勝利與驕傲是如此強烈，當他們駛過、我們的目光交會時，她竟不知該將眼神往哪裡擺。他是個面孔透著怯弱的金髮男子。稍後，我在下方的超市裡遇見他們，我發現他是個很愛笑的人。他先前失業過一陣子；有人為他在一艘船上安排了一份工作，他就搬到這裡了。薇薇安在課堂上所表現出的特質——那些幼稚的問題、戲謔的神情、咯咯輕笑——在此都不能顯露，必須被仔細隱藏起來。這看來真是怪透了，她就像個女王般，帶著一股突發而努力偽裝出來（而且隨時都有可能崩裂）的尊貴感安坐在前座，只靠著細帶般脆弱的自信心維繫。她慣有、屬於孩童的特性仍始終存在，可能忽而顯現，甚而完全取代這種偽裝——一陣咯咯輕笑、一個手勢、臉紅一下——一切就告吹了。用比較文雅的話來說，她這個男友實在不怎麼精明；他們在這一點上倒是很相配。她在班上的行為也改變了。她變得更加驕傲，其他人展現出的那種幼稚，似乎不再能讓她感到愉悅。但要唬住她還是很容易，只消言詞上的一小陣交鋒，她就會忘記自己在短短十分鐘以前還如風衣般、緊緊套在身上的那種尊貴之感。這並不意謂著她實際上沒有改變、實際上對於發生的事情無動於衷；這只意謂著，還沒有任何特質在她的心中定型。當我說笑時，她不肯笑，表示我有夠愚蠢；隨後她仍可能爆笑出聲。笑聲止息以後，她可能會望著我，眼神充滿另一種異樣的光彩，那是一種全新，也曾出現在安德莉雅眼神中的光彩（即使還沒像她那麼明顯），而這正是我被迫要全力抗拒的——那正是要將我拉向她們；而她們對此甚至毫無自覺。在那樣的眼神中，我和她們之間的距離縮短了。這完全不是因為我貼近她們，恰好相反，我從那全然坦誠、夾雜著自覺與不自覺的目光中看出這一點。

還是說，這一切僅僅只是我的內心戲呢？我曾在不同場景見過她們幾次，例如她們在托麗或尼斯．耶里克的課堂上聽講，或者陪自己的媽媽到超市買東西。這時候，她們的這一面彷彿煙消雲散。她們會屈服於當前的情境；如果她們不屈服，她們會藉由不服從、陰沉的態度或抗議嘗試掙脫，而不像有時在我的課堂上那樣，閃現出觸電般的眼神。

我並沒有仔細地琢磨過這些細節，那更像是滑過我內心的感知，是我於一、二月間夜裡振筆疾書時浮現，充滿著喜悅與驚駭的一陣陣輕風。而我也不需要依附於什麼，沒有人說過什麼、做過什麼，一切都只是被（如此含糊、不具體的）目光，或者某種移動身體的特別方式所誘發的氣氛與情感。當我穿越社區準備去上第一堂課的時候，我有著模稜兩可的感受——我挺適應這所學校，但又不那麼適應。當我想到自己隔天將會再見到她時，我的胸口有時感到癢癢的。

沒有人知道這一點；曾經，連我自己都幾乎不知道這一點。

二月初的某個星期五，這所有細微的感知（這些感受單獨存在時，顯得如此微不足道、模糊，因而並不向我苛求）突然變得劇烈起來。我一如往常在深夜起床，寫作了一整夜；早晨五點鐘剛過，我再也寫不下去，因而踏入戶外的黑暗中。我穿過仍沉睡的社區向上走到學校。在大講堂裡繞了一小圈以後，我拿著一本書坐到沙發上。但疲累感很快就悄然攫住了我——我閉上雙眼躺了下來，那本書還放在我的胸前。

門被推開了。我抽搐一下，猛然坐起身，用手拂過頭髮。當我直視理查的雙眼時，我的目光想必充滿羞愧。

「你睡在這裡？」他說。

「沒有啦。」我說。「我提前過來，準備一下課程。然後我就打起瞌睡來了。」

他仔細地打量著我。

「我來弄一點特別濃的咖啡，這樣一來，你就會清醒了。」他說。

「那咖啡就得特別濃，濃到可以在杯子裡放一塊馬蹄鐵才算數。」我從沙發上撐起身子。

「呵，這樣啊？這話是誰說的？」他說。

「我覺得是幸運的路克[18]。」

他哼了一聲，將水倒進咖啡壺。我則離開那裡，在我的辦公桌前坐定。最近一連幾個月以來，我唯一的備課方式，就是在上課前迅速瞄一眼教科書。大致上，其他的教學方法都已經用盡，現在大部分的課堂上，都會用來直接講解章節內容。之後，我會給他們不同的作業，目標在於貫通每一個科目的課綱。我已經不再在乎他們是否真正理解某一個概念。最重要的是教學所帶來的固定日程，以及這些日程所生出的距離。

「如果你想喝的話，咖啡已經煮好了。」理查說。他拿著一杯咖啡到走廊上，想必準備前往自己的辦公室。

「太感謝你了。」我說。

當上課鈴聲在半小時後響起時，我站在教室窗邊，望著學生踏上那條坡道。疲憊就像我體內的腐水一般。我們最初兩小時要上數學課，最無聊的科目，簡直無與倫比。當時是二月，也是最無聊的月分——同樣無與倫比。

「快快把書本翻開，開始上工啦。」當他們拖著腳步走進教室，跌坐在座位上時，我說。上數學課時，五、六年級的學生也在場，因此總共有八個學生。

---

18 Lucky Luke，比利時漫畫家莫里斯（Morris）筆下的人物。

「今天也一樣。你們先解習題。如果遇上了問題，我會來協助你們。下一個小時，我們會先在黑板上講解一些新的東西。」

沒有人抗議。他們毫無阻力，在自己到校時的狀態、解數學習題所必須具備的狀態之間穿梭著。麗芙還沒真正看著書本就先舉起手。

我走到她身旁，彎下腰來。

「自己先試試看。」我說。「這妳不會解嗎？」

「可是我就不會啊，這我已經知道了。這有夠難的。」

「這種題目，有可能很簡單呀。妳得先試過才會知道。妳先嘗試十分鐘，盡力去做，我之後會回來，看看妳進展得怎麼樣。可以嗎？」

「好吧。」她說。

永恩，那個讀六年級、思緒敏捷的小個子男生。他招招手要我過去。

「我在家裡解了幾題。」當我彎下腰湊向他的課桌時，他說。「但之後我就卡住了。你可以幫我嘛？」

「我只能幫到一部分。」我說。「我自己的數學並不特別好。」

他抬頭望著我，露出微笑。他以為我在說笑，但這是真的。大約在七年級以後的課程，就開始困擾著我。有時就連七年級的內容也很棘手。我突然記不得該如何拆開兩個高位數，必須詢問學生，尋找解題的途徑。我能夠解題，我只是忘記怎麼做了。

「不過這個看起來不難嘛。」我說。

當我向他說明時，他仔細地觀察著。隨後他接手解題。我則站挺身子，走到窗戶邊。

他是個意志力堅強的男生；但論及學業，他的態度是說一不二、非黑即白的。他很喜歡數學，這個科目不構成問題。而他會完全放棄一部分其他科目。

麗芙舉起手來。

「這我不會，是真的。」她說。

我向她說明。她點點頭，但雙眸顯得空洞。

「現在，妳會自己解剩下的這幾題了嘛？」我說。

她點點頭。

我很為她感到苦痛，幾乎每一節課都導致了某種羞辱，但我對此又能怎樣呢？

我坐到講桌後方，任由自己的目光從他們身上滑過，隨後望向時鐘。指針幾乎沒有移動。過了一會兒，安德莉雅舉起手來。我迎視她的目光露出微笑，站起身來。

「卡爾．奧韋愛上安德莉雅囉！」永恩高聲說。

我猛然止步，感到自己的臉部發熱，但假裝若無其事，趨身湊向她的課桌前，努力專心解讀那小小的數學問題。

「卡爾．奧韋愛上安德莉雅啦！」永恩再度大呼小叫起來。

有人在咯咯輕笑。

我挺起身子，注視著他。

「你知道這個叫做什麼嘛？」我說。

「哪個什麼？」他露出無恥的獰笑說道。

「說其他人在想你自己在想的事情。這個叫做投射。比方說，現在讀六年級的你，喜歡一個七年級的女生。你不但不承認這點，反而還說你的老師喜歡她。」

「我才沒有愛上**誰**。」他說。

「我也沒有。」我說。「所以，我們現在繼續來算一些題目吧？」

我再度趨身湊向前。安德莉雅將額前的頭髮撥開。

「你別理他。」她低聲說。

我沒有表現出聽到這番話的樣子，只是將目光聚焦在她已經寫出的算式上，然後指著出錯的環節。

「那邊。」我說。「那邊不太對。妳看到了嘛？」

「是的。」她說。「可是該怎麼解呢？」

「這我又不能說！」我說。「要負責解題的人是妳。妳再試一次。如果妳仍然毫無進展，我就坐在教室的前面。」

「ＯＫ。」她抬頭望向我，迅疾地對我微笑一下。

我的內心顫抖著。

我**愛上**安德莉雅了嘛？

我真的墜入**愛河**了嘛？

不是的，不是的，不是的。

但我的思緒會被她所吸引。我的思緒被牽著走。

夜間，當我待在學校裡，站在游泳池那黑暗且靜止的水邊時，我會想像她獨自一人待在更衣室，我很快就會進去找她。她會如何將自己隱藏起來、她會如何地抬頭望著我——我遐想著這些情景。我會先跪倒在她的面前。她最初用受驚的目光望著我，隨後才變得坦誠、充滿溫情。

我會幻想這些景象，同時也幻想著相反的景象——她並不在更衣室裡，我不能有這種想法，不能讓任何人知道我在想這個。

我的內心震顫著，但沒人知情。我的舉動極為克制，我說的一切全都經過深思熟慮，他人所看到的任何景象均不足以揭露我所想的。

我幾乎不知道自己有這些想法；它們活在某種鄰國之中。當它們湧現時，簡直就像一陣陣爆炸——我不讓它們有立足點，這些想法只能落回自己當初所湧現的地點，隨後，那些思緒就變得彷彿不曾存在過。

但永恩所說的話改變了一切——因為他的話語由外而來。外來的一切都是危險的。

半夜所有人沉睡時，我獨自動筆寫作，隨後再用剩餘的精力教導這些孩子，這簡直構成了某種病態，我愈來愈累——因此我在二月底將作息調了回來，而同時，一天當中那宛如脈搏一般幽微的日光開始緩慢地擴張。感覺世界彷彿回來了。與尼斯．耶里克住在一起還滿好的；當四年級與七年級的學生來訪時，我不再那麼成為焦點了，我的形象變得沒那麼清晰，顯得也沒有那麼重要。海耶則是另外一回事了——她幾乎總是在尼斯．耶里克外出時到訪，現在她又是怎麼察知這些的呢？我摸不著頭緒——而我也不知道她為什麼要來訪。但她喜歡跟我聊天。而我也喜歡跟她聊天，即使我們之間是如此不同，我們在晚上仍能共處好幾個小時。

寫作的進度愈發不理想，我來到某個總是寫到相同情節的瓶頸。同時，我突然弄不清楚自己為什麼要寫作。

我在《日報》讀到，阿斯卡豪格[19]正在邀短篇小說獎的稿件。我的興致再度被點燃，便將自己手中最好的兩篇短篇小說（關於垃圾山的那篇，以及關於臺地上烽火的那篇）寄了出去。

島上各所不同的社區活動中心會輪流舉辦派對。三月初，輪到霍爾峽灣了。我們先在我們家裡喝了起來，幾乎所有代課老師都到場了。才寥寥幾杯酒下肚，我就已經感到快樂。他們（這所有的人們）讓我如此開心。而我拿著一袋子的伏特加酒瓶、多出來的那盒菸草在手上晃動、向上走到社區活動中心時也對他們這麼說。

這些派對的特殊之處，在於並未特定年齡的人才能參加，也沒有按照年紀區分不同群體。這邊是焦躁急切的二十歲男女，那邊是無奈的四十歲中年人，不是這樣的——**所有人**都會造訪這些社區活動中心的派對。七十歲的人們和十四歲的人們同桌。在漁業加工廠上班的人們與學校督學們同桌。他們這輩子始終認識彼此的事實，並不妨礙他們此刻的縱情享樂，社會各階層之間的圍欄被拆卸，你可能在此地看到十三歲的青少年和二十歲的女性調情，以及酒醉的老太太像康康舞者那樣跳起舞來、搖晃裙襬，張開無牙的嘴巴，露出燦爛微笑。我很喜愛這一點，實在是情不自禁，這當中蘊含著我不曾在其他場所遭遇過的某種自由。而同時，如果你已經在現場，你就只能喜愛它，你只能沉浸在那種快樂與無拘無束的感覺中。哪怕只是一絲絲的評價與品味，都足以使這種體驗崩壞，使這一切變成瘋狂拙劣的模仿劇，甚而還會扭曲人類的行為。對著自己的咖啡點火、使之冒出一縷藍色輕煙的青少年；以狡猾、勾引般的眼神望著你的年老女人；身穿公務員制服的禿頭男子們前一刻撞上一票十五歲的青少年，後一刻就趴倒在活動中心下方的邊溝裡，嘔吐個沒完；搖搖晃晃的女人和哭哭啼啼的男人；一切彷彿被一長串技巧拙劣、由六〇與七〇年代樂團（是的，這一帶已經不再有人聽得下他們的東西）演唱的流行金曲遮蔽住，彷彿被一道如此濃密的煙霧籠罩——如果你對現場形勢一無所知，你恐怕還以為這煙霧來自地下室裡的一大團烈焰。

這對我來說顯得陌生，充滿刺激。我在一個沒人喝酒，或者至少沒人公開喝醉的地方成長。當時有個每半年會喝醉一、兩次的鄰居；這很聳人聽聞，甚而讓人興奮。還有個老酒鬼，每天會騎腳踏車到超市去，買來一瓶瓶棕色的啤酒。但一切也僅止於此。除了佐餐用的一、兩瓶啤酒或少量紅酒以外，媽媽和爸爸從來不喝酒。外公和外婆不喝酒，祖父與祖母不喝酒，我的叔叔、舅舅、嬸嬸、阿姨們都不喝酒，就算他們真喝過，也從不當著我的面。我第一次看到我爸爸喝醉，也還只是兩年半以前的事情。

他們為什麼沒喝酒？為什麼大家沒喝呢？酒精使一切變得偉大，它就是一陣掃過意識層的風，是碎浪，是搖曳的森林，綻放出的光使你所看到的一切閃閃發亮，就連人群中最噁心、最讓人不適的，身上都覆蓋著一絲美好。隨著一個手勢，所有的反對意見、所有的批評一掃而空，這顯得如此豐沛而慷慨。這裡的一切——對，我就是指一切——都是美好的。

為啥要對此說「不」呢？

在那個三月的晚上，我一頭栽進這場派對裡。我非常享受，甚至走到理查的面前（他坐在自己妻子的身旁，穿著一件七〇年代末期、已經顯得太窄的西裝）告訴他，我實在非常喜歡他，他管我管得很嚴，他這樣做是對的，而且情況也進展得很順利，不是嘛？一切都相當好，可不是這樣嗎？

是啊，這真是好極了。

他並不喜歡我，但他不能說出這一點。他唯一能做的就是硬擠出一抹山羊般的微笑。占優勢的一方

19 Aschehoug，挪威歷史悠久的出版社，成立於一八七二年。

是我。我是那顆即將閃耀的新星，而他只是這所鄉村小學校的校長，我當然可以友善地跟他談一會兒囉。

我看到安德莉雅和薇薇安的媽媽；她們彼此是朋友，正坐在一張桌旁抽著菸。我坐到她們的身邊。現在我想要稍微談談她們的女兒，她們的女兒真是棒極了，她們是這麼的活潑而美好，我很確定，她們將會擁有相當美滿的人生。

除了家長會以外，我以前從未跟她們交談過。但那種場合很嚴肅，我說明她們在每一個科目的表現和學習狀態；她們專注聽我簡報，提出幾個想必是事先準備好的問題。隨後她們才消失在黑暗中，回到自己的家。孩子們則緊張地在家裡等著，想知道會議導致什麼結果，或者揭露了什麼。但現在可不一樣了。我們大家眼前都各擺著一杯酒，人們在身邊來來去去，音樂很高亢，空氣暖熱而厚實，我喝得很醉，我是如此喜歡她們（這股善意簡直要在我體內裂開），身子往前湊向她們，露出微笑。她們說，這些女生經常談到我，簡直沒完沒了，是的，她們聽起來彷彿已經在談戀愛囉！她們笑了出來。我說，是啊，一個才十九歲的老師或許是很難處理的，但不管怎樣，她們真是可愛到極點的好女孩！

有那麼一瞬間，我思考著，是否將她們其中一人約出來——但我還是揮棄了這個念頭。她們至少三十五歲了，因此即使她們在我到來時向我眨眨眼，我還是站起身來，繼續在會場閒晃，一會兒坐到這裡，一會兒坐到那裡，到外面轉了一圈，俯望著下方的社區，正前方則是那片黑暗的大海。當我再度進入室內時，我找到尼斯．耶里克，我告訴他，他真是個好夥伴，跟他一道住在我們這棟屋子，我真的相當舒暢。

說完這番話後，我再度到戶外去，想再觀看一次風景。我班上的那些女生坐在下方的坡道上。我走到那裡去。薇薇安和史蒂夫站在一起。安德莉雅則與希德格恩站在一起。我問她們是否玩得開心。她們很開心，還稍微取笑了我一下；這或許是因為我喝醉了，我又懂什麼呢？不過，一切都無關緊要了，我繼續往前，走進那片緻密、布滿煙霧的區域，一次跨上兩級階梯，硬擠進建築物內，一個女生的形影就彷彿從夢境中走出，呈現在我面前。

我猛然止步。

我內心的一切全都猛然止步。她確實很美麗，但許多人也稱得上美麗，這不是最關鍵的。關鍵在那雙眼睛，她望著我的雙眸是如此深沉，散發某種生機，我多麼想要成為這股生機的一部分。我先前從未見過她。但她是本地人。這個社區就是她的家鄉，我一見到她就理解這點——她身穿包括球衣、短褲、襪子、足球鞋的全套足球裝。負責主辦這場派對的是足球隊，當晚的工作人員都穿著這身衣服。總不會有外地人在霍爾峽灣的足球俱樂部擔任志工吧？

她端著一只裝滿空酒瓶的托盤。

她身穿球衣與球鞋，是如此漂亮而健美——單是注視著她，就足以使我雙膝發軟。我匆匆瞄了她那赤裸的大腿與小腿脛一眼，為了顯得自然一點，我也稍微往旁邊望去，朝對面瞥了一眼，彷彿我在那裡就只是要徹底檢視一遍會場及一切動靜。

「嗨。」她微笑著說。

「嗨。」我說。「妳是誰？我很確定我以前從來沒見過妳，因為妳實在太漂亮了，我若是看過妳，絕對不可能忘記的。」

「我叫茵妮。」

「妳該不會住在這裡，卻足不出戶吧？」

「沒有啦。」她笑了起來。「我住在芬斯內斯。不過我是在這裡長大的。」

「我住在這裡。」我說。

「這我知道唷。」她說。「你是我姊姊的同事。」
「真的？妳姊姊是誰？」
「海耶。」
「海耶是妳的姊姊？她以前怎麼沒說過，她有個這麼美麗的妹妹？妳應該是妹妹吧，啊？」
「是的。對啊，她以前怎麼沒說過？也許她是想要保護我？」
「保護妳，不讓我接近？我明明就是這一帶最安全的人啊。」
「是啊，我也這麼覺得。不過我得把這個端進去。就如你所看到的，我今晚要工作。」
「是的。」我說。「不過我們之後可以見面吧？等妳忙完以後？某個什麼地方一定會續攤啊。妳就一起來嘛，妳可以來吧？這樣我們就可以稍微多聊聊？」
「嗯不，再說吧。」她接著轉過身去，走向舞臺旁邊那狹小的空間。廚房就在那裡。
之後，我已經無心於派對。那裡的所有事情不再能引起我的興趣。唯一存在於我腦海中，也是我在那一晚剩餘時間裡極力張望、找尋的，就是那個穿著全套足球衣的美女服務生。
海耶的妹妹！
她對我無話不談——她為啥從來沒提過她？
我找到尼斯．耶里克，說我們得找人來我們家續攤。他猶疑著，他已經很累了。但我很堅持。我們得這麼做。他說：「只要我可以不參加，那我都可以啊。」我說：「可是你得參加一下下。而且你不用邀請其他什麼人。」他問：「你在打什麼主意啊？你又看上誰啦？」「你說呢。」我邊說邊往自己的玻璃杯倒酒，藉此維持熱度與激情，同時盡己所能地打發時間。我三不五時會看到她。她在廚房進進出出，也在攤位上待了一陣子；但我沒有過去，即使從她手裡買熱狗，望著她將番茄醬與芥末醬從瓶子裡擠出、淋在熱狗上是如此美妙的事情，我還是不願將我能和她相處的一小段時間浪費在與我的計畫（邀她續攤、與她獨處）無關的動作上。我不想當那種嘮叨、死纏爛打的人。但當她對我微微一笑的時候，我便說，我們要在我們家裡繼續喝，我們住在彎道邊的那棟黃色房子，如果她能來的話，氣氛可就嗨翻了。

「再看看吧。」她再度這麼說。然而她似乎露出一抹微笑，她深色的雙眸似乎閃動著一抹光芒。

噢，慈悲的上帝呵，請讓她答應吧！請讓她跟來吧！

樂隊再度開始演奏。埃里克．克萊普頓的《古柯鹼》。

當他們演奏完畢時，我鼓起掌來，但我很快就撐不下去了，踉踉蹌蹌地走到寒冷的戶外，望見托爾．恩那——他正在跟兩個九年級女生聊天，脣邊掛著一抹燦爛的微笑。一對情侶正在一小段距離外的一輛汽車內調情。學校位於足球場其中一端，而足球場宛如黑暗中的一片牧園。我點燃香菸，飲盡伏特加，轉過身看到海耶正從那裡走來。我的直覺告訴我，我可不能將茵妮的事情告訴她。我要是真說了，她就會跟來——場面將會變得不可控。

「怎麼樣啊？」她說。

「我可不能抱怨哪。」我說。

「所以你啊，你跟我妹妹談過話啦？」

「是啊，妳把她藏得真是徹底。我甚至不知道妳有一個妹妹。」

「我們就只是同父異母的姊妹，我們並沒有一起長大。她過她自己的生活。」

「她住在芬斯內斯，對嘛？」

「是的。對，她讀機械工程學。她喜歡摩托車。還有騎摩托車的人！」

「呵呵，是這樣啊。」

維達爾從門口走出。他的目光掃過那些戶外的人們，聚焦在我們的身上。他盯著我們幾秒鐘，隨後朝我們走來。他專注地保持步態，努力向前走——可以看出，他已經醉了。他是如此強壯而魁梧，襯衫胸口的鈕釦是鬆開的，頸上掛著金鍊子。他在我們面前止步。

「原來妳在這裡。」他說。

她沒有答腔。他望著我。

「我們現在可真不怎麼常看到你。你應該上來看看，進來坐坐。不過當我不在家的時候，你也許有來拜訪過？」

「這確實有的。」我說。「比如說，一、兩週前，我們這些老師在那裡舉辦過一場小派對。不過除了這個以外，我每天晚上大半時間都待在家裡工作。」

「說實話，你覺得霍爾峽灣怎麼樣？」

「這裡挺漂亮的。」我說。

「你喜歡這裡嘛？」

「喜歡。」

「這樣挺好。老師們適應這裡，這一點很重要。」他說。

「我們進去吧？」海耶說。「開始變冷了。」

「我要在外面再待一下。」我說。「我得讓頭腦清醒一點。」

他們肩並肩走進室內。他身旁的她顯得如此脆弱。不過我心想，她還是很悍勇的。我轉身再度走向社區。與我背後場館裡擺動的那團亂七八糟的人潮、各式各樣的慾念相比較，那裡竟然顯得如此沉靜而安詳。

樂團停止演奏沒多久，音樂也靜止下來。就在人們開始走出會場之際，燈光陡然亮起。那是劇烈、不停震顫的強光，覆蓋住一切，猶如魔法的黑暗此時則被一掃而空。那片剛剛明明還是最美妙、溫暖夢境場景的地板如今裸裎著，顯得空虛，表面只剩下所有靴底在這一整夜踩踏後所遺留的爛泥和碎石粒。當天花板的下緣不若星空般閃亮時，那裡的空間，彷彿緊隨潛藏於水下的紅色、綠色與藍色光波脈動著。此刻，除了幾座聚光燈構成的光塔，與一只掛在中央，閃亮但愚蠢的廉價舞廳用燈泡以外，那裡已經空無一物。人們剛剛還坐在桌邊，愉悅地交流著，屬於人性的暖熱還如一堵屋牆那般厚實；而今桌上一片亂七八糟，桌面下則是成堆的空酒瓶、揉成一團的香菸紙盒，到處都是玻璃碎片，三不五時還有他人不小心從廁所帶出並遺留在地上的一長串衛生紙。桌面上布滿黏糊糊的噴濺物與汙斑，沒被摁熄的菸蒂灼燒後留下的髒跡，塞爆的菸灰缸，成堆的馬克杯和玻璃杯，各式各樣的空酒瓶，以及最為廉價的熱水壺（噴嘴下方拖曳著咖啡灑濺留下的綿長汙漬）。尚未離開會場的人呆坐原地，面部疲累而無生機，宛如又白又多皺的皮包骨，雙眼猶如兩大團果凍般的膠質。

不，那種光照並不特別使人舒服。不過六個穿著足球衣的女生隨即前來打掃，她們到處翻攪，端走托盤，用抹布擦桌子，生機彷彿已然到來，趕走了死亡。我很樂於待在原地望著她們，但現在的重點在於給人正確的印象，不要成為那個嘮叨、睜大眼睛張望、咄咄逼人的傢伙。所以我走了出去，在周圍繞了一圈，與幾個人攀談一下，企圖評估今晚接下來的走向——也就是說，弄清楚人們打算到哪裡續攤（一旦她不願意跟我走，我還有後路）。

十五分鐘後，活動中心外的人潮逐漸稀疏。我鼓起勇氣走進去，試圖有所突破。她在另一位女生的協助下，將一張桌子搬動到舞臺下緣的角落。當她們放下桌子時，她用手拂過前額，另一手貼靠在臀上，望向我。

「在這一切操勞過後，妳實在值得好好休息一下。」我說。「我知道下方的水畔有一棟房子，挺優美的。妳可以在那裡放輕鬆，休養生息。」

「所以那裡不會有人來煩我囉？」她說。

「不會。」我微笑說道。

她用食指頂著臉頰，拇指托住下頷，揚起眉毛，凝視著我。噢，上帝呵，她可真是美翻了。

五秒鐘過去了。十秒鐘過去了。

「OK。」她隨後說道。「我過去看看。反正我們這邊也忙完了。我只是得先更衣。」

「我在外面等。」我一邊轉過身去，避免讓她看到我眉開眼笑，笑到嘴角簡直要裂開了。

幾分鐘後，她一邊拉上暗藍色羽絨大衣的拉鍊，一邊走下階梯，以一種使站在黑暗中等候的我心跳陡然加速的方式，戴好針織白色毛線帽。

她在我面前停下腳步，戴上同樣是白色的連指手套，將手上的提袋換到另一手上。

「我們走吧？」她說話的口吻，彷彿我們已經相識多年。

我點點頭。

當我們開始走下坡時，一切輕快的感覺都消失了。此刻，我正與她獨處。噢，當我們走在雪覆蓋的路面上時，我竟如此清晰地關注著她的一舉一動，以及她神情的變化。

她的身材高瘦，雙臂的曲線極為美麗，腳掌很小，小巧的鼻子則散發出稚氣，然而她並不具備纖巧的魅力；她並非那種惹人憐愛，想讓人保護的小女生，對我來說最難以抗拒的，也許就是她身上那種強悍、冷峻的特質。

當那雙眼睛並未因活力而閃亮生輝時，便顯得深邃、沉靜。球在我的手上。她就在等著我。這一切是我策畫的。

我們已經來到我那下方的舊家。

「妳在這邊的時候，都住哪裡啊？」我說。

「住我媽媽家裡。」她指著右下方。「她就住在那個方向。」

「妳以前在這邊上學嘛？」

「沒有，我在芬斯內斯長大。」

「而妳現在讀機械工程？」

「你有跟海耶談過？」她望著我。

「沒有啊，怎麼啦。」我說。「我瞎猜的啦。」

隨後陷入一片寂靜。我已不再感到放鬆。我努力想著其他事情，她才不會察覺到我的緊張。我的經驗是，如果狗能夠嗅聞出恐懼，女生們就能嗅聞出緊張。

我大老遠就看到客廳裡亮著燈光。當我們進去時，尼斯．耶里克、托爾．恩那和亨寧就在屋內。他們播放著尼克．凱夫的音樂，想必是喝著某種紅酒。我們在沙發上坐定。現場的氣氛就像那種精疲力盡的派對——屋內連一絲能量都已不存，只剩下空洞的雙眼，品酒時的輕微咂咂聲。有那麼一兩次，托爾．恩那試圖帶動氣氛；但沒有人跟進，回應他笑聲的只是禮貌的微笑、疲軟的目光。

「妳要不要喝點什麼？」我對茵妮說。「一杯紅酒？一點伏特加？」

「你們有啤酒嘛？」

「沒有。」

「那就來點伏特加。」

我走進如往常一般冰冷的廚房，從櫥櫃裡取出兩只玻璃杯，各倒了一點點伏特加，再將七喜汽水倒滿杯子，同時思考自己該怎麼做。或許等待才是最妥當的？其他人想必很快就會離開，屆時我們就可以獨處。但他們要是不快點離開，要是再拖上半小時，她非常可能直接回家去。她在這裡也沒有什麼好留戀的。我能否直截了當地建議，就到我的臥室去？

不行，不行，我絕對不能這樣做。要是這樣，坐在樓下的他們就會聽見樓上傳出的一切聲響；她會理解到這一點，並且拒絕。行不通的。

但是我得與她獨處。

我們可以到我的寫作室嘛？

我兩手各拿著一只杯子，走進客廳，將一只杯子放在茵妮面前的桌上。她抬頭望著我，露出淺淺的微笑。

「這音樂簡直讓我感到憂鬱。我可以放點別的什麼嘛？」我說。

「請便。」尼斯．耶里克說。

她可能喜歡什麼音樂呢？

或者說，我是否應該播放我喜歡的某一首歌，一首能讓她對我有些印象的歌？比如說Hüsker Dü？或者耶穌和瑪莉之鍊的《迷幻藥》？

「有沒有人想點歌啊？」我蹲坐在那疊唱片前。

沒有人答腔。

也許來點「空中鐵匠」？

不行，那太柔弱了。而某種聲音告訴我，她痛恨那種哭哭啼啼的男性。得來點剛硬、有男子氣概的東西。但該選什麼呢？

難道我真的沒有這種音樂？我所有的音樂難道都那麼柔弱、哭哭啼啼的？那就得選齊柏林飛船樂團了。

當唱針刮擦著，第一首歌播放時，我站起身。我必須跟著動起來，如果我繼續靜坐，這死沉的氣氛將導致我接下來的一切行為顯得刺眼。

「乾杯吧！」我舉起酒杯，輕觸其他人的酒杯，最後才跟茵妮乾杯。

「來吧。我帶妳看一樣東西。」我說。

「啥東西？」她說。

「就在那裡面。」我朝客廳另一端的那扇門點點頭。「我今晚稍早談過這個東西。來吧！」

她站起身。我們踏過地板，我掩上我們後方的門，我們就站在一疊疊的書籍、一落落的文件、成堆的搬家紙箱之間，各拿著自己的酒杯。

她環顧四周。我坐在椅子上。

「你是要讓我看什麼？」她說。

「沒什麼。」我說。「這裡就只是無聊到爆了。來吧，妳可以來這邊坐著。」

我牽住她的手。她坐在我的膝上，隨後她整個人轉過身來，托起我的手端詳著。她用拇指摩搓著我的手掌。

「真是有夠柔軟。」她說。「你這輩子想必完全沒有用雙手勞動過囉？」

「原則上沒有。」我說。

「你從來沒有握過鏟子？或者扳手？」

「沒有。」

她搖搖頭。

「這樣很糟糕。而我也發現你有咬指甲的習慣。所以你是那種容易緊張的人嘛？」她說。

「是吧，我也許是這樣。」

「那你倒是說說看，我為什麼要跟著你回家？」

已經勃起到一半的我就這樣呆坐原地，不知道該回答什麼。

她趨身湊向前，張開嘴巴。我們接吻了。我撫摸著她的背，隨後將她緊緊地抱在懷裡。她真是**可愛**。

之後，她從我的懷抱裡脫身。

「你可真帥。」她說。

她撫摸著我的臉頰。

當她微笑時，那雙深色的眼睛閃閃發亮。

我們再度接吻。

隨後她站起身來。

「我得回家囉。」她說。

「不行，妳不能走。現在還不能走。」

「我得走囉。但我明天也在這裡。如果你想來找我，可以來看我。我住在我媽家裡。」

她打開房門。我跟著她進到門廳。她穿上夾克，走了出去，而後她匆匆地轉過身，說了一聲再見，踏上那條路，消失無蹤。

她的袋子可還留在這裡。

隔天，是啊，我隔天都在想些什麼呢？

茵妮。

奇蹟顯現了。昨夜，一項奇蹟在我的房間裡顯現了。

茵妮，茵妮，茵妮。

但我推遲了對她的拜訪。我昨晚喝得很醉，一切自然而然地發生了。現在，清醒的我反倒可能失去一切。

當我鼓起勇氣出門，踏上漫長路程時，時間已過下午三點。

她的媽媽前來開門。她是位略有年紀、頭髮已經發白的婦人。

「茵妮在家嘛？」我問道。

「在啊。」她說。「她在家哪。你請進吧。」

派對上的茵妮和在家裡的茵妮，是有所不同的。她穿著灰色的慢跑短褲，畫有摩托車圖案的白色T恤，將頭髮高高紮起。當她看到我的時候，她面露微笑，毫無困窘地站起身來，問我要不要喝咖啡。

「好的，謝謝。」

她取來一個杯子，將白色電熱水壺擺在桌面上。

我拿起它，試圖拔出塞子，但我手上竟不住地冒汗。我的雙手滑動著，根本握不牢。當我使出全身力量猛擰時，我才稍微握住水壺，然而我全身的力量竟只夠握住，無法轉動。

她注視著我。

我臉紅了。

「也許我可以幫你一把？」她說。

我點點頭。

「我的雙手有夠滑。」我說。

她走上前來，若無其事地將塞子轉開。

「好囉。」她走回原地，坐了下來。

我倒了咖啡，喝了一小口。

我到目前為止十分沉默。

「所以妳什麼時候回去啊？今天晚上？」

她點點頭。她的媽媽在我背後出現，走了進來。

「所以你跟海耶一起工作？」她媽媽說。

「是的。」

「海耶真的很喜歡你。」茵妮說。「不管怎樣，她很常提起你。」

「是這樣唷？」我說。

「當然囉。」她說。

這樣是有什麼用嘛？我在這裡幹麼？我們只是在**隨便閒聊**嘛？還有比這個錯得更離譜的嘛？錯、錯、錯！

「妳住在芬斯內斯的哪裡啊？」我說。

「就在路堤的正後方。」她說。

「寄宿生？」

她點點頭。

「你應該滿喜歡霍爾峽灣的？」她的媽媽說。

「是啊，我真的很喜歡這裡。」我說。「我在這裡過得挺好的。」

「是啊，這是一個相當令人愉快的小地方。真的是這樣哪。」

「媽媽！妳這樣會讓他覺得無聊啦。」茵妮說。

她的媽媽露出微笑，站起身來。

「好啦，好啦。」她說。「我這就讓你們清靜點。」

她走了出去。茵妮用手指輕輕敲著桌面。

「我是否能再見到妳呢？」我說。

「你現在不就見到我了嘛。」她說。

「當然是這樣啊。」我說。「但我的意思是，別的方式。我們可以一起吃晚餐，或者做點什麼，妳覺得怎麼樣？」

「也許吧。」她說。

此刻安坐在那裡的她，看起來真是棒極了。她這一生最不需要的，就是一個滿臉通紅、汗流不止的小男孩。

「我其實本來要到學校去，只是正好路過來看看。」我說。「我得工作一下，規畫一點明天的事情。」

我站起身來。

她站起身來。

我走進門廳。她跟在後面。當我穿上夾克的時候，她站在一旁觀望。

「再見。」她說。

「再見。」我之後狂奔衝上坡到了學校。我在學校其實無事可做，但我還是將大門的鎖打開，以防她從下方的屋子裡注視我的一舉一動。我相當確定的是，她才不會盯著我，她在我離開、她關上門的同一刻便徹底忘了我。不過我還是不希望被他人發現我撒謊，尤其還是這麼怯懦的謊言。現在，我一旦到了學校，就完全可以看電視節目。今天是星期日，電視上總是不乏體育節目。

茵妮，茵妮，茵妮——當我在隔天第一節課到場時，班上所有女生都咯咯笑著。所以大家已經知道了。

我裝得若無其事，但還是沒能想著別的事情。

茵妮，茵妮，茵妮。

每天晚上，我總是醒著，思考下一步。她有個袋子留在我這裡。她得過來帶走。她總得帶走吧？或者說，我是否要將它帶到芬斯內斯去？

在我那趟噩夢式的拜訪中，我已經把自己的一切全搞砸了。我連打開電熱水壺都不會。因此對於再度拜訪，我還能抱什麼期待呢？期待她撲上來，緊緊抱住我？

我得趁著自己酒醉時見到她，這是我唯一的機會。

茵妮、茵妮、茵妮。

與她有關的短暫記憶在我內心灼燒著。這是我前所未有的經驗，如此清晰，席捲了一切，傾刻間，就只有她還帶有一絲意義可言。

白天，我在學校與房屋之間來回走動，晚間則到戶外長跑，就只是為了根除與她有關的思緒。下一個星期日，她竟突然出現了。

敲門聲響起。我打開門，她就站在那裡。

美麗的茵妮。

「我覺得我把一個提袋忘在這裡了，我只是要來帶走。」

「是這個嘛？」我將袋子舉高。

「沒錯。」她說。「謝謝。」

她轉身正要離去。

「妳不進來坐一下嘛？」我說。

她搖搖頭，但動作並不大，她的舉止彷彿到了一半就止住了。我很喜愛這一點。

「我還得回芬斯內斯吶。」她說著，開始踏上通向道路的一小段上坡。地面很滑。她像是踩著小碎步。

「妳大老遠這樣跑過來，就只是為了要取提袋啊？」我說。

「不是啦。我整個週末都在這裡。」她接著走到坡道上，大跨步，繼續循著那條道路走去。

除了她十六歲、喜歡摩托車、正在讀職校以外，我對她一無所知。建立情感關係的基礎，極其欠缺。

但她的神態竟是如此自然。而她也很強悍。

她的胸部相當豐滿，還有著一雙長腿。

我還有什麼好要求的呢？

不用再多要求啥了，這樣就足夠了。

所以我又該再玩些什麼花招嘛？

不用玩了，我跟她不配。她不用五分鐘就發現這一點。

我向海耶傾訴心事。我們坐著，雙手各自握著茶杯。

「喂，茵妮跟你不配啦。」她說。「你所知道的，甚至還不到一半啦。你就忘了這件事情吧。」

「我忘不了。」我說。

她注視著我。

「你該不會**愛上了**我的妹妹吧？」

「是啊，我就真的愛上她啦。」

她輕輕品嘗一下茶水，將自己那厚實的頭髮從眼睛旁邊撥開。

「瞧瞧你唷，卡爾．奧韋，卡爾．奧韋。」她說。

「這是一句該死的陳腔濫調，可是我真的就是一心只想著她。」

「你永遠不會跟她在一起的。絕對行不通的。這其實很不可理喻。」

「妳講這種話完全沒幫助。」我說。「我實在只能再去試了。」

「好啊。我們殺到芬斯內斯去，到舞廳跳迪斯可，錯過回家的公車，然後到她的家裡過夜。」

「為什麼她不能一起到外面玩？」

「她不喜歡迪斯可舞廳。」

我們已經計畫好了。而我們相當確實地執行了。

星期五晚上，我們站在路堤後方的一棟房屋外，這裡離迪斯可舞廳不遠。海耶按了門鈴。茵妮前來應門。

如果她對姊姊欺騙了她感到生氣，她倒是隱藏得很好。

她倆擁抱了彼此。我低下頭去，盡可能躲到一旁，跟著她們走上樓，並且坐在椅子上，而不是沙發上；如果我坐在她旁邊，她會覺得自己受到操控。

這天晚上，她的衣著同樣休閒。一條閃亮、褲管緊貼著大腿的運動褲，以及簡約的白色T恤。

她弄了一點茶水，她們開始交談。我只是坐在那裡，偶爾插點話。

那只是一個房間，其中一個角落是小廚房。這房間是不小，但也絕對稱不上超級大。我坐在那裡，始終納悶著海耶到底在想啥。這裡是要怎麼辦事呢？

茵妮在地上多鋪了一張床墊，位置就在門邊，我可以躺在那裡。海耶會跟她共用那張雙人床。

是的，是的。

電燈被關閉了。她們在彼端耳語著，隨後一切趨於寂靜。

我仰躺著，望著天花板。

我的生活變得多麼詭異。

一條人影從彼端的床面上起身——這簡直就像夢境一般。是茵妮。她走了過來，溜到我的身旁。

慈悲的上帝呵，她全身裸裎著。

她扭著身子、湊到我身邊，沉重地呼吸著。

我們接吻。我摸遍了她全身上下，以及她那雙無比秀麗、壯觀、深色的乳峰——噢，我吸吮著，同時感到那散發著歡愉的毛髮抵著我的大腿。她沉重地呼吸著。我沉重地呼吸著。我還來得及想起，跟這位美豔的摩托車少女之間的好事，是否即將在此時發生？

她磨蹭著我的身體。我射了。

我扭開了頭，壓向床墊。

該死。該死。該死。該死。

「你射了嘛？」她說。

「唔。」我說。

她起身並溜回床邊，很快就滑回自己在短短幾分鐘前才如此魅惑地鑽出的夢境裡。

就是這麼一回事。

接下來的幾天，激情與我內心僅存的一絲驕傲，劇烈地搏鬥著。我不**能**再度敲她家的大門。我不**能**打電話、不**能**寫信、不**能**再度正視她的雙眼。

我仍然只想著她，但在她家裡發生的事是如此決絕且羞辱人，就連最為激情的思緒也無法抗拒這股壓力，只能緩慢、確切地消失在我生活的秩序裡。

這麼一來就只剩學校了。學校、寫作、喝得爛醉。

但白晝愈來愈長，積雪融化，春回大地。某天，我的郵筒裡出現一只印著「阿斯卡豪格企業」字樣的信封。我與其他信件一併取走，點燃一根香菸，朝峽灣對面那潔白、崎嶇的山脈窺探著。在日漸接近這座小鎮的陽光映照下，它閃閃發亮，拖曳著綿長的光輝。這景象使人振奮——就算我們身處外太空，此處仍有一道為我們而閃亮的光線。

一輛汽車駛過。我不知道車內坐的是誰，但還是打了招呼。幾隻海鷗在遠處的漁產加工廠淒叫。我望向那裡，牠們在碼頭上空盤旋。波浪潺潺地拍擊著下方泥灘邊緣的石塊。我撕開信封，是我的兩篇短篇小說。總之我被退稿了。裡面還附了一封信，我取出讀了。上面寫著：沒有任何稿件被採用。這些稿件的水準太低，無法被收併出版。

這樣的話，至少我本人沒有被拒絕！

我往上走到那條道路，悠閒地晃向我們那棟黃色的屋子。托爾．恩那的老舊藍色寶獅汽車停在屋外。他正坐在屋內，與尼斯．耶里克談話，還帶上了自己的堂弟伊凡（一個八年級的男生）。當天是星期六，我們要到芬斯內斯待一下。就在我踏上通向門口的小徑時，他們走了出來。

「你好了嘛？」他說。

「是的。我們現在出發嘛？」我說。

「我們就是這麼想的。」

我回到路上，打開乘客座的車門，鑽進車內。後座的伊凡用雙臂搭住兩只椅背，將身子往前湊。他有著和善的藍眼睛，深色頭髮，上唇有一小片稀疏的鬍鬚。他的聲音會高低起伏，而他自己對此卻無力掌握。托爾．恩那發動車子，緩慢地開過社區，向左右兩側從商店走出或正要去店裡的人們打招呼。我開始拆開我從郵筒取來的其他信件。最初我和二十個人保有書信往來，到現在剩下十二個人，但這樣還是足以確保，郵筒內不會空蕩蕩的。其中一封信來自安妮。她到我曾在克里斯蒂安桑任職過的廣播電臺，擔任音效師。她現居挪威西海岸的摩爾德，在那邊讀大學還是什麼之類的。我對此實在不感興趣，但她可是興致勃勃。她寄給我的那些信件，篇幅極少短於二十頁。

我拆開信封，取出那一落厚重的紙張。一小團棕色的硬塊掉了出來，落在我的大腿上。

「那是啥？」伊凡說。

靠。那是一小團大麻。

「哪個？」我一邊用手蓋住。

「那個掉出來的玩意兒，你收到了什麼？」

「哦，你說那個啊？啥都沒有。我有一位就讀園藝學校的朋友。她對樹木很感興趣。所以，她現在寄給我一小片很罕見的樹皮。」

「讓我瞧瞧啊？」

我望著正前方，望著我們面前幾公尺處的隧道入口。如果他理解到那是什麼，會發生什麼事呢？如果他告訴別人呢？肯定會有人去檢舉。**教師持有毒品在霍爾峽灣被逮捕**。他們平時像瘋子一樣狂喝酒，但對於持有大麻、大麻葉、安非他命與類似毒品的人們，他們可是毫不留情面地瘋狂譴責。

「讓我看！」他說。

「沒什麼好看的。不過就是一片罕見的樹皮。」我說。

「既然這樣，她為啥要寄給你？」

我聳聳肩。

「我們以前曾經在一起。」我說。

托爾．恩那迅疾地瞥了我一眼。

「說來聽聽看。」他說。

「這沒有什麼好說的。」我一邊將它塞進口袋，同時抓住車門上方的手把。這倒不是我需要這樣做。托爾．恩那一如往常，相當謹慎地開車。會在這一帶遵守行車速限的駕駛，恐怕就只有他和尼斯．耶里克。

「我到底能不能瞧瞧它？」伊凡說。

他真是異常頑固。

我轉過身。

「你實在有夠囉嗦。我已經塞到口袋裡了。那不過就是一片該死的樹皮。」

「可是它很罕見啊。」他說。

「你對一片**樹皮**感興趣？」我說。

「沒有啦。」他笑著說。

「好啦，這不就得了嘛。現在如果可以的話，我要來讀一讀這個。」我開始瀏覽安妮寫的信箋。

當我們在數小時後回來時，尼斯．耶里克要與托爾．恩那去滑雪。他們問我想不想去。我一如往常地說「不」，我要寫作。他們才剛從門口消失，我就取來那一片大麻葉，稍微加熱，與菸草混在一起，捲出一根大麻菸。完工以後，我拉上窗簾，鎖上門，坐到沙發上，抽著大麻菸。

牆上掛著一張我的《巴黎野玫瑰》劇照海報。尼斯．耶里克在旁邊掛上一張查理．卓別林的海報。當我坐在那裡時，我想像我就是他，開始像他那樣走動著。我的雙腳外擴，拄著手杖，快樂而踉蹌地來回走動。這項模仿堪稱無懈可擊。我並沒有就此結束，反而繼續上樓，走進我的房間（除了一張靠在牆邊的床墊、一堆衣服以外，裡面空蕩蕩的），再下樓，繞行廚房一圈，再回到客廳。我笑了好幾次。倒不是有多麼好玩，而是我的感覺很舒服。我成了流浪漢，拄著手杖，踏著小碎步，東倒西歪地走著，還不時舉起帽子，旋轉一下腳尖，算是一種問候。我可不會犯下什麼錯誤。我的內心就像上好了油，一舉一動都在體內繁殖擴散。很快地，我就躺到沙發上，抬起一邊的肩膀，抬起另一邊的肩膀，繃緊雙腿的肌肉、雙膝、肚子、上臂。我彷彿在海洋裡漂浮著；而我自己又彷彿就是波浪。

敲門聲喚醒了我。戶外一片漆黑。我看了看時鐘。五點半了。我坐起身，用雙手揉了臉頰幾下。敲打聲再度傳來。大麻菸的氣味還殘留在屋內。我思考著是否別去開門，但當第三輪的敲打聲響起時，我開始想著，敲門的人應該知道我在家裡。所以我將窗戶半開，掩上通往客廳的門，走過去打開大門。

一名四十來歲的男子站在門外。他是其中一名學生的父親。但我一時間竟想不起是誰。我的腦海裡響起一陣微弱的嗡嗡聲。

「你好。」我說。

「你好。」他說。「我是尤爾的爸爸。我想要稍微跟你談談。嗯，我的意思是，這不是多麼嚴重的事情。可是這跟尤爾有關係。我一直以來想要拜訪你，但直到現在才有時間。你有空嘛？我知道現在不太算是上課的正規時間……」

他笑了起來。

「的確啊，不過當然啦。」我說。「請進。你要喝咖啡嘛？」

「好的，如果你手邊有的話。不過你不用為了我而特別弄。」

他從我身邊經過，走進廚房裡。

「我正準備要煮。」我說。「我剛才小睡了一下。這真是漫長的一星期。」

他在廚房的桌邊就坐。他並沒有脫夾克，也沒有把靴子脫掉。我將水倒進咖啡壺裡。

學校及小孩有關的一切事務，全由女人來主導。來開家長會的是她們。在小孩帶回家的紙條上簽名的是她們。參與團體工作、確保郊遊與其他類似活動的款項獲得支付的是她們。

我扭開電爐的開關，在他的對面就坐。

「是的，事情跟這個小男孩有關。」他說。「他現在在學校裡過得並不開心。」

「是這樣啊？」我說。

「他並不開心。他說他不想要到學校，他想要待在家裡。他甚至還哭過。我若是問他為什麼，他還偏不願意說。或者他會說，啥事也沒有。但我們看得出來，某些事情不對勁。他真的不願意去上學。是的，總而言之，他……以前，當他還小的時候，他總是很喜歡上學。當時的他很喜歡上學。可是現在……不……」

他望著我。

「我轉而向你求助……的確，你並不是他的班導師，如果我去找她，也許會比較自然……但他是如此的稱讚你。他相當喜歡你。他經常提到卡爾・奧韋說了這個、卡爾・奧韋做了那個。所以我就在想，我可以就這件事情跟你談談。你是認識他的。」

當他這麼說的時候，我感到難過——我已經多年沒有這麼難過。我已經背棄了他對我所表現的信任。這倒還不是因為我所做的事情，而是因為我內心的想法。此刻的他坐在桌面彼端，正對著我，表情嚴肅且充滿憂慮。我理解到，他深愛自己的兒子，對他來說，尤爾是獨特，且極為寶貴的。我理解到，對我來說毫無意義且微不足道、沒事就哭鬧、有夠麻煩的小男孩對他來說可是大事情，這占據了他人生的全部空間——是的，這**就是**他的人生、他所擁有的一切。

罪惡感就像森林大火，在我胸口肆虐著。

我得撥亂反正才行。我現在就得撥亂反正。我多麼希望——噢，我是多麼希望——這個爸爸完全沒有察覺到我曾有過什麼樣的想法。然後我必須將尤爾的狀態調整回來。我一見到他，就得這麼做才行。

「是的。」我說。「他是個好孩子。」

「你在學校是否有觀察到什麼？一些事故之類的？」

「沒有，沒有什麼具體的事故。但我看到他跟其他人格格不入。其他人有時不願意讓他一起玩，甚至會戲弄他。但你如果理解我的話，情節並不格外惡劣。總而言之，沒有暴力，沒有刻意為之的霸凌行為。我沒有看到這種情況。而我也不認為，這種情況正在發生。」

「是的。」他注視著我，並且揉搓著下頜。

「不過他……是的，他是個強而有力的小男孩。他想必聽過這樣的評語。而與其他許多人相較，他也許並不那麼擅長球類運動。因此他會避免去打球。這樣一來，他有時就會落單，自顧自地到一邊去。」

「是的。」

「我不曉得。」我說。「可是，這所學校很小。我們在這裡聊到的學生們，人數是很少的。你可以一眼就看到有誰。大家對彼此都極為熟悉。因此如果他遭到了霸凌，我們可以相當輕易地採取措施。我的意思是，我們在這裡談到的並不是陌生、外來的孩子，不是一大群的幫派還是什麼之類的。也就是史提格、雷達爾、恩德瑞。你理解我的意思嘛？要跟他們談到這些事，絕對不是不可能的。」

「的確。」

噢，他對我是如此的信任，他思考過我所說的話，而這使我感到如此、如此痛苦，身為人父的他四十來歲。而我是個十九歲的毛頭小子，他總該不會聽我的吧？

「上課期間是良好的。」我說。「不時總會有人說些什麼，每個人或多或少都遭遇過這種情況，如果情形變得嚴重，我們自然馬上就會處理。因此，事情其實只跟課間休息時段有關。我們也許可以想到他喜歡也在行的活動，然後試著吸引更多人加入？我可以跟海耶談談，之後我們可以制定一個小小的計畫。

我們跟其他一、兩個男生談談，說明一下該怎麼做——事情其實可以這麼簡單。我並不認為他們知道他的處境。」

「我認為他們知情。」他說。「我認為他們再清楚不過了。他們已不再到他家裡來。而當他們玩耍的時候，他也無法加入。」

「是的。」我說。「但我印象中，他們並不是那樣充滿惡意，這對他們也沒有太多意義，比較像是自然而然演變成今天這個樣子。」

「如果你跟他們談，會不會變得更糟糕？」

「確實有可能。關鍵在於三思而後行。而這些小孩本性也都滿善良的。我認為會好轉的。」

「你這麼認為嘛？」他說。

我點點頭。

「我會在星期一跟海耶談談。之後我們會制定計畫。」我說。

他站起身來。

「那我就不再打擾了。」

「請您不必這麼客氣。」我說。

「非常感謝你！」他握住我的手。

「事情會好轉的。」我說。

他離開以後，我直接跌坐在沙發上。窗戶仍然敞開著。屋內一片冰寒。外部的各種聲音鑽了進來，填滿了整個房間，與周遭氛圍進一步交織渲染，一切聽起來是如此接近。海灘邊的浪潮簡直像要直撲屋牆。道路上的足音、雪地上的嘎吱嘎吱聲，似乎源自於虛無的空氣中，一條鬼魂彷彿穿過了道路正走向大海。一輛車駛過，引擎的轟鳴聲被回拋向我緊貼的牆邊。某人在某處笑著——這聽來真可怖。我心想，今夜外面有鬼。尤爾的爸爸所造成的失衡感，那道介於他的信任與我的背棄之間的深淵，宛如盤據在我胸口的某種惡性疼痛。我起身，播放起一張唱片，那是我在這一年中最常播放的唱片，亦即洛依・寇爾和騷亂樂團的最新力作，它總是提醒我源自於這一帶、使我心有戚戚焉的那些氣氛。我點燃一根香菸，關上窗戶，前額貼靠在冰冷的窗玻璃上。過了一會兒，我走進客廳內側那到處堆著一落落書籍與一疊疊文件的小房間，打開燈，在書桌前就座。

在我目光觸及打字機上的紙張的那一刻，我看到有人在上面寫了字。我感到一陣心寒。那一頁前半段是我打的。其後則是並非出自我手筆的幾行文字。我閱讀著。

加百列將手指深深插進那溼潤的陰戶裡。麗莎呻吟著：「噢，上帝呵。」加百列將手指抽出嗅聞著。他心想，這就是陰戶耶。麗莎在他的下方踢蹬著雙腿。加百列喝下一大口伏特加。隨後他獰笑著，拉下拉鍊，將硬挺的雞雞插入她那多褶皺的陰戶裡。她歡愉地尖叫著。「加百列，我的小男孩！」

我內心最深處受了傷害。是的，幾乎要哭出來的我呆坐原地，注視著那幾行字。這是對我寫作風格的拙劣模仿與諷刺，而且一針見血。風格很像。我知道這就是托爾・恩那寫的，而我也知道此舉的含意——那仍然屬於友善的玩笑，他臉上「露出大大的獰笑」寫了這些東西，然後高聲朗讀給尼斯・耶里克聽；而對方狂秀著自己富有挪威東部鄉間色彩的笑聲。

此舉並沒有惡意，但我不會原諒他們做了這件事。除了那些絕對必要，諸如工作與必須處理的實務以外，我永遠不會再跟他們有任何交流，絕對不會再跟他們講話。

我從打字機上撕下那張紙，揉成一團扔到地上。隨後我穿上外衣，走入戶外的夜晚之中。我循著那條有光照的道路走向社區。散步實在不是個好主意，可能會有人看見我，也許還將我攔下。但我反而繼續走，踏上那條在彎道後方還延展了一小段距離的死胡同路，它循著陡峭的山壁延伸，兩旁還有幾棟屋舍。那路的盡頭是一大團積雪，後面啥都沒有了——也就是說，除了雪、幾株矮樹與一座大約在五十公尺後方直直竄入夜空的山以外，那裡空無一物。積雪已與我的膝蓋齊高，繼續往這個方向走已經毫無意義，我因而轉過身，走到下方的水畔，站了一會兒，注視著漆黑的水面。波浪一再拍擊陸地，卻始終欲振乏力，看起來更像渺小、輕率的巴掌。

去他媽的。

他破壞的不只是一篇文本而已，單純破壞文本完全不會傷害到我，事情的本質有別於此，而且比這嚴重得多。文本裡隱含著一條靈魂，也就是我的靈魂。當他破壞它的時候，我看到了它。從外部看著它，以及從內而外看著它，是有所區別的。或許這才是導致我絕望的最大關鍵。我所寫的東西一文不值。我自然也就一文不值。

我循著自己的足跡往回走，呆站在路口處，不知自己究竟何去何從。我可以沿著那條最終通到學校的路走上五百公尺，或者走另一條同樣是五百公尺、最終也指向學校的路。現有的可能性僅止於此。超市打烊了，路邊攤收了，而我不知道是否有人還坐在外面的某處喝酒。我跟這裡的人都沒那麼熟，沒有能夠探望一下的對象。尼斯．耶里克和托爾．恩那是例外，但我已經不再管他倆是死是活。而我現在沒有興致，也不能去探視海耶（因為她先生在家——他積極向我表現出熱忱的態度，但顯然內心世界因嫉妒而變得極度陰暗）。同時我知道，我不能待在家裡閱讀、播放唱片。現在客廳燈火通明，這意謂著尼斯．耶里克在那裡。

而我也不能動也不動，呆站在街燈下——總會有某人從某處盯著我，納悶著我到底在幹麼。

我開始緩慢地往那裡走去。當我來到屋前，我緩慢地開門，謹慎脫掉外衣，正準備要盡可能沉默地走上樓。此時尼斯．耶里克拉開了通往門廳的門。

「哈囉。」他說。「我們在托爾．恩那的外婆家吃過薄脆蔥油餅。你沒一起來，真是可惜哪！真的超可口的啊！」

「我要去睡了。」我看都不看他一眼便說道。「晚安。」

「現在就要睡啦？」他說。

我沒有答腔，只管打開自己房間的門，鑽了進去，沒有脫掉衣服就躺到床墊上。我凝視著天花板，聽見尼斯．耶里克站在廚房洗碗的聲音。他開著廣播。三不五時，他的低聲哼唱（雖然我聽不到他在唱什麼，但在這棟屋子生活兩個月以後，我就是知道他在哼歌）轉變成引吭高歌。一輛將音響開到最大的汽車從屋外駛過。隨著車開往坡道的高處，循著通向另一端的道路行駛，鼓聲愈來愈微弱，接著聲量再度衝到最高，直到再次在我所躺位置的牆外蹦蹦作響為止。

我望了望時鐘。再過幾分鐘就八點了。

幹，我該做什麼呢？

所有離開這裡的道路全數封閉了。

我走投無路。

我在黑暗中靜靜地躺了至少一小時。隨後我完全拋下恥辱感，走到樓下的客廳裡。尼斯．耶里克坐在那裡看書。

「你手邊不是有一瓶紅酒嘛？」我說。

「有啊。」他抬起頭來。「怎麼啦？」

「我可以喝嘛？之後，我這個星期再補買一瓶還給你？」

「好啊，沒問題。你等下是要出去，還是怎樣？」

我搖搖頭，取來那瓶酒打開，隨後再度走上樓，回到房裡。當我開喝時，一股清流般的喜悅隨即湧現。他們背叛了我，我很鬱悶，是的，我的內心一片殺氣騰騰，但我正獨自一人喝酒，我可是作家。他們可不能自稱是作家。他們什麼東西都不是。

十分鐘以內，我喝光了一整瓶酒。我的頭昏昏沉沉，彷彿有一片濃霧飄進我的腦海。我再度走下樓，完全不理會尼斯．耶里克，打開我那狹小寫作室的房門，從裡面反鎖，接通打字機的電源，在書桌前坐下，開始寫作。幾分鐘後，我感覺肚子似乎被撕爛了。我撲向門，但門上鎖了，嘔吐物正在往上衝，直撲喉頭，我環顧四周，一個紙箱、一只水桶、一個角落、隨便什麼東西都好，但我啥都看不到，我的嘴巴張開，一坨噴泉般的紫色嘔吐物直直地噴灑出來，濺在房內。

我縮成一團，肚子內外鼓動著，另一股由酒與香腸構成的波流湧出，我呻吟著，肚子再度朝內外鼓動著，但現在胃裡已經啥都不剩，僅有鼓動時的疼痛感，以及我咳出來鬆軟黏糊的唾液。

嘔。

我在地上坐了幾分鐘，享受著那股在我內心逐漸沉降的安寧感。對於那些被嘔吐物染溼弄髒的書本和紙張，我毫不在乎。

敲門聲響了起來。門把上上下下挪動了幾下。

「你在裡面幹麼？」尼斯．耶里克說。

「沒啥特別的事情。」我說。

「你說什麼？你病了嘛？你需要什麼幫助嘛？」

「總之不需要你的幫助就是了，你這個該死的大白痴。」

「你說啥？」

「**沒事！沒怎樣！**」

「好喔，好喔。」

我可以想像他高舉雙手，伸向那道掩上的門，走回去再度坐到沙發上。嘔吐物的氣味瀰漫了整個房間。真有那麼一瞬間，我沉思著，為什麼從自己體內流出的液體氣味是如此噁爛，而糞便的氣味就不特別噁爛。這是否與尼安德塔人的慣例有關——人類在野外拉屎，是為了標示自己的地盤，而嘔吐物不具備這種功能，嘔吐只是排出被浪費掉食物的一種反射動作，所以才會如此惡臭？

我掙扎著爬起來，打開窗戶，拉出鉤子並固定。我無法清理這一大坨嘔吐物，只能等明天再清掉。我解開門鎖，完全不看尼斯．耶里克一眼，走進門廳，上樓進入自己的臥房，脫掉衣服，鑽到被窩底下，直接熄了燈。

次日，以及再接下來的那一天，我持續迴避他們。不過我在那之後就棄守了。晚上，他們打算到學校裡泡個三溫暖。我跟著他們一起去。我內心一點都不喜悅，但也沒有暴怒。當我們來回游泳時，我沒說多少話。我讓他們先走進三溫暖間，讓他們獨處一陣子，然後再爬上樓，靠在門外，試著弄清楚他們在講什麼。我知道他們在講我的事。我知道他們在取笑我。這真是再明顯不過了，他倆的交流相當密切。我所做的，我耗費精力投資的事情，在他們眼裡都是笑談。

但裡面是一片死寂。最後，我開門走了進去，坐到最高處的角落，背靠在牆邊，俯望他倆流著汗水而閃閃發亮、潔白的身軀。尼斯．耶里克的身體往前傾。托爾．恩那則向後傾。尼斯．耶里克的臉孔總是浮現著動態，他要麼在說話，要麼微笑或高聲大笑，也會扮出古怪的鬼臉。不過此刻他的臉毫無動靜，表面變得像木頭一樣，他彷彿真的**就是**皮諾丘，一塊被刻出、被具有魔法的男子賦予生命的木頭。

他鐵定已經感覺到我在瞪著他。他抬頭望向我，露出微笑。

「卡爾．奧韋，我今天看到一個你也許感興趣的東西。《日報》刊登了一則寫作學校的廣告。在卑爾根。」

「喔。」我盡可能冷漠地說。他總該不會以為，一個如此明顯、想要討好的姿態，就能對我產生效果？

校方決定，我每週得花上幾個小時，單獨輔導斯蒂安與伊瓦爾這兩個厭倦學校，而且相當叛逆的九年級生。我要教他們演奏樂器。我們可以跟鎮內的「自動駕駛」樂團借用設備。每週二，我們來到高處的社區活動中心，打開大門鎖，逐一檢視我精通的少數曲目，逐一測試各種樂器。伊瓦爾彈奏貝斯，而他真是徹底沒有救了。我要他一邊注視著我，一邊保持在同一個音調上；而當我點頭時，他就根據某種他已經學會的方式變調了。斯蒂安負責打鼓。他的表現比較好，但完全聽不進指導，他太驕傲，聽不進別人的意見。我則演奏吉他。我們演奏三首曲子：〈黑魔女〉、〈偏執〉、〈水上煙〉。我們在沒人伴唱之下演奏，自從我與楊．維達爾組建樂團開始，我就對此習以為常，這對我來說甚至很自然——如果有歌聲伴隨著這吵鬧、粗劣、毫無天賦可言的配樂，只會讓傷痛變得更加不堪。我們站在舞臺上，面向社區活動中心空蕩蕩的大廳表演著。斯蒂安和伊瓦爾一邊演奏樂器，一邊隨之擺出各種姿勢。某堂課接近尾聲時，幾個四年級學生打開門，呆站在原地，睜大眼睛凝視他們。斯蒂安和伊瓦爾則只是啐了一口唾液，假裝不以為意來掩飾心中的驕傲。

幾天後的一次教學規畫會議上，我被伊娃臭罵一頓。我們獲准從樂團借用樂器和設備（她的兒子還是團員），而我們居然如此散漫——有根琴弦脫落了，居然沒有更換；一枝鼓槌斷裂了，居然沒有更換。她說，樂團再也不願登臺演出了。隨後她直接進入下一點，也就是七年級學生上課的態度；他們再也無法被管教了，他們不聽她的，他們說卡爾．奧韋有別的說法。當她要求我，要我叫他們認真上課時，我總說我會的——但她從來沒觀察到，我認真糾正過他們。

我說，我講課時，從來沒有遭遇到紀律上的問題，但我會跟學生提起這一點。她說這就是問題所在。她說，我會「提起」這點，就因為我沒有認真看待此事——而他們理解這點。過去的七年級學生從來就不是問題，他們始終如此勤奮、聰明，現在的他們則懶散、難以管教。

「我上課的時候沒遇過這種情形。」我說，並以索然無趣的眼神望著她。

她是如此震怒，以至於頭部不停顫抖著。

理查出來打圓場。他說，雙方都有道理，但是我必須清楚地告訴學生，我們不會寬容上課時間的搗亂，這種舉止會遭到懲處。我說，當然了，我會明確告訴他們的。會議結束後，我站在長廊上穿外套。此時伊娃說，葛麗泰正在納悶，她們去年八月借給我的那些床單到哪裡去了，我總該不會以為就這樣送給我了？

該死的，她究竟有完沒完啊？

「沒有啊，我沒這麼認為啊。」我說。「我不是有意的。不過我明天就會歸還。這沒問題的。」

人們是如此執著於雞毛蒜皮的小事。他們會挖出進展不盡人意的地方，全力攻擊，而不是從宏觀的角度來看事情。作為人類的我們活在地球上，我們的生命是如此、如此的短暫，而我們所身處在這美好的一切之中，草葉與樹木，貓咪和袋狸，魚群與大海，置身於璀璨的星空之下，然後居然有人為了一根斷裂的琴弦暴跳如雷？一根折斷的鼓槌？幾件在我家裡稍微放久了一點的該死床單？拜託，幹，你們到底是哪根筋不對勁？

對我來說，那根折斷的鼓槌，意謂著他們實在小氣到了極點。所以我們要談論的就是這個，而不是我輔導斯蒂安與伊瓦爾的成果？

明明就有顯著的成果，為什麼要選擇計較細節？

我憎惡細節。而我也得承認，我對於細節並不特別在行。我那筆音響設備的分期付款，最後被送到討債中心處理。那件我一年前租用卻未歸還的無尾禮服則是另一段故事了。衣服壞了，褲腿被煙花炸成了碎屑，還變成了一起司法案件，我被判定要賠償，而這甚至是我缺席的結果，我沒有親自出席庭審，被判定要支付昂貴的罰款。缺席判決！他們居然會以為，我會因為一件無尾禮服就搭飛機南下？

但人生就是這樣，日常生活中充斥著永無止境的瑣碎要求與義務、無聊的漫談與細微的協議，就像一道圍欄將我們包圍住。我就過著這種生活。不過當我喝酒的時候，我就像身處浩瀚的空間，人間的姿態萬千。即使代價很高、酒後的懊悔實難承受，我總是會付出這個代價——短短一、兩天以後，我再度感到那股置身於其中，罔顧一切的欲望偷偷地浮現。

某個夜裡，我待在島嶼另一邊的某座社區活動中心喝酒。尼斯．耶里克熬夜在家裡等我。

「你有了一個仇人。」他說。

「蛤？你說啥？」又醉又累的我在門口說著。

「你離開以後，我馬上就去睡了。之後我意識到我床邊有人，我驚醒了。是維達爾。他問，你跑到哪裡去了。他的膝蓋上擺了一把槍。」

「你在開玩笑！」我說。「這一點都不好玩。」

「這是真的。如果我是你，我出門前會鎖門。然後我會直接去找海耶，告訴她這件事。」

「可是我們之間明明就什麼也沒發生啊？」

「這他不會知道的。她每個星期至少在這裡兩天。對一個有配偶的人來說，這樣是很多的。」

「可是看在上帝的分上，我對她沒有任何非分之想！」

「這很嚴重。他有槍。我不是在開玩笑。」

直到隔天，我才感到恐懼。我覺得不管到哪裡似乎都會撞見他。晚上，我鎖上門。次日早晨，我首先就是找上海耶，告訴她發生的事情。

「當時他完全就是在亂來。他以後不會再這樣做了。你感到害怕嘛？」她說。

「我喔？不會，不會，我當時甚至不在現場。但是尼斯·耶里克可就嚇壞了。」

「他其實就只是在耍蠢而已。你知道嘛，他從來沒有使用過槍。他只是想要把你嚇得屁滾尿流。」

「為什麼？就只因為我們跟彼此交談？」

她點點頭。

我已相當期待在信中形容這件事。這既瘋狂，又讓我有受到阿諛之感。在我住的地方，人們會闖進來、揮舞著槍枝，而我居然是如此重要，以至於這些瘋子追著我跑。

接下來的幾天，我仍然覺得緊張。或許並不是我會遭到槍擊，但光是想到他一有機會便想必要痛揍我一頓——就已經夠不愉快的了。

他真的有槍嘛？

我記得是這樣。但事情的經過真的是這樣嘛？

這一帶發生過一些不可思議的事。一年前還顯得那麼陌生、完全不可能的事情，在一年後仍然被同一道陌生、不可能的陰影所覆蓋，在我住在當地時，居然變得稀鬆平常，猶如家常便飯——那次發生在我身上的事就是如此。

留在當地過聖誕節的尼斯．耶里克，已先從家裡帶來潛水設備。春天剛降臨時，他可以穿著潛水裝走到下方的浮動碼頭邊，戴上潛水面具、穿上蛙蹼、插上氧氣管，在碼頭邊緣坐定，拿起一根魚叉，往下滑進澄澈、透明的水中。他的形影震顫著，變得愈來愈模糊，最後完全消失無蹤。然而他竟在十分鐘後浮上水面，魚叉上插著一隻仍在撲騰、掙扎的魚——他將牠煮成晚餐。

這件事真的發生過嘛？

他**有**潛水設備嘛？

下課以後，他真的**用魚叉捕魚**，晚餐就吃魚肉嘛？

我不曾再回到那地方，但我有時會作與那裡有關的噩夢，夢境相當悲慘。夢中唯一的主題就是我在經過了這麼多年後，直接開車撞進那個社區。顯然這樣已經夠糟糕了。

為什麼？

那裡有發生什麼恐怖的事情嗎？我是否做了某件我本不該做的事情？某件真正駭人的事情？我的意思是，除了我每天晚上喝得醉醺醺，顫巍巍地到處遊走，不受管束以外？

我寫過一部以那裡為背景的小說。我盲目地寫下那篇小說。我不曾想過現實與虛幻故事之間的關係。當我寫作時，一片天地隨即開啟。對我而言，那些文字在某一小段時間內意謂著一切。一部分乃是由對真實建築物與人們的形容所構成（那本書中的學校，就是我任教過的那所學校），另一部分則是虛構的故事。直到我寫完，小說出版時，我才開始想到，在那裡，以我所描繪的世界為家的人們會如何理解這篇小說，畢竟他們能看出哪些符合現實、哪些情節不符。我曾經徹夜未眠，為此懊悔過。這段故事並非空穴來風，相反地，它確實是有根據的。我在北挪威擔任教職一年。我有時早上到工作場所，就因為她在那裡而感到高興。

她，安德莉雅。

一個眼神。一只托住額頭的手。一只翹起的小腳。一個已成為女人的孩子，但這女人又仍還只是個孩子，我多麼樂於與她共處一室。

情況在長夜漫漫的那幾個月之中是如此。當光線將空間打通時，情況亦是如此。起先淒冷而閃亮，接著緩慢、不著痕跡地變得暖熱。路上的積雪消失了。被鏟起的龐大雪堆萎縮成一小團。如汗般細小的礫石開始浮現在足球場上。所有的頂峰與高地上開始傳出潺潺的流水聲。

在那裡，光線彷彿也透入人們的心中。無論走到何處，氣氛都變得歡快、愉悅。

某堂課上，安德莉雅和薇薇安頒發給我一張文憑。她們將我選定為全校最性感的教師。我將這張文憑掛在教室的牆上，並且說，這競爭可真不激烈。

他們哄堂大笑。

幾天後，太陽在那彷彿不見底的天幕中閃閃發亮。我要求他們到戶外去，將他們看到的東西寫下來，篇幅不得少於兩頁。

幾個人走到下方的超市。一些人則坐在學校面向陽光的那堵牆邊。我繞行到後方，點燃一根菸，望向現在幾乎毫無積雪的足球場，端詳著更遠端晶亮生光的峽灣。我在學生周圍走動著，問他們進展如何。

他們瞇起雙眼望著我。

「還行。」安德莉雅說。

「現在卡爾・奧韋來囉。」薇薇安緩慢地說，好讓我理解到，她正在寫這些東西。同時，她在筆記簿上劃動著。「他超性感的。」

當她這麼說的時候，安德莉雅別過臉去。

「至少安德莉雅這麼覺得唷！」她繼續說。

「妳不要再耍笨啦。」安德莉雅說。

她倆都抬頭望向我，露出微笑。她們將夾克紮在腰間，都穿著T恤；她倆的雙臂裸裎著。此刻，我就讀七年級那年春天，曾填滿我內心的感覺在我體內洋溢著。那時的我們追著女生跑，抱住她們，拉起她們的毛線衣，雙手滑過她們的胸部。女生們嚎叫起來；但她們的聲音不高，老師們始終沒有聽到。

我心中充滿同樣的情感，但除此之外，一切全變了。現在的我是十九歲，而不是十三歲。而我不是她們的同班同學，而是她們的老師。

她們看不見這些情感。在我內心湧現、奔騰的情感，她們一無所知。我是她們的老師。我對著她們微笑。

「下一節課，我會朗讀妳們寫的內容，也許，妳最好謹慎點選擇妳要寫的東西吧。」我說。

「謹慎？那是啥？」薇薇安說。

「等到妳進教室以後，請自己去查出來。」我說。

「你總是這副德性。」安德莉雅說。「我們總是得查出來。去查這個，去查那個！你就不能直接說嘛？」

「他自己不知道啦。」薇薇安說。

「再五分鐘，然後我們就進教室去。」我說。

我走向大門，聽見她們那從我背後傳來的笑聲，她們使我全身充滿暖意，但這麼做的不僅僅是她們而已——這個社區裡的所有人都是這樣的，是的，所有人。

這該是怎麼樣的一天哪。

十一年後，我坐在我們所購買的第一套，位於卑爾根公寓的工作室裡，正在回覆電子郵件。此時電話響起。

「哈囉，我是卡爾・奧韋。」我說。

「嗨，這是薇薇安。」

「薇薇安？」

聽到這個名字，我內心感到一片黑暗冰冷。

「對啊？你還記得我嘛？你是我班上的老師啊。」

她的聲音中完全不含指控的意味。我的手汗流不止，我在大腿上擦乾手。

「我當然記得妳！」我說。「妳過得怎麼樣啊？」

「過得很好！安德莉雅現在在我旁邊。我們在報紙上讀到你的事情，你準備到特隆姆瑟登臺朗讀。所以我們就在想，我們也許可以見個面。」

「好的，當然啦。那就太棒了。」

「我們讀過了你的書。寫得棒極了！」

「妳這麼覺得？」

「對呀！安德莉雅也這麼覺得。」

為了避免進一步談到書中確切的細節，我問她，她們正在幹麼。

「我在漁廠工作。不，這一點都不讓人驚訝。安德莉雅目前在特隆姆瑟研讀。」

「是的。」我說。「能夠再次見到妳們真是太棒了。我們就直接決定時間和地點嘛？」

她建議我們在活動前幾小時，於我朗讀地點旁邊的咖啡廳見面。我說沒問題，到時候見。我們便掛上電話。幾週後，我打開咖啡廳的門，看見她們坐在最深處。當她們看見我的時候，她們笑了出來，說我其實一點都沒變。我說：「但是妳們變了。」而她們的確變了，因為就算她們的面孔跟以前一樣，行為舉止也如昔，她們現在是成年人了，當年她們那種模稜兩可的氛圍如今早已消散。現在，她倆身上有著成熟女性特質的基調。

我脫掉大衣，走到櫃檯前，點了咖啡。我很緊張。她倆都讀過了那部小說，應該都對情節似曾相識。我決定正面應對。我坐了下來，點燃一根香菸，說：「啊哈，所以妳們都讀過那本書啦？」「是啊。」她倆點點頭。「總之，即使裡面的人物跟妳們有點像，我不是在寫妳們啦。」「其實超級像的。」安德莉雅說。「不過沒關係啦，這很酷啊。」

她們描述了在我離去後，鎮上的事情；變化不可謂不大。最駭人聽聞的莫過於一起學校裡的性侵醜聞，最終導致法院的判刑，整個鎮上劃分為兩個陣營。除此之外，多名老教師繼續在同一所學校執教。那段時期，與薇薇安往來甚密的那夥人，現在仍然跟她相當要好。與我那時年齡相仿的幾個漁夫，當然也和她有著不錯的私交。安德莉雅住在特隆姆瑟，過著大學生活，每逢長假與隔週的週末，她就會回家一趟。

我仍然以對待十三歲少女的方式來對待她們——這彷彿已經定型，我無法從中掙脫，當我一小時後離開那裡時，我才猛然察覺到，這麼做真是愚蠢，尤其是跟安德莉雅互動的時候，這樣做真是蠢。

她們前來聽我朗讀，以及朗讀結束後的討論。活動結束時，她們上前來說了再見。我與陪我一同朗讀的托勒還有其他幾人去了酒館，喝了整晚的酒。那天深夜，我再次見到安德莉雅。她和一名男子站在等著上工的計程車車陣之中。他在她的後方。她將雙手向後高舉。他先親吻她的喉嚨，隨後撫摸她的雙乳。那一刻，某種近於瘋狂的失敗感牢牢攫住我。我走到對街。她要麼沒有看見我，要麼假裝沒看見我。我心想，假如我當初妥善利用自己手中的那點籌碼，我本來能與她在一起的。但我已經結婚了，而我也並未置身於任何賭局之中，因此這只能停留在往後那幾個月，乃至於那幾年糾纏我的想法之中：我本來至少可以**試著**結束這段情感。

維達爾坐在尼斯．耶里克的床緣，詢問我去向之後的兩星期，我回到家度過了復活節假期。當我抵達時，媽媽就站在拉維克的碼頭邊。她面有倦容。她在那一年的工作相當忙碌；而當她休假時，她便到索貝爾沃格照料雙親。

白天，我們談天。她調理三餐，而我則坐在沙發上閱讀，到福爾迪市中心探索過幾次，採買了一些東西。晚上，我們會一起看電視。

她提到，楊．奧拉夫也在家。我打電話給他。我們同意，隔天晚上在福爾迪見面。他就在離該地一小時車程的達勒峽長大。我們在一家迪斯可舞廳見面，那裡有一大堆他認識的人。

我喝著啤酒，跟他聊天。我開始將霍爾峽灣視為某種保留的話題，一旦不談這個，一切似乎就輕鬆自在多了。我說，我考慮申請一所位於霍達蘭的寫作藝術學院。即使這所學校位處卑爾根（也就是他本人目前就學的城市），他竟然沒聽說過這所學校。不過這是全新的學程，校方是第一年開課。

「在那裡教課的人是誰啊？」他說。

「我以前從沒聽說過他們。我覺得，想必就是幾個沒啥名氣，住在挪威西部的作家。拉格納・霍夫蘭、庸・佛瑟，還有勞夫・塞根。你認識他們嘛？」

楊・奧拉夫搖搖頭。

「光是這一點就有些無趣。」我說。「學校的在地性太強烈了。不過這個學程是一年制的，而且可以辦理學貸。這麼一來，我至少可以專事寫作。」

「你最近的信說，你想要到倫敦大學金匠學院念書。」他說。

我點點頭。

「我也會向他們提出申請。英格威弄來了地址。我剛剛才把申請文件填好。」

楊・奧拉夫始終觀望著那人滿為患的會場。自從復活節連假結束後，這是舞廳第一天營業。

「我去晃晃。」他說。

「我待在這裡。」我說。

只要待在一個沒人認識我的地方就好！

我感到醉意逐漸騰起。我抽了幾根菸，觀望一下周邊的妹子，徹徹底底放輕鬆。僅此一次。

當他一小時後回來時，我還呆坐在原位——我的坐姿甚至完全沒變，手肘頂著吧檯，用手托住下巴。

「我遇見幾個高中的朋友。」他說。「我們坐在那裡面。現在跟我來吧。」

我從高腳凳上撐起身子，跟著他走。他在會場最深處（緊急逃生門旁邊）的一張桌邊停下腳步。

「這個是我的表兄弟卡爾・奧韋。」他說。

那群坐在桌邊的人冷漠地望了我一眼，點點頭。

他們當中坐著一個女生。她正跟自己對面的人聊天，沒有看到我。她笑了出來，身子向前傾，雙掌貼在桌上。她的膚色很蒼白，深色頭髮鬈成的瀏海垂落在額前，但這並非讓我注視她的原因，關鍵在於她那藍色的雙眸，先是散發出無盡的喜悅，下一秒鐘就變得凝重而溫柔。

我心想，她長得像是法國人。我坐到楊．奧拉夫身旁那張椅子上。她的五官很美麗；但真正使我一陣顫慄的，是她那再度露出的笑容。

她容光煥發。

「喂，你啊，我幫你買杯啤酒吧？」楊．奧拉夫說。「他們快要打烊了。」

兩分鐘以前，我還為了即將打烊而高興；現在這使我絕望。當有人離開一場我出席的續攤活動時，我感到憂鬱——這兩種情緒，同樣毫無意義可言，隨著每一個人的離去，我彷彿又朝著死亡或者別的某種同樣充滿宿命的結局邁進一步。

「我跟你去。」我說，並跟著他走到吧檯。

「我拿得動兩杯啤酒啦。」楊．奧拉夫說。

「她是誰？」我說。

「誰？」

「坐在桌邊的那個女生。」

楊．奧拉夫轉過身。難道他甚至沒注意到桌邊坐著一個女生？

「喔喔，她喔。」他說。「她是茵耶薇。」

「你跟她很熟嘛？」

「不，我幾乎不認識她。她住在卡瓏耶爾。不過我認識托德，她的男朋友。就是坐在那張椅子上打瞌睡的那個，你看到沒？」

這種事情太常見了。

說得倒像是，要是她當初沒跟他在一起，就會發生什麼好事一般。

我在我媽媽的家裡度假，兩天後，我就要回去了。我在作什麼夢哪？瞥見一名貌美但陌生的女子，這就是未來嘛？我跟她之間有未來？

為啥？

她容光煥發。

楊·奧拉夫付錢的同時，我站在吧檯旁邊，將半杯酒喝光。隨後我又加點了一杯酒，拿著兩個杯子走到桌邊。

其中四個坐在桌邊的人很快就起身離開。我理解到，他們正要坐同一輛轎車回家。桌邊只剩下楊·奧拉夫，還有一個與他交談的人、茵耶薇和我。當然還有她的男朋友，但他正在睡覺，我不把他算在裡面。

我又喝了幾大口酒。

她回頭張望。

「妳要喝啤酒嘛？」當她終於轉向桌面時，我說。「這杯，我幾乎沒什麼碰。」

「如果真有什麼事情會讓我起疑心，就是這種事啦——一名完全陌生的男子，面前是一杯擺了一會兒的啤酒，然後請我喝這杯酒。不過你看起來挺善良的。」

她的話聲帶著蘇格奈方言口音。當她微笑時，她的雙眼瞇成一條縫。

「我很善良啊。」我說。

「不過不必了，謝謝。我得開車。」

她朝那名沉睡的男子點點頭。

「我還得開車載他回家哪。」

「我開車的技術很熟練。」我說。「如果妳想要一些訣竅，我可以教妳幾招？」

「好的，謝謝，很樂意！我的駕車技術實在不怎麼好。」

「首先妳得開快車。」我說。

「你認真的嗎？」

「有些人認為應該慢慢開。但我認為他們是錯的。開快車比較好。」

「齁齁。是的，要開快車。你還知道別的東西嘛？」

「是的，我想想……對，我某一次開車。我前面那輛車開得很慢。我覺得應該開快點，所以我直接超車。當時是在一條彎道上，所以我開進另一條車道上，妳知道的，然後有點瘋狂地加速，之後我就超過去啦。」

「然後咧？」

「就是這麼一回事。我只是繼續往前開。」

「你想必沒有駕照，嗯？」

「沒有。那些有駕照的人非常崇拜我。我敢跟妳講話，這其實真是太不可置信了。通常，我只會呆呆坐著，低頭瞪著桌面。但我現在喝了一點酒，然後我就變得非常樂於討論汽車駕駛。我是說，關於理論。比方說，我經常在想，應該要怎樣換檔，才能催出完美的車速。連接器與變速排檔，油門與剎車之間的整體協作。但是，可不是每個人都有興致聊這個。」

我望著她。

「妳男友有駕照嘛？」

「你怎麼知道他是我男朋友？」

「哪個『他』？」

「坐在椅子上的那個啦。」

「**他**是妳男友？」

她笑了起來。

「是啦，就是他。他有駕照。」

「我就是這麼覺得。」我說。「當初讓你們湊在一起的，就是開車的技術嘛？」

她搖搖頭。

「不過，今天晚上讓我們冷戰的，看來是這個。我本來很想要喝上一、兩杯啤酒。至少當他還在睡覺的時候。他就算不喝酒也完全能睡著，這樣我就可以喝囉。」

她注視著我。

「除了開車，你還對什麼東西感興趣？」

「沒。」我喝了一口啤酒。「妳對什麼東西感興趣？」

「政治。我對它如痴如狂。」她說。

「哪一種政治？地方政治？國際政治？」

「就只是政治。定義最籠統的政治。」

「妳的男朋友正在睡大覺，而妳就這樣跟我的表兄弟調情？」楊・奧拉夫說。

「我沒有在調情啊。我們在聊政治。而如果我感覺對了，我們也許會逐漸聊到跟情感有關的東西。」她說。

「妳肯定會感覺很對。」我說。

「我的感情生活糟透了。你呢？」

「其實這真沒有太多好說的。是的，如果要我老實講的話。我通常不提這個。但妳身上有某種特質，讓我敢於講這些東西。」

「講話機敏的女生，通常會讓人們有這種反應。這是我的經驗。不過人們到了最後會變得如此難受，他們會無所不用其極，要你安靜下來。自從我變得機敏以來，可不少人告訴我許多事唷。」

舞廳裡的音樂止息下來。

楊・奧拉夫轉身面向我。

「我們該走了吧？」

「好的。」我說著，起身時望著她。「現在就開快車回家吧！」

「我會像個瘋子一樣飆車。」她說。

當我隔天早上醒過來時，我腦子裡就想著她。楊・奧拉夫在我們家留宿一晚，他在上午啟程返回達勒峽。只有他能帶我找到她。他動身以前，我請他向我保證，在他到家時，將她的住址寄給我（即使我內心的某個聲音告訴我，這對他來說可不輕鬆，她畢竟跟某個他認識的男生在一起了）。

再度北上前往霍爾峽灣，感覺真是毫無任何意義可言，不過再過三個月，這一切就要永久結束了。

如果我願意的話，我可以在自己熟悉的環境裡安穩地度完餘生。

我回到那裡的幾天後，楊・奧拉夫的信件出現在郵筒裡。他寫道，她住在卡龐耶爾，就讀蘇格奈高中三年級。

我心想，卡龐耶爾，這一定是個絕妙的地方。

我花了一整個星期，寫了封信給她。她對我一無所知，不知道我叫什麼名字，她想必在當晚離開舞廳時就忘記我了。因此我假裝自己是另一個人，並且數次寫到關於汽車駕駛的事情。如果她還記得，她看了這些內容就會想到我。我沒有寫上地址。若她想要回信，她就得費心搜找。我心想，透過這種方式，我的形影將能更深入地植入她的意識中。

我在同一週完成了即將寄給寫作藝術學院的申請函。校方要求，出具二十頁的詩篇或散文。我將自己那部小說的前二十頁放進信封裡，寫了一段簡短的自我介紹，接著寄出。

現在每天早上我醒來，起身下床，沖澡後吃早餐時，天空總是閃閃發亮。海鷗在屋外高聲啼叫。一旦我們打開廚房窗口，能聽見細浪的潺潺聲，拍擊著下方泥灘邊緣的石塊。校園裡，最小的學生穿著慢跑鞋和襯衫，在休息時段到處跑來跑去。最年長的學生坐在地上，背靠屋牆，面向太陽。那曾在黑暗中發生過的一切——那使我感到如此封閉的生活，充滿懸疑與宿命的最微小細節——現在看來竟如此不可理喻，畢竟在這光天化日之下，在這緩慢如洪流般匯聚起來的光輝之下，我看到了其中的本質。

那究竟如何？

那並沒有那麼危險。就是這樣。

嗯，當我一有機會偷瞄麗芙的時候，我會偷偷看向她，而且不被察覺。當我在英語課看到卡蜜拉那勻稱有致的身體坐在座位上，看到她那柔美的曲線與曼妙的身材時，我全身仍會感到一陣顫慄，但那已經不再能夠迷惑我——我已不再為此感到痴狂。然而安德莉雅的情況就不同了；她很特別。不過就算她偷瞄我一眼，而我為此很開心，我已經能深藏不露。沒人能看出我的感覺。她也看不出我的感覺。

我究竟感覺到了什麼？

沒有，什麼都沒有。那只是某種柔情，既輕巧又閃亮，一掃而過，隨即消失無蹤，那情感沒有活著的權利。

某天，我收到一封來自卡龐耶爾的信件。

我不能直接在郵局裡讀這封信，也無法坐在家裡客廳或躺在臥室床上閱讀，周圍的一切必須完美。因此我先將信擱到一旁，與尼斯．耶里克晚餐，抽完一根香菸，喝掉一杯咖啡，才帶著信走到戶外低處的灘頭，坐在一塊石頭上，將信拆開。

周圍的泥灘上湧現一股夾雜著鹹味與腐朽的強烈氣息。那是一股盤旋在原處、被日光晒暖的氣味。但峽灣處會定時飄來一陣微風，將一切氣味全數帶走——隨後，那股氣息又艱難地開始重新積聚。峽灣對面的山巔仍然潔白。但我若轉身，望向那裡的地貌與景觀，地面上已經浮現一小撮微弱的綠意，就算所有低矮的樹木與灌木叢上仍未生長出葉片，樹景也不若冬季那樣一片死滅。相反地，那些植物站在原地，彷彿已然感知到，生機將很快地重回身上。

我打開信，開始閱讀。

她並未寫到關於自己的事。然而她的形影仍在我內心浮現。對於她的為人，我有了一些認知。我心想，這真是與眾不同。全然、徹底的脫俗。

當我將那封信摺好，塞回信封時，我感到震顫不已。我緩慢地朝上方的家屋走去。她閃閃發亮。即使每一句話顯得如此逡巡、帶有疑慮，那些字句仍充分見證了這一點。

我心想，我要在隔天早晨坐上公車，搭船前往特隆姆瑟，坐飛機到卑爾根，乘船到蘇格奈，然後就站在她的面前了，並且說，我們真是太相配了。

這樣是行不通的，這會毀掉一切。然而這正是我所想要的。

反之，我坐下來，開始撰寫另一封信。我壓制了表現出情感、告白的一切企圖。這會是一封字斟句酌、結構嚴整的信件，將展露出我所有的潛能與才智，逗得她發笑，誘使她思考，在她內心誘發出想要多認識我的渴望。

我畢竟還是擅於寫作的。

五月十七日，我一整天都待在家裡閱讀。大眾期望老師參加遊行與接續的活動，然而這並非義務。因此當那列短小的遊行隊伍經過屋外的道路時，我坐到沙發上，隔著窗戶觀望，聽著那些低劣的長笛手吹出的微弱曲調，以及稀稀落落的歡呼聲。接著我靠回椅背上，繼續閱讀《魔戒》——我兩年前才讀過，但已經忘光了內容。我渴望著光明與黑暗之間的鬥爭、善惡之間的鬥爭；而當小人物不僅僅是抵抗強權，甚而還顯現出他們所有人當中最偉大的英雄形象時，我的淚水竟奪眶而出。噢，這真是太棒了。我走進房間，沖了澡，穿上白襯衫與黑長褲，將那瓶伏特加塞進一只袋子裡，走到高處的亨寧家裡——一夥人正群聚在那裡喝酒。當時鳥嶼有一場派對。我們在數小時後開車到那裡。前一刻的我還站在停車場上，喝著酒，與路人們尬聊；後一刻的我則已置身舞池，靠向某個人，或者在一片草坪上試著和雨果打成一團——就是為了要證明，我絕非人人眼中認定的軟腳蝦。他笑了起來，將我的身體掀翻在地，我站起身，他再度將我撂倒。他的個頭要比我小得多，所以這相當羞辱人。我追著他跑，說下一次他可是想都別想。但此時的他已經感到厭倦。他迎向我，伸出雙臂抱住我，用力將我扔到地面上，力道之猛烈使我無法呼吸。他們隨後就離開現場，任由我獨自躺在地上，像條魚般喘氣撲騰著。我拿著那只幾乎空了的烈酒瓶，坐到停車場側面的一小片低丘上。光線在整片地貌上飄動。我體認到，這真是有點病態。而直到我站在某處，被那群捕魚的年輕小夥子圍住，試圖破門而入以前，我什麼都記不得了。我顯然說過，我對這種事有一定的經驗，我什麼都會一點，什麼都曾做過一點，但此刻我就站在那邊，首先嘗試樓下抽屜裡能找到的所有鑰匙，接著又動用螺絲起子和其他的工具，而他們開始認知到，我們無法進入我和尼斯·耶里克的屋內、那塊被隔絕的空間。他們一個接一個地溜下樓，回到已經浸淫在日光中的客廳。

在我醒轉過來的當下，我起先什麼都不記得了。我不知道我在哪裡，現在又是什麼時候了。懊悔在我的內心傾洩著。

屋外的強光並不能告知我什麼。現在有可能是清晨，也有可能是夜晚。

但是，什麼事情都沒發生吧？

有啦，總有些事情。我追殺著雨果，結果被一次次地摔到坡道上。

我們跳舞的時候，我嘗試親吻薇比克。她當時將頭扭開。

而那個站在入口外圍，曾被我攔下，與我簡短交談幾句話，表情顯得大膽的那個女生——我親吻了她。

她究竟幾歲啊？

但她有提過這一點。她就讀七年級。

噢，上帝呵，這怎麼可能呢？

現在，請行行好吧。

不，不，不。

我明明就是老師。想像一下，要是這件事傳出去。教師在派對上強吻十三歲少女？

噢，天哪，上帝啊。

我以雙手掩面。我聽見從下方傳來的音樂便站起身來，我不能就這樣躺在那邊——如果如此，我的行為將使我全身充滿怖懼，我將持續受到折磨。不行，我得動起來，繼續前進，跟某個會說「這沒啥大不了的啦」的人交談。「這種事情總會發生」。

但是實情就不是這樣。

這種事只發生在我身上。

我為什麼要親吻她？我所做的事情——這就只是一陣該死的衝動，一點意義都沒有。

可又有誰會相信呢？

當我從自己房間裡走出時，我得用手托住牆壁，我依然感到些微醉意。樓下的尼斯．耶里克正站在電爐旁邊，煎著鱈魚舌肉。他穿著方格襯衫，以及那種附有一大堆口袋的綠色戶外休閒褲。

「所以你終於願意大駕光臨，來陪陪我啦？」他微笑著說。

「我仍然很醉。」我說。

「那你得設法說服我才行。」他說。

我在廚房桌邊就座，用手托住下頜。

「理查今天非常不客氣。」他說著，將鍋鏟插入已經煎好的鱈魚舌肉下方，撈進餐盤裡，再將裹著麵粉、新取出的鱈魚舌肉放入平底煎鍋，嘶嘶作響。

「你對他說了什麼？」

「我說你身體不舒服。」

「這是真的。」

「是啊。但是他暴跳如雷，氣得要死。」

「我才不鳥他呢。現在就只剩下一個月了。他想怎樣，把我炒魷魚啊？另外在這該死的一整年當中，我可完全沒有生過病。所以這根本就沒啥大不了的。」

「也許你會想要來一點鱈魚舌肉？」

我搖搖頭，站起身來。

「不要，我還是去泡個澡吧。」

但泡在那溫熱的水中，凝視著天花板，實在令人難以忍受，這並未使我內心充滿安寧——反而為所有艱難的念頭預留了充分的空間。因此我才待了幾分鐘便起身，擦乾身體，穿上連身運動服（這是我在屋內唯一還能找到，仍然乾淨的衣服），坐到沙發上，讀著《騙子菲利克斯．克魯爾的自白》。一連幾分鐘內，我成功地融入書中情節。然後，那些可怖的念頭再次使我感到顫慄，一切隨之扭曲。這時，我必須再度逼迫自己進入大騙徒的世界裡，待上幾分鐘，直到新的一波衝擊扯爛一切。

尼斯．耶里克走進來，播放起一張唱片。時間是五點半。他站了一會兒，端詳著遠處的峽灣，隨後拾起一份報紙坐了下來。有他在旁邊是有幫助的。與一個心智、態度上對我友善的人共處一室時，我的所作所為就沒那麼駭人。

我高聲朗讀某個克魯爾針對猶太人看法的章節。

「托馬斯．曼，他可真不完全是個好東西。」我說。「這明明就是反猶太主義！」

尼斯．耶里克注視著我。

「你難道不認為，他語帶諷刺嘛？」

「諷刺？哪有，你這麼認為啊？」

「他可是以諷刺手法著稱的作家。」

「所以你想說的是，他所寫的並不是他真正的意思？」

「正是如此。」

「我不這麼認為。」我說道。他還滿常對我說教的——當他準備對我說些大道理時，我相當憎惡。

我的內心之眼，再度清晰確切地見到那個頭髮如蜘蛛觸手般蔓生，表情大膽的七年級女生的形影。

我為什麼做了這件事？為什麼，噢，為什麼？

「那是啥？」尼斯．耶里克說。

「什麼？」我說。

「你剛才這麼做。」他抬起頭，瞇著雙眼，雙脣嘟成一團。

「沒什麼特別的。」我說。「我只是想到了某件事。」

我的雙脣將她的雙脣覆蓋住。

但什麼也沒發生。次日，我來到學校。在那裡，沒人對我的作為發表什麼言論，所有人一如往常，就連我自己班上的學生也都如昔。我本以為他們或許會聽到什麼傳聞，鐵定有人認識她。

但啥事也沒有。

所以，就這樣不著痕跡地過去了？

這件事竟只存在於我的內心。假如我任由它在我心底，便並不具有風險——它將會緩慢地失去生機，終至消失無蹤，就像我所做過的一切其他可恥事情——或早或晚，最終都消失無蹤了。

五月底的某天，我的郵筒中出現一封寫作藝術學院的信件。我撕開信封，站在郵局裡直接讀起來。我錄取了。我點燃一根菸，開始走回學校，打算打電話給媽媽，告訴她這件事，她會很高興的。然後我要打給英格威，因為這意謂著我會在那年秋季搬到卑爾根。有點詭異的是，我本來就預期自己將會被錄取——即便我內心最深處知曉自己寫的東西並不怎麼好，他們光憑這個理由就足以駁回我的申請函。我感覺到，他們不能無視的一個事實是：那些東西畢竟是我親手寫的。

五月過去，六月來臨了。一切彷彿被強光所溶解。太陽再也不下山了，白日不分晝夜地在天幕中漫步著，那射向壯麗、荒涼景觀的光線是我前所未見的。太陽紅通通的，顯得飽滿，彷彿來自地面與山岳，彷彿在經歷一場災難後綻放出光芒。有那麼一、兩個晚上，我搭乘尼斯．耶里克的車出去，沿著海岸邊荒涼的道路行駛，我們似乎行駛在另一個星球上，一切是如此不真實。我們駛過仍沉睡的社區，到處都是紅光與詭異的陰影。就連人們也變了；他們會在夜裡出外活動，自顧自漫步的情侶，四處行駛的車輛，成群結夥划船到各座小島上，準備在那裡野餐的青少年。

我又收到另一封茵耶薇的信。信上寫著，就在她寫信的同時，她正將褲腿拉高到膝蓋處，雙腳浸入蘇格奈峽灣的水中。我熱愛蘇格奈峽灣，熱愛水面所帶來的深廣體驗，以及從表面上豎起，頂峰覆上白雪的山脈。一切是如此澄澈而寂靜，翠綠且淒冷。這一回，在那片地貌中漫步，在如此眾多層次上使我內心感動的她，寫了比較多與自己有關的事情。但也稱不上多。那筆觸更為接近自嘲。她擺出某種防禦的態度。可是，這是要防禦什麼？她寫道，她曾在美國當過一年的交換生，因此她直到現在還在念高三。我心想，原來我們的年齡是一樣的。她今年夏季還會再到那裡，與接待家庭一起度假，他們將要開著房車橫越一整塊大陸。她會從那裡寄信給我。到了秋季，她會搬到卑爾根，並在那裡進修。

結業式來臨了。我在黑板上寫下：「暑假快樂！」將成績單發給我的學生，祝他們未來一帆風順，與其他一眾老師在教職員室吃了蛋糕，與所有人握了手，為過去的這一年表達了謝意。當我踏上下坡路回家時，我並未如自己原本所預期的那樣快樂或解脫（畢竟我等待這一天，已經等了超過半年）——沒有，我竟只感到空虛。

托爾．恩那在當天下午來訪。他帶來海鷗蛋及一手米克牌啤酒。

「你們還沒吃過海鷗蛋，這真是丟臉唷。有兩樣真正**屬於**北挪威的餐點——海鷗蛋和薄脆蔥油餅。你得吃過這些東西，才能離開這裡。」

尼斯．耶里克正發燒，躺在床上；他喝不了啤酒，也碰不了海鷗蛋。因此我和托爾．恩那得將所有東西全數消化掉。

「我們難道就不能到下方的泥灘邊，在那裡待一下？」托爾．恩那露出一抹狡猾的微笑，望著我說道。「現在的天氣真是超級棒的啊。」

「好啊。」我說。

我始終未能真正找到與托爾．恩那對談的合適腔調。我們明明歲數相仿，也有一部分共同點，相同處甚至多於我和尼斯．耶里克之間——但這竟然無濟於事，這無關事情的核心。當我與托爾．恩那相處時，我總是會稍微偽裝自己——而當我與尼斯．耶里克相處時就不會如此。當我偽裝自己時，我並不喜歡自己——我的本心與我說的話之間存在落差，某種允許精心算計的延遲時間，使我寧願講出他想聽的話，而非我自己想說想談的話。

同時，我跟其他大多數人相處時都會如此——是的，就算是在過去那五年當中，作為我最親近朋友的楊．維達爾，情況也變得如此。

這本身並不危險，但頗讓人不適，唯一的結果就是，我盡可能避免與他長時間單獨相處。現在則做不到了。不過當我們往下走到灘邊時，好在我們還有啤酒。只需幾瓶黃湯下肚，所有這類的問題就會像浸溼的海綿抹過的粉筆劃痕那樣，徹底消失無蹤。

天幕一片深藍。我們來到陽光照得閃亮的水畔，各自坐在一顆石塊上。托爾．恩那開了一瓶酒遞給我，再為自己開上一瓶。他點點頭。我們與彼此乾杯。

「現在我們過得可舒服囉！」他說。「最後一個上課日過去了，晴空萬里，我們手邊又有足夠的啤酒，可以喝個通宵達旦。」

「是啊。」我說。

幾條漁船的引擎發出嚓嚓聲，駛向陸地，隨著峽灣中的浪濤微微擺盪，後面則緊跟著一群海鷗。我們所身處的，該是怎麼樣的一個空間吶。

「所以我們現在來個總結吧？」托爾．恩那說。

「這個學年度？」我取出菸草盒。

「是的。」他說。「是否達到了期望？」

「我不覺得我抱過什麼期望，我只是到這裡來，然後希望最好的情況發生。不過你呢？你對這一年滿意嘛？」我說。

他猶豫著。

「沒有女生的每一年，都是糟糕的一年。」他說著，瞇起雙眼面向陽光，望著遠端。隨後他轉身面向我。

「不管怎樣，你總有過一、兩次豔遇吧？茵妮和伊蓮娜？還有那個在鳥嶼的代課女老師，她叫什麼名字啊？安妮？」

「是的。」我說。「但最後什麼都沒有。實際上什麼都沒發生。」

「你沒有搞定她們？」

「沒有。」

「你沒能搞定她們當中任何一個人？」

「沒有。」

他貌似不可置信地望著我。

「我本來還以為，我們當中的至少一個人今年可以達陣。而你現在竟然說，你也是什麼收穫也沒有？」

我抬頭望著他微笑，用手裡的酒瓶輕觸他的酒瓶，將最後一點喝盡，再開一瓶新的。

「那你又對誰感興趣呢？」我說。

「圖妮。」他說。

就是那個在浴室裡刷牙時悍然拒絕我的女生。

「是啊，她很漂亮。我其實也試過追她一把。但是她完全不理我。」我說。

「的確，並不容易。」他說。「但我有個計畫。我們可以搭火車到處旅遊。是的，不僅我們兩個人，還有另外四個人呢，不過，幹，一整個月，一起在歐洲搭火車旅遊，總該有機會了吧？」

「你要搭火車到處旅遊？」

他點點頭。

「我要加入。」我說。「等等，不對，我沒有。不過我在去過羅斯基勒以後，會跟一個朋友南下，在歐洲搭便車旅遊。」

「既然這樣，我得避開你們。我不打算替哪個女生暖身，讓她先準備好，然後你過來坐享其成。」

「那你就太高估我色誘女性的技能囉，要說真有什麼我不會的，就是這個了。」我說。

「我的策略就是待在女生身邊。這是我唯一的機會。像條狗那樣晃來晃去，總是出現，希望她早晚會跟我稍微親熱一下。」他說。

我感到全身一陣顫慄。

「這個形容真是恐怖。」我說。

「的確，但我是說真的。」

「就是因為如此才恐怖。我身上也有這種狗一樣的特徵，我也有。」

他伸出舌頭，沉重地喘了幾口大氣。

「那你今年還曾經跟在哪些人身邊呢？」我說。

「麗芙。」他直視著我說道。

「麗芙？」我說。

「是啊。」他說。「跟我們年齡相仿的所有女生，都離開這裡了。但她可真是美翻了。你不也這麼覺得嘛？」

「當然囉。」我微笑著說。「你看過她的身材沒有？她的屁股？」

「噢，有啊。她看起來真是讚。而卡蜜拉也還不錯。」他說。

「的確，但麗芙至少十六歲。卡蜜拉才十五歲。」我說。

「有誰會在乎這個啊？」他說。

「我在乎啊。」我說。

我們再度各開上一瓶啤酒。他露出燦爛的微笑，面孔浸漬在陽光之中。

「她的胸部，你看到沒有？」他說。

「那一定要看的。」我說。「上課的時候，我的雙眼始終沒有離開過那裡。」

「總而言之，她真是美呆了。但是她不比麗芙。」

「的確。」我說。

我轉過身望向高處。一輛車從漁廠開上坡道。一個小孩走在更遠處的路面上，用一根棍子擊打雪柱。一隻海鷗蹲踞在我們家的屋脊上，正在窺探周圍。

「然後我們還有安德莉雅。」我說。

「是的。」他說。

「她也是美得不得了。你應該看得出來？」

「當然。」

「其實我常常想著她。」我說。

「這我能理解。」他說。

「是啊，可是我們又能怎樣？這裡就只有她們這幾個啊！」

我們笑了起來，與彼此乾杯。

「她的雙眼非常漂亮，身材相當纖細，高瘦。」我說。

「是啊。那薇薇安呢？」

「她跟她姊姊沒法比。」

「的確，當然是沒法比。但是她有自己的特色。某種屬於自己的魅力。」

「如果她們當中有人聽到我們在聊的這些東西，你覺得會發生什麼事？」我說。

他聳聳肩。

「那我們就當不成老師啦，無庸置疑的。」

他笑了起來，將酒瓶向我高舉。

「為這些高中妹子乾杯！」他說。

「乾杯！」我說。

「你覺得她們的媽媽怎麼樣？」他說。

「這我從來沒有想過。」

「你從來沒想過？」

「你有想到過？」

「有啊，有啊，不然你都在想什麼？」

「我想，我有點愛上安德莉雅了。」我說。

「我對她挺著迷的，我也有這種念頭。」他說。「但還稱不上愛。不過麗芙可就不一樣了。她照亮了我的人生。」

「是的，不過這已經結束了，真好。」我說。

「是的。」他說。

隔天，我打包了自己的物品，用膠帶將各個紙箱貼好後，搬到尼斯·耶里克的車上。他會載我到芬斯內斯的快艇碼頭，我會將包裹寄往卑爾根。除了那組新的音響設備、幾張唱片與一大堆書籍以外，這回搬家的物品，與一年前運抵此地的東西一模一樣。

之後，我煎了幾條香腸和一些馬鈴薯，我和尼斯·耶里克就在廚房裡吃光。這是我在這個小鎮的最後一餐。尼斯·耶里克會繼續住在鎮上幾週。他打算利用這段時間去山區健行。我用抹布擦過了自己的臥室，除此之外，整棟屋子的大掃除將由他來承擔。

「這些酒瓶的押瓶費就歸我啦，算是薪水。」他獰笑著說。「這還頗有一點錢唷。」

「很好。」我說。「我們出發吧？」

他點點頭。我們坐進車內，緩緩駛離那裡，向左右兩側招招手，我們每駛離一公尺，這個社區的一部分便永遠從我的視線裡消失了。我並沒有回頭。而我也絕對不會再踏上這裡，不管如何，我絕對不會回到這裡。

禮拜堂消失了，郵局的建築消失了，安德莉雅和羅亞德家的屋子消失了，海耶和維達爾的房子消失了，超市也消失無蹤，還有我先前住過的那間公寓，以及斯圖爾家的屋子。那裡，社區活動中心和足球場消失了，學校消失了……

我向後靠在座位上。

「這一切結束了，真是太美妙了。」在我說出這番話的同時，隧道的黑暗湧進車內。「我這輩子絕對不打算再接任何一份工作，這一點是無庸置疑的。」

「所以到頭來，你還是航運業鉅子的兒子囉。」尼斯．耶里克說。

「正是。」我說。

「同樣的貨物。新的包裝啊。」他說。「那麼，能不能請你放一卷錄音帶啊？」

我在特隆姆瑟的一家廉價旅館住了一夜，到了隔天上午，我搭飛機來到卑爾根。下午三點鐘，我在布呂根下了機場接駁巴士，開始朝獵戶旅館走去。英格威在那裡擔任服務生。我穿著大腿部分顯得寬敞的黑棉褲、白襯衫、黑西裝、黑鞋子，戴著雷朋徒步旅行者墨鏡，揹著那只海員用旅行袋。陽光頗為燦爛。沃爾根的水面閃閃發亮。一陣溫和的風拂過峽灣。

我感覺自己像個第一次走進大都市的原住民。每當一輛汽車加速，或者一輛公車或大貨車轟鳴駛過時，我內心某個角落就焦躁不安。在人行道上，與朝各個不同方向走動的所有人臉相遇使我緊張。然後我想起英格威提過的一件事。他的朋友保羅總是會將「原住民」念成「尿住民」。當這種事在腦海裡根深蒂固以後，你也不可能再注意到別的東西。

我微笑著，愉快地將旅行袋換揹到另一邊肩上。

當我走進時，身穿旅館制服的英格威站在櫃檯邊，湊在桌上的一張小地圖前，盡可能努力地向一對穿短褲、戴棒球帽、綁著裝有皮夾的霹靂腰包的老夫妻說明街道路線。他抬起頭，對著我坐定的那張沙發點點頭。

那些美國人一離開，他就走到我的面前。

「我十分鐘以後下班，然後我還得換衣服。我們之後就可以閃人。可以嗎？」他說。

「沒問題。」我說。

他弄來了一輛車。他透過自己的排球俱樂部，租了一輛紅色日產小轎車。半小時後，我們坐進車內，開到他那間位於索爾恆灣的公寓。這屋子位於上坡處好幾間磚石住房的盡頭，曾是為船塢工人預留的住房。

我們手裡各拿著一瓶冰涼的啤酒，坐在臺階上。客廳裡傳來低頻樂團的《少年狂》。看樣子，這首歌已成了大家今年夏天的最愛。

「你的羅斯基勒之旅，會不會成行？」他說。

我點點頭。

「我覺得會。」

「我或許也會南下，到那裡瞧瞧。」他說。「艾維德和恩林格都會去，還有好幾個人也會過去，所以我只能設法攢一點錢，還有……教堂樂團會登場。」

「他們會來喔？」

「是的。我可不會錯過這個機會。」

這條街的兩側停滿了車輛。鄰接的幾棟房屋，不時有人進進出出。我們下方的市區不時傳來呼嘯聲。一串無止境的車流正在底下進出。飛機的光點經常在天幕中閃動，拖曳著由凝結水滴構成的白色長條狀尾流。飛機掠過消失以後，尾流還在天上飄浮著。炙熱的太陽懸掛在西邊的空中。覆蓋山壁的岩頂綻放出紅橘相間的光芒，樹木則立於之間，隨風搖曳著。

過了一會兒，我們走進室內。英格威煮了卡波納拉義大利麵當晚餐。隨後我們帶上幾瓶啤酒，坐到臺階上。談話進展得有些緩慢。自從我們最近一次見過面以來，我們之間似乎有些生疏。但這也沒那麼明顯。任何原因都是有可能的。

他在寫給我的一封信裡，相當謹慎地要求我考慮使用保險套。我對蘊含其中的關懷感到很窩心，只是當我讀到這裡，我還是露出一抹訕笑，畢竟他永遠無法面對面，直接談起這種事。他的提醒僅僅出現在一封信裡，而且還頗像是順道一提。或者說，這是他在微醉時寫的。

「跟克莉絲汀分了以後，你還為愛感到哀痛嘛？」當我們坐定時，我說。

「是的，一切只剩下哀痛與悲愁。」他說。

「你就不能將她追回來嘛？沒有希望了嘛？」

「要是真有救，你以為我還會跟你坐在這裡？」

「也許不會。」我微笑說道。

「是我自己的錯。我開始將這視為理所當然。然後她突然間就不再想在一起了，那時候就太遲了。靠，讓我感覺最糟糕的就是這個，我**本來可以**阻止事情變成這樣——但我視為理所當然。我之前不夠珍視。」

「但你現在珍視了嘛？」

「是的。我現在夠有餘裕了，允許我審視自己曾經有過什麼。」

陽光不再盈滿階梯。我摘下自己的墨鏡，摺疊好掛在襯衫胸前的口袋。

「你別掛在那邊，這樣看起來不帥。」英格威說。

「你說得對。」我再度戴上墨鏡。

「那我就順便加一句，你這條鉚釘腰帶，最風光的日子或許已經過去了。」

「我可以想像。但關於這個，我得多斟酌一下。」我說。

現場陷入沉默。我們抽著菸，俯望著那條已無日光卻仍暖熱的街道。

「我可以問你一件事嘛？」過了一會兒，我說。

「當然。」他說。

「你的……嗯，你的第一次是啥時候？」

他迅疾地瞥了我一眼。隨後，他再度望向遠處。

「那是我十八歲的時候。如果你還記得，當時我跟赫雅到希臘去。半夜時分，在月光之下，在安提帕羅斯島的海灘上。」

「這可是真的？」

「是真的。那已經算晚了，但是感受很好。或者應該說，實際上，看起來要比真實的經驗來得好。你為啥想問這個？」

我聳聳肩。

「你的意思該不會是，你還沒有跟人打炮過？你總不會還是個處男？」

「沒有，不是啦，我當然不是處男。」我說。「你明明就知道我不是。」

我們再度陷入沉默。周圍的空氣中浸滿了各種聲音。所有開啟的窗戶。所有迴盪的叫喊聲。三不五時呼嘯而過的腳踏車。緩慢駛動的汽車，當車門被關上時那美妙、簡潔的響聲。

這並非謊言。從技術上來說，我不再是處男了。我在高中畢業季的派對上曾進入她的體內，不算深，大約就一兩公分，但是去他媽的，這就是接觸，我幹過人了。絕非謊言。

「我打電話叫計程車。」英格威說著，站起身來。「我們先到歐拉家裡。你得見他。」

幾天以後，我的家當與私人物品送到了。我們在快艇碼頭區取來紙箱，收進地下室，隨後我南下抵達克里斯蒂安桑。我在那裡大多借住在拉許的公寓裡。去過羅斯基勒之後，我們要一起搭便車遊遍歐洲。我們規畫了路徑，先南下，來到義大利最南端的布林迪西，隨後轉進到雅典，再開往希臘各島嶼。我建議去安提帕羅斯島。他同意了。我也趕得及與祖父、祖母和古納見面。古納聽聞我在城裡，便邀請我在最後一天晚上到他們家去。我得與遠親見面，畢竟正如他所說的：我們是個小家族，保持聯繫很重要。他在羅亭根接我，杜芙已在家裡煮好了晚餐，恭候著我們。我們聊了整晚。他那兩個兒子總是黏著他不放，正是這一點，他們並不怕他，反而對他感到全面的信任。我每次到那邊去，這幕景象都能打動我，使我高興。完全沒有人提到爸爸，而我覺得這樣也挺好。我留宿在他們家作為娛樂間使用的地下室裡，次日早晨，我們簡單吃過早餐後，古納將我載到渡輪站。拉許和他的女朋友已經在那裡等待我。

去程途中，我們大多待在甲板上。陽光很燦爛，下方的海面猶如一大片圓盤。坐在椅子上的我們抽著菸，喝起酒來，三不五時起身走動一下，尤其是我——我是如此的躁動不安。

搭火車抵達羅斯基勒以後，我們開始排隊，領到了腕帶，然後走到露營區。我向拉許借了一座兩人用的棕色小帳篷。他則會在女朋友的家裡過夜。

在我搭起帳篷之後，我就離開他們去尋找男低音。我們先前說好了，就在會面點碰頭。每個整點時分，我們都會到那裡。當我第一次抵達時，他便已經站在那裡。

「太棒囉。」他微笑著說。「我們去弄杯啤酒吧？」

當我描述起北挪威的事情時，他笑出聲來。關於安德莉雅，我隻字未提。我永遠不會講起她的事情，我永遠不會和任何人講起，而且也沒理由講起。

我們在那片區域繞了一圈，現場的人還不算多。他說他肚子餓了。我也餓了。當我們經過「地獄天使」的帳篷區，看到那些人用明火燒烤著大塊肉片時，他停下腳步叫喊。

「哈囉！你們能否給我們一點吃的？我們肚子餓咯！請給兩個挪威人一片烤肉！」

其中一人站起身來，開始走向我們。

「他會放我們進去。」男低音說。「他們比那些流言說得要和善得多。你不攻擊他們，他們就不會攻擊你。」

「哈囉，喂！」當那名隸屬於地獄天使，不僅留著長髮，甚至還蓄了臭草般的濃密鬍鬚、身穿皮褲與皮夾克、頭皮上罩著頸巾、戴著黑色不透明墨鏡的男子，離我們還有幾公尺遠時，男低音這麼說著。

他快步接近，看起來並不特別友善。但或許正如男低音所說的——他們只是**看起來**很危險罷了。

他停下腳步，然後對我們吐口水，接著轉身離開。

那一大坨口水正中男低音的胸口。

「我操。」當我們又驚又怕，小跑步離開那裡，他說。「他對我們**吐口水**！他憑啥這麼做？我們只不過是要一點吃的！」

「見他的鬼去。」我說。「這次算我們僥倖。我認為他們**很**危險。」

男低音笑了起來。

「是啦，卡爾，是啦，我們現在已經來到大千世界囉！」他說。

我跟著笑了。我們四處閒晃，以便弄來更多飲料及一些食物。一小時以後，我回到帳篷區，我也與拉許和其他人相處一陣子，畢竟我是跟著他們來到這裡的。他們坐在帳篷外喝葡萄酒，旁邊則是一個我素未謀面過的女生。

「你得跟我們的鄰居打打招呼。」拉許說。

「哈囉，我叫葳蒂。」她說。

我握了握她的手。她來自康思維恩格，獨自一人抵達音樂節的會場。她提到，她稍後還要到奧胡斯，拜訪一名女性友人。

她留著深色頭髮，身材有點圓胖，行為顯得冒失，有時具有攻擊性，比我年長兩歲。她那雙褐色的眼睛並不總是那麼坦誠，但會綻放出一抹出人意表的溫和。

我們輪流傳著那瓶葡萄酒。喝光時，葳蒂走到自己的帳篷去，拿了一瓶新酒，跪坐下來開酒，壓力導致她的大腿看起來宛如樹木的殘幹。

「喏。」她面露微笑，將酒瓶遞給我。

半小時後，那瓶酒也被喝得一乾二淨。

拉許與他的女朋友互瞄了彼此一眼。

「好囉。」拉許說道，站起身來。「我們打算到處走一走，逛一逛。」

他牽起她的手。隨後他們就消失不見了。

我全身顫抖著，某件恐怖的事情彷彿就要發生。

是什麼事情？

我並不知道，但我心想，來到這裡真是一個錯誤。我已經受夠了。我很快就再也無法撐下去了。

「酒喝光囉，你要不要跟著我去買幾瓶？」葳蒂說。

「可以啊，沒問題。」我說。

我在路上搜尋著英格威與他的朋友們，但已經無望了，現場的人可是數以萬計。

「哈囉！」葳蒂說。「交流！交流一下啊！」

「蛤？」我說。

「你明明就在我旁邊走著啊！別那麼自閉啦。」

「好喔。」我說。但我竟然想不出來要講什麼。

「你在找人嘛？」她說。

「我覺得我哥在這裡。還有他那一票朋友們。」

「他有跟你一樣帥嘛？」

我臉頰感到一陣暖意，低頭望向她。她笑了起來，輕輕地用手拂過我的肩膀。

「我只是跟你開玩笑啦。看你臉紅成這樣，真是太有趣啦。」她說。

「我明明就沒有臉紅。」我說。

「不管怎樣，你可不像你表面上看起來那麼強悍唷！」她說。

我們在一張吧檯桌前停下。她買了三瓶葡萄酒，隨後我們就往回走。

「你要不要到我的帳篷去啊？它很大，我們可以坐在裡面喝酒。」葳蒂說。

「好的。」我說。一道深淵在我的內心裂開。

我們鑽進她的帳篷，坐了下來。她打開一瓶酒。我們互望著彼此。她抓住我，我抓住她，她躺了下來，我剝掉她的T恤，那對奶子湧現在我眼前。我解開她長褲的釦子，拉到臀部下。噢，上帝呵，怎麼這麼多肉。我俯身親吻那雙雪白的大腿，鼻子探進那條黑色的內褲間，同時伸出雙手摸找著那雙乳房。此時她說：「你也幫幫忙，把衣服全脫掉，快點，動作快，我現在就要你。」我驚跳起來，脫掉自己的T恤，拉下自己的外褲，同時望著她扭動臀部將自己的內褲脫掉，裸裎著躺在那裡，抬高雙腿並岔開。我簡直無法呼吸。我的內褲就像一座小帳篷般高聳著，我將自己的內褲脫掉，身體一沉。她用手托住我的後腦。我試著進入她的體內，但沒有插到對的位置。噢不，不要，上帝呵，不要現在發生。「等一下。」她說。「我來幫你，對，哦，對了，哦。」我進入她的體內。我還來得及震顫兩下，隨後一切猛然收緊，我重重地壓進她體內。

噢，這真是短暫，而且令人困窘。

她數度用手指拂過我的頭髮。

我仰躺在她的身旁。

至少我進到她體內了。

這是第一次。

我露出微笑。

「妳要喝點葡萄酒嘛？」

「好的。」她說。

我們各自喝了一大口。

「你有過幾個女生？」她說。

我的雙頰頓覺一陣暖熱，只能將那瓶酒舉到嘴邊來掩飾自我。

隨後我假裝計算起來。

「其實有過十個。」我說。

「那還滿多的。」她說。

「那妳呢？」我說。

「三個。」

「三個？」

「是的。」

「那我是第三個還是第四個？」

「第三個。不過你難道不想也成為第四個嘛？」

「想啊。」

這次的進展就順利多了。大約二十秒鐘以後，我們再度躺臥在彼此身邊。我們喝下更多葡萄酒，我用手臂摟住她，緊緊貼著她那鼓脹的身體，隨後我們沉沉睡去。當我們醒過來時，天色已經昏暗。我們再做了一次這碼事。接著再做了一次。

我們躺著，聊天談笑，不停喝酒。我心想，這可是真的，這可是真的嘛？我躺在一個裸女的身旁，可以想怎麼樣就怎麼樣？

我們睡著了。當我們醒過來時，我們再做了一次，隨後到外面晃晃，花了兩分鐘聽了某場音樂會的一小段，共享一瓶葡萄酒，隨後急匆匆趕回帳篷內。我們在那裡度過一整天，愈喝愈醉。我就是無法抗拒她的屁股、那雙柔軟豐滿的乳房，全然不懂突然降臨到我身上的是什麼樣的快樂。就在我們搞起來的時候，她突然扭頭，用手摀住自己的嘴巴。我理解到即將發生的事態，便將身子抽離。她爬到帳篷開口處拉下拉鍊，大吐特吐起來——她的下半身在帳篷內，上半身則伏在帳篷外，一邊呻吟著，另一陣嘔吐從她的體內湧現。我看著自己面前那碩大的屁股，再也無法克制住自己，用雙手托住她的臀部插了進去，隨即再度開始做了起來。

木馬文學175

我的奮鬥4：在黑暗中跳舞

Min Kamp 4

作者　卡爾・奧韋・克瑙斯高（Karl Ove Knausgård）
譯者　郭騰堅
副社長　陳瀅如
總編輯　戴偉傑
責任編輯　丁維瑀
行銷總監　陳雅雯
行銷企畫　趙鴻祐
封面設計　蔡佳豪
內頁排版　宸遠彩藝工作室

出版　木馬文化事業股份有限公司
發行　遠足文化事業股份有限公司（讀書共和國出版集團）
地址　231 新北市新店區民權路 108-3 號 8 樓
電話　（02）2218-1417
傳真　（02）2218-0727
Email　service@bookrep.com.tw
郵撥帳號　19588272 木馬文化事業股份有限公司
客服專線　0800-221-029
法律顧問　華洋法律事務所　蘇文生律師
印刷　中原造像股份有限公司

初版一刷　2025 年 3 月
定價　新台幣 720 元
ISBN　978-626-314-799-7
EISBN　978-626-314-798-0（EPBU）

國家圖書館出版品預行編目

我的奮鬥 . 4, 在黑暗中跳舞 / 卡爾 . 奧韋 . 克瑙斯高 (Karl Ove Knausgård) 著 ; 郭騰堅譯 . -- 初版 . -- 新北市 : 木馬文化事業股份有限公司出版 : 遠足文化事業股份有限公司發行 , 2025.03
600　面 ; 14.8x21 公分 . -- (木馬文學)
譯自 : Min kamp. 4
ISBN 978-626-314-799-7(平裝)

881.457　　114000448